# Zigeunergold
**oder die Liebe zum schwarzen Schwan**
**Roman**

**Nikolaus Doriszky**

# Zigeunergold

## oder die Liebe zum schwarzen Schwan

Roman

Nikolaus Doriszky

WAGNER VERLAG®
www.wagner-verlag.de

Ein Buch aus dem WAGNER VERLAG

Korrektorat: www.marianne-glasser.de

1. Auflage

ISBN: 978-3-86279-039

**Bibliografische Information der Deutschen Nationalbibliothek:**
Die Deutsche Nationalbibliothek verzeichnet diese Publikation in der Deutschen Nationalbibliografie; detaillierte bibliografische Daten sind im Internet über http://dnb.d-nb.de abrufbar.



Druck: DIP *…angenehm anders*, Stockumer Str. 28, 58453 Witten

„ … und sie stellten keine Fragen und machten im Auftrag der Römer die Nägel für Sein Kreuz. Berühmte Schmiede waren sie in jener Zeit. Aber der Herr verzieh ihnen dies nie, so mussten sie irren von Ort zu Ort, durch alle Räume und Zeiten und fanden ihre Ruhe nie. Trotzdem gaben sie ihre Hoffnung auf Erlösung nie auf …“
(nach einer alten Legende)

## Der Hafen von Odessa

An der Anlegestelle wartete der Dampfer auf die letzten Fahrgäste. Die Sonnenscheibe versank eisig im Schwarzen Meer irgendwo in Küstennähe. Es war an einem Februarnachmittag im Jahre 1918 im Hafen von Odessa. Eisschollen trieben vor den Kabinenfenstern vorbei. Graf Strelnikow presste seine Lippen zusammen und rückte nervös seine Pelzmütze zurecht. Besorgt beobachtete er das Eis, das regelmäßig den Schiffsrumpf streifte. Der russische Adelige, der den Weg aus dem Revolutionstumult suchte, konnte keinen klaren Gedanken fassen. Die Ereignisse hatten sich in den letzten Monaten überstürzt, ja, es war einfach zu viel passiert. Die Rote Garde hatte seine Dörfer verwüstet, sein Schloss, das ganze Land. Dieser Horde von Raubtieren hatten sich einige seiner Knechte angeschlossen und die Pferde mitgenommen. Dass der Aufstand gleich das ganze Land erfassen sollte, hätte er nicht gedacht. Endlich die Rettung! Der Dampfer in Richtung Istanbul sollte Graf Strelnikow am Bosporus absetzen, wo er sich mit etwas Glück nach Marseille einschiffen wollte. Aber wo blieben die beiden Kisten? Darin war ein Teil des russischen Staatstresors, den der Geheimagent der Romanows im Auftrag der Zarenfamilie nach Frankreich bringen sollte. Es war kein Leichtes gewesen, die Kisten unbemerkt durch die Fronten zu schleusen. Die Wege Russlands waren übersät mit Armut und Tod, wobei die Weißgardisten nicht harmloser als die Bolschewiki waren. Die Ladung traf endlich ein und die beiden Kisten wurden am Kai auf zwei Schubkarren verteilt. Der Graf zog an einer schweren Zigarre und krempelte den Rand seiner Mütze über die Augenbrauen. Es

war verdammt kalt. Im Hintergrund hörte man Schüsse. Die Revolution überrollte den Hafen und die Geschichte. Ein Offizier der Rotgardisten fragte nach den Kisten. Wem gehörten sie? Die Papiere waren in Ordnung. Die Hafenarbeiter warteten auf ein Zeichen: Dann wurden die Schubkarren über die hölzerne Landebrücke auf das Schiff geschoben. Beruhigt wollte Graf Strelnikow das Deck verlassen, als auf dem Schiff eine Stimme dröhnte:
„Und das hier gehört dem Volk! Bringt die Kisten ins Zollhaus!“
Strelnikow erkannte in der eisigen Dämmerung einen Volkskommissar der Rotgardisten. Er trug einen braunen Filzmantel, Stiefel, die bereits vor zwei Wintern ausgedient hatten, und den stolzen Fünfstern an der Mütze. Das Rattern der Schubkarren war nicht mehr zu hören. Der Graf zog einen Revolver aus der Tasche seines Pelzmantels. Eine Hand berührte von hinten seine Schulter.
„Es ist zu spät, Eure Hoheit, wir haben den Augenblick verpasst … Oder auch verschlafen! Wir Russen schlafen lange den Winterschlaf. Unser Schlafmittel heißt … Wodka. Und wenn wir aufwachen, sind wir laut, um zu merken, dass wir noch leben … Dann schießen wir um uns, weil wir glauben etwas verpasst zu haben und der Muschik wird frech, weil er glaubt, die Welt habe ihn vergessen. Wer aber früh aufwacht, der ist ein Kind Gottes … Ich liebe Russland, auch wenn es weint! Wie in diesen Tagen …“, sagte der Passagier, ein orthodoxer Mönch.
„Diese Kisten muss ich nach Marseille bringen. Sie gehören mir nicht!“, flüsterte Strelnikow. Unten im Hafen versammelten sich dunkle Gestalten, die auf die Kisten starr-

ten. Anscheinend verwickelten sie sich in einen Streit. Wieder waren Schüsse zu hören.
„Tun Sie jetzt nichts! Gehen Sie nicht dahin, es kostet Sie das Leben! In Sibirien gibt es schreckliche Arbeitslager für solche wie Sie. Wir alle haben den Augenblick verpasst!“
Die Ladung der Schubkarren verließ wieder das Schiff und das Schiff den Hafen. Der vertraute Pfeifton des Dampfers blieb aus. Still fand er seine Bahn durch die Eisschollen. Am folgenden Nachmittag musste das Schiff wegen eines Motorschadens die Stadt Constanza in Rumänien anlaufen. Hier war der Hafen frei von Eisschollen, aber das Schiff wartete einige Stunden auf die Genehmigung zur Einfahrt. Graf Strelnikow empfing den Abt in seiner Kabine.
„Das haben Sie gut gemacht, Abt Ghenadij, das war ein Meisterstück! Sie haben die Kisten im richtigen Moment ausgewechselt und nicht einmal Ihre Mönche haben davon Wind bekommen“, lobte Strelnikow den Geistlichen. Der Abt und der Graf stießen auf den geglückten Schmuggel an und leerten ihre Weingläser.
„Gott liebt das Schweigen! Die Mönche sollten lieber nichts davon wissen. Sie würden dem Druck der Behörden nicht standhalten“, warnte der Abt. „Aber Sie, Graf Strelnikow, sind auch zum Schweigen verdammt … für immer …“
„Wie meinen Sie das?“ Dem Grafen wurde es schummrig, das Glas fiel ihm aus der Hand. Die letzten Worte, die er noch vernahm: „Gott liebt das Schweigen. Die Ewigkeit schweigt.“
Der Klang erlosch wie ein Kerzenstummel.

Als der Dampfer in den Hafen einlief, war Graf Strelnikow bereits tot. Die Hafengendarmerie schrieb ins Protokoll: „Tod durch Vergiftung“. Untersuchungen gab es nicht, da der Fahrgast russischer Staatsbürger war. Zwei Mönche quälten sich mit den Schubkarren durch die bunte Menschenenge am Kai. Und es wäre alles glattgegangen – sie hätten die Kisten an die richtige Adresse gebracht –, wenn ihre Wege nicht über den Viehmarkt geführt hätten. Der Markt war ein Ort des Handelns, des Betrugs und der Neugierde. Hier kreuzte der Weg der Kisten den Weg der Roma, denn jene waren neugierig und witterten den Geruch von Gold. Sie überlisteten die beiden Mönche, die nicht wussten, was sie so durch die Gegend karrten. Während die Mönche in ein Geschäft mit Pelzmützen verwickelt wurden, verschwanden die Schubkarren hinter den schwarzen Kutten in der Menschenmenge.

## Der Drache

Es war immer wieder eine Freude, den nassen, klebrigen Lehm zu stampfen! Deshalb verpasste ich in jenem Sommer der Kindheit keine Gelegenheit, meinen Vater zu unseren Zigeunern zu begleiten. Für einen Sommer hatten wir ihre Arbeit gepachtet und sie gehörten uns, bis fünfzehntausend gebrannte Ziegelsteine für das neue Haus geliefert wurden. Ich hatte schnell begriffen, dass mein Vater der Auftraggeber und Boss auf dem riesigen, von der Sonne überfluteten Gelände war, und bot unseren Roma hin und wieder meine Hilfe an. In ihren erstarrten Gesichtern glänzten die Augen wie schwarze Tore zur Unterwelt. Die noch feuchten Ziegelsteine lagen in zwanzig Reihen. Ich ritzte meinen Namen in den nassen Lehm, legte die Rohziegel zum Trocknen auf die Kante, kippte die halb vollen Lehmschubkarren um. Sobald ich aber mit nackten Füßen ins Bretterbecken stieg, wo dem klebrigen Lehm Wasser beigemengt wurde, traten die dunkelhäutigen Buben aus ihren Häusern heraus, umstellten das Becken und schauten mir kopfschüttelnd zu: „Der arme Städter! Jetzt dreht er durch!" Ich stampfte den nassen Lehm weiter. Ein paar Schritte vom Becken entfernt bewegten zwei ältere Männer gleichmütig ein quadratisches Sieb mit einer Lattenumrandung. Auf die Schwärze ihrer Gesichter rieselte feiner Kohlestaub. Der schwarze Staub sei die Seele der Ziegelsteine, denn er allein ließe beim Ausbrennen die Rohziegel rot erscheinen, erklärte ein Rom altklug. Sein Lächeln legte ihm uralte Falten um den Mund.

Jener Sommer schenkte mir ein Paradies auf Erden, zumal ich wusste, dass mit dem Herbst der Ernst des Lebens beginnen würde, die gefürchtete Schule.

Die Sonne verwandelte die Donau-Theiß-Ebene im rumänischen Teil des Banat in ein Ebenbild ihrer selbst und die Lehmgruben in Sonnentempel – als hätte sie sich auf dieser flachen Unendlichkeit einen Abdruck in Lehm schaffen wollen. Fingerdicke Ritzen im Boden gähnten kantig, die letzten Grashalme wiegten sich im Staub, von Ziegen und Schafen längst vergessen. Nicht der leiseste Wind wollte dem Staub auf dem Boden Gesellschaft leisten. Faul und tief schlängelte die Temesch sich durch die Weiden und Gräser des Ufers, aber an manchen Stellen war sie so flach und breit, dass ganze Kuhherden passieren konnten. Nur gelegentlich benetzten sie ihre Euter.

War der Wasserstand in den Brunnen tief gesunken, so konnten unsere Ziegelschläger immer noch den Fluss anzapfen. Im Frühjahr oder Herbst nach den Regenfällen wuchs er zu einem reißenden Strom heran und überschwemmte die Äcker des Mönchsklosters Albina ein paar Kilometer flussaufwärts.

Die Blechhütten der Zigeuner konnten zwar Schatten spenden, aber keinen Schutz vor der Augusthitze. Innen mit Lumpen verhangen, dienten sie lediglich als Schlaflager, die niedrigen Betten auch als Sitzgelegenheiten zur Einnahme der Mahlzeiten. Die zwei von Rost zerfressenen, ehemals weißen Krankenhausbetten schienen die Blechwände zu stützen. Ein Petroleumkocher gehörte notwendigerweise zur Einrichtung. Die Hunde auf den Betten ließen sich durch nichts in der Welt stören, auch nicht von den fetten schwarzen Fliegen. Ich dachte damals, sie seien „Lichtrappen“: Da sie zu lange in die Sonne geschaut hatten, wurden sie pechschwarz verrußt. Die Planwagen standen zwischen den Hütten im Halbkreis und dies imponierte mir sehr, denn es erinnerte mich an einen Western mit Gary Cooper. Ich konnte die Roma bloß nicht einordnen – waren sie nun Kolonisten? Dagegen sprach die Hautfarbe. Oder Indianer? Jene wiederum hatten keine Planwagen. Schwarze Säue ruhten mit ihren Ferkeln zwischen den Rädern und betrachteten gleichgültig die Welt durch die Speichen wie durch einen Fächer. Hin und wieder rannten sie einen Blecheimer mit gewaschener Wäsche um. Ich pflegte einen Hund mit einer wunden Schnauze. Sein Fell hatte einige Narben. Plötzlich kam eine alte Zigeunerin herein, musterte mich von Kopf bis Fuß und holte einen Brotlaib unter dem Bett hervor. Schließlich trommelte sie alle Kinder zusammen:

„Es gibt Vesper, kommt zur Oma, kommt, kommt nur, ihr Satansbraten!“ Im Nu war die Bude voll von Kindern. Die Mädchen rasselten mit ihren Ketten, an denen Goldmünzen aufgereiht waren, die Jungen schubsten und drängelten sich vor wie überall unter der Sonne. Als ich an der Reihe war, bekam ich ein Senfbutterbrot in die Hand gedrückt und war glücklich damit. Ich meine, es schmeckte auch, bis mein Vater am Eingang erschien. Er ließ mich das schwarze Brot mit Senf zu Ende essen. Den Ekel auf seinem Gesicht konnte er dabei nicht verbergen – ich werde jene Mundwinkel nie vergessen.

Eines Tages verhandelte mein Vater mit Papo – so nannte er den Großvater aller Kinder auf dem Gelände. Die Ziegelschläger schienen die Liefertermine nicht eingehalten zu haben, wo doch das Haus bis zum Winter überdacht sein sollte. Wie üblich zeigten sich die Romakinder mir gegenüber zurückhaltend, keiner wollte mit mir ein Spiel zu Ende spielen. Also ging ich kurz entschlossen in Richtung Temesch über die Wiese. Kaum bekam ich den Fluss zu Gesicht, lag ich schon auf dem Boden. Aus einem Busch heraus hatte mich eine Gestalt, unwesentlich größer als ich selbst, überfallen:

„Ha, Bleichgesicht, jetzt musst du dich freikaufen – na, komm schon, was hast du zu bieten?“

Ich antwortete nicht. Ein verschwitzter Arm lag vor meinem Hals, die Puste blieb mir weg.

„Rück raus, sonst blas ich dir die Flamme aus!“

Ich griff in die Hosentasche und holte meine teuerste Murmel heraus. Der Zigeunerjunge nahm sie entgegen, prüfte sie lange und ließ mich los. Seine tiefschwarzen Augen musterten mich von Kopf bis Fuß.

„Ich bin Radu, vom Stamm der Navajos.“

„Jim, friedlicher Siedler, aber soweit mir bekannt ist, sind die Navajos auch friedlich und plündern keine ehrlichen Cowboys!"
„Ja, das stimmt! Aber schau, seit die Bleichgesichter mit schwarzer Kutte und gespaltener Zunge da drüben ihre Festung gebaut haben, müssen wir um unsere Jagdgründe kämpfen. Hugh, ich habe gesprochen!"
Schließlich schenkte ich Radu zehn Murmeln und er zeigte mir die schönsten Verstecke am Ufer, von wo aus man die Mönche angreifen könnte. Wir pissten noch um die Wette ins Wasser und Radu gewann, denn er schaffte den längsten Bogen. Dann setzten wir uns ans Ufer und zählten die Wirbel im Wasser. Plötzlich holte der Zigeunerjunge aus und warf mein Geschenk in die Fluten.
„Bist du verrückt? In Freidorf hättest du drei ganze Kugellager dafür bekommen", rief ich entsetzt und sprang auf.
„Ich werde dir etwas verraten, du darfst es aber niemandem erzählen, auch nicht den Buben auf dem Ziegelhof, versprochen?"
„Versprochen!"
„Wenn du genau hinschaust, ist das kein Wasser. Es ist ein Drache, kapierst du?", flüsterte er in gebrochenem Ungarisch mit dem Akzent der Roma.
„Was, ich bade in einem Drachen?"
„Ja, doch! In seinem Blut. Guck mal dort drüben, wie er den Schatten der Bäume trinkt!"
„So, so", erwiderte ich leicht skeptisch.
„Aber jetzt kommt, was du gar nicht ahnst: Es ist mein Drache. Mein Drache, denn ich habe ihn gezähmt."
„Ein Drache ist immer böse, den kannst du nicht …"

„Den schon, denn ich habe ihn natürlich zuerst besiegt und geritten. Er erscheint mir immer wieder im Traum. Ich sehe, wie er das Kloster verschlingt, wie er Tausende und Abertausende Zigeuner auf dem Rücken direkt ins Paradies befördert, wie er mit Lametta geschmückt wird, wenn wir die Mönche vertreiben."
„Wie willst du ihn besiegt haben?", ließ ich nicht locker.
„Tja, also einfach war das nicht." Er schaute sich um, ob uns auch niemand hörte, und senkte erneut verschwörerisch seine Lautstärke. „Letzten Sommer trieb ich mein Floß flussabwärts, es war vor dem Sturm. Mich erwischte ein Strudel. Ich verlor das Ruder und den Kopf, aber nicht den Mut, denn mein Herz ist stark, wie das meines Stammes. Ich löste einen Balken vom Floß und stach damit in die Eingeweide des Drachen. Außerdem drohte ich ihm mit einem Wehr in der Nähe des Klosters. Er beruhigte sich bis zum Sonnenuntergang und ich kam erschöpft, aber heil wieder nach Hause. In der gleichen Nacht hatte ich einen seltsamen Traum: Da erschien der Drache voller Reue und sagte, er wolle mir bis in alle Ewigkeit dienen. Ich sei der auserwählte Prinz aller Zigeuner. Den Rest habe ich noch nicht kapiert. Er stammelte auf Romani – es klang wie hinter einem nassen Vorhang –, ich solle eines Tages auf seinem Rücken eine Stadt bauen. Nur für uns. Dort solle ich mein Volk hinbringen und nicht nur Ziegel schlagen, sondern auch Häuser damit bauen. Er würde uns beschützen, sagte er noch."
„Unglaublich … Und das hast du deinen Geschwistern nicht erzählt?", unterbrach ich. Sein Gesicht wurde noch dunkler, als es schon war. Es war deutlich, dass es zu Mittag Melone gegeben hatte, die dunklen Saftspuren unter-

halb der Ohren ließen Genüsslichkeit ahnen. Die Ärmel des ehemals grünen Hemdes waren an den Nähten zerschlissen und die nackten Beine zeigten lange, parallele Kratzer, wie von den Pfoten eines Tieres. Viel zu ernst schaute der Zehnjährige aus seinen Lumpen heraus. Ernst, altklug und traurig.
„Sie haben über mich gelacht, und seitdem spielen sie nur noch Poker mit mir. Nur Geld wollen sie alle. Aber wenn es sein muss, bewache ich meinen Drachen allein. Komm, wir füttern ihn!"
„Was frisst er denn so?"
„Glut und Steine, wie alle Drachen, das weiß man doch. Nachts werfe ich oft die letzte Asche und Glut in seinen Rachen, dort liegt die Schaufel." Radu sprang auf. „Pass auf, ich kann's dir zeigen. Du nimmst einen Stein, sagst einen Spruch dazu und wirfst ihn ins Maul. Viele hat er davon, in jedem Strudel einen Rachen."
„Tut ihm das nicht weh? Iss du mal einen Stein!", sagte ich entrüstet.
„Na klar frisst er lieber Äste, Baumstämme oder ganze Rinder. Im Frühjahr ist er besonders hungrig. Dann schimpft er nachts über das Kloster, das Haus des Bösen. Ich höre es an seinem Rauschen im Flussbett. Komm, ich zeig dir, wie es geht!"
Er hob übertrieben feierlich einen Stein auf, spuckte darauf und sprach leise aus tiefster Brust:

„Drache, Drache aus dem Schlund,
Sperre auf den Mund,
Den Stein verschlinge,
Zum Meere hin singe,
Krieche talabwärts
Und nimm mein Herz,

Denn ich bin stark wie der Bär
Und bin dein Herr."

Dann warf er den Stein mit einer feierlichen Gebärde in die Fluten. Jener glitt über die Oberfläche, berührte das Wasser sieben Mal und verschwand dann endgültig. Ich war weiß und sprachlos vor Verwunderung. Wie machte er das nur? Den nächsten warf er nicht minder geschickt, jedoch ohne Zauberspruch. Ich zählte bis fünf, vielleicht bis sechs.

„Guck mal, so geht das! Und jetzt bist du dran!"

Ich nahm einen flachen Stein und spuckte vor Zorn, als der Kieselstein auf einen Uferstein aufprallte und uns entgegensprang.

Das Wetter war drückend und die Sonne tastete uns so heftig ab wie ein Strahler über einem OP-Tisch. Es dürfte gegen fünf Uhr nachmittags gewesen sein. Die Roma saßen um den Tisch herum und durchbohrten uns mit ihren Blicken. Mein Vater verabschiedete sich laut und freundlich. Ich stieg aufs Fahrrad und wollte noch meinem neuen Freund mit einer langen Bremsspur im Staub imponieren. Dunkel, behäbig, arrogant, mit überlegenem Augenzwinkern verfolgten die Roma unseren Abschied. Der Weg stimmte mich immer wehmütig. Außerdem erschreckten mich im Maisfeld die Gestalten der Vogelscheuchen, wie Hüter eines Tempels, den noch kein Mensch betreten hatte. Gespenstisch zeigten sie in alle Himmelsrichtungen, ein trauriges Lumpenheer. Mein Vater fuhr neben mir und schimpfte vor sich hin:

„Na ja, es fehlen das mittlere Alter und die starken Arme der Zwanzigjährigen. Die Arbeit geht nicht so richtig voran. Überall nur Kinder, ein paar Weiber oder Alte."

„Ja, alt wie dein Onkel Konrad!"

„Nein, nein, lange nicht, denn wisse, mein Sohn, ein Zigeuner heiratet sehr früh, vielleicht mit dreizehn. Da er sich auch im Winter barfuß umhertreibt, wird er nie so alt wie wir. Ein Zigeuner wird höchstens fünfzig, er ernährt sich schlecht. Nein, die sehen alle nur so alt aus, aber in Wirklichkeit sind sie viel jünger. Und obendrein rauchen sie auch wie ein Schlot."

Während ein Zug hinter dem Sonnenblumenfeld ratterte, dachte ich an die harten Riemen des Schulranzens. Dieser verdammte Zug nimmt meine Ferien mit, dachte ich schwermütig.

„Es ist der Königliche", meinte Vater, „er tuckert schon seit dreißig Jahren nach Deutsch-Stamora an der jugoslawischen Grenze. An dem Zug war nie eine Schraube locker. Einmal, als Kind, sah ich König Michael von Hohenzollern darin. Er winkte freundlich, damals noch ziemlich jung. Ja, ja, die Rumänen liebten ihren König."

„Papa, warum muss Radu nicht auch in die Schule gehen wie ich?"

„Es ist so, dass Zigeuner über alles ihre Freiheit lieben. Die Wiesen mit Gräsern, die Berge und Wälder sind ihre Wände, der blaue Himmel ihr Dach überm Kopf. Sonst sind sie nirgendwo zu Hause. Sie sind nicht einmal registriert, müssen keine Steuern zahlen, keine Ausweise bei sich tragen, die Kinder brauchen nicht in die Schule zu gehen. Sie leben nicht wie wir in Städten mit Kino, Konditoreien und mit fließendem Wasser."

„Ach so, deshalb muss Radu nicht in die Schule?"

„Wo sollte der sich zu Hause auch hinsetzen, um Hausaufgaben zu machen, wie du daheim? Du hast es doch erlebt, wie die hausen. Die Ferkel würden ihm die Hefte auffressen."

„Papa, lügen Zigeuner?“
„Nicht mehr als andere, aber sie haben ihre eigenen Gesetze und ihre eigenen Abmachungen mit dem Himmel.“
Riesenkürbisse kringelten ihre Stängel am Wegrand. Die Abendsonne trocknete den Staub des Tages auf der Haut. Bizarre Formen wie Tätowierungen kamen aus dem Zusammenspiel zwischen Schweiß und Staub zum Vorschein.

Zwei Monate später wurde feierlich der Ziegelofen angezündet. Wie eine Treppenpyramide der Maya sah er aus, und die Kohle in den exakt angelegten Innenkanälen sowie der Kohlestaub in den Ziegelsteinen brannten nach drei Tagen vollständig und brachten die ganze Vorrichtung zum Glühen. Ich liebte den Geruch der Lehmkohle und fand ihn erst nach vielen Jahren bei den Fellachen im Tal des Nils wieder. Es roch nach fertiger Arbeit, als würde man mit Schweiß in einer Pfanne kochen. Und jeder Zigeuner fürchtete den Herbstregen wie der Teufel das Weihwasser. Durch Dampfbildung hätte das einsickernde Wasser die schönste Explosion verursacht! Sie blieb zwar aus, jedoch nicht die Verärgerung: Im Ofen steckten bloß dreizehntausend Ziegelsteine statt fünfzehntausend.

## Begegnung in Hermannstadt

Die Abendsonne breitete unauffällig ein goldenes Tuch über die Schindeldächer des Dorfmuseums. Birken warfen ihre Schatten in Richtung See, als hätten sie am warmen Boden geleckt. Keiner hätte gedacht, dass diese Landschaft künstlich geschaffen war. Bauernhäuser aus

allen Gegenden Rumäniens waren in den Birkenwald gebaut und Vögel aller Art hausten unter den Dachrinnen oder in den Scheunen der Höfe. Der See mittendrin wirkte, als sei er immer schon dort gewesen. Am anderen Ende ragte eine Freilichtbühne ins Wasser hinein. Bei unserer Ankunft wimmelte es vor Menschen, denn ein Folkloreabend war angesagt.
Ich nahm an einer Tagung für Alternativpädagogik in Hermannstadt teil und fand großen Beifall bei meinen Zuhörern und Studenten. Ich war Dozent, guten Mutes und mein Hörsaal war immer voll. Außerdem war ich entschlossen, jenen Samstagabend voll auszukosten. Einige Studenten – so eine Art Jünger, alles Leute, die wie ich glaubten, man müsse die Schule neu erfinden – folgten mir und meinen Kollegen ins „Dumbrava" – einen herrlichen Erholungspark am Rande von Hermannstadt. Die Stimmung war ausgelassen. Wir setzten uns auf die Amphitheaterbänke, Bierflaschen klirrten und Unmengen von Kürbiskernen wurden geknackt. Ich war zerstreut und mein Blick schweifte umher, als wollte er sich irgendwo erholen. Der Himmel färbte sich hinter den Karpaten und der künstliche See war mir genauso langweilig wie die Aufführung der gestiefelten Gruppe aus dem Norden Rumäniens. Wie Marionetten glitten sie über die Bühne mit ihren flachen Quastenhüten. Kein Schritt verfehlte den Rhythmus und ich fragte mich, warum ich mir das antat. Beinahe religiöse Gefühle kamen in mir hoch, als eine innere Regung sich an meinen Lippen emporarbeitete: „Oh Gott, oh Gott …" Mein Nachbar, ein Vertreter des Ministeriums, bemerkte meinen Leidensdruck und versuchte mich abzulenken. Er zündete sich eine Zigarre an und zeigte nach unten: „Schau dir mal die Dame

da unten an." Ich folgte Andrei und schaute in die angedeutete Richtung. „Vor der verblasst ja jede Lokalvenus. An der hängt das ganze Gold von Siebenbürgen! So viel Gold am Hals! Und alles echt!"
„Und die herrlich gebräunten Beine … Gar nicht so schlecht", erwiderte ich und flirtete mit einer meiner Kursteilnehmerinnen. Ich grinste ihr schmalzig zu, das rhythmische Uhrwerk auf der Bühne nachäffend. Von der Romni bekam ich nicht viel mit, da mein Blickwinkel sehr ungünstig war. Ich bemerkte nur flüchtig, dass sie eine ziemlich durchsichtige Bluse trug, einen exotischen Rock mit feinen Goldfäden, Halsketten mit Goldmünzen, Ohrringe, Armbänder.
„Wenn du das in deiner Adoptivheimat erzählst, dann glaubt dir das kein Schwein", meinte Andrei.
„Außer ich halte den Augenblick fest, zum Beispiel auf einem Foto. Wenn das kein Beweis ist?!"
„Ach was, Angeber, das schaffst du doch nie", provozierte er.
„Auf einen Krimsekt! Und du stehst mir bei. Abgemacht?"
„Ah, ich soll dabei sein? Als Spanner euch die Kerze halten?"
„Als Vertreter des Ministeriums!"
„Abgemacht, Pause abwarten!"
Die Neandertaler auf der Bühne beruhigten sich.
„Also komm", sagte er kurz entschlossen. Als ich merkte, dass einige meiner Studenten unser Machogelabere mitbekamen und dass Andrei aufstand, wurde es mir mulmig. Wie sollte ich denn anfangen, etwa mit: „Bonsoir, Madame"? Kumpelhaft schob mich Andrei zu der seltsamen Schönheit in Richtung See. Mist! Spontan war ich

zwar immer schon, das heißt aber nicht, dass ich mir damit irgendwann einmal Vorteile eingehandelt hätte.
„Bitte entschuldigen Sie, ich habe eine verrückte Frage …“, fing ich gespielt schüchtern an und verstellte bewusst meinen Akzent. Man gönnt sich ja sonst nichts – dachte ich – und mehr als abgewiesen werden konnte mir nicht passieren. „Sagen Sie, ist es zu viel verlangt? Ich meine, ein Foto mit Ihnen würde mich glücklich machen. Ihre Aura fasziniert mich.“ Ich stellte mich absichtlich tölpelhaft an und Andrei spielte neutral lächelnd mit seiner Kamera.
Nun schaute ich der Romni in die Augen. Tiefschwarze Augen, die man nie vergisst, da sie einem ein schlechtes Gewissen einjagen, gepaart mit einem Gefühl von Unterlegenheit. Es war jedoch nicht zu übersehen, dass sie ihrem frischen Aussehen mit einer gewissen Portion Chemie auf die Sprünge helfen musste: Lippenstift, Make-up, aber auch Schwarzmeerbronze, durch die sie noch älter auf mich wirkte. Das machte mir Mut! Den brauchte ich auch, denn schnell wurde ich der Aufmerksamkeit gewahr, die mir meine Studenten schenkten. Alles schaut zu, wie man seziert wird. Es gab kein Zurück mehr. Und gerade als mir dies deutlich wurde, hörte ich:
„Was, mit Ihnen ein Foto? Wieso denn? Wer sind Sie denn? Ich kenne Sie doch gar nicht!“ Der Blick eines Menschen, der gewohnt ist zu herrschen und zu befehlen, begleitete ihre Worte. Er wandte sich aber rasch der Nachbarin zu, mit der sie sich in einem erstaunlich guten Englisch unterhielt.
„Where do you come from?“, fragte ich liebevoll die Nachbarin.

„From Zürich“, artikulierte sie lakonisch unterkühlt. Es war eine Rothaarige, eine nicht weniger exotische Dame als die erste, mit einer riesigen Mähne, Sommersprossen und einer Haut wie Elfenbein.
„Ist's mögli? Dann sin mr ja Nachbarn“, versuchte ich mich im Alemannischen.
„Sie sind Schweizer?“
„Na ja, nicht ganz, aber zwei Autostunden von Züri weg. Was tun Sie hier? Berufli unterwägs?“
„Ich besuche meine Freundin.“
„Ich wollt nit üfdringli gsi …“
„Nicht so schlimm!“
„Wie finden Sie den Abend?“ Ich versuchte Zeit zu gewinnen.
„Ich liebe dieses Land, bin auch öfters hier.“
„Ich auch. Leider klappt's mit den Fotos nicht immer, ich will einen Bildband herausgeben.“ Dies wiederholte ich dann auf Englisch und wandte mich wieder an die schöne Zigeunerin.
„Ich möchte nicht in der ‚Bildzeitung' erscheinen, ich mache so etwas prinzipiell nicht. Auf Wiedersehen!“
„Sie möchten hart sein, so sind Sie aber gar nicht. Lassen Sie Ihr Herz sprechen. Für Sie bedeutet das nur einen Augenblick, für mich … einen guten Tag.“
Sie hatte mich im Griff und beschrieb wiederholt eine Schere mit den Beinen, nur um mich zu demütigen.
„Sie merken gar nicht, wie sehr Sie stören.“ Aus der anscheinend kultivierten Dame hörte ich die Stadtrandromni sprechen, hatte sie doch etwas Raues, gar Vulgäres im Tonfall.
„You are so cruel. I'm proud of you“, bemerkte die Schweizerin.

„Who, me? Just look. Kommen Sie, setzen Sie sich zu uns." Sie machte spontan etwas Platz, wobei ich meinen Erfolg noch nicht einordnen konnte. „Wer sind Sie? Was wollen Sie?", fragte die Romni übertrieben förmlich.
„Ich bin Dozent für Psychologie und Pädagogik. Ich nehme an einer Tagung teil."
„Wieso sprechen Sie die Landesprache?", kam es streng aus einem Mundwinkel.
„Na ja, ich bin hier aufgewachsen."
„Hab ich mir gleich gedacht."
„Sind Sie nun enttäuscht?"
„Keineswegs, aber was wissen Sie über uns Roma, außer dass wir viel Gold tragen, in Lehmhütten und Wohnwagen leben, aus der Hand lesen und Pferde klauen?"
„Wissen Sie was? Ich bin mit Roma aufgewachsen … hatte Freunde unter euch … habe mit euch gefeiert."
„Und Vorurteile gepflegt!"
„Da muss ich Ihnen widersprechen!"
„Sie wollen doch nur zu Hause bei Ihren Trinkkumpanen angeben: Schau, mit der auf dem Foto hab ich meinen letzten Urlaub auf dem Balkan verbracht!" So richtig bissig war meine wilde Blume.
„Ach, das mit dem Foto ist tatsächlich eine Laune von mir. Mein Bildband auch", gab ich zu.
„Dann kämpfen Sie doch darum!" Sie lachte zickig.
„Sie machen mir Mut", strahlte ich sie etwas schüchtern an, den Blickkontakt meidend.
„Ihre Studenten schauen zu", bemerkte sie fast im Flüsterton.
„Eine grausame Prinzessin sind Sie … eine, die ihre Freier den Löwen zum Fraß vorwirft", folgerte ich melancholisch.

„Prinzessin ja, grausam weniger, ha, ha."
„Dann lassen Sie doch Gnade Ihren Untertanen gegenüber walten!"
„Also gut, weil Sie die Prinzessin zum Lachen gebracht haben, lass ich mich mit Ihnen fotografieren. Nur eine Bedingung: Sie schicken mir ein Foto!"
„Keine Frage."
Mein Herz jauchzte vor Freude und Erleichterung. Da ich der vornehmen Zigeunerin rein physisch sehr nahe gekommen war, knipste Andrei mehrfach. Sie ergriff die Chance und setzte sich in Szene wie ein Model. Einmal die Beine auf der Bank, einmal der Kopf auf meiner Schulter. Ich wähnte mich in einem Pariser Boulevardblatt und kam nicht dazu, Andrei zuzublinzeln, als ein Triumphbeifall auf den oberen Bänken ausgelöst wurde. Wie im Fußballstadion. Peinlich, peinlich.
„Ich hoffe, wir sehen uns bald wieder!", flüsterte ich euphorisch.
„Ich hoffe nicht. Hier meine Visitenkarte, schicken Sie mir ein Foto, aber Hochglanz, wenn's geht!"
„Was, Swetlana Corbea, Rechtsanwältin? Unfassbar! Dann komm ich sofort zu Ihnen, wenn ich einen Unfall hier auf den tollen Straßen habe. Oder wenn der Staat anfängt, die Schulen zu verkaufen."
„Was kümmert mich so etwas! Hühnerdiebe hab ich nicht im Repertoire!"
„Was, Sie wohnen auch noch in Temesvar? Da bin ich aufgewachsen … Und Sie wohnen hinterm Rosenpark!"
„Da ist nur meine Kanzlei." Und doch ist sie schön, dachte ich beim kurzen, unterkühlten Adieu.

Ich durfte meinen kleinen Sieg innerlich feiern, während ich zu meinem Platz im Amphitheater stieg, so als

wäre nichts passiert. Auf jeden Fall wuchs ich in den Augen meiner Studenten. Ich saß noch gar nicht richtig, da war mein guter Freund aus alten Zeiten mit einem spektakulären Sprung bei mir und kniff mir in den Arm wie vom Affen gebissen:
„Ja, sag mal, bist du völlig verrückt geworden – weißt du eigentlich, wen du angemacht hast?“ Todesangst zeichnete sein Gesicht. Ich wusste, dass Alin sehr vorsichtig und von allen möglichen Phobien und Träumen gepeinigt war, dass er die dunklen Jahre der Diktatur nur überlebt hatte, indem er in jeder Spelunke zuerst den unteren Tischrand nach Wanzen absuchte, bevor er sich einen Wodka gönnte.
„Wen denn?“, stammelte ich. „Eine Piranda und Advokatin darüber hinaus. So etwas gibt's heutzutage, das ist normal, auch hier bei euch.“
„Du machst ja vor nichts Halt! Das ist die Tochter des Bulibascha, die Prinzessin aller Zigeuner, das weiß doch jeder! Hast du nicht alle Nadeln an der Tanne?“
„Na ja, etwas Narrenfreiheit sei mir schon gegönnt.“
„Ein toter Narr ist mitnichten mehr wert als ein toter Kater! Die Gorillas des Königs, das sind bestimmt drei bis vier Killer, wissen seit zehn Minuten, wie deine Oma hieß. Die machen Hackfleisch aus dir! Ich muss deinen Studenten am Ausgang Bescheid sagen. Das könnte eine ordentliche Prügelei geben.“

Nach einer weiteren, nicht weniger peinvollen Darbietung auf der Bühne wurden die Teilnehmer unserer Tagung begrüßt und wir zum Tanz aufgefordert. Eine dicke Tänzerin mit einem Strohhut griff im Gewühl nach meiner Hand. Ich packte mit einer unbeschreiblichen Wucht ihren Hüftspeck, der meine Hand ganz ausfüllte. Wir gingen in Richtung Tanzfläche und sie quietschte vor Vergnügen in meinen Armen. Ich musste entsetzt feststellen, dass sie unter der weißen Trachtenbluse schrecklich schwitzte, und als ich noch fester in den Speck kniff, lief sie rot an. Dazu kam noch, dass ich rumänische Volkstänze nicht tanzen konnte! Bei der vorletzten Umdrehung – denn meine Partnerin gab nicht auf – sah ich durch die Menge am Ufer des Sees meine Prinzessin. Ich befreite mich schweigend aus den Ketten der Höflichkeit und ging auf Swetlana zu, als hätten mich in jenem Augenblick alle Geheimnisse ihres Stammes gelockt und verführt. Denn alle Geheimnisse – davon bin ich überzeugt – offenbaren sich einmal zum richtigen Zeitpunkt als Schönheit, als Erlebnis. Mit einem verlegenen Blick blieb ich vor ihr stehen: „Schenken Sie mir den nächsten Tanz?"

„Tut mir leid", erwiderte sie, „das geht leider nicht, wirklich nicht!"

„Hat das etwas mit Ihrer Silberhalskette zu tun?"

Ich blickte auf ihre herrlichen Schultern, auf die Spannung, die das Schlüsselbein in der Halsregion erzeugte, und schließlich warf ich einen Blick auf die Halskette mit Goldmünzen. Kleine schwarze Bänder und Blumenreste spickten das Gold am Hals.

„Ja, das hat es!"

„Sie haben jemanden verloren, der Ihnen nahestand?"

„In gewisser Weise, ja. Es war ein Verlust für unser ganzes Volk."

„Swetlana, möchten Sie nichts davon erzählen?"

Ich weiß bis heute nicht, ob mich damals der bedeutsame Tote interessierte oder die Verführung neben mir. Fest stand nur, dass ich in jenem Augenblick gerne für sie Di-

amantohrringe beim Juwelier geklaut hätte, einen Geldtransporter überfallen, die Dicke von der Tanzfläche geknutscht oder ein Liebesgedicht geschrieben und über den Karpaten aus dem Flugzeug geworfen hätte. Letzteres schien mir noch am ehesten realisierbar.
„Ich weiß nicht, warum ich Ihnen vertraue, aber ich möchte von unseren Sorgen erzählen. Vielleicht, damit Sie zu Hause bei sich nicht den gleichen Quatsch berichten, den alle über uns Roma verbreiten, sogar die Rumänen."
„Dann legen Sie los!"
„Hier kann ich nicht, aber morgen Abend, im ‚Continental', oben auf der Terrasse. Sagen wir um halb acht!"
„Ich werde dort sein", flüsterte ich in einem Atemzug.
Ich bekam es mit der Angst zu tun, so unmittelbar war jene Begegnung. Und unabdingbar, als hätte irgendwo über uns das leichte Zittern der Blätter angekündigt, dass sie morgen Abend stattfinden musste. Mein Blick verfolgte sie, als sie mit der Schweizer Freundin in der Menge verschwand und die Leibwache ihr gleich folgte.

Entgegen allen Erwartungen kam die Prinzessin tatsächlich am nächsten Abend. Allerdings mit der rothaarigen Freundin aus Zürich. Ich war so aufgeregt, dass ich es nicht einmal fertigbrachte, eine Zigarette anzuzünden. Ich stand auf, bot jeder Dame einen Stuhl an, fragte, welche Drinks sie wünschten, und bestellte. Der Abend ließ keine gute Stimmung aufkommen. Ich erfuhr, dass Swetlana als Rechtsanwältin ausschließlich prominente Fälle hatte. Sie verteidigte Roma gegen grobe Vergehen der Justiz auf dem Balkan. Es ging meistens um viel Geld, um Millionen, und sie versuchte, die Öffentlichkeit weltweit auf die

Belange dieser vergessenen Volksgruppe aufmerksam zu machen. Außerdem vertrat sie ihr Volk in internationalen Gremien, unter anderem als Ehrenmitglied im Europarat. Ich erzählte auch, dass ich von einem jungen Mann aus meiner Heimatstadt gelesen hätte – einem Rom, der als Senator für die neue Regierung in Bukarest kandidierte. Beide horchten auf und zeigten besonderes Interesse für die Berichte in der deutschen Presse. Zu jener Zeit war Swetlana sehr mit der Frage der Naziopfer der Roma, die von der Eisengarde in die deutschen KZ geschickt worden waren, beschäftigt.

„Und Ihre Trauergeschichte? Wen haben Sie verloren?"

„Tja", mischte sich die Züricherin ein, „wir verbrachten letzten Herbst ein paar Tage am Lago Maggiore. Da sagte mir Swetlana, vor einer Woche sei etwas Entsetzliches passiert. Etwas Entscheidendes für unser ganzes Volk, das unsere Bemühungen um Jahrzehnte zurückwerfen und vereiteln würde. Unser Engel hätte an diesem Tag versagt. Ich glaube an Swetlanas hellseherische Fähigkeiten."

„Du musst ganz von vorne anfangen", fiel ihr Swetlana ins Wort.

„Zwei Wochen davor wurden die Wahlergebnisse …"

„Nein", protestierte die Prinzessin, „er muss viel mehr erfahren."

„Also, ein Zigeuner mit guten Karten im Leben traf eines Tages eine Prinzessin. Er war ein Căldărar, ein Kesselflicker …"

„Merkwürdig, aber die Geschichte fängt viel früher an", unterbrach sie die Königstochter.

„Dann landen wir bei Adam und Eva. Erklären Sie mir nicht, dass Eva Zigeunerin war – bitte nicht! Entschul…!“ Ich lachte etwas gezwungen.
„Seine Geschichte“, fiel mir die Prinzessin ins Wort, „fängt eigentlich im fernen Indien an, so etwa in der Zeit, als in Europa Karl der Große gekrönt wurde. Da lebten wir friedlich zusammen mit anderen Indogermanen, wir hatten unseren Platz unter der Sonne am Ganges, aßen alles, was der Boden hergab, und mussten nie zu den Waffen greifen. Da wir nicht die Götter der übrigen Stämme angenommen und auch nicht das Kastenwesen in unseren Dörfern akzeptiert hatten, wurden wir von den anderen in die niederen Kasten eingestuft. Wir wurden ganz einfach ‚doma' genannt – der vom Gesang lebt, heißt das. Den Buddhismus nahmen wir ebenso wenig an, da uns das Leben hier auf Erden gefiel und jede neue Inkarnation nur Anlass zur Freude bot. Vogel, Baum, Blume und Tiger waren noch von Geistern bewohnt, die uns wohlgesonnen waren und uns überallhin begleiteten. Doch dann drohte etwas dieses Gleichgewicht zu zerstören. Für immer! Hinter den Bergen des Kaschmir, wo die Sonne für uns schlafen ging, lauerte die weiße Gewalt. Sie wagten es erst einmal nicht, anzugreifen, was für den Ratschputen-Clan der Gurdschara-Pratihara von Vorteil war, denn die ärischen Fürsten konnten so von Kanauj aus ein mächtiges Verteidigungssystem gegen die eindringenden Araber organisieren. Doch eine Schwachstelle hatte das ganze System von Wassergräben und Verteidigungswällen. Im Norden …“
„Bei euren Vorfahren …“, folgerte ich.
„Genau! Wir waren friedlich, glaubten, das Ganges-Tal gäbe genug an Nahrung her, und ließen die Araber her-

ein. Noch schlimmer, wir trieben Handel mit den erschöpften Reitern und verkauften ihnen Waffen, da wir ja nie Kriege führten. Anfangs zwangen sie uns den Islam nicht auf, doch schon nach kurzer Zeit spielten sie uns gegen unsere Brüder flussabwärts aus, plünderten unsere Ernten und steckten unsere Töchter in ihre Harems. Unsere Nachbarn mussten eingreifen, sie vertrieben die Araber in zwei Wochen, und erneut wurden wir versklavt! Diesmal von unseren indischen Nachbarn und Brüdern. Die Ketten der Sklaverei hätten wir noch ertragen, aber wir sollten viel mehr arbeiten als je zuvor. Im nächsten Frühjahr brachte die Regenzeit verheerende Überschwemmungen. Die Erde schien sich zu rächen … Hungersnot, Sklaverei und die Angriffe der Araber, all dem war unser kleines Volk nicht gewachsen. Der alte König sah darin die Rache der Götter, er nahm alles auf sich, da er einmal einen Tempel des Vishnu entweiht zu haben glaubte. Er rief zu Ruhe und Besonnenheit auf. Doch ein junger Fürst wollte dem Elend ein Ende setzen. Er rief das Volk auf, ihm zu folgen. Udaras war sein Name, er versprach dem Volk eine neue Heimat, aber wohin es gehen sollte, konnte er nicht sagen. Unvorstellbar für heutige Verhältnisse, wenn man an unsere Politiker denkt, nicht wahr? Das Volk ließ den alten König zurück und folgte Udaras, der die Roma aus der Brudergefangenschaft herausführte. Man sagt bei uns auch: ‚Traue deinem Bruder so wenig wie einem tollwütigen Hund.'

Es ging über die Berge und dann jahrelang durch die Wüste Thar, den Indus hinab nach Belutschistan und schließlich nach Persien. Nun kommt aber das Entscheidende: Der alte König verbündete sich mit den Pratiharas, den ehemaligen Gebietern, und verfolgte den Menschenstrom an der Spitze eines erprobten Heeres. Der Schwarm zog weiter. Prinz Udaras blieb zurück. Er sollte mit einigen Auserwählten die Indusüberquerung sichern, jedoch wurde er verraten und von einem vergifteten Pfeil getroffen. Erschöpft von der Flucht, mit dem Pfeil in der Schulter, ertrank er im Indus. Irgendwo weit jenseits des anderen Indusufers sei unsere neue Heimat, ließ er uns noch vor seinem Tode wissen.

In der Wüste wurden die alten Naturgötter vergessen, es gab ja keine Blumen und Elefanten – unsere zahlreichen Märchen zeugen davon. Eine Göttin blieb aber bei uns, und zwar jene, die Udaras' stetige Begleiterin gewesen war, eine Göttin, die in Goldfarben Fruchtbarkeit über die ganze Erde streute. Ja, Roma zeugen viele Kinder, das kann ich euch sagen! Udaras nahm den Namen der Göttin mit in den Tod, aber das Volk folgte ihr, ohne ihren Namen zu kennen. Anstelle des fruchtbaren Tales hatten wir Roma nun unendliche Sandwüsten vor uns, der Wind klebte an unseren Kleidern und die Geister, die mit ihm verschmolzen waren, wurden unsere treuen Begleiter. Wie viele Stimmungen der Wind von überall herholt! Und dann dieser unerträgliche Sand in den Ohren und Nasenlöchern! Man überlebte kaum das vierzigste Lebensjahr, dafür waren wir stets kinderreich und fröhlich. Und zum Glück gab es die Musik … die Musik und den Tanz. Von der Göttin blieb nur der äußere Glanz übrig, nur noch das Gold. Nun aber standen unsere Vorfahren vor den Toren Jerusalems, und die namenlose Göttin zögerte. Führen oder verführen war hier die Frage. Aus dem Abendland kamen die ersten Kreuzritter. Die Göttin traute sich nicht mehr in die Nähe des Heiligen Grabes. Ihr müsst euch vorstellen: Obwohl Roma im Mittelalter berühmte Steinmetze waren, durften sie keinen Stein auf die Mauer einer gotischen Kathedrale legen! Und Roma heißt doch eigentlich ‚Amor', wenn man das Wort rückwärts liest, also Liebe."

„Aber es enthält auch ‚mor', ‚den Tod' auf Rumänisch", ergänzte ich. „Was war schließlich das Los der Göttin? Wie weit folgte ihr das Volk?"

„Ach ja, die Göttin war eine Lichtgestalt", schwärmte die Romni, „nur dass eines Tages von ihrem Licht nur noch Glanz, der Glanz vom Gold übrig blieb. Verständlich, wenn man das Licht nur hier auf der Erde sucht. Tja, Gold! Der Rom liebt es über alles Weltliche, aber viel mehr noch liebt er seine Sippe, die ihm heilig ist."

„Aber soviel ich weiß, haben Sie in Ihrer Sprache keinen Begriff für Besitz, auch nicht für Pflicht. Wie verhält sich das zum Gold?", fragte ich skeptisch.

„Das stimmt nur bedingt. ‚Mein – dein' ist bloß nicht so scharf umrissen wie bei anderen. Die meisten unserer Stämme übernahmen Begriffe aus den Sprachen der Gastvölker. Unter anderem dieses ‚Ich habe'. Was halten Sie von meiner Geschichte?", fragte Swetlana ungeduldig.

„Die Araber haben den Prinzen nicht umgebracht. Dazu ist ihnen Wasser zu heilig. Eine Leiche im Indus? Nein!"

„Schauen Sie sich doch den radikalen Islam heute an!"

„Mitnichten besser als das Christentum in den Zeiten der Inquisition, ich meine, in der Praxis!" Die Freundin aus Zürich griff in die Debatte ein. Meine Vermutung, dass Sandra eine Romni war, fand ich endlich bestätigt.

„In der Tat, unser Volk hat bereits vor tausend Jahren seine Götter verloren. Unterwegs! Es hat die große Schule der Götter geschwänzt, dafür war es immer vogelfrei …"

„Und schwänzt heute noch die Schule", lachte ich.
„Aber frei, verstehen Sie! Nicht einmal Ceauşescu konnte uns etwas antun, weil wir seine Gesetze einfach ignoriert und weiter nach unseren eigenen gelebt haben", hob Swetlana den Ton.
„Und frei von Verantwortung", fiel ich ihr ins Wort. „Jedes Volk sollte sein Schicksal, seine Verantwortung zumindest in schwierigen Zeiten tragen. Es gibt so etwas wie eine Völkersymphonie. Und jedes Volk muss darin sein Instrument spielen. In Verantwortung für das Ganze, verstehen Sie? Da kann nicht einer kommen und sagen, wisst ihr, Jungs, wir leben unsere Vergangenheit, wir hatten's ja so schwer …"
„Ich wusste ja, dass Sie nichts kapieren! Sie verstehen schier gar nichts. Ach, wie vergeude ich meine teure Zeit mit Ihren intellektuellen Missgeburten!", folgerte Swetlana wütend.
Gewitterwolken umhüllten ihre Augen. Aus dem schwarzen Loch der Pupille warf die moderne Göttin Blitze auf mich herab.
„Die Prinzessin versucht doch genau dies auf internationaler Ebene zu tun, Herr Dozent", versuchte Sandra noch das Beste daraus zu machen. „Wir beginnen, unsere Verantwortung wahrzunehmen. Unsere Stimme erreicht langsam die Ohren der europäischen Öffentlichkeit."
„Manche Instrumente haben ihren Einsatz erst im dritten Satz", schoss Swetlana. Gelegentlich dachte ich doch, ich sähe vor mir eine ganz gewöhnliche Zigeunerin, eine von denen, die die Straßen meiner Kindheit mit dem riesigen Sack voller Töpfe durchwanderten und deren Bild man missbrauchte, um meine Nächte mit bunten Gespenstern

zu bevölkern. „Bist nit brav, dann holt dich die Zigainerin!“, klang die Drohung meiner Großmutter im Ohr.
„Ohne einen Meister im Himmel ist es verdammt schwer, ein Instrument zu erlernen“, meinte Sandra melancholisch.
„Trotzdem haben wir immer Geige gespielt. Aus der Not eine Tugend gemacht!“, ergänzte die Prinzessin. „Sobald wir uns an die Gajikane, an die Gastvölker, angepasst hatten, nahmen wir auch gleich ihre Laster mit: Mord, Betrug, Ehebruch, Völlerei, Krieg.“
„Das gehört leider zur Entwicklung. Manchmal muss ich durch die Hölle, damit Entwicklung stattfinden kann. Allerdings, wenn ich ständig unterwegs bin …“, gab ich zu bedenken.
„Unsere Entwicklung ist ein unendlicher Kreis“, unterbrach Sandra. „Wir müssen nicht eure schlechten Erfahrungen machen, um weise zu werden und dann über eine Hühnerleiter die sogenannte Entwicklungsspirale zu besteigen!“
„Ja, wir wissen alles, was wir brauchen, um zu überleben. Wir wissen viel über das Leben. Aber das Gefäß für diese Weisheit sind bei uns nicht ein paar kluge Köpfe mit Glatze, Brille und einem Blick, als hätten sie eine Darmverstopfung … Bei uns ist es der ganze Stamm. Gibt es denn noch nicht den IQ für Menschengruppen?“
Swetlanas Tirade klang leidenschaftlich. Ich spürte, dass sie mir überlegen war, aber ich empfand keine Ohnmacht, vielmehr wurde in mir die Suche nach den richtigen Bildern und Worten angeregt, wie ein Ringen um die Wahrheit.
„Die Hühnerleiter der Entwicklung, wie Sie sagen, hat auch ihre Zeit, ihre Regeln, und wer zu spät kommt …“

„Unser Problem ist nicht der Zeitpunkt. Wir haben alle Zeit der Welt. Zeit ist doch nur eine Vereinbarung mit dem Schicksal. Was uns fehlt, ist vielmehr der Raum, wo wir endlich zur Ruhe kommen und die Engel im Himmel hören können …"

„Nein", fiel ich Swetlana ins Wort, „die Frage stellt sich umgekehrt: Wer den Himmel nicht im Bewusstsein hat, der hat keinen Boden unter den Füßen. Das heißt, erst müssen die Propheten her; Musiker gibt es immer genug."

„Einer hat's beinahe geschafft … fast. Viel hat nicht gefehlt, und wir hätten so etwas wie eine Heimat. Unsere, verstehen Sie?"

Ich bemerkte kaum die tiefe Bedeutung ihrer letzten Worte und ihre Betroffenheit. Wir tranken einige Gläser Médoc und suhlten uns bis in die Morgenstunden in der Schlammschlacht der Worte. Die Damen rauchten Zigarren, und es ist mir in jener Nacht nicht entgangen, dass einige Gäste auf der sommerlichen Terrasse Sekt tranken und uns anglotzten. Wir waren laut. Na ja, wem ist schon beschieden, einer Prinzessin zuzuhören? Ich fragte aus einer müden Neugierde heraus: „Sie wollten mir doch etwas über den Anlass Ihrer Trauer erzählen?" Die Prinzessin deutete mir mit einer leichten Handbewegung an, dass sie die Angelegenheit nicht vergessen habe. Sie versprach, mir zu schreiben, allerdings unter einer Bedingung: Ich möge doch bitte einen langen Artikel über die in den Briefen geschilderten Ereignisse verfassen und nach Rücksprache mit ihr veröffentlichen, am besten in der FAZ. Wir verabschiedeten uns, die Stimmung war wie nach einem langen Verhandlungstag zwischen Arbeitgebern und Gewerkschaften. Auf dem Heimweg konnte ich mich des Eindrucks nicht erwehren, dass man bei den Roma sogar um Gedanken feilschen musste. Was aber die Schönheit meiner Prinzessin nicht in Frage stellte! Sie glühte wie ein nacktes, leuchtendes Schwert beim Schmieden. Dann tauchte sie abgekühlt und nüchtern in ein fernes, unerreichbares Licht.

## Antichrist ist tot

Neujahr 1990! Temesvar, die Metropole in der Donau-Theiß-Ebene, zeigte an jenem Morgen ein irreal freundliches Gesicht. Der Tag erholte sich von einem ununterbrochenen Getöse, vom Rattern der Kalaschnikows, vom Klirren der zerbrochenen Fensterscheiben, vom Schwefelgestank und von unendlich viel Hoffnung. Man konnte nur schwer die Warnsignale der Ceauşescu-treuen Antiterrortruppen von den Feuerwerken der Freude unterscheiden. Und trotzdem wurde in der Silvesternacht gefeiert: Tod und Hoffnung so nah beieinander! Am Weihnachtsabend hatten alle Medienanstalten verkündet: „Liebe Landsleute, Rumänen, das göttliche Kind ist geboren, der Antichrist ist tot!“ Der Diktator und seine Gemahlin wurden im Schnellverfahren verurteilt und erschossen. Es hieß, sein Blutdruck sei noch kurz vor dem Schießbefehl normal gewesen. Bereits im Morgengrauen läuteten die Glocken pausenlos in der ganzen Stadt. Der Klang war unruhig jammernd und profan. Die Kirche musste endlich Farbe bekennen, nachdem Wochen zuvor der Patriarch in Bukarest dem verhassten Diktator noch geraten hatte, Gewalt anzuwenden, falls das Volk nicht wieder seine Arbeit aufnähme. Die Hoffnung suchte an jenen

Tagen ihr eigenes Gesicht. Ist es im Herzen hell, so lauert der Tod auf den Straßen! Über dem grauen Schnee schwebten Nebelbänke aus Gefahr, die sich zu den Fenstern emporleckten. Die Anspannung war so unerträglich in den graublauen und rosa Plattenbausiedlungen, dass man sich über jedes neue Rattern freute, Hauptsache, die enorme Blase aus Angst, in der man steckte, platzte mal kurz, denn an die Schießereien hatte man sich in den seit zwei Wochen anhaltenden Kämpfen längst gewöhnt. Die Menschen vergnügten sich mit dem Rätseln nach Art und Kaliber der Schüsse. Keiner in diesem Bürgerkrieg konnte mit Sicherheit feststellen, von wo geschossen wurde, wer abdrückte und warum. Man sah ausländische Schützen mit Spezialausrüstung hinter den Barrikaden. Wer bekommt denn da keine Lust auf Kriegsspiele? Einmal im Leben muss es doch live zugehen, dachten sich viele Offiziere der alten Armeeeinheiten, die nie einen Feind zu Gesicht bekommen hatten. Waffen gab's an jeder Straßenecke, viel Kriegsmaterial blieb liegen, Hauptsache schießen. Ja, Brot und Spiele! Das Volk liebte seine Spiele, wo es doch kein Brot gab, selbst wenn man die eigene Haut aufs Spiel setzte.
Die Silhouette der zwölfstöckigen Hochhäuser mit dem Dachantennenwald, mittendrin der Fernsehturm auf der Girocstraße, ließ nichts davon ahnen, dass gerade dort Leben stattfand. Widerspruch und Totenstille! War man nun sozusagen frei? Und wenn ja, was hatte das zu bedeuten? Verlangte denn jeder einschneidende Bruch im Leben einer Gesellschaft seinen Tribut in Bluteinheiten?

Vier Romajungen schlichen an den Häusern vorbei, und wo noch irgendeine Lebensform stattfand, da klingelten sie. Die Menschen öffneten gelegentlich und setzten sich so der Gefahr aus, eine Kugel abzufangen. „Darf der Umzug, die ‚Colinda', eintreten?", lautete die magische Formel des Neujahrsumzuges. Falls der Gastgeber einwilligte, so trat die Kumpanei in den Hof, leierte fröhlich ihre Sprüche und Lieder herunter, ließ die Steckenziege klappern und zog eine Schnur aus der Trommel, die man „burduf" nannte. Ein dumpfer Ton begleitete die Verse „Tza, tza, Zicklein tza ..." Darauf folgten Beschwörungen und Wünsche für das neue Jahr – es ging um die Fruchtbarkeit des Bodens, um den Kinderwunsch oder um Reichtum. Hatten die Menschen nach der Silvesternacht ihren Kater ausgeschlafen, so hörten sie sich das schreckliche Dröhnen des „burduf" an und gaben den Kindern Kuchen oder Geld. Sandu, der Älteste, pflegte zu kassieren. Dann schlichen sie weiter zum nächsten stillen Haus. An jenem Morgen so gegen elf war schön was zusammengekommen. Doch dann geschah es, an einer Kreuzung ... Der Fahrer eines Renault wollte links abbiegen. Aus dem rechten Fenster hing eine rot-gelb-blaue Trikolore mit dem Symbol des Aufstands – dem Loch im gelben Feld. Das Auto kam ins Schleudern, eine dicke Abgaswolke vermengte sich mit dem Schneematsch der quietschenden Reifen. Schüsse waren zu hören. Bobu und Nelu, die beiden Älteren, schauten instinktiv auf die höheren Stockwerke der umliegenden Häuser, während sie sich auf den Boden warfen. Es war erstaunlich, wie rasch sich die Kinder auf diese Überlebensstrategie eingestellt hatten. Ein paar Kugeln prallten vom Zaun ab und fielen in den Schnee, die Heckscheibe des Renaults war plötzlich blutbeschmiert. Fane, ein wohlgenährtes Bübchen, etwa neun, folgte seinen Kameraden nicht sogleich, da er glaubte, der Schütze habe das Gewehr auf Serienfeuer eingestellt. Dann ein Krampf im rechten Oberschenkel. Fane spürte sofort eine merkwürdige Wärme an den Zehen, aber woher diese Kraftlosigkeit, woher kam jene Kraft, die ihn nach unten zog?

„Wehe“, jammerte Bobu am Boden, „bei den Augen meiner Mutter, den hat's erwischt, Mutter Gottes, Fane hat's erwischt, er stirbt uns dahin …“

„Blut“, rief der andere, „Blut im Schnee, hier, Jungs!“

„Ich wollte ja heute nicht mehr losziehen …“

Nelu lief in einen Hof und klopfte verzweifelt an eine Tür.

„Liebe Leute“, stammelte er jammernd, „Gott hat's, nein, meinen Bruder hat's erwischt, tot haben sie ihn gemacht … bei der Seele meiner Mutter, oh Gott, wo warst du?“

„Wir brauchen Verband …“

„Und eine Trage für unseren Bruder, wir müssen nach Hause!“

„Ja, das ist besser. Das Kreiskrankenhaus ist überfüllt!“

Die Leute gaben ihnen eine Schubkarre, und als der Kugelhagel sich etwas legte, hoben die Jungen Fane hinein. Die Steckenziege wurde auf ihn gelegt und Bobu rannte mit der Schubkarre durch die engen Gassen. Sie mussten sich ducken, sooft sie es knallen hörten, und Fane weinte leise vor sich hin. Nelu erreichte als Erster das Elternhaus und setzte die gesamte Sippe in Bewegung, während die Schubkarre ihre Odyssee durch den Kugelhagel erleben musste.

„Fane ist tot am Bein … Ceauşescus haben geschossen“, brüllte er, was das Zeug hielt.

Im Nu liefen kreischende Tanten, alte Frauen, die Mutter, ein Dutzend Puradej, aufgescheuchte Hühner und Nachbarn auf die Straße. Man brachte den Jungen ins Haus. Die Hunde auf der Veranda fummelten mit der Schnauze in ihrem Fell nach Flöhen herum. Die Fenster zum Hof waren eine bunte Glasscherbenlandschaft, und wo die Scheiben ganz fehlten, da übernahmen alte Lumpen die Abwehr gegen den kalten Winter. Alle gestikulierten durcheinander und brüllten:
„Sie haben ihn mir umgebracht, Mutter, Mutter, das tut weh …"
„Sokhardea, Gott soll ihnen die Hoden austrocknen!"
„Das Schwein ist nicht tot, der Antichrist lebt!"
„Er war doch so ein schöner Junge, jetzt ist er ein Krüppel!"
„Ja, er wird nie mehr tanzen …"
Radu, Fanes Onkel, hatte gerade seinen Silvesterrausch ausgeschlafen. Sein pechschwarzes Haar klebte noch an den Wangen und der Schnurrbart bedeckte wirr die Oberlippe. Er wischte sich die Augen mit dem Handrücken. Der zweiunddreißigjährige Mann mischte sich unter die Menge, ohne sich von der allgemeinen Panik anstecken zu lassen. Radu zog dem Neffen die Hose aus, riss seiner Schwester das Kopftuch aus den Haaren und wischte das Blut vom Bein des Kindes.
„Schnell, eine Schnapsflasche! So, trink, mein Junge. Holt Doktor Albu, aber schnell! Viorel, zieh Leine!" Das Geplärre hinter seinem Rücken verwirrte das Kind noch mehr. Kurzerhand warf Radu die Sippschaft aus dem Raum und ließ seine Schwester beim Kind. Der Gusseisenofen verbrannte Papier und alte Reifen. Es war stickig im Raum – der gelbe Rauch quoll unentwegt hervor, wo

die beiden Ofenrohre ineinandergeschoben waren. Radu öffnete fluchend das Fenster und nahm im Vorbeigehen die Schnapsflasche aus den zitternden Armen seines Neffen. Er zog einen heftigen Schluck daraus und murmelte vor sich hin: „Scheiß Aufstand! Sag mal, spürst du dein Bein noch? Beweg mal!"
Als er die Tür öffnete, klebten daran mindestens zehn Ohren: „Kommt, verpisst euch, er wird schon gesund!"
„Gott gebe dir viel Geld, mein Sohn, Geld und Gesundheit", strahlte ihn Fanes Großmutter an.

Bis zum frühen Nachmittag wurde das große Zimmer des Hauses geräumt. Der Arzt war auch schon eingetroffen. Halb besoffen versuchte er mit dem Skalpell und mit der Einstellung, Zigeuner hielten was aus, die Kugel zu entfernen. Die Küche roch nach Pflaumenschnaps, nach billiger Rohseife, nach gebrannten Federn und nach Pferdepisse. Rote Grütze blubberte auf dem Kochherd. Das feuchte Holz knisterte gelegentlich. Winzige Glutstücke fielen auf ein verrostetes Blech vor dem Ofen. Sämtlicher Lehmfußboden war mit geteertem Papier belegt. Ein Sofa mit einer ausgefransten Pferdedecke, ein Tisch, der immer wackelte, da ein Bein zu kurz war, eine uralte Kleidertruhe, ein eingerahmtes Bild vom jungen König Michael anno 1946, Plastikblumen aller Art an die grünen Wände genagelt, ein Poster von Diego Maradona, dem Fußballkönig, Rosenkränze mit Perlen groß wie Haselnüsse neben dem dunkelblauen Türrahmen, ein Kruzifix, bei dem der Heiland einen Arm vermisste, ein eingerahmtes Bild des Patriarchen von Konstantinopel, dann Jimi Hendrix, daneben eine Petroleumlampe auf einem Stativ – man arrangierte sich mit dem Leben, so gut man konnte. Wo der Putz von den grünen Wänden gefallen war, bildete der Lehmziegelhintergrund herrliche Landkarten.

Man küsste sich viermal, rechte Backe, linke Backe, schließlich der Mund, alles mit der Schnapsflasche in der Hand. Der Augenblick feierlich und tränenreich: „Prosit Neujahr!“, „Geld und Gesundheit!“, „Pferde und Frauen, Tawes-bahtale-pulman-do!“

„Der Scheißtisch hinkt“, stellte Sile gelangweilt fest und legte den zerbrochenen Plastikstöpsel der Schnapsflasche unters Tischbein.

„Dann haben sie den Fernsehsender gestürmt, wo sich die Mutigsten verschanzt hatten. Keine Fensterscheibe blieb ganz. Erst vor ein paar Tagen haben die Jungs aufgegeben. Blut bis zum Knöchel, das sag ich dir!“

„So etwas habe ich schon in der Armee erlebt, da hat sich einer versehentlich ins Bein geschossen. Beim Absichern. Die Kugel muss man erst finden, sie kann auch in der Ader stecken bleiben“, meinte Radu.

Die drei Brüder Radu, Relu und Sile, Vetter Buke und der Onkel rauchten ununterbrochen ihre „Carpati ohne Filter“. Bukefalos, der widerspenstige Vetter, Radu und Onkel Mitu saßen am kleinen Tisch, wobei Relu mit seinem langen Bart und Sile, der Jüngste, auf dem alten Sofa mit der Schnapsflasche wie mit einer Geliebten herumlümmelten. Sie teilten sie brüderlich, gaben sie sich behutsam weiter, streichelten ihren Hals und küssten die Öffnung wie einen Mund, bevor der Segen den Rachen hinunterlief.

„Die schießen wie die Blöden und geben nicht auf. Wenn es aus ist, ist’s aus. Sie haben verloren, was soll’s?!“, mein-

te Relu. „Die Diktatur wird zu Grabe getragen!" Buke freute sich.
„Viele sind gestorben – Gott verzeihe ihnen. Gott, oh Gott, junge Menschen, wie die Blume so jung", jammerte Onkel Mitu.
„Wer hätte das erwartet, Onkel Mitu? Doch klar, keiner", mischte Sile sich ein.
„Wenn das so weitergeht, gehen sie auf uns los, ja, auf uns. Was haben wir ihnen getan, frag ich euch? Was hat das Kind verbrochen? He? Kann mir einer das sagen?" Buke spreizte fragend die Finger seiner geöffneten Hand.
„Wenn es so weitergeht, wird jeder auf unsere Kinder schießen, nicht nur die Securitate-Jungs! Die werden uns jagen und abschlachten wie Wildschweine", konstatierte Relu lakonisch nach einem Zug aus der Flasche. Automatisch gab er sie weiter.
„Man wird wie tollwütige Hunde ausbrechen – auf uns", bestätigte Buke die Endzeitstimmung.
„Ja, ja, die Welt ist verdorben und die Menschen böse!"
Darauf erwiderte Sile etwas sauer:
„Ach, hört mir auf damit, Klageweiber seid ihr, was soll das? Wann ging's uns denn schlecht? Geröstete Kürbiskerne haben wir in der Not verkauft und Gasflaschen aus den Häusern geklaut."
„Die Menschen erwachen, aber es scheint, als würde der Teufel sie wecken", meinte der Onkel wieder.
„Pula", schoss Radu, „die sind jetzt nach vierzig Jahren erwacht, na und? Wir schlafen, seit es uns gibt! Wie Schlafwandler ziehen wir durch die Welt!" Seine Stimme verlor an Kraft, und keiner begriff den Sinn seiner Worte.

„Wir schlafen? Geld hatten wir immer, und dafür konnten wir die halbe Welt kaufen, Menschen, alles!“, widersprach Sile.

„Ja, in der Tat, früher kaufte ich locker den Milizmann und mein Vater wiederum den Gendarm.“ Der Onkel zog an einer alten Pfeife, die er mit Tabak aus zertrümmerten Zigaretten gefüllt hatte. „Wir müssen uns jedes Mal die Menschen erkaufen, dann unser Zuhause! Da, wo das Gesetz auf unserer Seite war, war unser Zuhause.“

„Ach, was soll das? Wer ist denn von euch im Stadtteil Fratelia geboren? Oder in Temeschwar? Du vielleicht, Onkel Mitu?“ Radu sah allen kurz in die Augen.

„Mein Sohn, es ist nun einmal so, guck mal, ich bin in Zagreb geboren, Buke in Szeged, Tante Sidonia in Czernowitz, Relu?“

„In Arad, unterm Planwagen.“ Gelächter erfüllte den Raum.

„Jeder woanders, na also, da haben wir's!“, stellte Radu fest.

„Weil wir kein Zuhause haben, sind wir Pferdeäpfel am Wegrand. Diese gottverdammten Wege haben uns erschöpft und unsere Frauen zu Huren gemacht. Die Tiere werden nicht fett, weil sie keinen Stall kennen.“ Radu ereiferte sich zunehmend nach jedem Schluck Schnaps.

„So steht's geschrieben, mein Sohn, dass der Zigeuner kein Land hat. Dafür ist sein Zuhause das Gold. Ja, wir folgen dem Ruf des Goldes, und diesem Ruf folgen wir bis in die Hölle!“ Onkel Mitu versuchte dabei zu zeigen, wer der Ältere in der Runde war. Sein ironisches Lachen wie ein rhythmisches Husten erwürgte den anderen das Wort bereits im Mund. Die Gegenargumente kamen verzerrt, nicht überzeugend.

„Pula, wo steht so was geschrieben?"
„Im Herzen unseres Volkes, Radu. Hier!" Onkel Mitu klopfte sich auf die Brust.
„Wir sind wie streunende Hunde, die ihre Knochen vergraben haben und sie dann nie wieder finden", unterstützte Relu den etwas in Bedrängnis geratenen Radu.
Ein Kind kam schüchtern herein und bettelte. Buke und der Onkel gaben ihm etwas und schickten es mit einem Klaps auf den Hintern hinaus. Das Mädchen jauchzte vor Freude: „Prosit Neujahr!"
„Was heißt hier Herz? Blödsinn! Also, ich vertraue nur dem, was auf dem Papier steht. Es kommen andere Zeiten auf uns zu. Ich weiß nicht, warum, aber ich glaube, unsere Stunde hat geschlagen", meinte Sile optimistisch.
„Der Diktator ist tot! Es lebe die Revolution!" Buke brüllte. Spott und Verzweiflung zerrten an seinem Ton.
„Ja, überleg doch, die Grenzen werden für immer offen sein, wir können Geschäfte machen in Berlin oder in Rom, wo wir nur wollen, ohne die Passbehörde bestechen zu müssen! Leute wie der Stoica mit seiner Bäckerei in der Josefstadt werden viel Kohle machen, ein Haufen Firmen und Boutiquen machen auf, und wo die Kohle an den Tag kommt, da sind wir gleich dabei – na, ihr wisst schon, was ich meine." Relu lachte sich in den Bart.
„Ich fürchte nur, mein Sohn, dass die Revolution wieder nur für die Gajikane war", versuchte Onkel Mitu die Euphorie zu dämpfen.
„Weil wir immer zu spät kommen, wenn der Kuchen verteilt wird. Wir brauchen Boden, Leute. Wenigstens ein paar Städte und Dörfer, wo wir unsere Lieder singen können", beklagte sich Radu. Sie stießen auf die Revolution an und tranken das Stamperl leer.

„Boden, hier? Du bist wohl in der Kantine hinterm Kessel aufgewachsen, nicht in Rumänien, was? Wer wird dir hier Boden geben? Das ist doch eine Bananenrepublik … ohne Bananen. Nix wie weg hier! Hier kannst du nicht einmal eine Bank ausrauben. Schon morgen hast du anstatt Geld Klopapier in der Hand“, sagte Sile. Sein Eifer und seine Überzeugung trieben ihn hoch wie eine unsichtbare Feder. Er sprang auf.

„Das Einzige, was zählt, ist deswegen Gold und das war immer schon so!“, bestätigte Radu.

„Wir sind doch nicht in Matahan!“, brüllte Buke.

„Das heißt Manhattan und liegt in Kalifornien, bei den reichen Kalifen.“

Sile klopfte seinem Bruder auf die Schulter und lachte:

„Die Rumänen kriegen doch nichts gebacken, die können noch so viele Revolutionen machen, da ist der Wurm drin.“

„Die Türken haben hier früher …“, wollte Relu bestätigen.

„Unsere Uhr tickt anders als die der Gajikane … Ich hab’s satt, dass unsere Weiber mit den Gajikane pennen, sie sind die ganze Zeit ‚prasto‘, ist doch so!“, regte sich Buke auf.

„Ich möchte nur noch Geschäfte mit ihnen machen, sonst nichts“, sagte Sile resigniert.

„In die Fresse musst du unseren Weibern hauen, wenn sie rumhuren!“ Buke ereiferte sich, während Sile mit der Gabel in einer Sardinenkonserve herumfischte und gelegentlich aß.

Onkel Mitu und Sile furzten regelmäßig, was Akzeptanz und ein stilles Lächeln bei den anderen hervorrief. Es roch nach Sardinen und nach gebrannten Federn.

„Wisst ihr, wenn man Gold hat, dann braucht man auch den Boden, wo man es vergraben kann. Und nach zehn Jahren find ich's immer noch dort, deshalb ist der Boden wichtig", meinte Radu. Der einarmige Heiland am Kruzifix schien sich nach vorne zu beugen, um dem Gespräch besser folgen zu können.
„Heute gibt es Banken, du Grünschnabel!"
„Übrigens", Sile wandte sich gelassen Onkel Mitu zu, „wo ist eigentlich das Odessa-Gold?" Totenstille rieselte über die dunklen Konturen der Bilderrahmen und der Jesusknabe in der Glasikone legte das Lächeln eines Autisten an den Tag. Das Gold war ein Thema, das viele in der Runde beschäftigte, aber seit vielen Jahren hatte niemand mehr gewagt, es anzusprechen.
„Hm, wenn ihr mich fragen wollt", fing Onkel Mitu zögerlich an, „dann muss ich euch gleich sagen: Jungs, lasst die Finger davon! Darüber schwebt ein Fluch! Nee, fragt mich lieber nicht."
„Aber du wolltest es doch finden", erinnerte Sile.
„Tja, aber auf seiner Spur fand ich nur den Tod, nur Totschlag und Verbrechen. Unsere Sippe folgte den schwäbischen Vertriebenen ins Baragan. Wir lebten als Handwerker gut neben ihnen und sie hatten zu uns mehr Vertrauen als zu den Ungarn. Die Kommunisten wollten es halt den Russen nachmachen und siedelten die Donauschwaben um. Wir siedelten neben ihnen und hatten das gleiche Los, die Steppe, die unwirtliche Kälte und sonst nichts außer Nichts-los. Nichts hatten wir. Ich arbeitete damals – 1954 war es – auf dem Nordbahnhof von Bukarest als Schuhputzer. Es kam ordentlich was raus. Der Winter schickte komische Züge in den Bahnhof, ich merkte, da draußen passiert was. Die Leute in den Zügen hatten all

ihr Hab und Gut dabei und sprachen meist Deutsch. Ich fuhr nach Toporu zu meinen Eltern und Geschwistern …" Onkel Mitu fing an zu schluchzen, hielt den Atem an, schlug mit der Faust auf den Tisch und schaute sich in der Runde um. Dann legte er den Kopf samt Zigarette auf seinen Arm auf den Tisch, fing an zu heulen wie ein Schlosshund im Februar und schlug dann plötzlich seine Stirn an die Tischkante.

„Wo nichts drin ist, geht auch nichts kaputt", hörte man eine Stimme im Raum. Böses Gelächter, unerträgliche Spannung, als erwartete man ein Gespenst aus der Vergangenheit.

„Sie waren alle tot, versteht ihr, tot! Die Erde möge sanft auf ihrer Brust liegen!" Onkel Mitu weinte bitter, man dachte, er würde nicht mehr aufhören.

„Gott behüte sie warm in seinem Schoß!", flüsterte Relu. Einige „Amen" ertönten im Rauchdunst. Die Scheiben zur Straße waren inzwischen angelaufen. Der alte Mann wurde blitzschnell klar im Kopf, während sich die anderen noch im Gefühlsschlamm der Erinnerung suhlten.

„Einige Schwaben durften wegen des bitteren Winters wieder heimwärts ins Banat ziehen, aber sechzig Leute aus unserer Sippe sind in den Zelten und Planwagen erfroren. Minus sechsunddreißig Grad hatte es im Baragan. Meine Brüder lächelten tot unter dem Eisstaub." Tiefe Andacht, durchsetzt von Verblüffung, legte sich über die Häupter im Raum.

„Nach zwei Tagen war die Miliz auf dem verfluchten Feld, um ein Protokoll zu erstellen. Auch unser Bulibascha kam, um die Toten mit nach Hause zu nehmen. Es war immer schon so – er war da, wo man ihn brauchte."

„Was, Corbea war damals im Baragan?"

„Die Toten … nach Hause? Wieso?“ Radu sprang auf.
Im gleichen Augenblick kam Aglaja hereingeschossen: „He, kriegt eure Ärsche hoch! Hoher Besuch!“
Alle stürmten an die Fenster und putzten mit den Ärmeln kreisend die angelaufenen Fensterscheiben.
„Immer da, wo man ihn nicht braucht“, meinte Sile ironisch.
„Von mir habt ihr über das Gold nichts gehört“, röchelte Onkel Mitu außer Fassung.
Die Roma schauten durch das Fenster wie Fische, die das Eisloch im Winterteich entdecken. Corbea, der Bulibascha aller Roma westlich der Karpaten, stieg aus seinem weißen Mercedes. Für jedes Kind, das ihn bettelnd umschwärmte, hatte er eine Münze, eine Tafel Schokolade oder ein paar Kaugummis parat. Die Kinder und Jugendlichen der Straße versuchten ihn auf den Handflächen zu tragen, aber anscheinend waren Pelz und Bauch zu schwer. Zum Glück verzögerte sich dadurch sein Eintritt in die schmuddelige Bude. Kinder stießen die Tür weit auf, und der Riese im Pelz stand vor dem Tisch. Die Männer, Onkel Mitu allen voran, warfen sich kniend an seine Hand und küssten sie, noch bevor er den schwarzen Handschuh abstreifen konnte.
„Gott segne Eure Hoheit!“
„Ein gutes neues Jahr!“
„Euer Stamm mehre sich wie die Vögel des Himmels!“
„Kinder, Kinder, erhebt euch! Und seid mit Gott in diesen Tagen, die uns die Freiheit gebaren“, sprach der Bulibascha feierlich.
„Wie schön er das sagt, und wie er’s wieder trifft!“
Er zog einen Haufen Eindollarscheine aus der Tasche und warf sie auf den Tisch.

„Nehmt, Brüder, wenn ihr bedenkt: Vor hundert Jahren waren wir noch Sklaven des alten Königreiches!“
„Dollar, Eure Hoheit?“
„Ja, ja, die anderen haben bald keinen Wert mehr.“
„Auf ein freies Zigeunerreich! Corbea als Ministerpräsident!“
Radu tanzte mit der Flasche in der Hand hinter dem Pelz.
„Unser Reich ist das Gold … Junge, Junge, aus dir wird noch was!“, lobte der ungekrönte König Radus Schwärmerei. „Schade, dass man dich nicht in die Schule geschickt hat.“
Relu versuchte, ihm den Pelzmantel abzunehmen, aber der König wehrte es entschieden ab. Als er die weißen Lederhandschuhe mit einer weiten, königlichen Gebärde von der Hand zog, durften alle, wie so oft, die Rubinklumpen an den Ringen bewundern und mit den Lippen berühren. Außer Mitu warfen sich alle erneut auf die Knie. Der rote Glanz an den Fingern war nicht von dieser Welt.
„Eure Hoheit, erzählt uns von der Schwarzen Madonna, die Ihr im Sommer in Frankreich besucht habt, bitte“, bettelte Relu wie in einem Rausch, dessen Ursache nicht Seine Hoheit, sondern die Schnapsflasche war.
„Also, es war so: Ich habe zuerst einen Antrag gestellt, wie sich’s gehört, bei den Behörden, dann kam lange Zeit keine Antwort.“ Es herrschte Totenstille im Raum. „Na ja, ich hatte schon einmal nachfragen lassen, was mit meinem Reisepass wäre, ich wolle der Madonna einen Rubin schenken, erzählte ich. Die Behörden, diese Schafsköpfe, bewegten keinen Finger – es wird schon werden, vertrösteten sie mich. Dann bin ich einfach los, mit meinem Geld habe ich die ganzen Zoll- und Grenz-

truppen in eine unbeschreibliche Sauferei gestürzt. Ich habe die Schlacht mit Schnaps gewonnen. Drei Monate nach meiner Rückkehr kam der Bescheid: Ich darf nach Frankreich, hieß es. Nein danke – rief ich persönlich an –, ich war bereits in Saintes-Maries-de-la-Mer." Die Spannung im Raum verzerrte die Gesichter. Die Brüder reduzierten sich zu Ohren. Gespanntes Hören und Denken machen einfach hässlich. Plötzlich brachen alle in ein rhythmisches Gelächter aus. Simulierte Erleichterung machte sich breit.

„Die Madonna, wie ihr wisst, thront in Saintes-Maries-de-la-Mer, ein schöner Ort am Meer, Palmen, Casinos, polierte Karossen und herrliche Mädchen, man hätte meinen können, alle sind Zigeunerinnen. Putzig, das sag ich euch! Da treffen sich im Sommer Roma aus aller Welt, denn die Muttergottes beschützt nur uns, sie ist ja auch schwarz, oder? Der Papst, schlau, wie er ist, wollte sie uns für viel Geld abkaufen, aber das machen wir nicht, nicht für alles Gold in der Welt. Der steckt ja mit der Mafia unter einer Decke!"

„Alle Italiener sind Mafiosi", schoss Sile wütend hinein.

„Unterbrich mich nicht … der ist Pole und heißt Wyborowa, du Blödmann! Also, ich zündete eine Kerze für die Maria an, eine für die Sarah, berührte ihren Fuß, und siehe da, die Heilige lässt eine Träne fallen. Die Träne wurde sofort zu einem Rubin, den ich zu einem französischen Juwelier brachte und in meinen Spazierstock einarbeiten ließ. Hier könnt ihr sie sehen." Corbea hielt seinen Untertanen den Stock unter die Nase. Die Verwunderung, die sich breitmachte, erinnerte an das Letzte Abendmahl.

„Dann besuchte ich noch Madame Negresco in Nice, die Alte ist ja eine entfernte Verwandte von mir. Ich ließ mich von den Französinnen, die sie mir aufs Hotelzimmer geschickt hatte, massieren. Es war so schön, dass mir die Muttergottes wieder erschienen ist. Bei der Massage. Sie sagte: Deinem Volk, Corbea, wird nächstes Jahr viel Reichtum und Glück beschieden sein. Geh nach Hause und behüte es!"

„Hoch lebe der Bulibascha!" Alles brüllte oder küsste. Ein Geiger spielte im Hintergrund, weil er seine Worte nicht mehr hören konnte.

*Wenn jedes Volk seinen Erlöser und Retter kennt, der es zum richtigen Zeitpunkt in die richtige Himmelsrichtung führt – wie Moses die Hebräer zum Beispiel –, wie müsste dies bei einem völlig verstreuten Volk aussehen?*

## Hinter Gittern

Viele der Befürchtungen der Roma bestätigten sich in den nächsten Monaten, andere wiederum nicht. Keine Regierung der Welt hätte in Rumänien unter den gegebenen Bedingungen Ordnung herstellen können, schon gar nicht die Iliescu-Regierung. Die Hetzkampagne, mit der viele Roma gerechnet hatten, fiel gegen alle Erwartungen aus. In den Randstadtvierteln wurden von Zigeunern Prunkvillen gebaut, die den Palästen eines Maharadschas nacheiferten. Die Dächer und Türmchen aus verzinktem Blech durften natürlich nicht fehlen. Und in Anbetracht der Limousinen, die die Roma fuhren oder in denen sie sich fahren ließen, konnte man annehmen, dass viele unter ihnen bereits zu den Neureichen des Landes gehörten.

Altes, gehortetes Geld tauchte nun ungeniert an tausend Ecken auf. Der Zigeunerpöbel schacherte wie eh und je mit Altkleidern, mit Lederjacken, mit Geschirr, mit Gänsefedern für Daunendecken und mit dem Umtausch von harten Währungen. Es gab in der Stadt genug Anlässe zum Feiern, also klingelte die Kasse auch bei den „Läutari“, den Geigern und Zimbel-Spielern. Die Neureichen feierten märchenhafte Hochzeiten, um in der Öffentlichkeit auf sich aufmerksam zu machen. Die Zahl der Hochzeiten nahm zu, während die der Taufen zurückging, denn auf dem Markt gab es endlich Kondome und Verhütungsmittel. Die Frauen der Roma ließen an der Straßenecke Popcorn platzen oder sammelten Essensreste aus den Müllcontainern, um zu Hause ein paar Schweine zu füttern. Andere praktizierten weiterhin das Wahrsagen aus der Hand, während die kleine Schwester dem Kunden das Portemonnaie aus der Tasche zog. Die Kinder mussten währenddessen betteln oder sie jagten mit dem Lasso Gänse auf den Wiesen hinter der Stadt. Die Zeiten wurden wieder bunter, der dunkle Mund der Verführung gähnte überall auf den Straßen mit bunten Lichtreklamen, und die Roma traten auf dieser neuen Bühne unverfroren auf.

Die drei Brüder gingen ihren Geschäften nach. Onkel Mitu verbreitete Frieden und Ratschläge, wo immer er auftauchte und Schnaps bekam. Nur einer fehlte in der Runde: Vetter Bukefalos brummte nämlich hinter Gittern. Und das kam so:

Am zweiten Januar frühmorgens wachte Buke durch die Schreie des verwundeten Kindes auf. Mit einem gewaltigen Schnapskater wachte er auf. Und besorgt. Der Junge zeigte in seinem Schmerz auf den Bauch, was Buke als Hunger deutete. Was braucht ein Kranker, der zu Kräften kommen soll, grübelte Buke, indem er die Wände mit dem Blick abtastete. Der Morgen ließ noch keine Farben erkennen, dafür das Muster an den Wänden. Ein Hahn krähte etwas unentschlossen, verhalten. Na klar, eine Hühnersuppe brauchte der Junge und ihm selbst würde das jetzt auch nicht schaden! Er suchte im Dunkeln seine Hose, streichelte dem Jungen über die fiebernden Wangen und eilte hinaus. Hinterm Schweinestall stand ein verdorrter Baum, auf dem die Hühner zu schlafen pflegten. Zu hoch, verdammt. Scheiß Fleischbaum – dschande-mischki-dake –, fluchte Buke, während er den Baum schüttelte. Die Hühner wachten auf und flogen in hohem Bogen davon. An Fangen war da nicht mehr zu denken. Aber wenn die Nachbarn Hühner haben, dann haben wir auch welche … Durch die Gärten machte er sich auf den Weg zu einem gewissen Munteanu, der bekannt war für seine guten Geschäfte mit Gemüse und Fleisch. Die Hunde tobten an der Kette. Vorsichtig öffnete Buke das Gartentor und schlich wie ein Schatten zum Hühnerstall, gerade als der Hahn herauskam. Buke kniete nieder und versuchte vergeblich, mit der Hand die Hühnertreppe zu erreichen. So steckte er den ganzen Oberkörper durch die Öffnung und tastete im Hühnerdreck herum, bis er etwas Hartes in der Rippe spürte.

„Komm heraus, Krähe, Tote brauchen kein Hühnerfleisch!“

„Schöne Tage, und Glück sollst du haben, Chef, und ein gutes Neues, unser Jüngster hat von den Schweinen eine Kugel in den Bauch gekriegt, Scheißzeiten, Chef“, jammerte Buke.

„Scheißzeiten, gute Idee, Krähe! Euch wollt ich's immer schon heimzahlen, aber die Polizei hat sich ja immer eingemischt. Jetzt frisst du Scheiße, da, von den Hühnern!", brüllte Munteanu. Er legte den Lauf der Kalaschnikow an Bukes Schläfe. „Na komm, mach schon, Krähe, war das nicht klar?"
Munteanus Ton war scharf und entschlossen. Er hat nichts zu verlieren, dachte der Zigeuner. Buke nahm Hühnerdreck mit dem Zeigefinger und wischte sich die kleine Portion an den Kragen, den Grobian im Rücken. Er brüllte wie ein Ochse vorm Schlachthof, übergab sich, spuckte vor Ekel. Indem seine Augen eine Runde drehten, sah er zwei Schritte weiter, am Hühnerstall angelehnt, ein „Stalinsherz" – eine Riesenschaufel, die man zum Kohleschaufeln benutzte. Es passte viel darauf und ihr Prototyp wurde angeblich von Stalin selbst erfunden um die Arbeit im Gulag voranzutreiben. Durch vorgetäuschtes Hinken und Stolpern gewann Buke einen Schritt, packte die Schaufel und schlug sie zielsicher dem Hühnerbesitzer auf den Schädel. Jener taumelte, bewegte den Unterkiefer, um zu fluchen, und lud das Gewehr. Dann folgte der nächste Hieb, dann noch einer, dann traf Buke die Stirn. Wie oft mag es die Kante gewesen sein? Munteanu brach in einer Pfütze zusammen, während Buke die Flucht durch die Gärten ergriff.

Noch am gleichen Abend stammelte Munteanu auf dem Flur des Kreishospitals den Namen des Täters. Die Diagnose lautete: „Schädelbruch mit Beeinträchtigung des Hörvermögens." Nur seinen süßen Rachegefühlen hatte Munteanu es zu verdanken, dass er so schnell auf die Beine kam. Nach drei Wochen konnte die Polizei Buke bei einer Schlägerei vor dem „Continental“ verhaften. Er war vorbestraft und bekam nun wegen Diebstahls und Körperverletzung anderthalb Jahre „Popa Sapca“ – das berüchtigte Gefängnis der ehemals „politisch Aktiven“. Die Behauptung, Munteanu habe auf ihn schießen wollen, nutzte seiner Verteidigung nicht. „Revolutionsgegner“ oder „Spitzel der Securitate“ fielen gegen Munteanu auch nicht ins Gewicht, jener war früher nicht einmal Parteimitglied gewesen. Der Bulibascha intervenierte für seinen Mann, konnte aber lediglich eine Strafminderung erreichen: ein Jahr. Die Monate im Knast waren bitter, und doch wehte von draußen ein Wind voller Hoffnung und Freiheit durch die Gitter hinein. Gerade jetzt die beste Zeit verpassen, wo alle Geschäfte blühen, gerade jetzt auf totem Gleis warten müssen? Jede Mahlzeit würgte Buke herunter, es war wie ein Sieg des menschlichen Willens über den Gaumen. Der Hühnerdieb dachte an die Hühnersuppe, an die Fettaugen, die darauf schwammen, und an die Nudeln, die im Bart hängen blieben um dann wiederum von Kindern am Tische eifrig herausgeleckt und verschluckt zu werden. Aber wegen der gleichen verdammten fetten Hühnersuppe musste er doch sitzen, dachte Buke in seiner Einsamkeit. Am 20. Juni, nach fünf Monaten, wurde Bukefalos im Zuge einer Generalamnestie für politische Gefangene begnadigt. „Popa Sapca“ entließ Ex-Regimegegner, Kommunisten, Securitate-Offiziere und ein paar Gauner, die man nicht einordnen konnte. Darunter fiel Buke. Mit anderen Worten: Das Gefängnis konnte seine „Gäste“ nicht mehr ernähren.

Der Gabor-Clan war sich schnell einig: Der Tag musste gefeiert werden. Der Vetter kommt aus dem Knast, ohne

Bestechungsgelder, ohne Anwaltskosten. Wenn das nicht nach Freiheit roch? Ein paar Läutari wurden organisiert und das Lokal bestimmt. Natürlich musste Buke mit Musik abgeholt werden, der Ärmste hatte ja fünf Monate lang Linsen, Makkaroni mit Nägeln aus den Kisten und Bohnen heruntergewürgt. Relu stand ungeduldig in der Menschenmenge, die auf die Straßenbahn wartete. Die vielen Boutiquen, die in der Josefstadt aufgemacht hatten, verwandelten das Stadtbild in einen Basar. Balkanisch und orientalisch wirkte die Stadt, die einst der Stolz der Donaumonarchie gewesen war. In Temeschwar fuhr eine der ersten Straßenbahnen der Welt, und hier gab es die erste elektrische Straßenbeleuchtung auf dem Kontinent.

Der Gabor-Clan hatte die „Betäubte Hündin“ zum Feiern bestellt, die Kneipe neben dem Stadion, deren Räume einst als Veterinärklinik dienten. An der Straßenbahnhaltestelle verlor Relu seine Frau Läcrämioara im Gewühl aus den Augen. Der Sack mit Töpfen, den sie auf dem Rücken trug, zwang sie zu einer gebückten Haltung, so dass sie in der Menge fast verschwand. Als die Zweier-Straßenbahn ratternd an die Haltestelle fuhr, senkten sich die unterhöhlten Gleise. Die Menschenmasse bewegte sich so harmonisch auf die Klapptür zu, dass man meinte, es seien Meeresgräser, die durch eine leichte Welle in Schwingung geraten waren. Als die Tür aufklappte, begann jedoch der nackte Kampf ums Überleben. Darwin hätte gejubelt! Wer kommt noch hinauf – das war hier die Frage und der Beweggrund allen Strebens. Relu war sehr geübt im Hochsprung über die beiden Stufen der Straßenbahn. Trotzdem war er erst als Dritter oben. Dort angelangt, blockierte er die Tür und schaute sich nach seiner Läcrämioara um. Er sichtete in der drängelnden Masse schnell den Sack, unter dem sich seine Frau befinden musste.

„Eh, andiamo, bambina, ma che cosa fai?“ Trotz der Sommerhitze trug er eine modische Lederjacke und einen grell grüngelben Hut mit breiter Borte. Aus der Art, wie er seinen pechschwarzen Schnurrbart kringelte, konnte man sofort schließen, dass er sich in seiner Haut wohlfühlte und obendrein noch einen guten Tag hatte.

„Mach Platz, alter Rumäne!“, fauchte ein Mann.

„He, so kannst du mit mir nicht reden, klar, Alter?“

„Hau ab, Krähe, ich muss da rauf!“, rief ein anderer.

„Meine Feinstrumpfhose, pass doch auf … eine Laufmasche, Scheiße! Heute Morgen war sie noch neu, kannst du nicht mal aufpassen mit dem Sack, Krähe?“ Eine fein gekleidete Dame mit großen Ohrringen versuchte, sich mit dem Hintern einen Korridor zu bahnen.

„Die sind heute nichts mehr wert, du triffst immer irgendjemanden mit Regenschirm in der Straßenbahn“, stöhnte eine ältere Dame mit viel Lebenserfahrung.

„Bambina, presto, presto, andiamo“, versuchte Relu das Italienische nachzuäffen. Immerhin war es die Sprache der Geschäftsleute in der Stadt und nicht zuletzt die der Mafia. Die Straßenbahn setzte sich in Bewegung, überfüllt wie immer, worauf Relu panisch im lokalen Slang brüllte:

„Steig endlich ein, Lăcrămioara, du Lahmarsch, merkst du nicht, die Straßenbahn fährt los!“ Aber es half nichts, seine Frau musste die nächste nehmen, da sie den schweren Sack nicht stemmen konnte.

Gegen vier trafen sich alle – um die zwanzig Erwachsene und ein Haufen Kinder – am Haupttor des Gefängnisses.

„Wann kommt er denn?“ Onkel Mitu wandte sich höflich dem Pförtner zu.
„Keine Ahnung, zuerst werden alle noch entlaust, sonst steht der Gefängnisarzt blöd da. Es stinkt schon ein bisschen, wenn die da rauskommen, muss man schon sagen.“
Bis fünf spielten die Männer „66“ auf dem Rasen vor dem Eisentor und fluchten gewaltig. Die Frauen zählten ihr Geld, machten Geschäfte, gestikulierten und brüllten so laut, dass sehr viele der Knastgäste an die Gitter kamen, um sich auf anzügliche Gespräche mit den Pirande einzulassen: „Zeig mir deine Schenkel, und wenn ich hier rauskomme, mach ich dich verrückt“, „Komm rein, Krähe, ich hab hier ein super Hotelzimmer für uns zwei, mit Klo und Waschbecken.“
„Friss mir die Schamhaare, du Mörder, du Securist, du!“
„Ich reiß dir den …“
„Komm, tu’s doch, e-je-je“, zwei Zigeunerinnen bewegten rhythmisch ihre Hüften und improvisierten obszöne Trinklieder:
„Du im Knast, ich bin frei, vertrockne dir das linke Ei!“
Währenddessen ärgerten die Halbwüchsigen die bewaffneten Wachen am Stacheldraht, indem sie beharrlich darum bettelten, durch das Fernglas schauen zu dürfen. Um fünf war die Luft noch immer heiß und staubig. Das alte, graue Gefängnis „Popa Sapca“ war ein Tor zur Unterwelt, die Eisenstangen an den Fenstern schienen zu schmelzen. Der Stacheldraht wob sich auf dem Dach und durch den Zaun mit der Regelmäßigkeit eines Spinnennetzes. Plötzlich fiel einigen der Grund ihres Wartens wieder ein:
„Wir wollen unseren Buke, es ist sein Recht, er hat nämlich Amnestie, so eine pulitische Krankheit.“

„Jetzt verpisst euch …“
„Haj siktir!“, neckte ein Zehnjähriger.
„Habt ihr das gehört?“, fragte Relu, nach Unterstützung suchend.
„Ich sperr euch ein, ihr Rotzschlucker, was soll das?“
„Das kriegst du doch nie hin, du Kommunistenknecht“, rief einer, indem er das „V“, das „Victory“-Zeichen der Dezemberrevolution, mit gespreizten Fingern dem Gefängniswärter drohend entgegenreckte.
„Das kann der doch nicht machen, ich komm mit meinem Anwalt, dann ist er seinen Job los“, drohte Sile ernsthaft und sachlich.
„Nee, das darf der nicht, wir sind ehrliche Bürger des rumänischen Staates, eines freien Staates mit einer Verfestigung …“
„Verfassung heißt das“, verbesserte Radu.
„Wer hat dich denn in deine Uniform gesteckt? Doch der Staat, oder? Und der Staat ist das Volk, also wir!“
„Ihr seid ein Lumpenpack, ein Scheißhaufen, nicht das Volk!“
„Er darf uns nicht einsperren …“
„Und ob ich das darf“, brüllte der Uniformierte am Rande des Wahnsinns. „Ach, vor acht Monaten hätte ich euch gerne mit dieser Klappe gesehen!“
„Auf die Augen meiner Mutter“, spuckte einer der Roma.
„Scheiß auf deine Augen, Krähe! Verschwindet oder ich schieße!“
„Habt ihr die Kommunisten-Sau gehört?“, fragte Sile empört.
„Wir haben heut Demokratie, was mir gehört, das kriegst du nie!“

„Merkt ihr, er hält die Klappe. Jetzt kennt er keine Parole mehr."
„Ha, dem haben wir Respekt vor dem ehrlichen Bürger beigebracht."
„Waaas habt ihr?"
Die Gabors lachten sich fast tot. Einer fing an, einen Rhythmus zu klatschen, und alle tanzten, als wäre Karneval in Rio. Aus Verzweiflung und völlig dem Feind ausgeliefert, tanzte der Unteroffizier vor seinem Anmeldehäuschen mit. Er vergaß sich selbst wie die Kröte, die sich aufgibt, um in den Rachen der Schlange zu kriechen – es war, als sei ein fremdes Wesen in seine Uniform geschlüpft. Die Musiker spielten durcheinander. Vergebens, Buke kam nicht. Um halb acht zogen alle Beteiligten ungeachtet des Geschlechts die Hosen runter. Wie in einem Musical harmonierte der Rhythmus der Hintern, die dem Unteroffizier hingestreckt wurden, und um acht kam endlich Buke, stinkend und mit Stoppelhaar, aber gut ernährt und gut gelaunt. Die Sippschaft war verblüfft. Der Märtyrer musste erst einmal abgetastet werden; alle wollten sich vergewissern, dass es wahr sei. Hunderte Finger suchten seine Nase, seinen Mund, seine Beine. Die Musik verschmolz mit den Küssen, Buke mit seiner Sippe.

In der „Betäubten Hündin" waren die Tische längst gedeckt. Lange Samtgardinen hingen vor den Fenstern. Der Eingang zu den Toiletten war mit dem gleichen weinroten Stoff ausgelegt. Neben der Theke stand ein gläserner Kühlschrank mit Leckereien wie Frikadellen auf Salatblättern, sibirischem Kaviar aus der Büchse, Radieschen, gekochten Eiern in Scheiben, alles garantiert nur eine Woche über dem Verfaulsdatum, Hauswein aus Recasch,

Cognac „Skanderbeu“ aus Albanien, eine Flasche Martini – alles wie in den ruhigen Zeiten der Diktatur. Die weißen Tischdecken waren frisch gewaschen. Die Läutari packten ihre Instrumente aus. Sie stimmten ihre Geigen, der Ernst ihrer Gesichter versprach, dass etwas Großartiges stattfinden würde. Der in die „Betäubte Hündin“ einbrechende Menschenstrom erreichte die Theke. Sile überlegte länger als sonst, studierte das Angebot in den Regalen und bestellte dann das Vertraute: „Ein Meter zwanzig“ nebeneinander gestellte Flaschen, „zwei Einsame auf einem Zweig.“ Dann spuckte er sich freudig auf die Finger und rollte die Spitzen seines gepflegten Schnurrbartes. Der Wirt schenkte den Schnaps aus guten alten Zeiten ein, auf dessen Flaschenetikett ein Zweig mit zwei Pflaumen abgebildet war. Die Läutari spielten anfangs noch durcheinander, dann aber konnten sie sich auf eine Romanze einigen, die den Herbst, die Sehnsucht und die unter einem Kastanienbaum verlorene Liebe heraufbeschwor. Man schenkte den Schnaps lässig ein – ein Teil lief daneben für die Seele der Toten –, dann kam die Vorspeise, kalte Frikadellen, der erste Gang mit sauer duftenden Krautwickeln und schließlich der Hauptgang, Spanferkel. Buke aß wie einer, der etwas vergessen wollte, und es kümmerte ihn wenig, dass von Zeit zu Zeit einer seinen kahl geschorenen Schädel küsste: „Wir dachten schon, die bringen dich um, die Schweinehunde!“ Buke war von gedrungener Gestalt. Seine weißen Zähne betonten den kräftigen Unterkiefer. Die Tränensäcke schienen Galle zu speichern, all das, was sich beim Anblick der Ungereimtheiten des Lebens angesammelt hatte. Verbittert und zornig war er, und so manch einem Raufbold, der einflussreich und in seinem Stadtteil berühmt war wie

ein bunter Hund, hatte er das Gesicht mit seiner Messerklinge verziert. Wenn Zigeuner feierten, dann musste der Wirt kein Schild mit „Geschlossene Gesellschaft“ aushängen. Man sprach laut, da man dachte, die Worte allein seien nicht überzeugend genug, oder ärgerte Frauen, indem man ihnen die schweren, bunten Röcke lüpfte. Im Laufe des Abends stießen immer wieder neue Mitglieder des Clans dazu, die laut und enthusiastisch begrüßt wurden. Der Wirt bat einige Male in einem jammernd unbeholfenen Ton, man möge doch bitte nicht mit Knochen durch den Raum werfen, das gäbe Fettflecken an den Wänden.
„Saukerle sind das, wie im Urwald benehmen die sich. Allerdings nur wenn sie sich besaufen, ansonsten sind's tüchtige Burschen, schau sie dir an, Herr Spătaru, die meisten habe ich selber aufgezogen … Das Streichen der Wände geht übrigens auf meine Rechnung. Nicht oft im Leben kommt der Sohn aus dem Knast.“ Onkel Mitu reagierte sentimental auf die Beschwerden. Offenbar war er auch schon, na ja, hellblau, eine Tatsache, die Radu ganz gezielt ausnutzen wollte. Er setzte sich zu seinem Onkel, der immer noch über die Unarten seines Clans schimpfte.
„Weißt du, Radu, das ganze Übel kommt vom Saufen. Die Amerikaner haben die Indianer mit Alkohol betrogen. Zuerst ihren Boden mit ‚Wisiki' gekauft, dann ihre Weiber vernascht, und dann haben sie das Volk in Reservate eingesperrt. Nur weil sie immer besoffen waren. Und jetzt sind wir dran. Prost!“
„So ist es, Onkel Mitu, wir müssen stark sein oder wir bewohnen in ein paar Jahren mit unseren Kindern die Mülldeponien der Stadt … Stark sind wir nur, wenn wir zusammenhalten. Alle Roma im Lande, verstehst du?“

„Alle in der Welt, Sanatate!“, rief Relu.
„Manchmal führt Alkoholismus zu Saufereien.“ Radu kippte sein Stamperl in den Rachen.
„Mein Sohn, merk dir das: Wir wissen nicht, woher wir kommen und wohin wir gehen, aber niemand hat uns noch kleingekriegt. Den Zigeuner hat noch niemand mit Füßen getreten.“
„Aus Indien kommen wir …“
„Ach was, aus der Hölle, schwarz bin ich wie Pech und gelbe Zähne habe ich wie Schwefel.“ Er zeigte mit dem Finger auf sein Zahnfleisch, dann nahm er seine Zahnprothese aus dem Mund und putzte sie mit dem Ärmel.
„Wir müssen der Welt zeigen, wer wir sind.“ Radu hob die geballte Faust.
„Radu, dein Vater wäre stolz auf dich, wenn er noch lebte.“
„Onkel, warum wird nie über das Odessa-Gold geredet? Jetzt hör auf zu heulen!“
Mitu hob nüchtern den Kopf vom Tisch: „Das Gold ist ein Fluch für unseren Stamm!“
„Du weißt selber nicht, wer es hat. Gib's doch zu“, neckte ihn Radu.
„Satanas! Weiche, Satanas!“
„Ich glaube nicht, dass die Miliz es konfisziert hat.“
„Halt endlich die Klappe. Bist ein Dickschädel wie dein Vater!“
Radu hatte Mühe, den angestauten Zorn zu bändigen. Der alte Mann wollte sich erheben; es war Radus Arm, der ihn wieder auf den Stuhl zog.
„Tawesbahtale-pulman-do, du Höllenbrut!“
„Ich fress dir die Augen, Onkel!“

„Ihr wollt heute nur Gold, aber ihr kennt nicht das Leiden der Menschen, verfluchte Hundskerle!“
„Jetzt hör mir mal zu, es geht doch genau um das Leiden …“
Radu zog unsicher ein paar Papiere aus seiner Tasche und machte Platz zwischen den Gläsern auf dem Tisch. Eines kippte um.
„Schau, hier steht's. Ein Auszug aus dem Grundbuch. Alle Felder von Albina bis an die Spiritusfabrik gehören den Gabors, also uns, verstehst du? Das Papier ist aus dem Jahr 1885, dein Großvater hat sie gekauft. Jetzt bekommen wir sie zurück. Antonescu, der Hitlerkumpel, hat sie den Pfaffen geschenkt, dann haben die Kommunisten sie säkularisiert und brachgelegt, damit Schafe der LPG Albina darauf weiden konnten. Das Land gehört uns, kapierst du das?“
Mitu prüfte genau das alte Papier mit dem Hohenzollernwappen, obwohl er weder lesen noch schreiben konnte: „Tja, wer kauft denn so was, heutzutage? Lauter Disteln mit Schafskacke dazwischen, ich fress dir die Augen!“
„Darum geht es nicht, sokhardea! Wir nehmen's, Onkelchen, und bauen ein Dorf oder zwei oder drei darauf, Platz gibt's genug, so Gott hilft. Und Lehm hat's in der Nähe, an der Temesch. Gemeinsam sind wir stark!“
Das Papier stimmte auch Relu neugierig: „Wie soll das gehen?“ Das schwache Licht begrenzte und verschärfte die Konturen im Raum, es spielte den Zigeunern so manch einen Streich. Die Schatten auf ihren Gesichtern machten sie penetrant und hässlich, wie ein Maskenspiel. Ein Geiger näherte sich dem Tisch. Buke teilte verschwenderisch Küsse aus. Onkel Mitus Blick blieb an ihm

haften, wobei der Geiger unentwegt die „Hora Staccato" spielte. Dann zog er einen druckfrischen Tausender aus der Tasche, wedelte damit herum, spuckte drauf und klebte ihn dem Geiger auf die Stirn. Jener beugte sich spielend über den Tisch, ergriff Radus Weinglas mit den Zähnen und trank es aus.

„Na ja, genau darum brauche ich das Gold unserer Sippe", riss Radu seinen Onkel aus dem Geigenrausch. „Verstehst du, warum ich andauernd danach frage? Wir könnten doch zusammen ein Freizeitzentrum oder so etwas aufbauen. Dienstleistung nennt sich das. Tennisplätze, ein Schwimmbad, ein Campingplatz, Hotels für die Reichen …"

„Ein Bordell! Also, ich mache mit, wenn ich Direktor werde", rief Sile. Buke kam durch die schweren weinroten Samtgardinen aus der Toilette. Er torkelte durch den Saal und hatte Mühe mit den Knöpfen an seinem Hosenladen.

„Leb wohl, alter Kämpfer!"

„Dein Harem lebe hoch, du Schlitzohr, du Gaunerkönig!"

Durch das Gebrüll wurde Radu aus seinen Träumen gerissen.

„Wer möchte denn mitten in einem Zigeunerdorf Tennis spielen?" Mitu stellte die Frage im Ton eines Managers.

„Ich könnte euch vor Ärger umbringen!" Radu erhob sich und zertrümmerte ein Glas in der Hand, ohne sich dabei zu verletzen. Eine uralte Technik, die Finger rechtzeitig aus dem Dreck zu ziehen. Nur der Wein floss in den Ärmel. Seine Augen funkelten einen gewaltigen, nicht ausgelebten Tatendrang, der in fremden Bildern Halt suchte. Und in einer zeitlosen Melancholie. Die Zeit und die Gabors gewährten keine Alternative.

Samtrot war Radus Krawatte und der Knoten riesig. Das Kinn und die Wangen waren schön geformt, darüber eine gewölbte Stirn. Insgesamt war der Zweiunddreißigjährige ein Mann, bei dem man sofort Tugend und Schwäche im Einklang vermuten konnte – die Frage war nur, welche. Die klaren schwarzen Augen und nicht zuletzt der helle Gesichtsausdruck machten Radu zu einer auffallenden Person in der Zigeunerrunde.

„Du solltest lieber ein Stück von dem Boden, den du aufgetrieben hast – ich meine, deinen Anteil daran –, mit Tabak bestellen. Das Geschäft läuft heutzutage“, riet ihm Onkel Mitu.

„Der Tabak verträgt gut Pferdäpfel, da bekommst du Riesenblätter!“, meinte Buke.

„Dann kannst du doch gleich Kuhfladen trocknen und rauchen“, ergänzte Sile.

„Meint ihr denn wirklich, dass wir in einer Welt der Bildschirme noch etwas anbauen können? Meint ihr, dass uns noch irgendein Arsch was abkauft? Die Lüge ist verbannt, denn der Rechner weiß es besser. Geschäfte werden nur noch über den Bildschirm abgewickelt – so ist es heute schon in Amerika. Internat heißt das. Aber Spaß braucht der Mensch immer, und der fehlt noch in der Stadt.“

„Geschäft bleibt Geschäft, und dazu gibt's uns.“

Der Tanz hatte sich im Saal wild ausgebreitet, die Schwingung erfasste alles, auch die Rauchwolken. Die Geigen und die Zimbeln begleiteten eine Sängerin mit einem Muttermal auf der linken Wange. Sie drückte ihren Zigarillo aus und sang so leidenschaftlich, als sei es das letzte Mal:

„Dass ich lebe, tut mir nicht leid,
tut mir nicht weh.

Schade ist's nicht, dass ich ins Alter geh,
dass ich bald nicht mehr lieben kann.
Liebt' ich eine, liebt' ich zwei oder gar einhundertdrei,
und aus einhundert und drei blieb ich nur mit zwei,
eine Alte, eine Neue,
au, die Mädchen, die feinen,
mit Haaren an den Beinen,
die machen mich krank und ich muss weinen.
Ich arbeite nicht mit den Händen
und kleide mich aus Spenden
und beim Trinken und Liebkosen
leb ich gut von Almosen,
aber liebe, was mir gefällt,
und sag selber, was mich quält.
Ich muss viele, viele lieben,
das hat mir der Arzt verschrieben.
Wenn du küsst, dann drück sie fester,
das Weib, das ist des Satans Schwester,
das er zu mir schickt, wenn's ihm zu heiß
und er nicht mehr weiterweiß.
Lass ich Wort bei meinem Weib,
wenn die Erde verschluckt mein Leib,
begrab mich an der Kirchenpforte,
Mädels stehen oft an diesem Orte.
Die Mädels will ich sehen,
wenn sie in die Kirche gehen,
die Mädchen, die süßen,
die möchte ich alle küssen,
von unten, ihre Beine will ich sehen
und wieder auferstehen.

Verkürzt haben sie mir die Tage,
weshalb ich euch sage:
Die Mädchen, die feinen,
mit Haaren an den Beinen,
die machen mich krank, und ich muss weinen."

„Dein Vater hätte es gut gefunden, wenn du geheiratet hättest, Radu", meinte Mitu ernst mit erhobenem Finger. „Die Gabors waren immer schon kinderreich. Gold und Kinder, sagte immer unser Vater."
„Also, ich hab sieben Puradej großgezogen", mischte sich Mitus Cousine ein. „Was war das für eine Qual unter Ceauşescu, keine Milch, kein Maismehl, kein Brot. Tüchtige Menschen hab ich aus ihnen gemacht, zwei sind tot, Gott verzeihe ihnen, und von den anderen kein Dankeschön. So ist's nun mal. Der eine ist sogar Kellner und ein anderer Automechaniker. Es sind meine, verstehst du, meine", ereiferte sich Tante Romica.
„Schau dir doch unsere Kinder auf der Straße an, wie die noch herumlaufen. Meistens ohne Schuhe." Radu verbiss sich wütend in seine Fragen ohne Lösung: „Oft ohne warme Klamotten noch im November und dabei zart wie Zuckerwatte. Von der Sorte soll ich welche in die Welt setzen? Ich, Radu Gabor?"
Das letzte „Ich" lenkte die Aufmerksamkeit auf den Tisch, an dem der Onkel natürlich seine Neffen in Schach halten wollte. Nach dem Tod seines Bruders Gheorghe Gabor vor vierzehn Jahren hatte Mitu mehr oder weniger die Erziehung der vier Kinder Aglaja, Relu, Radu und Sile übernommen. Razvan, ein eigener Sohn, wurde in einem Kneipenhinterhof erstochen aufgefunden und Buke, der Hitzkopf – sein Ältester, der allen Vorurteilen

gegenüber Roma Nahrung lieferte –, wuchs mit seinen Cousins und seiner Cousine auf. Mitus Frau war früh an den Folgen einer Fehlgeburt gestorben, so dass die Kinder eigentlich von der Sippe aufgezogen worden waren. Sie gehörten dem Stamm und ihrer Straße.

„Soll ich noch ‚zwei Einsame auf einem Ast' bringen?", fragte trocken eine Kellnerin, die gerade das Tablett auf den Tisch gestellt hatte. Sie gab sich kaum Mühe, ihren Ekel zu verbergen. Aber der Abend würde irgendwann zu Ende sein, und wenn der Boss mitmachte, dann floss am Schluss bestimmt das Bakschisch. Relu fragte interessiert:

„Wir würden heute gerne was Feines trinken, verstehen Sie, es ist ein besonderer Tag. Was haben Sie sonst noch auf Lager? Sie sind übrigens eine Süße!"

„Riccadonna trinken nur die Bosse", meinte Sile.

„Ja, wie schmeckt denn der?", fragte Radu.

„Keine Ahnung, wir trinken so etwas nicht", erwiderte die Bedienung.

„Zwei mal zwei auf … einem Friedhof", bestellte Sile lachend die vertrauten stinkenden Flaschen. Die Frau entfernte sich, ohne den Besteller eines Blickes zu würdigen.

„Ich bin immer die Blöde, ich muss nach den Feten eure Kotze wegputzen. Ach, Schuster Nicu, wo bleibst du? Komm und bring sie in die Hölle", brummelte sie zwischen die leeren Gläser und meinte damit den seit sieben Monaten toten Diktator, der ja bekanntlich den Beruf des Schusters erlernt hatte.

„Jetzt hört mal zu, seid nicht blöd wie eure Großväter", fing Radu wieder an, „wir haben nun den Boden, wir müssen darauf eine völlig unabhängige Siedlung bauen. Und eines Tages keine Steuern an den Staat zahlen."

„Wer wird denn freiwillig die Stadt verlassen? Ziehst du da hin?“, fragte Sile arrogant.
„Na klar, wenn du ein Auto hast, dann bist du beweglich. Du hast doch immer erzählt, als du in Deutschland warst, die Dörfer außerhalb, das Leben im Grünen wäre die Nummer eins für Bosse.“
„Na ja, dort!“
„Einen Führerschein kannst du dir immer kaufen, und die tollen Schlitten kriegst du jederzeit über Jugoslawien oder über die Russenmafia. Geklaute Mercedes, meine ich – billig, wenn du Beziehungen hast. Wo liegt das Problem?“
„Wer soll da ein Zigeunerdorf hinstellen? Du vielleicht, Radu?“, fragte Sile skeptisch.
„Na, Lehm gibt es doch am anderen Ufer, da, wo du deine Kindheit verbracht hast, Handwerker gibt's genug unter uns, Heizung, da müsste man die Spiritusfabrik anzapfen“, meinte Radu.
„Nicht schlecht, das hat Hand und Fuß!“ Mitu kratzte sich.
„Geld brauchen wir nur für …“
Im gleichen Augenblick sprang Roxana, die mit den Läutari gekommen war, auf den Tisch. Sie bewegte ihren Busen im Gegentakt zur Hüfte und schleuderte gelegentlich ihr schulterlanges, pechschwarzes Haar nach hinten wie ein Star bei der Oscarverleihung. Sie erinnerte an die kitschigen Zigeunerinnen mit Fliederzweigen auf den Ölgemälden, die in Temeschwar immer noch viele Wohnstuben zierten. Aber was soll's, je später die Stunde, desto schöner die Wirtin. Die Roma retteten den Inhalt ihrer Schnapsgläser vor den Stöckelschuhen der Tänzerin, kippten ihn in den Rachen und legten ein schmalziges Lä-

cheln auf. Der Onkel zog einen Tausender aus der Tasche und steckte ihn eingerollt zwischen Roxanas prallen Busen. Sie ging in die Knie und küsste den Alten kurz auf den Mund. Als Sile das Gleiche wollte, biss sie ihm ins unrasierte Kinn, aber er brachte die Sache schnell ins Lot, indem er ihr einen Fünftausender zuschob. Als er seine Hand eine Sekunde zu lang auf dem Busen vergaß, pfiff der Tisch wie bei einem unfairen Schiedsrichter auf dem Fußballplatz, dann bekam er seinen Kuss.

„Dumme Gans, Nutte, die hätte schon sechs Kinder haben können, wie die anderen in ihrem Alter“, brummte Radu etwas zu laut.

„Du übrigens auch, du Spielverderber, lass sie doch tanzen für uns! Es ist meine Nacht! Mein Sohn ist draußen, verstehst du? Frei!“

Gegen Morgen versuchte man, die Sippschaft auf die Straße zu treiben. Ein älterer Mann saß noch am Tisch, stützte seine Stirn auf den Tellerrand und röchelte vor sich hin. Die Nase steckte im Saft der Krautwickel, die am Abend serviert worden waren. Relu torkelte vorbei und zog den Unbekannten am Haar nach hinten. Dann ließ er den Kopf wieder in den Teller fallen: „Tot, das macht keinen Sinn … Der, der hat Kraut im Kopf!“

## Das Tabakfeld

Die Welt mit ihren Zigeunern schrieb August 1991.

„Uns hat der liebe Gott vergessen, mein lieber Radu. Wenn wir beten, dann macht er die Fensterläden zu, das sag ich dir. Und hier auf Erden will uns auch keiner“, klagte Onkel Mitu weinerlich.

„Josef und Maria waren mal unterwegs mit dem Jesuskind und in großer Not, denn Herodes ließ alle Babys umbringen. Joseph klopfte auch bei Zigeunern an und bat um Unterkunft. Jene schielten durch die Türspalte … und jagten die beiden weg.“
„Die mussten wohl ihr Geld zählen, ha, ha.“
„Kein Wunder, dass uns keiner will.“ Radu schüttelte den Kopf.
„Wer weiß, wer weiß, nur der Allmächtige da oben weiß es.“
„Von da oben gibt's bald Gewitter“, bemerkte Radu und straffte die Zügel. Einen Peitschenhieb bekam jedes Pferd, so dass der Planwagen wild knatterte. Der alte, dürre Zigeuner saß entspannt auf dem Wagenbock und passte sich flexibel den Schaukelbewegungen an. Ein riesiger Hut versteckte in seinem Schatten den kleinen, knochigen Schädel. Sie waren unterwegs nach Albina, wo Radu im Frühjahr ein Tabakfeld angebaut hatte. Es gab einen Vertrag mit der Zigarettenfabrik, die seine erstklassige Ware im Herbst abnehmen sollte. Die Felder an der Temesch waren sehr fruchtbar und es hatte schon lange keine Überschwemmungen mehr gegeben. Gott sei Dank waren die vergangenen Jahre trocken gewesen. Keine Naturgewalt fürchtet der Zigeuner so sehr wie die unberechenbaren Wasserfluten.

Radu hatte große Pläne: Das erste Roma-Dorf sollte hier entstehen – aber so, dass es sich wirtschaftlich rentierte. Weiter unten, flussabwärts, abseits der Siedlung, sollte ein Freizeitpark nach dem Vorbild des Euro-Disney gebaut werden. Radu träumte in Lehm, doch ging seine Rechnung nicht so schnell auf: Ganze vier Familien aus der

Stadt ließen sich dazu bewegen, die schmutzigen Straßen der Vorstadt zu verlassen. Drei kamen aus Fratelia und eine aus der Ronatz. Zu den vier Familien kamen Lovas, Pferdezüchter, die in Radus Augen nicht als zuverlässig galten, und eine kinderreiche Spenglerfamilie. Căldărari, Kesselflicker aus Moldawien, improvisierten eine kleine Werkstatt. Die Siedlung bestand aus vierzehn Lehmhäusern, die verstreut hinter dem Temeschdamm lagen. Keine Straße wollte dem Lehmstaub ein Profil einprägen – „Zigeunerwirtschaft" hätte ein Rumäne dazu gesagt. Die Dächer waren mit verzinktem Blech gedeckt und die Fenster- und Türrahmen noch nicht befestigt, sie wirkten wie Fremdkörper in den Lehmbauten.
„Siehst du die Schornsteine der Spiritusfabrik, Onkel? Dahinter wird der Boden uns gehören."
„Es waren wenige in unserer Sippe, die Tabak angebaut haben. Die Zeiten waren nun mal so."
„Ich hab ja kein Geld, Onkel, aber der Boden, den du mir übertragen hast, macht mich glücklich. Ich kann endlich hoffen und atmen, mich frei bewegen. Jetzt könnte ich auch wieder in einem Zelt leben wie in meiner Kindheit, da drüben, als wir noch Ziegelschläger waren. Das war ein schweres Leben."
„Und wie wirst du mit den Mönchen auskommen? Du weißt ja, der Teufel schläft nie. Die haben Geld und Macht, die Popen. Boden alleine bringt dich nicht unter die Herren, die was zu sagen haben!"
„Ich weiß da was."
„Bitte nicht schon wieder Brandstiftung!"
„Du kennst mich zu wenig. Im Gegenteil, ich setze mich an den Tisch der Herren, die was zu sagen haben."
„Und wie soll das zugehen?"

„Ganz einfach, ich lasse mich in den Stadtrat wählen!"
Der Alte lachte, dass die Pferde wild wurden. Die ersten dicken Regentropfen fielen. Es war angenehm unter den dunklen Wolken. Die Maisfelder rochen wie Asche. Man konnte auch das Wasser schon riechen, die Pferde brauchten keine Peitschenhiebe mehr.
„Du, Abgeordneter?"
„Wieso denn nicht, ich stelle mich im Stadtbezirk Fratelia zur Wahl. Die Leute kennen mich."
„Aber das ist doch gerade das Problem!"
„Die Leute in Fratelia wollen die Spiritusfabrik abgestellt wissen, und sie wollen uns Zigeuner vom Hals haben. Ich verspreche einfach, dass wir auf die Gabor-Felder umsiedeln."
„Der Teufel hat dich vernascht, du elender Hund, du, dein Vater wäre stolz auf dich. Ich fress dir die Augen, so'n Scheiß hab ich noch nie gehört, und trotzdem gefällt er mir!"
Darauf zog er eine Schnapsflasche unter den Altkleidern im Wagen hervor, trank einen kräftigen Schluck und gab sie an Radu weiter. Der Weg führte aus dem Wald hinaus in die Flussauen.
„Ja, ja, Onkel Mitu, ich werde für den Stadtrat kandidieren."
„Ich würde dir ja so gerne dabei helfen, aber es steht nicht in meiner Macht. Ach Gott, warum gibst du mir den Willen, wieso nimmst du mir die Kraft? Ich wüsste nicht, wie dir zu helfen ist!"
„Jammern kann ich selber, du könntest mal ein paar Millionen lockermachen. Oder zumindest verraten, wo das Gold …"

„Hast du gehört“, lenkte Onkel Mitu ab, „Roxana soll auf den Strich gehen? Sie treibt es angeblich mit Touristen und mit reichen Herren. Sind dir schon ihre teuren Klamotten aufgefallen?“

Das Tabakfeld geriet in Sichtweite. Unbehagen ergriff Radus Gemüt, er musste das Bild vor sich aufschlüsseln: „Tschaa, Hija“, rief er. Die Zügel plätscherten auf den verschwitzten Rücken der Pferde und Radu sah eine Weile nur noch die Tiere vor sich rennen.

Vor ihren Füßen lag das Tabakfeld völlig verwüstet, einzelne Pflanzen standen noch meterhoch, aufrecht und zerfetzt, das meiste aber lag zertrampelt auf dem Boden. Radu sprang vom Wagen, kniete nieder und streichelte die verwelkten Tabakblätter.

„Mir tut die Seele weh … Ach, verflucht und verdammt sei das Popengeschlecht! Verhurte Bastarde!“

„Mutter im Himmel, hilf uns! Was haben wir verbrochen? Verzeih uns endlich, was kann ich noch für dich tun?!“, betete der Onkel.

Radus Wut glich den Urgewalten vor der Schöpfung. Er zerbrach die Peitsche wie einst Moses die Gesetzestafeln. Zorn und Andacht lagen dicht beieinander.

„Schau dir das einmal an, wie ihn die Würmer zerfressen, meinen Tabak, mein Glück.“

Radu kroch mit dem Kopf regelrecht in die Furche und streute sich zerriebene Krumen ins Haar. Sein Herz war ein Klumpen trockener Lehmerde, daraus eine Tabakpflanze wuchs. Er litt wie ein Hund, der verjagt wird und um sein Leben rennen muss, aber nicht weiß, wohin. Ein hastiger Sommerregen versuchte ihn zu trösten.

„Radu, dieser Boden ist verflucht. Wir überlassen ihn den Mönchen, das ist ihr Untergang. Garantiert.“

„Niemals, lieber krepier' ich hier! Der Boden gehört uns, seit hundert Jahren, verstehst du? Wenigstens ein Zigeuner auf dieser Welt war gescheit, dein Urgroßvater! Gott gebe ihm alles, was er braucht! Diesem Mann sind wir was schuldig!"
„Der Boden ist nicht unsere Sache, wann kapierst du das?"
„Geld ist weg, von heut' auf morgen, der Boden bleibt …"
„Überschwemmt oder zertrampelt!", brüllte Onkel Mitu. „Alte Drecksau, sokhardea, was für ein Mensch bist du?"
Radu erhob sich aus dem Auguststaub, der Onkel aber blieb auf dem Boden sitzen, stützte seinen kleinen Kopf auf den linken Arm und fing an zu erzählen. Er war plötzlich ganz weit weg:
„Es war damals, '54, im Januar. Wir wurden verschleppt, verraten, betrogen … das Eis grausam. Alle Angehörigen unserer Sippe waren erfroren, das weißt du. Als ich aus Bukarest ankam, sah ich Corbea im Streit mit einem Milizleutnant, ziemlich jung war er, dann die Leichenwagen. Es waren immer noch um die 15 Grad Kälte und die Gesichter waren durch den Atem der Menschen und der Pferde verschwommen, alles war stechend, wenn man es anfasste, als wären Hufnägel vom Himmel gefallen. Die Dorfbewohner von Toporu versuchten die Siedlung zu plündern. Zufällig löste sich das Rad von der Achse eines Wagens unserer Sippe. Alles war morsch und spröde durch die Kälte. Die Deichseln waren aus Stahl, einfache Rohre, etwa zwei Meter lang und zehn Zentimeter im Durchmesser. Man fand etwas in einer Deichsel, das in Fettpapier und Leder gewickelt war. In der Doppelstange fürs Lenken der anderen Planwagen fand man das Glei-

che: Man fand Gold! Feinstes Gold, verstehst du? Sofort – ja, erstaunlich, wie gerufen – war die Miliz, die damalige Polizei, an Ort und Stelle. Sie drängte die aufgebrachte Menge zurück, und das Gold wurde in Kisten geladen, dann in den Aro-Jeep der Miliz. Mir fiel auf, dass Corbea, der Prinz aller Westzigeuner, mit dem Jeep mitfuhr. Zwei Offiziere der Securitate stiegen noch ein, ein Mann, den ich nicht erkannte, und der Milizleutnant. Am nächsten Morgen kam ein Lastauto voller Unteroffiziere der Securitate, um die Leute aus Toporu zu verhören. Ich verkroch mich in ein Wirtshaus. Man verhörte alle Dorfbewohner, suchte nach einem Zigeuner und ich dachte, ich wäre der, nach dem man suchte. Klar, jeder Fremde im Dorf war sofort verdächtig. So lebte ich versteckt in einer Räucherkammer. Zwei Tage lang. Ich aß ungeräucherte Wurst, mir ging's nicht schlecht. Dann erfuhr ich vom Wirt, dass zwei Securitate-Bonzen tot auf dem Feld zwischen Maisstängeln aufgefunden worden waren, zwei von denen, die mit dem Aro-Jeep mitgefahren waren. Tiefgefroren waren sie, wie Fisch. Man suchte die Mörder: Das Dorf wurde von der Außenwelt abgeriegelt. Da käme kein Hund heraus, ohne dass die Uniformierten es erfahren, sagte der Wirt besorgt. Da kam mir der Gedanke, dass Corbea der Verfolgte sein könnte, ich traute mich aber trotzdem nicht heraus aus dem Dorf. Der Wirt erzählte mir auch, was das ganze Dorf wusste: In den Kisten waren hochkarätiges Gold und Brillanten. Aha, dachte ich, es ist das Odessa-Gold, jetzt ist es auf dem Weg zu den Behörden und für alle Ewigkeit verloren. Es kam aber noch dicker! Was ich über diese gottverdammte Nacht später erfuhr, war unerhört: Der Geländewagen der Miliz mit Corbea, dem Leutnant, dem Unbekannten und den beiden Offizieren der Securitate hatte im Morgengrauen einen Unfall gehabt. Ein paar Kilometer vom Dorf entfernt in Richtung Bukarest war der Wagen an einem Bahnübergang in den hohen Gleisen stecken geblieben. Der Zug kam, aber die Insassen konnten sich retten. Allerdings wurden unmittelbar nach dem Unfall die beiden Securitate-Offiziere erstochen."

„Wieso wurden die Securisten umgebracht, wenn nicht wegen das Goldes? Es wurde also aus dem Auto rausgeholt", folgerte Radu.

„Im Wrack jedenfalls hat man keine Spur von Gold gefunden", sagte Mitu und hob die Augenbrauen.

„Woher weißt du das alles?", fragte Radu eher gereizt als skeptisch.

„Wenn ich's dir sage, wirst du mir sofort glauben, darauf wette ich!"

„Von Corbea!"

„Nein! Von deinem Vater", sagte Mitu bedeutungsvoll.

„Was? Was hatte mein Vater damit zu schaffen?"

„Du weißt ja, dein Vater war ein schweigsamer Mensch … bis drei Wochen vor seinem tödlichen Unfall. Er fing an zu erzählen und hatte plötzlich Angst, ich weiß nicht, warum. Es hatte in unserem Stamm viele Auseinandersetzungen mit Corbea gegeben, dein Vater und Corbea haben oft miteinander gestritten. Offensichtlich von ihm wusste er alles über jene grauenvolle Nacht."

„Und Corbea?"

„Corbea, der Sohn des damaligen Bulibascha, tauchte erst Monate später wieder zu Hause auf, zeigte überall seine Narben auf dem Rücken und erzählte, wie er gefoltert worden war, um zu beweisen, dass er auf der Seite der Opfer stand. Die Securitate wollte lediglich wissen, wo

das Gold herkomme. Von dem Mord wisse er nichts, damit habe er nichts zu tun, beteuerte Corbea, denn wer vergreift sich schon an Offizieren der Securitate? Und in der Tat – erzählten mir die Schwaben, die zurückgekehrt waren – hatte man die Menschen aus Toporu so lange bei Scheinwerferlicht auf dem Felde geprügelt, bis zwei verrieten, wer die Offiziere erstochen hatte. Feinde hat man ja immer im Dorf. Schwere Zeiten waren das, nicht wie heute, mein Lieber."
Onkel Mitu drehte sich eine Zigarette aus Zeitungspapier. Radu schaute in die Ferne, in Richtung Spiritusfabrik. Das Ausatmen des Rauches begleitete seine Worte, während der Schornstein gelbe Wolken ausspuckte.
„Weißt du, was ich glaube?"
„Was denn?"
„Ich glaube, das Gold ist gar nicht bei den Kommunisten gelandet."
„Jetzt schweig, Gott steh mir bei, das hat dein Vater auch immer gesagt!"
„Meinst du wirklich, es war ein Unfall? So einfach die Böschung hinunterfahren und in einem Blechkäfig ertrinken? Auch wenn er keinen Führerschein hatte, war mein Vater ein prima Autofahrer!"
Die Frage überforderte den alten Mann, der es nicht gewohnt war, Dinge zu hinterfragen.

Beide gingen zu Fuß in Richtung Siedlung. Onkel Mitu nahm die Zügel in die Hand und schleppte seine Knochen niedergeschlagen vor den Pferden her. Radu hob gelegentlich einen halb verwelkten Tabakstängel auf, prüfte ihn und warf ihn wütend weg. Er spuckte vorwurfsvoll auf den Boden:

„Herr, wieso hast du sie geduldet? Verschlingen solltest du die schwarze Pest! Meine Erde, mein Tabak …“
Kinder und Hunde kamen ihnen entgegen. Unbekannte Männer hätten eine Kuhherde durchs Tabakfeld gejagt, erzählten die Kinder, dann hätten sie alle Pferde mitgenommen und behauptet, sie wären sowieso alle geklaut. Ein paar Zigeuner wurden verprügelt. Es seien Leute mit dunklen Brillen und Lederjacken gewesen, keine Dorfbewohner.

Noch in der gleichen Nacht nahm Radu blaue Zaunfarbe und malte mit riesigen Buchstaben an die steinerne Klostermauer: „Verbrecherbande – Schwarzer Satansdreck im Popengewand“. Im Zorn warf er noch ein paar Steine an den Glockenturm, bis er die alte Glocke traf, dann kehrte er zu den Siedlern zurück. Der Duft eines Bratens legte sich über den Schlammgestank der sommerlichen Temesch.

Zigeuner essen Igelbraten in Lehm für ihr Leben gerne. Aber nicht jeder Igel ist genießbar, die ungarische Sprache unterscheidet genau zwischen „Igelhund“, dem mit der langen Schnauze, und „Igelschwein“, dem mit der stumpfen, wobei nur die letztere Sorte einen zarten Lehmbraten hergibt. Der Igel wird geschlachtet, aber nicht abgebalgt, die Stachelhaut in Lehm eingepackt und das Ganze ins offene Feuer gelegt. Gerade wurden die Lehmkugeln aus der Glut geholt und aufgebrochen. Dann schwebte der Geruch von Braten, einem Schweinebraten ähnlich, über die Temesch-Auen. Es war Neumond und man hörte das Zirpen von Tausenden von Grillen. Die Nacht am Lagerfeuer war eher traurig. Einer erzählte von seiner verlorenen Liebe, die wegen des Geldes einen Alten geheiratet hatte, ein anderer von der Vorliebe seiner Eltern für die ältere Schwester. Aber viel schwatzte man nicht, man suchte eher den Weg zu sich selbst und trank reichlich Pflaumenschnaps.

Die nächsten Tage gab es viel Wirbel um das Kloster herum. Die Nachricht von der Verwüstung des Tabakfeldes und der Vertreibung des Gestüts – selbst wenn es bloß acht alte Pferde waren – machte wie ein Lauffeuer die Runde unter den Zigeunern. Die Hälfte aller in Temeschwar lebenden Roma kam, um den Schaden auf dem Tabakfeld zu bedauern. Wehklagen verwandelte sich in Drohgebärden. Die alten Weiber drohten mit gespreizten Fingern, die jüngeren mit den Fäusten, die Männer zückten die Messer, ließen sie in der Luft blitzen und streiften bedächtig imaginäres Blut von beiden Seiten der Klinge an den Ärmeln ab. Man hätte schwören können, dass tatsächlich Blut daran klebte. Die Kinder wetteiferten im Werfen von Kieselsteinen in Richtung Klostermauer. Noch Wochen später waren sie damit beschäftigt, Bomben zu basteln mit Substanzen, die die Größeren im Chemie-Unterricht geklaut hatten. Sie ließen sie im Sand explodieren.

Radu wurde schnell zum Leitbild aller Roma in der Stadt. Diese Stimmung konnte er gut gebrauchen, denn nur zwei Wochen später kündigte er offiziell seine Kandidatur für den Stadtrat an. Er ließ sich als Vierter auf einer Liste für den Bezirk Süd aufstellen. Alle halfen mit kleinen Geldbeträgen, die Radu dankend annahm. Sogar die geliebte Schwester Aglaja brachte ihm zweihunderttausend Lei. Wie sie Sile gestand, verdiente sie das Geld „im

Schweiße ihres Hinterns". Dass sie seit zwei Jahren anschaffen ging, wusste jeder in der Stadt, außer Radu.
Er ließ sich einen Maßanzug schneidern, dessen Schnitt man der letzten Kollektion von Giorgio Armani entnahm. Im Laufe des Herbstes machte Radu Gabor sich überall Freunde, die Wahlkampagne musste eben getragen sein. Einem Träumer und eher schweigsamen Menschen wie ihm fielen die vielen Abende in der Kneipe nicht leicht: Man musste die anderen überzeugen und unterhalten, bevor sie besoffen unter den Tisch fielen. Dann wurden sie in Taxen hineingepfercht und artgerecht nach Hause transportiert. Darunter waren Stadtangestellte, Direktoren, Ärzte, kleine Unternehmer, Gauner und Juristen. Fiel gegen Ende des Abends die Formel: „Duuu bist mein Fleund!", so war die Veranstaltung eine gute Investition – dann musste er die Beziehung nur noch durch weitere Einladungen und Geschenke pflegen. Es gelang ihm auch zunehmend, seine Zigeunerherkunft zu überspielen – er behauptete gelegentlich, sein Vater sei ein „Farbiger" gewesen, wobei Radus Hautfarbe nichts verriet. Wohlsituierte Gäste wurden ins „Continental" eingeladen, dort spielten meistens ein paar alte Roma, Virtuosen auf der Geige, die sich zu einer Band zusammengefunden hatten.
Radu musste nur zwei Hürden überwinden: Erstens konnte er nicht vor einer Menschenmenge reden, zweitens ging das Geld zur Neige. Auch ein Plattform-Programm musste schleunigst erstellt werden. Dafür musste er auch noch einen Berater bezahlen.

Eines Tages kam Sile mit einem Gesichtsausdruck, als hätte er die heilige Maria auf der Suche nach ihrem vermissten Esel gesehen, zu Radu:
„Du, stell dir vor, der Bulibascha lässt dich rufen. Er war guter Dinge, als er von deinem Vorhaben hörte. Was soll das heißen?"
„Das mit meiner Wahlkampagne hat sich bestimmt herumgesprochen."
„Oder er wittert Geld. Du musst sofort nach Hermannstadt fahren!"
„Meinst du, er weiß auch, dass ich pleite bin?"
„Tja, er weiß sehr viel, hatte ich den Eindruck. Er hat überall seine Informanten", sagte Sile resigniert.
„Man munkelte früher, der Spitzel in unserer Sippe sei Vetter Buke, er hätte viel Geld dafür bekommen!"
„Ausgeschlossen, unmöglich! Nein, der ist es nicht!"
„Woher weißt du das?"
„Er ist weg!"
„Was heißt weg, wieder im Knast?" Radu spuckte verärgert auf den Boden.
„Nein, halb so schlimm, er ist mit einem Zirkus abgehauen. Er traf eine rothaarige Nutte, Seiltänzerin oder so etwas, und er sagte, er wollte immer schon das Handwerk des Bärentänzers erlernen. Einfach so mit dem Bären durch die Städte ziehen, und alle haben Respekt vor dir, das würde ihm gefallen."
„Der hat doch Salat im Kopf! Ich könnte ihn bei den Wahlen gebrauchen. Wann soll ich bei Corbea als Bär antanzen?"
„Am Freitag um 15.30 wirst du vor dem Bahnhof Hermannstadt abgeholt. Vergiss die schwarzen Lackschuhe nicht, darauf legt er Wert!"

Am Freitagvormittag stieg Radu in den Zug. Er lehnte sich an den staubigen Fenstervorhang und zog den Hut über die Nase. Die Stadt war kaum hinter den Staubwolken verschwunden, da streckte sich ein Bauer im Abteil nach dem Gepäck. Er zog eine Flasche Wein heraus und bot sie den Mitreisenden an. Die Flasche machte die Runde, aber als sie Radu erreichte, lehnte dieser freundlich ab.

„Der Herr ist müde", meinte der Bauer wohlwollend.

In der Tat, dachte Radu, das ist wahr. Er genoss es, die weiten Felder vorbeiziehen zu lassen, einen Hintergrund für seine Gedanken zu finden. Einfach am Fenster sitzen und rauchen. Abtauchen vor der gnadenlosen Hetzjagd seiner Gegner. Davon hatte man genug in einem Wahlkampf. Je weiter weg von der Stadt, desto leichter wurde sein Kopf. Je weiter weg, desto geringer die Chance, einen potenziellen Wähler zu treffen. Nun musste er nicht mehr gezwungen höflich sein und blöde Gespräche führen. Wenn da am Ende der Fahrt nur nicht der Bulibascha gewesen wäre! Radu fühlte sich einfach überfordert. Durch die Wahlkampagne betrat er neue Welten – die der Gajikane –, die ihm völlig fremd waren. Er bedauerte es, dass er nie so richtig in die Schule gegangen war und nur einen Berufsschulabschluss als Installateur in der Tasche hatte. Plötzlich konnte er das Leben nicht mehr auf die leichte Schulter nehmen wie sein Clan, er konnte sich nicht mehr betrunken sehen lassen und musste diese affigen Kleider von Armani tragen. Manchmal dachte er auch, er würde gerne heiraten, acht Puradej in die Welt setzen und teure Autos von den Neureichen klauen, wie seine Freunde und Brüder es taten. Aber es schien kein Zurück mehr zu geben. Durch das Abteilfenster konnte man die Ausläufer der Karpaten sehen. Sie verschmolzen mit weiten Feldern, die brachgelegt waren. Meterhohe Gräser wuchsen da, wo vor drei Jahren noch die herrlichsten Maisernten standen. Nach der Auflösung der Bauern-Genossenschaften ließ die Bodenreform auf sich warten. Radu bahnte sich den Weg durch die Raucher auf dem Flur in Richtung Toilette. Als er die Tür mit etwas Gewalt aufbekam, strömte ihm eine schmutzige Flut entgegen – es sah aus wie Urin. Ah, doch nicht! Er merkte, dass eine Wasserleitung unter dem Waschbecken geplatzt war. Völlig verrostet. Er hielt seinen Kamm unter den laufenden Wasserstrom am Rohrbruch und sah sich beim Kämmen in den Spiegel. Eine dumpfe Panik überkam ihn bei dem Gedanken, das Wasser auf dem Boden könnte in seine Schuhe dringen. Vielleicht musste er ja beim König die Schuhe ausziehen. Er richtete seinen pechschwarzen Schnurrbart, schlug die Tür wütend hinter sich zu und ging an eines der Flurfenster. Da niemand in der Nähe war, wischte er seine Lackschuhe an der dunkelgrünen Gardine mit der Inschrift „CFR“ ab. Dann Hut und Krawatte richten: Der Knoten durfte für einen Untertanen nicht zu dick sein und nicht zu locker; der Hut nicht zu tief in der Stirn sitzen. Zu weit im Nacken aber zeichnet den Machotypen aus oder den Herausforderer. Das Zugfenster mit den fahrenden grünen Zweigen im Hintergrund bot den geeigneten Spiegel. „Was zum Teufel will er von mir?“, fragte sich Radu.

Auf dem Bahnsteig wurde er von einem Sekretär des Königs höflich begrüßt. Radu wurde durch die Menschenmenge und durch die Kartoffelsäcke der wartenden Bauern geführt. Auf dem Parkplatz vor dem Bahnhof stand ein weißer Mercedes, dessen Fahrer weiße Lederhandschuhe trug. Er war merkwürdigerweise kein Rom. Die Fahrt ging durch das Villenviertel von Hermannstadt, alte blühende Linden warfen ihren Schatten über das Auto und betörten Radu mit ihrem süßen Duft. Man spürt die Nähe der Karpaten, es ist nicht so schwül wie bei uns, dachte er.

Als Radu aus dem Auto ausstieg, stürzten sich zwei Dalmatiner auf ihn. Sie beschnupperten den Besucher mit der Gründlichkeit eines Zöllners. Ein Diener mit einer dunklen Brille übernahm die Führung. Der Palast des Bulibascha war gigantisch, eine unglückliche Mischung zwischen griechischem Tempel und japanischer Pagode, wie ein ungelöster Ost-West-Konflikt in der Seele eines Architekten. Über den korinthischen Säulen versuchten sich vier japanische Spitzdächer gen Himmel zu winden. Im Inneren des Palastes der gleiche Widerspruch: Man dachte zuerst, man sei in einem Palast aus Tausendundeiner Nacht, aber bei genauerem Hinsehen wähnte man sich in einem reichen florentinischen Haus. Die teuersten Teppiche und Gobelins schmückten alles, was hätte Wand sein können, die hohen Fensterscheiben zeigten orientalische Szenen im Jugendstil. Ein kleiner Springbrunnen, auf dem ein Putto mit prallen Pobacken und Lockenkopf einen Schwan anpinkelte, der wiederum von Zeit zu Zeit einen Wasserstrahl aus dem Schnabel auf den tolldreisten Buben goss, schmückte die Eingangshalle. Selbstverständlich war alles vergoldet. Radu blieb vor einem der Fenster in der Empfangshalle stehen. Aus einer Seitentür kam Seine Hoheit, der König aller Westroma. Radu küsste den großen Rubinstein an seiner rechten Hand, wie sich's gehörte.

„Da staunst du, mein Lieber, was? Das Bild stellt dar, wie die Frauen unseres Volkes früher in den Harems der Türken dienen mussten. Viele nahmen sich das Leben, bevor der Pascha sie noch besudeln konnte, eine – stell dir vor – brachte den Türken um und dann sich selbst. Ich habe die Fenster in Murano bei Venedig anfertigen lassen."

„Eure Hoheit hat mich rufen lassen?"

„Wie sehr du deinem Vater ähnelst, unglaublich! Er war mein Freund, Gott möge ihm verzeihen! Dort drüben kannst du dich frisch machen. Dann erwarte ich dich in meinem Büro."

Ein Hausdiener führte Radu in eine Art Bad. Grelle Parfüms trieben ihn an die Grenzen der Sinne, jeder Raum hatte seine eigene Duftnote. Ein Spiegelsystem verkleinerte Radu bis ins Unendliche und ließ das Gold an den Fliesen viel größer erscheinen, Rosenblätter tummelten sich im sprudelnden Wasser kleiner Becken aus feinstem Marmor. Eine elektrische Zahnbürste wurde Radu angeboten; er wusste nicht, wie sie zu stoppen war. Die Dalmatiner trieben sich überall friedlich herum, als wären sie die wahren Herrscher des Hauses.

Im Büro ließ Radu sich in einen der schweren Ledersessel fallen.

„Ich freue mich ungemein, zu hören, dass du kandidierst. Es gab zwei weitere Fälle von Roma-Kandidaten unter den Kommunisten, damals, aber du weißt ja ... Ich glaube, du hast gute Chancen", eröffnete der Bulibascha das Gespräch.

„Ich will Eurer Hoheit damit nur dienen. Es ist mein Ziel, unsere Rechte einzufordern", antwortete Radu, ohne unterwürfig zu wirken.

„Wahrhaftig? Warum fragst du dann nicht, wie es geht, bevor du so was tust? Man kann dir doch helfen!“

„Ich gewinne auch so, selbstverständlich mit Eurem Einverständnis, Eure Hoheit.“ Radu hatte gerade noch die Kurve gekriegt.

„Gut, mein Sohn, gut, du hast das Feuer deines Vaters im Blick. Ach was, ich sehe Gabor vor mir, ihr seid echte Perlen in der Kette unseres Volkes, nur … hängt diese Kette an der falschen Stelle.“

„Eben, Eure Hoheit, das denke ich auch.“

„Die Perlen, die Perlen, werft sie nicht den Säuen hin, heißt es in der Bibel. Aber auf deinem Höhenflug könntest du sie gar übersehen, die Perlen. Ach, was gibt es für schöne Frauen in unserem Volke. Kann ich denn erfahren, was du dir von deiner Kandidatur versprichst? Falls du gewählt wirst.“

„Alles regt sich in diesem Lande, aber wer vertritt uns bei den großen Entscheidungen über Boden und Geld?“

„Herrlich, ich höre noch die Stimme der heiligen Sarah in Saintes-Maries-de-la-Mer. Ein großes Los ist euch beschieden, sagte sie mir – warst du denn damit gemeint, mein Sohn?“ Der König beugte sich zu Radu, indem er sich auf eine Art Szepter stützte.

„Ich tue, was ich kann, Eure Hoheit!“

„Kannst du auch, was du tust? Tust du das für deine Tasche oder auch für dein Volk? Und ich? Bleibe ich, dein König, etwa auf der Strecke deiner Ambitionen?“ Er hob mahnend Ton und Szepter.

„Dem ist nicht so, glaube ich.“

„Schön, das gefällt mir! Kann ich also mit dir rechnen?“

„Ich weiß, dass Euch das Wohl unseres Volkes …“

„Schon gut, hör mir zu, mein Sohn. Macht ist nur großen Menschen beschieden! Nicht jedem! Viele gewinnen sie mit Mühe, und dann, wenn sie Macht errungen haben, gehen sie daran zugrunde. Verstehst du, es ist, wie wenn du einem Kind eine echte Kalaschnikow zum Geburtstag schenkst. Natürlich wird es damit spielen, es fragt sich nur, wie lange."
Radu verstand die Parabel seines Königs nicht. Er konnte aber auch nicht darüber nachdenken, er saß da wie betäubt. Wie sollte er über Macht nachdenken, wenn er doch fror wie ein Feldhase? „Was ist schon ein Stadtrat?", dachte er im Angesicht der Macht, die ihm so massiv durch den Zigarrenqualm seines Monarchen entgegenwehte. Corbea kannte sein Volk sehr gut. Als einer von ihnen hatte er gehungert, als einer von ihnen war er reich geworden, doch keineswegs auf ihrem Rücken. Kreatives Plündern, wie alle Roma es betrieben, bloß auf höchster Ebene, war sein Erfolgsrezept. Aber dazu gehörte Menschenkenntnis. Und er verstand Radus Verwirrung und auch sein Zögern. Corbea spielte eine Weile mit seinem riesigen Ringstein, dann bot er Radu eine Havanna an. Für sich selbst stopfte er eine Pfeife und zündete sie an. Radu genoss den herrlichen Tabak und musste zwangsläufig an sein Tabakfeld, das keins mehr war, denken. Vor allem, was versteht der König unter „großen Menschen"?
„Gabor, du meinst es sicherlich gut, aber in mancherlei Hinsicht hast du noch Eigelb hinter den Ohren. Du solltest auf mich hören. Natürlich verstehe ich deine Sorgen, der Wahlkampf, die Menschen, die deine guten Vorsätze nicht verstehen und die dich wählen würden, bloß weil du nett bist und immer mit einem weißen Hemd herumstolzierst. Hinter dir steht zwar keine Partei wie bei den ande-

ren Kandidaten. Aber du hast unser ganzes Volk hinter dir, mit seinen Pferdedieben und mit seinen klagenden Müttern." Tränen fielen aus den Augenwinkeln des Bulibascha. „Wenn du nur auf mich hören wirst. Geld spielt bei mir – du weißt es ja – keine Rolle, wenn ich jemanden liebe." Corbea beherrschte die Lufträume zwischen sich und dem Gesprächspartner. Die Linien des Pfeifenrauchs zeichneten die Inbesitznahme des Raumes.

„Ich danke Euch, Hoheit, ich werde mein Bestes tun. Ein Alleingang ist für mich völlig sinnlos."

„Du redest wie ein echter Gabor, denn wisse, Treue war immer schon eure Stärke. Was machen übrigens die Gaborfelder? Da war doch was mit deiner Tabakernte letzten Sommer, ließ ich mir sagen."

„Ja, das Kloster hat sie mir vernichtet, ich habe die Klosterverwaltung angeklagt. Früher hätten wir das Kloster in Brand gesteckt … aber angesichts meiner Kandidatur …"

„Neue Zeiten sind auch für uns angebrochen, da hast du Recht. Doch die Regeln des Geldes bleiben stets die gleichen. Hast du dein Feld wieder angebaut in diesem Frühjahr?"

„Nein, ich hab's den Siedlern geschenkt, die aus Vukovar kamen. Wir wollen nächstes Jahr mit dem Bau eines Erholungszentrums …"

„Ist mir bekannt", winkte Corbea ab.

„Ich bekomme die Baugenehmigung nächste Woche."

„Tja, und wer soll für dich arbeiten?"

„Ich kenne viele unter unseren Leuten, die arbeiten wollen. Geschäfte laufen nur noch im großen Stil. Sie werden unüberschaubar für einen, der noch vor Kurzem mit Töpfen und Lederjacken gehandelt hat."

„Meinst du im Ernst, ein Zigeuner – nehmen wir doch deinen Vetter Buke – wird um sieben Uhr morgens den Arsch hochkriegen, um den Flur eines Hotels zu putzen?"
„Ich werde sie gut bezahlen. Sie müssen ihre Würde zurückbekommen. Zu lange hat Ceauşescu daran genagt und uns so lange in den Arsch getreten, bis wir das Aufrechtgehen verlernt haben."
„Du kannst sie in Geld baden lassen oder in Sekt, nie haben sie genug. Sie werden dich hintergehen, und du wirst Ungarn anstellen und froh sein, dass du noch nicht pleite bist."
Die letzten Worte brüllte Corbea. Mit einem Dickkopf hatte er nicht gerechnet und mit Moralbegriffen wie Würde schon gar nicht. Es könnte sein, dass eines Tages in der Tat ein Politiker wie Radu mit ihm um Roma-Angelegenheiten im Lande feilscht, dachte der König. Der junge Mann hat das Zeug dazu. Aber er bleibt ein Dummkopf.
„Kurz gesagt, ich halte nichts von deinem Vorhaben." Klartext: Mit einer finanziellen Unterstützung ist nicht zu rechnen.
„Du wirst Aufsehen erregen, viel Tamtam, die Öffentlichkeit wird sich auf uns stürzen, vor allem die Nationalisten von der ‚Romania Mare'. Eine selbst verwaltete Zigeunerkommune? Das schadet deinem Wahlkampf, verstehst du? Wo gibt's denn so etwas?"
„Ich glaube im Gegenteil, die Leute werden sich freuen, wenn die Städte frei von unseren Pferdewagen werden und sie nicht mehr die Pferdäpfel von der Straße fegen müssen."

„Ach, wie war das schön damals in Frankreich, bei der Negresco in Nizza. So sauber die Straßen, keine Spur von Pferdedreck …" Corbea verwandelte geistesgegenwärtig seine Wut in Urlaubsschwärmereien, denn ohne Formalitäten, nur angekündigt durch ein kurzes Anklopfen, kam eine junge Frau herein. Sie trug einen schwarzen, ledernen Minirock, lange, enge Lederstiefel und eine exotische Bluse, die eine Schulter freiließ. Eine Amazone! Die Stimme klang aber weich und sehr feminin, ohne die kehlige Tiefe, an der man jeden Zigeuner auf der Welt erkennt.

„Vater, verzeih die Störung. Ich bring' euch den Kaffee, die Diener striegeln gerade die Pferde."

„Komm nur herein, meine Kirschblüte, das ist Swetlana, meine einzige und schönste Tochter. Sie hat gerade ihren Abschluss in Jura geschafft, und in zwei Wochen verteidigt sie ihren ersten Klienten."

„Ach, Vater, musst du das gleich jedem erzählen?" Die junge Frau zierte sich mit simulierter Bescheidenheit.

„Jedem, was heißt jedem, das ist unser künftiger Politiker aus Temeschwar, Radu Gabor."

„Angenehm!"

Radu hielt Swetlanas Hand etwas länger fest als nötig. Ihre Augen schienen ihm neue Kraft zu geben.

„Sie werden's nicht leicht haben bei den Kommunalwahlen im Herbst. Die alten Securitate-Leute sind inzwischen ans große Geld gekommen, nun wollen sie die Macht völlig anders verpackt", sagte Swetlana.

„Dazu kommt noch, dass viele unserer Leute nicht einmal einen gültigen Pass haben. Sie dürfen gar nicht wählen", ergänzte Corbea.

„Ach, Vater, eine Zigeunerpartei in Rumänien ist längst fällig. Es gibt inzwischen Hunderte Parteien – wie Pilze nach dem Regen sind sie aus dem Boden geschossen!"
„Natürlich, mein Kind, kannst du …"
„Ja, ich geh' schon, königlicher Papa!"
Die Ironie in Swetlanas Ton war nicht zu überhören. Corbea setzte seine Argumentation fort: „Ich glaube, du verstehst mich wieder nicht. Das mit der Siedlung darf keinen politischen Charakter bekommen – das ist alles. Und bevor du Leute aus Serbien herholst, solltest du auch mich fragen. Jetzt sind es vielleicht dreihundert Leute, morgen aber womöglich zehntausend. Glaubst du, die Regierung jubelt? Die Rumänen waren doch immer schon Busenfreunde der Serben, egal, was der eine oder der andere in der Weltgeschichte verbrochen hatte. Was glaubst du, wieso halten die Serben die Blockade so lange aus? Doch nur durch die Unterstützung des rumänischen Staates. Und dann Leute, also Steuerzahler abwerben? Milošević sieht das nicht gerne!"
„Ich muss mir die Einzelheiten noch überlegen, Hoheit!"
„Und noch etwas, das Kloster, ja, das Kloster, das hat so seinen Platz in eurer Gegend. Früher, in den Zeiten der Diktatur, als alles noch seine Ordnung hatte, ließen sich dort unter Ausschluss der Öffentlichkeit Parteifunktionäre oder deren Kinder trauen. Sie gaben sich im Kloster Albina das Jawort. Es war für alle eine Oase der Ruhe und Geborgenheit. Viele hängen noch heute an diesem Ort. Deshalb lass doch bitte die Popen in Frieden."
„Mein Tabakfeld war …"
„Ich weiß, aber es geht um, na ja, wieder um Dinge, die du nicht verstehst. Wie sagt man so schön: Das gesenkte

Haupt, auf Ehrfurcht eingestellt, erwischt kein Schwert auf dieser Welt."

„Es sei denn, man ist selber bereit, das Schwert zu schwingen."

„Also, versprich mir eins – deshalb ließ ich dich rufen – und du hast meine volle Unterstützung im Wahlkampf! Du wirst ihn gewinnen, aber lass die Finger vom Kloster, klar? Als Erstes ziehst du die Anklage zurück, was hältst du davon?"

„Die Wahl ist mir, glaube ich, wichtiger!"

„Na also, ein klares Wort!"

„Und die Siedlung? Du solltest dich mit den Popen beraten, um gute Nachbarschaft bitten. Du solltest fragen, ob du den Betrieb mit deinem Vorhaben nicht störst. Sie hausen dort seit zweihundertfünfzig Jahren, sie waren sozusagen die Ersten, nun bringst du zu den schwarzen Popen weiße Tennisspieler." Beide lachten herzhaft.

„Ja, ja, die Popen sind auch nicht mehr das, was sie mal waren. Früher hat man mit ihnen Schnaps um die Wette gesoffen. Mit dem Staretz zum Beispiel. Ich muss zu meiner Schande gestehen", der König kicherte verhalten wie eine Nonne, „dass ich einmal im Kloster halb tot besoffen unter den Tisch fiel, der Staretz aber, der saß ruhig da mit seinem Rosenkranz und mit der Schnapsflasche. Wenn er nicht das Glas kippte, dann murmelte er ein Gebet vor sich hin Und stell dir vor: Er gewann die Wette. Immer zählten ein Rom und ein Mönch die Gläser mit, paritätisch – das waren noch Zeiten … Dann kamen die Russen und dann die Kommunisten. Die Mönche bekamen Angst, dass sie den Schuppen verlassen müssten, und wir, dass sie uns sesshaft machen, und heute herrscht immer noch dasselbe Misstrauen, obwohl sie sich mit der Macht ganz gut arrangiert haben."

„Mein verstorbener Vater hatte auch Respekt vor ihnen, daran kann ich mich gut erinnern", meinte Radu.

„Swetlana", rief der König.

Die junge Frau erschien sofort, als hätte sie hinter der Tür gestanden: „Vater?"

„Swetlana, mein Augenlicht, zeige bitte diesem jungen Politiker sein Zimmer. Morgen gegen zehn solltest du abreisen, Radu. Mein Sekretär erwartet dich, er wird dir einen Scheck für deinen Wahlkampf ausstellen."

„Eure Hoheit, ich bedanke mich für Eure Ratschläge. Gott gebe Euch ein langes Leben."

„Geh, mein Sohn, und hilf unserem vielgeprüften Volk da, wo du es nur kannst. Aber vergiss nie, das gesenkte Haupt …"

„Euer treuer Diener!"

Am späten Abend ging Radu ins Stadtzentrum. Die engen, mittelalterlichen Gassen von Hermannstadt drückten seine Seelenverfassung aus: Trostlosigkeit, Verfall und Wut in der Hoffnung. Die vierzig Millionen Lei, umgerechnet etwa siebentausend Dollar, die er für seinen Wahlkampf bekommen hatte, waren bloß eine Starthilfe, aber nicht der Grundstein für das Freizeitzentrum an der Temesch. Er hatte Bremsklötze an den Beinen; die geringste Reibung an der Realität erlebte er als schmerzhaft. Radu fühlte sich wie gelähmt.

Die Besitzer der Boutiquen saßen Tag und Nacht hinter den Glasscheiben und hinter ihrer Ware. Die Risse im Mauerwerk der alten Häuser, wo einst Graf Dracula seine Geliebten besucht hatte, waren mit Camel-Werbung zugekleistert, und die Wäsche hing wie eh und je zwischen, über und unter den steilen Dächern. Radu hörte einen Augenblick lang nichts mehr, als sei das Pflaster aus Gummi, dann sprach ihn ein etwa zehnjähriger Junge an: „Onkelchen, willst du nicht ein Mädchen?" Radu merkte sofort, dass er ein Rom war, darum bekundete er Interesse an der Prostituierten.

„Meine Schwester sitzt auf dem Motorrad da drüben: Es kostet dreißigtausend eine Nummer. Aber die hat was drauf!"

Die sogenannte „Schwester" war sehr jung. Sie trug einen kurzen roten Lederrock, Kniestiefel und eine weiße Spitzenbluse mit einem weiten Ausschnitt. Der schwarze tätowierte Punkt unterm linken Auge erinnerte an Marilyn Monroe. Eindeutig eine Romni, dachte Radu.

„Sag mal, wie alt bist du?", fragte er zögerlich.

„Achtzehn. Hast du ein Hotelzimmer?"

„Können wir uns einigen auf sechzehn?"

„Der junge Herr kennt sich aber gut aus. Wenn du noch was drauflegst, mache ich alles für dich in deinem Hotelzimmer. Du bist bestimmt im ‚Römischen Kaiser' untergebracht, so wie du riechst!"

Radu war verlegen, wusste weder, was er hier wollte, noch, warum er sich auf so ein Gespräch einließ.

„Ich bin auch ein Rom, wie du …" Radu steckte seine Hände in die Hosentaschen und blickte nach unten auf das unregelmäßige Muster der Pflastersteine.

„Da sieh mal an!"

„Ich habe kein Hotel, nein, ich komme von unserem König, Corbea, da übernachte ich."

„Unser König? Vielleicht dein König, ich komme aus Bessarabien!"

Die junge Zigeunerin hörte nicht damit auf, ihn zu beschnuppern und abzutasten. Sie fasste seinen Armani-Kragen an und untersuchte das Futteral.
„Und wie läuft das Geschäft?“, fragte Radu.
„Was geht dich das an, du verwöhntes Muttersöhnchen? Vielleicht bist du so’n Bastard von eurem Bulibascha, he, gib’s doch zu!“, zischte das Mädchen. Den Kragen ließ sie aber nicht los. Bastarde, was weiß die denn? Er hat doch gesagt, „meine einzige Tochter“, erinnerte sich Radu. Ihm schoss die Szene vom Nachmittag durch den Kopf.
„Verpiss dich und bring deine Geschwister ins Bett ... und lass mich los!“ Radu bereute, dass er sich auf das Gespräch eingelassen hatte. Die Prostituierte hob überraschend die Stimme: „Sokhardea, was soll das, willst du nun oder nicht? Du Milchgesicht! Deine Ratschläge und Fragen kannst du dir in den Hintern stecken! Die stellt uns nicht einmal der KGB.“
„Du kriegst mein Geld, aber warum zum Teufel machst du das? Nur das möchte ich wissen!“ Radu brüllte, so dass ein paar Fensterläden aufkippten. Dann versuchte er seinen Zigeunerslang, um sich verständlich zu machen und um die Ohren der Bewohner nicht inhaltlich zu reizen. Die Schönheit aus Moldawien begriff aber nur, dass ihm die Sache vollkommen ernst war. Sie verstand sein Kauderwelsch nicht.
„Hast du schon mal mit Töpfen und Klamotten gehandelt, hat man dir zwischen die Brüste gespuckt und in den Hintern getreten, als du noch ein Kind warst? Ich habe auch geklaut, klar, aber eines Tages tust du das, bloß weil du sie kränken willst, damit sie dich verfluchen, wenn du in Ruhe zu Hause dein Geld zählst. Jetzt halte ich meinen Arsch hin, und der wird geil bewundert, verstehst du, und

meine Titten werden begrabscht, aber nicht bespuckt. Und dann mache ich sie stockbesoffen auf ihrem Hotelzimmer und wusch … ist ihr Geld weg.“ Mit einer Armbewegung unterstrich sie ihre Worte.
„Da, nimm! Es ist eine Menge Geld …“ Radu fummelte nervös in seinen Taschen herum.
„Haj siktir, bist du ein Engel oder doch ein Vampir? Ich glaube, du willst mein junges Blut, krepieren soll ich, wenn es nicht so ist!“
„Jetzt fahr schön nach Bessarabien, bevor mir der Kragen platzt, sonst will ich nichts von dir. Fahr zu deinem Stamm, das Pflaster hier ist voller Mörder und Vampire.“
„Langes Leben und viele Puradej, küss die Hand, Herr Inspektor!“
Radu überquerte den Platz vor dem Brukenthal-Museum. Eine Gruppe Bahaj-Anhänger machte lautstark auf sich aufmerksam. Von Zeit zu Zeit riefen sie mit kräftigen Hals- und Zischlauten ihre Gebete in die Dunkelheit der Straßen. Sie erhoben dabei die Arme und falteten die Hände über den kahl rasierten Köpfen. Radu grinste bei dem Schauspiel und zündete sich eine Zigarette an. „Die Götter berühren die Erde“, hörte er eine Stimme hinter sich, wobei er nicht wusste, ob es ironisch gemeint war. Die Männer in orangefarbenen Kutten fingen an zu tanzen, sie neigten ihre glatt rasierten Schädel nach rechts. Sobald jene einen bestimmten Winkel zu den Schultern erreichten, sprachen sie laut zu ihren Göttern. Eine ältere Bäuerin mit einem Marktkorb blieb bei dem Geschrei kurz stehen: „Oh Gott, sind das die, die sich nicht waschen?“ Sie lachte und wandte sich blinzelnd Radu zu, dann ein gemeinsamer Lachausbruch. Fremdartige Gerüche und Farben überfielen Radu in der Menschenmenge.

Sein Blick wurde auf die Locken einer vornehmen Dame gelenkt. Ja, von dort drüben kam der Duft, es war nicht jene mit der Hochfrisur, die sich mit dem Bahaj-Meister unterhielt. Radu zertrat seine halb gerauchte Zigarette auf dem Boden, um besser das Parfüm riechen zu können, dann löste er sich von der Menge. Wohin gehen all diese Düfte, wenn sie verblassen, und woher stammen diese bizarren Formen, die schiefen Dächer mit der Wäscheleine, die Schornsteine, die alten Treppen, die in die Oberstadt führen, die zittrigen Finger, die sich am Gardinensaum hinter den Fenstern festhalten, die Dalmatiner? Gibt es so etwas wie eine Werkstatt der Götter, in der jeder Gott den anderen zu übertrumpfen versucht? So sinnierend fand der junge Mann eine Spelunke ganz nach seinem Geschmack. Er traf andere Zigeuner darin, ging aber jedem Gespräch aus dem Wege. Als wollte er alle Geschichten, die er kannte, in einem Glas Rotwein ertränken, so wie man junge Katzen im Eimer ertränkt. Nein, seine Geschichten reichten ihm vollkommen, wozu sich neue anhören? Geschichten hören nie auf! Da waren das Gold aus Odessa, der Wahlkampf, die Pleite, das Gabor-Feld. Er müsste verstärkt ins Aktiengeschäft einsteigen, die Börsengeschäfte verfolgen. Die Aktien der Spiritusfabrik wären vielleicht ein guter Anfang, neulich wurden sie in der Lokalzeitung angeboten. Aber warum bei allen Heiligen sollte er die Finger vom Kloster lassen? Wieso hängt der Bulibascha dermaßen an den Popen und überhaupt, was hat er im Kloster verloren? Er hatte mit dem heutigen Staretz um die Wette getrunken! Unbegreiflich! Und war immer darüber informiert, was im Kloster vor sich ging. Radu trank noch ein Glas Rotwein und kehrte zurück in den Palast seines Königs.

Am Tor fütterte er die Dalmatiner aus seinem nicht verzehrten Wegproviant. Er hatte eine Riesenfreude daran, die Hunde mit den kalten Fleischbuletten gegeneinander aufzuhetzen. Eine Hand legte sich sanft von hinten auf seine Schulter, gerade als er wieder in die Papiertüte griff:

„Wenn du kein Fleisch mehr übrig hast, können sie frech und penetrant werden. Dann hören sie nur auf Vater und auf mich." Radu spürte den warmen Atem der Prinzessin in seinem Nacken.

„Da können Menschen aber viel gefährlicher sein als diese Biester!"

„Bist du betrübt wegen Vater? Hast du mehr Unterstützung erwartet?", fragte sie leicht besorgt.

„Er hat kein Vertrauen, das macht mich unsicher in meinem Vorhaben."

„Wir haben oft über dich gesprochen in den letzten Wochen. Ich glaube, Vater ist nur vorsichtig."

„Wovor hat er denn Angst? Vor den Popen etwa?"

„Es sieht aus wie ein Krieg gegen alles und jeden, was du machst – so denkt er."

„Ich glaube, er versteht mich nicht."

„Ich verstehe auch nicht, warum du diese Siedlung bauen willst", lächelte Swetlana höflich, „aber ich finde es gut."

„Ach, ihr versteht mich nicht, weil ihr …"

„Ja, sprich's ruhig aus: Weil wir reich sind, meinst du, weil wir das Volk da unten nicht sehen?" Radu war überrascht über die Wendung im Gespräch, außerdem wurde Swetlana immer dominanter.

„Vorhin war ich in der Stadt. Eine Sechzehnjährige musste anschaffen. Eine Romni. Sie beschimpfte mich als Bastard."

„Glaubst du im Ernst, das wäre mir neu? Jetzt hör mir mal zu, du kleiner, eitler Spinner. Vor ein paar Jahren, als mein Großvater noch König war, wollte ich das Leben kennenlernen. Ich ging arbeiten, kapierst du, arbeiten in einer Spielzeugfabrik. Ich hatte einen Personalausweis und nähte acht Stunden am Tag Teddybär-Augen an Teddybär-Köpfe. Und Puppenkleider habe ich genäht für Puppen, die Parteilieder sangen. Dann begann ich mein Jurastudium. Was glaubst du, warum ich mich auf diesen Stress eingelassen habe? Ich habe als Zweitbeste in Klausenburg mein Examen gemacht. Was sagst du dazu?"
Radu fühlte zum ersten Mal im Leben die Überlegenheit einer Frau. Sie konnte lange reden, ihm widersprechen, und er hörte sogar fasziniert zu. Er lächelte: „Das finde ich super, aber ich kann damit nichts anfangen. Nicht meine Welt!"
Das Betörende waren ihre tiefen, schwarzen Augen, die ihn durchbohrten und in eine süße Ohnmacht versetzten. Er wünschte, sie würde weitersprechen, das Teufelsweib.

## Die Prinzessin

Zwei Wochen später fand der Prozess, den Swetlana führen sollte, in Lugosch im Banat statt. Er war öffentlich, und Radu ließ sich von Relu hinfahren. Die Prozessgegner mit ihren Rechtsanwälten trafen gleichzeitig ein. Bereits auf den Stufen des Gerichtsgebäudes gingen die Beschimpfungen los, und nur die sportlichen Fertigkeiten des Anwaltes der Kläger konnten eine Rangelei verhindern. Im Saal waren die obszönen Beschimpfungen und Zurufe der beiden Parteien dermaßen heftig, dass keiner den Hammer des Richters hörte. Als sie aber nach der Drohung des Richters, den Saal räumen zu lassen, plötzlich schwiegen, merkten alle, wie sehr sie ihm ausgeliefert waren und wie sehr sie seine Unberechenbarkeit hassten. Oh ja, wie sie diesen unterkühlten, unparteiischen Blick des Beamten und seinen schwarz glänzenden, seidenen Regenmantel hassten. Hass verbindet.

„Wer unten keinen Hammer hat, der braucht oben einen!“, kam aus dem Saal. Die verfeindeten Gruppen brachen in Gelächter aus, als hätten sie sich gegen den Richter verschworen. Die Verhandlung begann. Swetlana war schweißgebadet, und die Verzweiflung in ihrem Gesicht betonte die diskreten Falten unter dem Fond de Teint. Mein Gott, wenn die Verhandlung nun abgebrochen würde? Die Prozessbesucher waren schlimmer als besoffene Zigeuner. Radu kam das Ganze wie ein Fußballspiel vor, nur dass die Tore mit Worten geschossen wurden. Natürlich war er Mitglied im Fanclub seiner Prinzessin. Viel verstand er nicht von dem umständlichen Verlauf der Verhandlung. Wieso erkannte der Richter nicht sofort den Schuldigen, wieso gab er der Witwe, die fünf Kinder aufgezogen hatte, nicht Recht, wieso klagten die Brüder des verstorbenen Mannes ihren Anteil an dessen Boden ein? Am liebsten hätte er ihr zugerufen, sag’s ihnen doch, wer das Schwein war! Swetlana verteidigte ihren ersten Fall souverän und würdig. Sie achtete auf die Spielregeln und spielte ihren femininen Charme aus. Die wenigsten wussten, wer sie war, denn ihr sonst wirr stehendes Haar war zu einer braven Dauerwelle gezähmt. Das Feuer hinter ihren Worten ließ Radu einen gemeinsamen Strom erahnen, aus dem auch er schöpfte. Es war jene unbeschreibliche Ungewissheit des Weges, jene Kraft, die dir das Jetzt verleiht. Ich bin nichts, ich schwimme und gewinne. Und sie gewann den Prozess. Die Menschen strömten aus dem Saal, wobei Radu leise in Panik geriet: Wo sollte er jetzt Blumen herholen? Ein Zigeunerjunge bettelte am Ausgang:

„Gib mir ein paar Lei, Onkelchen, ich hatte eine Operation und kann nicht arbeiten gehen.“ Dabei rollte er sein Hemd hoch und zeigte eine Narbe, die von einer Blinddarmoperation hätte sein können. Radu strich mit einem Finger über die Narbe:

„Tätowiert! Pass mal auf, da hast du zehntausend. Wenn du mir dafür einen Blumenstrauß besorgst, kriegst du das Dreifache, aber die Goldkette mit dem Kreuz bleibt so lange hier. Du hast sechs Minuten dafür.“ Der Zwölfjährige hatte gar nicht bemerkt, dass Radu ihm die Goldkette aus der Tasche gezogen hatte. Er kam nach fünf Minuten wieder und hielt einen Riesenstrauß roter Rosen vor dem Gesicht.

„Du hast den Park abgegrast, du Satansbraten, mein Gott, hat dich jemand gesehen?“

„Für dreißigtausend Lei war ich Maulwurf. An den Wurzeln hab ich geknabbert.“

„Halt mal die mit kurzem Stängel … lauter Unkraut, kaufen solltest du sie!“ Radu sortierte die schönen Blumen heraus. Gerade im richtigen Augenblick, denn Swetlana kam die Stufen herunter. Sie hatte einen roten Kopf und die Dauerwelle hatte durch die wiederholten Umarmungen und Küsse leichten Schaden genommen. Im Siegesrausch trat sie vor Radu und nahm den Blumenstrauß wie ein Filmstar entgegen. Sie flüsterte ihm ins Ohr:

„Ach, umarme mich, mein kleiner, machthungriger Tiger, in deinen Klauen fühl' ich mich wohl wie bei meinem Stamm im Zelt!"
Radu ließ sich das nicht zweimal sagen. Ihn umhüllten die gleichen Düfte wie damals im Palast. Nur das Haar fand er ein bisschen affig. Sie stellte ihn ihren Ex-Kommilitonen vor.
„Ich bin erstaunt, dass du an Blumen gedacht hast", meinte sie beiläufig. Radu wollte ihr gerade einen lieben Blick zuwerfen, als er hinter sich eine Kinderstimme hörte:
„Kann ich meine Goldkette wiederhaben?"
„Welche Kette denn?", fragte Swetlana.
„Na ja, ein altes Geschenk von mir", suchte Radu eine Ausrede. Er gab dem Kind die Halskette zurück, und die Prinzessin gab ihm durch ein schelmisches Lächeln zu verstehen, dass sie alles durchschaut hatte.
„Wartet hier einen Augenblick, ich muss Papa anrufen, dann fahren wir zur Anna Lugoschana." Das war ein berühmtes Gasthaus im Banater Hügelland.

An den langen Tischen im Gasthaus erlebte Radu ein ganz anderes Volk, als er es gewohnt war von seinen langen Abenden im „Continental". Junge, weltoffene Juristen, die nur so vor Esprit sprudelten, erzählten von ihren Zukunftsplänen und lachten herzhaft über die Justiz ihres Landes. Keiner war reich. Radu saß seiner Prinzessin gegenüber. Nein, sie ist nicht von dieser Welt, sie ist einer Ikone aus dem Gesicht geschnitten, dachte Radu jedes Mal, wenn er das Weinglas hob.
„Ich hab gehört, du hast tolle Beziehungen in Temeschwar", unterbrach Swetlana seine Träumereien.

„Tja, könnte man so sagen.“
„Ich fand’s so toll, dass du im Saal warst.“
„Hast gut geredet. Die Frau war ja anfangs völlig aufgeschmissen.“
„Ach, ich bin so glücklich, ich hab’s geschafft, Radu!“
„Ich dachte, man ereicht alles mit Geld oder Beziehungen, aber du …“
„Ja, klar, aber gerade Beziehungen brauch’ ich noch. Ich verrate dir mal was: Ich will meine Kanzlei in Temeschwar aufmachen. Eine Villa an der Bega, hinterm Rosenpark, habe ich schon. Nur hab ich noch keine Klienten in Aussicht, da gibt’s eine ziemlich geschlossene Gesellschaft, scheint mir.“
„Und was willst du von mir?“, fragte Radu, überraschend klar im Kopf. Verlegen versuchte sie eine Linie zu finden: „Es ist ganz einfach: Vater hat mich auf die Idee gebracht, deine Unterstützung zu fordern. Eine Hand wäscht die andere, verstehst du?“
„Und ich spendiere die Seife?“
„Vater hat Recht, du bist ein Eigenbrötler!“
Im gleichen Augenblick forderte ein junger Mann Swetlana zum Tanz auf. Sie senkte ihren Kopf leicht auf die Schulter des Partners und verwickelte ihn dann in ein offensichtlich aufregendes Gespräch. Dabei schaute sie ihm oft in die Augen. Radu fühlte sich wie fallen gelassen, nein, keine Eifersucht war es, aber ein leichtes Unbehagen schon. Er forderte spontan die Dame zu seiner Linken auf. Nach dem Tanz setzte er sich mit ihr ans andere Ende des Tisches und flirtete. Sie war klein, hässlich und trug eine Brille mit einem komischen Gestell und vielen Dioptrien.

„Was machst du beruflich?“, fragte die frischgebackene Jura-Absolventin.
Als Radu unterm Tisch ihre Hand nahm und sie, ohne einen Gesichtsmuskel zu verziehen, zu seinem Reißverschluss führte und dort ruhen ließ, bekam die junge Dame riesige Pupillen und ihre Wangen zuckten. Die Brille sprang auf dem Nasenrücken auf und ab und Radu konnte nicht mehr länger an sich halten. Er platzte vor Lachen. Er verstand die Welt der Gajikane nicht, aber er konnte lachen ... Ausgerechnet da kam ein Kellner und brachte auf einem Tablett einen Zettel. Darauf stand: „Lass niemanden wissen, dass du Zigeuner bist! Und außerdem haben wir das gleiche Ziel. Und stell dich nicht so blöd an! Swetla..., na erraten.“ Er las langsam ein paar Mal, faltete den Kurzbrief, steckte ihn ein und küsste die Hand seiner Tanzpartnerin. Dann ging er auf Swetlana zu. Sie tanzten mehrere Tangos und tranken dabei ein Glas Champagner, wobei kein Tropfen verschüttet wurde. In den kurzen Pausen der Band erzählte Radu von seinen geschäftlichen Beziehungen.
„Übrigens, war der Ausgang deines Prozesses klar? Wusstest du, dass du gewinnen würdest?“
„Eigentlich schon. Die großen Sachen, mein Lieber, müssen im Leben immer stimmen, es geht nur um Details. Das Leben besteht eben aus Details. Die großen Sachen verschlafen wir meistens. Falls nicht, dann gehört so ein Prozess zu den großen Sachen. In dieser Welt der Belanglosigkeiten kannst du etwas für deine Seele tun – dich verlieben, immer gewinnen oder deine Macht wie eine Uhr aufziehen. Der Rest besteht nur aus Details.“ Swetlana versuchte sich einzureden, dass sie ein gutes Verhältnis zu den Untertanen ihres Vaters aufbauen müsse. Aber

dann war da noch dieser Schnurrbart, schwarz wie eine Rabenfeder.

Swetlana eröffnete wie geplant ihre Kanzlei. Ihre Wohnung bezog sie im ersten und zweiten Stockwerk der Villa aus der Gründerzeit, es waren Räume mit großen Fenstern zum Rosenpark. Radu reagierte auf die Bitte des Bulibascha und organisierte den Umzug von Hermannstadt nach Temeschwar. Als er den verwahrlosten Park mit Swimmingpool hinter dem Haus sah, bot er sich als Gärtner an. Auch gab es viel zu streichen und zu renovieren in Einklang mit den Launen der Prinzessin. Ein Kamin sollte anstelle des Kachelofens im Wohnzimmer gebaut werden. Hundemüde tranken sie abends Rotwein auf der Terrasse und Radu sah erstaunt zu, wie Swetlana mit den Rosensträuchern sprach. Ihr Duft war in der Tat kräftiger, wenn sie bei zunehmendem Mond mit ihnen flüsterte, dachte Radu. Manchmal nach Mitternacht durfte er für die Prinzessin die schönste schneiden und ihr aufs Kissen legen. Dann musste er ein Taxi bestellen und in seine Welt zurückkehren.

An einem sonnigen Nachmittag nahm er sich die Gartenzwerge vor, die unter der Terrasse standen. Es waren langwierige Restaurationsarbeiten: die richtigen Farben finden, haargenau das Haar der Zwerge streichen, den Po sanieren. Radu war ganz in seinem Element, einen ließ er sogar schielen, denn so hatte er es in seiner Kindheit an der Temesch erlebt, Zwerge schielen wegen des fließenden Wassers, weil sie nicht so schnell schauen können. Als Swetlana sich dem Zwerg näherte, war sie entsetzt.
„Den schenk ich dir gleich, den darfst du behalten!"
„Ja, meinst du, dem fehlt etwas?"

„Dem fehlt nicht mehr und nicht weniger, als dem Künstler fehlt. Dem fehlt der Weitblick."
„Fehlt die Knete, bleibt der Weitblick aus, da schaust du nur aufs Portemonnaie nach unten, dahin, wo's klingelt."
„Der Künstler kann sich nicht beschweren, er war doch vor einem Monat beim Mäzen ... Ich meine, beim König."
„Du bist meine Königin, nur trägst du die Krone auf der Nase." Radu tupfte ihr einen weißen Farbfleck auf die Nase. Swetlana tat so, als würde sie sich ärgern, dann aber lachte sie beinahe hysterisch, tauchte die Finger in den blauen Farbeimer und zeichnete Blitze an Radus Wangen: „Du befindest dich mitten in einem Aufruhr gegen deine Prinzessin. Die Farben des Krieges auf deinen Wangen zeigen, dass du das Kriegsbeil ausgegraben hast. Du darfst deine Königin nicht besudeln, das steht schon in der Bibel." Radu schmierte ihr mit der gleichen Gelassenheit Gelb um den Hals.
„Da fehlt Euch die Goldkette mit dem ‚Z' für ‚Zigeuner', Eure Majestät."
„Du freches Miststück, dich krieg ich noch, warte nur!" Radu flüchtete mit dem Pinsel durch die Wohnung, stolperte über eine Packung Fliesen und suchte das Weite im Park hinter der Villa. Der Swimmingpool hatte kein Wasser, auf seinem Boden befand sich eine weiche Schlammmasse, vorwiegend aus zersetzten Blättern. Er landete sicher auf beiden Beinen, die Prinzessin konnte gerade noch am Beckenrand bremsen.
„Komm raus, du Feigling, ich fresse dich samt Federn, du alter Truthahn!"

„Komm du doch, wenn du dich traust, Eure Hoheit“, er machte eine tiefe Verbeugung, „will sich ja nicht schmutzig machen!“
„Zigeunerlump, Krähe!“
„Selber!“, rief er nachäffend.
Swetlana sprang unerwartet ins Becken. Radu konnte sie zwar noch auffangen, dann aber gerieten beide ins Schwanken, denn sie begann mit den Fäusten auf Radu loszuprügeln. Sie wälzten sich im Schlamm und waren sich offenbar nicht einig – Radu küsste wild ihren Hals, sie aber suchte seinen Mund. Er bemerkte das gar nicht und deutete ihr Zappeln als Abwehr. Dann lag er unten und wollte ihren Busen küssen, woran der Schlamm ihn hinderte. Sie wollte endlich seinen Kopf festhalten und signalisieren, dass sie aufgab, er konnte ihr aber nicht in die Augen schauen. Irgendwie gelang es ihr schließlich doch noch, ihn zu küssen. Als sie die verschmutzten Kleider ablegte und Radu verschämt gehen wollte, bat sie ihn zu bleiben. Sie duschten in dem improvisierten Bad; danach richtete Swetlana ein Abendessen aus Weißbrot, Oliven, Käse und einer Flasche Bordeaux. Der Abend lebte von der Reise in die Urgründe des Herzens und ins Schwimmbecken. Das Kerzenlicht beeindruckte Radu nicht, er war es gewohnt von den Abenden in den Blechhütten seiner Kindheit. Wenigstens beleuchtete das Kerzenlicht nicht die vielen Farbeimer, die Rollen mit langem Stiel und die Zementsäcke. Radu war noch nie so verwirrt gewesen. Wie würde er an diesem Abend die Blume auf ihr Kissen legen? Es fiel ihm schwer, den Untertanen vom Putzen und Streichen aufzugeben – jene Geborgenheit, die ein Königshaus ausstrahlt – und plötzlich auf dem Teppich zu sein.

„Woran denkst du? Du bist so hässlich, wenn du denkst“, riss sie ihn aus seinem Traum.
„Ich denke, ich muss dein Schwimmbecken sauber machen.“
Sie spürte seine Verlegenheit und lachte.
„Bitte zuerst mein Büro streichen! Was hältst du von einem warmen Gelb? Es ist spritzig und macht Lust auf Süßigkeiten!“
„Gelb finde ich gut, es ist die Farbe der Sonne.“
„Der Garten gefällt mir so wild, wie er ist. Darin kann der Frühling sich austoben, die vielen Blumen …“
„Mit denen du so schön sprechen kannst …“
„Es ist unser Frühling, Radu, verstehst du, das Leben beginnt gerade erst für uns, wir können große Taten vollbringen! Wenn wir zusammenhalten!“ Swetlana streichelte seine Stirn, dann griff sie nach dem Glas.
Radus Herz platzte fast: „Auf alle Roma …“
„Und auf uns!“
Radu schaute sich um, dann zum Fenster hinaus. Das Kerzenlicht warf lange Schatten auf die Wände. Und Swetlana war unbegreiflich schön. In einer warmen Ferne lebte sie; ihre intellektuelle Eitelkeit rückte sie weit weg. Ihr Lächeln trat über die Ufer der Lippen und lockte ihn unentwegt zu ihrem Munde hin, aber dort waren auch jene weißen Zähne, die ihn zerfleischen konnten. Eine goldene Spange verstreute die Spiegelung der Kerzenflamme in ihrem Haar, als ginge es in Flammen auf. Radu raffte sich dazu auf, seine Träume zu artikulieren:
„Ich wünschte, deine Villa stünde mitten in der Siedlung wie ein Märchenschloss, an dem unsere Leute mit Ehrfurcht morgens vorbeigehen und schauen, ob du, Prin-

zessin, schon aufgestanden bist.“ Begeisterte Handbewegungen begleiteten seine Worte.
„Radu, ich glaube wie Vater, dass du in dem Punkt falsche Vorstellungen hast. Das mit der Siedlung könnte in die Hose gehen. Die Leute haben andere Sorgen.“
Eine ganze Märchenwelt brach für Radu in sich zusammen, die Schlosstore mit den tödlichen Spießen gingen auf, das Volk drang ein, die Türme stürzten herab. Radu fühlte sich herausgerissen aus einem alten Märchen, dabei fing ein neues gerade an. Ja, er sagt ihr einfach, dass er sie liebt und begehrt! Dann versucht er's mit einem Kuss, er packt sie am rechten Oberarm, die Linke um ihre Hüfte, kurz, zack!
„Hörst du mir auch zu, Radu? Ich meine, dein Plattformprogramm erscheint mir noch ziemlich unausgegoren, du musst mehr die Sprache der Wähler sprechen.“
Wie dankbar Radu für diese Worte war! Da wartete doch sein Ziel, seine Kandidatur, Liebe war jetzt nicht angesagt. Die Prinzessin machte es ihm noch leichter, als sie ihn plötzlich bat zu gehen, ein Taxi werde er schon am „Capitol“ finden. Unterwegs versuchte er, den Abend zu begreifen. Wie ein Aasgeier aufs Pferdegerippe, so hätte er sich beinahe auf seine Prinzessin gestürzt. Er stürmte eine völlig unbekannte Burg – so etwas kann man sich in seiner Lage nicht leisten. Außerdem hätte er gar keine Zeit, eine Prinzessin nimmt bestimmt sehr viel Zeit in Anspruch. Und Frauen gibt es wie Temeschsand in dieser Stadt.

Radu konnte am nächsten Morgen mit seiner inneren Unruhe nichts anfangen. Er suchte einen Menschen, mit dem er sprechen könnte. Seine Brüder waren nicht auffindbar, und Buke war unterwegs mit seinem Zirkus. Onkel Mitu hätte er alles über seine Geschäfte anvertraut, aber nicht seine Liebe zur Prinzessin. Da war aber noch Tante Paraskiva, die Wahrsagerin, ja, die alte Hexe hatte ihm oft aus der Klemme geholfen. Er zog seinen weißen Anzug an, steckte sich eine Nelke ins oberste Knopfloch und ging durch die Straßen seiner Kindheit. Die vertrauten Linden und Pappeln, die vertrauten gelben Straßenbahnen, die vertrauten Gesichter hinter den Auslagen der Boutiquen waren plötzlich wie in ein fremdes Licht getaucht. Unglaublich, was so mancher aus seinem Haus gemacht hatte! Das Schlafzimmer an der Straße war in eine Kneipe verwandelt, man verkaufte Whisky, Wodka und Coca-Cola. Hinten im Hof wurde Omas letztes Asyl in ein Flaschenlager verwandelt. Ein paar Türken hatten sich niedergelassen und wie früher Bäckereien eröffnet. Die Leute in Fratelia jubelten nicht, obwohl niemand dem Duft des frisch gebackenen Brotes widerstehen konnte, und billig war es auch. „Die Türken hätten mal mit uns das schwarze Brot der Diktatur und der Not fressen sollen. Die Krähen, die blieben wenigstens bei uns damals“, pflegten die Älteren zu kommentieren. Dies war aber auch das einzige Lob an die Zigeuner. Nichtsdestotrotz wurde das Leben farbig. Die Menschen durften sich wieder beschimpfen, streiten oder sie wagten es, an dunklen Straßenecken und in Kneipenhinterhöfen die Messerklingen zu kreuzen. Nicht offiziell natürlich. Man verlor häufig seine Arbeit, aber was soll's, man eröffnete eine Boutique mit Lederjacken, Schweizer Taschenmessern, Dauerlutschern, Kondomen, Cola, Whisky, Damenstrumpfhöschen und Pornozeitschriften und schon war man sein eigener Herr. Der eigentliche Nutznießer der Dezember-

Revolution war das Balkan-Ungeheuer! Dieses Ungeheuer ritt mit wehender Flagge durch die Straßen Temeschwars, dieser einst blühenden Stadt, die als erste auf dem Kontinent elektrische Straßenbeleuchtung hatte. Kaiser Franz Josef liebte diese Stadt und Beethovens große Liebe war hier auf einem Friedhof der alten Musikstadt begraben. Heute glänzte der Halbmond wieder in der Mentalität und in den Auslagen. Das schnelle Geld machen und Leine ziehen! Aber es war ein Neuanfang – das muss man schon sagen –, es herrschte Aufbruchstimmung. Der Aufbruch zu einer neuen Melancholie.

Radu stolperte über die weißen Tischbeine der Gartenmöbel, die vor den kleinen Läden der Raumnot Rechnung trugen, aber zugleich die Straße in Ladenfläche verwandelten. Er flanierte durch die Basarlandschaft und amüsierte sich bei dem Gedanken: Unsere Zeit ist gekommen! Das Reich der Zigeuner muss so aussehen! Ja, davon haben wir schon lange geträumt! Aber der gleiche Gedanke brachte ihn wieder auf den Boden der Tatsachen: Nanu, wenn alle Zigeuner werden, woher das Brot für unsere Puradej? Eine dumpfe Angst überfiel ihn. Zum Glück stieß er mit einem eleganten Herrn zusammen. Radu erkannte erst auf den zweiten Blick seinen Bruder Relu. Einen dunklen Anzug trug er, und neben ihm stand Lăcrămioara, zwei Köpfe kleiner, in einem pinkfarbenen Kostüm. Sie trug ein braves Kopftuch, das hinten im Nacken gebunden war. Verblüfft betrachtete Radu beide, er konnte sie in diese neue Welt noch nicht einordnen. Dann aber ungebändigte Freude: Die Brüder küssten sich auf die Wangen, dann auf den Mund. Radu beugte sich auch zu Lăcrămioara.

„Servus!“
„Sei mir gegrüßt, Brüderchen, wie strahlt denn unser Kandidat!“
„Nicht so hell wie die Silberspitze von Lăcris BH! Sag mal, habt ihr eure Gardinen zerschnitten, um dir einen Busensack zu basteln? Früher konnte mein Auge sich an dem Anblick deiner Brüste weiden. Und überhaupt, diese albernen Klamotten mit Himbeergeschmack an dir …“
Lăcri wurde im Gesicht rot wie Klatschmohn.
„Halt an, Bruder, Halleli-luja, zügle deine Zunge, denn es ist Sünde. Gott da oben sieht alles, und er richtet, das sag ich dir! Wie heißt es so schön im Buche aller Bücher: Begehre nicht deines Nächsten Weib, denn … Wie war das noch einmal, Lăcri?“
Radu konnte sich nicht mehr halten vor Lachen. Die vielen neuen Eindrücke trieben ihn in Höhen, von wo aus alles nur noch kleinlich und albern erschien.
„Ja, wer will sie dir denn nehmen? Nein, ich frag mich nur, was das Kopftuch soll, ist es, damit man keine Läuse verliert?“ Radu lachte ununterbrochen. „Ach, wo sind deine bunten Röcke, Lăcri, seid ihr alle Spießer geworden oder was? Sobald die Geschäfte gut laufen …“
„Sokhardea, Radu“, erzürnte Relu. „Nun wisse, dass wir ein Bündnis mit Gott eingegangen sind, ich und Lăcrămioara.“
„Wie bitte? Ein Bündnis mit Gott? Sag bloß, er schickt euch D-Mark per Post, und ihr werdet lieb?“
„Verzeihe ihm, Mann, damit dir verziehen wird“, mischte sich Lăcrămioara ein.
„Also höre, Bruder: Wir sind eingetreten bei den Zeugen Jehovas, wir wollen nicht mehr in Sünde leben, Leute betrügen, Pferde klauen …“ Relus Büßermiene war nicht

zu übersehen. „Denn es heißt ja in der Bibel, macht euch keine Schätze hier, denn der Marder wird sie fressen und die Pferdediebe …“
„Halt die Klappe, Weib, wenn ich meinem Bruder was erkläre, klar? Außerdem sind deine Zitate falsch!“
„Wieso? Tawes-bahtale-pulman-do!!!“, fluchte Läcri.
„Weil es in der Bibel heißt, das Weib sei dem Manne untertan! Darum!“
Radu war verblüfft; er tastete den Stoff von Läcris Kostüm an einem Ärmel ab.
„Radu“, der Bruder legte einen Arm auf Radus Schulter, „komm doch zu den Brüdern und Schwestern am Sonntag, wir lesen aus der Bibel!“
„Und singen wie ein Engelchor, das könntest du filmen, so schön ist das, echt“, ergänzte sie.
„Halt die Klappe, wenn ich rede“, fuhr Relu sie an.
„Du sollst deinem Nächsten nicht übers Maul fahren!“
„Aber ich hab doch nicht einmal Zeit für meine leiblichen Brüder! Ich hab's eilig“, versuchte Radu sich aus dem Schlamassel zu retten.

Die Mittagsstunde war heiß und sie versprach einen stillen Mairegen in den Abendstunden. Radu suchte die Wahrsagerin auf. Ein Ferkel kam ihm entgegengelaufen und versuchte an seiner Hose zu knabbern. Ein Fußtritt verscheuchte das Tier, das sich durch die Hühnermenge den Fluchtweg bahnte. Radu kannte – wie alle Zigeuner in der Stadt – das Haus im Stadtteil Mehala gut. Paraskiva, die Wahrsagerin, wurde von allen vor jeder großen Entscheidung konsultiert: vor dem Kauf eines Grundstückes, eines Pferdes oder vor einer langen Reise. Auf verzinkten umgekippten Eimern saßen vier Bekannte, die

Poker spielten. Radu wurde herzlichst begrüßt, aber so, dass keiner die Karten des anderen sehen konnte. Die Männer spuckten und fluchten bei jedem Einsatz, nur einer, ein alter Pferdedieb, fächelte sich mit den Karten Luft zu. Seine Freude war nicht zu übersehen.
„Vier Asse!", brüllte er in die Runde.
„Bandit, kann nicht sein, eins hab ich!"
„Ja … hier in der Hand sind drei und ich bin der vierte, ha!"
„Komm, vergiss es, Große Quinte! Alle von einer Farbe!"
„Nein, so nicht, tawes-bahtale-pulman-do!"
„Jetzt spielen wir mit anderen Karten, hol mal welche von der Alten."
„Ist sie hier irgendwo?"
Eine Handbewegung deutete darauf hin, dass sie im Haus wäre. Radu schob den Vorhang fort, neigte den Kopf und trat in die etwa zwei Meter hohe Stube ein. Tante Paraskiva saß mit geschlossenen Augen auf einer Ottomane und stammelte etwas vor sich hin. Die Hände hielt sie über den Kopf einer jungen Frau, als würde sie sie segnen. Radu zog sich zurück, wohl wissend, dass er in diesem Augenblick nicht stören durfte. Dann ging die junge Frau, sie lächelte besorgt, als hätte sie einen langen Schmerz überwunden. Radu begrüßte sie und erkannte Roxana – die Tänzerin, die in verschiedenen Lokalen auf den Tischen tanzte und auch außerhalb jener Spelunken nicht unbedingt die Tugenden einer Jungfrau verkörperte. Die Alte begrüßte Radu gleichgültig und bat ihn Platz zu nehmen.
„Junger Mann, ah, du riechst so gut, ein Duft aus dem Morgenlande, aus dem Gemach eines Perserfürsten."
„Vielmehr einer Prinzessin!"

„Und so elegant und sauber bist du. Ich weiß noch, wie du dich versteckt hast, als deine Mutter dich verheiraten wollte! Gabor, was führt dich zu mir?“
„Tante, mein Kopf platzt mir vor Gedanken, ich finde meine Ruhe nicht. Ich höre das Rauschen meines Blutes, es drängt nach Freiheit, schießt über mich hinaus und ich finde mich nicht wieder, verstehst du?“
„Von tiefer Kränkung ist dein Gemüt geplagt, mein Sohn, eine Wunde bist du, die nach Heilung trachtet. Ein Hund bist du, der seinen Knochen vergraben hat und nicht mehr findet.“
Die Alte nahm Radu die Nelke aus dem Knopfloch und hielt sie in beiden Händen wie in einem Kelch. Sie schaute ihm in die Augen, und die Blume verschwand. Beide lachten, als hätten sie gemeinsam einen Teufelsknecht vertrieben. Dann nahm sie, zärtlich wie eine alte Geliebte, seine Hand. Ihre Stimme glich einem Reibeisen.
„Dein Glück ist ein Kind … das spielt auf der Wiese der Liebe. Es rennt und umschweift eine Frau. Sie liebt dich. Dein Glück wohnt in einem Palast, es rennt durch Türen, weil es das Haus nicht kennt. Dann sehe ich Hochzeit, dann den Tod. Er ist aber komisch, blau ist er – ich weiß nicht, ob er dich meint.“
„Werde ich die Frau, die ich liebe, kriegen?“
„Du wirst sie kriegen, so wie die Blume den Wind zu Gast hat, er kommt, lässt seinen Samen und geht wieder. Deine Seele heiratet schwarze Augen, die Sturm aussäen. Aber du wirst heiraten, und einen Sohn wirst du haben. Das kostet zwei Goldmünzen, mit Segnung drei!“
„Drei?“
„Knie nieder!“

Tante Paraskiva nahm zwei Streichhölzer, legte sie quer über ein Glas mit einer gelben Flüssigkeit, wahrscheinlich ein ätherisches Öl. Eines der Streichhölzer zündete sie an, beide brannten ab und fielen ins Glas. Das eine aber ging unter, berührte den Boden des Glases und färbte dort die Flüssigkeit dunkel, dann schwarz. Sie tauchte einen Kräuterstrauß ins Glas, schloss Radus Augen, wie man das bei einem Toten tut, und besprengte Kopf und Schultern mit dem Weihwasser.

„Gehe die Straßen deines Schicksals mit sicherem Schritt, die bösen Geister auf deinem Wege mögen verdammt sein und ewiglich deinem Haupte fernbleiben …"

Den Rest verstand Radu nicht mehr, sie sprach eine ihm unbekannte Sprache – die Sprache der Zigeunermagie, und außerdem entrückte er allmählich in einen süßen Traum. Herrliche Wiesen sah er vor Augen, mit sauberen Zigeunerdörfern. Eine Königin in einem weinroten Samtmantel mit Hermelinkragen und Saum aus dem gleichen Fell hieß ihn aussteigen aus seinem Boot, denn er kam auf einem breiten Fluss, auf dem er sich einfach so von den Wellen hatte treiben lassen. Er merkte, dass das Boot nur eine Nussschale war, und folgte der Königin. Ihr Gesicht aber konnte er nicht erkennen. Sie lief immer zwei Schritte vor ihm und führte ihn zu seiner Braut. Jene stand mit dem Rücken zu ihm, aber mit dem Gesicht zum Kirchenportal. Sie hatte wunderschöne schwarze Locken, wenngleich sie von gedrungener Gestalt und etwas mollig war. Tante Paraskiva empfing ihn vor der Kirche als Priesterin. Sie war jung. Radu wusste, dass er ihr nicht in die Augen sehen durfte. Als er es trotzdem tat, merkte er, dass sie keine hatte. Lediglich ein hellrotes Licht schimmerte an jener Stelle im Gesicht. Dann wurde es blass und Paraskiva nahm ihre heutige Gestalt an. Ihre Kleider hingen aschgrau am ausgemergelten Körper. Entsetzt versuchte Radu in die Kirche zu fliehen, doch brachen die Türme vor seinen Füßen zusammen und die Kuppel stürzte ein. Alle Anwesenden lachten darauf so laut, dass der Bräutigam aus der Trance aufwachte. Er sah gerade noch die Königin mit dem Hermelinkragen, wie sie sich in der Nähe des Fensters auflöste.

Die Wahrsagerin segnete Radu wie einen Sohn, der sich auf eine lange Reise begibt. In ihren Augen war eine Mischung aus Liebe und Sorge, und die Träne unterm rechten Auge zeugte von Alter und Mitleid zugleich. Dann entließ sie ihn ins Leben. Radu spielte noch eine Runde Poker mit den Männern im Hof, da ein Platz frei geworden war, wahrscheinlich durch Pleite. Er gewann ein paar ungarische Forint und ging dann, gerade als sein Glück zu stolpern begann. Es war inzwischen Abend geworden. Er stand auf der Straße und schaute ins Abendrot. Da kommen wir her, da gehen wir alle hin, der Sonnenuntergang gab uns immer schon den Sinn, die Richtung, die letzte Rechnung vor dem Tod. Außerdem kriecht mein Drache, die Temesch, doch auch westwärts …

In den darauf folgenden Tagen besuchte Radu fast alle Familien des Stammes und ließ per Zigeunerpost – das heißt, von Mund zu Mund – wissen, dass jeder, der keinen Ausweis besaß, sich bei den Behörden melden solle. Man war eben nur mit einem gültigen Pass wahlberechtigt.

„Ich will keine Steuern zahlen!“, meinte ein älterer Mann. „Wir haben immer schon ohne Pass gelebt!“

„Ich will nicht zum Wehrdienst", gab ein Junge zu bedenken.
„Ich möchte frei sein und den Ofen wechseln, wenn es zu heiß wird. Guck dir mal die Serben an!"
„Ach was, Präsident Iliescu sorgt schon für Frieden, der hat's im Griff hierzulande."
„Warte mal, wenn die sich mit den Ungarn die Köpfe einschlagen für Siebenbürgen … Jeder meint doch, es wäre seins."
Der Tag war lang und er brachte kein Geld. War denn Kandidat ein Beruf, der den Beutel klingeln ließ? Die Wechselstube, die Radu mit einem Freund betrieb, machte nicht viel Gewinn. Die Kurse standen schlecht, und der Leu war jeden Monat weniger wert. Radu musste mit dem Mund arbeiten, aber ganz anders als seine Verwandten. Da brachte der Mund Geld, und gar nicht wenig, denn sie sangen bei Hochzeiten, Taufen und anderen Anlässen. Er konnte eben nicht singen, er konnte weder Akkordeon noch Geige spielen. Aber das freie Wort wohnte in seinem Herzen.

Ein Wagenzug fuhr im Schritttempo in Richtung Temeschdamm. Radu war unterwegs von Ghioroc nach Albina und überholte den Treck. Es waren sechs Planwagen, Radu zog die Zügel seiner alten Stute an.
„Wohin geht's, Leute? Ihr habt einen langen Weg hinter euch, was?"
„In die Siedlung am Kloster, wir haben uns sagen lassen, da gibt's Boden und günstige Häuser."
„Wo kommt ihr denn her?"
„Aus der Herzegowina, da ist der Teufel los, die Serben nennen es Saubermachen."

„Säuberungen, Papa“, mischte sich der Sohn ein.
„Die schießen auf alles, was sich bewegt.“
„Vor allem auf alles, was schwarz ist, auf uns Roma. Sie treffen ins Schwarze.“
„Sie nehmen uns als lebendige Zielscheiben. Neulich hatten sie gesoffen, und dann ging's los. In unserem Dorf haben sie so ein Dutzend Roma erledigt.“
„Wir sind einfach Schießbudenfiguren, verstehst du?“, bestätigte ein Jüngling. Radu hatte Verständnisschwierigkeiten; der Romaslang der Flüchtlinge war gespickt mit kroatischen Wörtern. Er gab den Leuten schnell zu verstehen, dass er der Boss in der Gegend sei.
„Wie seid ihr über die Grenze gekommen?“
„Gold, na klar, hat schon was gekostet! Jugoslawien ist völlig von der Welt abgeschnitten. Seit dem Treibstoffembargo haben eure Leute uns illegal Benzin aus Rumänien gebracht. Es waren Dacias, die oft hundertfünfzig Liter in Colaflaschen, ja, in Plastikflaschen brachten – ein Pulverfass auf Rädern, echt, das hätte ich nicht gemacht! Ein bisschen Zigarrenasche und der Teufel in der Hölle kauft dir das Benzin ab, um seine Foltermaschinen zu betreiben.“
„Das habt ihr dann an die Serben verkauft für ihre Kriegsführung, damit sie euch wiederum abknallen, was?“, meinte Radu bissig.
„Na ja“, gab der Ältere zu, „so sind die Zeiten halt.“
„Ihr seid willkommen, die Häuser müsst ihr euch allerdings selber bauen!“
Die geschundenen Gäule der Roma waren ein Vergnügungspark für Pferdefliegen. Ihre blau schimmernden Flügel schwirrten über den Ohren der Tiere und versuchten hineinzukriechen. Die Pferde gaben sich keine Mühe

mehr, sie zu vertreiben. Die Stahlringe im Geschirr waren von Rost zerfressen, so dass sie eine Mischung von Rost und Schweiß auf dem staubigen Fell hinterließen. Die Augenlider der Tiere waren entzündet und die Hufeisen dünn. Nägel drangen erbarmungslos in die Hufe. Die Pferde stanken wie die Pest, aber keiner schien es zu bemerken. Schweine mit ihren Ferkeln folgten den Wagen. Ein Eimer baumelte unterm Wagen im Tempo der Pferdeschritte. Radu bot den Neusiedlern Geleit und wischte sich die Stirn mit dem Ärmel. Das mit der Siedlung hatte er sich anders vorgestellt. Die Leute, die kamen, hatten keinen Beruf, so wie es ihm bereits prophezeit worden war. Doch weder die Siedlung noch der Wahlkampf fanden Platz in seinem Kopf, es war allein die Prinzessin, die allgegenwärtig darin herumspukte.

Radu stand vor der imposanten Villa. Das Haus hatte etwas von dem verblassten Ruhm der Donaumonarchie. Efeu umrankte die Fassade wie Liebende aus einem Klimt-Gemälde, die sich geheimnisvoll umarmen. Man wusste nicht, was hinter den Blättern noch leben könnte oder ob es dort überhaupt noch eine Wand gäbe. Die Anziehungskraft, die dieses Haus auf Radu hatte, trieb ihn in die Netze ferner Sehnsüchte. Er klingelte. Ein Dalmatinerwelpe kam ihm entgegen. Swetlana erschien kurz auf dem Balkon, dann öffnete sie ihm. Überraschend küsste sie ihn wie einen alten Freund.
„Ich habe einen Kunden hier."
„Ich mache mich inzwischen an die Arbeit. Ich kann ja die oberen Zimmer streichen."
„Lieb von dir."

Radu bedeckte den Boden mit Zeitungspapier und fing an zu streichen. Gegen Abend hörte er laute Stimmen unten am Eingang. Er ging die Treppe hinunter und sofort schoss ihm das Blut in den Kopf. Unten lag Swetlana in den Armen eines Mannes … Er war elegant gekleidet und küsste sie wild. Eindeutig kein Zigeuner, dachte Radu kochend. Die Sau! Und ich mache hier die Drecksarbeit!

„Nein, das machst du nicht, darf ich vorstellen?“, unterbrach die Prinzessin laut den Eifersüchtigen. „Das ist Architekt Stamate aus Bukarest, wir waren Studienfreunde und haben viel miteinander erlebt. Globetrotter waren wir: die Karpaten, China, die Transsibirische Eisenbahn, das waren Zeiten! Ist doch so, George, oder?“

„Was heißt waren, du alte Nudel, wir sind immer noch Studienfreunde, denn nun studieren wir das Leben, mein Schatz, hab ich Recht?“

„Und ich dachte schon, wir leben endlich! Wie Antonius und Cleopatra“, ergänzte sie schwärmerisch.

Ich bring ihn um, selbst wenn ich ins Gefängnis muss, dachte Radu.

„Du bist aber nicht Cäsar, klar!“, wandte Swetlana sich erneut Radu zu.

„Wer zum Teufel war Cäsar?“, fragte Radu verblüfft, denn sein Verdacht, sie könne manchmal Gedanken lesen, wurde wieder einmal bestätigt.

„Der hat Antonius umgebracht, junger Mann, ha, ha.“

Radu runzelte die Stirn und zog sich zurück. Ihm fiel auf, dass Swetlana ihn gar nicht vorgestellt hatte. Er machte sich erneut an die Arbeit. Nicht, dass er rot sah, aber er beschloss, für das Zimmer der Prinzessin dunkelrote Farbe zu nehmen. Er schob den schweren Eichentisch mit dem PC in die Mitte des Raumes, deckte die Bücherregale mit alten Zeitungen ab und legte los. Der Pinselrhythmus war atonal, eher ein Happening. Auf jeden Fall rot-schwarz. Die Abmachung war: ein warmes Gelb. Gegen zehn Uhr eilte Radu die Treppe hinunter und warf die leeren Farbeimer in den Flur. Einen Augenblick lauschte er dem Knall der Plastikeimer nach. Er hörte Swetlanas vergnügtes Stöhnen. Eine Welt brach für ihn zusammen, eine Flutwelle erzeugend, aber diese Flut beseitigte alles, was ihm unwesentlich war. Meine Prinzessin gibt sich ab mit diesem Muttersöhnchen wie eine Göttin, die Urlaub auf Erden macht und der man auf einer Tanzveranstaltung begegnet. Es tut so weh, hier im Bauch hat sie alle Schmetterlinge umgebracht. Sie liegen auf dem Bauchboden tot herum, der Staub ihrer Flügel steigt hoch und legt sich als bitterer Geschmack auf den Gaumen. Der Staub der Eifersucht! Von wegen Göttin! Ein launisches Waschweib, eine Hure am Straßenrand des Lebens ist sie! Ich bringe beide um! Und mein Stamm? Und seine Prinzessin? Er ging, ohne ein Wort zu sagen.

Radu hatte noch nie im Leben etwas für eine Frau empfunden. Da waren natürlich seine Mutter, seine Ziehmutter – Onkel Mitus Frau –, aber eine Frau, die ihn geprägt hatte, gab es in seinem Leben nicht. Am liebsten war er mit den Ziegelschlägern und mit den Pferdedieben auf dem Feld zusammen gewesen. Na gut, Tante Sidonia, seine Ziehmutter, machte herrliche Krapfen, und Schwester Aglaja gab ihm immer Geld, wenn er in der Klemme war. Dennoch, Freundschaft mit oder Respekt vor einer Frau waren ihm fremd. Tante Paraskiva, die Wahrsagerin, war da keine Ausnahme. Sie hatte ihm die Zukunft falsch vorausgesagt, also müsste er sie eigentlich sofort zur Rede stellen. „Deine Liebe wohnt in einem Palast“, hatte sie gesagt. Das stimmt nicht, sie hat mich betrogen. Ich bringe sie um, sie hat Schuld an allem. Swetlana war so gut wie mein, dann hat Paraskiva, die alte Hexe, es sich anders überlegt, sie hat sie mir durch ihre Zaubertricks genommen. Ach nein, noch einfacher, ich bringe mich um, dann wird die falsche Prinzessin merken, was sie mir bedeutet hat. Aber zuerst muss ich die Hexe anzünden.

An der Tankstelle füllte er einen Fünfliterkanister mit Benzin und fuhr in Windeseile zur Wahrsagerin. Er übergoss die Veranda, dann den alten Perserteppich, dann die „Entführung aus dem Serail“, den Wandgobelin, mit Benzin. Tante Paraskiva merkte sofort, was los war, aber sie ignorierte Radu vollkommen:

„Psst, hier ist eine Sterbende, es ist die Frau von Mitu, sie hat beschlossen zu gehen und fragt mich nach dem letzten Rat. Warte noch ein bisschen draußen“, sagte sie flüsternd.

In der Tat, auf dem Bett lag Tante Sidonia ruhig und mit gefalteten Händen. Tante Paraskiva sprach ihre Zaubersprüche und schwenkte einen rauchenden Kräuterstrauß von den Zehen bis zum Scheitel; ihre Lippen waren die einer Göttin. Radu war im Angesicht des Todes so bestürzt, dass er in den Hof stürmte. Er schloss sich den Pokerspielern an.

„Sag mal, was kostet das Benzin gerade?“, fragte einer.

„Zwei eins. Warum?“, erwiderte Radu.

„Na, weil du’s so verschwendest. Die Jugos brauchen es viel nötiger.“

„Das machst du nicht noch einmal, klar?“, mischte sich ein Älterer ein, während er ein Full House mit Assen hinlegte.

„Auch wenn du ein Supergabor bist!“
Drinnen stand plötzlich die vermeintlich Tote vom Sterbebett auf und zählte Tante Paraskiva ein paar Silbermünzen in die Hand. Diese warf einen interessierten Blick darauf und sagte beiläufig:
„So, das war dann die Sterbeübung für heute … und vergiss nicht, leg dein Geld an einen sicheren Platz, jemand will sich wie ein Marder draufstürzen. Und jetzt geh!“
Radu bekam die letzten Nebensätze mit, dann nahm er einen Lappen und wischte das Benzin auf. Auf den Teppich streute er Sägemehl aus dem Holzlager. Gesenkten Kopfes verließ er den Hof wie ein Hund, der den Schwanz einzieht, um dem letzten Tritt seines Herrn zu entgehen. Er wusste nicht so recht, wo er hingehörte. Seinen Kanister warf man ihm hinterher. Dann fuhr er mit neunzig Stundenkilometern durch die Stadt.

Als nach drei Tagen der Gast abgereist war, kam Radu, um seine Sachen abzuholen. Swetlana kam ihm fröhlich und vergnügt entgegen und küsste ihn freundlich.
„Was bedrückt dich, mein Freund?“
„Wieso mich? Und dich? Siehst auch ziemlich schlecht aus …“
Sie knallte die schwere Eingangstür zu und brüllte:
„Vielleicht bedrückt dich, dass ich in so einem Scheißzimmer arbeiten muss, du Todesengel, du Giftzwerg, du!“
„Wenn du dich auf dem Fußboden von diesem Muttersöhnchen begrabschen lässt, ist dir doch wohl egal, welche Farbe der Raum hat, oder?“, brüllte er zurück. Er konnte es nicht schlucken, dass seine Prinzessin ihn betrogen hatte.

„Ach so, also doch eifersüchtig! Wer bist du eigentlich, dass du dich hier so aufspielst? Ein Spinner bist du, nichts anderes!“ Ihre Stimme überschlug sich fast.
„Ach so? Jetzt hör mir mal zu! Ich spinne den Faden unserer Zukunft, der lichten Zukunft aller Roma, denn ich weiß, wo's langgeht, das sag ich dir!“ Er schlug die Arme hoch, wie wenn man eine Vision hat. Sein roter Kopf war nicht zu übersehen.
„Im Knast wirst du landen! Wenn du Glück hast … Du gräbst doch am falschen Ort, du Flasche. Und für so etwas habe ich ein gutes Wort bei Papa eingelegt!“
„Was hast du? Märchen kannst du den Bastarden erzählen, die du von deinem Milchbubi kriegst. Was heißt denn Studienfreunde, ha, ha, Cäsar hat Antonius umgebracht, so witzig, ich muss kotzen.“
„Jetzt nimm deine Sachen und verpiss dich, ich will nie mehr von dir was hören, und die Zeitung, in der dein Name steht, landet bei mir sofort auf dem Klo. Welch ein Vergnügen, ah, dein Bild als Klopapier!“, schimpfte die verletzte Löwin.
„Zu Euren Diensten, Hoheit, küss' den Nabel, Prinzessin, wenn Sie das erotisch finden! Wieso denn nicht? Ja, mein Bild an Ihrem königlichen Hintern, natürlich, Majestät! Meine Zähne werden Sie nur in den Arsch beißen!“ Radu packte sein Malerwerkzeug ins Auto und verschwand.

Die folgenden Tage verbrachte Radu im Bett. Er stand bloß auf, um die Kinder aus dem Schlafzimmer zu verjagen. Dazu nahm er eine Haselrute, die er unterm Bett versteckte. Gelegentlich aß er ein Schmalzbrot mit sauren Gurken. Die Geschäfte und den Wahlkampf vernachlässigte er völlig, obwohl die Wahlen vor der Tür standen. Nur noch vier Monate. Das Haus in der Emile-Zola-Straße hatte genügend Zimmer für eine Roma-Familie – es waren insgesamt vier Zimmer. Onkel Mitu heiratete mit vierundsechzig noch einmal und Tante Sidonia hatte das Sagen im Hause. Sie war vom Leben schwer geplagt, lange verwitwet und als Krönung hatte sie ein Herzleiden, mit dem sie alle Welt tyrannisierte: „Wenn du mir nicht den Gefallen tust, dann stirbt die Tante, und wer kümmert sich um Onkel Mitu? Der kann sich doch nicht mehr selber helfen.“ Sie schielte mit einem Auge und war in früheren Zeiten eine Hexe gewesen, dieses Gerücht machte in Fratelia die Runde. Einmal im Monat übte sie das Sterben oder improvisierte nach ihrem Geschmack die eigene Beerdigung. Ein Jahr zuvor hatte sie sich in einen Nussholzsarg gelegt, zugedeckt mit schneeweißen Gardinen, die nach Waschmittel rochen. Vier Riesenkerzen verliehen der Szene einen feierlichen Rahmen: zwei am Kopfende und zwei am Fußende. Der Fotograf wurde bestellt, um ein Begräbnis wie im Film festzuhalten, aber es kam ganz anders, denn gerade, als er auf den Auslöser drücken wollte, richtete sich die vermeintlich Tote auf, um ihn auf den richtigen Winkel und die Lichtverhältnisse aufmerksam zu machen. Der Fotograf warf seine Kamera zum Fenster hinaus und versuchte die Alte umzubringen, da er dachte, er hätte ein Gespenst vor sich, das ihn in den Sarg locken wollte. Eine Stunde später wurde der Fotograf in die Nervenklinik eingeliefert.

Tante Sidonias Versuche, Radu aus dem Bett zu scheuchen, scheiterten nach zwei Anläufen kläglich. Sie konnte nicht einsehen, dass der Kandidat eine Woche lang nichts tat, ohne wirklich krank zu sein. Nein, das hat's noch nie in ihrer Sippe gegeben! Erst als er sein Jagdmesser aus dem Strohsack zog und ihr klarmachte, dass er nicht mehr leben wolle und auch ihr Leben in seinen Augen so viel wert sei wie ein kaputtes Bügeleisen, hörte die Alte auf, ihn zu drangsalieren.

Als Onkel Mitu die Stube betrat, dachte Radu, Tante Sidonia wollte stören. Er warf mit der Teekanne in Richtung Tür. Der Ziehvater hatte aber Tränen in den Augen.

„Dir geht es wohl nicht gut, und mein Herz blutet auch, ich setz' mich mal zu dir."

„Was steckt im Busch, Onkel Mitu, hat Tante Sidonia dir die Ohren vollgelabert?"

„Sie weiß es noch gar nicht: Dein Bruder Sile ist abgehauen. Er hat ein paar Mädchen aus unserem Stamm angeheuert und ist mit ihnen nach Berlin. Ein Bordell will er aufmachen … so eine Schande! Die Blüte unseres Volkes, die Schönsten hat er mitgenommen."

Der Alte weinte leise vor sich hin und sank in sich zusammen.

„Wie bitte? Saukerl, tawes-bahtale-pulman-do!"

Radu sprang auf und packte seinen Onkel am Kragen.

„Ich hole ihn zurück. Wann ist er verschwunden?"

„Der ist schon längst über die polnische Grenze! Wir haben doch unsere Leute an der Neiße, die einen rüberbringen."

„Und mich lässt er hier im Stich?" Radu brüllte so laut, dass alle Kinder des Hauses ans Straßenfenster liefen.

„Er hat lange mit einem Armenier verhandelt, der hier war, um Mädchen mit großen Titten zu suchen. Dann sind beide mit den Süßen verschwunden. Wehe, ihre armen Mütter und Väter!"

„Eine Sau ist er, ein Verräter, wie soll ich meine Geschäfte in der Siedlung aufziehen ohne ihn? Er kann Geld machen, er ist eine Schlange, er frisst Erde und scheißt Geld … und nachträglich stellt sich heraus, dass die Erde goldhaltig war."
„Tja, die Schlange hat eine bessere Kuh gewittert, deren Euter sie leer saufen kann."
„Ja, glaubst du, in Berlin kann der die Polizei so locker kaufen wie hier, glaubst du, dort fließt Honig aus dem Bordell?"
„Der Armenier besitzt eine ganze Puffstraße in einem Ausländerviertel, ich glaube, Kreuzberg oder so etwas, und da mietet Relu ein Lokal mit ein paar Wohnungen drüber. Sie sind Partner sozusagen, die beiden. Weiß nicht, was sie untereinander ausgemacht haben."
„Warum sagt der Affe nichts? Nicht mal ein Abschied, da ist Relu viel ehrlicher. Er ist da, wenn man ihn braucht."
Radu warf sich wieder aufs Bett.
„So ist die Welt, mein Sohn, das sind ihre Menschen und mit ihnen müssen wir auftreten auf dieser schäbigen Bühne mit alten Brettern, was willst du machen? Nur eins ist sicher im Leben, wisse das von mir – nämlich das Ende. Gevatter Tod holt uns alle an seinen Ofen. Und bald will auch ich meine steifen Finger an diesem Ofen wärmen", jammerte der alte Rom.

Draußen hörte es auf zu regnen. Radu lag nun bereits acht Tage im Bett seit der Demütigung, seit der Ohrfeige, die er vom Leben entgegennehmen musste. Einer Prinzessin unwürdig! Sie wollte nie mehr etwas von ihm hören, und er wäre bereit gewesen, ihr den schönsten Palast auszubauen. Unerhört! Der werd' ich's noch zeigen. Sie wird mich erst lieben, wenn ich die Macht hier in der Stadt habe. Sie ist machtgierig; sie war immer schon von Macht umgeben, also liebt sie die Macht allein. Was ist Macht, was ist Liebe? Ist Liebe nicht gerade die Macht über den anderen? Oder im Gegenteil, ein Sich-Zurücknehmen, damit der andere auf einen zukommen kann? Und liebt man wirklich, so kommt der andere auch irgendwann auf einen zu … Kein Abschied ist endgültig … Mit solchen Gedanken schlief Radu ein. Seit acht Tagen hatte er sein Hemd nicht gewechselt und selten den Traum. Er fand ihn äußerst merkwürdig: Radu sah sich in einer riesigen Flut. Er kämpfte mit den Wogen, um sein Gleichgewicht ringend, denn er befand sich in einer Nussschale. Die Fluten ringsherum waren schwarz wie Teer, das Ufer aber bestand aus Dschungel und manchmal aus Wüste. Es war nicht daran zu denken, ans Ufer zu gelangen. Ein Mann mit einem Turban kämpfte mit drei anderen. Sie überwältigten ihn und einer schlug mit dem Dolch auf ihn ein. Dann warfen sie ihn in die Fluten. Eine junge Frau versuchte, die Leiche herauszufischen. Als sie merkte, dass die Fluten den Kadaver wegschwemmten, fing sie an zu schreien und sich das Haar auszurupfen. Am Ufer sah Radu ruhige Felder, die bewässert wurden, und Tausende Roma, die arbeiteten. Obwohl er sich in der Nussschale verstecken wollte, winkten ihm Hunderte vom Ufer aus zu. Aber gleich hinter einer Brücke wartete ein Ungeheuer mit sieben Köpfen. Einer war der des toten Diktators Ceaușescu, die zwei nächsten erkannte er nicht, dann kamen Tante Sidonia, Tante Paraskiva, der Staretz des Klosters Albina und der letzte Kopf gehörte Iosif Wisarjonowitsch Stalin – wie er ihn zu Schulzeiten im Geschichtsbuch abgebildet fand, mit einer Pfeife in der Hand. Radu schnappte die junge Frau und versteckte sie in einer Felsspalte. Dann zog er das Schwert … wachte auf vom Glanz seiner Klinge und merkte, dass es schon spät am Vormittag war. Radu bewegte sich im Bett, aber die Geräusche des Strohsacks hörten nicht auf, als seine Arme und Beine in die Apathie der letzten Tage zurückkehrten. Er lauschte, hörte ein leises Kichern im Raum und beugte sich über den Bettrand. Am Fußende unter dem Matratzenrost krochen drei Buben hervor und ergriffen lachend die Flucht. „Hol' euch der Teufel, ihr Bastarde, haj siktir!"

„Was ist los mit euch? Wie oft habe ich's euch gesagt, jetzt reicht es!", hörte er die Stimme von Tante Sidonia mit den begleitenden Prügelgeräuschen. Es war der Besen, der zweckentfremdet auf den Rücken der Jungen tanzen musste.

„Und du, Muttersöhnchen, hast du nicht einmal im Sinn aufzustehen, ha? Ich muss hier putzen, es sieht aus wie in einem Saustall, und überall diese Kippen und halb leeren Gläser." Radu warf ein Glas an die Wand, es zersprang in tausend Scherben.

„Na klar, und ich soll das Zeug wie immer wegfegen? Willst du mich auch noch provozieren? Du bist ja ein schöner Kandidat! Im Stadtrat die große Klappe, aber nicht mal das eigene Zimmer in Ordnung halten! Das haben wir gerne!"

Die Alte schnäuzte sich in die Finger und wischte sie an ihrem grün geblümten roten Faltenrock ab. Ihr kurzer Stoppelbart am Kinn schimmerte metallisch blau.

„Klappe!", brüllte Radu. Im selben Augenblick ging die Tür auf. Vor ihm stand eine junge, elegant gekleidete Frau.

„Wer ist denn die Gajikane-Schlampe hier?“, fragte Tante Sidonia unverblümt von oben herab.
„Swetlana Corbea, die Tochter Seiner Hoheit.“
„Ich küss’ die Hand, Fräulein, verzeihen Sie, dass ich Sie nicht erkannt habe. Wir sind arme Menschen!“
„Und auch im Geiste arm!“, ergänzte Radu. „Vor dir Tante Sidonia, die Konkubine meines Ziehvaters.“
„Sie suchen sicherlich meinen Man, wenn ich fragen darf?“
„Keineswegs. Den jungen Mann da im Bett suche ich.“
„Na … der muss sich zuerst waschen, dann darf er was melden. Der liegt schon seit acht Tagen im Bett … wie tot.“
„Komm, ich hol dich raus hier. Pack deine Sachen!“
„Mit dem ist nichts anzufangen, Fräulein! Tote Hose! Der ist froh, wenn er pissen kann. Sie verschwenden nur Ihre kostbare Zeit mit ihm. Pfui, und stinken tut er auch.“
„Der Mann ist mein Gärtner und in der Gunst meines Vaters …“
„Und der täuscht sich ja nie, Gott gebe ihm Gesundheit. Soll ich euch was für unterwegs einpacken, Radu, mein Kind?“
„Nicht nötig, komm jetzt, Gärtner! Du ziehst zu mir, na komm, steh schon auf!“
„Haj siktir, Gärtner“, brummelte die Alte vor sich hin, „so nennt sich das heutzutage? Gartenarbeit … Lieber würd’ ich sterben, aber die Heutigen sind ja so versaut. Die interessiert nur noch das Eine und das Geld. Da heult keiner später mal an deinem Grab. Sterben lohnt sich nicht mehr.“
„Hast du was gesagt, Tante Sidonia?“, fragte Swetlana höflich.

„Sterben werde ich, sterben, mein Kind!“
Radu hätte sich beinahe die Decke über den Kopf gezogen wie in seiner Kindheit, wenn Relu ihn ärgern wollte. Gerne hätte er sich in die Ruhe des Strohsacks verkrochen oder noch lieber wäre er nie geboren worden. Aber er raffte sich auf und packte in größter Eile ein paar Sachen, denn er wollte Tante Sidonia nicht mehr zu Gesicht bekommen.

Man sah ihn nie mit einem Regenschirm, weder aufgespannt noch unterm Arm; man sah überhaupt nie einen Rom mit Regenschirm, außer wenn er ihn gerade geklaut hatte. An jenem Tag Ende Mai aber suchte Radu im Haus einen Regenschirm und fand auch einen schwarzen. Er schloss die Tür hinter sich und atmete ein paar Mal tief durch. Der Himmel schien näher zu sein an jenem Tag. Eine Leichtigkeit schwebte plötzlich über den Dingen, als hätte der Himmel sie noch nicht losgelassen, um sie auf ihren irdischen Weg zu schicken. Radu ging wie in Trance neben Swetlana her. Wo sie meinte, dass er noch etwas wackelig auf den Beinen stand, stützte sie ihn. Wie war doch der Himmel so herrlich, die Mädchen auf der Straße und der Duft der Lindenblüten. Radu ließ sich führen, unter seinem Arm spürte er Swetlanas warme Schulter und ihr Haar roch wie Blumenwiesen. Ein Blinder war er, welttrunken und völlig dem Duft des Frühlings hingegeben. Und wie stolz war er auf seinen Regenschirm! Er trug ihn vor sich her und schien ihm zu folgen wie einem Zauberstab. Die Straßenbahn kam angerast und Radu stolperte über die Gleise. Beinahe hätte er die Frontscheibe der Tram berührt. Fahrer und Fahrgäste sprangen auf die Seite, auf die Radu sich hinübergerettet hatte, und fluchten im Chor. Der Fluchgesang übertönte das Quietschen der Tram in der Weiche. „Krähe, wenn du besoffen bist, dann bleib in deinem Zelt, für so etwas will ich nicht hinter Gitter“, schimpfte der Tramfahrer zum Fenster hinaus. „Was? Krähe?“, wiederholte Radu laut, denn schon lange hatte er den Ausdruck nicht mehr gehört. Er schaute seine Kleider an und begriff sofort, wieso er so eingestuft wurde, dann verschwand er in der Menschenmenge vor der Würstchenbude. Instinktiv folgte er dem Geruch der gegrillten Würstchen. Eine dicke Frau mit einer schmuddeligen Schürze machte mit einem Karton Wind über der Glut.

„Die Cevaps sind schon grün, Fräulein, grün wie deine Augen“, hörte er eine männliche Stimme hinter sich.

„Wenn's dir nicht passt, dann steck sie dir in den ...“

„Ha, ha“, lachten die Freunde des aufmüpfigen Kunden, „geschieht dir recht, ha, ha.“

„Ich glaube, sogar dein Busen schmeckt nach Cevaps, und auch dein Kuss!“

„Wisse, junger Mann, früher unter Ceauşescu, da hatte alles seine Ordnung, da war alles ganz anders“, meinte ein alter Herr.

„Ja, was willst du? In zwei Jahren Freiheit wiedergutmachen, was man in vierzig Jahren Diktatur vermasselt hat?“, widersprach ein anderer.

„Arbeiten muss wieder gelernt sein, dann läuft alles, junger Mann, merk dir das!“ Radu hatte sich schon sechs Cevaps bestellt, als ihm einfiel, dass er kein Geld dabei hatte. Verlegen kämmte er mit den Fingern durch das fettige Haar, in dem noch Federflaum klebte.

„Das Geld zuerst, alter Rumäne!“, forderte die Frau, während sie sich die Hände an der schmutzigen Schürze ab-

wischte. Eine Hand zog ihn von hinten. „Komm, das isst du nicht, die sind ja grün“, hörte er Swetlanas Stimme hinter sich.
„Da sieh mal an, die feine Dame gibt sich mit dem Zigeuner ab, mein Gott, so etwas gab’s früher auch nicht.“
„Vielleicht hat er was, was wir nicht haben …“, mischte sich einer ins Gespräch. Radu wollte ihn mit dem Schürhaken vom Cevapsgrill strafen, in diesem Augenblick aber schoss neben dem Mann aus der glühenden Holzkohle eine gewaltige Stichflamme empor. Alle waren dermaßen verblüfft, dass sie nur noch damit beschäftigt waren, ihre Haut in Sicherheit zu bringen. Radu und Swetlana verschwanden im Gewühl.
„Ich sage dir eines“, schimpfte sie, „solange du so drauf bist, bleibst du an meiner Hand. Und jetzt komm, du musst etwas essen!“
„Sag mal, warst du das mit der Flamme?“, fragte Radu taumelnd.
„Wie kommst du denn darauf?“, lächelte sie zweideutig.
„Ich möchte nicht zu dir, so dankbar ich dir bin. Und wenn mir das Muttersöhnchen demnächst ins Visier kommt, kannst du dein schwarzes Kleid aus dem Schrank holen!“
„Er war nach drei Tagen weg und kommt nie wieder. Ich habe ihm erklärt, dass es mit uns aus ist. Was war, das war.“
„Glaube ich dir nicht!“
„Bist du noch böse?“, fragte sie wie ein Schulmädchen.
„Ja, mein Herz blutet wie ein geschlachtetes Huhn.“

In der Villa standen überall frische Blumen – das Leben schien in die Räume einzuziehen. Swetlanas Arbeitszim-

mer war immer noch dunkelrot. Auf dem langen Eichentisch im Wohnzimmer vor dem Kamin lagen bunt eingepackte Geschenke, jedes mit einer roten Schleife.
„Lieber Radu, das ist alles für dich, mein Lieber! Vor drei Tagen hattest du Geburtstag! Herzlichen Glückwunsch!"
Sie reichte ihm einen Krimsekt zum Öffnen. Das Zeug spritzte auf die Zimmerpflanzen und Radu lachte zum ersten Mal nach langer Zeit. Die Welt, in die hinein er wiedergeboren worden war, hatte ein neues Gesicht für ihn.
„Auf deine Auferstehung, und auf einen Neubeginn!"
„Auf meine Prinzessin, und auf das Zigeunergeschlecht!"
„Auf deine vierunddreißig, dein Mund ist zwanzig, dein Herz erst vier." Sie leerten die Sektgläser und knallten sie an die Wände. Als sie ihn umarmte, fühlte er die gleiche Geborgenheit mit dem Beigeschmack der Hundetreue wie früher, gleichzeitig aber auch Verachtung für alles Weibliche und seelisch Unbekannte. Ihr dagegen war mit einem Mal unklar, ob sie die Szene mit dem Muttersöhnchen inszeniert hatte oder ob es ein Zufall gewesen war. Sie war sich dessen unsicher, fühlte sie sich doch hingezogen zu dem unrasierten Mann vor sich, den sie gerade küsste. Wie unwichtig war sein Körpergeruch, den er aus dem Haus von Tante Sidonia mitgebracht hatte, wie nebensächlich sein wirres Haar und die abgewetzten Ränder seines Sakkos. Dazu kam seine süße Hilflosigkeit. Entzückend hilflos und romantisch war er.
„Jetzt pack mal deine Geschenke aus!"
Radu sah als Erstes etwas Flaches, das ein Buch sein konnte. Er packte es vorsichtig aus. Noch nie im Leben hatte er ein Buch geschenkt bekommen.

„Miguel Cervantes, Don Quichotte", las er, „wer von den beiden ist der Schreiber des Buches?"
„Miguel natürlich. Es ist ein Buch über Ritter und Windmühlen, über Liebe und über die Träume der Menschen. Es wird dir gefallen, versprichst du mir, dass du es liest?"
Radu öffnete das edel gebundene Buch und hielt es vorsichtig in den Händen, spuckte sich auf die Fingerspitzen und blätterte ein paar Seiten um. Dann bemühte er sich, fließend zu lesen: „Schaut … nur … zu, ge… stren… ger Herr Ritter, dass Ihr nicht ver… gesst, was … Ihr mir … we…gen der In… sel …"
„Du warst wohl nicht allzu gut in der Schule!"
„Gut schon, nur nicht allzu oft."
Radu wandte sich abermals der Lektüre zu:
„… versprochen habt! Sie mag … so groß sein … wie sie … will, regie… ren wer… de ich sie schon kön… nen."
Voller Begeisterung las Swetlana mit, wie man es bei einem schwachen Schüler tut, wenn man sich dem Rhythmus des Schülers anpasst: „Eines Tages sah Don Quichotte wohl dreißig bis vierzig Windmühlen auf dem Felde stehen, und wie er sie erblickte, sagte er zu seinem Edelknaben und Stallmeister: Das Glück führt unsere Sache besser, als wir es nur wünschen konnten; denn siehe, Freund Sancho, dort zeigen sich dreißig oder noch mehr ungeheure Riesen …"

Ich sah meinen Schulkameraden vor Augen, wie er da saß, vertieft in sein Geschichtsbuch. Dieses Bild hatte etwas Krampfhaftes, Gezwungenes, wie eine Kuh im Jogginganzug, dachte ich. Als Schüler las Radu selten etwas vor – es war ein ununterbrochenes Vor-sich-Hinbrummen. Zu sehr war er auf die Inhalte konzentriert, zu sehr auf das Wesentliche, als dass er sich die Lesetechnik angeeignet hätte. Ich sehe ihn noch heute vor mir, mit seinen schwarzen, klebrigen Locken, mit seiner verschwitzten, staubigen Schuluniform, deren Dunkelblau man nur noch erahnen konnte, mit seinen langen Fingernägeln und seinen riesigen aschgrauen Händen.

Ich riss Swetlanas Briefe dem Postboten aus der Hand und verschlang sie im Gehen, im Café, an der Haltestelle. Sie verriet mir erst spät den Namen ihres Kandidaten für die Stadtratswahlen, aber anhand der Beschreibungen seines Äußeren und seiner Art des Pendelns zwischen grenzenlosem Mut einerseits, Schüchternheit, Ohnmacht und Resignation andererseits hatte ich Radu Gabor bald erkannt.

Eines Abends – wir hatten meistens Nachmittagsschule – lud mich Radu nach der Schule zu sich nach Hause ein. Unterwegs schossen wir erfolglos mit der Steinschleuder auf ein paar Amseln und spielten Fußball mit unseren Ranzen. Wir warfen die Mütze eines Drittklässlers auf einen Nussbaum und imitierten den Gang einer alten Frau, indem wir dicht hinter ihr hergingen. Als sie es merkte, holte sie blitzschnell mit dem Stock aus und traf Radu mitten ins Gesicht.

Das Haus in der Muresch-Straße war niedrig und aus unverputzten Rohziegeln gebaut. Die dunkelgrün gestrichene Eingangstür stand halb offen, denn aus der Küche ragte ein schlanker Baumstamm etwa einen Meter heraus in den Hof, da das andere Ende im Herd glühte und der Rest nicht in den Raum hineinpasste. Wir stiegen über den Balken und Radu teilte den Kleinen auf dem Lehmboden in der Küche Klapse aus, das hieß: „Ich bin da!“

Ich begrüßte die Erwachsenen, bekam aber keine Antwort. Tante Romica ließ Popcorn auf der heißen Herdplatte platzen und Kleinkinder auf dem Boden versuchten die blumenartig geplatzten Körner noch in der Luft aufzuschnappen. In einem Raum nebenan lagen Berge von Gänsefedern. Man hörte Gelächter und Kichern von jungen Frauen, die den Flaum von den Federn trennten. Radus Vater saß am Ofen und unterhielt sich laut mit einem mir bekannten Zigeuner. Sie tranken Schnaps und machten Drohgebärden, die an eine nicht anwesende Person gerichtet waren. Radus Vater war ein Mensch, dem das Leben es abgewöhnt hatte, Liebe zu zeigen. Trotzdem vergesse ich seine Augen nie, denn sie sogen den ganzen Raum auf. Weich und müde war sein Blick, kraftvoll in seiner Traurigkeit und zärtlich wie der eines Menschen, der viel erlebt hat und jetzt weiß, worauf es ankommt. Seine Mutter badete in einer Ecke die kleinere Schwester Aglaja, die jämmerlich plärrte. Draußen wurde es allmählich dunkel. Ich spürte, dass Herr Gabor und der andere Zigeuner sich über mich unterhielten – es war ungewöhnlich, dass ein Gajikane-Kind Roma besuchte. Sie lachten herzhaft über meine Schüchternheit, da ich einfach auf dem Baumstamm mitten im Raum saß und wartete, was nun passieren würde. Der Gast polierte mit dem linken Ärmel gelassen einen Apfel und warf ihn mir zu. Ich bedankte mich, denn ich war hungrig. Ein Huhn, das in der Küche herumlief, pickte mir die Apfelkerne aus der Hand und rettete mich, denn ich hätte nicht gewusst, wohin damit. Dann brachte Radu sein neues Jagdmesser und forderte mich auf, ein paar Übungen damit zu machen. Wir schoben die Wäsche auf der Leine an die rechte Wand und warfen auf eine fensterlose Brettertür, die wahrscheinlich ins Schlafzimmer führte. Die Wäsche roch nach selbst gesiedeter Rohseife, aber der Rauch mit dem Beigeschmack von nassen Federn übertraf alle anderen Gerüche. Zum Beispiel den von Hühnerdreck, denn was anderes waren die dunklen Flecken auf dem blanken Lehmboden als Hühnerdreck? Unsere Messerwurfübungen wurden jäh unterbrochen von der Mutter, deren Schutzengel wieder mal zugegen war, als sie mit einem Handtuch aus dem Zimmer hinter der Brettertür herauskam und Radu gerade zum Werfen des scharfen Jagdmessers ausholte. Als sie anfing zu brüllen und zu schimpfen, heulten die halb nackten Kleinkinder auf dem Boden, und für mich war klar, dass ich nach Hause musste.

Am nächsten Tag öffnete Radu neben mir den alten Lederranzen. Er zog das Jagdmesser zur Hälfte heraus, schaute es andächtig an, dann durfte auch ich die Klinge abtasten. Ich nickte und schaute Radu kurz an. Er strahlte.

„Du, machen wir ein ‚Americana' nach der Schule? Vor dem Arbeiterkino. Pflaster mischto!"

„Na klar, aber nicht lange. Ich muss im Garten helfen. Hast du noch einen Bonbon?"

„Nur den im Mund", Radu zuckte mit den Schultern, „aber den kannst du haben."

„Her damit!" Ich nahm den feuchten, halb gelutschten Bonbon und steckte ihn unauffällig in den Mund, so dass die Geschichtslehrerin es nicht merkte. An dem Tag kaufte ich mir kein Kipferl, denn das Kleingeld wollte ich für das „Americana"-Spiel einsetzen, das ich häufig gewann. Vor dem Kino war der Bürgersteig in der Tat bestens für unser Glückspiel geeignet. Der Asphalt war glatt und die Münze, die man aus Bauchhöhe warf, sprang klirrend und blieb dann liegen. Wenn sie eine andere Münze, die bereits auf dem Boden lag, überlappte, so gewann man die Runde, und alles, was auf dem Boden lag, konnte man einstecken. Meiner Mutter fiel nie auf, dass ich mit ihrem schwer verdienten Geld spielte, denn ich hatte eine gute Hand und setzte Münzen ein wie Dinar oder Drachmen, die schwer und wertlos waren, aber eine gewisse Faszination auf die Mitspieler ausübten. Der Spätnachmittag fing gut an. Was Radu verlor, das gewann ich wieder zurück von den zwei Partnern, die wir nicht unmittelbar kannten. Dann trat eine Gestalt hinter mich wie der Schatten eines Adlers. Der Junge trat mit voller Wucht auf die Münzen, die auf dem Boden lagen, und wollte gerade die vermeintlich leichte Beute auflesen, da brüllte Radu verzweifelt: „Nicki, Ellbogen in die Eier, schnell!“ Ich führte es aus. Der Fünfzehnjährige krümmte sich vor Schmerzen, aber er packte mich mit einer sicheren Armbewegung. Er fing an, auf mich loszuprügeln, und sein Kumpel, ebenfalls Neuntklässler, half ihm dabei. Manchen Fäusten entkam ich, indem ich mich wie eine Schildkröte auf dem Boden krümmte und meinen Rücken zum Panzer machte. Radu wollte mir zu Hilfe kommen, erfolglos. Dann holte er schnell sein Jagdmesser aus der Hosentasche und warf es immer wieder von einer Hand in die andere. Er war außer sich und wäre in diesem Zustand fähig gewesen, zu töten. Die beiden merkten das und ergriffen die Flucht. Radu rannte ihnen ein Stück hinterher, wie wenn man einen Hund vertreibt. Dann hob er mich auf: „Du, das schreit nach Rache, ich schwör’s dir auf dem Altar meiner Mutter!“

„Bring mich nach Hause, Radu“, bat ich unter Tränen.

Radu war geübt im Schleppen von Verwundeten, aber schon an der nächsten Straßenecke konnte ich meine Prellungen selber tragen.
„Ich weiß, wie“, rief er spontan, „wir bringen sein Pferd um, ich weiß, wo es steht!“

In einem Obstgarten am Stadtrand weidete der stolze Schimmel im Abendrot. Er gefiel uns so gut, dass wir beschlossen, ihn lieber zu klauen. Ja, aber wo kann man so ein Tier unterbringen, ohne dass es auffällt? Verkaufen? An wen? So entschieden wir bald, es bloß an unserem Schmerz teilhaben zu lassen. Von zu Hause brachte ich im Marathonlauf eine Dose mit grüner Farbe und einen Pinsel. Radu bot sich an, den kriminellen Plan auszuführen. Von hinten näherte er sich dem Schimmel:
„Na, ein grünes Pferd hat Fratelia noch nie gesehen, da wird sogar der Pfarrer glotzen, das sag ich dir!“
Dann fing er an, den Rücken des Pferdes grün zu streichen, und das ging so eine Weile. „Pass auf!“, brüllte ich zu spät, denn das Pferd hatte bereits mit den Hinterhufen ausgeschlagen und genau die Farbdose in Radus linker Hand getroffen, etwa zehn Zentimeter neben seiner Brust. Ich traute meinen Augen nicht, als das Tier davontrabte und Radu kreidebleich und von grüner Farbe übergossen sich erst einmal auf dem Boden erholen musste. Dann lachten wir hysterisch, denn wir waren erschrocken und konnten die Sache nicht so richtig einordnen, zumal Radu wie ein Marsmännchen aussah. „Komm, ich hol’ Terpentin von zu Hause. Nicht in die Augen schmieren!“

Im nächsten Schuljahr – wir waren in der Sechsten – wurde „Americana“ als Glücksspiel verboten. Einer wahren Hetzjagd waren wir Spieler ausgesetzt, wobei Lehrer, Polizisten und ältere Passanten an vorderster Front standen. Natürlich waren auch unsere Eltern besorgt, wenn sie die Symptome der Spielepidemie feststellten. Ein Schulkamerad zum Beispiel hatte an einem Nachmittag achtzig Lei verloren. Wir fanden bald den Ausweg aus der Krise und spielten eine Weile mit flach gequetschten Pepsi-Cola- oder Bierkronkorken. Die meisten von uns legten etwa hundert Stück auf die Straßenbahngleise, versteckten uns im Gebüsch auf dem Kirchhof, bis die Tram vorbeifuhr, und sammelten dann unsere flachen Kronkorken auf. Bis eines Tages der gelbe scheppernde Kasten entgleiste. Die Folgen waren bedrohlich: Der Fahrer nahm seine Kurbel aus der Fahrerkabine und rannte uns auf dem Kirchhof hinterher. Er erwischte einen Jungen, indem er ihm die Kurbel von hinten auf die Waden warf, und schlug ihn grün und blau. Es war nun mal so; die Gesellschaft, das heißt jeder Erwachsene, war kraft eines ungeschriebenen Gesetzes befugt, die Kinder zu erziehen. Alle fühlten sich für unsere Zukunft zuständig und das war furchtbar lästig. Der Mann aus der Straßenbahn mit der blauen Uniform und dem roten Gesicht gab keine Ruhe. Radu und ich versteckten uns in der Kirche an einem Ort, den ich gut kannte, nämlich im Beichtstuhl. Der „Wattmann" – der Straßenbahnfahrer – betrat die Kirche hustend mit der Kurbel in der Hand, schaute vorwurfsvoll den Heiland im Vorraum an, als wollte er sich die Frage nach dem Bösen in der Welt nur mit Mühe verkneifen, und suchte uns mit seinem scharfen Blick. Wir lagen so, dass wir nicht entdeckt wurden, selbst wenn er den kleinen Vorhang am Beichtloch gelüftet hätte. Ich stieß in dem engen, halbdunklen Raum mit der Stirn auf etwas Kaltes und erkannte schnell, dass es eine Halbliterflasche war, deren Korken schief, nur halbherzig seine Funktion erfüllend, dahinträumte. Es roch nach Schnaps auf dem Boden der Beichtzelle.

„Ach so, das trinkt euer Pfarrer, während ihr beichtet? Ist das Weihwasser?", fragte Radu flüsternd.

„Mal probieren", flüsterte ich spontan, während mein Herz pochte wie ein Huhn vor dem Schlachten. Ich fasste Mut und trank einen Schluck aus der Pfarrerflasche, schüttelte mich und reichte sie Radu. Er trank und legte seinen rechten Zeigefinger auf die Lippen, als ich rülpste. Es war für mich ein komisches Gefühl, den Beichtstuhl von innen zu erleben, genau da, wo Pfarrer Frigyér gesessen hatte, als ich meine erste Beichte vor der Ersten Kommunion ablegte. Aber dass Weihwasser dermaßen brennt, hätte ich nie gedacht. Radu bekam nach dem ersten Schluck ganz große Augen und zwinkerte eine Weile nicht. Die Flasche wurde hin- und hergereicht. Wir hätten noch lange den Beichtstuhl mit unserem Schabernack besudelt und entheiligt, hätte nicht jemand die schwere Tür der Kirche ins Schloss fallen lassen. Unsere Herzen pochten wie eine aufgescheuchte Rinderherde, deren Hufe wir überall in der Kirche zu hören glaubten. Dann das Rasseln der schweren Kette. Wir waren eingesperrt, das war uns sofort klar, aber der Schrei nach Freiheit kam zu spät. Denn hinter der schweren Eichentür konnte uns der Kirchendiener nicht mehr hören.

Wir hatten die Kirche für uns alleine und machten das Beste daraus: Wir spielten Winnetou und Old Shatterhand zwischen den Bänken, schossen auf imaginäre Cowboys und machten aus dem Altar einen Marterpfahl. Dann wurde es dunkel. Wie sollten wir uns nun die Zeit

vertreiben? Ich erinnerte Radu daran, dass Joe, der Indianer aus „Tom Sawyer“, Kerzen aß, um in der Höhle, in der er eingeschlossen war, zu überleben, und machte ihn darauf aufmerksam, dass es uns ähnlich ergehen könnte. Draußen hob ein Kran die Straßenbahn wieder auf die Gleise. Funkensprühen zeigte uns, dass der „Fratelia-Express“ wieder fahrbereit war; die Straßenbahn hatte wieder Anschluss an die Stromleitung. Aber dies kümmerte uns weniger. Wir rüttelten vergeblich an allen Gittern und Türen. Die Fenster waren viel zu hoch. Wir waren eingeschlossen und völlig dem lieben Gott ausgeliefert. In seinem eigenen Haus! Wir zündeten alle Kerzen in der Kirche an, vielleicht würde es doch jemandem draußen auffallen. Die Maßnahme erwies sich als überflüssig, da die Passanten aus der Ferne warmes Kerzenlicht hinter den bunten Fenstern als schlichten Eifer des Kirchendieners deuteten. Was werden meine Eltern sagen, wo überall werden sie mich suchen? Und der Tag danach, wenn uns Gott aus der Kirchengefangenschaft entlässt? Nur der Teufel konnte es wissen. Hatte er mit Gott einen geheimen Vertrag ausgehandelt, um uns zu frommen Buben zu machen, damit wir unter anderem das Zigeunerroulette „Americana“ aufgaben? Radu fragte plötzlich, als wäre er meinem Gedankengang gefolgt:
„Wie wär’s mit einem ‚Americana’? Wenn du nichts dabei hast, kann ich dir ja was auslegen.“ Ich zog ein paar Münzen aus der Tasche und warf eine auf den Mosaikboden, Radu die nächste. Die Münzen klirrten so herrlich und der Schall an den Wänden war so erhaben im Kerzenlicht, dass unser Spiel etwas Feierliches hatte. Radu konnte zwar verlieren, doch merkte ich erst jetzt, wie sehr seine Seele jeder Münze nachtrauerte. Ja, mein dunkelhäuti-

ger Freund liebte das Geld. Wir krochen den rollenden Münzen unter den Bänken hinterher, wobei die geflochtenen Schnüre der Lesezeichen aus den Gesangbüchern, die darauf lagen, leise baumelten und schauderhaft wie Rattenschwänze unsere Nacken berührten.
„Du hast gewonnen“, flüsterte ich kurzatmig, „ich geb’s auf, mir wird’s unheimlich. Weißt du, Jesus, der da oben für uns in alle Ewigkeit hängt, hat einmal die Pharisäer aus der Kirche gejagt. Das waren so Kaufleute und Kartenspieler, so ein Lumpenpack, wie …“
„Wie Zigeuner, meinst du?“
„Nein, nein, die hatten nur Geld im Sinn! Ihr habt ja auch noch Pferde, und ihr macht tolle Gießkannen und Backsteine.“
„Haben die auch ‚Americana’ gespielt?“
„Ich glaube, ja.“
„Ich fände es jetzt auch toll, wenn uns einer aus der Kirche jagte“, jammerte Radu.
„Ich weiß was Besseres! Wir beten zusammen!“
„Das hab ich nie gelernt. Zu was soll das gut sein?“, fragte er interessiert.
„Wir bitten Gott im Himmel um Verzeihung dafür, dass wir in seinem Haus ‚Americana’ gespielt haben. Dann erst können wir fragen, ob er uns hier herauslässt.“
Vor dem Altar brachte ich Radu das Vaterunser gleich in zwei Sprachen bei, auf Ungarisch und auf Deutsch. Er hatte Freude daran, einmal so zu sein wie ich, und gab sich viel Mühe. Er wurde immer lauter und seine Augen glänzten vor Inbrunst. Unseren Hunger hatten wir regelrecht weggebetet. Die Hostien, die winzigen mehligen Oblatenteile, schmeckten so gut wie Chips. Die Kerzen waren allmählich verbraucht und es wurde kalt in der

Kirche. Als wir auf dem Teppich vor dem Altar einschliefen, brannten nur noch zwei lange Kommunionskerzen neben uns. Irgendwann hörte ich dann die schwere Eingangstür quietschen. Mein Haar sträubte sich vor Angst, ich blickte hinauf zur Muttergottes. Hatte sie eine leichte Kopfbewegung in Richtung Sakristei gemacht? Ich weckte Radu aus einem lichten Traum. Vorsichtig legte ich meine Hand auf seinen Mund und machte ein diskretes Zeichen, dass er mir hinter den Altar folgen solle.
„Merkst du's, Gott hat unsere Gebete erhört!", flüsterte ich hinter den Gladiolen.
„Er ist ein lieber Gott!", bestätigte Radu.
Der Kirchendiener ging schimpfend zu den Kerzen und löschte sie mit speichelnassen Fingern aus: „Der alte Schneepisser vergisst andauernd etwas!" Er torkelte in Richtung Beichtstuhl und suchte. Als er auf die leere Flasche stieß, fluchte er jämmerlich enttäuscht: „Saufbold!" Während er versuchte, sich zumindest mit der Flasche zu versöhnen, flüsterten wir ein „Amen" und ergriffen die Gelegenheit zur Flucht. Radu und ich rannten, was das Zeug hält, in Richtung Eichentür. Die Turmuhr draußen zeigte zehn vor eins. Radu gähnte neben mir, als sei nichts passiert.

Der Ärger, den ich anschließend zu Hause hatte, ging in die ungeschriebene Familienchronik ein, aber Radu und ich wurden noch engere Freunde. Er stellte Fragen nach meinem Gott, die ich nicht beantworten konnte, und war seitdem nachdenklich geworden. Er sprach fortan davon, dass wir von oben stets gesehen werden. Einer schaue uns von da oben immer in die Karten, selbst wenn wir „Americana" spielten, und er greife ins Spiel ein, wenn er an uns Gefallen fände. Auf dem Schulweg übten wir das Zigeunerzählen: jek, duj, trin, star, panz, sov, efta, oxto, inja … Im Gegenzug bekam Radu das lateinische „Ave Maria, gratia plena, ora pro nobis …“ beigebracht.

Unsere Schule stand neben der orthodoxen Kirche, einem Neubau aus den Sechzigern; die wiederum trennte eine einfache ungeteerte Straße von der katholischen Kirche, die wir von innen sehr gut kannten, da wir für eine halbe Nacht darin eingeschlossen waren. Die Klassenlehrerstunde sollte uns die Grundbegriffe des Atheismus beibringen, so dass ein Muttersöhnchen, dessen Papa im Lager der Parteibonzen weilte, unsere Lehrerin bestätigte: „Es gibt keinen Gott! Wir waren doch bereits auf dem Mond, und dort war auch keine Spur von Gott zu finden, oder?“

„Du Armleuchter“, regte Radu sich auf, „wer gibt dir denn das tägliche Brot, sag mir das, falls du's kannst!“

„Klar doch, Krähe! Mein Vater, der euch regiert, und Mama, die Kindergärtnerin ist und den Kindern die ersten Schritte in unsere lichte Zukunft weist. Die verdienen gut und ich habe jeden Morgen mein Butterbrot auf dem Tisch, klar, Krähe?“

„Aber Gott poliert dir jetzt die bleiche Fresse, und das durch meine Faust!“ Radu sprang über die Tische in Richtung Butterbrotkind.

„Haltet ihn, sonst landet sein Vater hinter Gittern!“, rief das Butterbrotkind. Radu war schon dreizehn, kräftig und zwei Jahre älter als wir, da er sitzengeblieben war. Er ging zur Schule, weil Onkel Mitu es für nötig hielt. Er selbst hätte lieber wie andere Jungen in seinem Alter mit Kent-Zigaretten, mit falschen Rolex-Uhren oder mit Vegeta – der jugoslawischen Kraftbrühe – geschachert.

Die Söhne der ungarischen Ziegelschläger streuten den Mädchen Juckpulver in den Nacken, ein Zigeunerjunge holte seine Männlichkeit hervor und spielte unbekümmert damit, während sich die Mädchen an den Zöpfen rupften und über Bänke krochen, um dem Spektakel beizuwohnen. Sobald es sich im Unterricht herumgesprochen hatte, dass ein Rom sein Schwert zog, war das Weibervolk nicht mehr zu halten. Die Schule war für uns der Ort, wo man Handel mit Fischutensilien trieb, nichts weiter. Wir kratzten uns im Takt zwischen den Fingern, denn die gleiche Schafskrätze plagte Radu und mich. Im frischen Tau der Morgenstunde wälzten wir uns im Frühjahr im Gras der Temesch-Auen, dann fingen wir mit dem Lasso Gänse und stiegen nackt in den Fluss, um Aale mit der Hand zu fangen. Wir legten gebrannte Ziegelsteine in die Eichenglut und grillten die glitschigen, langen, dunkelgrauen Fische darauf. Schon kurz nach Fasching stiegen wir in die Temesch, denn genau um diese Zeit herum war sie durch das Schmelzwasser der Banater Berge im Süden besonders wild. Der Juli brachte uns die herrlichen Melonen – die Erdhoden, wie Radu sie nannte –, so dass wir alle Gemüse- und Obstmärkte unsicher machten. Einer verhandelte mit dem Verkäufer, während der andere die grünen Riesen mit dem Fuß nach hinten in die sichere Ecke rollte. Meistens verzehrten wir unsere Beute gleich auf dem Markt, wir saßen auf den Verkaufstischen und trieben unsere Taschenmesser in die Melonen. Die Hälfte warfen wir weg oder gaben sie Landstreichern. Sie dankten uns mit trüben Augen, meist torkelnd, betrunken. Die größte Freude hatte ich allerdings, wenn ich Zigeunerinnen beim Lesen aus der Hand beobachten konnte. Der Kunde wurde sorgfältig ausgewählt, dann voller Sorge und mit der stillen Akzeptanz des fremden Schicksals umgarnt, indem man ihm in die Augen schaute und die offene Hand nahm. Busen, die sich aus dem Dekolleté wölbten, Gebärden des Wohlwollens und der Selbstlosigkeit – allgegenwärtig das Gefühl, allein die Zigeunerin kann dich retten. Das Verfolgen der Lebenslinien, die Wonne auf dem Antlitz des Kunden und eine Wonne für mich: Genau dann zog ihm die junge Frau das Portemonnaie aus der Tasche.

„Jek, duj, trin, star, panz, sov, efta, oxto, inja, des …", zählte ich, „ein Huhn täte uns jetzt gut!"

„Hat der Hühnerstall einen Riegel, so fressen wir den Igel", erwiderte Radu nicht minder poetisch begabt. Einen Nachbarn der Gabors wählten wir aus, einen gewissen Munteanu, der einen gut bewirtschafteten Bauernhof am Rande der Stadt führte. Wir schlichen uns nach Einbruch der Dunkelheit zum Hühnerstall. Leider kam der Besitzer gerade in dem Augenblick in den Garten. Er trug ein weißes Unterhemd und eine alte Kommunistenmütze.

„Lausbuben, Saukerle!", brüllte er, als er uns im Stall bei der Auswahl des Huhns überraschte. Munteanu packte uns an den Ohren und führte uns zu Onkel Mitu, der gerade am Straßenrand Maulbeeren für seinen Schnaps pflückte.

„Hör mal, Nachbar, dein Bub und der Schwab hier haben sich an meine Hühner gemacht, die Satansbraten, die reitet wohl der Teufel!"

„Glaub ich nicht. Ich frag ihn mal, ich kann mit dem Jungen am besten umgehen. Er hatte auch 'ne schwere Kindheit, fress dir die Augen."

„Was heißt hier ‚schwere Kindheit', ich reiß ihm die Ohren raus!"

„Schau mal zu, Nachbar, ich frage ihn: Tschordischi tschoroweaua?“, wandte er sich Radu zu.
„Tschordi, na und …“
„Da hörst du’s, er war es nicht! Gott sei Dank, somit ist die Sache erledigt, ich kann mit dem Jungen echt umgehen, denn mir erzählt der alles, kommst du herein auf einen Schnaps?“
„Na, von mir aus soll Gras über die Sache wachsen, aber es ist nicht in Ordnung, was die Jungs sich da rausnehmen.“
Onkel Mitu wandte sich Radu zu, dem er auf Zigeunerisch bedeutete, er möge doch an seiner Stelle Maulbeeren pflücken.
„Und wenn ihr euch noch einmal erwischen lasst, dann steck ich euch die Ohren in den Hintern!“, flüsterte er im Zorn.

Das orthodoxe Kirchweihfest – die „Rugä“ – durfte nie ohne uns stattfinden. In einem eingemeindeten Dorf im Süden der Stadt war die „Rugä“ besonders üppig, denn ein Pferdemarkt schmückte seit Urzeiten den Rahmen des Festes, Christliches mit Geschäftlichem verbindend. Man brachte dahin sowohl trächtige Stuten als auch Rennpferde und ein paar Wochen alte Fohlen. Man fühlte den Pferden auf die Zähne, denn sie allein verrieten das wahre Alter der Tiere. Radu hatte ein gutes Gespür für Pferde, er konnte herausfinden, ob ein Pferd durch Schnaps aufgewertet worden war – eine Art Doping –, ob es genug Auslauf hatte oder ob es sauber gehalten wurde. Da er fast alle Zigeuner in der Südstadt kannte, mischte er sich – oft unangenehm für die Händler – in die Verhandlungen um den Preis ein. Rasch machte er sich dabei unbe-

liebt und wurde zum Marktkasper erkoren. Tritte in den Hintern blieben nicht aus. „Die Flucht ist beschämend, aber gesund“, pflegte er zu sagen.
Überall lagen Decken mit Tand herum, der die Kinderherzen höher schlagen ließ: Hüte aus Pappe, Brillen aus Karton mit buntem Cellophanpapier für 2,50 Lei, Keramikhühner, die beim Blasen in das Hinterteil schrille Töne von sich gaben, federnde Bälle an einer Gummischnur, die die Kinder nach einem Tag draußen im Regen vergaßen, und vieles mehr. Die Menschen begrüßten sich laut, küssten sich, brüllten sich an, warfen sich Dinge vor, die vor zwanzig Jahren passiert waren. Es roch nach Pferdeurin, nach türkischem Rahat, nach billigen Parfüms und nach gegrillten Cevapčići. Vor einem gut betuchten Herrn, der eine kostbare Astrachan-Pelzmütze auf seinem Schädel trug, bäumte sich ein Zigeunerjunge auf. Allein die Ohren schienen das teure Ding zu tragen.
„Onkelchen“, fragte der etwa zehnjährige Junge, „hast du keine Angst, dass man dir die teure Mütze klaut?“
„Wieso, was mir? Wie soll das gehen?“
„Na, so!“ In Blitzesschnelle streifte der Rom den Kopf des Mannes, ergriff die Mütze und rannte davon. Er verschwand in der Menge, aber niemand konnte sagen, in welche Richtung. Der Mann krümmte sich auf dem Boden wie einer, dem in den Bauch getreten wurde, röchelte und stammelte ab und zu: „Fasst den Dieb!“ Ich erlebte den ersten epileptischen Anfall eines Menschen.

Dann warfen wir uns vergnügt ins Kettenkarussell und ließen uns durch die Luft über dem Jahrmarkt treiben. Die Welt gehörte uns und sie hatte nichts dagegen. Mir wuchsen dabei Schwingen, die den ganzen Jahrmarkt überschatteten. Mit Mühe hielt ich meinen Hut mit dem

Sheriffstern fest. Von dort oben hatten wir einen herrlichen Blick auf diese Welt.

Der Höhepunkt im Jahreslauf war jedoch das Osterfest. Nach der Auferstehungsnacht war Jesus erlöst und in die Weiten des Himmels entlassen, was dazu führte, dass der Mensch sich nicht mehr durch die Gottheit beobachtet fühlte. Diese Tatsache trieb den Menschen in eine schwelgerische Ausgelassenheit, in Fressorgien, als hätte der Sohn Gottes gelitten, nur damit der Mensch zwei Tage lang gnadenlos Lammfleisch essen und einen Pflaumenschnaps nach dem anderen kippen darf. Die entbehrungsreiche Fastenzeit brachte nach Ostermontag viele Beerdigungen mit sich, die Osterzeit ging nahtlos in Totenfeiern über – kein Christenmagen war auf diese Umstellung vorbereitet und viele der Frommen klopften an die Himmelspforte. Die Kutscher der Leichenwagen waren dermaßen beschäftigt, dass sie sich im Vorbeifahren auf der Straße nicht einmal mehr grüßten. Für uns hatte das orthodoxe Osterfest noch eine ganz andere Bedeutung: die Karwoche auf dem Kirchhof. Da schlug man rund um die Uhr die sogenannte „Toacă“, ein dickes Brett, das in Augenhöhe an einem Teppichklopfer aufgehängt wurde. Für fünf Lei in der Stunde klopften wir den kanonisch vorgegebenen Rhythmus mit zwei schweren hölzernen Hämmern und sprachen den Spruch dazu, dessen Bedeutung oder Witz nie jemand verstanden hatte: „Ein dicker Hund ist krepiert, der Pfarrer in die Stadt stolziert, die Toacă hat's entnommen, der Pfaffe wird kommen, der Pfarrer kommt, der Pfarrer kommt, der Pfarrer …“

Eines Tages beschloss meine Großmutter, sich bei einem Gabor eine Gießkanne anfertigen zu lassen. „Mein Alter bräuchte sie halt draußen für seine Blumen, die er ja zeit seines Lebens so geliebt, gepflegt und gehegt hat", erklärte sie, wobei mit „draußen" der Friedhof gemeint war. Sie fand einen Großonkel von Radu – einen gewissen Árpád, der in der zwölften Gasse wohnte. Bei unserer Ankunft mussten wir bei Affenhitze über einen Haufen verzinkten Tafelblechs steigen, was meiner Oma schwer zu schaffen machte. Árpád saß auf einem Holzscheit im Hof und rauchte abwesend, jenseits von Gut und Böse. Mit der Rauchwolke verfolgte er eine Fliege und hätte das Tier beinahe mit der Selbstgedrehten auf seiner Brust ausgelöscht. Dann wurde er abgelenkt:
„Einen schönen Tag. Ich hab ein Stückchen Arbeit für dich, Gabor, falls du Zeit hast!"
Der ungarische Rom antwortete nicht sofort, da er mit seiner Fliege beschäftigt war. Sie kostete ihn viel Konzentration. Die Abendsonne und die Hühner krochen unter der Leinenwäsche hervor. Der Kolophoniumgeruch des Lötkolbens vermengt mit Hühnergestank und mit dem Geruch der Kernseife stieg mir in die Nase. Ich hatte Freude an dem Zigeunerhof mit seiner bescheidenen Spenglerwerkstatt. Mit einer flinken Handbewegung fing Árpád die Fliege, schüttelte vergnügt den Kopf und steckte sie in ein altes Tintenfass mit Salzsäure, dessen Inhalt die Lötflächen säubern sollte. Ich lachte dreckig, was meine Oma veranlasste, mir „a Watschn" hinters Ohr zu verpassen, da sie es nicht ertragen konnte, nicht gleich beachtet zu werden, und schon gar nicht von einem Zigeuner. Dann auch noch mein Kichern beim Anblick eines katholisch gottgewollten Wesens, das in der

Salzsäure durch Menschenhand in einer Minute wieder zu Staub wurde! Endlich würdigte Árpád sie eines Blickes. Wahrscheinlich, weil auch sie sich an einem unschuldigen Wesen vergriff, und das war meine Wenigkeit.

„Was wollen die Dame?“

„Eine Gießkanne …“

„Friedhof oder Garten?“

„Friedhof …“

„Können Frau Marischka schwer schleppen, wie groß soll sein?“

„Na ja, so elf Liter, bis zum Rand.“

Árpád nahm sich ein Tafelblech aus dem Haufen, peilte eine Richtung an, streifte den Blechrand ein paar Mal mit der Schere, dann setzte er sie an. Das schnurgerade Schneiden war wie ein Ritual. Ich hatte erwartet, dass der Zigeuner einen Zirkel einsetzen und die Höhe der Kanne vom Rauminhalt ableiten würde, so wie ich es in der Schule gelernt hatte. Nichts davon, was den Mathematiker in mir befriedigt hätte, geschah. Árpád schnitt nach Augenmaß den Boden aus, krempelte die Ränder um, pinselte jede Nahtstelle mit Salzgeist ein und lötete den Boden an die Wand. Dann noch Deckel und Handgriff, das Ganze dauerte etwa eine Dreiviertelstunde. Ich war fasziniert. Nicht ein einziges Mal musste er messen, dafür am Schluss meine Oma. Sie nahm einen Eimer aus dem Gang, der bekanntlich elf Liter fassen konnte, pumpte ihn am Hofbrunnen voll und goss ihn in die neue Gießkanne. Es waren genau elf Liter bis zum oberen Strich im Inneren der Kanne. Oma feilschte nicht lange um den Preis, sondern zahlte aus. Árpád schenkte mir gut gelaunt ein frisches Hühnerei, das er aus den Sägespänen neben seiner Werkstatt herauszauberte. Es war noch warm von der Sonne des Nachmittags. An der Straßenecke zapften zwei Romni einen Hydranten an und ließen ihre Eimer volllaufen. Sie lachten und wollten mit meiner Oma ins Gespräch kommen. Sie aber lehnte das Gespräch ab und ging ihres Weges. Ich trabte mit der leeren Gießkanne hinterher.

Die Nacht war kühl und der Tau bereits ein unsichtbares Netz, das unsere Beine umfing. Wir suchten uns eine mondlose Nacht aus, doch schon an den ersten Gräbern – wir befanden uns auf dem Friedhof – hieß es still schleichen, denn der Medizinmann, damit war der Totengräber gemeint, grübe angeblich die frischen Leichen aus und verfüttere sie seinen Schweinen. Er hatte im Krieg ein Auge verloren und war für Prügeleien vor der Kneipe bekannt, doch wer sonst sollte in Fratelia – einem Ort, wo der Teufel nachts ungeniert durch die Straßen ging – jene dreckige Arbeit leisten? Andere wiederum meinten, der Totengräber sei nicht ganz bei Trost, weshalb man bereit war, ein Auge zuzudrücken. Uns aber ging das zu weit: Es könnte schließlich auch unsere Oma sein, die da bald begraben liegt und mit einer Kerze in der Hand gegen die Schweine ankämpfen muss. Dann hängt sie da als Gespenst herum, das geht doch nicht, dachten wir. Den einzig hellen Anhaltspunkt bot uns die weiße Friedhofskapelle; das Blöde war nur, dass aus ihrem Turm ein Regiment von Eulen symphonisch dröhnte.
„Schau, da ist ein Gespenst!"
„Mein weißer Bruder, das ist ein Mensch wie du und ich, das schwör ich bei Manitu." Radu erkannte den Ernst der Stunde.

„Er schleppt Säcke mit verdächtigem Inhalt“, flüsterte ich leise, während ich angeekelt eine Nacktschnecke von meinem Bauch entfernte.
„Das ist er doch, der Medizinmann! Bei Manitu, wir müssen näher ran.“ In dem Augenblick streifte eine Fledermaus Radus Haar. Er duckte sich und lag da wie tot.
„Ist mein roter Bruder verwundet?“
„Nein, nur diese Höllenbrut … Wir müssen näher ran!“
Das Licht einer baumelnden Laterne huschte über den Friedhof und streifte Kreuze, Trauerweiden, dann die Kapelle. Der Totengräber richtete ein paar frische Kränze auf einem Grab. Dann lud er einen Sack von einer Schubkarre. Das Mosaikgrab, auf dem wir lagen, war kalt.
„Die Leichenhalle! Von da aus sieht man alles besser“, flüsterte Radu.
Wir krochen hinein und näherten uns den Glasfenstern. Es roch nach Kerzen und Lilien, die Luft war heiß und schwer. Der Mann nahm draußen eine Pfeife aus der Hemdtasche, füllte sie mit Tabak aus einem Beutel und zündete sie an. Als er sich der Kapelle näherte, zitterten meine Knie. Und mein Unterkiefer. Nun gab's kein Entrinnen mehr: Ich ging ein paar Schritte rückwärts und stieß mit den Händen auf etwas Weiches, dann an eine Nase. Das Dunkel stieg mir in den Mund, ich musste mich fast übergeben.
„Radu“, jammerte ich, „da ist ein Toter, das ist unser Ende!“
„Das Böse ist schlau, aber wir sind schlauer … Wir verstecken uns in dem Sarg neben der Leiche, klar?“
„Da guckt der doch zuerst, ob alles in Ordnung ist.“
Da wir nun schnell handeln mussten, versteckten wir uns unter dem Sargdeckel, der auf dem Boden neben der auf-

gebahrten Leiche lag. Der Totengräber machte eine Runde und schloss den Raum ab. Radus Sperrhaken tat seinen Dienst und wir konnten bald das Weite suchen.

„Du, Onkel Mitu, wir müssen dir was sagen, wir haben sichere Beweise, dass der Totengräber seine Schweine mit …“, den Rest konnte keiner von uns aussprechen.
„Ihr Lausbuben, lasst ja die Finger davon. Auf dem Friedhof habt ihr nichts verloren, xas mi pelé!“
„Ja, nachts!“
„Te dei o beng ánde túte – der Teufel soll dich holen, was glaubst du“, er wandte sich Radu zu, „wo ich die vielen Goldzähne herhabe, he?“

Unsere Wege trennten sich: Radu verkroch sich oft in den dunklen Winkeln seiner Seele, war einfallslos und abwesend, ich dagegen fand endlich Freude am Leben, so wie es Erwachsene mir vorgaukelten. Außerdem spielte Radu nicht Fußball und hatte kein Interesse an schönen Mädchen. Vielleicht hinderte ihn seine Bescheidenheit daran. Ich ging nach der Neunten aufs Gymnasium, somit verlor ich jegliche Spur meines Freundes. Später erfuhr ich, dass sein Vater gestorben war.

## Die Wahlen, die Qual der Liebe

Radu konnte sich mit dem traumtrunkenen Ritter Don Quichotte, bis auf die Liebe zu dem Burgfräulein Dulcinea del Tobosco, nicht identifizieren. Auch da gab es eine unüberwindbare Kluft: Er betete eine echte Prinzessin an, die von Don Quichotte war eine Attrappe. Swetlana ließ sich gerne anbeten, als hätte sie eine alte Heimat wiedergefunden.

„Ich höre das Rauschen meines Blutes, es will seinen Grund finden. Ja, ich höre das Lied der Urväter, die ihre Pferde tränken, ihre Zelte abbrechen, und dein Gesicht, Swetlana, leuchtet über den unendlichen Wiesen zwischen Don und Theiß, da, wo die Hufeisenspuren unserer Pferde wie der Klatschmohn mit jedem Regenguss verblassen“, schwärmte Radu wie in einem metaphysischen Rausch nach der Lektüre von Cervantes.

„Ich glaube, du willst bloß mit mir schlafen!“, flüsterte Swetlana mit einem verführerischen Hexenblick. Sie stützte sich auf ihren Ellbogen, neigte sich nach vorne und biss Radu ins Ohrläppchen.

„Meine Träume gehören nicht mir allein, sie sind das Blut meiner Sippe. Wir leben nicht von Brot allein. Auch von unseren Träumen!“

„Pferdedieb, Miststück“, flüsterte sie ihm ins Ohr. „Du hast die Phantasie einer Wahrsagerin und ein verdammt billiges Rasierwasser.“

„Und du tanzt auf einer Blumenwiese einen seltsamen Tanz, dann kommt ein Eunuch und will dich abholen. Ich gleite in einer Nussschale über die Fluten der Temesch und warte auf dich, dann rennen wir uns entgegen – der mit dem schwarzen Gesicht will uns trennen. Unser Volk aber ist glücklich. Es lebt in weißen Häusern mit blauem Sockel, unsere Pferde weiden auf den Wiesen einer neuen Heimat und …“

„Scheißen Reichtum ohne Arbeit, wie ein Goldesel … das sind doch nur Träume“, erwiderte die Prinzessin taktlos.

Radu legte seinen Kopf in Swetlanas Schoß und schloss seine Augen: „Ich lege meine Träume in deinen Schoß …"
„Ach so, bloß deine Träume?"
Und Radu schlief ein, während sie ihm das Brusthaar kraulte.

Die Spiritusfabrik, die in den Zeiten der Diktatur „Solventul" genannt wurde, beherrschte die Auen mit ihrem imposanten Turm. Keiner kam auf den Gedanken, die Inschrift über der Haupthalle zu entfernen. „Hoch lebe unsere Kommunistische Partei", stand da gnadenlos unantastbar wie ein Fatum der Geschichte und der Schornstein hatte nichts dagegen – er war der geheime Hirte in einer Landschaft mit gelben, versengten Feldern. Der inzwischen marode Betrieb stand seit etwa sechzig Jahren am Temeschufer. Was aber niemandem auffiel, war die Tatsache, dass er niemals einen Schatten auf den Fluss warf, er stand schließlich am Nordufer des westwärts fließenden Flusses. Dafür warf die Fabrik den Saft ihrer Eingeweide ins Wasser; sie traten an den Tag, jene Gedärme, als meterdicke Rohre, die sich über den Boden schlängelten, um sich dann in den Fluss auszukotzen. Unterwegs verloren sie einen Teil ihres Inhaltes. Die Erde weinte leise und der Fluss schluchzte mit, denn es waren Chemikalien, deren Zusammensetzung niemand mehr kannte. Auch hätte keiner sagen können, was in der Fabrik eigentlich hergestellt wurde. Seit Langem gab's nur noch einen Ingenieur, und der war meistens stockbesoffen. Man reduzierte alle sechs Monate die Belegschaft, so dass nur noch etwa dreihundert Arbeiter übrig geblieben waren, die automatisch irgendwelche Behälter öffneten und die Brühe abfüllten. Der Staat musste sich etwas überlegen, bevor die letzten Rohre verrosteten, um das Monster in eine Aktiengesellschaft umzustrukturieren.

Auf Swetlanas Wunsch schickte Corbea einen Finanzberater zu Radu. Die Tochter war so teuer wie sein Augenlicht, wenn er seine wertvollen Goldringe begutachtete. Der Wahlkampf verunsicherte den Bulibascha, so dass er ihn lieber unter Kontrolle haben wollte. Der Fremde mit weißem Hemd brachte Pläne mit und Schecks, die so viel wert waren wie die ganzen Felder bis Albina oder wie eine Tankstelle.
„Sie sollten das Geld in Solventul-Aktien investieren und nach der Wahl Ihr Versprechen einlösen. Der Betrieb muss stillgelegt werden, das gehörte zu Ihrer Wahlkampagne."
„Deshalb soll ich jetzt dieses verrostete Zeug kaufen?", fragte Radu bestürzt.
„Ja, unbedingt, der Staat will die Schließung nicht auf seine Kappe nehmen. Erst einmal werden noch ein paar Milliarden investiert und die kann man anzapfen, wenn man tief genug im Geschäft steckt, dann kommt man wieder zu seinem Geld. Und nun bitte unterschreiben Sie hier."
„Gehört dann der Turm, den ich umschmeißen will, mir?"
„Unbedingt. Ihnen gehören 40 % des Betriebs und durch meine Manöver werden in den nächsten Monaten viele Aktionäre abgeschreckt werden: Unfälle, Explosionen und so weiter. Die werden ihre Aktien verkaufen. Dann sind Sie Besitzer eines Betriebes, den Sie schließen können."

„Bin begeistert, aber was soll's, ist ja nicht mein Geld."
„Ich glaube, Herrn Corbea ist Treue mehr wert als Geld."
„Könnte ich nicht einen Teil für den Wahlkampf haben?"
„Darüber sprechen wir noch, und nun unterschreiben Sie!"
Der Vertrag mit Corbea trieb Radu in eine Art Abhängigkeit.
Da war aber noch das Odessa-Gold, das Radu nicht mehr losließ. Er musste nur herausfinden, wer damals an dem Transport beteiligt war.

Das Elternhaus stand leer, der Hof lag in der Nachmittagsonne und Tiere suhlten sich in den Pfützen, die der letzte Regen in den Mulden des Hofes hinterlassen hatte. Die Hitze brachte die Dachziegel zum Knacken und die Euter der Ziegen hingen auffallend lang auf den Boden. Die Tiere witterten die Fütterung, die in der Regel Tante Sidonia erledigte. Radu genoss es, zu Hause zu sein. Er schritt in Gedanken versunken über den vertrauten Hof und näherte sich dem Stall. Wie toll haben sich doch die Frühlingsferkel gemacht! Die Tiere stemmten sich auf die Hinterbeine in wilder Erwartung von Maiskolben – um die acht Schweine waren es, die ihn jetzt treu und liebevoll hinter den Brettern umschwärmten. Radu begrüßte sie durch einen Klaps auf die Ohren, sie aber wähnten einen Maiskolben in seiner Hand und schnappten danach.
„Ihr schmeichelt mir doch nur, weil ihr euch Vorteile von mir versprecht. Zum Glück wollt ihr nur Mais anstatt Kohle, ihr Dreckskerle, anders als die Wähler!", lachte Radu.
Er nahm die Pose eines Redners ein und stützte sich auf die Stalltür wie auf ein Rednerpult: „Liebe Mitbürgerin-

nen und Mitbürger, liebe Fratelianer! Wir machen schwere Zeiten durch, wir stehen längst nicht mehr in der Schlange, denn wir können nichts mehr kaufen. Wenn man sich die Straßen in unserem Stadtteil anschaut, dann … erschreckt es einen doch, die vielen schönen Autos, die ihr euch mit eurem Schweiße erhandelt … nein, erarbeitet habt … wie war das noch mal, ja, im Angesicht eures Schweißes, Scheiße …" Wieder fiel ihm das Odessa-Gold ein. „Und da ist noch unsere dreckige Umwelt, die unsere Kinder so von uns übernehmen werden. Ja, liebe Nachbarn, nein, Mitbürgerinnen und Mitbürger, ich werde ‚Solventul' vernichten, dem Rost zum Fraße werde ich den Betrieb und dem Drachen geben … nein, geht auch nicht … Und die Stunde ist gekommen, in der Roma ihr eigenes Dorf, ihr eigenes Leben führen …"

„Ha, ha, ha", lachte Tante Sidonia. „Ihr eigenes Leben? Die Autos sind übrigens geklaut. Mein Gott, der redet mit den Schweinen, und der will Bürgermeister oder gar Minister werden? Das musste ich noch erleben!"

Die alte Zigeunerin hatte sich unbemerkt von hinten angeschlichen, knallte einen riesigen Plastiksack voller Essensreste an die Stalltür und lachte, die Handrücken spöttisch in die Hüfte gestützt.

„Was soll's, Tante Sidonia, ich übe, das ist alles …"

„Jeder lebt sein eigenes Leben, he, deine Schwester Aglaja auch, das kann ich dir sagen, die lebt aus ihrem Popo, ha!"

„Was meinst du damit?" Radu runzelte die Stirn.

„Heute Nachmittag war ich, da ist der Sack, Schweinefutter sammeln in den Containern bei den Studenten im Wohnkomplex. Da hör ich ein Geschrei aus allen Fenstern, lauter Männerstimmen. Ich steck noch etwas vergammeltes Brot in den Sack, und siehe da, neunundneunzig Männer lümmeln in den Fenstern, von unten bis zum dritten Stockwerk, als würden sie die Jungfrau Maria sehen. Nein, auf dem Rasen vor dem Block war keine Muttergottes“, sie klatschte schnell in die Hände, „es war deine Schwester Aglaja, die ab und zu ihren roten Rock hob, vorne und hinten, und darunter hatte sie nichts an. So war das!“

„Was? Aglaja macht Zigeuner-Peepshow? Ich bring sie um! Wo find ich sie, welches Wohnheim war das?“, brüllte Radu.

„Ach, was regst dich auf? Ihr seid doch alle so, ihr Gabors seid alle versaut wie diese Schweine hier, aber dafür habt ihr alle ein Sauglück. Bei deiner Schwester regnete es Geld von oben, denn alle warfen ihr Münzen in den Rock, da hat’s geklingelt, das sag ich dir … Mein Fehler war, mich mit deinem Onkel einzulassen …“

„Sag, dass es nicht wahr ist, meine Schwester … unsere Sippe!“ Radu hätte sie so gerne umgebracht, wenn nur diese verdammten Wahlen nicht wären! Er könnte ja für einige Monate in Serbien untertauchen, blitzte ihm durch den Kopf.

„Denkst du, wenn du mit einer Prinzessin vögelst, sind deine Weste und deine Sippe sauber, ha, ha, ha? Weißt du was? Ein blödes Volk seid ihr!“

„Wwwoher weißt du das?“ Radu sah sie erstarrt an.

„Na, Kartenlegen, woher denn sonst, man ist doch nicht blöde, wenn man so viele Jahre auf dem Buckel hat, auf die Augen meiner Kinder!“, kicherte Tante Sidonia.

„Wenn das jemand rauskriegt, dann hilft dir kein Halleluja mehr …“, drohte Radu.

„Ja, das mit deiner Swetlana weiß doch jeder Rom im Banat!“
„Nimm ihren Namen nicht in deinen dreckigen Mund, Hexe!“
„Hör dir die Rotznase an, von wegen Minister, ha, ha.“
„Du bringst nur Unheil über unsere Sippe!“, brüllte Radu. „Aber vor allem Geld … Du kommst mir noch auf den Knien gekrochen, Stiefsöhnchen! Und weißt du, warum?“, die Alte rieb sich die Finger, als würde sie Geld zählen. „Weil du bei mir betteln wirst, das ist es eben, was dein Onkel zumindest begriffen hat, ich bin nämlich reich, ha, ha!“
„Zuerst bring ich deine Schweine um. Mal sehen, wer auf den Knien gekrochen kommt!“
„Deine Wähler willst du umbringen, du Hundesohn, he?“
Radu nahm eine verrostete Axt, die im Hof herumlag, und wollte gerade ausholen, als Relu, flankiert von Aglaja und Läcrämioara, um die Ecke geschossen kam.
„Ach, sieh mal an, unser Minister, die Hoffnung aller Roma auf Erden! Die Propheten der Juden hatten es früher auch nicht leichter, ist doch so, oder, Läcri? Sagt doch die Bibel.“
Radus Zorn wurde zu einem Tornado, der die ganze Familie zu verschlingen drohte:
„Da ist sie ja, die Schande meiner Sippe! Du Schlampe, verschwinde!“ Mit geballter Faust ging Radu auf Aglaja zu.
Relu mischte sich ein und stellte sich vor seine Schwester: „Unser Heiland sagte, wer hier in der Runde unschuldig ist, der werfe den ersten Stein, und wenn du das nicht kapierst, Radu, so besuche doch unsere Versammlung bei

den Zeugen Jehovas am Sonntagmorgen! Wir werden es dir erklären.“

„Zigeuner-Peepshow, das ist ja unerhört, wenn einer rauskriegt, dass Aglaja meine Schwester ist …“ Radu schäumte wie eine Bierflasche, die geschüttelt wurde, und hob den Arm, um seiner Schwester eine runterzuwischen. Relu hielt ihn fest: „Bis zum Morgen wirst du mich dreimal verraten, sagte unser Heiland zu seiner Schwester, oder so etwas. Na, was sagst du dazu?“

„Hör mal“, mischte sich Läcrämioara ein, „das ganze Geld hat sie am Schluss uns geschenkt, wir brauchten es bitter nötig.“

„Wieso nutzt du deine Schwester aus? Schick doch dein Weib zum Anschaffen und leg dir ihr Höschen unters Kissen, damit du weißt, wie sie noch am nächsten Tag riecht, te xas mo khul!“

„Ich muss nach Memphis-Tennessee, nach Amerika eben, zu den Brüdern. Die Hälfte vom Flug muss ich bezahlen, ich muss da gesegnet werden. Dann kriegt sie's ja zurück!“

„Schert euch alle zum Teufel, verfluchtes Gesindel, Igelfresserbande!“, brüllte Radu über die Schulter. Anstelle eines Abschieds knallte er das eiserne Straßentor zu und suchte nach einem Taxi, denn die Schande brannte in seinen Eingeweiden. Nichts wie weg! Abstand! Es gab hier nur eine Frau, die ihn verstehen konnte.

„Verdammt, es gibt Hunderte davon in dieser Stadt, nur wenn man sie braucht, nicht! Taxi!!“

Swetlana öffnete die Haustür, sie war guter Laune.

„Ich verbeuge mich bis zu deinem Schoß, Prinzessin, und küsse den Saum deines Kleides!“, sagte Radu feierlich.

„Ach, mein schwarzer Schwan, waren deine Gespräche erfolgreich?“ Swetlana machte einen nervösen, ungeschickten Knoten in den Gürtel ihres Bademantels, lächelte unkontrolliert, dann gab sie die Rolle, die sie sich aufgezwungen hatte, auf und wusste nicht, was sie noch von dem Abend erwarten sollte. Sie war einfach verliebt. Da war einer, der seine Träume lebte und sie trotzdem anbetete, da war einer, der treu war und doch sich selbst spielte. Und da war noch ihr Vater, der von ihrer Affäre nichts wusste. Swetlana, das verwöhnte Kind eines Bulibascha, war endlich erwachsen, und sie konnte sich nun die gewünschten Früchte vom Tische der Götter auswählen … oder die, die unter den Tisch gefallen sind. Zwischen Rajasthan und Calais standen Tausende von Zelten, Planwagen, Wohnwagen und Wohnmobilen. Darin überlebte ihr Volk. Sie aber lebte in einer Villa so weit weg von diesem Volk.
„Am nächsten Mittwoch hast du Fototermin, wegen der Plakate“, informierte Swetlana. „Auch die erste Wahlrede.“
„Ach komm, interessiert doch kein Schwein. Diese Demokratiespiele kann man sich schenken, außerdem gab es einen Skandal in meiner Familie, mit Tante Sidonia und mit dieser Nutte, ach, die bring ich noch um …“
„Ich rate dir, jetzt keinen Streit anzufangen, das spricht sich schnell herum.“
Radu warf sich aufs Sofa, während Swetlana Rotwein holte. Er stützte seinen Kopf auf beide Hände und sinnierte. Mit einem imaginären Kochlöffel rührte er in der Suppe seiner Biografie und fand wenig Brauchbares für seine Situation. Er war einfach überfordert.

„Du bist hässlich, wenn du denkst, mein schwarzer Schwan!“
„Lass uns so viel trinken, bis wir meinen, die Temesch fließe durch uns“, rief Radu ausgelassen.
„Und wir baden darin … ja, und reiten auf den sturmgepeitschten Wellen. Es ist völlig dunkel!“
Während sie sprach, goss sie ihm Wein auf die nackte Brust.
„Der Wein steigt in mir auf und küsst meine Schädeldecke“, stellte Radu trocken fest.
„Auf unsere Badenacht!“
„Du tanzt wild bei Fackelschein unter einer Weide, dann springst du zu mir in die Fluten, und ich rette dich in einer Nussschale …“
„Das müssen wir feiern. Ich weiß was, wir baden zusammen in Sekt. Was hältst du davon?“
Bis zur Badezimmertür küssten, bissen und kratzten sie sich leidenschaftlich, wobei sie nach und nach alle Kleidungsstücke wegschleuderten. Radu brachte vier Sektkisten aus dem Keller. Dann hatten es beide sehr eilig, aus Angst, der gemeinsame Traum könne verblassen. Sie öffneten den Sekt, gossen ihn in die riesige Badewanne und warfen die leeren Flaschen durch das Badezimmerfenster auf die Terrasse. Als Radu seine Prinzessin in die schäumende Flüssigkeit legte und den Flascheninhalt über ihren Busen entleerte, hörte man aus dem Rosenpark die Pfiffe und Schreie einer aufgebrachten Menge: „Also, das mit den Flaschen, das wird langsam zu bunt!“
„Und wann es drinnen Tote gibt? Des weiß man nie“, meinte ein alter Temeschwarer.
„Ach was? Die vornehme Dame hat Herrenbesuch!“

„Ich hab g'hört, des is' die Tochter vom Zigainerbaron …"
„Eine Edelnutte ist sie, in Schokoladenglasur."
Die Prinzessin erschien im Bademantel auf der Terrasse, beugte sich übers Geländer und rief mit schriller Stimme: „Verpisst euch, hat man denn hier kein Privatleben mehr?"
Die I-s überschlugen sich in ihrer kurzen Ansprache bis zum Ohrenschmerz.
„Selbst wenn sie Prinzessin ist, muss sie die Ruhezeiten respektieren."
„Geht nach Hause und sauft euch die Birne voll!", brüllte noch einmal Swetlana. In dem Moment erschien Radu kurz hinter ihr. Eine Kamera blitzte in Richtung Terrasse.
„Holt die Polizei!", rief ein Rentner mit einer beachtenswerten Papageienzucht.
„Das lassen wir Nachbarn uns nicht gefallen!", schimpfte aufgebracht eine ältere Dame.
„Keine Sorge, das kommt morgen in die Presse", hörte man eine Stimme in der Menge. Radu und Swetlana zogen sich zurück, um die Menge nicht noch mehr aufzuheizen.
„Radu, das darf nicht in die Presse, das wäre ein Skandal. Ich könnte die Anwaltskanzlei schließen. Und wenn es herauskommt, dass du dabei warst, dann kannst du deinen Sitz im Stadtrat vergessen. Komm, steh hier nicht dumm herum", die Prinzessin wurde immer nervöser, „tu schon etwas, du hast doch Beziehungen, lass die Leute für dich springen!"
„Es gibt fünf Redaktionen in der Stadt. Vielleicht war es einer von der Gartenzeitschrift und er wollte bloß deine herrliche Terrasse aufnehmen."

Swetlana hob die Stimme:
„Du, mir ist jetzt nicht nach deinen blöden Witzen! Ich glaube, du hast den Ernst der Lage nicht erkannt. Das ist wohl 'ne Nummer zu groß für dich. Jetzt ziehst du dich an und suchst den verdammten Fotografen, der mich, meinen Vater und letztendlich auch dich ruinieren könnte …"
„Und mit welchem Geld, bitteschön? Ich hab keins zur Zeit …"
„Das war ein Befehl. Ich diskutiere gewöhnlich nur im Gerichtssaal, klar?!"
„Ja, mein Eichhörnchen, au weh, du bist aber ein Drache … Und was passiert mit dem herrlichen Badesekt?"
In der gleichen Nacht wurden zwei Zeitungsverlage bedroht. Die Redaktionsräume der übrigen drei Verlage der Stadt wurden verwüstet und sämtliches Fotomaterial vernichtet. Die Leute, die den Auftrag ausführen sollten, waren schnell gefunden – im „Balaurul" tranken immer einige dunkle Gestalten, die für ein paar Dollar ihre Mutter verkauft hätten. Gingen sie leer aus, würden sie vielleicht ihre Weiber aus dem Schlaf wecken und für irgendeine Sünde, die sie vor Monaten begangen hatten, verprügeln. Aber Zeitungsredaktionen für D-Mark auf die Kralle plündern? Das gab's nicht jeden Tag! Am nächsten Morgen erschien das gefürchtete Terrassen-Foto nicht in der Regionalpresse. Swetlana lud ihren schwarzen Schwan zu sich ein, um die kleine Panne und ihren positiven Ausgang zu feiern.

„Du bringst mir nur Unglück, was hab ich mich schon deinetwegen mit meinem Vater in die Haare gekriegt!", jammerte Swetlana. Sie wusste nicht, wie sie ihre Erleich-

terung über den Ausgang des Vorfalls am Vorabend zum Ausdruck bringen sollte.
„Ach was, Geld regiert die Welt … der Normalsterblichen. Wir sterben anders. Uns ist Geld nicht mehr wert als die Löcher in einem Kessel.“
„So? Gestern Abend hast du noch …“
„Wir hatten schnell die Leute beisammen“, fiel ihr Radu ins Wort.
„Na hör mal, den gebeugten Kopf, der sich nicht stellt, trifft kein Schwert auf dieser Welt – das sagte dir bereits mein Vater. Auf jeden Fall hast du's gut hingebogen; es stand kein Wort über uns in der Presse.“
„Dann müssen wir feiern! Ich hoffe, du hast die Sektbrühe nicht durchs Rohr gelassen!“
„Doch, in meiner Panik wollte ich alle Spuren verwischen. Der Sekt ist weg und anderen gibt es nicht mehr, bis auf drei Flaschen, die wir heute in den Fluss des Vergessens kippen, in unseren Rachen eben.“ Swetlana holte eine Flasche Sekt aus dem Kühlfach ihrer Bar und reichte sie Radu zum Öffnen.
„Swetlana, es ist so: Ich liebe dich, ich liebe dich wie ein Narr, ich denke nur noch …“ Sie legte ihm den Zeigefinger auf den Mund.
„Sagst du das nicht nur so? Ich meine, ins Bett hättest du mich schon längst …“
„Komm, spring in mein Boot. Es ist Zeit! Unsere Wege kreuzen sich hier.“
„Im Bad, da, wo gestern alles aufgehört hat, wird gefeiert. Bring den Sekt mit.“
Unter der Dusche blickte Radu zu lange in den heißen Wasserstrahl, dann verlor er die Seife. Er suchte sie zwi-

schen Swetlanas Knöcheln und bald verschwanden beide im Dampf und Schaum. Liebestrunken blubberte Radu:
„Am liebsten würde ich ein Pferd satteln und mit dir in die Welt reiten! Verdammt!"
„Sagst du das nicht nur so, du verworfenes Geschöpf?"
„Nein, das ist mein Ernst – ein Schimmel ist es, den ich aus meinem letzten Leben mitgebracht habe, allein für diese Tour."
Die Prinzessin stieg aus der Dusche und rannte durch die Wohnung. Sie zeichnete eine lange Schaumspur hinter sich.
„Wenn du einer Prinzessin würdig sein willst, dann klaust du mir ein Pferd, wie in alten Zigeunergeschichten!"
„Jetzt?"
„Nein, morgen. Jetzt fang mich!"
Swetlana streifte sich einen Bademantel über die Schultern und stürmte zur Haustür hinaus. Radu fand nichts zum Abtrocknen, schlüpfte in seine Jeans und rannte ihr hinterher. Sie überquerten die Straße und fanden sich im Rosenpark wieder, wo Radu ein paar Mal über die blühenden Hecken stolperte. Der Badeschaum löste sich aus dem Haar der Prinzessin und flog ihr hinterher wie ein Schleier. Radu hinkte. Die kleinen Schleierteile wehten ihm ins Gesicht. Er konnte seine Liebe kaum aushalten, es tat weh, als schnürte ihm jemand die Kehle zu. Und da steckte noch der blöde Stachel im Fuß und da war noch … das Blitzen einer Kamera. Er rannte weiter. Swetlana erreichte gerade die Michelangelo-Brücke. Ein paar betrunkene Männer wollten sie aufhalten. Beinahe hätten sie die junge Frau umzingelt. Einer der Torkelnden streckte den rechten Arm aus und richtete die Finger spielerisch auf Swetlanas Busen. Die einzige Straßenlater-

ne tauchte die Szene in ein unwirkliches Licht, wie in einem Caravaggio-Gemälde.
„Swetlana, nicht springen!“ Radu schrie verzweifelt, aber zu spät. Swetlana sprang in die hellbraune Brühe der Bega. Radu sprang ihr hinterher und schwamm so, dass er ihr die Bahn gegen die Strömung abschnitt. Beide begaben sich ans dunkle Ufer und merkten, dass sie sich auf dem Gelände eines Kanu-Vereines befanden. Unter dem dichten Vorhang der Weiden, in den alten Kanus verbrachten sie ihre erste Liebesnacht. Das blasse Licht einer Straßenlaterne vom anderen Ufer kämmte die zarten belaubten Ruten. Ein streunender Hund bellte vor Einsamkeit in undefinierbarer Ferne.

Am nächsten Abend kehrte Radu im „Calul bălan“ ein, um sich etwas Mut anzutrinken. Er hatte das mulmige Gefühl, dass etwas schiefgehen könnte, und außerdem waren ihm die Wahlen völlig gleichgültig. Er traf seinen Bruder Relu, den er so glücklich umarmte, als wäre er von der Front zurückgekehrt: „Zwei ‚Arlus‘, wie in guten alten Zeiten, für mich und meinen Bruder“, rief Radu, während er Relu herzhaft küsste.
„Was, du bist nicht mehr sauer auf mich?“, fragte jener überrascht.
„Ach was, wegen Aglaja? Hol sie der Teufel, am besten, du nimmst sie auf in eure Sekte … Ich bin so richtig …“
„Verliebt“, ergänzte Relu.
„Ich könnte der ganzen Welt einen ausgeben, so verknallt bin ich. Ich könnte tanzen, bis ich mit den Händen den Himmel berühre und Wolken darauf zeichne. An meiner Hochzeit fällt ein Stern, einer wird fallen …“, sang er liebestrunken, während seine Finger den Ventilator an der

Kneipendecke zum Stillstand brachten. An dem Propeller klebte altes Fett mit Fliegenkadavern. Radu wischte sich die Finger an den graugrünen Gardinen ab, während der Wirt einschenkte.

„Sag mal, Relu, weißt du, wo ich für heute Abend ein Pferd bekommen kann, so einen Superhengst?"

„Tut mir leid, wir haben alle verkauft."

„Nein, du verstehst mich nicht, ich will keins kaufen", wollte Radu klären. „Ist ja nur für einen Scherz heute Abend. Haben eigentlich die Nachbarn noch welche, ich meine, die schwarzen Schwulen da hinterm Dorf?"

„Du meinst, die Popen? Neulich standen noch ein paar auf der Weide in den Auen, das schon …"

„Hat der Nachbar, dann haben wir auch! Lass uns hinfahren und vor Einbruch der Dunkelheit die Lage abchecken."

Sie tranken ihren „Arlus" – ein Gemisch aus rumänischem Himbeersirup und russischem Wodka, das früher die Freundschaft der beiden benachbarten Völker besiegelte; heutzutage trank man es auch „on the rocks". Radu zahlte im Vorbeigehen, wischte sich den Mund mit dem linken Ärmel seines gelben Sakkos ab und schüttelte den Kopf:

„Ich liebe sie, nur ich kann sie nicht verstehen! Mich auch nicht!"

Die Straßen waren menschenleer. Ein leichter Wind bewegte die Blätter der Trauerweiden am Begaufer. Sie zeigten die matte Seite, so dass das gelbe Licht der Laternen sich nicht darin wiederfinden konnte. Die Mülltonnen quollen über und aus den alten Hauseingängen stank es nach verfaulten Melonen.

Radu hatte den Hengst im Griff, das Tier folgte ihm willig. Einen Stiefel verlor er bereits am Stadtrand, wo er ein Rudel kläffender Hunde verscheuchen musste. In der Elisabethstadt wähnte er sich verfolgt, nachdem er eine rote Ampel ignoriert hatte. Ein Gewitter kündigte sich durch mehrfaches silbriges Zucken am Himmel an, dem Hengst schwollen die Nüstern und ängstlich folgte er seinem Pferdedieb. Er war nach allen Regeln der Zigeunerkunst aus dem Klostergestüt gestohlen worden und allem Anschein nach sah das Tier die Stadt zum ersten Mal. Vor Swetlanas Villa sprang Radu ab und klingelte ungeduldig an der massiven Eichentür. Bis die Prinzessin durch den kleinen Lautsprecher fragte, wer da sei, hatte Radu das Schloss schon mit dem Taschenmesser geöffnet, indem er einen Kurzschluss auslöste. Er zog das Tier hinter sich her, die Treppe hoch bis in den Empfangsraum. Dort erschien Swetlana, die schnell die Tür zu ihrem Arbeitszimmer zuschlug, hinter der ein Klient konzentriert einen Aktenordner studierte. Das Pferd wieherte laut und Radu strahlte frisch wie ein Frühlingsgedanke. Er war eine komische Mischung aus Narr, Matrose, der an Land geht, um ein Bordell aufzusuchen, und pensioniertem General, dem soeben ein Staatsstreich gelungen ist.
„Das ist ja unglaublich“, schrie Swetlana hysterisch, indem sie ihn am Kragen ins Bad zog. „Du ruinierst mich noch in dieser Woche, das schaffst du garantiert! Meinen Ruf und mein Geld! Die Blüte meiner Jugend verwelkt in deinem Atem! Mein Gott, schaff das Tier weg, mein Klient dreht durch …“
Das schrill-musikalische Trillern der Hausklingel unterbrach ihren Redeschwall.
„Das ist sicher die Polizei“, bemerkte Radu gelassen.

„Bring das Tier in … in den Garten. Ich werde sie ablenken“, tat sie verwirrt. Radu zog das Tier in Richtung Bad und quälte den Hals unter dem Türrahmen durch.
„Ich komme ja schon!“ Swetlana eilte zur Haustür.
Zwei Polizisten steckten etwas dienstmüde ihre Köpfe in den Flur: „Entschuldigen Sie bitte die Störung, Frau Advokat, wir suchen ein Pferd!“
„Mit einem Reiter obendrauf, Leute haben beide Verbrecher hier reingehen sehen“, ergänzte sein Kollege.
„Dürfen wir eintreten?“
„Aber natürlich, suchen Sie nur, tun Sie Ihre Pflicht! Vielleicht ist es dort unterm Sofa, oder in der Schublade da drüben, ah, entschuldigen Sie die Unordnung“, stotterte sie.
„Nichts für ungut!“, sagte einer der Beamten.
„Und mein Haar ist auch nicht so … Ach, heute geht alles drunter und drüber, nicht wahr, die vielen Verbrechen, aber was erzähl ich Ihnen …“
Da erschien der Klient völlig entsetzt, die linke Hand am Reißverschluss:
„Frau Corbea, da ist im Bad ein …“
„Araber, meinen Sie. Haben Sie etwas gegen Ausländer?“, brüllte Radu ihn in gebrochenem Rumänisch an.
Er kam im Bademantel aus dem Bad, ein Handtuch um den Kopf gewickelt. Unter dem Arm hielt er ein dickes Buch.
„Da nicht mehr können in Ruhe Koran lesen im Badewasser ohne Störung, he? Wie zu Hause bei Libanon, Bomben, Polizei!“
Währenddessen blinzelte er den Klienten zurück ins Arbeitszimmer. Die Polizisten schauten sich stillschweigend

an, schüttelten den Kopf und gingen mit einem leisen „Gute Nacht“. Swetlana fiel erschöpft aufs Sofa.
„Darf ich mich empfehlen, meine Herrin und Gebieterin, Radu Al Gabor-Salam. Ihr ergebener Diener hat sein Geschenk im Bad abgestellt …“ Er verlieh seinen Worten Nachdruck durch eine tiefe Verbeugung. Die Prinzessin verzog ihr Gesicht, runzelte die Stirnhaut in Richtung Scheitel und machte ihre schönen runden Augen zu Schlitzaugen.
„Schaff mir sofort den Ackergaul vom Hals oder ich hol die Jungs zurück!“
„Nix Ackergaul, ein Geschenkgaul prüft man nicht im Maul“, schnaubte Radu.
„Du, bring es raus oder ich mach Hackfleisch daraus, ich werde hier ein Blutbad anrichten und du bist das erste Opfer!“
„Sie machen aus Geschenk, was Sie wollen …“, spielte Radu sein Spiel weiter.
„Ich gehe dann, Madame, ich nehme an, Sie brauchen den Abend für sich, Sie haben Probleme, die größer sind als die meinen“, bemerkte der etwas betagte Klient im Vorbeigehen.
„Ich rufe Sie morgen an“, rief ihm Swetlana verzweifelt hinterher.
„Ich möchte aus deinem verzauberten Munde hören, dass ich mein ritterliches Gelöbnis gehalten habe und dass du mir jetzt versprochen bist!“
„Niemals, einem Pferdedieb bin ich niemals versprochen!“
„Dann wirst du noch morgen daraus Salami machen müssen, denn es ist schwierig, das Vieh hier rauszubekommen!“

„Erpresser, wo hast du es überhaupt her, so ein Riesending? Es schwitzt und stinkt!“
„Es kommt von den himmlischen Weiden, wo es nur göttliche Glut aß, so heiß wie meine Liebesglut. Dann aber hat’s ein Drache entführt, von dem wiederum hab ich’s geklaut, allein für meine Prinzessin.“
Aus dem Bad hörte man leises Wiehern.
„Dein himmlischer Hengst macht aber seine Pferdeäpfel in mein Badezimmer!“
Swetlanas Wut träufelte ab in Liebe, und beide brachen in Gelächter aus. Er küsste sie wild, während sich das Handtuch vom Kopf löste.
„Gut, du hast gewonnen, du hast mir einen Hengst gebracht!“
Noch in der gleichen Nacht brachte Radu unter äußerst schwierigen Umständen den Hengst zurück nach Albina und ließ ihn in Klosternähe frei. Der Raub fiel dort nicht auf; oft genug verirrten sich Pferde in der Gegend.
Auf Anraten seines Bulibascha damals im Mai hatte sich Radu um gute Beziehungen zum Kloster bemüht oder zumindest darum, keine Konflikte zu schüren. Einmal schickte er dem Staretz durch einen Winzer ein Fünfzig-Liter-Fass mit bestem Rotwein aus Murfatlar. Jener hatte darauf nicht reagiert, was als gutes Zeichen zu deuten war. Vor einem Jahr hätten die Mönche damit noch ihre Viehrüben vor dem Kloster gegossen – und zwar so, dass alle Roma es sahen.

Der Oktober zog mit seiner Goldflut in die Banater Heide, und die Abende wurden kühl. Die Zigeuner sammelten sich gerne überall da, wo man seine rauen Hände wärmen konnte, zum Beispiel am Schnapskessel. In der

Kolonie wurden riesige Mengen Schnaps gebrannt, der in den kleinen Bodegas der Zigeuner in der Stadt ausgeschenkt wurde. Ein gut funktionierendes Netz von Brennern, Anbietern und Wirten entstand in kürzester Zeit. Der Staretz aber empfand den fortwährenden Gestank als Gotteslästerung und überzeugte mit einer gut inszenierten Tirade. Die Glocke – meinte er – könne in dieser Luft nicht ordentlich am Balken baumeln, und die Muttergottes würde ein bitteres Gesicht machen. Sie schaue seit einem Monat nicht mehr aufs göttliche Kind, sondern vorwurfsvoll in die Ferne in Richtung Zigeunerdorf, und das Gold ihrer Aura hätte sich grün verfärbt. Danach wurde Anzeige wegen illegaler Schnapsbrennerei erstattet, allerdings gegen Unbekannt, und kurz darauf kam der Besuch der Finanzbehörde. Die improvisierten Schnapskessel wurden konfisziert, es drohten dem gesamten Dorf hohe Geldstrafen, da keiner sich als Besitzer bekannte. Viele Spelunken in Temeschwar mussten deshalb auf Schnapsausschank verzichten.

Mitten im Wahlkampf bekam Radu einen anonymen Anruf, der ihn zu den Drahtziehern der Goldaffäre führen sollte. Der Anrufer sagte, er habe damals als Gefreiter der Miliz die Verhöre organisiert, heute sei er natürlich in Pension. Das Odessa-Gold habe sein Leben vermasselt, er konnte nie eine Offizierslaufbahn anstreben oder befördert werden. In der oberen Etage wusste man nämlich, dass er seine Nase in fremde Töpfe gesteckt hatte. Jetzt sei es ihm egal, und er hätte gehört, ein Kandidat für den Stadtrat rolle den Fall wieder auf. Woher, fragte sich Radu. Wer weiß davon? Mitu? Corbea? Swetlana? Der Anrufer wollte als Belohnung ein Häuschen in den Karpaten, in Sinaia – eine bescheidene Anerkennung, meinte er –, nur ein Klecks, wie ein Hühnerschiss auf einem Misthaufen. Er käme in zwei Tagen und wisse auch, wo das Gold gelandet sei, Dokumente würde er mitbringen, die er damals heimlich abgeschrieben hätte. Radu solle nur an die besten Verstecke denken, die alle Zeiten überdauern.

Man vereinbarte einen Treffpunkt, aber Radu wartete vergebens. Der Anrufer kam nicht. Am folgenden Tag las Radu in der Lokalzeitung, dass es tags zuvor sechs Kilometer vor Temeschwar zu einem Verkehrsunfall gekommen war. Der Fahrer eines Militärbusses war frontal in einen Wagen der Marke Renault gerast, dessen Fahrer auf der Stelle tot war. Es handelte sich um einen Milizoffizier im Ruhestand – sein Name war Ardeleanu. Radu begann sofort zu recherchieren, aber der Mann hatte keine Angehörigen und alle Spuren führten ins Nichts.

Radus Gegenkandidat, Vasile Luncan, war ein Kommunist der alten Garde, der jetzt der „Vatra Romäneasca“ (Rumänisches Kaminfeuer) angehörte. Über diese nationalistische Bewegung, die ihren Ursprung in Siebenbürgen hatte, trachtete er nach seinem alten Sessel im Stadtrat der Großstadt. Immerhin zählte Temeschwar beinahe eine halbe Million Einwohner. Luncan hatte verschiedene Zielgruppen in der Stadt hinter sich, zum Beispiel Kriegsveteranen, Teile der Armee, Jugendliche aus den Häusern der Neureichen oder Ex-Kommunisten. Er hatte rhetorisches Talent und versprach bessere Straßen sowie Arbeitsplätze in der Spiritusfabrik. Deren Bankrott war allerdings durch Radus Machenschaften so gut wie besiegelt. So weit, so gut, aber dann griff er Radu und die Li-

beralen, die hinter ihm standen, als „diese Zigeunerhorde, die wir hier nicht länger dulden wollen“ an. Major Istrate vom Polizeirevier sechs im Stadtteil Fratelia unterstützte Luncan. Radu lief im Wohnzimmer der Prinzessin auf und ab. „So, und jetzt lies deine Ansprache noch einmal durch“, unterbrach Swetlana mit sanfter Stimme.
„Fratelia war lang genug … ein vergessenes Pflaster, wir hatten aber immer unser Leben im Griff, wenn es sein musste …“
„Quatsch, mach ihnen deutlich, dass sie dich brauchen! Das wollen sie hören! Früher war's nur schlimm, aber jetzt gibt es einen, der sich um ihre Belange kümmert!“
„Schauen Sie sich diese Gärten an, sie leiden unter der hohen Luftverschmutzung … wir brauchen sofort eine ökologische Politik …“
„Die einfachen Leute wissen doch gar nicht, was ökologisch heißt, sag ihnen klipp und klar, dass du ‚Solventul' schließen willst“, regte Swetlana sich auf.
„Und die Bekämpfung der russischen Mafia in der Stadt?“
„Ja, das ist ein heikles Thema. Ich meine, unsere Leute erpressen auch Wirte und bieten persönlichen Schutz. So, jetzt sprich mal vor dem Spiegel!“
„Was? Bin doch nicht im Ballettunterricht.“
„Tu, was ich dir sage, damit du bei deinen Ansprachen nicht so 'ne blöde Visage machst wie auf den Plakaten!“
„Sag das nicht noch einmal!“, drohte Radu.
„Sprechen sollst du vor dem Spiegel, nicht so in der Gegend herumhängen wie an der Theke, klar?“
Radu stellte sich breitbeinig vor den Spiegel, warf seine Schultern nach hinten und reckte herausfordernd den Kopf.

„Nein, so doch nicht! Frauen gibt's auch darunter, die wollen verdammt noch mal von dir wissen, dass du ein Gentleman bist. Einen Macho hat jede zu Hause!"
„Seit fast drei Jahren sind wir sozusagen frei in diesem Land, doch was hat sich tatsächlich für uns getan, frage ich Sie, wenn ich auf die Regierungszeit der Front zurückblicke? Gewiss, der Preis der Freiheit ist hoch, doch wieso steigen die Preise monatlich …" Radu betrachtete sich im Spiegel; er rieb sich die Nase, dann glitt er mit zwei Fingern über die Halsschlagader. Swetlana stand empört auf, griff sich an den Kopf und zeterte wie eine Marktfrau: „Radu, Liebster, du sollst in die Menge schauen. Es gibt halt solche Gebote wie: Stelle nie heiße Sachen in deinen Kühlschrank oder kratz dich nicht in der Öffentlichkeit am Hintern."
„Und die Fliegen, und die Hitze, ach, mir ist alles zu viel!"
„Außerdem steht schon in der Bibel geschrieben, du sollst vor deinem Nächsten nicht popeln, das macht keinen guten Eindruck. Ein paar wissen sowieso, aus welcher Kiste du kommst!"
„Lass mich in Frieden, ich will nicht mehr …"
„Ach ja, er will nicht mehr, Szene zwei bitte, es wird gedreht, schau in den Spiegel, da …"
Sie drehte mit Gewalt seine Stirn hin zum Spiegel. Radu reagierte wie bei einer Rauferei vor der Kneipentür und knallte sie aufs Sofa. Ein verwundeter Wolf war er, der sich zum letzten Mal auf die Beute stürzt. Sein Atem raste; er riss Swetlana die Spitzenbluse vom Leib. Durch ihre Bisse in seine Schultern kam er wieder zu sich. Dann betrachtete er mit peinlicher Genauigkeit ihren Körper – den Körper einer Prinzessin. Radu freute sich über die kleinen Fehler ihrer Haut, über die diskreten Fettpölster-

chen an den Hüften, über die kleinen Muttermale und Sommersprossen. Er, der immer einen Sinn für die großen Sachen im Leben hatte wie Pferde, Geld und Häuser, staunte nun über die kleinen Unregelmäßigkeiten ihres Oberkörpers, die er mit der Zunge abtastete. Ja, nicht einmal eine Prinzessin ist vollkommen! Dieser Gedanke tröstete ihn sehr, es wurde ihm warm ums Herz. Er streichelte einzeln ihre kleinen Muttermale, und er spürte, wie sie unter seinen Fingerkuppen wie Pflanzen sprießen wollten. Radu lenkte von seiner Wolllust ab:

„Na, wie hat dir denn mein Hengst gefallen?"

„Ganz gut, aber du bist der bessere Hengst, wenn du dir Mühe gibst!"

„Ich liebe dich …"

„Sagst du das nicht nur so?", flüsterte sie ihm ins Ohr.

„Auf die Augen meiner Kinder, die ich noch mit dir zeugen werde. Du bist die erste Frau in meinem Leben … die erste echte!"

Swetlana konnte sich ein überhebliches Lachen nicht verkneifen und gab sich ihm hin. Sie schöpfte Kraft aus seiner Naivität, ihre Arme wuchsen zu Schwingen, wenn Radu sie umarmte, und sie folgte seinen Träumen. Jede ihrer Bewegungen umschlang ihn wie Efeu.

Vor dem Haus des Bulibascha herrschten die Hunde. Radu warf ihnen sein nicht verzehrtes Butterbrot hin und rief um Hilfe. Die Tür wurde ihm sofort geöffnet.

„Mein lieber Kandidat, ich höre von meiner Tochter nur Positives aus Temeschwar. Was führt dich zum Palast? Ach, heute sind die Menschen ja so was von ungebildet. Weißt du, in Saintes-Maries-de-la-Mer, da haben wir uns, ich mein', uns Roma, ausschließlich auf Französisch unterhalten. Es hätte sonst babylonische Verwirrung geherrscht, der eine aus Spanien, der andere aus der Gascogne, der Dritte aus Riga, wie sollst du dich denn verständigen miteinander? Nur gebetet hat jeder in seiner Sprache vor der Schwarzen Madonna. Das ist Herzensangelegenheit."

„Eure Hoheit, uns droht in der Siedlung ein Prozess, die Mönche …"

„Und der Schnaps, ich weiß … Nicht weiter schlimm, ich werde sehen, was ich da wickeln kann. Sobald diese blauen Dinger von den Bäumen hängen, Zwetschgen, bricht gleich die Hysterie aus." Corbea lachte, fummelte an seinen Riesenringen herum und schenkte Radu eine Campari-Soda auf Eis ein. Er war gut gelaunt und murmelte vor sich hin:

„Ich muss Istrate persönlich sprechen, ja, sieht ganz danach aus! Friede mit dem Kloster muss sein …" Sie tranken, wobei der Bulibascha ein paar Mal mit der Zunge schnalzte.

„Du hast meinen Anweisungen, was das Kloster betrifft, Folge geleistet, mein Sohn, ich habe viel Freude an dir. Dein Vater wäre stolz. Übrigens, wie sieht's aus mit dem Heiraten? Ein Politiker braucht eine starke Frau an seiner Seite."

„Tja, da wäre jemand …", Radu war überrascht, er wusste nicht, worauf die Anspielung des Königs zielte, „zumindest hab ich eine ins Auge gefasst, aber die Arbeit …"

„Sag das nicht, eine Familie ist für den Zigeuner der Sattel auf dem Lebenspferd, denn reiten muss jeder, so oder so!"

„Dazu braucht man aber Geld, und es ist auch eine Image-Sache, wie die Hochzeit aufgezogen wird, wie unsere Ungarn immer sagen: Das Geld spricht, der Hund bellt."

„Pass nur auf, dass du nicht eine aus deinem Clan heiratest, da kommen blöde Kinder heraus, die das, was du ihnen vermachst, sofort versaufen", lenkte er vom Thema Geld ab, als wolle er die Anspielung nicht verstehen. Radu dagegen war sich sicher, dass der König nichts von seiner Liebe wusste.

„Eure Hoheit, die Wahlkampagne kostete mehr, als ich vermutet hatte. Luncan ist ein Schweinehund und gewinnt täglich mehr Wähler …"

„Den werd ich zerquetschen wie einen Kartoffelkäfer, ich muss mal mit Istrate reden!"

Zum zweiten Mal hörte Radu heute den Namen, woher kannten sich nur die beiden?

„Aber das ist es doch, die stecken unter einer Decke, Hoheit!"

„Unerhört!"

„Aber eine kleine Gnadenspritze, ich meine, finanzieller Art, würde die Sache sofort wieder ins Lot bringen … Ihr könnt ja die Bedeutung meines Wahlsieges für unser Volk richtig einordnen", bettelte Radu.

Nun wurde der Bulibascha nervös, nicht wegen Radus Jammern und penetrantem Betteln, das war er weiß Gott gewohnt, aber Radu sprach ihm zu lang, und dann noch mit diesen umständlichen Schnörkeln.

„Du redest wie einer dieser schmierigen Kommunalpolitiker, wo hast du so reden gelernt? In so kurzer Zeit, erstaunlich."

„Die Plakate sind auch noch nicht bezahlt, die Partei ist pleite."

„Auch wenn du's mir nicht glaubst: Ich hab kein Geld! Meine Konten in der Schweiz hab ich einfrieren lassen, da ich den Zugriff meiner Feinde fürchte. Das ist die Lage!"

Radu hätte zu gerne gewusst, wer diese Feinde waren. Man munkelte, dass Corbea beim Kaiser, Fürst von der Theiß, Beschützer aller Zigeuner in Südosteuropa, in Ungnade gefallen sei. Die beiden würden sich auf allen Wegen untergraben. Dabei war Django, der Kaiser, Corbeas Vetter.

„Liegt das Odessa-Gold auch auf einem Schweizer Konto?", fragte Radu urplötzlich.

„Hier stelle nur ich Fragen. Meine Untertanen stellen höchstens Detailfragen, ist das klar? Nimm den Mund nicht so voll. Du bist noch nicht gewählt und selbst dann ..."

„Was ist passiert im Morgengrauen des achtundzwanzigsten Januar 1954, und wer hat das Gold nach Bukarest überführt?"

Radu staunte über seinen Mut und erinnerte sich an eine kommunistische Parole: Eines Tages scheißen uns die Kapitalisten nicht länger auf den Kopf, dann machen wir auch den Mund auf, Genossen! Corbea machte eine ernste Miene, zündete sich zitternd eine dicke Zigarre an, legte das Feuerzeug weg und sprach bedeutungsvoll, als würde er einen Staatsstreich im Rundfunk verkünden:

„Jetzt hör mir gut zu. Es gab Unklarheiten damals. Ich wollte das Gold für unser Volk haben, aber wenn es nicht bei den Behörden gelandet wäre, sondern ich mich daran bereichert hätte, denkst du, ich würde noch hier herumsitzen? Nein, mein Kleiner: Ich würde eine Suite bei Madame Negresco in Nizza bewohnen und mit meinen

Dalmatinern am Strand spazieren gehen … Das Odessa-Gold ist weg, du könntest die befragen, die dabei waren … falls sie noch nicht unter den Würmern weilen.“
Der König ging ins angrenzende Zimmer. Radu stand für eine Weile auf, dann setzte er sich wieder in den schweren Sessel, so begeistert war er von der Idee, auf die Corbea ihn gebracht hatte. Dann erschien der kleine Monarch.
„Sieh mal hier, eine Mitteilung der damaligen Polizei!“
Er überreichte Radu ein Dokument, das er aufgeregt las. Es bezeugte, dass die zweihundertachtzehn Kilo und sechshundert Gramm Gold vom Staat beschlagnahmt wurden und in den Besitz des Volkes übergingen, signiert Leutnant … unleserlich … „ovici“. Dann ein dicker Stempel. Es war also noch mehr Gold, als er gedacht hatte.
„Du vergeudest deine Zeit mit solchen Gedanken, außerdem alles vor vierzig Jahren, auf die Augen meiner Kinder!“
„Ich habe keinen Zweifel an Ihren Worten, Hoheit!“
„Deine Gedanken haben tote Flügel. Zuerst musst du lernen, richtig durch das Leben zu reiten, ohne an jeden Baum zu pinkeln. Dann erst kannst du fliegen lernen. Merk dir das, mein Kandidat! Ich kann dir was für ein neues Pferd spenden, sagen wir mal neunzigtausend D-Mark, na, was sagst du dazu?“
„Ich bin von Herzen dankbar!“
„Das ist, was ich lockermachen kann, und das auch nur, weil ich dich liebe.“ Corbea nahm Radus Kopf zwischen die Ringe und küsste die Stirn, wie ein Clanvater, der den Segen erteilt.
„Du wirst außerdem deine Wahlen gewinnen, na, ist gut so? Und guck nicht zu oft in fremde Töpfe hinein. Hebst

du den Deckel, so kann heißer Dampf austreten", flüsterte der König. Radu schluchzte und wusste nicht so recht, wie ihm geschah.

„Eure Weisheit lege sich wie Goldstaub auf unsere gebeugten Schultern", verdrehte Radu eine alte Unterwerfungsformel der Zigeuner. Er schaute seinem König nicht mehr in die Augen, aus Angst, jener könne etwas rückgängig machen.

„Geh jetzt und vergiss nicht, Gabor: Das gebeugte Haupt, auf Ehrfurcht eingestellt, erwischt kein Schwert auf dieser Welt!", rief ihm der Bulibascha zum Abschied hinterher.

Radu wunderte sich über die interessante Wendung, die der Fall „Odessa-Gold" genommen hatte. Er war offensichtlich ein heißes Eisen für alle, die etwas darüber wussten, und Corbea war bereit, viel Geld zu zahlen, damit am Tabu nicht gerüttelt wurde. Eines ist offenbar, dachte Radu, der Boss nimmt mich nicht ernst, er hat keine Angst vor mir. Und dies ließ ihm Flügel wachsen.

In der nächsten Woche wurden Radus Schulden beglichen, wobei das Doppelte des vom König versprochenen Betrages auf sein Konto floss. Sofort kaufte Radu unter Angabe eines fremden Namens Klosterfelder in den Temesch-Auen. Sie wurden im Frühling oft überschwemmt und waren wenig wert. Der Notar, der den Kauf beurkunden sollte, fand einen Geldschein zwischen den Antragspapieren, und Radu erhielt anstandslos die erforderlichen Dokumente.

Im gleichen August ließ er Hunderte Dollar für Baugenehmigungen in der Kolonie fließen und vergab Billigkredite an Roma, die im Dorf ein Haus bauen wollten. Das meiste aber verschlang der „Komplexul sportivhotelier Timisch", ein Millionenprojekt. Es wurden Tennisplätze, ein Golfplatz, ein Schwimmbad und ein Fußballplatz für den lokalen A-Ligisten „Politehnica Temeschwar" geplant und in Auftrag gegeben. Das Startkapital, neunzigtausend DM, reichte auch für ein 60-Betten-Hotel mit Südterrassen. Es erschienen viele unseriöse Investoren mit Koffern voller Bargeld ungeklärter Herkunft, Radu aber bevorzugte Roma. Es mussten allerdings Bulibascha-Anhänger sein. Die Kaisertreuen, die Djangofans kamen nicht in Frage. Die neu angelegte Straße durch die Kolonie schlängelte sich den Hügel hinab und endete zwei Kilometer vor der geplanten Freizeitanlage. Die Bagger in den Auen sahen aus wie riesige Käfer, sie rodeten und bissen sich tief in die Landschaft hinein. Zu Hause baute Radu ein Modell der Anlage aus Lehm. Mit einem Filzstift markierte er den Verlauf der Wasserleitungen und der Kanalisation, schließlich war er gelernter Installateur. Der letzte Abschnitt führte nordöstlich vom Komplex in Richtung Spiritusfabrik, wo der Anschluss an die große Stadtleitung gelegt werden sollte. Radu wollte unbedingt während der Arbeiten die Bauleitung übernehmen. Er sparte nicht an Material. Erst wenn man etwas in die Erde legt, wie Tote oder Leitungen, gehört sie einem, erst dann ist sie einem etwas wert und man schlägt Wurzeln. Von morgens bis abends war Radu dabei, als die Erdmassen ausgehoben wurden. Er liebte die gelbe Lehmerde mit allen Sinnen, er zerdrückte Erdschollen in seiner Hand und zerrieb sie, bis die Erdkrümel zu Schmiere wurden. Ein Auge warf er immer auf den Leitungsgraben, da er Angst vor dem Grundwasser hatte, aber es war zum Glück ein trockenes Jahr. Nach zwei Tagen hielt er's nicht länger aus, holte sich alte Arbeitskleider aus der Siedlung und legte selber Hand an. Radu konnte es kaum erwarten, dass die schweren Betonrohre aus der Luft kamen. Er gab dem Kranfahrer die letzten Anweisungen mit dem linken Arm und holte sie wie Juwelen mit Handschuhen ab. Sobald die Rohre in der Erde lagen, isolierte er und fügte die Teile zusammen. Ein konzentriertes Nachprüfen der Neigung mit der Wasserwaage krönte jedes Mal den Vorgang.

Radus Eifer kam Swetlana ungelegen. Sie genoss diesen Sommer mit ihm, ließ sich gedankenlos auf das Abenteuer ein, und nun wurde sie wegen der scheußlichen Betonrohre aufs tote Gleis gestellt. Das sah sie nicht ein. Abends fiel Radu müde ins erste Bett im Dorf und morgens war er noch vor dem Kranfahrer auf der Baustelle. Swetlana erschien auf dem gelben Aushubhügel, unter dem Radu gerade eine Dichtung befestigte. Sie trug eine riesige Sonnenbrille und ein äußerst bescheidenes Kleid mit Klatschmohnmuster, damit sie nicht erkannt werde. Sie setzte sich hin und schaute zu. Radu erkannte sie sofort und freute sich.
„Noch etwa vier Kilometer“, sagte er, während der Schweiß ihm über die Stirn rann. Swetlana schwieg und musterte ihn, als wunderte sie sich, dass ihr etwas durch die Lappen gegangen war. Dann flüsterte sie leise und gelangweilt:
„Geht mich einen Dreck an!“
Radu bastelte weiter an seiner Dichtung.
„Ich musste hier etwas Bewegung in den Laden bringen, sonst liegen die mir nur in der Sonne und saufen Bier!“
„Dein Problem“, dann nahm sie die Brille ab, „eines soll dir klar sein, du Pferdedieb: Ich, Swetlana, mein Nach-

name dürfte dir bekannt sein, seit du in die Windeln gemacht hast, falls du welche hattest, bin es nicht gewohnt, auf jemand zu warten! Eine ganze Woche lang! Wer glaubst du, dass du bist?!“ Sie sah sich um, ob nicht jemand sie unverhofft erkannt hätte, dann lief sie entschlossen auf den Weidenhain zu, an dessen Rand ihr Cabrio stand. Hinter dem dunklen Hain schien jemand von beiden ein Foto zu schießen. War es ein Scherz, bei dieser hellen Sonne ein Blitzlicht zu benutzen? Vielleicht war es ja nur eine Reflexion im Seitenspiegel des A4. Radu sah Swetlana entgeistert hinterher, dann löste sich ihre Gestalt im Sommerstaub auf.

Radu musste sich nun etwas Ausgefallenes überlegen. Er wusste ganz genau, welchen Effekt Überraschungen auf eine Prinzessin hatten, der die Welt zu eng geworden war. Er kannte sein Volk, das keine Kontinuität hatte, für das man deshalb alles neu tun oder erfinden musste, um es an irgendwas zu erinnern, aber an was? Dies galt auch für Swetlana, sie gehörte doch auch dazu. Radu dachte an den Hengst, den er im Bad versteckt hatte, und an die Blumen im Mai nach dem ersten Prozess. Am nächsten Tag schickte er Swetlana einhundertfünfzig samtrote Rosen, eine für jeden Tag, seit er ihr begegnet war. Nur wenigen Nachbarn fiel auf, dass der Rosenpark nur noch aus verblühten Rosen und grünen Knospen bestand. Swetlana fand die ganze Ladung in ihrer Villa in herrlichen Tonvasen wieder, obwohl niemand einen Schlüssel für die Haustür hatte. Der Dalmatinerwelpe war völlig friedlich und pappsatt, als sie nach Hause kam, und die Karte, die sie bei den Rosen fand, endete mit „Ich liebe dich“. Das Bad war blank geputzt. Am gleichen Abend erschien

Radu mit einer roten Rose und der Miene eines reuigen Hundes, der für einige Tage das Weite gesucht hatte.
„Ah, welche Ehre, Herr Installateur, treten Sie ein!"
„Küss die Hand, Fräulein! Ich muss mal wieder bei Ihnen ein Rohr anschließen … Ich meine, ein Sprachrohr."
„Das Bad ist oben", deutete Swetlana knapp.
„Gehen Sie mit, Sie müssen das Rohr halten …"
„Du schwarzer Schwan, was fällt dir ein, mir gegenüber diesen ironischen Ton anzuschlagen? Du bist nicht witzig, grotesk bist du!"
„Wollten Sie den Rosenpark, dieses Stück Paradies, in Ihrem bescheidenen Zimmer verstecken?"
„Ach, küss mich!"
Radu legte beide Hände mit gespreizten Fingern auf ihre Hüften und hob sie empor. Er hielt sie für eine Weile fest. Dann ließ er Swetlana auf seine Lippen sinken und schleppte sie die Treppe hoch.
„Auf Rosen gebettet …"
„Es riecht hier wie in einer Friedhofskapelle."
„Die sind alle aus meinem Herzen gewachsen, da laufen alle Wurzeln zusammen, verstehst du?"
„Du liebst mich nicht mehr, deine Strafkolonie ist dir viel wichtiger."
„Ich liebe dich wie ein Narr, aber die Leitung muss gelegt werden. Bald steht die Baustelle für den Komplex und fürs erste Hotel, da brauchen wir Wasser."
„Ja, aber du hast doch noch gar nicht die Baugenehmigung dafür, das ist doch noch alles Ackerland bis zur Fabrik", erwiderte Swetlana entsetzt.
„Na ja, ohne Risiko läuft nichts. Das ist so, selbst wenn man Pferde klaut oder verkauft."

„Oh Gott, so ein Don Quichotte hat den Roma gerade noch gefehlt Ist aber sehr antiquiert, so eine Denkweise! Du hast doch nicht alle Tassen im Schrank!“
„Wieso? Ich gewinne die Wahlen, und als Stadtrat kann ich doch alle Hebel in Bewegung setzen!“
„Was du da sagst, ist ja furchtbar, das heißt im Klartext, dass du die Wahlen gewinnen … musst!“
„Meine beiden Auftritte waren gar nicht so schlecht, die haben alle gelacht in der Ziegelfabrik, da war ‘ne tolle Stimmung, das kann ich dir sagen.“
„Mein Gott, die haben gelacht, sagt er!“, rief Swetlana verzweifelt. Sie spielte gleichzeitig mit allen Spangen in ihrem Haar, als wollte sie dic Musik der Verzweiflung erzeugen.
„Klar, dann habe ich nach Schichtwechsel hundert Kisten Bier kommen lassen und alle haben versprochen mich zu wählen, ich hätte das Herz auf dem rechten Fleck, haben sie gesagt. Ja, solche Leute werde ich nach den Wahlen auch nicht enttäuschen.“
„Und Vasile Luncan steigt aus einem Mercedes, küsst auf der Straße den alten Frauen die Hand, redet einwandfrei, sagt das, was die Leute hören wollen, und hat gerade eine Broschüre veröffentlicht, die alle Haushalte gratis bekommen. Rate mal“, ereiferte sie sich, „was auf dem Klopapier steht? Na, dass alle Zigeuner aus Fratelia vertrieben werden sollten! Er deckt eure schrägen Geschäfte vor zehn Jahren auf und greift gezielt die Familie Gabor an! Natürlich hatte er Zugang zum Polizeiarchiv.“
„Durch Istrate. Scheiße, sogar dein Vater kennt den alten Truthahn, und er hat mir versprochen, mit ihm zu reden!“

„Mein Vater ist nicht der liebe Gott! Aber du musst nun die Wahlen gewinnen, sonst gehen Milliarden den Bach hinunter, verstehst du?“
„Wird schon klappen … irgendwie! Ich habe eine bessere Idee, ja, du sagst es, ich lasse Klopapier drucken mit Luncans Abbild drauf, auf dass sich alle Bürger mit ihm abwischen!“
„Ich könnte jubeln, bin begeistert! Und noch etwas, wenn du dich auf deiner verdammten Baustelle in Arbeitsklamotten zeigst, dann erinnerst du die Menschen an einen LPG-Chef aus den Zeiten der Diktatur, der sich vor Ort um die Ernte kümmert. Also lass das und kümmere dich um deine Wahlen, klar?!“
Während sie sprach, kratzte Radu sich den Dreck unter den Fingernägeln mit einem Streichholz heraus. Flüchtig sah er auf ihre Taille. Er machte einen sehr zerstreuten Eindruck.
„Kann ich bei dir duschen?“
„Natürlich. Würde ich dir sogar empfehlen.“
Swetlana holte den Spiegel auf Rädern herbei und wartete, bis Radu aus dem Bad erschien. Als er nackt auftauchte, hatte er immer noch ein nasses Streichholz im Mundwinkel.
„Also Schließung der Fabriken in Fratelia und Freidorf, Arbeitslosigkeit, ‚Solventul' … Ja, schau ihnen in die Augen“, sprach sie in seinem Rücken in den Spiegel hinein. Radu ratterte seinen Text herunter und beobachtete Swetlana die ganze Zeit im Spiegel. Sie war erstaunt, dass er trotz Knochenarbeit nicht aus der Übung war.
„Ich wusste nicht, dass du einen Hängebusen hast“, sagte Radu schüchtern.

„Unerhört! Und das von einem, der nicht einmal die Schule besucht hat!“
„Vor allem der linke.“
„Ich bring dich um!“
„Und was ist mit der kleinen Tänzerin, die oberhalb deines linken Knöchels tätowiert ist? Ist das eine Göttin?“, fragte Radu neugierig wie ein Kind.
„Nein, eine Tempeltänzerin ist es. Aber warum denn verschwende ich meine kostbare Zeit mit dir?“
Radu fand das rotblau tätowierte Bild faszinierend, er streifte mit dem rechten Zeigefinger darüber, die prallen Busen der Tänzerin waren das Leben selbst und die schlanken Arme schienen die ganze Welt zu umarmen. Im nächsten Augenblick versuchte Swetlana ihn zu überwältigen. Ihr Lieblingsspiel war es, dem anderen gegen seinen Willen die Halsgrube zu küssen. Radu wickelte sich ihre Bluse um den Hals, aber die Prinzessin konnte ihn mit einem gekonnten Griff in die Bauchlage zwingen. Sie liebten sich lange, bis in die Morgenstunden hinein. Radu hatte eine neue Liebe entdeckt, die ihn nicht mehr losließ – die kleine Tempeltänzerin über Swetlanas Knöchel.

Vasile Luncan, Radus Gegner von der „Vatra“, zog seine Wahlkampagne äußerst professionell durch. Die Plakate in bester Qualität zeigten ihn lächelnd vor dem Hintergrund einer Luftaufnahme von Fratelia. Auch am Eingang des Polizeireviers sechs hing eines. Nach den Wahlveranstaltungen gab’s Walzer, Bier, Cevaps und meistens zigeunerfeindliche Sprüche. Luncan strahlte, schien Ideale zu vertreten und machte einen recht väterlichen Eindruck. Seine Stimme war sanft wie Seide, sein grau ge-

welltes Haar fing noch die letzte Härte in seinem Ton auf, seine Hosenfalten waren tadellos. So gut wie nie knöpfte Luncan seinen Sakko auf. Einmal tat er es doch, es war an einem Sonntag im September, auf der „Rugă" – dem Kirchenfest. Die Stimmung war am Spätnachmittag recht ausgelassen, und jeder, der zugegen war, rechnete mit einem klaren Sieg des Kandidaten der „România Mare". Seine Begleiter hatten längst die Sakkos und Westen ausgezogen und an einen Ast gehängt. Die Hüte hatten sie alle auf und darunter in den roten Köpfen einen sitzen. Sie vergnügten sich auf dem Rasen unter den Akazienbäumen mit der Bierflasche und mit Mädchen, die für wenig Geld, vier Campari on the rocks und ein Make-up-Set zu haben waren – zumeist getarnte Nutten mit gelben Zähnen, dick aufgetragenem dunkelrotem Lippenstift und engen ledernen Miniröcken. Luncan war gereizt, aber er küsste alles, was ihn anlachte, dann rief er im Takte der Musik ein paar antiungarische Slogans in die Menge: „Die Hunnen werden nicht länger unsere Felder verwüsten, sie sind ausgezeichnete Fuhrleute, aber heute haben wir Autos. Geht nach Hause, Magyaren, und lasst uns Römer sein!" Der Höhepunkt des Nachmittags schien für alle der Augenblick, in dem er sich der Hora, dem Reigen „Perinitza" anschloss. Er tanzte ihn ausgezeichnet, mit Schwung wie ein Zwanzigjähriger:
„Ich bin schließlich auch wie ihr, ein Bursche vom Lande, ein guter Rumäne, ja, Banater Großbauern waren wir."
Sein Kopf wurde schnell erhitzt, fast weinrot, mit stählernem Schimmern, aber dies fiel niemandem auf, schließlich kämpfte jeder mit dem Schnaps und mit der Hitze. Seine schwarzen Lackschuhe waren staubig, er löste den rosa Krawattenknoten ein wenig und die Krawatte tanzte

seidenweich an seinem Hals, so wie es der Rhythmus seiner Schritte vorgab. Manchmal rollte sich das spitze Ende nach oben auf, dann wieder hüpfte es seitwärts. Eine Herbstbrise, garniert mit Grillrauch aus dem Cevapsstand, war sein letzter bewusst-irdischer Eindruck. Die Krawattenspitze rollte abermals nach oben und sank dann wie ein Loteisen, das man von der Mauer fallen lässt. Luncan folgte ihr; er brach zusammen, seine Lippen waren blau. Einer seiner Wächter legte sofort ein zusammengerolltes Sakko unter seinen Kopf, während ein anderer ihm eine Flasche reichte. Eine Nutte fächelte ihm Luft zu. „Ist denn kein Arzt unter uns? Das ist ein Herzinfarkt! Schnell!“, hörte man Stimmen. Luncan röchelte, stammelte Bedeutungsloses und versuchte etwas zu artikulieren: „Genossen, nur unter … der Führung unserer kommunistischen Partei … wir bauen die beste … aller Gesellschaften, wie schon Genosse Nicolae Ceauşescu … sagte …“, dann glitt er hinüber. An jenem Abend tanzte niemand mehr in Fratelia.

Nach dem Lesen des „Adevärul Bänätzean“ (Die Banater Wahrheit) – der Lokalzeitung – fuhr Radu am nächsten Morgen schnurstracks zu seiner Schwester Aglaja. Er stieß an den Sarg von Tante Sidonia, die ihre Sterbetage hatte und darin schlief, lief durch das Wohnzimmer und riss seine Schwester aus dem Schlaf. Aglaja hatte Straßenkleider an, eine weiße Spitzenbluse und einen Lederrock. Ihr Goldschmuck hatte sich im Kissen verfangen, so dass sie Spuren der Goldtierchen, Beine, Schwänze und Augen im Gesicht trug, herrliche Formen auf der Haut.

„Du Nutte, wie lange willst du noch unserer Sippe schaden, schäm dich, e ladiz' te xaltjo muj! Schau dir das mal an!“
Er reichte ihr die Zeitung. Auf der Titelseite war Luncan tanzend abgebildet, im Hintergrund schmusten seine Wächter mit Zigeunerinnen, darunter fiel sie, gerade sie, Aglaja, auf.
„Sing doch am Nachbartisch, was willst du von mir, du Spinner? Scher dich zum Teufel und weck mich nicht so früh, die zahlen wenigstens ordentlich!“
„Der Gegner zahlt also? Dass dein Bruder sich hier abrackert, damit deine Kinder nicht mehr als ‚Krähen' beschimpft werden, ist dir völlig egal, was?“
„Ich verkauf meinen Hintern, wem ich will, du bist hier nicht der Obermacker, klar, xas mi kakaraschka?“ Gleichzeitig prügelte Radu auf sie ein, nachdem es ihm nicht gelungen war, ihr den Arm umzudrehen.
„Kann man hier nicht mal in Ruhe krepieren?“, mischte sich Tante Sidonia ein, die gerade aus dem Sarg gestiegen war.
„Du hast gerade noch gefehlt, Hexe, xas me pelé, zieh Leine, ich hab dich nicht gerufen!“, brüllte Radu.
„Auf die Augen meiner Kinder, das ist Hausfriedensbruch, das muss dein Ziehvater wissen“, drohte Tante Sidonia. Der Streit hatte sie aus dem Traum gerissen: „Dir ist ja wirklich nichts heilig! Kinder, Kinder, jetzt dreht ihr völlig durch! Ich will sterben!“
„Ich wurde doch nur zu einer Party geladen, was ist so schlimm daran?“, jammerte Aglaja.
„Schlimm ist, dass es dich gibt, dich sollte man nur im Hühnerstall leben lassen, sonst nirgendwo.“

„Da gehörst du hin mit deiner Prinzessin!“ Aglaja warf in ihrer Wut ein Sparschwein an die Wand: „Ach, du warst immer schon ein tollwütiger Hund …“ Plötzlich betonte sie völlig ruhig: „Ich konnte dich nie riechen. Du bist uns allen hier immer entglitten wie ein Stück Seife in der Hand.“

Das Sparschwein aus buntem Ton, das neben dem Wecker auf der Ablage ihres Klappbettes gestanden hatte, war zerborsten und offenbarte seinen Inhalt. Münzen flogen klirrend durch die Gegend. Radu hob eine Münze auf, konnte die runde Inschrift nicht entziffern und suchte auf dem Boden nach weiteren. Sie glänzten wie Gold. Seine Knie wurden weich, denn diese Münzen erinnerten an einen Piratenschatz.

„Wo hast du das Zeug her?“, fragte Radu verblüfft wie ein Vater, der die erste Pornozeitschrift unter der Matratze seines halbwüchsigen Sohnes entdeckt. Er wog dabei eine Münze in der Hand – es war eindeutig Gold, da musste er nicht einmal die Zahnprobe machen.

„Ich bin dir keine Erklärung schuldig, es ist mein Erspartes!“

„Das werden wir noch sehen …“

Radu hatte einen schrecklichen Verdacht geschöpft, er wollte jetzt alleine sein. Deshalb nahm er die Zeitung unter den Arm, steckte ein paar Münzen in die Tasche und rannte hinaus. Er setzte sich auf den Beifahrersitz seines Renault und las zur Ablenkung den Artikel über Luncans Tod: „Ein guter Rumäne ging von uns, sein Abschied war eine Rugă in seinem geliebten Wahlbezirk … Ein tragischer Herzinfarkt, wie die Ärzte nicht eindeutig feststellten, ließ dieses Herz für immer verstummen, es sprach doch so schön zu uns allen, wir erinnern uns an seine

warmen Worte – die Volksseele sprach, nicht Vasile Luncan … Als junger Mann kam er in die Stadt, um sein Glück zu machen. Er ging in die Lehre, dann diente er den Kommunisten als hoher Parteifunktionär, um seinem Volk zu dienen … Sind es die Geldhaie, die seinen Platz in unserer Gesellschaft einnehmen können? Keineswegs, niemals! Ein guter Rumäne steht heute vor dem Throne Gottes! Wir bitten mit Vasile Luncan um Gnade."
Radu zerknüllte die Zeitung und warf sie aus dem Wagen. Er hoffte nur, dass sein Anlasser jetzt nicht streikte.

Die nächsten Tage hätte man meinen können, ein neuer Kinderkreuzzug beginne in Fratelia. Feierlich gekleidete Kinder, vor allem Roma, zogen durch die Straßen, sangen Siegeslieder, trugen Radus Bild auf den T-Shirts und riefen im Chor: „Weg mit dem Philister, Gabor wird Minister!"
Die Leute waren stolz auf ihre Kinder, verdienten sie doch ehrliches Geld auf der Straße. Die alte Krankenschwester, Bogdan, die ihre Knochen von Haus zu Haus schleppte, um Kindern eine Impfung zu verpassen, erklärte ungefragt, Radu habe zwar als Kind nicht alle Impfungen bekommen, aber er stamme aus einer guten Kiste und sie würde ihn wählen, da sie nun vor der Rente auf eine gute Gesundheitsreform hoffe. Am meisten verwirrte jedoch das Wahlplakat, „Radu Gabor, parteilos – die neue Kraft, die Zukunft schafft", das fünf Tage nach Luncans Tod am Eingang des Polizeireviers klebte. Die Menschen blieben davor stehen wie vor einem Wunder, als würde George W. Bush für den sechsten Stadtbezirk kandidieren. Major Istrate kannte jeder, seit '55 war er im Amt, er hatte Gheorghiu-Dej und Ceaușescu überlebt,

nun auch noch die Zeit der Willkür und des wilden Kapitalismus, so wie ihn Karl Marx beschrieb. Als Nicolae Ceaușescu an die Macht kam, war Istrate bereits zehn Jahre im Amt, und schon damals hätte es niemand gewagt, dem siebenunddreißigjährigen Hauptmann ein Haar zu krümmen. Solche Menschen haben einfach keine Feinde, jene lösen sich im Staub der Geschichte auf, bevor sie einen feindlichen Gedanken hegen. Das heißt keineswegs, dass Istrate kein guter Bulle war – ganz im Gegenteil, er war berühmt dafür, dass er im Arbeiterviertel Fratelia, mit einem Zigeuneranteil von dreißig Prozent, mit nur vier untergeordneten Sektoraufsehern für Ruhe sorgte, und das jahrzehntelang. Ich muss immer wieder an die Worte meines Vaters denken: „Hast du einen Zigeuner als Nachbarn, so bist du deines Reichtums sicher, er wird dich nie bestehlen, nein, er wird deinen Schuppen auch noch bewachen, damit kein Verdacht auf ihn fällt." Istrates Zigeuner waren überall in der Halbemillion-Metropole, in den entferntesten Winkeln von Temeschwar, in der Fabrikstadt, in der Mehala, in der Elisabethstadt und vor den teuren Hotels unterwegs, aber nicht in Fratelia. Istrates Motto war: „Wir reden nur einmal miteinander." Viele ließ er beim ersten Verbrechen einfach laufen. Bei Wiederholungstätern aber kannte er kein Pardon. Nie war abzusehen, wann der Gummiknüppel zum Einsatz kam: Wachte einer der Aufseher nachts im Revier nach einer Sauferei auf oder hatte er Kummer mit seiner jüngeren Frau, so bekam es der Häftling auf seiner Haut zu spüren. In den Siebzigern pflegte Istrate zu sagen: „Die Miliz ist das Herz der Partei, aber ein Herz, das schlägt und schlägt und schlägt unentwegt." Das war Istrates Ordnungskonzept. Er trug immer die Orden dreier Epochen auf der uniformierten Brust, lächelte unterkühlt wie einer, der alles durchschaut, stand stets hinter seinen Männern, und nun wollte er wieder einmal Farbe bekennen. Radus Plakat klebte also am Fenster der Eingangstür. Dahinter eingerahmt die Herren, unter denen der Chef gedient hatte: Gheorghiu-Dej, Ceaușescu und Iliescu, grinsend der neueste und immer noch im Amt. Nur die Trikolore, rot-gelb-blau mit einem Loch im gelben Feld, war die Flagge des neuen Staates, der aus der Asche geboren war. Am liebsten hätte man die alten Diktatoren am Eingang bepinkelt, nur traute sich keiner. Dafür stellten pubertierende Roma eine Leiter an einen Strommast, an dem Plakate der „Befreiungsfront" klebten, und pinkelten sie des Nachts an, bis sie sich loslösten und zu Boden fielen. Kinder – die Blüte der Gabor-Sippe in Fratelia – mussten Tag und Nacht vor den Bildern ihres Kandidaten Wache schieben, damit die bösen Geister ihm nichts antaten. Etliche Plakate der Gegenkandidaten, aus bestem Papier, wurden auch auf dem Gemüsemarkt gebraucht: Die Marktfrauen packten den Kunden die Auberginen, die Feigen oder Pfirsiche in Plakatpapier ein. So lächelte der verstorbene Luncan oft mit rot verschmierten Wangen hinter den sinnlichen Himbeeren in der Tüte. Nur Radu fand sich im Gemüse nicht wieder; sein Bild wurde schließlich bewacht.

Noch eine Woche, dann wurde gewählt; Radu lief nervös mit einem Streichholz im Mundwinkel herum. Der Umstand, dass die Baugenehmigung für die Siedlung unmittelbar von seinem Wahlsieg abhing, lastete wie ein Alpdruck auf ihm. Er fühlte sich plötzlich unfrei, und dieses Gefühl wurde noch verstärkt durch Swetlana. Plötzlich konnte er die Wahlen nicht mehr wie einen Pferdedeal sehen, wie einen Betrug, den man meistert, um einen darauf zu trinken. Hier ging es um Millionen, die er nicht hatte.

Am Morgen des 27. September, einem Sonntag des Jahres 1993, herrschte dichter Nebel, so dass man nicht ahnen konnte, wie das Wetter werden würde. Insgesamt war es ein gutes Jahr, und der Wein in den Kellern war bereits zu „Rampasch", zu Federweißem gegoren. Das Wahllokal in der Schule öffnete um sechs Uhr fünfzehn. Bis sieben kam niemand. Die Wahlbeobachter tranken einen Kaffee nach dem anderen und zwei von ihnen sprachen ängstlich tuschelnd von möglichen Prügeleien, Ausschreitungen und dergleichen. Nach neun strömten die Stadtrandbewohner in kleineren Schüben herein. Eine gewisse Spannung lag in der Luft, als wäre über allem ein unsichtbares Netz gespannt. Man sprach wenig miteinander. Gegen elf erschien im weißen Anzug Radu Gabor. Im Knopfloch trug er eine samtrote Rose. Die winzigen Lokale in der Zehnten Gasse waren zwar geöffnet, aber sie durften wegen der Wahlen bis fünf Uhr nachmittags keinen Alkohol ausschenken. Männer und Kinder, festlich gekleidet, standen unter den Maulbeerbäumen, die den holprigen Gehweg säumten. Man schien auf etwas zu warten, aber keiner konnte mit Genauigkeit sagen, worauf. Man schwatzte scheinbar gelassen, kein Gelächter war zu hören. Die grünen Schnapsflaschen machten die Runde und verschwanden wieder, sobald unbekannte Gesichter auftauchten. Manch ein Hoftor war offen geblieben, und die Hühner machten sich sofort auf, die grünen Grashalme zu suchen, die der Sommer zwischen den Steinplatten des

Bürgersteiges vergessen hatte. Die Häuser hatten zwei oder drei Fenster zur Straße hin und einen schmalen, meist blauen oder braunen Sockel. Hinter den dichten Lattenzäunen lagen verschlafene Gärten, hier und da suhlten sich Schweine. Radu trat in ein Häufchen Hühnerdreck und streifte sich fluchend die grauen Schuhe am Rasen ab. „Bringt Glück, das brauchst du", meinte Relu, der stolz pfeifend neben seinem Bruder herging.
Der alte Rehm, der schon länger hinter dem Barbierstuhl stand, als Istrate im Amt war, rasierte gerade einen Kunden. Relu bat Radu, kurz auf ihn zu warten, er wolle sich nur rasch nach dem „Politbarometer" erkundigen. Der Barbier begrüßte ihn höflich wie immer, während Relu fragend die buschigen Augenbrauen hob: „Na wie steht's, was wählt das rasierte Volk?" Der Barbier schliff sein Messer an einem Riemen und trat aus dem Sichtfeld des Spiegels, dann ballte er die Faust und erhob zwinkernd den Daumen. Relu verließ den Laden elastischen Schrittes und rückte seinen schwarzen Hut zurecht: „Mischto, ich spendiere dreißig Liter Schnaps, wenn du gewinnst!", versprach er.
„Schön, Relu, wenigstens du bist noch bei mir! Sile und Buke fehlen mir und ich mach mir Sorgen ihretwegen", sagte Radu.
„Denen passiert schon nichts. Man wird nie Prophet in seinem Dorf." Er knackte mit den Schneidezähnen ein paar Kürbiskerne. „Sile hat immer schon an die Knastmauer gepinkelt. Aber immer von außen."
„Das schon, aber ich glaube, die Geschichte mit den Nutten ist eine Nummer zu groß für ihn", meinte Radu.
„Na, du backst aber auch nicht gerade kleine Brötchen! Und noch was, lass die …"

„Ein großer Tag! Habe die Ehre, Herr Gabor, ich wünsche Ihnen den Sieg, toj, toj!“, grüßte ein Passant.
Überall wehten winzige Flaggen in der Luft, als wolle man den Zugvögeln, die die Stadt gerade verließen, einen Abschiedsgruß zuwinken. In der Siebten Gasse stand seit Langem ein Wegkreuz, das mit bunten Luftballons geschmückt war. Der Heiland selbst trug einen hellblauen Ballon mit einer Schnur um den Hals und der Aufschrift: „27. September – Gabor wählen.“
Die Brüder erreichten den Schulhof, das Wahllokal war in der Schule in der Zehnten Gasse eingerichtet. Relu wandte sich sofort von seinem Bruder ab, machte aber noch ein flüchtiges Zeichen, als sei ihm etwas Unerwartetes aufgefallen. Etwa zwanzig Schritte vom Eingang belehrte ein Agent der Rettungsfront zwei alte Frauen, wie man wählt beziehungsweise wie man die Nationale Rettungsfront wählt:
„Und wenn du Iliescu weiter haben willst, so mach das Kreuzchen hier, nee, hier!“
„Te xas mo khul! Und wenn ich im Knast verfaulen muss … sind das eure demokratischen Wahlen?!“ Relu betonte „das“ und ohrfeigte den klein geratenen Mann. Dann packte er ihn am Ohr und schleifte ihn auf die Straße, wo der Agent das Weite suchte, während Relu ihn mit Erdbrocken bewarf. Radu sollte sich also selbst zum Consilier municipal wählen. Sein Erscheinen wurde mit Applaus gefeiert, ein Fotograf kämmte ihm den Schnauzer, ein anderer machte ihm die Geste vor, mit der er seinen Stimmzettel einwerfen sollte. Alle forderten ihn auf, freundlicher in die Kameras zu gucken, man schneide ihm doch nicht das Haar wie am ersten Tag im Knast.

Den frühen Nachmittag verbrachte Radu in der Zwölften Gasse bei Relu, es könnte ja sein, dass zu Hause die Presse den Zaun niedertrampelte. Auch Onkel Mitu war dort.
„Wo ist Tante Sidonia, war sie auch wählen?“, fragte Radu. „Sie liegt im Sterben!“
„Die will nicht einmal der liebe Gott“, lachte Relu.
„Die bringt uns alle unter die Erde, aber mich zuerst!“, fügte Radu hinzu. Onkel Mitu lenkte ab:
„Ein großer Tag heute, ja, mein lieber Radu, der erste Rom-Politiker auf diesem verdammten Flecken Erde!“
„Vor hundert Jahren waren wir noch Sklaven!“
„Und das auch nur, weil wir nicht lesen und schreiben konnten“, betonte Radu überzeugt.
„Wir sind einfach primitiv! In Amerika, da fahren alle Roma so breite Autos, da passt der ganze Hühnerhof rein, ich kann dir sagen. Vor drei Wochen war ich drüben bei den Brüdern.“
Alle lachten, während im Hintergrund ein dicker Rekorder mit Blechgießkannenakustik die Stimmung anheizte.
„Wir sind nicht primitiv, Relu, wir sind einfach alt, ja, ein altes Volk. Hör auf mich ganz genau, wenn ich das sage“, erwiderte Radu, als suchte er nach Beweisen in einer wichtigen Sache.
„So einen Scheiß hab ich noch nie gehört, aber er gefällt mir. Mischto“, lachte Onkel Mitu.
Lăcrămioara brachte einen Schnaps mit Stamperln in die Weinlaube und alle hoben das Glas auf den erhofften Wahlsieg. Allein Radu tat so, als würde er trinken, dann goss er das Gläschen auf die Gesundheit von Tante Sidonia aus, eine einfallsreiche Strategie, um nicht mitzumachen. Wer weiß, was der Tag noch mit sich bringt, dachte er. Onkel Mitu stellte als Erster sein Stamperl auf den

Tisch und sprach wie einer, dem die Erfahrung höchster Meister war:
„Damals, ‘46, als wir die neue Regierung wählen sollten – ich weiß noch den Tag, mir sind zwei Stuten krepiert, weil das Heu schon schimmelig war Anfang März –, da war der Teufel los. Wir gingen ins Wahllokal an der Schager Straße, da wollten wir verhindern, dass die prosowjetische Gruppe gewählt wird. Die Schweine hatten aber ihre Leute vor Ort postiert und die guckten vom Dachboden aus in die Wahlkabinen, was man wählt. Dann streuten sie einem feinen weißen Kreidestaub auf die Schultern, wenn man die Liberalen oder die Ungarische Partei, Madosz, wählte … Draußen, könnt ihr euch vorstellen, da wetzten sie ihre Messer … ja, es gab Tote, Grün- und Blaugeschlagene, viele Roma darunter, alle wohnten seit Jahren in Fratelia an der kleinen Wiese beim Friedhof. Sie durften zum ersten Mal in ihrem Leben wählen.“
„Und das Odessa-Gold war noch in sicheren Händen, stimmt’s, was ich sage?“, fragte Radu giftig.
„Du vergisst, aus welchem Loch dein Kopf herausgewachsen ist, was?“ Onkel Mitu war außer sich.
„Heute findet man Münzen vom Odessa-Gold sogar bei meiner Schwester im Sparschwein. In Umlauf ist es! Damit werden schon Frauen gekauft! Du aber lenkst immer davon ab.“
„Es gibt kein … Gold, es gibt nur einen Fluch über unserer Sippe. Wer dem Gold nachjagt, ist des Todes“, flüsterte Mitu schluchzend.
„Der Herr im Himmel merkt sich alles, er sagte auch, rafft keine Schätze hier auf Erden, denn … Du sollst nicht dauernd trinken, Relu, der Pastor hat’s verboten, so kannst du doch Gott nicht dienen …“, brabbelte Läcrä-

mioara wie eine, die die Marschrichtung kennt, aber verwirrt ist von den vielen Wegen, die in alle Richtungen führen. Relu kippte den Inhalt seines Stamperls in den Rachen: „Halt die Klappe!“

Währenddessen pflegte Radu seine Nägel und vor der Bega-Brücke in der Josefstadt bildete sich eine starke Demonstrantenkolonne, die sich unaufhaltsam in Richtung Zentrum bewegte. Es waren Kinder und Jugendliche aus Fratelia, größtenteils dunkelhäutige, die noch am gleichen Abend Radu Gabor gerne als Bürgermeister gesehen hätten. Sie brüllten durcheinander, und nur mit großer Konzentration konnte man „Radu“ oder „Ist mit der Jugend“ heraushören. Im Park hinter der Kathedrale trafen sie auf Vatra-Anhänger – die Nationalisten, die sich der Tradition der „Eisengarde“ verpflichtet fühlten. Die ehemaligen Sozialisten, die Front-Anhänger, schlossen sich ihnen an. Beide Scharen waren betrunken und hatten Fackeln dabei. Feindlich standen sie sich gegenüber und warteten auf den ersten Stein. Aber nichts geschah. Die orthodoxe Kathedrale war beleuchtet wie ein Spielcasino in Las Vegas. Die zögernden Gesichter spiegelten den Ernst der Lage. Aus den Straßen kam Verstärkung, und allen wurde deutlich: Es gab kein Zurück mehr. Laci aus der Gabor-Sippe trat hervor. Jedes Blatt, das von den Weißbuchen fiel, war zu hören. Eine Stimme aus der Gegnerschar rief heiser: „Bring ihn um!“ Laci spuckte zwei Meter vor sich und markierte so deutlich sein Revier. Entschlossen und ruhig, mit starkem ungarischem Akzent sagte er: „Wer hier drübersteigt, der ist so gut wie tot!“
„Die Krähe ist auch noch eine ungarische!“

„Der kann nicht einmal die Sprache der alten Römer an der Donau", höhnten lautstark die jungen Nationalisten. Man konnte fast hören, wie Messer die Hand wechselten und wie sie hart in der Faust landeten. Andere beugten sich zu ihren schwarzen Militärstiefeln, wo Messer steckten. Viele von ihnen waren im Norden, im Oasch-Tal aufgewachsen und waren im Umgang mit dem Messer so geübt wie im Schwingen der Sense im Spätsommer. Stolz trugen sie den kleinen Strohhut mit roten Quasten. Kaum ein Rom kam gegen sie an, so schnell und gewandt ließen sie die Klinge blitzen. Ihre Väter konnten es nicht minder gut. Noch vor vier Generationen wurde kaum eine Hochzeit in jener Gegend gefeiert, ohne dass Blut floss. Die Messerfehden wurden gegen Morgen oder nach dem Brauttanz ausgetragen. Es gab Tote, aber dies beeindruckte keinen. Das Schlimmste daran war, dass durch das ungeschriebene Gesetz der Blutrache ein Toter mindestens noch drei weitere mit sich ins Grab zog, so dass Anfang der Fünfziger ganze Landstriche entvölkert wurden. Den Kommunisten war es nie gelungen, die karge, steinige Gegend im Karpatenbogen in die Genossenschaftswirtschaft zu überführen, dafür war das Eisen zu heiß und kein Parteifunktionär hätte sich – auch nicht unter Militärgeleit – in diese Gegend gewagt, es konnte ja ein Weg ohne Wiederkehr sein. Was die Kommunisten auf russischen Rat schufen, war die Ausrottung der Blutrache, das muss man ihnen lassen. Man brachte den Dorfbewohnern in den Wintermonaten ganz ungezwungen das Lesen und Schreiben bei, man baute ihnen Fabriken, brachte ihnen Ärzte ins Dorf und zahlte ihnen gutes Geld für ihre Rinder und Wandteppiche aus Hanf. Bereits Anfang der Sechziger wurden mehr Kinder geboren, als in den Dörfern Männer umgebracht wurden, und viele sind in die industrialisierten Gegenden des Landes emigriert auf der Suche nach Arbeit. Zigeuner kannten sie nur aus Geschichten und sie hassten die „Krähen“ wie die Pest. Jeder von ihnen war davon überzeugt, dass Roma feige seien und nur „der Haufen stark“. Die Nationalisten im Lande konnten die Mitbürger aus dem Norden gleich nach der Dezemberrevolution für ihre Ziele gewinnen.

Die Stille war unerträglich – lieber verwundet, lieber endlich die betäubenden Schlachtrufe des Feindes anstatt Blätter fallen hören.
„Ihr tragt doch die Strohhüte nur, damit eure Dummheit nicht verpufft!“, rief ein Gabor-Anhänger.
„Habt ihr das gehört? Na, der braucht bald auch keinen Hut mehr, höchstens im Sarg!“
„Zeigt es ihnen, Jungs!“ Die Spannung war so groß, dass die erhitzten Gemüter gar nicht das Hupen der Polizei hörten.
„Für Transsylvanien! Zeigt ihnen, dass ihr die Enkel Draculas seid!“ In den hinteren Reihen erklang ein Siebenbürger Lied. Die Ersten schlugen los, dann flogen auch ein paar Mini-Molotow-Cocktails. Ein zehnjähriger Junge warf sich stotternd mitten in die Schlacht: „Sie … sie kkkommmen, dddie Popopo…lizei, mit Wasser, weg, rennen, bbis …“
Die Jugendlichen rannten auseinander und im Nu war das Schlachtfeld im Park geräumt. Unter der Brücke trafen sich etwa dreißig Roma, die anderen stellten sich unauffällig in die Bierschlange auf dem Restaurantschiff am Bega-Ufer. Nach zwei Halben kam einer auf die Idee, man müsse nun in die Kirche gehen. Beten würde mehr

nützen als jede Prügelei. Wenn Gott nämlich bei der Auszählung der Stimmzettel mitzählte, dann sei die Wahl so gut wie gewonnen. Man diskutierte lautstark darüber, ob der liebe Gott sich denn in die Wahlen einmischen dürfe, mit welchem Recht, sokhardea, das sei doch Angelegenheit der Menschen hier, und in die Demokratie soll sich keiner einmischen, sonst macht der Bekanntschaft mit der Klinge – das war die allgemeine Übereinkunft. Für Radu allerdings könne man beten, der kämpfe für die gemeinsame Sache und verdiene es, Stammesführer zu sein, anders als der Bulibascha, der in seinem Palast auf roten Kissen sitzt und furzt, was das Zeug hält. Er habe sich auf Kosten seines Volkes bereichert und mit Ceauşescu am gleichen Tisch gesoffen. Die Alten munkelten, der Bulibascha habe sich das ganze Gold des Stammes, das aus Russland kam, unter den Nagel gerissen. Aber für Radu lohne es sich zu beten, er sei einer von ihnen, der den Regen aufs Zelt und die nassen Novembertage erlebt hätte, und darüber hinaus sei er auch noch jung. Also kamen die Jungen überein, die Kathedrale zu stürmen, und riefen Bruchstücke aus bekannten orthodoxen Gebeten in die Luft.
Sobald sie aber den enormen Innenraum betraten, warf sich das Ruhenetz, aus Andacht geflochten, über ihre Herzen, ja, gefangen waren sie allesamt im Kerzenlicht. Manche tauchten ihre Arme bis zum Ellbogen ins Weihwasser, andere leckten ihre Fäuste ab, denn es erquickte die Gemüter und die nach dem Kampf entzündeten Hände. Neben ihnen, gebeugten Hauptes, knieten auf den eisigen Bodenkacheln die Transsylvanier, längst im Gebet versunken. Ihre Hüte lagen auf dem Boden, und die schwere, sauerstoffarme Luft legte ihnen Blei auf die

Augenlider. Der Raum ertrank in der Dunkelheit einer Gedächtnislücke, Rauch verschmolz mit dem gelbbraunen Licht, und gerade dies machte ihn zu einem Boten der Welt hinter der Welt. Rauch ist das, was übrig bleibt von dieser Welt, wenn sie untergeht. Denn es war müde, das Licht der Kerzen, und gäbe es noch ein anderes, vielleicht göttliches, wieso ist es nicht gerade hier anwesend? Der Altar profilierte sich wie das himmlische Jerusalem am Ende aller Zeiten. Der Weihrauch schien aus der Krone Marias zu steigen, die Augen des Jesuskindes waren ein einziger Vorwurf. Die steinernen Arkaden mit ihren Wandmalereien warfen Brücken zum Übersinnlichen. Jede nur erdenkliche Wandfläche war bemalt: Traumtrunken bewegten die Gestalten ihre Gewänder, sie waren nicht von dieser Welt. Da wurde der falsche Prophet Balaam auf seinem Ross vertrieben, Michael brachte seinen Drachen um, und die Toten, in Binden gewickelt, bewegten sich mit leisen Schatten aus ihren Särgen. Weiße Binden trugen sie, an ihrer Berufung war nicht zu rütteln. Erzengel drohten mit der unerbittlichen Zukunft: Sie lösten sich allmählich von den Wänden, wie in einer qualvollen Geburt, die keiner so wollte. Eine Sturzgeburt von der einen Welt in die andere, als könne man durch die Maschenaugen eines Siebes fallen. Dann ritten die Heiligen wie die Scharen Attilas durch den Raum, schleuderten giftige Augenblitze um sich und hielten erst vor dem Höchsten Thron, der auf dem Altar abgebildet war. Dort verbeugten sie sich kurz, spornten ihre Rosse an, aus deren Nüstern Schwefeldämpfe stoben, und umkreisten bedrohlich den Raum. Die Schlacht, die draußen im Park beinahe entbrannt wäre, wurde auf den Wänden geführt, aber viel grausamer. Die Wahlpartisanen überkamen Gefühle von Ohnmacht und Reue. Sie küssten leidenschaftlich das Ikonenglas auf dem Pult vor dem Altar. Es hätte doch schlimm ausgehen können, oh Gott, die vielen Toten, welche Mutter hätte das ausgehalten? Der Erzengel Michael schaute in die Menge, der Drache schien ihm gleichgültig zu sein. Sein Blick brannte in den Eingeweiden, viele spürten Schmerzen, andere bloß Hunger, aber alle knieten. Schließlich posaunte Michael seine Scharen zusammen, die sich wie Blattgold wieder auf die Wände legten. Die kalten Steinplatten saugten die Wärme aus den Leibern, als hätten sich die Gräber aus der Apokalypse aufgetan. Die verfeindeten Parteien dankten allesamt Gott für die rechte Wendung der Sache und gingen in aller Stille nach Hause, so sie nicht eingenickt waren. Der Kirchendiener weckte die Letzten mit einem Eimer Wasser.

Bereits um 23.10 Uhr wurden die vorläufigen Ergebnisse der Stadtratswahlen bekannt gegeben. Die Rundfunkstimme hatte etwas Feierliches: „Temeschwar hat gewählt, Temeschwar feiert seine Zukunft, die Stadt hat zwölf ihrer dynamischsten Frauen und Männer gewählt, einen Stadtrat wie zu des Königs Zeiten! Im fünften Bezirk wurde Frau Doina Lipan von den Liberalen gewählt, den sechsten, Fratelia, wird Herr Radu Gabor, ein Parteiloser, vertreten, in Freidorf ist Herr Martin Mühlbach von der Deutschen Front … Die Wahlbeteiligung lag bei, meine Mitarbeiterin reicht mir gerade einen Zettel, nun, haltet euch fest, liebe Hörerinnen und Hörer … 108 Prozent, unglaublich! Mehr Stimmen als Wähler.“ Das Lied im Hintergrund wurde von einem Jazz-Trio abgelöst. „Da muss denen von der Stadt“, folgerte der Wahlmoderator lachend, „ein Verwaltungsfehler unterlaufen sein, es gingen also viel mehr Menschen zur Urne, als Wahlberechtigungen verteilt wurden, somit sind wir die wahlfreudigste Stadt in unserem Lande, und vielleicht auch weltweit, wer weiß, ähnliche Fälle sind uns nicht bekannt. Radio Temeschwar schließt auf jeden Fall aus, dass es sich hier um Wahlbetrug handelt, wie uns die Organisatoren der Wahl unter nationaler Aufsicht bestätigen. Weiter Musik mit Nils … Entschuldigung, Louis Armstrong."

Die nächste Stunde gehörte allein dem selbst gebastelten Feuerwerk in Fratelia: So manch eine Scheune hatte Feuer gefangen, aber die Zeit schien anderen Gesetzen unterworfen zu sein als bis dahin. Man schlachtete zu später Stunde noch Hühner, man trieb den Spanferkeln die Spieße in die Hinterteile, man zapfte Weinfässer an und die Kisten mit Schnapsflaschen klirrten auf den steilen Leitern der Kellerräume. Geigen tauchten auf wie Fliegen nach dem Schlachten und die Zimbelträger erschienen mit ihren ambulanten Altären in allen Höfen, in denen Zigeuner sich versammelten. Tante Sidonia wirkte ganz blass, sie hatte gerade ihren Sarg verlassen. Zu viele Neugierige hätten reingeschaut, um zu sehen, ob sie den Geist aufgäbe und ob sie die Augen auch geschlossen hielte. Im Hof unter der Weinlaube spielte die Musik des Wahlsieges. Ein Hochzeitszelt verlängerte die Geborgenheit bis zum Gartenzaun. Onkel Mitu tanzte, während er trank, und Tante Sidonia trank, während sie tanzte, sie harmonisierten bestens bei der „Sirbä" – dem flink gehüpften Tanz – und gossen immer wieder Schnaps auf den Boden, damit die Erde diesen Augenblick aufnähme. Junge Zigeunerinnen trugen rote Schnürchen im Haar, an denen Silber- und Goldmünzen aufgereiht waren. Ihre bunten Faltenröcke erinnerten an ein Akkordeon, das gierig den Boden verschlingen will. Sie tanzten ausgelassen, und so manch ein Rom fuhr sich mit den weit gespreizten Fingern durchs fettig glänzende Haar und pfiff ihnen hinterher, sooft er durch die locker zugeknöpften Blusen einen weißen Busen erspähte.

„Tanzt und trinkt, Kinder, es ist ein großer Tag für alle Roma in diesem Lande!“, rief Onkel Mitu, während er sich schwer schnaufend vom Tanz erholte.

„Die werden uns jetzt nicht mehr bescheißen, nun haben wir unseren Mann im Stadtrat“, jubelte ein anderer.

„Die werden wir selber be…“

„Nun mal langsam“, mischte sich Radu ein, „was habt ihr bisher gemacht? Doch das Gleiche, die anderen beschissen, oder?“

„Herr Consilier, nimm es ihnen nicht übel, denn sie wissen nicht, was sie tun“, bat Relu mit biblisch wohldosierter Ironie.

„Wer Ohren hat zu hören, der höre, wer eine Nase hat zum Riechen, der rieche“, unterstützte ihn seine Frau.

„Xas me pelé, du quatschst ja schon wieder rein!“, wies Relu sie in ihre Schranken.

„Es gibt auch noch so etwas wie Gerechtigkeit, schon mal davon gehört?“, belehrte ihn Radu.

„Gut soll’s dem Menschen gehen, denn bloß ein Leben ist dem Menschen gegeben zum Leben.“

„Und ein Loch im Hintern …“, lachte ein anderer.

„Das Himmelreich steht euch offen. Wenn ihr nur Gotteskinder werden wollt, dann sieht’s Leben plötzlich ganz anders aus … Halt die …“, wandte sich Relu mit Drohaugen an seine Frau.

Aber Läcri sah ihn fragend an. Sie wollte gar nichts sagen. Dafür überreichte sie nach einem kräftigen Schluck Relu die Schnapsflasche. Er konnte ungestört fortsetzen:
„Sammelt keine Schätze hier im Garten …“
„Denn die Räuber werden sie euch …“, mischte sich Läcrămioara nun doch noch ein.
„Ist doch egal … Aber ein reines Herz sollt ihr mit ins Grab nehmen, damit ihr es Gott vorlegen könnt! Schau, Allmächtiger Vater, hier ist mein Zeugnis … He, du bist mir ins Wort gefallen!“, stellte Relu fest. Onkel Mitu protestierte leise:
„So ein Schwachsinn, was wir mitnehmen, sind unsere Lachfalten, sonst nichts, erzähl das deinem Jehova!“
„Wenn's Gott gäbe, wäre nicht so viel Armut, Mord und Tod auf der Welt. Weißt du, warum? Er würde so etwas nie zulassen, nie im Leben“, meinte ein Vetter skeptisch.
„Na, das ist der Mensch, der so etwas macht!“, erwiderte Mitu.
In diesem Augenblick reichte jemand Radu einen Brief, es sei dringend. Radu riss ihn auf und las:
„Mein kleiner Held und Pferdedieb, herzlichen Glückwunsch zu den erfolgreichen Wahlen und zum Sitz im Stadtrat! Ich bin nach Wien zu einer Freundin gereist. Ich brauche etwas Abstand von dem ganzen Trubel in Temeschwar, außerdem musst du deinen Sieg alleine genießen. Du kannst natürlich in meiner Wohnung schlafen. Sie ist übrigens bewacht. Kuss. Deine Swetlana.“
Radu warf einen Blick aufs Datum, dann zerknüllte er das Stück Papier. Er wurde rot vor Wut. Oben rechts stand „25. September“. Sie war Rechtsanwältin, nein, ein solcher Fehler konnte ihr nie unterlaufen. Sie hatte den Brief zwei Tage vor den Wahlen geschrieben.

Sein Name war in aller Munde. Radu konnte es gar nicht fassen. Er war jetzt jemand, und das, obwohl er einen Berg Schulden hatte. Ja, da ist etwas, was kein Geld kostet und süß wie der frisch gepresste Most runterrutscht: die Macht! Wie wurde er als Kind beschimpft, in den Hintern getreten und verjagt, selbst dann, wenn er nichts geklaut hatte! Das verzeiht man nicht so schnell, nein, weder dem Bäcker in der Zehnten Gasse noch dem Schuster in der Sechsten, der heute teure Schuhe aus Italien verkauft. Und gerade die haben ihn jetzt gewählt, weil sie Angst haben vor der Zukunft und davor, dass von dem großen Kuchen für sie nichts übrig bleibt. Auch die Milchfrau, die Kinderkrankenschwester, die vielen Marktfrauen, die Kutscher von damals, die Arbeiter der Ziegelei oder der Reifenfabrik „Dermatina“, alle waren gemein zu ihm gewesen, aber nun plagte sie eine panische Angst, die die Gelenke zermürbt: noch weniger Rente zu bekommen. Die Menschenmenge hob Radu und versuchte, ihn über die Köpfe zu werfen. Ein paar stützten seinen Rücken, so dass er möglichst viel sehen konnte, dann trugen sie ihn ziellos und siegestrunken durch die Straßen. Sie riefen: „Gabor Bürgermeister-Kandidat, reformiert noch diesen Staat.“ Radu hätte in diesem Augenblick gerne seinen Vater dabeigehabt. An der orthodoxen Kirche wurde er aus der hysterischen Menge entlassen, um sich zum gemeinsamen Gebet zu begeben. Die Gewinner betraten den Kirchhof, senkten das Haupt, knieten nieder und merkten gar nicht, wie ihr Siegeskandidat sich aus dem Staub machte. Er lief nach Hause in die Muresch-Gasse, wo er den Garten seiner Kindheit aufsuchte. Leer und trostlos stand das Haus. Radu schritt übers taunasse Gras, und seine Schritte hatten so viel Gewicht, dass er sie zu hören vermochte. Grillen wagten ab und zu ein herbstliches Konzert, dann ertrank alles in der Stille der Nacht. An jenem Ort wurde nicht gefeiert. In der Ferne, an irgendeiner unbekannten Straßenkreuzung hörte man Böllerschüsse eines selbst gebastelten Feuerwerkes. Dann wieder der Halbmond hinter den Wölkchen. Radu fand den alten Kirschbaum, in dessen Krone er einst als Kind ein Baumhaus bewohnte, und befühlte die Rinde. Vorsichtig zog er eine Schicht ab und legte sie sich auf die Stirn. Beim Abtasten fand er verrostete Nägel, die noch aus der Zeit seiner Kindheit stammten und halb herausragten, sie hielten einst das Baumhaus zusammen. Er war im Paradies seiner Kindheit, aber er war so unglücklich wie noch nie zuvor. Warum müssen wir erwachsen werden, und wohin führt das ganze Leben, wenn es nur aus Politik und Geld besteht? Er hörte erneut die Feuerwerke und richtete seinen Blick nach oben. Jetzt schießen sie das Feuer in die Luft, aber morgen treiben sie's mir in den Hintern, ist doch so … Eine Grille gab ihr Lied nicht auf, verborgene Fäden hielten Radus Gedanken zusammen. Er setzte sich ins taunasse Gras und lauschte dem Zirpen, Spinnweben umgarnten seine Hand. Die Fäden glänzten durch winzige Wassertropfen. Ein verzaubertes Licht umhüllte Radu so langsam, dass er es kaum merkte. Es wurde ihm warm ums Herz. Aus den Tiefen des Gartens seiner Kindheit erschien sein Vater in einem dunkelgrauen Anzug, so wie Radu ihn aus den guten Tagen kannte. Er rauchte eine Zigarre und blies den Rauch aus einem Mundwinkel. Radu versuchte das Bild mit den Augen festzuhalten. Obwohl der Vater zwar leise, aber deutlich sprach, bewegte er nicht die Lippen:

„Mein Sohn, hol das Odessa-Gold für unseren Stamm. Drei Menschen verstecken es.“
„Wo ist es, Vater?“, fragte Radu verblüfft.
„Hinter den Augen einer Ikone“, flüsterte der Vater fast tonlos.
„Welche Ikone, wo denn?“
„Pass gut auf dich auf, es liegt ein Fluch über dem Gold, mein Sohn …“
„Wer sind die drei, sag's mir im Namen unserer Sippe, Vater!“
„Du darfst nie im Leben jemanden beim Sprechen unterbre…“
Das Gartentor ging auf, Radu hörte Schritte auf dem Gras. Er versuchte das Bild seines Vaters in der Lichthülle beisammenzuhalten und gleichzeitig die Gestalt, die auf ihn zukam, zu erkennen. Er wollte etwas sagen, aber vergeblich. Dann klappte es ja vielleicht mit einer Fluchformel seiner Großmutter: „Es käme die Sintflut und nähme mit deinen Hut, und du darunter, frisch und munter, auf dem Weg mit etwas Geld, für den Zoll in die andre Welt.“ Aber während er sprach, verschwand das Phantombild.
„Gib dir keine Mühe, ich bin's“, Radu erkannte seinen Bruder Relu. „Nicht schießen, das wäre kein guter Start als Politiker!“
„Ah, du hast mich vielleicht erschreckt!“
„Was spricht Vater?“
Radu wusste nicht, ob Relu das Gespräch gehört hatte, er wusste auch nicht, ob er ihn umarmen sollte.
„Du hast die Szene mitbekommen?“
„Was hat er gesagt?“, fragte Relu ungeduldig.
„Er wollte mir gratulieren …“

„Klar, du warst ja auch immer sein Liebling!“, flüsterte Relu spöttisch.
„Brav die Suppe ausgelöffelt … Ich hoffe doch, du hast ihn auch gesehen im Kirschbaum?“, tastete Radu weiter in der Ungewissheit.
„Haj siktir! Du warst immer die traurige, zurückgezogene Wasserleiche. Und ewig kränklich“, sagte Relu verachtend, ohne auf die Frage seines Bruders einzugehen.
„Was konnte ich dafür?“ Radu war nun sicher, dass sein Bruder keine hellseherischen Fähigkeiten besaß. Der Vater zeigte sich also ihm allein.
„Welche Sorgen der sich um dich gemacht hat, wie rührend er dich gepflegt hat, was macht mein Răducu … Du konntest dich halt einschmeicheln, seine Träume bestätigen.“
„Ein Rom, der nicht träumt, ist eine nasse Krähe auf einem kahlen Baum. Ich glaube, er ist noch unter uns, rede nicht so in seiner Gegenwart!“
„Dann soll er's hören. Er hat nur dich geliebt … Aus dem wird noch was, Flieger oder Ingenieur, oder sogar Buchhalter, hat er gesagt. Dann riet er dir ab, Offizier zu werden“, meinte Relu bissig.
„Dafür hat Mutter vor allem dich und Sile geliebt!“
„Ich hätte einen starken Vater gebraucht, einen, der mir sagt, wo's langgeht, verstehst du, alleine kam ich nie auf gute Ideen. Was hab ich nicht getan, um ihm zu imponieren! Die tollsten Pferde hab ich für ihn geklaut, Gold verkauft, wenn er Geld brauchte. Ich bekam aber höchstens ein Lächeln als Belohnung.“
„Es hat ihn genervt, dass du so langsam warst …“
„Du dagegen hast lange hinter dem Ofen gelümmelt wie der junge Königsohn, du warst immer faul, zögerlich …“

„Aber dann hab ich auch zugeschlagen, wenn das Leben rief. Wie heute, mein Bruderherz!“
„Nichtsdestotrotz, ich bin stolz auf dich, Brüderchen, dass du es geschafft hast! Kurav mo kham!“
„Tja, wir können nicht ewig Pferde klauen …“
„Heute gibt’s Autos, man soll ruhig die schönen deutschen Schlitten fahren, schöne Frauen ausführen …“
„Es gibt noch Lieder zu singen, Relu …“

## Welt ohne Liebe, aber mit Tanzbär

Das Jahr ‘94 lebte von der Routine des politischen und wirtschaftlichen Chaos. Die wenigsten Erwartungen der Menschen gingen in Erfüllung, man lebte von der Hand in den Mund, man jammerte und kratzte sich dabei, denn jedes Jucken hatte eine politische Ursache. Die Speisekammer war nach wie vor gefüllt, aber die Inflation lag auf den Tellern, kroch durch Läden und Straßenbahnen und wirbelte den Stadtrat oft genug zu Krisensitzungen auf. Keiner wagte es, die maroden Staatsbetriebe zu übernehmen, ausländische Investoren wurden vom Dickicht der Bürokratie abgeschreckt, der Staat ließ die Produktion so vor sich hinplätschern, wobei die Gehälter mit erheblichen Verzögerungen an die Bürger ausgezahlt wurden. Das Land erinnerte an einen Schrottplatz. Trotzdem ließen sich, obzwar halbherzig, Banken, ein Daimler-Benz-Zulieferer und ein paar französische und belgische Konzerne in der Stadt nieder. Man wollte sich vorsichtig an diese Region am Rande Mitteleuropas oder am Rande des Balkans herantasten.

Radu fühlte sich in seinem riesigen Büro im Stadtratsgebäude eingeengt, ihm fehlten die Weite der Felder an der Temesch, die Auen mit den wilden Weiden, die Lagerfeuer an den Sommerabenden mit Tellermusik, Schnaps und Pferdegestank. Dafür hatte er drei Tage in der Woche Sprechstunden. Der Wartesaal war immer überfüllt. Im Glashäuschen der Pforte saß ein betagter Ungar. Würdevoll trug er seine dunkelblaue Uniform. Wie an jedem Dienstagnachmittag erschien ein ungeordneter Pulk von Roma, die ihre Wünsche im Herzen trugen und nun eben diese Herzen wie Mülleimer leeren wollten:

„Gruß, Laci Bácsi, deiner Frau ein Küss-die-Hand."

„Und Gesundheit für deine Familie und Enkel, die Süßen, wie machen die sich denn?"

„Ihr wart doch schon letzte Woche da, was wollt ihr noch?"

„Nein, nein, das waren andere, wir haben Probleme, die wir mit dem Herrn Stadtrat Gabor besprechen wollen."

„Ja, der hat immer ein Ohr für uns. Sie verstehen, wir haben's nicht leicht in der heutigen Zeit."

„Das Geld ist wenig, der Kinder viele, wir brauchen da … Astinenz!"

„Das heißt Assistenz, oder Beratung", mischte sich einer mit Abitur ein.

„Aber ich kann euch nicht alle reinlassen, es gibt klare Vorschriften!", erwiderte der Beamte.

„Wir sind ja nicht mit leeren Händen gekommen, so etwas macht man nicht, oder, Jungs?!"

„Wir haben dir was von der letzten Ernte mitgebracht, Onkel Laci!" Einer der Roma reichte dem Pförtner eine lange grüne Schnapsflasche.

„Das ist Bestechung und wird nach Paragraph 56 strafrechtlich verfolgt! Ihr Hundskerle!“
„Auf die Augen meiner Kinder, tu uns das nicht an, lass mir noch Zeit, dass ich mein Weib durchprügeln kann“, jammerte ein alter Eisenbahner.
„Wisst ihr, Jungs, ich trinke nie im Amt, damit habt ihr nicht gerechnet, gebt es zu!“
„Du kannst die Ampulle ja nach dem Dienst trinken, ist doch nichts dabei. Der ist so stark, dass deine Frau nichts mehr zu kochen braucht. Wenn du trinkst, merkst du gar nicht, dass du nichts gegessen hast!“
„Lass uns doch rein, auf die Augen meiner Kinder!“
„Das hab ich mir noch nie überlegt … Dann trink ich ihn halt zu Hause, und ihr geht rein, aber Ruhe, da ist ‘ne Sitzung im ersten Stock, und geht nicht über den roten Teppich, sonst krieg ich Knatsch mit der Putzfrau.“
Alle liefen über den roten Teppich, der die Marmortreppe wie Salami-Scheiben belegte. Sie tänzelten und waren glücklich, die Machtzentrale der Stadt betreten zu dürfen.
„Hat euch das gefallen, Jungs? Man muss nur mit den Menschen reden können“, konstatierte der Rädelsführer.
Eine drei Meter hohe gepolsterte Tür trennte den Warteraum von Radu Gabors Audienzzimmer. Schüchtern öffnete einer der Roma die schwere Tür, klopfen wäre sinnlos gewesen.
„Wir möchten gerne den Herrn Consilier municipal sprechen, wir hätten gerne einen Rat, Herr Gabor!“
Radu erhob sich zögernd vom Ledersessel und ging auf die Tür zu. Eine Kaskade von Worten und Sätzen ohne Sinn stürzte auf ihn ein:

„Küss die Hand, Herr Präsident …“, sagte einer mit dem Verstand einer Mastgans, „ich bekomm seit drei Monaten meine Rente nicht!“
„Was soll das? Ich bin doch dazu da … Wir sind unter uns“, beschwichtigte Radu die Schieflage.
„Hab ich doch gleich gesagt! Der hilft uns, der vergisst nicht, aus welchem Loch er gekrochen ist!“, brüllte lachend ein Dicker mit einem schmalzigen Lächeln.
„Tja, im Rahmen meiner Möglichkeiten …“
„Mir haben sie den Garten konfisziert und sogar eingezäunt, so dass die Hühner nicht mehr rein können. Die meinen, ich hätte keine Papiere für das Grundstück und sie müssten mit dem Baggern anfangen, so Scheißblocks sollen drauf kommen, in der Nähe des Südbahnhofs.“
„Ja, bist du denn im Grundbuch eingetragen?“
„Ich wollte gerade tun, was mein Vater versäumt hatte, ich fresse dir die Augen, da kommen die und fahren ihre Maschinen in meinen Garten, sokhardea!“
„Ohne Papiere läuft nichts heutzutage“, erwiderte Radu schroff.
„Tja, wen könnte man denn schmieren, weißt du, damit es läuft und meine Kinder in Ruhe schlafen können?“
„Herr, stell dir vor“, mischte sich ein anderer ein, „meine Piranda haut mir ab, und jetzt hab ich die vier Kinder alleine am Hals, wie soll ich die füttern, kannst du mir das sagen, Chef?!“
„Du hättest sie besser bedienen sollen, wenn du verstehst, was ich meine, nicht erst nachts nach Hause kommen“, stellte der Dicke fest.
„Aber sie stank aus dem Rachen! Xas me pelé!“
„Die hat zu viel gebrüllt“, folgerte ein anderer.
„Und böse ist sie, Gott verzeih ihr die giftige Zunge!“

„Bei uns ist die Kanalisation verstopft, seit acht Monaten, keiner kümmert sich drum …“, jammerte Gogu.
„Und in der Straße ist die Beleuchtung völlig tot …“
„Kennst du keinen, der einen Job hat, nicht für mich, für meinen Schwiegersohn, der muss meine Tochter ernähren, die ist schon wie ein Strick, so dünn, nur noch Haut und Knochen.“ Radu kannte dieses Jammern allzu gut. Mit höflicher Gelassenheit bat er seine Stammesbrüder der Reihe nach in sein Arbeitszimmer. Doch viel Zeit nahm er sich für keinen.

Swetlana war inzwischen aus Wien zurückgekehrt und hatte ihre Arbeit in der Kanzlei wieder aufgenommen. Radu wirkte an diesem Abend deprimiert und verunsichert, er brachte eine Schnapsflasche mit, als wolle er sich besaufen.
„Sei mir nicht böse, ich kann deinen Ferrari nicht mehr trinken!“
„Das musst du auch nicht, aber du meinst bestimmt Campari?“
„Swetlana, Schatz, ich weiß nicht, was ich falsch gemacht habe mit der Siedlung … Ich muss immer noch Geld reinstecken, es ist bodenlos. Die Leute wollen einfach nicht die Chance wahrnehmen. Sie wohnen zwar billig da, aber sie kommen immer noch in die Stadt und treiben ihre Gaunereien. Es gibt halt keinen Ärger mit den Nachbarn mehr …“
„Und das Sportgelände? Und dein Hotel?“
„Bevor das lief, musste ich die ‚Solventul‘ schließen. Dann hatten wir im letzten Sommer zwar Gäste, aber unsere Leute konnten es nicht lassen: Die haben ihnen die Tennisbälle geklaut und die verschwitzten T-Shirts vom

Balkon. Sie hatten nichts zu tun und hingen von morgens bis abends auf dem Gelände herum. Die Idylle ist gestört, es kommen nur noch Chefs mit ihren Sekretärinnen auf ein Date. Die Hälfte der Zimmer steht leer, die andere ist zum Stundenhotel mutiert. Und keine Investoren weit und breit."

„Dein schöner Traum … Vor zwei Jahren hast du eigenhändig die Wasserleitung gelegt … Was ist nur los?"

„Das war meine Frage!"

„Du stehst am Anfang, wie im Morgengrauen da, wo die Träume schwinden, wo die Nebelschleier alles so unbegreifbar machen, so … unecht", rätselte die Prinzessin.

„Ich versteh es nicht! Ist der Zeitpunkt falsch gewesen …"

„Der Ort, das Land … vielleicht die Menschen!"

„Alles läuft schief: meine Umsiedlungspolitik, die Geschäfte in der Siedlung liegen brach. Jeder will das schnelle Geld und macht sich vom Acker. Neulich hörte ich, da treibt sich jemand herum in der Siedlung und bezahlt die Leute, damit sie ausziehen und ihre Häuser aufgeben. Wenn ich den erwische!"

„Die Welt lässt keine Experimente zu, Radu, sie ist ein schlechter Zuhörer!"

Die Stromversorgung der Stadt musste unbedingt saniert und einer AG übergeben werden. Die Turbinen an der Bega ließen nur noch Schlamm auf die siebzig Jahre alten Räder fallen, und in Jugoslawien war Krieg, der Strom wurde also knapp. Radu war Mitglied des Energieausschusses, der sich der Sache annahm und an diesem Morgen tagte. Er kannte Leute in der Stadt, die in die Stromversorgung investiert hätten, allerdings musste ein klares Konzept vorgelegt werden.

Der ungarische Pförtner öffnete keuchend die hohe Tür, ohne anzuklopfen:

„Basza meg, da ist ein riesiger Bär, er wünscht Sie zu sprechen, Herr Consilier."

„Wer, der Bär?"

„Nein, er behauptet, er wäre Ihr Bruder, das kann ich nicht glauben!"

Radu glitt die breite Treppe hinunter, an deren Ende, größtenteils auf der Straße, eine chaotisch gestikulierende Menschenmenge stand. Ein paar hilflose Polizisten waren darin zu erkennen und ein riesiger, lebendiger Braunbär, dessen Bewegungen alles andere als freundlich waren. Ganz offensichtlich war er Menschen nicht gewohnt, außer einen – und den konnte Radu nun auch erkennen: seinen Bruder Bukefalos.

„Bruder Radu, wie freut sich mein Gaumen, wieder mal mit dir einen Schnaps zu trinken, kurav mo kham! Viel Wasser ist die Bega hinuntergeflossen seit …"

„Bist du echt oder spukt mir ein Bild aus alten Zeiten?" Radu ohrfeigte seinen Bruder zur Begrüßung, während die Leute Platz machten und der Bär angriffsbereit jede Bewegung von Radu registrierte: „Das für deine Abwesenheit und diese da, um zu sehen, ob du echt bist!" Buke wehrte die heftigen Ohrfeigen nicht ab.

„Mit dem Herzen war ich doch immer bei euch, und das Schreiben ist nicht meine Stärke …"

Ein Polizist mischte sich ein:

„Herr Consilier, ist das Ihr Verwandter? Wir mussten ihm leider einen Strafzettel ausstellen, und er kann ihn nicht

bezahlen. Er hat Sie im Gespräch erwähnt, gar mit Ihrem Namen gedroht. Deshalb sind wir hier."
Die versammelte Menge hatte große Fragezeichen in den Gesichtern.
„Ja, beißt der jetzt?"
„Ist das ein Zirkusbär?"
„Kann der was?"
„Was fressen die? Kommt der aus den Karpaten?"
„Das ist der schlaueste Bär in ganz Rumänien. Er kann einen Fernseher anmachen, Kaffee einschenken, übers Feuer springen und tanzen wie eine Primaballerina an der Moskauer Staatsoper!" Das Gelächter in der Menge reizte den Bären. Der Blitz einer Kamera war nicht zu übersehen.
„Laci-Bácsi", wandte Radu sich dem Pförtner zu, „mach mal Ordnung hier, wir müssen mit den Herren von der Polizei nach oben gehen, um die Sache ins Reine zu bekommen, kannst du den Bären so lange hüten?"
„Das Ungeheuer hier? Nie im Leben, basza meg, wir haben keine Erfahrung mit Bären, was sagt meine Frau, wenn ich nach Bär stinke?"
„Der kommt mit uns hinauf, gar keine Frage, ich trenn mich nie von ihm!", machte Buke die Sache endgültig.
„Also dann, vielleicht können die Herren Polizisten helfen, und oben wird alles geklärt", zog sich der Pförtner aus dem Schlamassel. Die Polizisten folgten vorsichtig dem Bären auf dem roten Teppich und schlugen einen unbekannten Takt mit dem Gummiknüppel in die linke Hand. Die Roma, die gefolgt waren, mussten vor der schweren Tür im zweiten Stock warten. Der Braunbär hatte am Stadtrand einen Truthahn angegriffen und getötet; wahrscheinlich war der Hunger sein Beweggrund. Da

Buke und Bär sofort auffielen, wurde die Polizei alarmiert und beide vom Besitzer des Truthahns angezeigt. „Der Vogel war schon tot, von einem Auto angefahren, als ich ihn fand“, verteidigte sich Buke, „und da mein Bär hungrig war, nahm ich ihn mit der Schaufel von der Straße auf!“

„Sie wurden aber mit dem lebendigen Truthahn unter dem Arm gesehen.“

„Na, ein bisschen hat er schon noch gezappelt, aber würden Sie leidende Tiere zappeln lassen? Da dachte ich, Kopf ab!“

Radu feilschte noch eine Weile mit den beiden Polizisten, dann bezahlte er die Strafgebühren, küsste seinen Bruder noch einmal und bot ihm einen Schnaps an. Gerade als er die Tür abschließen wollte, um nicht im Regierungshaus beim Trinken erwischt zu werden, steckten ein paar Roma ihre Köpfe hinein. Schüchtern fragte einer: „Wir wollten nur mal fragen, wie's dem Bären geht, hat er alles, was er braucht?“

„Kommt, Jungs, ihr macht mir Probleme, verpisst euch, geht nach Hause!“, brüllte Radu.

„Hör dir das mal an, habt ihr das gehört? Dem ist's zu Kopf gestiegen.“

„Verpisst euch, sag ich, das ist doch ein klares Wort!“

„Und wir haben ihn gewählt, unsretwegen sitzt er jetzt in so einem geilen Zimmer!“, wehrte sich ein Vetter von Radu.

„Ich kannte ihn schon, als er noch unter den Maulbeerbaum gepinkelt hat“, stellte Gogu fest.

„Mach ich heut noch!“, brüllte Radu.

„Unsere Mütter haben die Unterhosen auf der gleichen Leine im Hof getrocknet. Xal je macka tje pelé“, gab ein ehemaliger Nachbar seinen Senf dazu.
„Falls du eine Unterhose hattest!“, warf ihm Radu hinterher.
„Hört ihr den Hochnäsigen? Ohne uns wäre er ein Nichts!“
„Ich hab mir extra einen rumänischen Pass machen lassen, nur um ihn zu wählen“, rief einer in die Debatte.
„Wir haben heut Demokratie …“
„Und jede Menge Frechheit. Kommt rein! Wir sagen, ihr habt eine Audienz bei mir“, beschloss Radu, überrascht von der Unverfrorenheit seiner Leute. Aber er liebte sie, so wie sie waren, und schließlich konnte man heute, an einem solchen Glückstag, mal eine Ausnahme machen. Seine Amtskollegen lutschten ja auch ab und zu während der Arbeitszeit an einer Cognacflasche.
„Setzt euch, wo ihr Platz findet, aber die Aschenbecher und die Elefanten aus Ebenholz bleiben hier!“, sagte Radu in scharfem Ton. Die Roma prüften den roten Perser mit Tiermotiven auf seine Echtheit, nickten staunend und setzten sich vorsichtig darauf.
Buke war froh, dass die Sache mit dem Truthahn glimpflich über die Bühne gegangen war. Er war unrasiert und wirkte wie ausgebleicht, er hatte etwas von seiner strahlend metallischen Schwärze verloren, und allein in den Gesichtsfalten, die sich nach innen rollten, war er dunkelbraun, als wäre die Farbe dort hineingelaufen. Er zog seinen braunen Ledermantel aus. An den Gelenken war das Leder trocken und brüchig. Die Klauen von Ursu, dem Bären, waren deutlich darauf zu erkennen. Buke zog eine Hühnerkeule aus der Manteltasche und reichte sie

seinem Bären, der sofort danach schnappte, ohne seinen Herrn auch nur eines Blickes zu würdigen.

„Wo hast du dich herumgetrieben, Bruder, wie viel Gold floss durch deine Finger in der Fremde?“, fragte Radu.

„Meine Geschichte ist lang, zwei Jahre floss Wasser die Temesch hinunter, ohne dass ich sie gesehen hätte. Heimweh plagte mich wie ein Bandwurm, der die Eingeweide auffrisst. Ich fand irgendwann den Zirkus ‚Humberto', der viele Tiere besaß und viele Nummern im Programm hatte, aber trotzdem immer in Geldnot war. Wir zogen durch Rumänien, Ungarn, Polen, Österreich, Slowenien und durch Tschechien, einmal gastierten wir auch in Triest. Das Zelt war fast immer halb leer und wir machten Sonderdarbietungen in den Städten und Dörfern, indem wir auf den Marktplätzen mit Jongleuren oder mit Tieren Kleinigkeiten zeigten. Zuerst putzte ich die Käfige, dann fand ich Freude an Ursu, der mich schnell lieb gewann. Ich saß stundenlang vor seinem Käfig, dann drinnen bei ihm. Ich teilte sozusagen meinen Lohn mit ihm, denn er bekam immer Leckerbissen von mir, Marzipan, Honig, Spaghetti und so Zeug. Dann merkte ich, dass der Bär mir gehorchte, und ich wagte es, mit ihm an der Leine aufzutreten. Aber sein Dompteur war neidisch auf mich und wollte sich rächen. Er gab Ursu eine Spritze, die ihn wild machen sollte, und wollte ihn auf mich hetzen. Er schloss den Zwinger hinter sich ab, in dem ich mit dem Bären war, und ich hatte keine Ahnung von nichts. Es war keine leichte Nacht, der Bär wollte mich tatsächlich zerfleischen. Gegen Morgen schliefen wir beide todmüde ein, ich in seinen Armen. Der Bösewicht kam, öffnete die Gittertür und rief um Hilfe. Er dachte, ich wäre tot. Da durchschaute ich sein

Spiel. Aus Angst vor der Zirkustruppe machte er sich aus dem Staub, und mir blieb der Bär. Nach einem halben Jahr traten wir zusammen in der Arena auf: Das war der schönste Tag in meinem Leben! Es war im April '93, in Budapest. Eine Seiltänzerin, Rosa, lachte so viel an jenem Abend, dass sie beinahe nicht auftreten konnte. Sie wollte mich nach der Aufführung sehen. Wir trafen uns im Dreck zwischen den Zirkuswagen, es goss wie aus Kübeln und wir verliebten uns ineinander bis über beide Ohren. Meine Seele tanzte nur so über dem großen Zelt und Ursu tanzte mit. Ich reiste durch die Welt und sie gehörte mir, egal, ob die Welt rund war oder flach wie ein Palatschinken, aber heute glaub ich schon, sie ist rund. Man verliert so viel im Leben: Kurel tu mo phhral, wo rinnt denn alles hin, was man so verliert, habt ihr euch das schon mal gefragt? Nach einigen Wochen hat Rosa mit mir gepennt, ich glaub', es hat ihr gefallen", er lachte dreckig, „und gleich darauf hat sie ihren versoffenen Mann zum Teufel gejagt. Ich hab mich bei ihm entschuldigt wie ein Gentleman und ihm alle meine bescheidenen Ersparnisse geschenkt, er möge doch damit ein neues Leben anfangen. Er wollte es nicht, das neue Leben, und verschwand in die Nacht. Vor der Csepel-Donauinsel fand man die Wasserleiche. Zu viel gesoffen, meinten die Bullen, ausgerutscht! Wie auch immer, der Kerl tat mir leid. Nach der Trauerzeit, so etwa nach einer Woche, zogen Rosa und ich zusammen in einen Zirkuswagen – die Kumpels hatten ihn für uns frisch gestrichen – und lebten glücklich miteinander, obwohl uns manchmal der Magen ganz schön knurrte. In Wien ging ich mit einem Rom aus Moldawien auf Futtersuche, denn die Preise waren schwarz wie die Sünde. Also schnappten wir uns vier

Schwäne aus einem Park, schnitten ihnen die Kehle durch und brachten sie ins Lager. Sie wurden als Gänse serviert, aber sie schmeckten wie Leder. Wir mussten sie mit Rotwein runterspülen. Ach, das waren Zeiten! Mit dem Direktor ölten wir uns oft genug die Kehle, um die Lieder der Ferne zu singen. Bis er ein paar Pferde-Leute entlassen wollte und einen Clown, der die Zuschauer immer zum Weinen brachte. Mein Gott, der war witzig im Leben, aber in der Arena schlotterten ihm die Beine vor Angst. Kurz und gut, der Mann drehte durch und zündete an einem Herbstabend, kurz vor der Winterpause, das Zirkuszelt an. Zum Glück verbrannte sich keiner das Haar, aber die meisten Tiere rissen aus. Ich verfolgte sie mit meinem Ursu in den Straßen von Bratislava und ärgerte mich maßlos über so einen blöden Zebra-Hengst, der an allen Cafés vorbeirannte und sich nicht von mir fangen ließ, von mir, dem größten Pferdedieb aller Zeiten. Aber schließlich blieb das Biest an einer Ampel stehen und ich schnappte mir das Zebra auf dem Zebrastreifen, das blöde Vieh konnte sich nicht entscheiden, ob schwarz oder weiß, ob vorwärts oder rückwärts."

Alle lachten, ohne sich aus dem Zirkuszauber herausreißen zu lassen, und keiner hätte auch nur im Traum die Wahrheit der Geschichte in Frage gestellt.

„Nur mit größter Mühe haben wir zusammen den Zirkus wieder aufgebaut. Monatelang kein Gehalt, das Zelt kostete zwölftausend Mark. Dann verrenkte sich Rosa ein Bein und bangte um ihren Job. Plötzlich wollte sie ein Kind von mir, ein Haus und eine Familie. Ich hatte auch gegen all das nichts einzuwenden, erklärte ihr aber, dass ich zuerst nach Hause muss, um ein paar Sachen zu regeln."

„Und der Bär?“
„Humbertus hatte Schulden bei mir, über sechs Monate kein Gehalt, also hab ich mir den Bären gegriffen und dem Boss mitgeteilt, dass wir, ich und Ursu, nun die Nase voll hätten. Es hat sich keiner gerührt, als wir fort sind, aber geflucht haben sie alle, das kann ich dir sagen“, folgerte Buke.
„Wo ist deine Rosa jetzt?“, fragte Radu.
„Rosa ist bei Verwandten in Szeged geblieben, bis wir hier eine Bleibe haben, ein kleines Häuschen mit Garten, und dann mach ich ihr einen Haufen Puradej.“
„Die Häuser sind teuer geworden, aber es wird sich schon was finden.“
Die Männer hatten noch jede Menge Fragen und sie freuten sich wie Kinder über Bukes Geschichten. Die Ferne, die nach Zirkus roch, nach Tierschweiß, Heu und nach Pferdeäpfeln! Am späten Nachmittag schlichen alle an Laci, dem Pförtner, vorbei, der den Kopf auf seinen rechten Arm gestützt eingeschlafen war.

Radu stürmte in das Zimmer mit Blick zum Rosenpark. Er strahlte wieder. Abgesehen davon war er leicht beschwipst, sein Haar wirr und der Krawattenknoten saß ihm fast im Nacken.
„Stell dir vor, Swetlana, unser Buke ist wieder da, mein Halbbruder ist zurückgekommen! Mit einem riesigen Bär!“
„Ich dachte, ihr seid alle vernarrt in Pferde.“
„Das sowieso, aber der Zirkus war bankrott, und weil sie Schulden bei ihm hatten, bekam er den Bären.“
„Ach ja? Ist das seine Erklärung?“, fragte Swetlana skeptisch.

„Für Buke leg ich die Hand ins Feuer, der war immer ehrlich zu mir!"
„Und wieso ist er ohne was zu sagen vor zwei Jahren verschwunden?"
„Tja, die große Liebe, das kannst du doch verstehen, oder?"
„Und was ist draus geworden?"
„Er hat sie in Szeged zurückgelassen, die Kleine ist wirklich süß, eine Rothaarige, sie war Seiltänzerin, herrliche Beine hat sie!" Swetlana gähnte und nippte auffallend desinteressiert an ihrem Glas. Dann machte sie den Fernseher an. Radu kam nicht wieder auf den Boden vor Freude und fand Swetlana reizend in ihrer ablehnenden Haltung. Ein verstohlener Blick in den Ausschnitt ihres dunkelgrünen Abendkleides und seine hitzige Phantasie genügten, um ihren Busen, der bei jeder Bewegung sich von einer anderen Seite zeigte, zu einem Objekt heißer Begierde zu machen. Radu begehrte Swetlana wie damals im Swimmingpool, ja, wie am ersten Tag. Und sie duftete so verrückt! Aber er liebte sie nicht in jenem Augenblick, seine ganze Liebe war bei seinem Stiefbruder Buke. Er fummelte an ihrem Kleid herum, und es dauerte lange, bis er die winzigen Knöpfchen aufbekam. Sie lag auf dem Bauch, und er küsste sie vom Nacken bis zu den Waden. Währenddessen schaute sie mit viel Interesse Hitchcocks „Das Fenster zum Hof" im Fernsehen. Hin und wieder nippte sie an ihrem Cocktail, ohne sich um Radus Liebkosungen zu scheren.
„Psst, leck nicht wie ein Dackel, ich will den Film sehen, ach Mensch, lass das!"
„Du bist selber schuld daran, du machst mich … mmh!"
„Muss das sein? Hast du mich gefragt, ob ich will?"

„Was kann ich denn dafür, dass du so schön bist!"
„Hör doch auf damit!"
„Du reizt mich … bis in die Hölle!"
Radu versuchte, Swetlanas Höschen herunterzuzerren, aber sie kreuzte die Beine und wehrte sich dagegen, ohne den Bildschirm aus den Augen zu verlieren.
„Kannst du nicht mal stillhalten, das geht mir zu weit!"
„Ich bin doch auch nur ein Mann, was kann ich dafür?"
„Geh und nimm eine Dusche, du stinkst nach Kneipe."
„Sag das nicht noch einmal!"
„Stell dich jetzt unter die Du…"
„Xas me pelé!"
„Tu, was ich sage, ich mag jetzt nicht!"
„Gut, aber dann …"
„Wenn der Film aus ist, dann reden wir weiter!"
„Dann reden wir nicht, dann zeig ich's dir, Baby."
„Charmant! Zigeuner bleibt Zigeuner, da ist nichts zu machen …", grummelte Swetlana vor sich hin, während sie eine Decke suchte.
Radu ging zu Swetlanas Überraschung tatsächlich unter die Dusche. Er war verletzt und sie wusste das. Über eine Stunde verbrachte Radu im Bad, er probierte alle Parfums aus. Wenn ihm eins nicht gefiel, legte er sich erneut ins Badewasser, und dies etwa fünfzehn Mal. Dann schrieb er mit Rasierschaumspray „Ich liebe dich" auf den Spiegel. Als er das Bad verließ, lag Swetlana nackt und abwesend auf dem Sofa. Ihr Blick war starr, als hätte sie ein Gespenst gesehen. Mitten im Raum stand eine Statue des indischen Gottes Shiva, daneben ein Behälter mit Räucherstäbchen. Ringsherum brannten Kerzen, die einzige Lichtquelle im Raum. Es roch nach Sandelholz. Swetlana starrte auf einen Punkt irgendwo an der Decke.

„Radu, warum hast du den Namen der Göttin mit ins Grab genommen, warum?"
„Ich? Du bist meine Göttin."
„Die Indusüberquerung! Es kann doch nicht sein …"
Die Kerzenflammen neigten sich wie bei starkem Wind.
„Und wer war der Mörder?", fragte die Prinzessin.
„Ich glaube, ein Araber."
„Was heißt, du glaubst es?" Ernüchtert stand Swetlana auf, zog sich Bluse und Jeans an. Radu konnte kein Wort artikulieren. Swetlana lachte: „Mein Gott, wie du duftest!"
„Bei der Indusüberquerung ist etwas passiert Ich konnte nie die Göttin an dieser Stelle verstehen!"
Sobald Swetlana zu landen versuchte, stellte sich bei ihr eine schreckliche Leere im Magen ein. Sie konnte ihre Erfahrungen nicht mit der Person, die mit entblößtem Oberkörper vor ihr stand, in Einklang bringen. Er sollte das Volk aus der Urheimat rausgeholt haben, dieser grüblerische, selbstsüchtige Provinzpolitiker? Den sie einst wegen seines Feuers in den Augen und wegen seines Rabenfeder-Schnurrbartes geliebt hatte? Sie kannte ihn allzu gut. Eigentlich hasste sie ihn und wollte ihn nur demütigen.
„Ich bin so traurig. Sing mir was, ja, sing etwas, wenn du deine Prinzessin gebührend im Herzen trägst!"
„Ich küss dir lieber den Nabel, o. k.?"
„Ach, bitte sing doch, ich bin so traurig heute und so einsam", forderte sie mit affektierter Stimme wie ein tyrannisches Kind.
„Kann ich nicht!"
„Du sollst ein Lied singen! In euren Kneipen, auf den Hochzeiten, überall wird gesungen und du treibst dich

doch schon ein Leben lang da rum … Irgendwas wird doch in deinem Schurrbart hängen geblieben sein!“

„Mein Schatz, ich hab da immer gesoffen, hab nie so richtig aufgepasst!“, erwiderte er resigniert.

„Ein Rom, der nicht singen und spielen kann, ist wie eine tote Krähe auf einem Zaun! Du bist kein Rom!“

„Nimm den Mund nicht so voll, Weib!“

„Sing was, Krähe, oder nimm die Geige aus dem Schrank!“

„Ich bin sehr ungeschickt auf der Geige …“

„Dann sing, du bunter Schlammvogel, sing, ich möchte, dass du ab jetzt mein Zigeuner bist, mein treuer Hund! Klar? Sonst läuft nichts zwischen uns!“

„Jetzt gehst du aber zu weit!“

„Kapierst du nicht? Es ist nicht mehr wie früher! Du kannst nicht mehr einfach kommen und mich vernaschen, um dann wieder abzuhauen und weiter in deinen trüben Gewässern rumzufischen! Wer kann schon wissen, was du da draußen treibst?“

„Komm auf den Teppich! Te del o beng andé tute´!“, fauchte Radu.

„Die Zeitung, in der dein Name steht, die landet bei mir sofort im Klo … Dein Gejammer, deine Zigeunerkloake, die du Siedlung nennst … Ach, ich kann das alles nicht mehr hören!“

„Du willst mich lieber singen hören?“

Swetlana hatte auch mächtig einen sitzen. Nun wurde sie fast ohnmächtig vor Zorn.

„Ein Zigeuner, der nicht singen kann!“, höhnte sie.

„Du bist wie eine Rose, deine Brustknospen blühen, wenn du verwirrt bist. Ich liebe dich, aber ich glaube, du hast es schwer. Mit dir!“

„Eine Rose! Frech wirst du auch noch – du Wurm, ha, eine Rose!" Sie holte eine besonders langstielige Rose aus der Vase. „Da, du sollst den Unterschied kennenlernen!" Swetlana prügelte auf seinen nackten Rücken los. Die Stacheln bohrten sich in sein Fleisch, Blutstropfen quollen hervor und übersäten die Haut mit Rubinperlen. Radu genoss diesen Augenblick, er war wie eine vage Erinnerung an die Zeiten, da er ihr noch hörig war, sie als seine Prinzessin angebetet und ihr seine ganze Seele wie ein Bärenfell zu Füßen entfaltet hatte. Er lachte hysterisch, während die Blüte, an der sie den Stiel hielt, sich in ihrer Hand öffnete. Sie öffnete sich und Swetlana betrachtete eine Weile die Blütenblätter in ihrer Hand. Dann streute sie die Blüte ihrer späten, verzweifelten Liebe über sein Lachen. Sie lachte mit. Radu wusste nun wieder, dass seine Liebe einen Sinn hatte. Danach küsste sie ihn und leckte ihm die Blutstropfen vom Rücken. Er schlief abermals auf dem Sofa im Wohnzimmer.

Am nächsten Tag suchte Radu eine Wohnung für Buke und telefonierte sich deshalb die Finger wund. Gegen Mittag war er unterwegs zur Verwaltungsakademie, wo er sich für einige Kurse einschrieb. Er hielt seinen weißen Hut in der Hand und ging schnellen Schrittes am Bega-Ufer entlang. Vielleicht reichte die Zeit für einen Kaffee im „Jazzclub" am Brückenbogen. Den Turm der orthodoxen Kathedrale drängte es nach einem angemessenen Spiegelbild in den Fluten des kanalisierten Flusses. Die Bega antwortete selbstgefällig, ganz mit sich beschäftigt, jegliche Romantik abweisend. Ihre Fluten waren gelbbraun wie die des Jangtse nach den Regengüssen im Frühling. Die Stilllegung der „Solventul" hatte nichts gebracht. Noch immer war der Fluss eine Kloake und die Neigung des Flussbettes gering, so dass der Schlamm schwer abfloss.

Vor dem Musiklokal stand eine bunte Menschenmenge. Mittendrin Ursu – er tanzte faul und gelassen ohne Kette. Seine blutunterlaufenen Augen bohrten sich müde in die Fluten der Bega, als wüsste er, welch eine geschmacklose Komödie hier gespielt wurde. Seinem Herrn zuliebe tat er alles. Buke fiedelte dabei. Er trug seinen alten Ledermantel. Seine Augenringe zuckten bei den höheren Tönen und die Gesichtsfalten lebten aus der Musik. Dann kam der Höhepunkt der Darbietung: Buke legte sich auf den Boden und das Tier tastete mit seinen Tatzen vorsichtig Bukes Rippen ab. Schließlich beugte sich der Bär über Buke, der immer noch fiedelte. Er hielt die Geige überm Kopf, und jeder Ton stimmte. Als der Csardas zu Ende war, leckte der Bär sein Gesicht, fast lag er auf ihm mit dem ganzen Gewicht. Kein Eckzahn war hinter der Zunge zu sehen. Beim Lecken stieß Buke ihm einen Bonbon ins Maul. Die Leute waren begeistert und im Geigenkasten sammelten sich klingende Münzen. Schon lange hatte man in Temeschwar keine Tanzbären mehr gesehen. Nach der Vorführung kaufte Radu ein Sandwich mit einem riesigen Salatblatt für Ursu und brachte Buke einen schwarzen Kaffee. Sie setzten sich auf eine Bank im Park; bald knabberte der Bär an seinen Krallen.
„Ihr seid Stars! Das ist gigantisch, Buke, was du dem alles beigebracht hast!"
„Um ehrlich zu sein, er mir. Ja, ist so, ich hab von dem Monster was gelernt."

„Warst du zu Hause? Was haben die anderen gesagt?“, fragte Radu interessiert.
„Ich habe Relu getroffen, er kam gerade aus den Staaten. Wusstest du, dass Tante Sidonia im Sterben liegt?“
„Ja, natürlich, seit zwei Jahren, immer mal wieder!“
„Der Pfarrer war da, ich weiß nicht …“ Buke schien besorgt zu sein.
„Sie darf nur nicht krepieren, bevor wir wissen, wo sie ihr Geld versteckt hat!“, schob Radu hinterher.
„Vater scheint auch sehr mitgenommen. Ich kann bei ihnen nicht wohnen. Hast du etwas für mich gefunden?“
„Ich glaube, das mit der Wohnung ist nicht einfach, ich wüsste zwar eine, sie wird aber erst in zwei Monaten frei.“
Radu hatte an diesem Tag keine Lust, nach Fratelia zu fahren. Tante Sidonias Sterberitual ekelte ihn an, er konnte im Gegensatz zu den anderen nichts damit anfangen. Er traf ein paar Freunde in der Stadt und gegen Abend besuchte er Swetlana. Da ihnen nichts Besseres einfiel, setzten sie sich auf die Terrasse und genossen den Spätsommerabend. Radu liebte es, wenn kein einziger Lichtschimmer durch Swetlanas pechschwarzes Haar drang. Er mochte es matt und klar, wie schwarzer Samt, der der Haut schmeichelt. Die Weiden im Hintergrund verformten sich im Wind. Swetlana sah meist über Radus Schulter hinweg, als peilte sie einen Punkt in den Weiden an. Sie liebte seine schwarzen Augen, doch vermochte sie nicht hineinzuschauen, allzu sehr verlockte der Abgrund. Jedes Auge, dachte sie, ist der Rand eines Abgrunds, hineindringen ein Abenteuer. Radu nippte an seinem Cuba libre.

„Ich besteche rechts und links, aber die Darlehenszinsen sind zu hoch. Wegen der Siedlung wird doch keiner ein Darlehen für dreißig Prozent aufnehmen!"
„Du brauchst einen richtigen Manager. Die Idee allein reicht nicht, selbst wenn sie gut ist. Sie schluckt bloß Geld!"
Radu ließ die Vorwürfe, die schneidigen Worte Swetlanas an sich herunterrieseln wie Herbstregen. Mit jedem neuen Satz von Swetlana nagte der Drachenfluss seiner Kindheit an seinen Eingeweiden. „Merkst du nicht, dass du am falschen Ort gräbst, mein schwarzer Schwan?", ließ er wieder über sich ergehen. Er war des Zuhörens einfach müde. Und doch gab ihm der Drache die Kraft zum Weitermachen. Im Wohnzimmer der Prinzessin roch es wie immer vornehm, und jede Ecke war von roten Rosen besetzt. Keine Freiräume, keine Stille. Selbst auf dem gläsernen Wohnzimmertisch brannten Räucherstäbchen, die keine weitere Aufgabe hatten, als Wölkchen in die Luft zu schicken, damit dort keine Freiräume entstünden. Swetlana machte den Fernseher an und suchte einen Sender, der von der gähnenden Leere in ihrem Herzen ablenken sollte. Als sie ein Programm länger als vier Minuten laufen ließ, nahm Radu die Fernbedienung und schaltete den Fernseher aus. Dann zog er sie so blitzschnell aus, dass sie keine Zeit hatte, zu protestieren. Sein Blick verharrte fast zu lange bei der tätowierten Tänzerin überm Knöchel, beinahe hätte Swetlana ihn gebissen. Radu schaute das Bild an, als wäre es zum letzten Mal, und küsste es leidenschaftlich. Dann streute er seine Küsse über die Prinzessin. Swetlanas Gedanken wuchsen über sie hinaus und zersplitterten. Ihr ganzes Wesen löste sich auf in seinem warmen Hauch. Als sein Atem ihren Nacken erreichte,

schrie sie auf. Swetlana musste sich hören, um sich wieder zu sammeln; Radu hielt sie oberhalb der Hüfte fest umschlungen.
„Wann hast du dir die Tempeltänzerin tätowieren lassen, wie alt warst du da?“, fragte Radu, als er bereits auf dem Rücken lag und seine Gedanken eigene Wege suchten.
„Sie ist nicht tätowiert, sie war immer schon da.“
Radu richtete sich vor Verblüffung auf und starrte sie an.
„Bist du mir böse wegen meiner großen Klappe? Ich möchte dich nicht verletzen“, flüsterte Swetlana. Ihre Reue klang ehrlich.
„So bist du nun einmal.“
„Ich musste nie lernen, mich auf andere einzulassen, ich hab immer alles bekommen, was ich wollte, wenn ich nur ein liebes Mädchen war. Wie merkwürdig, heute muss ich nicht mehr lieb sein und bekomme doch alles, was ich will!“
„Außer dass ich dir singe …“
„Du singst schon, aber nie meine Lieder, Radu, nie das, was ich hören will!“
„Es gibt noch Lieder zu singen auf dieser Welt … die Zeit der Lieder kommt erst!“
„Dann sing mir doch eins!“
Und Radu sang zum ersten Mal seit seiner Kindheit. Er erfand ein trauriges Lied, vielleicht auf Sanskrit, wie aus einer Zeit hinter der Zeit. Manchmal waren es nur gesprochene Worte, dann wieder holte er aus den Tiefen seiner Seele unerwartet hohe Töne, manchmal klang es wie der Singsang eines tibetischen Mönches. Und endlich durfte Radu wieder neben der Prinzessin im königlichen Bett schlafen.

Buke durchstreifte mit seinem Bären die Straßen von Temeschwar. Der Bär hatte es gut bei den Zigeunern, denn der ganze Gabor-Stamm kümmerte sich rührend um ihn. Abends bekam er hin und wieder sogar ein Honigbrot. Buke sollte das recht sein, denn so gewöhnte sich das Tier an die Menschen. Er wagte es sogar, mit Ursu Straßenbahn zu fahren. Natürlich stank Ursu, aber sobald man dem Bären in die Augen schaute, störte einen dies nicht mehr, so treu und liebevoll guckte er aus dem Fell heraus, und bald gehörte er zum Stadtbild wie die gelben Straßenbahnen. Immer wieder versuchte Buke, Tante Sidonia zu überreden, ihr Totenzimmer zugunsten der Lebendigen aufzugeben, für Rosa und sich; sie wollten schließlich Kinder in die Welt setzen.

„Nein, nein, kommt nicht in Frage!“ Die alte Frau blieb stur. „Wenn der Pfarrer kommt, muss er es gemütlich haben, er muss arbeiten können und weit mit dem Arm ausholen, wenn er mich mit Weihwasser besprenkelt und mir die letzte Ölung verpasst.“ Daran war nicht zu rütteln.

Die Wohnungen in der Stadt waren teuer und der Bär hätte eine enge Plattenbauwohnung am Stadtrand kaum überlebt. Trotzdem sehnte sich Buke so sehr nach seiner Seiltänzerin, dass er eine Dreizimmerwohnung in der Schager Straße unweit von Fratelia mietete. Keine Hunde, hieß es im Vertrag, aber von einem Hund war ja nie die Rede. Buke stellte einen Chauffeur an und lieh sich Relus neuen Mercedes aus, um Rosa in Szeged abzuholen. Für drei Mark wuschen und polierten die Kinder den Wagen, er sah aus wie neu. Die rote Fliege, die Buke trug, ließ sein Mondgesicht noch runder erscheinen. Es leuchtete vor Freude. Der ganze Stamm war gespannt, und angesichts der Tatsache, dass Rosa keine Romni war, fegte man die Häuser oder weißelte die Fassaden. Ungarinnen legen darauf großen Wert, hieß es. Gegen Abend führte Buke endlich seine Rosa dem versammelten Clan vor: Groß und Klein, alle standen am Rande des Bürgersteigs in der Sechsten Gasse, einen Korridor bildend; die Kinder hielten Rosen in den Händen. Der dunkelgrüne Mercedes hielt einige Häuser weiter, wo keine Pfütze die Reifen schmutzig machen würde. Die Kinder winkten mit ihren Rosen und jubelten:

„Die Rosa kommt, schön wie eine Rose ist sie!"

„Eine Rose ist sie, wie Buke es uns versprochen hat!"

Buke schritt mit Rosa durch die Menschenmenge. Er strahlte wie ein Jäger, der die Beute seines Lebens nach Hause bringt. Rosa wirkte blass-rosig und angestrengt. Klar gezeichnete Schatten und Falten im Gesicht, eine dünne, zarte Nase, der Mund eine reife Erdbeere, die Augen ein Königreich aus dem Märchen, kurz: Ihr Antlitz war nicht von dieser Welt. Das Haar schien die fehlende Röte aufzufangen, denn es brannte wie Feuerschlangen.

„Müde vom Warten auf die geliebte Seele", meinte ein altes Mütterchen.

„Ja, das Feuer der Sehnsucht hat ihr die Röte aus den Wangen gezerrt, ja, nur Hoffnung ist rot, hör auf mich, was ich dir sage, ist wahr, Mutter Ermolania!"

„Was soll die Gajikane unter uns, die wird noch unsere kleinen Ersparnisse auffressen, die braucht doch teure Klamotten, geile Schuhe und Frisuren wie in Holijuud!"

„Wie Pamela Anderson!"

„Und der Idiot wird die Schecks ausstellen, ha, das haben wir gerne."

„Dann sag ich ihr aber, wo es langgeht!"

„Die Augen kratz ich ihr aus! Nicht mit uns, die kann hier nicht schmarotzen, wir sind ehrliche Menschen, meine Großmutter kann's bezeugen."
„Wenn sie nicht tot wäre!"
„Du halt die Klappe, schau dir lieber die neue Prinzessin an, wie sie mit dem Arsch wackelt, wie sie unseren Männern den Kopf verdreht, die Schlampe!"
„Genau, die wird uns die Männer wegnehmen, schau mal, wie sie jetzt schon geil auf das Weib gucken!", zischte eine andere Romni.
„Ich polier ihr die Fresse, der Schlampe da …"
„Ich reiß ihr die Perücke vom Schädel!"
Rosa war so dünn, dass sie durch den Lattenzaun hindurchgepasst hätte. Unsicher trat sie auf, jeder Schritt war wie ein geplanter Sturz in die gähnende Leere, denn ihre Füße hatten größte Mühe mit den holprigen Pflastersteinen. Viel leichter fiel ihr der Gang auf dem gespannten Seil mit einem Reifen in der Hand. Und dann diese vielen Augen und der dunkle Mund der Begierde bei den Männern. Die Frauen am Straßenrand verachteten die Gajikane. Am liebsten hätten sie ihr auf die Brust gespuckt oder sich Handschuhe aus ihrer Haut geschneidert. Erst als Buke sie mit scharfem Blick musterte, hörten sie auf zu lästern. Die Waschweiber schwiegen wie versteinert. Kinder warfen Rosa Rosenblätter ins Haar, aber sie wurde immer blasser. Aus dem Hof des Elternhauses erschien Radu mit einem Mädchen, das auf einem schön bestickten Tuch ein Körbchen mit Brot und Salz trug. Das Mädchen überreichte Buke den Korb, während Radu sagte:
„Seid willkommen zu Hause, wir haben euch sehr vermisst!"

„Danke, Bruder“, stotterte Buke, „ich bin so glücklich … lass mich nicht weinen, bin doch kein Kind, hau mir eine in die Fresse wie früher, damit ich weiß, ich bin zu Hause!“

Radu küsste beide, Rosas Hand war so zart, dass sie sich in seiner fast auflöste.

„Ach Radu, du warst immer schon meine einzige Krücke im Leben, lass mich jetzt nicht alleine!“, flüsterte Buke ihm ins Ohr.

„Ach was, von dir hab ich das Reiten und das Schweißen gelernt“, klopfte ihm Radu auf die Schulter.

„Und ich zeige dir das schönste Weib auf dieser Welt! Aber ich kann mit dieser neuen Krücke noch nicht laufen.“

Ein grünes Ding machte die Runde, es hatte etwas Verbindendes, wie ein Ritual: Es war die Schnapsflasche. Dann tauchte die nächste auf, und Rosa wurde dem ganzen Clan vorgestellt. Etliche Kinder wollten ihr Haar abtasten, um zu sehen, ob es brennt; und auch dies ließ sie schweigend über sich ergehen.

Am nächsten Tag zogen Buke und Rosa in die neue Wohnung ein. Alles, was der Stamm an Möbelstücken zusammengerafft hatte, passte in die drei Zimmer hinein, bloß Ursu nicht. Aber auch im Bad, zwischen Wand und Badewanne, war zu wenig Platz für den Bär. Wie sollte das Tier da schlafen, wie seine müden Gliedmaßen ausstrecken? Mit größter Mühe konnte Buke seine Braut überreden, das Tier im Kinderzimmer schlafen zu lassen, natürlich nur so lange, bis das Kind an der Erdenpforte klopfen würde. Romakinder legten den Raum mit Kissen aus, sonst war nichts darin außer dem Futternapf und einem Wassertopf.

Der Bär kratzte nachts an den Wänden, dass man meinte, es wären Bataillone von Ratten auf dem Dachboden. In der Wohnung roch es sowohl nach Zoo als auch nach Schweinestall, wie man's nimmt, die Nachbarn jedenfalls beschwerten sich über den Gestank, der aus der Wohnung kroch. Ursu riss außerdem beim Pinkeln alle Jungbäume vor dem Plattenbau heraus, an denen er sich festhielt, er zertrampelte spielerisch die Blumenbeete und zerkaute so manch eine Fußmatte im Treppenhaus. Schnell bildete sich eine Bürgerinitiative, da man wusste, dass der Bruder des Bärenhalters im Stadtrat saß. Die Beschwerden richteten sich vor allem gegen den Lärm im Treppenhaus und die Gefährdung der Mitbewohner durch das unberechenbare Tier, das nach Ansicht der Initiative in den Wald gehörte. Der Kopf der Anti-Bär-Bewegung war Cherescu, ein pensionierter Securitate-Oberleutnant, der Zigeuner nicht riechen konnte und Bären schon gar nicht. Mit den neuen Zeiten, die jedem wie Seife aus den Händen glitten, konnte auch er nichts anfangen. Abends lauerte Cherescu zwischen den üppigen Blumentöpfen auf dem Balkon im Parterre, gleich neben der Eingangstür. Wenn Buke mit Ursu aus der Stadt kam, duckte er sich um einen halben Kopf und zielte mit seiner Kalaschnikow auf den Bären. Wenn Ursu zögerte, das Haus zu betreten, und sei es nur einen Augenblick, drückte der alte Mann ab. Es machte „klick", ein metallisches Geräusch – das Gewehr war nie geladen. Die letzten Kugeln hatte der treue Diener des Diktators in den heißen Tagen des Dezembers '89 verschossen. Er hatte eine tierische Freude an der Genauigkeit der Ausführung: Zuerst zielte er immer aufs Herz, dann war der Kopf dran, schließlich die Pfoten. Seine Frau hielt sich die Ohren zu,

sobald er anfing, die Schüsse nachzuahmen, so wie es ein Kind tut, das „Räuber und Gendarm“ spielt. Zu viel hatte sie im Leben mit diesem Mann durchlitten, allzu oft abends seine Uniform und seine Schulterstücke gebügelt, damit er zu seinen Schießübungen gehen konnte, und alles für nichts und wieder nichts. Die Zeiten wurden nicht besser, und der Mann liebte weiterhin seine Schießübungen, sie mussten nun in dieser Zweizimmerwohnung ihre Tage fristen und basta. War der Bär im Hause, so warf Cherescu die Kalaschnikow in eine Ecke des Balkons und fing an zu gestikulieren. Der Redner wandte sich an Hunderte von imaginären Zuhörern und steigerte sich mit tragischem Hass in seine Anrede hinein:
„Ein Irrtum liegt in der Luft, liebe Genossen. Ihr glaubt wohl, unser geliebter Präsident, Genosse Nicolae Ceauşescu wäre tot, nicht wahr?! Irrtum, Genossen! Wie kann eine ewige Flamme erlöschen, wie kann sein Auge sich von dem Schicksal unseres Volkes abwenden? Nie hat unser Volk aus Dakern und Römern einen so hellen Kopf über sich leuchtend verehrt … Denn wir bauen heute unter seiner weisen Führung die vielseitig entwickelte sozialistische Gesellschaft auf, die beste aller Zeiten. Wir haben in unserem Lande die höchste Entwicklungsrate auf der ganzen Welt, das Bruttosozialprodukt ist gestiegen … und Iliescu ist ein Schwein und Verräter.“
Die Menschen versammelten sich auf den Balkons in der Nachbarschaft. Auch unter dem Balkon des Redners blieben kopfschüttelnd Passanten stehen, und jeder nahm noch einmal im Stillen Abschied von seiner dunklen Vergangenheit. Doch in einem waren sie sich alle einig: Der Bär muss erschossen werden.

„Heute beherrschen Parasiten und Zigeuner unsere Politik. An jeder Ecke gibt's eine türkische Bäckerei, als könnten wir nicht unser eigenes Brot backen! Und die einst leuchtende Kultur unseres Vaterlandes wird durch einen Tanzbär vertreten. Das nennt sich alles Kapitalismus, liebe Genossen, dass ich nicht lache ... Scheiße ist das, das sag ich euch, wo ist die Ordnung von damals? Hier im Hause treibt ein Bär seinen Unfug. Wir wohnen wieder wie die Höhlenmenschen mit den Tieren zusammen, rette sich, wer kann ..."

Buke bat den Mann wiederholt in aller Ruhe, die Beleidigungen des Bären zu unterlassen. Dass er über die Roma schimpfte, störte ihn nicht weiter, das war er gewohnt, das hatte er seit seiner Kindheit oft genug auf allen Wegen gehört. Aber Ursu? „Was hat dir der Bär getan?", fragte Buke höflich an einem sternefunkelnden Abend, als er heimkam und das Portemonnaie wieder einmal nicht gerade überquoll.

„Du kannst mit deinem Vieh zu Hause in Fratelia hausen, aber nicht hier, Krähe, wo ehrenwerte Leute wohnen!", erwiderte der hasserfüllte Pensionär im Schlafanzug.

„Ich zahle Miete wie du, und mein Tier tut keinem was!"

„Der Affe hat auch noch freche Sprüche auf Lager", geiferte der Alte und begann mit seinen Schießübungen. Er zielte abwechselnd auf Buke und den Bären, drückte ab und imitierte dabei die Schussgeräusche.

„Pass mal auf, dass da nicht noch eine Kugel im Magazin steckt!", warnte Buke.

Frau Cherescu schrie hinter der Balkontür. Dann warf sie die Arme empor und begann sich das Haar auszureißen. Beim letzten Schuss fiel sie aufs Sofa und schluchzte vor

sich hin. Ab und zu rief sie die Gottesmutter an. Der frustrierte Ex-Offizier wandte sich ihr zu und brüllte:
„Religion ist Opium für das Volk und du nimmst dir gerade deine heutige Dosis, du Schlampe! Der Weltuntergang rennt auf den Straßen mit Bären herum und du heulst auf dem Sofa! Und du, schwarzer Teufel, scher dich zur Hölle, wo du herkommst, aber vergiss ja nicht, deine Missgeburt mitzunehmen, ha, ha, ha!"
„Kommunistensau …", flüsterte Buke. Er spürte die Hitze aus seinem Inneren ins Gesicht steigen, es rot färbend, als würden alle Blutbahnen dort enden. Seinen ganzen Zorn übertrug Buke auf Ursu, den er nun auf den Mann auf dem Balkon hetzte. Der Bär versuchte verspielt, auf die Brüstung zu klettern, wobei der Rentner ihm mit dem Gewehrkolben heftig auf den Schädel schlug. Davon völlig unbeeindruckt erklomm der Bär den Balkon; er war nun nicht mehr zu bremsen. Frau Cherescu plumpste wie ein Sack auf den Boden. Ihr Mann würde die Balkontür nicht lange geschlossen halten können, da sie nie richtig zu schließen war. Zum Glück vergnügte sich der Bär eine Weile mit dem Werfen von Blumentöpfen über die Brüstung. Der Oberst in Ruhestand steuerte hinkend auf das Schlafzimmer zu, stolperte über eine Blumenvase und erinnerte sich an seine ohnmächtige Frau.
„Wer würde so gut für mich kochen?" Er hob sie auf und fluchte: „Gott bestrafe Zigeuner und Bären!"
Die Frau wachte in seinen Armen auf:
„Das hast du schön gesagt, mein Schatz – das mit Gott, aber vorhin hast du es Opium genannt."
„Du bist gar nicht halb tot!"
„Es war so schön in deinen Armen, das hast du früher nie getan!"

Der verwirrte Mann ließ sie auf der Stelle fallen, und die Frau prallte dumpf auf dem dünnen Teppich auf.
„Hilfe, der Bär kommt rein!"
„Es war schön mit dir!", hauchte sie wie zum Abschied.
„Ich sterbe für die Partei, für Ceaușescu und Rumänien!", skandierte Cherescu. Die beiden verbarrikadierten sich im Schlafzimmer. Buke stieg auf die gleiche Art in die Wohnung wie sein Bär und lotste ihn wieder heraus. Dann suchten beide das Weite.

Die Lösung fand sich, als Relu aus seinem Haus am Friedhof auszog und Buke mit Rosa dort einziehen konnten. Relu und Lăcrămioara bekamen von den Zeugen Jehovas eine möblierte Villa in der Fabrikstadt. Neueste Ausstattung, ganz exquisit, alles nur vom Feinsten. Die Gemeinschaft stellte ihnen ein Haus zur Verfügung, weil viele Mitglieder sich schwer damit taten, sich im Haus in der Zwölften Gasse zusammenzufinden, um die Bibel im Rotationsverfahren zu lesen. Es sei eine Zumutung, in dem Zigeunergestank und bei der dortigen Unordnung den Worten des Herrn zu lauschen. Die Gastgeber wären nie auf eine Versammlung vorbereitet gewesen, hieß es bei den Brüdern und Schwestern.
Doch Rosa war auch im Haus am Friedhof unglücklich. Nicht wegen Buke, aber der Zirkus fehlte ihr, die Musik, der Glanz und die Gelassenheit der Zuckerwatte schleckenden Menschen, die für einen Abend ihre Sorgen vergaßen. Sie hatte immer dazu beigetragen, dass diese Menschen glücklich waren. Mit offenem Mund saßen sie da und schauten staunend nach oben. Staunen macht den Menschen menschlicher, pflegte Rosa zu sagen. Und dieses Haus, in dem sie wohnte, hatte keine Räder wie die

Zirkuswagen, man konnte damit nicht durch die Welt fahren und sich bewundern lassen.

Die nächsten Wochen verliefen ruhig. Radu versuchte Swetlana galant zu umgarnen, denn er wusste, dass es ihr nicht gutging. Auch die immerwährenden Streitigkeiten hörten auf, da sie viel Schlaf brauchte und früh ins Bett ging. Mit dem Nikolaustag brach der Winter herein und Swetlana hatte es bislang nicht geschafft, eine Roma-Vertretung im Europaparlament zu besetzen. Alles ekelte sie an, denn allmählich begriff sie, dass es auch dort darum ging, das ABC der Macht zu erlernen und anzuwenden.
„Das ist doch alles nur Augenwischerei und Verarschung auf höchster Ebene", gab Radu seinen Kommentar ab. „Ich brauch doch nicht abzuwarten, bis der Staat mir den Boden zurückgibt oder endlich eine Regelung findet, dass die Roma bei Einstellungen oder bei der Studienplatzvergabe die gleichen Rechte wie die anderen haben. Nein, jetzt muss gehandelt werden!"
„Aber wir dürfen die Dinge auch nicht überstürzen. Die Regierungen sind heute sehr unstabil und sie wissen nicht, was sie wollen. Nur allzu leicht würden viele an die Macht kommen, wenn sie auf ihre Fahnen schrieben: ‚Zigeuner raus!' oder ‚Romavermögen in die Staatskasse'!"
„Einen mächtigen Zigeunerstaat brauchen wir, das ist der Punkt!", ereiferte sich Radu.
„Wenn sich doch nur alle einig wären!", gab Swetlana zu bedenken.
„Ohne Opfer läuft nichts. Ohne Opfer sind Ideale nichts als Seifenblasen!"
„Na, dann hast du dein Soll ja schon erfüllt", lachte Swetlana. „Dein Siedlungsprojekt ist ein Trümmerfeld. Durch

dein Hotel laufen die Hühner und legen Eier in die Betten, in deiner Bar übernachten Penner und auf dem Tennisplatz pflanzen die Bauern Radieschen an. Die Duschen haben kaum ein Jahr Wasser gesehen, aber sie geben Töne von sich wie ein kaputter Auspuff …"
„Du machst mich fuchtig, Weib!"
„Schon mal gehört von modernem Management …"
„Umsonst stehst früh des Morgens auf, wenn das Glück nimmt seinen eigenen Lauf, das ist es. Aber wart mal ab, wenn ich wieder zu Geld komme!"
„Ach, Geld, Geld, das ist es nicht. Radu, du gleitest durch das Leben wie ein Schwan über den Spiegel eines trüben Sees, aber das Leben ist ganz woanders. Und weil das Wasser immer trüb und bewegt ist, spiegelt es nichts. So erkennst du auch dich nicht darin."
Swetlana hielt sich eine übergroße Haarbürste wie einen Spiegel vor die Augen. Dann glitt sie damit durch ihr langes schwarzes Haar und sang leise vor sich hin. Sie sang ein Lied, dem jede Hoffnung fehlte.
„Du kommst und vernaschst mich mit einer Ruhe, als würdest du deinen Postkasten leeren, Radu!"
„Dann aber bring ich die Post weit weg, in mein Traumland."
„Ich liebe dich für deine Ausreden und Sprüche, mein stolzer Schwan!"
„Ich liebe dich einfach so, Swetlana!"
„Dann hör auf deine Nägel zu putzen, bevor du mit mir in die Kiste steigst!"
„Hört sich gut an!"
Radu schaute seiner Prinzessin gerne beim Ausziehen zu. Vor allem, wie sie die Arme beim Abnehmen des BH nach vorne streckte. Dann liebten sie sich innig. Radu

wurde in ihrer Gegenwart nie das Gefühl los, er tue etwas Verbotenes, etwas, das die Welt nicht erfahren dürfe. Eine Göttin bleibt auf dem Altar stehen, bis der Priester sie von dort herunterholt, um sie abzustauben. Er war nun so weit:

„Swetlana, ich möchte, dass du für immer bei mir bleibst, ich glaube, ich will dich heiraten!"

„Wie schön, darauf warte ich schon seit ... Jahrhunderten!"

„Wirklich? Sag mal, warum zitterst du so?", fragte Radu, während er sich eine Zigarette anzündete.

„Ich habe Angst."

„Wovor? Ich bin doch bei dir!"

„Ja, gerade das ist es, du bist bei mir, das verstehst du nicht, Liebster!" Sie lachte gezwungen.

„Vor mir fürchtest du dich?"

„Ich sehe dich immer wieder in zwei Spiegeln, die sich gegenüberstehen. Ich weiß nicht, welcher zuerst da war. Ich sehe dich zuerst klarer, aber dann rennst du mir weg. Du wirst immer kleiner."

„Du machst mir Angst, Weib. Hör auf so zu reden!"

„Und ich sehe dich auf einem trüben Fluss in der Unterwelt. In einer Nussschale."

„Das ist Teufelswerk, das ist mein Traum, von dem niemand weiß. Phag tji korr!"

Swetlana legte ihm einen Finger auf den Mund.

„Ssst, lass die Geister schlafen. Dort unten am Bach ist alles in den Goldnebel der Zeit getaucht. Es sind auch zwei Schimmel da, sie weiden Glut von den Felsen, dann tauchen sie ihre heißen Zähne ins Wasser zum Abkühlen. Ein weißes Dorf mit Weiden wie Jungfrauenhaar, glückliche Menschen. Wir treten in den Tempel ein. Der Pries-

ter empfängt uns … er reicht dir einen Pokal, du trinkst daraus, nein … Du lässt ihn fallen, tausend Scherben."
Nach einer zwei Zigaretten langen Pause flüsterte Radu:
„Das ist der schönste Abend, seit es Frauen gibt."
„Ja, es war schön mit dir, es war … Aber ich glaube, ich werde dich verlassen, Radu", flüsterte Swetlana im gleichen samtenen Ton.
Auf Liebeswogen reitend, nahm Radu ihre Worte nicht ernst:
„Weib, du tust mir weh. Mit so etwas macht man keinen Spaß." Dann summte er leise ein altes Zigeunerlied. „Ja, ja, seit ich dich kenne, singe ich, meine Seele singt, mein Drache, alles um mich herum singt."
Swetlana schmiegte sich an ihn und weinte leise, kaum hörbar, vor sich hin.

Zwei Tage später, an einem kalten Dezemberabend, versuchte Radu wie gewohnt die gemeinsame Wohnung zu betreten. Etwas war anders, obwohl das Licht am Eingang wie immer leuchtete. Aber der Schlüssel in der Hand passte nicht mehr. Radu wurde ungeduldig, er dachte, er müsse nun dringend hinein, da drin sei etwas Schreckliches geschehen Dann entdeckte er einen Briefumschlag, auf dem „Für Radu" stand. Er öffnete ihn hastig:
„Radu, staune nicht, die Schlösser sind alle ausgewechselt. Geh in die Garage, sie ist offen. Dort stehen deine Sachen, im Seitenfach der blauen Reisetasche findest du einen Brief von mir." Radu klappte das Garagentor auf und las den Brief ein paar Mal, indem er rastlos auf und ab ging: „Lieber Radu! Ich bin für einige Zeit verreist, ich bin irgendwo in Europa. Bitte such mich nicht, die Mühe wäre vergeblich! Ich möchte dir mit diesem kurzen Brief

meine Entscheidung mitteilen, dass es zwischen uns aus ist. Warum diese Nachricht in Briefform? Weil ich unendliche Diskussionen mit dir vermeiden wollte, weil du es sowieso nicht akzeptiert hättest und weil ich selber nicht weiß, ob ich es im Schatten deiner Augen über mich gebracht hätte. Lieber Radu, das, was du vorhast, ist bestimmt edel und schön für unser Volk. Aber ich kann deine Wege nicht mit dir gehen, weil ich sie nicht verstehe. Und ich möchte deinen Plänen nicht im Wege stehen. Meine ständigen Zweifel dürften dir auch auf die Nerven gegangen sein. Ich weiß gar nicht mehr, ob wir die gleiche Sache wollen. Und ich habe eine schreckliche Angst, die ich nicht loswerde und für die ich viel zu viele Namen und Bilder finde. In jedem Traum! Aber ich werde dich ewig lieben und danke dem Himmel für die schönen Jahre mit dir und vor allem für Montagabend. Er hat mir Welten geöffnet und ich glaube endlich zu wissen, wer du bist. Bitte akzeptiere meine Entscheidung und vertraue mir, dass sie die bestmögliche war. Für uns beide! Ich habe dir bei so manchen Dingen des Lebens die Augen geöffnet und dir die Sichtweise der Gajikane beigebracht. Auch das Lesen und Schreiben hab ich dir beigebracht, weil es die Gajikane so machen. Ich habe dich aufgezogen wie eine Uhr, nun musst du selber laufen lernen! Vor allem: Sei ein Mann, wenn du diese Zeilen liest, und überhaupt. Dann aber vergiss nie, dass du ein Rom bist und dass unser Volk wie alle anderen glücklich sein möchte. Pass auf dich auf und vertraue niemandem, auch nicht unseren Leuten. Vielleicht ist unsere Zeit noch nicht gekommen! Lebe wohl, mein schwarzer Schwan. Swetlana. PS: Und wenn du traurig bist, denke an unseren ersten Kuss da draußen im Swimmingpool. Ich werde auch nie vergessen, dass du mir aus Liebe ein Ross geschenkt hast."

Radu blieb wie angewurzelt stehen, als sei all sein Blut erdwärts geflossen. Eine starre Blässe, des Todes Schwester, zog in sein Gesicht. Er schaute sich um, der Garten, die Terrasse, der Rosenpark gegenüber. Alles plötzlich so fremd, so kalt: Ein Summen im Kopf, dann der Blitz einer Kamera zerbrachen den fremden Zauber ringsherum. Nach einem heftigen Schneesturm war der Seelenwinter eingekehrt. Er sah sich um, als wäre sie noch nicht weit gekommen: „Meine Swetlana, meine Prinzessin … Wo steckt sie bloß?", flüsterte Radu, als wolle er sich in seinen Schmerz hineinwiegen. Er betrat die „Rächita Rosioarä" – seine Stammkneipe am Bega-Ufer – und hoffte, keine Bekannten anzutreffen. Er bestellte sich einen Cognac und konnte einen einzigen klaren Gedanken fassen: Er müsse jetzt weitertrinken. Am späten Abend lenkte er seine Schritte auf Bukes Haus zu. Buke hatte immer ein offenes Ohr und war voller brillanter Ideen, auch wenn die darauffolgenden Aktionen meistens schiefgingen. Radu sah erleichtert die brennende Glühbirne hinter den Fenstern, die von innen mit Buntpapier behangen waren. Er stieß das Gartentor gewaltsam auf und vertrieb die knurrenden Hunde, die skeptisch an seinen Schuhen schnupperten.

Im Kachelofen knisterte das Feuer und die paar schwarzen Möbelstücke erinnerten an die Einrichtung einer Sakristei. Buke saß zusammengekauert auf dem Fußboden mit einer halb vollen Schnapsflasche vor sich. Vor dem Sofa lag der Bär. Er knabberte apathisch an einem Apfel, während ein röhrender Hirsch ihn vergeblich vom Wandteppich in die Wälder locken wollte, wo er angeb-

lich hingehörte. Radu setzte sich schweigend auf den Boden neben seinen Bruder. Er fand, dass Bukes Gesicht aussah wie verwelkter Klatschmohn. Buke brach die Stille: „Wie siehst du denn aus? Hast du etwa Seife gefressen, Brüderchen?"
Radu nahm die Flasche, schaute sie kurz an und kippte sich den Inhalt über die Zähne, wobei er nach und nach den Mund auftat. Der kräftige Schluck erreichte die letzte Ecke seiner Seele. Er bewegte sich nicht, auch die nächsten Minuten kniete er schweigend. Wie sein eigener Grabstein. Man hörte nur den Bären kauen und sein Fell lecken.
„Ich habe alles gefressen, was nur zu fressen ist … aber jetzt fress ich Scheiße", flüsterte Radu vor sich hin.
Buke nahm sich einen Apfel aus der Sammlung des Bären und biss unter dessen besorgten Blicken hinein, dann warf er den angebissenen Apfel in die Ecke:
„Scheiße, da ist ja der Wurm drin, wie da draußen in der Welt …"
„Und wie da drinnen … Prost!" Radu zeigte auf sein Herz.
„Hat dich jemand geärgert? Zeig ihn mir, du weißt, auf mich kannst dich immer verlassen! Ich bring ihn um, so wahr ich Buke Gabor heiße!"
„Eine Prinzessin umbringen, ha?"
„Was hat sie dir angetan, Bruderherz?"
„Ganz einfach, mich …", Radu trank noch einen kräftigen Schluck, „verlassen."
„Was, die? Ich hör nicht richtig!" Buke richtete sich auf.
„Doch. Sie ist ins Ausland."
„So ein Zufall. Man sollte sie in ein Bordell stecken! Alle, verstehst du? Sie tun uns nur weh. Zuerst foppen sie uns,

dann reizen sie uns, wir können der Versuchung nicht widerstehen … Ah, was gäbe ich nicht alles für einen prallen Busen … und dann sind sie weg wie der Vogel vom Pferdapfel."

„Wo ist deine übrigens?", fragte Radu, während er die Flasche hob.

„Na, weg, was glaubst du, warum ich saufe wie ein Loch?"

„Rosa, dein Zirkusengel?"

„Engel sagst du? Xas me pelé, die Zirkusschlange meinst du wohl, die gehört zertrampelt unter den Hufen von tausend Pferden, ha, die Schlampe!" Radu schaute zum Fenster hinaus, sein Blick hielt die Straßenlaterne fest, dann den Mond.

„Meine Swetlana wohnt im Mondlicht!"

„Bist du denn nicht sauer auf sie?", fragte Buke verwundert. Seine Aussprache musste schon mit dem Schnaps ringen.

„Was werde ich nur ohne sie tun?", war Radus Antwort.

„Schau mich mal an. Ich stehe nackt vor dem Leben! Habe gar nichts außer der schmierigen Hose am Arsch. Du hast es zumindest zu etwas gebracht, viel gelesen … Ja, wer früh aufsteht im Leben, der kommt weit."

„Umsonst stehst du früh auf, wenn das Glück nimmt eigenen Lauf."

„Na ja, du musst nicht mit dem Ungeheuer da drüben auf den Straßen frieren … für ein paar Groschen", Buke zeigte auf den Bären, „hast was zu sagen in der Stadt, dich kennt jeder. Aber ich?!"

„Was nützt mir die gottverdammte Macht, wenn meine Liebe …", Radu fing an zu schluchzen, „… mich verlässt."

„Warum hat sie sich aus dem Staub gemacht?“ Buke richtete sich auf.
„Sie würde mich nicht mehr verstehen, wollte mich nicht hindern an meinem Vorhaben, so blödes Zeug schreibt sie da.“ Der Kloß im Hals wollte einfach nicht verschwinden.
„Die ist falsch wie ihr königlicher Vadder, die Hunde sollen sie anpinkeln, bis sie darin ersaufen. E ladz te xal tjo muj!“ Buke war außerstande, seine Zunge zu kontrollieren.
„Oh je, oh je, oh weh, wie werde ich das überleben, meine Seele ist ein Stück zerknülltes Papier in der Ecke!“, jammerte Radu. Buke schmuste mit Ursu und ließ sich von ihm sanft das Gesicht ablecken: „Nur dich hab ich noch auf dieser beschissenen Welt, mein treuer Freund.“
„Ja, wo ist sie denn hin, deine Rosa?“
„Zum Teufel, nach Szeged zu ihren Verwandten. Ich ihr gleich hinterher. Ich wollte mit ihr reden, ganz in Ruhe, aber ihr Bruder hat mich mit einer Flinte bedroht. Da hab ich rotgesehen und hab ihm eine gedonnert, dem Gulaschfresser. Er zertrümmert mir die Heckscheibe mit dem Kolben und schießt mir in die Räder. Sie schreit hinterm Fenster wie auf dem Grillrost, sie wolle mich nicht mehr sehen, ich stinke nach Bär und sie habe es satt, in einem Stall zu wohnen. Was hat ihr denn gefehlt, ich hab ihr doch alles gegeben, mein ganzes Herzblut!“
„Du bist zu gut, Bruder, zu gut! Sie hat dich nicht verdient!“
„Stell dir vor, sie war sauer, dass ich nicht singen konnte, ich sei kein richtiger Rom, weil ich nicht singen kann!“
„Hast du ihr ordentlich eins aufs Maul gehauen?“

„Ich hab ihr gesagt, eine Krähe kann doch nicht singen, die kann nur krächzen.“ Beide lachten wie eine Lawine, dann versuchte Buke zu singen. Radu ließ sich sofort mitreißen, die Fensterscheiben liefen sanft an. Draußen leckte der Frost an den Dachrinnen. Sie sangen zum ersten Mal im Leben gemeinsam.

„Durch verrauchte Gassen wenn ich geh,
Tut's mir im Herzen weh,
Tagaus, tagein
Fällt sie mir immer wieder ein.
Ihr Haar kommt aus der Nacht
Und Dunkel um mein Herze macht.
Es hüllt mich ein wie der Wind,
In meinem Sinn nur Sünden sind.
Ihre Augen einst so leuchtend
Sind nun abgewandt.
Ich spreche gegen eine Wand.
Ihre Hüfte passte in meine Hand.
Sie ist nicht mehr in meiner Stub',
Im Kissen ich meine Träne vergrub.
Ich hab verloren meinen Sinn
Und krepier leise dahin.“

Buke schlief ein mit dem Lächeln eines Eingeweihten. Sein Kopf lag auf dem Bauch des Bären, dicht an den Vorderbeinen. Vor dem Einschlafen schien er alles durchschaut zu haben, friedlich und mit der Welt versöhnt lag er da. Bald lächelte er im Schlaf. Ursu bewegte sich nicht, um seinen Herrn nicht zu stören. Deshalb schnarchte und röchelte er allmählich wie ein kaputter Heizkörper, in dem die Luft blubbert. Radu fluchte wiederholt im Halbschlaf, dann versank er in seinen Sorgen.

Buke wachte auf; der Bär war längst munter. Er schaute sich um und sah, dass die Sonne den Wandteppich wie eine Waldlichtung beschien.
„Ich hab einen Scheißdurst“, keuchte er heiser vor sich hin.
„Wasser!“, schloss sich Radu an, „eine Wüste hab ich im Hals. Was ist mit dem Kamel hier?“
„Das … ist ein … Bär, das sieht man doch gleich, wo hat das Zeug Höcker, he? Au weh, mein Schädel brummt!“
Plötzlich richtete sich Radu auf und stellte ganz nüchtern fest:
„Mir ist die Prinzessin davongelaufen … Scheiße, sag ich! Mir knurrt der Magen, komm, wir futtern was, bevor wir in dieser Bärenhöhle krepieren.“
Buke holte Speck, der in eine Zeitung eingepackt war, eine große Zwiebel und einen vier Tage alten Brotlaib. Er legte die Zwiebel auf die ausgebreitete Zeitung und versetzte ihr einen Fausthieb. Die Hüllen zersprangen und sprühten ihre stechenden Dünste in den Raum. Währenddessen quälte Radu seine Knochen in Richtung Plumpsklo. Dann suchte er Wasser im Haus. Buke jammerte:
„Ach Gott, was hab ich dir getan? Ist es denn so schlimm, dass ich an deinem Geburtstag immer besoffen war? Es war doch immer nur Freude an Weihnachten, wenn wir alle an dich dachten. Und beten hab ich auch nie gelernt, warum hast du’s mir nicht beigebracht? Na ja, ich hab auch immer gerne gefurzt bei der Messe und andere vom Zuhören abgelenkt, aber das war nur unschuldige Freude, das sag ich dir, Herr, nimm’s mir nicht übel.“

„Ach was, die Welt ist dreckig und der Mensch ist … die Sünde." Radu suchte seinen Weg quer durch das Zimmer. „Aber das Weib ist des Teufels … Da, lieber Gott, hast du geschlafen", stellte Buke fest.
„Das Weib ist aus unseren Rippen gerissen und geknetet."
„Jetzt versteh ich erst, warum es so wehtut, wenn die Rippe fehlt." Beide sangen noch leicht benommen:
„Die Weiber, die Weiber, mit denen fang nichts an, denn, Brüderchen, die Weiber sind Teufels Caravan. Das Weib erhebt dich, das Weib bringt dich zu Fall, das Weib schenkt dir das Leben und ist die größte Qual."
„Warum hast du deiner Prinzessin nicht öfter was vorgesungen? Wer weiß …"
„Ach was, ich jedenfalls wusste nie so recht, auf welchen Blumenfeldern ihre Gedanken spazieren gehen …" Radu leerte dabei sein Wasserglas. „Nein, ich wusste nie, was sie denkt."
Buke warf sein Glas an die Wand, der Bär schreckte auf und schaute seinen Herrn fragend an. „Das Weib, ein Rätsel, ein Glas voller Leid, bodenloses Leid."
„Und das haben wir nicht verdient, dass uns diese Weiber flöten gehen … eine Gajikane und eine Prinzessin!"
„Aber meine hatte die tollsten Möpse, wie Rehkitze im Frühjahr waren sie, das sag ich dir … und prall wie ein Fußball!"
„Und meine hatte eine Tänzerin überm Knöchel, ich konnte nächtelang an nichts anderes denken. Tätowiert."
„Ach ja? Warum ist sie fort? Was haben denn andere Männer mehr zu bieten als ich, frag ich dich?! Gucken sie ihr beim Einschlafen zu?" Buke vergrub sich unter seinen Armen.

„Ärmster Bruder, du, der die Pferde versteht und ihre Verdauung hört, der den Bären dort zum Weinen bringt, ausgerechnet du kannst einem Weib nicht die Zügel anlegen? Merkwürdig, wie vielen Prüfungen der Mensch ausgesetzt ist!“

„Der Zigeuner ist ein Hund, der seinen Knochen vergraben hat und ihn nicht wiederfindet, das sagt immer unser Vater, Gott gebe ihm noch viele Tage.“

Buke nahm eine alte Geige aus dem Schrank. Die Schranktür knatterte, während er die Geige stimmte. Traurig war sein Lied:

„Liebste, wärst du hier, malochen würd ich an Pflug und Sense, wärst du nur bei mir. So muss ich darben und krepieren, aber nie hört’ ich auf, dich zu lieben. Einen Neuen will ich trinken, bringt mir gleich dazu den Schinken, ersäufen will ich heut mein’ Schmerz, so viel Feuer hat mein Herz. Heut Abend muss ich zechen, an den Weibern mich rächen. Möcht saufen heute, mein Herz ist heiß, ihr lieben Leute, ich ziehe aus mein Hemd, denn mein Herz, das brennt.“

Radu seufzte: „Ach, mein Herz ist eine einsame Insel, von der es keine Rettung mehr gibt.“

„Schön hast du das gesagt!“ Buke deutete auf eine neue Flasche Schnaps. „Wir müssen uns um jeden Preis retten. Überall Flaschenpost …“

Sie stellten alle paar Meter im Raum eine Flasche auf. Falls man beim Torkeln stürzen sollte, so fände man wenigstens eine in greifbarer Nähe und könne weitermachen beziehungsweise sich retten. Beide krochen auf allen Vieren auf dem Fußboden herum, tranken abwechselnd und sangen. Das taten sie so lange, bis sie flachlagen und einschliefen. Gegen Abend wachten sie auf, als der Bär seinen Anspruch auf Futter geltend machte. Sie schmusten bis gegen Mitternacht mit Ursu, der schnell auch Radu akzeptierte. Dann machten sie Musik, indem sie Blechteller und Kannen nahmen, auf die sie mit Löffeln klopften. Sie erzählten sich viel und keinem war es wichtig, ob der andere zuhörte. Jeder floh vor seinen Worten und versuchte sich davor zu retten. Abermals schliefen sie ein. Als sie aufwachten, waren beide gelblich im Gesicht wie alte Partituren. Und hungrig. Es war gegen Mittag und die Sonne strahlte aus dem Dezemberhimmel auf Friedhof und Straße, deren Lehm allmählich aufweichte. Schwere Lastwagen mit Mörtel für Baustellen fuhren ratternd vorbei. Der kleine Tisch mit der Glasplatte vibrierte. Radu verfolgte den Rutsch der schweren Blumenvase auf dem kleinen Tisch. Er haderte mit seinem Kater, trotzdem musste er zwanghaft an Swetlana denken. Endlich konnte er wieder für eine Minute den Blick gezielt auf etwas richten.

„Komm, wir packen was in den Ranzen, alter Partisan!"

„Wie recht du hast, Radu, ich dachte gerade an zwei Hühner aus dem Hof. Die scheißen sowieso nur überall hin und jetzt im Winter bringen die gar nichts, keine Eier, nur Dreck."

Buke, der berühmteste Pferdedieb in der Gegend, fing mit größter Mühe zwei Hähnchen, köpfte sie mit der Axt auf einem Holzscheit und brachte sie Radu, der den Ofen anheizte und warmes Wasser parat hatte. Sie steckten die Hühner ins brühend heiße Wasser und rupften ihnen die Federn. Buke goss das warme Wasser auf einen Haufen Schnee neben dem Zaun. Sein Blick verfolgte die schmelzende weiße Masse: „So vergeht wohl alles …", brummte er vor sich hin. Als er die Küche betrat, blubberte der

Topf mit den Hühnern mit Zwiebeln und Möhren auf dem Herd. Radu schob noch ein Holzscheit in den Ofen und bald spritzten dicke Tropfen aus der Brühe auf das Teerpapier, das als Fußboden diente. Langeweile gepaart mit Hunger baumelte wie eine Glocke ohne Klöppel über Buke und Radu. Sie aßen stillschweigend auf dem Boden und warfen die Knochen auf ein Stück Zeitungspapier. Buke bohrte mit dem Daumennagel zwischen den Zähnen herum: „Ich meine, letztendlich sind sie alle gleich, alle Weiber haben das Gleiche zu bieten, Ärger und Kinder, sonst nichts!“
„Den Kummer vergesse ich nie, sie hat mir Gift ins Herz gestreut. So war das! Aber die Tänzerin über ihrem Knöchel!“ Radu suchte nach dem Bild seiner Sehnsucht.
„Ich beweise dir, dass es viel bessere Weiber gibt …“
„Kennst du welche?“, wandte Radu sich seinem Bruder interessiert zu. „Da kannst du einen drauf lassen …“
„Weit?“
„Sechste Gasse …“
„Sag bloß! Du bist ein Teufelskerl!“
„Mein Bruder versteht mich, wie immer.“
„Roxana? Die mit den großen Titten?“
„Genau! Aber der Alte, wenn der uns erwischt!“
„Der ist gerade in Serbien.“ Buke knabberte an einem Hühnerhals.
„Woher weißt du, dass sie …“
„Trägt teure Klamotten und hat so viel Geld wie wir Sorgen. Die treibt’s mit Touristen und mit Italienern.“
„Buke, du siehst aber blass aus, wie eine Wasserleiche!“
„Auf Schönheit kommt es nicht an, wir vernaschen sie im Dunkeln!“

Singend machten sie sich auf den Weg. Verdruss und Übermut trieben sie durch den tristen Abend von Laterne zu Laterne bis zu Roxanas Haus. Radu klaute noch schnell ein paar Chrysanthemen vom Friedhof – denn so gehöre es sich, wenn man ein Weib besucht, war seine Argumentation.

Die junge Frau nähte gerade an einem Gobelin mit Rahmen wie eine Jungfrau, die mit jedem Stich einer verlorenen Liebe nachtrauert. Buke klopfte vorsichtig an. Roxana öffnete überrascht und ließ die Männer eintreten.

„Servus, sucht ihr meinen Vater?“, fragte sie schnippisch.

„Nein, dich, Schatz gib mir einen Kuss!“ Buke lächelte. „Wir kommen gleich zur Sache.“

„Hast du nicht Lust, in einer Bar zu strippen? Die Figur dazu hast du“, stellte Radu fest und musterte die junge Frau.

„Herr Consilier will dir einen Vertrag mit einer Bar vermitteln, Schatz.“

„Im Ernst? Ach komm!“

„Als Tänzerin.“ Radu lächelte unschuldig wie ein Ministrant.

„Wieso ich? Wie kommt ihr denn darauf?“

„Du gibst eben die beste Figur ab, die in Fratelia zu finden ist. Bis auf meine verflossene Rosa, versteht sich.“

„Aber zuerst müssten wir uns besser kennenlernen. Wer ist da drüben, können wir nebenan sprechen?“ Radu deutete mit einer skizzierten Kopfbewegung auf das Schlafzimmer, das hinter einer verglasten Doppeltür zu ahnen war. Er forderte Roxana zärtlich auf, ihm zu folgen, schloss die Tür hinter sich und legte sich auf das Bett. Radu stützte sich auf seinen Ellbogen:

„Setz dich hierher zu mir, Roxana. Ich denke so oft an dich, wir standen uns schon als Kinder nahe“, begann er ungeschickt.
„Du stinkst wie ein Schnapskessel, was willst du hier? Hast du jetzt ein Geschäft oder was?“
„Hab doch Geduld! Wir haben Zeit! Wie geht es deinem Vater?“
„Du meinst Striptease?“
„Ja, aber ich muss erst sehen, ob du das kannst!“
Radu knöpfte die obersten Knöpfe ihrer Spitzenbluse auf. Roxana sah ihn verblüfft an, dann kreuzte sie die Arme vor der Brust. Radu ertrank in ihren dunklen Augen und wusste einen Augenblick lang nicht, warum er gekommen war. Er versuchte gar nicht, gegen die Ellbogen, die sie ihm entgegenstreckte, anzukämpfen.
Im Bett lagen um die zwanzig Teddybären herum. Alle starrten Radu mit ihren Glasaugen vorwurfsvoll an.
„Nimmst du deine ganze Kindheit mit ins Bett? Kuschelig ist es bei dir“, flötete Radu mit einer Honigstimme und knöpfte weiter.
„Du ziehst mich hier aus? Du willst Politiker sein? Was willst du, sokhardea, geh doch zu deiner hochnäsigen Prinzessin … Aua, du tust mir weh …“
„Aber sie ist gar nicht mehr bei mir, verlassen hat sie mich! Sie ist beim Teufel und jetzt bist du hier, mein Engel!“ Seine Hände glitten über ihren Bauch.
„Scher dich zum Teufel, du gehörst nicht mehr zu uns, seit du Politiker bist. Du steckst doch mit den Gajikane unter einer Decke!“
„Aber jetzt stecken wir unter einer Decke, na, wie wär’s mit uns beiden?“ Radu genoss das billige Parfum in ihren Hautfalten. Er fand in den Rundungen des molligen

Frauenkörpers und in den Fäusten, die verspielt an seine Brust polterten, Swetlana wieder. Wie verzaubert starrte er ihre Brustwarzen an. Roxana spürte seinen warmen, schnapsgetränkten Atem. Die breiten Schultern, die sich über ihren Oberkörper beugten, versperrten ihr den letzten Zugang zum Licht in der Küche. Sie schlugen Stirn an Stirn. Im Kachelofen fingen die Holzscheite Feuer, die Windungen im Innenraum des Ofens nahmen nach dem ersten Knistern den Zug auf und dröhnten wie verrückt, was Roxanas Schimpfen, Spucken, Fluchen und Kichern völlig übertönte. Irgendwann spürte sie Wolllust. Radu zitterte vor Aufregung wie ein Kind, das ein Weihnachtsgeschenk vor der Zeit findet und nicht erwischt werden will. Jetzt packte er es aus und irgendwann gab sie sich ihm hin.

Buke ging mit der Fernbedienung alle Fernsehprogramme durch. Als ihm die Augen schmerzten und er nur noch Flüstern hörte, drang er ins Zimmer nebenan ein. Roxana lag an Radus Brust geschmiegt. Er genoss es, wie sie sein Brusthaar kringelte. Ab und zu leckte Roxana ihre Fingerspitzen.

„Was will der schleimige Dackel hier?“, fragte sie bissig.

„Das musst du ihn selber fragen, ich gehe so lange an den Zaun schiffen.“ Radu zog seine Hose an und ging in den Hof.

„Das ist ja ein schöner Empfang, ganz nackt, mein Kleines.“

„Raduuu!“, rief sie hysterisch.

„Radu pinkelt gerade und so lange können wir uns doch die Zeit vertreiben …“ Im Nu zog Buke seine braune

Lederhose aus, und Roxana konnte feststellen, dass er darunter nichts anhatte.
„Radu, der Hund steigt in unser Bett …"
„Nun lass ihn doch mal in Ruhe zu Ende pinkeln! Übrigens, hier habe ich etwas für dich!" Buke ließ eine Goldkette vor ihrer Nase baumeln:
„Die ist von meiner Stiefmutter. Sie liegt im Sterben."
„Ach so, na dann! Warum sagst du das nicht gleich?"
Sie hängte die Goldkette einem Teddybären um den Hals und schließlich fand sie auch am Bruder Gefallen. Später lagen alle drei nebeneinander im Bett. Dann fiel Buke ein, dass der Bär seine Äpfel brauchte, und die beiden bedankten sich für den herrlichen Abend.
„Ihr Penner, und wie steht's mit meinem Vertrag in der Bar?", brüllte sie ihnen mit rauer Stimme hinterher.
„Das besprechen wir beim nächsten Mal!", rief Radu. „Jetzt können wir dich aber guten Gewissens weiterempfehlen!" Roxana hörte noch lange das Lachen und Pfeifen der beiden auf den verrußten Straßen. Sie wollte ihnen etwas hinterherwerfen und rannte mit einer Pfanne in der Hand aus dem Haus. Doch sie waren schon zu weit entfernt. Eine Krähe saß auf dem schiefen Schornstein und wärmte ihr Hinterteil. Ab und zu lockerte sie ihre schwarzen Federn über der zart aufsteigenden Wärme. In der Ferne hörte man einen Köter heulen. Der Störenfried fror, er schüttelte sich, dann verstummte er und schließlich auch sein Echo. Sowieso keiner da, der ihm antworten konnte, auch nicht der Mond. Sein Licht war eisig und fremd.

Buke und Radu hatten das Gefühl, eine Heldentat vollbracht zu haben. Deshalb wurden weitere Schnapsflaschen geholt und die leeren auf dem Boden ersetzt.
„Hast du's gemerkt, die hat uns das mit der Tanzbar abgekauft!"
„Dabei haben wir nur einen ... Tanzbär", beide lachten krampfhaft, „die Welt ist doch schön, Bruderherz!"
„Aber nur ein altes Karussell ohne meine Swetlana. Bunt, aber der Lack ist ab. Bei mir glänzt gerade gar nichts mehr."
„Ja, ja, sie glänzt nicht. Aber ohne Musik, Weiber und Pferde, was wäre diese Erde? Ein Klumpen Pferdescheiße", Buke knetete eine Kugel aus Brotrinde, die er vorher im Mund kaute.
„Ja, was wäre unsere Kindheit ohne Musik gewesen? Du und Sile, ihr habt auf allen Hochzeiten gespielt, und ich war dabei."
„Was waren wir alle tolle Burschen, mein Gott ..." Radu fing leise an zu schluchzen, dann wischte er sich unauffällig die Tränen aus den Augen.
„Schön waren wir wie eine ungemähte Wiese an der Temesch, unsere Augen und Schnauzer schwarz wie die Pfote des Teufels ... und die Abende am Lagerfeuer mit dem Akkordeon, und Onkel Mitu, der für uns besser als ein echter Vater war." Dann sprang Radu auf, wie aus einem Traum erwachend, und spürte, dass er stark wankte.
„Wir gehen ihn sofort besuchen!", rief er.
„Das geht nicht, ich kann mich da nicht blicken lassen."
„Wieso, hast du noch eine Rechnung offen?"
„Ich will dir mal was zeigen." Buke holte unter dem Sofa einen Beutel hervor, öffnete ihn und reichte Radu ein paar Münzen.

„Unglaublich! Das kenne ich doch, Silber und Gold aus dem Hause Gabor! So etwas hab ich schon bei unserer Schwester Aglaja gefunden. Schick mal den Bären raus, wir müssen unter uns sein!“ Radus Trunkenheit war wie weggezaubert.
„Sieh mal, wie alt das Zeug ist!“ Buke reichte ihm eine schwere Goldmünze.
„Wie kommst du denn dazu?“, fragte Radu überrascht.
„Vor ein paar Wochen brauchten wir Geld, Rosa und ich. Ich wusste, dass du auch abgebrannt bist. Aber Tante Sidonia – es sah wirklich danach aus, als wolle sie sich auf den großen Weg machen – bat ich um Geld. Anstatt was lockerzumachen, schimpfte sie wie immer über unsere Familie. Sie lag im Sarg und tobte, ich machte den Deckel zu und stellte einen Sessel drauf, damit sie nicht rauskonnte. Ich hab ihr sogar einen Strohhalm angeboten, damit sie nicht erstickt, aber sie hat mich nur übel verflucht. Dann fing ich an, nach Geld zu suchen. Tante Sidonia hämmerte wie verrückt an den Sargdeckel, wie aus der anderen Welt. Ich konnte mich gar nicht aufs Suchen konzentrieren. Dann fing sie da drin an zu zappeln, und was höre ich? Münzenklimpern! Aha, denk ich, das kennst du, Bukefalos, das klingt gut, es liegt im Sarg unter ihr. Sie wehrte sich und zappelte wie ein Huhn, dem du den Hals amputiert hast. Na, das ist ja eine schöne Tote, dachte ich, die legt sich in den Sarg und scheißt Gold. Also hab ich sie rausgezerrt, und siehe da! Ein Haufen Münzen aus der Zeit des Schusters Ceauşescu des Schrecklichen und ein unauffälliger Lederbeutel. Die Lei hab ich ihr gelassen, aber den Beutel, nein, das hab ich nicht übers Herz gebracht.“
Radu wog die Münze in der Hand und prüfte den Rand.

„Da steht etwas mit kyrillischen Buchstaben. Was weißt du denn über das Odessa-Gold?“, fragte Radu nachdenklich.

„Das, was du auch von Vater wusstest … Sobald das Gespräch darauf kommt, fallen drei tot um. Die anderen in der Runde machen dann die Fliege! Feige Hunde!“

„Aber wenn viele etwas wissen, dann ist dieses Etwas in der Nähe, ach, ich wittere es, das Gold der Zaren.“ Die Kälte der Morgenstunden kroch durch den Raum. „Auf jeden Fall waren unser Bulibascha und ein Polizist dabei, als unser Gold verschwand. Außerdem ein unbekannter Rom, der sich gut versteckt. Sie sind unter uns, die Schweine“, schimpfte Radu.

„Wer hat die Verhöre geführt und warum wurden überhaupt so viele Menschen verhört?“

„Zwei Bullen wurden zur Strecke gebracht. Im Dorf! Natürlich wegen des Goldes! Wer hat es aber in jener eisigen Nacht aus dem Dorf geschmuggelt? Kam Corbea wirklich mit leeren Händen nach Hause, wie er behauptet? Wurde das Gold verteilt? Das sind hier die Fragen!“

„Oder ist es irgendwo vergraben wie ein Piratenschatz?“, fragte Buke.

„Welche Verbindung hat Corbea zum Kloster? Und wieso ist ihm das Kloster über alles heilig, ihm, der früher seine Blumen mit Weihwasser gießen ließ?“

„Radu, das war die schlaueste Frage deines ganzen Lebens!“

„Was meinst du?“

„Die Kommunistenbonzen haben ihre Hochzeiten und die ihrer Kinder heimlich im Kloster gefeiert, um nicht gesehen zu werden. Der atheistische Staat hätte die kirchliche Trauung bei Parteifunktionären nicht geduldet. Die

Klöster bekamen dafür auch ihren Teil vom Kuchen. Und sie haben ihn immer mit der Securitate geteilt."
„Damals hatten die Klöster übrigens mehr Geld als heute. Sie wurden finanziell vom kommunistischen Staat unterstützt. Heute wirft man ihnen nur noch einen Knochen hin."
„Genau, Radu, damals ging es um die Machtverteilung! Die Popen und die Securitate steckten unter einer Decke! Eine Hand wäscht die andere."
„Der Staat in seiner grausamsten Form – Securitate!"
„Unser Bulibascha und der Abt kennen sich also schon lange."
„Und Corbea wird auch nachgesagt, dass er mit der Securitate geflirtet hätte", gab Radu zu bedenken.
„So haben wir ein Dreieck!", brüllte Buke vor Freude.
„Ich war selten in der Schule, aber das kapiere ich: Der Abt Eftimie, die Securitate und Corbea sind ein kriminelles Trio! Alle haben Dreck am Stecken. Aber was verbindet sie? Ein Verbrechen? Und was nun, was nutzt uns diese Schlauheit?"
„Radu, wo ist hier in der Umgebung der Ort mit den dicksten Mauern, der alle Zeiten bis heute überlebt hat?"
„Dahinter kann man viel verstecken …"
„Vielleicht Gold …", schmunzelte Buke verschmitzt.
„Sieh mal an, du jonglierst ja mit Gedanken. Wo hast du das gelernt? Im Zirkus etwa?"

## Ein Frühlingsstreich

Der Lenz kam aus den Tiefen der Erde und der Himmel nahm seine Farbensprache an; er segnete das leuchtende

Grün der Banater Heide. Die Hühner bevölkerten wieder die Nebenstraßen Fratelias, die Zäune wurden gestrichen und die Osterblumen wuchsen an gewollten und ungewollten Stellen. Es roch würzig nach dem Rauch trockener Äste und Blätter, die als Häufchen in den Gärten herumlagen und nun tagelang vor sich hin qualmten.

Radu war nach dem langen Winter deutlich gealtert. Müde und verbittert schaute er in die Sonne, die am Ende der Straße hinter den Maulbeerbäumen unterging. Er konnte sich nicht mehr darüber freuen, auch nicht auf die Menschenaugen auf der Straße oder im Rathaus. Die Jahreszeiten verschwanden hinter seinem Bürofenster. Wie gerne hätte er alles liegen lassen und aus seinen Aktenordnern ein Lagerfeuer gemacht! Dann nach den Pferden im Stall geschaut, für ein paar Stunden das schönste ausgeritten, am liebsten an die Temesch, anschließend den ersten Rom, der ihm einfiel, auf einen Schnaps besucht, geplaudert und gute Geschäfte gemacht.

Radu Gabor sah nach der neu asphaltierten Straße; er testete den Belag mit dem Absatz und fand ihn gut. Voller Stolz blickte er auf, als wollte er gesehen werden. Es war schließlich sein Werk, auf seine Veranlassung hin wurde die Straße gebaut, und das Geld dafür hatte auch er organisiert. Der Bau der Straße war überfällig. Aber jetzt endlich sah es hier in Fratelia nach Stadt aus. Er ging die Zehnte Straße in Richtung Straßenbahn. Hier hatte er als Kind Kirschen geklaut, dort die Hühner, da die Klingel mit weichem Pech zugeklebt, hüben Stroh angezündet, drüben das Mädchen verführt …

Radu öffnete mit dem linken Ellbogen das Tor zum Kirchhof. Unter dem rechten Arm hielt er seine Aktentasche. Seit vielen Jahren kannte er die Kirche nur noch von außen, was hatte er dort verloren? Die Wandmalerei am Eingang der Kirche, das Votivbild, zeigte den Heiligen Elias, dem die Kirche geweiht war, daneben einen Pfarrer mit einer langen schwarzen Kutte, der ein Modell der Kirche, etwa einen Meter hoch, in Händen hielt, als wolle er sie dem Heiligen überreichen.

„Wie würde ich mit meiner Siedlung dastehen?"

Radu versuchte, sich in die Rolle des Popen zu versetzen. Das gelang ihm gut. Die Kirche stand. Und sein Dorf? Da hatte er nicht viel zu bieten. Das Gotteshaus war jeden Sonntagmorgen voll, während seine Häuser leer standen.

Im Vorraum saß Maria zwischen exotischen Pflanzen auf einem Thron. Es war das Paradies und niemand, der das Wandbild kannte, hätte je gewagt, sich das Paradies anders vorzustellen. „So ein Bild fehlt der Siedlung: Bäume oder Riesenkakteen wie auf der Tequila-Flasche, der optische Effekt fehlt!", sinnierte er weiter. Außer einer alten Frau, die vor der Altarwand kniete und betete, war niemand im Raum. Radu erkannte mit Mühe die Fluchtszene nach Ägypten, entdeckte aber sofort die Ähnlichkeiten zwischen Maria und Swetlana. Seine Prinzessin saß da und blickte nicht auf, als würde sie sich ihrer Flucht schämen. Aus einer Weltenwunde kam er, Radu, in der Gestalt des Engels Gabriel herausgekrochen. Er brachte Maria, nein, Swetlana, nicht hundert Rosen wie einst, nein, eine einzige Lilie brachte er mit. Es schien, als hätte er sie aus den Falten seines Schleiers gezogen, wahrscheinlich war sie geklaut. Mit den komischen Flügeln hat Gabriel wohl die Fliegen vertrieben. Hier saß Swetlana – nein, diesmal war es Maria – wieder auf dem himmlischen Thron. Von wegen himmlisch, dachte er, die Engel sind

doch alle Verehrer, alle Kriecher. Aber das Kind, ja, das ist goldig, das könnte von ihm sein … Warum hatte er Swetlana eigentlich nie ein Kind gemacht? Jetzt hätte sie ihre Dienstboten und ein Kindermädchen, denn Swetlana würde sich doch nie die Finger mit irgendeiner Hausarbeit schmutzig machen. In der Szene der Jordantaufe an der rechten Wand sah sich Radu nackt betend in der grünen Temesch. Der leuchtende Teller hinter seinem Kopf sollte ihm wahrscheinlich dazu dienen, nachts den Weg besser zu finden, ja, den Weg überhaupt. Ein etwas verwahrloster Mann träufelte ihm Wasser auf den Kopf, während die Zuschauer – Căldărari und Lovas aus der Siedlung – gespannt und staunend das Ufer säumten. Wieso ist der Heiland nie in der Siedlung erschienen, fragte sich Radu, wo ihn doch viele Roma gerade bei einem Neuanfang gebraucht hätten.
„Gott beschütze dich, junger Mann“, brabbelte der Pfarrer im Vorbeigehen. Radu freute sich, dass der alte Mann ihn nicht erkannt hatte, und wagte ihn anzusprechen:
„Wer sind die Leute, die da oben in den Särgen sitzen, Eure Heiligkeit?“
„He hee, junger Mann, da möchte ich auch mal dabei sein. Das sind die Seelen der Auferstandenen unter uns. Das Jüngste Gericht schickt ihre Seelen ins ewige Leben.“
„Vorher waren sie tot?“
„Natürlich, das sind unsere Toten, das sieht man dort an den Särgen und an den weißen Binden, früher Toten-Kleider.“
„Und die rote Brühe dort, ist das Blut?“
„Noch viel schlimmer! Das ist das Fegefeuer.“
Der Mann in der schwarzen Kutte warf einen kurzen Blick auf Radu, gerade als der sich entfernen wollte:

„Sei gesegnet, mein Sohn! Ich habe dich erst gar nicht erkannt. Unser Consilier hier? Du suchst mit Sicherheit ein paar ruhige Augenblicke."
Radu verbeugte sich kurz, küsste die Hand des Pfarrers, dann sah er wieder an die Decke.
„Ich liebe diese Bilder an den Wänden", schwärmte Radu.
„Schön, dass du dir Gedanken um dein Seelenheil machst."
„Meine Seele ist ein Schiff ohne Segel."
„Beten tut immer gut, der Heilige Elias wird deine Seele unserem Heiland näher bringen!"
„Ich werde für alle Zigeuner beten. Ihre Seelen sind ohne Rast, sie brauchen Eure segnende Hand, Vater!"
„Unser Gott ist groß, er liebt auch euch, in seinem Herzen ist Platz für alle Menschen, wenn sie es nur wollen."
Dann entfernte er sich. Radu fühlte sich plötzlich alleingelassen, eine leise Empörung steigerte sich zu Zorn. Nein, unser Volk muss gar nicht in die Kirche kriechen, um sich vor den Heiligenbildern zu verbeugen … Was können wir dafür, dass diese Eva gesündigt hat, meint mein Bruder Buke, wir waren nicht dabei. Wir hätten die Schlange gegrillt, ist doch klar. Sich vom Weib verführen lassen? Mit einem Apfel? Der müsste schon aus Gold sein, ha! Das mit der Kreuzigung hätten wir auch nicht zugelassen, den Mann hätten wir nachts vom Kreuz geklaut, bevor er tot war, wie kann man einen nur so lange da hängen lassen? Nein, wir sind von jenseits der Sünde. Das Zigeunervolk stieg aus den Särgen, um ins ewige Leben einzutauchen. Radus Blick wandte sich nach oben, denn dahin sollte die Wanderschaft irgendwann mal gehen, da im Himmel sind die wahren Siedlungen. Aber ist der Preis nicht zu hoch, muss man denn alles gleich mit

dem Tod bezahlen? Einer allein weiß die Antwort: Da oben unter der Kuppel beugte sich Gottvater, der oberste Richter, über Radus Haupt. Und der hatte nichts dagegen und fand es in keiner Weise bedrohlich, denn einer muss ja wissen, wo es langgeht. Gottvater war von Gold umgeben; er trug einen purpurnen Umhang, aus dem eine Faust mit erhobenem Zeigefinger herausragte. Die schwarzen Augen stachen hervor und die Wimpern waren so lang, dass sie einen fast berührten. Der erhobene Finger wirkte eher wie ein Winken aus dem Zugfenster. Gott war umgeben von Cherubim, die die Köpfe zwischen den Flügeln eingezogen hatten. Sie schauten bierernst in die Runde. In den vier Himmelsrichtungen – Gott in der Mitte – waren merkwürdige Tiere abgebildet. Radu versuchte, sie zu erkennen. Das Sonnenlicht warf seine letzten Strahlen durch die kleinen Bögen unter der Kuppel. Das Gold hinter dem Pantokrator, dem Gottvaterbild, wurde für ein paar Augenblicke zum Leben erweckt. Gott kommt mit den letzten Sonnenstrahlen nach Hause, dachte Radu. Ein Lächeln streifte sein Gesicht. Da ist ein Löwe, ein blutrünstiges Himmelsgeschöpf, das alle Befehle Gottes feurig ausführt. Und da ist ein Stier mit blutunterlaufenen Augen … Ruhig schöpft der Stier Kraft aus der Geduld und der Gelassenheit. Was hat der Engel in der gegenüberliegenden Ecke unter den Tieren zu suchen? Der Adler hütet ein Geheimnis. Frech und kühl-bedrohlich ist sein Blick, dem nichts entgeht. Er versucht Gottvater mit seinen Flügeln zu beschützen. Dieser Blick ließ Radu nicht mehr los. Vergeblich starrte er auf den prunkvollen Altar, die Bedrohung von oben steigerte sich.

Radu musste dem Adler einen Namen geben. Ja, er … er hat einen Blick wie Sile, wenn er was vorhat, das er nicht verraten will. Radu musste lächeln: So sieht er aus, wenn er denkt! Und der Schnabel erinnert an Siles Hakennase. Oh Gott, hoffentlich ist ihm nichts zugestoßen – man weiß es ja nie im Nuttengeschäft. Das gepflegte Gefieder des Adlers ist wie die eleganten Klamotten von Mooshammer, die er trägt. Sile konnte immer schon aus Dreck Geld machen. Wenn er beim Schnaps einen guten Einfall hatte, schwieg er den ganzen Abend, als wolle er den guten Einfall nicht verlieren. Er verließ die Gesellschaft dann oft als Erster, man fand ihn rauchend auf der Bank im Park. Er war nicht immer erfolgreich, weil er zu vieles ausprobierte, aber er war immer auf der richtigen Seite. Als sie Kinder waren, stand er der Mutter am nächsten. Er ähnelt ihr auch am meisten – mein Gott, war das eine schöne Frau, eine echte Piranda, schwärmte Radu im Selbstgespräch. Abends, wenn sie ihr langes, pechschwarzes Haar beim Licht der Petroleumlampe kämmte, duldete sie nur noch Sile. Sie hatte ihn am längsten gestillt und um ihn hatte sie die meisten Sorgen, dass aus ihm nichts werden würde.

Der Stier schaut dumpf durch die Kirche, aber was er vorhat, weiß keiner. Geduld hat der wie mein Relu, der den langen Gottesdiensten der Zeugen Jehovas beiwohnt und so ein Weib wie Lăcrămioara neben sich duldet. Er hat recht, wenn er meint, dass er von vielen in der Sippe verkannt, übersehen oder vergessen wurde. Onkel Mitu schätzt ihn dagegen sehr. Als Kind saß Relu brav und frei von jeglichen Wünschen in einer Ecke. Wir gingen Gänse stehlen, er aber sah gleichzeitig die erste Mondlandung im Fernsehen. Der hat immer nur auf Befehle gewartet, aber von sich aus hätte der nie im Leben ein Pferd geklaut. Wenn Relu bei den Katholiken eingetreten wäre, hätte man aus ihm sofort einen Ministranten gemacht, sokhardea! Der Papst hätte ihn abgeknutscht, so süß war der! Doch was hat es ihm genutzt?! Er hat keinen Biss, er kaut wie eine Kuh. Steht er vor einer weißen Mauer, so geht man an ihm vorbei und sagt sich: He, bei dem ist etwas nicht in Ordnung! Relu, ach, ich liebe ihn; seine Zeit wird bestimmt noch kommen. Er ist ein echter Roma, er hat eben Geduld, denn unsere Zeit wird noch kommen.

Hier der Löwe, der Gewinner sein darf, weil er rücksichtslos ist, weil er nie überlegt, bevor er zur Sache schreitet. Gott muss ihn immer zurückpfeifen, sooft er sich in der Weite der Gräser verläuft. Aber er möchte König sein um jeden Preis. Seinen Zorn gießt er über die Savanne aus wie ein Gift, das aus der Hitze geboren wurde. Die Beute lässt er manchmal laufen, denn er kennt die Gnade, und er kennt das Gesetz. Allerdings nur das eine: sein Gesetz. Und sein Gesetz ist sein Herz. Es darf schalten und walten nach eigenem Gutdünken. Unberechenbar ist er. Frauen lockt er anfangs durch seine Liebenswürdigkeit an, er gibt sich jovial. Später mögen sie weder sein Gebrüll noch seinen Geruch und sind ihm trotzdem untertan, solange sie's mit ihm aushalten. Wo er auftaucht, gibt es viel Freude, Lachen, Tanzen, Ausgelassenheit, aber auch Tränen und Ereignisse, die mit Leid und Totschlag enden; ohne Wiederkehr ist alles, was er anfasst. Manchmal schwebt er zwischen den Welten, jeder Bindung entledigt, fern, willenlos, wie eine Ausgeburt der Hölle, die ihren Platz hier nicht findet. Wäre er ein Mensch, so würde er sich in diesem Zustand mit Worten oder Zwetschgenschnaps berauschen und dummes Zeug reden. Mit einem Male sah er Buke anstelle des Löwen auf dem Kirchenhimmel.

Was will uns der Goldengel da oben sagen?
Ich begreife mich nicht. Aber wer begreift schon dieses Wesen, das aus Gottes Gesicht geschnitten ist und wieder von Gott eingeatmet wird? Ich merke nur, sinnierte Radu, er ist einer unter vieren und ihnen gleich. Unter dem Engel buchstabierte er: „Ioan-der Evangelist."
Radu besuchte nach diesem Tag etliche Gottesdienste und vertiefte sich gelegentlich in die Heilige Schrift.

Die Hand mit dem schwarzen Handschuh drückte vorsichtig die Türklinke nieder und öffnete die Tür einen Spalt weit. Leises Röcheln drang aus dem dunklen Raum und der Mief verbrauchter Luft. Eine Gestalt versuchte ungeschickt, eine Sense in Tante Sidonias Zimmer zu zerren, aber vermochte sich an keinen Schatten zu orientieren, auch nicht am eigenen. Es war kurz vor Mitternacht. Das Gespenst stolperte über die Sense und stieß an die Sessellehne.
„Ist hier jemand?", fragte Tante Sidonia besorgt, fast piepsend.
„Ja, ich!", kam die Antwort leicht verunsichert.
„Wer ich? Das kann jeder sein!"
„Mich gibt's nur einmal, und jetzt bin ich bei dir …", flüsterte die Stimme. Die Gestalt suchte Streichhölzer.
„Verdammt, wer stört meine Sterbestunde?"
Das Gespenst zündete die Kerze am Fußende des Sarges an, und ehe sie aufflackerte, hatte es die Sense wieder in der Hand.
„Aaah, Hilfe, meine Stunde hat geschlagen!", brüllte die Alte im Sarg.

„Da liegst du richtig …“ Die Stimme überschlug sich und war ziemlich undeutlich.
„Und gerade heute sind die Ratten aus dem Haus! Wenn man sie braucht, sind sie weg, die Bastarde, Hilfe!“
„Da kann dir keiner mehr helfen. Bist du bereit zu gehen?“ Die Stimme klang unerbittlich. Tante Sidonia nahm erst jetzt die Gestalt in ihrer ganzen Grausamkeit wahr: Übermenschlich groß war sie, mit einem langen, im Kerzenlicht gelben Gewand, ein schwarzes Kabel um die Hüften geschlungen, und anstelle eines Kopfes leicht geneigt ein Totenschädel. Die Augenhöhlen schienen noch mehr Dunkelheit in den Raum auszuatmen, sie waren am Rande abgesplittert und stimmten Tante Sidonia eher neugierig. Allein die Sense in der Linken hielt sie davon ab, sich im Sarg aufzurichten. Stattdessen krallte sie sich am Kistenrand fest, während sie hastig und undeutlich betete:
„Vater unser, der du bist hier im Zimmer, geheiligt sei dein Name, dein Reich komme … Gott, sei mir gnädig, verzeih mir meine Gemeinheiten, meine Streitsucht und meine Stunden, in denen ich zu tief ins Glas geschaut, es waren doch nur ein paar Stamperl, das geht doch durch, lass mich nicht im Höllenfeuer schmoren, denn ich hab’s schon hier auf Erden erfahren …“
„Das musst du schon mir überlassen“, dröhnte der Tod.
„Mit meinen Sünden mache, was du willst, oh Herr, ich lege sie dir zu Füßen, denn ich bleibe deine Tochter, und urteile, wie du willst, über mich – es wird bestimmt seine Richtigkeit haben, denn ich habe gesündigt, ich war gemein zu meinem Mann, in der Jugend Hurerei …“, leierte die Sterbende.

„Und Gier, ja, Geld, Geld, Geld! Selten hat etwas anderes deinen Blick so gefesselt wie Geld“, unterbrach der Tod.
„Sicher, Geld! Aber ich habe auch in der Kirche viel gespendet, in deiner Werkstatt, aber du hast schon recht, lieber Gott, ich mein, lieber Tod – wer bist du eigentlich?“
„Du sagst es, meine Tochter, ich bin der Vater aller Dinge und aller Menschen, denn ich bin die einzige Gewissheit in eurem elenden Leben. Ich kann euch nur warnen vor dem, was auf euch zukommt, wenn ihr mir nicht folgt!“
„Wie meinst du das? Hilfe! Du siehst ja schrecklich aus, warum zum Teufel ist denn keiner zu Hause?“
„Nimm seinen Namen nicht in den Mund vor der Großen Reise, sie könnte in die falsche Richtung führen …“
„Möchtest du vielleicht einen Schnaps, na, wie wär's damit? Ich unterhalt mich so gerne mit Menschen, ich meine …“
Das Gespenst hatte große Mühe, diesem Angebot zu widerstehen. Am liebsten hätte es die Sense aus der Hand gelegt und den Abschied der Alten mitgefeiert.
„Ich trinke nie im Dienst. Jetzt musst du um Verzeihung bitten wegen deiner Geldgier!“
„Gott, ich habe das Geld so geliebt, weil in unserer Familie Not herrschte … und immer nur für meine Kinder …“
„Du liegst darauf, du alte Kröte!“
„Nein, das stimmt nicht! Der Sarg ist aus Eiche massiv, der war teuer, aber das heißt noch gar nichts!“
Das Gespenst griff in den Sarg, wühlte darin herum und kniff die Alte in den Hintern, damit sie Platz mache. Tante

Sidonia schrie wie am Spieß. Dann hob der Tod triumphierend einen Lederbeutel hoch:
„Und was ist das? Sind das Erdbeeren?“, fragte er eisig.
„Lass mir meine Säcke, du Grabpinkler, die will ich in den Tod mitnehmen und Gott vor die Füße legen, kapiert?“
„Aber ich bin doch der Tod, ich mach das für dich!“
„Nimm mich mit, gut, meine Stunde hat geschlagen, du hast gewonnen und du kriegst dein Mautgeld für die göttlichen Todesstraßen, aber ich hab noch einen Wunsch frei, oder?“
„Wenn du mir verrätst, wo du diese alten Goldmünzen herhast!“
„Nein, niemals!“
„Du klebst also doch noch an deinen alten, schleimigen Sünden, kann das sein? Mit deinem Gold kannst du nicht einmal vor dem Teufel bestehen, der lacht sich tot, und die Menschheit wäre für immer gerettet. Wäre doch schade! Ein Leben ohne Satan? Und ich? Was wäre mit mir?“
„Ich verrate nichts, bevor ich mit dir gehe, du Poltergeist, du Sensenknecht, du Würmervater!“, schimpfte sie. „Oh Gott, hast du mir dieses Scheusal geschickt oder träume ich nur?“ Da verlor der Tod die Geduld, näherte sich einem eisernen Kerzenständer, nahm ein Ende des Kabels, das er um die Hüfte geschlungen hatte, und berührte mit dem Draht die Metallstange. Funken sprühten lichterloh und erhellten den Raum.
„Du träumst die Wirklichkeit! Und jetzt komm, ich habe nicht viel Zeit. Es gibt noch andere, die ich überführen muss!“
„Gut, lieber Tod“, röchelte Tante Sidonia entsetzt, „aber häng mich nicht ans Ofenrohr, wenn ich kalt bin! Wehe

meiner armen Seele, die kommt in des Teufels Sammlung … Könntest du mir trotzdem als Henkerstrunk die Flasche dort in der Ecke reichen?“
„Ja, ich bin ja auch nur ein … Tod. Hör endlich auf mit dem Jammern und beichte gefälligst, wo du die Münzen herhast! Sonst werde ich dafür sorgen, dass du nackt begraben wirst, und dann knabbern schon morgen die Würmer an deinen Brustwarzen. Dein Sarg wird als Bierkiste dienen. Du hast deine Sache im Irdischen nicht erledigt und wirst nackt begraben!“ Die Stimme klang feierlich und apokalyptisch.
„Na gut, ich sag's dir. Aber zuerst her mit der Flasche! Ich hab so'n Durst und ich glaube, ich werde mich erkälten!“
„Ein Schnaps hilft da schon, aber am besten heiß und mit Pfeffer.“ „Ich trinke ihn auch so, ganz normal!“ Das Gespenst hätte am liebsten auch einen Schluck zu sich genommen. Zögerlich reichte es Tante Sidonia die Flasche in den Sarg. Die Alte ließ sich mit Schnaps volllaufen, ohne das Gespenst aus den Augen zu verlieren. Der Tod erinnerte sich panisch an seine Aufgabe: „Also raus mit der Sprache!“ Er spielte dabei mit dem Hüftkabel am Kerzenständer und versuchte, immer größere Funken zu erzeugen: „Also, wer hat sie dir gegeben?“
„Was?“
„Na, die Münzen, was sonst?“
„Welche, du kleiner Böser?“, piepste Tante Sidonia.
„Sprich, oder wir gehen sofort, und dein Sarg wird ein Brutkasten für Hühner!“ Das Gespenst hob die Sense und drohte damit.
„Von meinem Mann Mitu, woher denn sonst?“
„Und der, woher hat der sie?“

„Krieg ich jetzt noch einen Schnaps?"
„Antwort zuerst, sonst keinen Schluck!"
Er begann den Inhalt der Flasche auf den Boden zu kippen.
„Na, vom Bulibascha, wegen irgendeiner Sache, die er wusste, aber mehr weiß ich wirklich nicht!"
„Du wirst qualvoll krepieren!"
„Und so'n Polizeimann kam auch zwei Mal, sie haben gestritten, und dann gab der Polizist Mitu ein paar Säckchen von dem alten Zeug – es soll reines Gold sein – und weißt du, Mitu hatte Riesenschulden bei mir und kann bis heute nicht zahlen …"
„Worüber haben sie gesprochen?"
„Was weiß ich, über uralte Rechnungen. Es war kalt, Securitate, Tote und so'n Zeug."
Das Gespenst reichte ihr die Flasche: „Genauer!"
„Auf das Augenlicht meiner Kinder, mehr weiß ich nicht!"
Und mehr war aus ihr nicht herauszuholen. Der Tod entfernte sich, er musste seinen Schädel festhalten, denn alle Fäden zur Achselhöhle waren gerissen.
„Brauch ich meine Zahnbürste, einen Schlafanzug, he?"
„Nun bist du zu besoffen, so kannst du nicht vor Gott treten, aber nächstes Mal komme ich dich wirklich holen. Dann für immer!"
Buke und Radu empfingen den Schauspielstudenten vor der Tür im Dunkeln. Sie küssten ihn für seine Leistung und nahmen ihm den Schädel ab. Dann halfen sie ihm aus dem Leinentuch und gaben ihm Hose und Jacke. Die Rechnung war aufgegangen: Die Vergangenheit begann ihre Tore zu öffnen. Denn sie hatten ganz genau zugehört.

Es war ein lauer Sommerabend. Meine Eltern gingen zu Bett mit einem gelassenen „Gute Nacht, lies nicht zu lange“, und ich saß auf der Bank im Hof unter der Tanne, die so alt war wie ich. Mein Hund leckte die Wunden, die ich vom Fußballspiel an meinen Beinen hatte. Ich blies ihm in die Schnauze und vertrieb die raue Zunge samt den Mücken auf meinen Beinen, bis ich am Zaun zur Straße ein bekanntes, leises Pfeifen vernahm.

„He, komm mal her“, flüsterte die Stimme, auf die Schlafenden Rücksicht nehmend. Ich erkannte sofort meinen Freund Radu, der um die Uhrzeit noch etwas mit mir unternehmen wollte.

„Was ist los?“, fragte ich verunsichert.

„Mach mal auf, ich erzähl dir alles.“

Ich öffnete, dann gingen wir in den Hühnerhof und von dort in den Garten.

„Stimmt was in unserer Bande nicht?“

„Nein, ich muss nur heiraten … die wollen mich verheiraten!“

„Was? Mit wem?“, fragte ich und zündete ein Reisigfeuer an.

„Mit einem Mädel. Simina heißt sie. Ich kenn sie gar nicht.“

„Aber du bist erst fünfzehn, und ein Che-Guevara-Partisan heiratet nie!“

„Eben, du kapierst das sofort, aber da kam so’n Bulibascha der Messerschleifer mit seiner Tochter und verhandelte lange mit Onkel Mitu. Ich soll Simina heiraten, ohne dass es Onkel Mitu viel kostet, Hauptsache, ein Gabor, ein Kesselschmied, meinte der Mann. Und dann musste ich Simina begrüßen und sie auf ihr Zimmer begleiten und sofort wieder zurück sein, ehe ich was von ihrem

Goldschmuck klauen konnte – die hatte viel davon am Hals hängen; wie ein Christbaum sieht die aus." Erst jetzt bemerkte ich die herrlichen, mit Wappen verzierten Blechknöpfe an Radus Weste. Ich fand, dass ein Freiheitskämpfer wie Che keinen Schmuck tragen durfte.

„Aber du willst doch gar nicht Kesselflicker werden", stellte ich nach langem Überlegen fest.

„Und schon gar nicht diese Rotznase heiraten!"

„Ist sie wenigstens schön?"

„Sie hat Möpse wie Sandhügel und riechen tut sie wie ein Friseurladen, echt. Bisschen mollig ist sie, nicht schön, sie lächelt so fettig bis zu den Ohren."

„Wie alt?"

„So um die dreiundzwanzig. Alle haben gesagt, ich soll mich in einer Woche auf die Hochzeit vorbereiten, baden und mir das Haar schneiden lassen … dann würde ich auch gleich einen weißen Anzug kriegen. Morgen ist schon die Verlobung."

„Wie viele Frauen haben schon um ihre Männer getrauert, weil sie im Dschungel als Che-Guevara-Kämpfer abgeschlachtet wurden? Hunderte von jungen Witwen!", konstatierte ich.

„Genau, so ist es. Ein Partisan der Freiheit hat keine Zeit für so'n Blödsinn … stell dir vor, Haare schneiden!"

„Dann sag einfach, du willst sie nicht, sie ist zu alt für dich und sie schmiert sich Parfüm ins Haar, das kannst du für dein Leben nicht ausstehen!"

„Das geht nicht. Onkel Mitu schmeißt mich raus, wenn er das hört. Er steht in der Kreide bei dem Bulibascha und er will unsere Sippe stärken. Außerdem, sagt er, hätten früher alle Männer mit vierzehn geheiratet."

Nachdem wir uns am kleinen Lagerfeuer ausgiebig beraten hatten, bot ich meinem Companero unseren Dachboden als Versteck an. Ich würde ihn mit Lebensmitteln versorgen und ihm ein Bett organisieren, bis der Angriff der Gegenrevolution vorbei wäre. Wir müssten für die Sache der Revolution zusammenhalten und jedem Partisanen Unterschlupf bieten, gar keine Frage. Kein Rom würde Radu bei einem Gajikane suchen, das war einleuchtend. Mit einer Kerze in der Hand und auf Zehenspitzen richteten wir Radus Lager auf dem Dachboden ein. Ein paar Decken, die wir auf dem Bretterboden ausbreiteten, dienten als Bett. Staubig waren sie, da sie im letzten Winter die Kartoffeln vor Frost geschützt hatten. Alte leere Bienenstöcke lagen herum und die graue Schleudermaschine war ein herrliches Nest für Ratten. Wachsrahmen verbreiteten den unverwechselbaren Bienengeruch, allein ein paar verfaulte Zwiebeln störten die Imkerstimmung. Das dunkle Gebälk verlor sich in der Höhe, da, wo das Kerzenlicht es nicht mehr erreichte. Trockenes Knoblauchgeflecht hing wie Zapfen einer Tropfsteinhöhle von den Balken herab.

Am nächsten Tag brachte ich Radu das Frühstück, das Mittagessen und dann gegen Abend wieder das Abendbrot. Meine ganzen Ersparnisse gingen für Weißbrot drauf, denn am Brotvorrat hätten meine Eltern gemerkt, dass etwas fehlt. Abends, wenn sich im Hause alles zur Ruhe begab, holte ich Radu mit Kerzenlicht ab und wir saßen im Dunkeln auf der Gartenbank, damit kein Verdacht aufkäme. Radu tat mir leid, weil er nicht für die Sache der Freiheit kämpfen konnte, da draußen auf den Barrikaden, in den Slums am Rande der Stadt. Nun musste er für sich allein kämpfen, und ich konnte ihm nur bedingt helfen. Er war niedergeschlagen und sagte, er fühle sich wie ein streunender Hund, ohne Zuhause und ohne Sippe – das sei für einen Zigeuner ganz schrecklich. Ich zog mit dem Schlauch einen Liter Wein aus einem Fass und holte eine Schachtel Streichhölzer. Wir tranken und rauchten eine Zigarette nach der anderen – ich entsinne mich genau, es waren „Märäsesti ohne Filter“ für 2,75 Lei.

„Sag mal“, fragte ich, „warum hast du deine Braut nicht wenigstens vernascht?“

„Dann hätte ich sie heiraten müssen!“

„Schade, die hätte dir was beigebracht!“

„Das wäre nicht gutgegangen“, meinte er nüchtern.

„Hast du’s schon mal getrieben?“

„Ja, klar, nicht nur einmal!“

„Wie oft?“

„Oft!“

„Hast du schon mal eine entjungfert?“

„Auch!“

„Tut das nicht weh? Das muss doch sein, wie wenn man gegen eine Wand rennt.“

„Halb so schlimm … ich hab sie vorher entjungfert.“

„Wie?“

„Na, mit einer Rabenfeder. Du machst so lange rum, bis du ihr Häutchen um den Stiel gewickelt hast, dann blutet sie auch ein bisschen.“

„Und dann kannst du einfach rein?“

„Klar, wie denn sonst, du gehst in sie rein mit der Keule in der Hand, mit ausgestrecktem Arm, wie ein Wikinger in die Schlacht. Du gehst rein, ohne an das Tor der Lüste zu klopfen.“ Ich trank einen kräftigen Schluck aus der Flasche und bekam Mut und Freude bei diesem Thema.

„Sag mal, und hattest du auch schon einen Organigasmus oder wie sich das nennt?"
„Na, zu viele sogar, manchmal guck ich meine Cousine nur an, und ich hab einen stehen. Dann dauert's nicht mehr lange. Leider geht's immer in die Hose, die ist verlobt."
„Und wie ist das so?"
„Tja, wie soll ich das sagen, es ist so'n Prickeln, es juckt so, wie wenn du … stark pinkeln musst."
„Und dann?", fragte ich verdutzt.
„Und dann zappelt sie wie'n Hengst, dem du Schnaps gegeben hast, um ihn auf den Markt zu bringen. Danach hast du erst mal genug von Frauen, du stehst auf und gehst eine rauchen."

An jenem Abend war ich zum ersten Mal in meinem Leben beschwipst. Ich bekam Angst vor meiner Gliedmaßenschwäche und drängte Radu, er möge sich schleunigst auf den Dachboden zurückziehen. Am vierten Abend saßen meine Eltern und ich beim Abendbrot und ich erzählte witzige Geschichten aus der Schule. Ich brachte meine Eltern wiederholt zum Lachen. Aus einem einzigen Grund: um die Geräusche auf dem Dachboden zu übertönen. Es war ein dumpfes Poltern, wie wenn Gespenster sich mit Kerzen bewerfen.
„Wir haben schon wieder Mäuse auf dem Dachboden", meinte meine Mutter trocken.
„Der Marder ist es", mein Vater hob den Kopf über dem Teller, „der Nachbar beschwert sich auch schon seit drei Wochen!"

„Na ja, kein Wunder bei deren Sauwirtschaft, das ist doch eine Schande, wie's da aussieht. Gott, oh Gott, da kotzt doch selbst der Marder!"
„Wenn der an meine Bienenrahmen geht, dann kann ich alles neu kaufen ... Ich geh lieber rauf und schau nach."
Mein Herz tobte wie ein Spatz in der Hand. Vater nahm einen Knüppel aus dem Hof, eine Taschenlampe und begab sich auf die wackelige Leiter. Das Schicksal war unabwendbar, ich stammelte noch vor mich hin:
„Ich kann das auch machen, Vater." Nach fünf Minuten folgte ich ihm. Vater stapelte gerade seine Bienenrahmen und bat mich, die Taschenlampe zu halten. Ich beleuchtete kurz die Ecke, in der Radu sein Bett hatte. Da war nichts, außer ein paar alten Zwiebeln. Dafür waren etliche Dachziegel verschoben, aber das fiel nur auf, wenn man etwas Bestimmtes suchte. Radu war mit zwei Decken und mit dem ganzen Vorrat, den ich ihm an den gewohnten Platz gelegt hatte, verschwunden. Ich hörte nichts von seiner Hochzeit. Er tauchte nach drei Monaten wieder auf.

In der Ferne, in Richtung Süden blitzte es ein paar Mal am Himmel. In der Luft knüpfte sich ein Netz aus Blitz, Wut, Hitze und Leidenschaft. Onkel Mitu, Radu und Buke saßen im großen Zimmer gleich neben dem Sterbekasten von Tante Sidonia. Dumpfes Kerzenlicht drang durch die schmutzigen Scheiben in den Raum. Das Teerpapier auf dem blanken Lehmboden war am Rand zerknittert, unter dem Tisch hatte es einige handgroße Löcher. Aufgeregte Gespräche, der Schnaps und die Zigarren aus den Tabakblättern der letzten Ernte füllten den Abend. Das Leben verlor an Wichtigkeit und Schwere, die Geschich-

ten, die es schrieb, wurden mit dem fortschreitenden Abend weniger bedrückend. An der Wand hing ein Rosenkranz, dessen Kugeln sich von den Kakerlaken, die ihre Bahnen krochen, kaum unterschieden. Er baumelte leise beim Vorbeifahren der Straßenbahn. Draußen hörte man Stimmen, Schatten glitten an die Decke und blieben da im Gebälk hängen. Die Tür wurde aufgerissen, und alle schauten in jene Richtung. Dragan zerrte seine Tochter Roxana in den Raum. Die junge Frau zerkratzte ihm die Hand und versuchte sich mit aller Gewalt aus dem Griff des Vaters zu befreien.
„Jetzt … erzähl ihm die Geschichte! Sag, was du zu sagen hast!", brüllte Dragan grimmig, während er die Augenbrauen zusammendrückte.
„Du wolltest herkommen, nicht ich …", zischte Roxana giftig.
„Sag's, du Nutte, sag's selber, alle wollen's hören!" Er knetete ihren Arm, als wolle er daraus ein Geständnis hervorpressen.
„Ich bin … Nein, ich kann nicht", rief die junge Frau unter Tränen. Radu und Buke warfen sich konspirative, besorgte Blicke zu.
„Schwanger, ja, trächtig ist sie. Der Kriminelle ist hier im Raum! Er möge sich zu der dreckigenTat bekennen!"
„Ja, ich war's nicht!" Onkel Mitu lachte herzhaft und leerte sein Glas. „Fress dir die Augen, mein Täubchen, aber ich war's nicht!"
„Was soll der Mist? Du kommst in unser Haus und brüllst hier rum, haben wir die Wäsche auf dem gleichen Draht getrocknet?", fragte Buke.
„Du, halt die Fresse, du Bärentänzer, denn hier sitzt der, der meiner Tochter und ihrer Familie die Würde einfach

mit dem Schwamm weggewischt hat. In der Hölle soll er schmoren oder es wiedergutmachen!" Dragan zeigte auf Radu.

„Ich soll sie geschwängert haben, Dragane?", fragte Radu, nach einer Lücke im Gedankennetz suchend.

„Na, wer denn sonst, da fragt er noch?!"

Buke sah sein Glas an, als wollte er es mit einem Blick durchbohren. Totenstille. Roxana schämte sich in Grund und Boden und starrte auf die Tür zum Sterberaum.

„Sie soll es sagen, Dragane, das will ich!" Radu trank einen Schluck und stand auf.

„Ja, du warst es … Damals, im letzten Dezember!"

Radu verstand, was gespielt wurde.

„War das so, mein Sohn?", fragte Onkel Mitu tiefgründig-unterkühlt.

„Ich werde gerade Vater einer Schuld! Ob ich der Vater von diesem frischen Zigeuner bin, steht noch offen", beteuerte Radu und zeigte auf Roxanas Bauch.

„Wer denn sonst, sie war doch nie auf der Straße, mein Mädchen, nicht wahr, mein Eichkätzchen?!"

„Nein, Vater!" Roxana tat wie eine Internatsschülerin vor dem Beichtvater.

„Und was sollen diese schwarzen Netzstrümpfe und der kurze Lederrock an ihr? Ihre Titten hängen mir ins Glas. Bei deiner Tochter ist doch der Lack ab", stellte Onkel Mitu fest.

„Da musst du aber zum Augenarzt, Onkelchen!", wehrte sich Roxana.

„Ist der Ausschnitt am Busen nicht zu weit? Sind dir die bodenlangen bunten Zigeunerröcke nicht mehr gut genug, mein Täubchen?", ereiferte sich Onkel Mitu.

„Und auch noch Gold um den Hals, und wahrsagen an jedem Tisch, wo ein Weichei sitzt, oder? Nein, Alter, die Zeiten sind vorbei!“, wehrte sich Roxana.
Onkel Mitu musterte sie noch einmal:
„Wieso kenne ich die Goldkette an deinem Hals?“
„Aber die Rechte des Blutes einfordern, das ist modern, das ist zeitgemäß, was?!“ Buke stand mit rotem Gesicht auf.
„Was soll sie denn in dieser Scheißwelt mit einem Kind anfangen? Da sitzen nicht mehr zwanzig Roma am Lagerfeuer wie früher!“, stammelte Dragan verlegen.
„Schau sie dir mal an, deine Tochter, Dragane! Es heißt doch schon in der Kirche, bring nicht die Versuchung auf den Pfad des Sünders!“ Dragan zögerte bei seinem Vorhaben, dann übermannte ihn die Wut.
„Aber ihr habt es getrieben wie die Hunde auf dem Friedhof. Ist doch so, oder, sonst wär sie doch nicht schwanger?“
„So war es!“, sprach Radu sein eigenes Urteil. Er schien sich der Tragweite seiner Worte bewusst zu sein. Er wusste, dass Dragan alles aufs Spiel gesetzt hätte, auch seine Politikerkarriere, nur damit er, Radu, Roxana heirate. Das Risiko war ihm zu groß, zumindest in diesem unerträglichen Augenblick. Unerwartet ging die Tür zum Sterbezimmer auf. Tante Sidonia erschien wie ein Gespenst, das wegen seiner Berühmtheit alle bloß langweilt:
„Ha, ha“, lachte sie wie eine Hexe, „ihr habt es wie Hunde auf dem Friedhof getrieben! Wehe, ihr hebt das Bein an meinem Kreuz und pinkelt es an!“
„Geh jetzt, Weib! Beten sollst du, wenn Männer Wichtiges diskutieren, damit es einen guten Ausgang nehme“, rügte Onkel Mitu sie recht sanft.

„Und hüte dich davor, deine Vaterpflichten zu umgehen. Du musst endlich Verantwortung übernehmen." Dragan bekam Mut und erkannte sich selbst nicht wieder. „In der Politik ist es nur Verantwortung für das Geld anderer, aber hier … für ein Kind, das du gezeugt hast – du selbst, verstehst du?"
Radu sah sich in seiner Vermutung bestätigt. Er sprang auf und zerrte Roxana auf den dunklen Flur.
„Sag mal, Roxana, was wird hier gespielt?"
„Ich komme wegen meines Vertrages, weißt du noch, den musst du jetzt erfüllen, die Zeit ist gekommen!"
„Vertrag? Ich bin wohl im falschen Film!"
„Herr Consilier will dir einen Vertrag mit einer Bar vorlegen – als Tänzerin, aber zuerst musst du dich ausziehen. Am Schluss, als ich fragte, was mit meinem Vertrag sei, sagtest du: ‚Beim nächsten Mal, honey!' Das nächste Mal ist nun gekommen. Nun will ich den Vertrag mit dir – einen Ehevertrag, verstehst du? Und dass du zu deinem Kind stehst."
„Es ist doch bekannt, dass du Geld hast, die tollsten Sachen trägst und anschaffen gehst. Was soll das, wieso ist das Kind von mir?"
Roxana streichelte liebevoll ihren Bauch: „Ich weiß es!"
„Was heißt, du weißt es?! In dein Bett kam nur der nicht, der nicht wollte. Xas me pelé!"
„Du spinnst wohl! Das ist alles längst vorbei und war längst vorbei, als ihr zu mir gekommen seid, und dann noch diese Dickhals-Kröte in meinem Bett … Ich will ein anständiges Leben anfangen. An deiner Seite! Ja, mit dir, Radu."
Radu lachte still vor sich hin:
„Wie willst du beweisen, dass es mein Kind ist?"

„Das brauch ich nicht, ich weiß es!“
„Woher?“
„Ich weiß es, eine Zigeunerin weiß so was. Seit du dich mit den Gajikane herumtreibst, hast du all diese Dinge vergessen!“
„Aber ein Zigeuner glaubt nichts, was er nicht mit seinen Augen geprüft hat!“
„Und wie willst du das mit deinen verdammten Augen prüfen?“
„Das kannst du leider, ha, ha, ha, nur mit dem Herzen prüfen. Eine echte Mutter kann das, darauf kannst du Gift nehmen!“
Sie sprang ihm an die Gurgel und zog an seiner Krawatte, bis Radu einen roten Kopf bekam: „Du glaubst also nicht, dass es dein Kind ist, was?!“
„Nein, ich will Beweise! Ich glaube nicht an das Weibergetue. Es könnte auch von Buke sein, das war doch am gleichen Abend!“
„Du feiger, streunender Hund, du armseliger Zaunpisser, du Kneipenleuchter … Er glaubt es nicht …“ Radu hatte Mühe, ihren Schlägen auszuweichen.
„Woher willst du’s wissen? Reinen Wein sollst du mir einschenken!“, brüllte Radu.
„Von einer Wahrsagerin …“
„Tante Paraskiva, die verschrumpelte Zwetschge?“
„Von wegen, es ist eine Prinzessin …“
„Was, Swetlana, ist sie wieder hier?“
Hinter dem Kühlschrank hörte man ein leises Quietschen wie das Verenden einer Ratte in der Falle.
„Sie hat mir gesagt, dass es dein Kind ist …“ Sie standen da im Dunkeln und keiner wusste, was als Nächstes ge-

schehen würde. Ihre Schatten berührten sich an den Wänden.

„Wir könnten uns ja einigen. Ich meine … Wie viel willst du?"

„Du Pferdedieb, du bist, wie Swetlana dich beschrieben hat – ein Feigling! Xas me kukaraschka, versuch dich nicht zu drücken. Hier gibt's nichts zu verhandeln! Sei mal ein Mann und nicht eine Vogelscheuche im Wind. Das Kind ist von dir und basta!" Roxana fing an zu schluchzen.

„Ich hab doch vorhin alles zugegeben, was willst du mehr?"

„Merkst du nicht, dass ich dich liebe …"

„Wieso denn mich? Wir kennen uns schon seit unserer Kindheit, wir haben die gleichen Mülldeponien nach Schweinefutter durchwühlt und draufgepinkelt. Wieso denn?"

„Ich hab dich schon damals geliebt und zu dir aufgeschaut wie zu einem großen Bruder … Einmal hast du mich sogar geküsst. Dann hast du mir unters Kleid gegriffen, natürlich hatte ich drunter nichts an. Ich fühlte deine warmen Finger, wie sie meine Unschuld kneteten."

„Aber das war vor fünfundzwanzig Jahren …"

„Ah, was verstehst du von der Liebe einer Frau?"

Radu stand wie betäubt da. Schweiß perlte auf seiner Stirn, und er spürte auf dem Bauch die Kälte seiner Hände, die sich in die Westentasche bohrten. Er hätte seine Gefühle nicht beim Namen nennen können. Aber es wurde ihm warm ums Herz. Er würde also Vater werden, vielleicht eines Sohnes, aber warum musste ausgerechnet dieses Mondgesicht, das jeder in der Stadt kannte und das bereits auf allen Tischen getanzt hatte, die Mutter seines Kindes sein? Und doch hatte sie so etwas Vertrautes.

„Ich war immer so heiß, wenn du zufällig bei uns warst, ich schwor mir, niemandem außer dir zu gehören, dann kehrtest du mir den Rücken … Jahrelang. Es gab nur dich und den Rest. Da du mir nie ein Lächeln geschenkt hattest, beschloss ich, dem Rest zu gehören. Doch dieses Kind wird uns verbinden, Radu!"

Radu spürte Roxanas Atem in der Dunkelheit, und er streichelte zögerlich ihr raues Haar. Sie ergriff seine Hand und küsste sie, dann legte sie seine Finger vorsichtig auf ihren Bauch.

„Ich weiß nicht … das kommt mir jetzt sehr ungelegen. Ich bin nicht darauf vorbereitet, und die Senatswahlen stehen im Spätsommer an." Radu zögerte erneut.

„Du Spinne! Du bist eine Spinne, die alles verschlingt, aber sich im Winde wiegt, bis der Faden zerreißt. Deine Senatswahlen gehen mir am Arsch vorbei!"

Als der Kühlschrank aufhörte zu rattern, wurden beide eines bösartigen Kicherns gewahr.

„Die Hexe, ich bring sie um. Der Tod sucht sie im Sarg und sie versteckt sich hinter dem Kühlschrank!"

Radu fand Tante Sidonia im Dunkeln. Sie fauchte ihn an:

„Du bist eine Spinne, ha, ha, ha, wie zutreffend! Oooh, ihr Gabors seid alle verdorben wie die Sau. Du hättest mal Bukes Gesicht sehen sollen, als dein Vater den Verbrecher suchte! Der war vielleicht erschrocken, das sag ich dir, ha, ha, ha, der war doch auch dabei. Na, hab ich recht?!"

„Hüte deine Zunge. Was kümmern dich die Angelegenheiten der Lebendigen, du bist ja schon halb tot, du gehörst in deinen Sarg zurück! Da kannst du kein Unheil

anrichten oder andere Leute belauschen, du alte Schachtel!", brüllte Radu und nahm sie entschlossen auf seine Arme, um sie in den Sarg zu legen.
„Du Vagabund, du nimmst wohl alles von Prinzessin bis Hure hoch, was? Jetzt auch noch mich, eine alte Frau? Hilfe, er vergewaltigt eine alte Frau!"
Tante Sidonia zappelte und biss ihn in den Arm. Radu warf sie in den Sarg und knallte die Tür hinter sich zu, dann machte er Licht im Flur. Radus Blick fiel auf Roxanas Brustwarzen, die sich durch die dünne rosa Spitzenbluse pressten.
„Wo ist Swetlana?", fragte Radu verlegen.
„Im Arsch! Du brauchst jetzt nicht deine Verflossene, du hast in vier Monaten ein Kind, kapierst du das?"
Im gleichen Moment kam Dragan völlig aufgelöst in den Flur und begegnete beiden mit Feuer spuckenden Augen. Drinnen lief das Gespräch rund um die Tugenden der Tochter und um die Bereitschaft, das Kind anzuerkennen, weiter.
„Eines soll dir klar sein, Gabore! Du heiratest meine Tochter! Ich hol dich aus der Hölle, wenn's sein muss. Ladz te xal tjo muj! Mit allem, was dazugehört, nimmst du sie, verstanden? Verlobung, Verhandlung, Pliaschka und Hochzeit – du wirst meine Tochter nicht im Regen stehen lassen!" Er zeigte mit dem Finger auf Radu und seine letzten Worte klangen wie ein Urteil. Dragan packte Roxana am Arm und zerrte sie hinaus. Das Auto sprang nicht sofort an.

## Der Anfang von allen Dingen

Am Anfang waren allein die Urfluten da. Über den Wassern irrte der Reine Bruder umher. Gelangweilt und ziellos irrte er umher, das machte ihn ungeduldig und reizbar. Er hätte schon eine Welt gemacht, aber er wusste nicht, wie und wozu. Am meisten betrübte ihn aber, dass er weder Freund noch Bruder hatte. Vor lauter Zorn und Überdruss warf er seinen Stock in die Fluten. Jener verwandelte sich aber in eine Riesenfichte. Im Schatten der Fichte, am Stamme angelehnt, saß der Unreine Bruder und vergnügte sich mit einer Flöte.

„Guten Tag, Liebster! Du hast weder Bruder noch Freund, ich werde dir Bruder und Freund zugleich sein!"

„Mir kann keiner Bruder sein, aber meine Freundschaft kann ich dir anbieten!"

Sie schritten gemeinsam über die Wasser, und zwar neun Tage lang. Der Reine gewahrte währenddessen, dass der Unreine ihn nicht liebte. Der Unreine sprach:

„Guter Bruder, wir beide alleine schaffen es nie!"

„Was denn?", fragte der Reine.

„Ich wollte eine Große Welt schaffen, aber ich wüsste nicht, wie, lieber Bruder", grübelte der Widersacher, auch Satan genannt.

„Also gut, nun hör mir genau zu: Ich werde die Welt erschaffen, tauche du in die Tiefe und hole Sand, daraus werde ich die Erde aufbauen!", sagte Gott-Vater.

„Wie soll das gehen, aus Sand die Erde bauen?! Das verstehe ich nicht!"

„Meinen Namen werd ich ausrufen, und die Erde wird da sein."

Der Unreine tauchte in die Tiefe und dachte daran, eine Welt für sich zu gründen. Er holte Sand und rief seinen Namen aus. Der Sand war aber so heiß, dass er ihn durch die Finger träufeln ließ. Also kam er mit leeren Händen an die Oberfläche.
„Geh und hol mir Sand, ich möchte die Welt erschaffen!"
Der Unreine tauchte abermals in die Tiefe und holte Sand in seinem Namen. Der Sand verbrannte ihn, so dass er am neunten Tage schwarz wurde. Als der Reine dies gewahrte, sagte er: „Schwarz bist du und kein guter Freund. Geh und hole Sand aus der Tiefe, aber nenne deinen Namen nicht, sonst wirst du zu Kohle!"
Der Unreine tauchte abermals in die Tiefe und brachte Sand in seinem Namen und im Namen des Reinen Bruders. Zerronnen ist er ihm aus der Faust, nur unter den Fingernägeln blieb etwas übrig. Daraus machte der Reine Bruder die Welt: Er knetete den Sand in der Hand, machte ihn zu einem Klumpen und spießte ihn auf den Stamm der Riesenfichte, bis er zu einer Insel inmitten der Urfluten wurde. Die Fichte stand aber auf der Insel und beschirmte dieselbe. Darauf saßen beide Brüder, der Reine und der Unreine, an den Stamm der Tanne gelehnt und ruhten. Der Reine war müde, er schlief sofort ein, der Unreine aber war geplagt von Neid und konnte nicht schlafen. Verspielt rieb er Sand in den Händen. Aus Neid und Sand formte er eine Schlange. Lang, bissig und allzeit wach war sie, die Schlange. Sobald sie ihren Mund aufreißen konnte, riet sie ihm, den Reinen im Schlafe in die Tiefe zu stürzen. Der Reine träumte ihre Gedanken. Da die Schlange von da an unablässig Böses gegen den Reinen Bruder hegte, packte er sie am Schwanze, schleuderte sie dreimal, wie man eine Peitsche schwingt, und warf sie

in die Urfluten hinab. Er befahl: „Umgarne die Erde neun Mal, um sie vor dem Rachen der Urfluten zu schützen!"
Seitdem steht die Schlange zwischen den Urfluten jenseits des Himmels wie eine Nebelschnecke mit neun Windungen. In ihrer Mitte liegt aber die Erde, am Fuße der Riesenfichte. Von da an, seit den Anfängen der Welt, siehst du nachts unter den Sternen die sich windende Schlange und gewahrst, wie ihre Schuppen leuchten. Diesen schützenden Gürtel nennen die Menschen Milchstraße. Darauf wurde der Unreine abermals neidisch: Er schaute sich die Schnecke von seinem Bruder ab. Und er brachte die Spirale auf die Erde. Er schuf den zerstörerischen Wirbelwind, die Wasserwirbel, die in ihrem Trichter alles verschlingen, die Schnecke, in deren Haus er selber nach ihrem Tode wohnen kann. Aber vor allem kann er in manch einen menschlichen Reigentanz eingreifen. Dann steht er in der Mitte und lacht ohn' Unterlass. Die Menschen sehen ihn nicht und wissen dann nicht mehr, was sie tun.

*Nach einer Legende aus der Südmoldau, die Zigeuner sich erzählen.*

## Pliaschka

In den vier Jahren nach Radus Wahl zum Consilier wuchs Fratelia zu einem gleichberechtigten Stadtbezirk heran. Die Slums am Rande Fratelias verschwanden und einige Bewohner bereisten Frankreich, Italien oder Spanien auf Arbeitssuche. Roma zogen in die Siedlung in den Temesch-Auen. Radu war inzwischen bekannt wie ein bunter Hund. Seine Gewandtheit im Umgang mit Menschen war sprichwörtlich und sein Ansehen reichte weit über die Roma-Kreise hinaus. Zwei der großen Parteien hatten es auf ihn abgesehen, sie wollten ihn für ihre Zwecke im Senat in Bukarest einsetzen, um sich die Gleichberechtigung der Minderheiten auf ihre Fahnen zu schreiben. Radu machte den Liberalen und Ökologisten wenig Hoffnung auf eine Zusammenarbeit, trotzdem war er sehr an einem Sitz als Roma-Vertreter im Senat interessiert. Die Wahlen sollten Ende August stattfinden. Seinem Rechtsanwalt gelang es, Radu als Vertreter der Roma-Minderheit aufzustellen. Das hieß, er brauchte dreißigtausend Stimmen im ganzen Land. Gleichzeitig wusste er, dass Zigeuner nicht immer den Weg zur Urne fanden. Dreißigtausend war eine enorme Zahl.

Dragan, der Brautvater, war das Oberhaupt des Botz-Clans. Der Clan war ziemlich klein geraten, denn die meisten Mitglieder waren in alle Winde verstreut – noch fast Nomaden. Dies war vor dem Krieg anders gewesen, denn sie hatten das Monopol in einem Geschäftszweig besessen, mit dem die meisten in Temeschwar nichts zu tun haben wollten: Sie waren Schinder – sie säuberten die Stadt und die Umgebung von streunenden Hunden, um den Ausbruch der Tollwut zu verhindern, und waren Angestellte der Stadtwerke. Sie fingen die Tiere mit einer Schlinge, die an einem langen Stock befestigt war, töteten sie und karrten die Leichen mit dem Wagen nach Hause. Dort wurden die Köter abgebalgt und die Tierleichen dann auf die Mülldeponie geworfen, wo sie angezündet wurden oder, falls nicht, anderen streunenden Hunden als Nahrung dienten. Das schuf einen unendlichen Kreislauf von Rohstoff, Arbeit und Biorecycling. Die Hundehäute wurden vor Ort gegerbt und hingen tagelang an den etwa zwanzig Stangen, die im Hof aufgestellt wurden. Neben der Pauschale, die sie von der Stadt bekamen, brachten die Felle auch noch etwas in die Kasse. Es ließ sich leben davon. Wenn ich als Kind bei Botzens vorbeiging, konnte ich mich des Eindrucks nicht erwehren, dass selbst das Sonnenlicht stinkt. Dragan hatte den Job jahrelang ausgeübt, aber dann verschwanden die streunenden Hunde aus der Stadt und die Sippe musste nach neuen Einkommensquellen suchen. Sie konnten nie gut mit Geld umgehen und das Geschäft mit Lederjacken und Töpfen lief auch nur bis zur Revolution, als Türken und Syrer mit Billigware ins Land kamen. Erspartes ließ Dragan in den Neubau einer schmucken Villa fließen und übernahm sich damit völlig. Die Schwarzmarktpreise stiegen Hand in Hand mit der Inflation und die Villa hinter dem Ostbahnhof stand ohne Dach unter freiem Himmel. Das Betoneisen, das aus der letzten Etage herausragte, starrte den Himmel an – ein Anblick, der Dragan Kopfschmerzen bereitete. In Radu witterte er eine Geldquelle, der war schließlich Stadtrat und dahinter liefen bestimmt dicke Geschäfte, soll ihm doch keiner was vormachen. Dragan rieb sich die Hände. Radu war jedoch völlig verschuldet, als die Verhandlungen um den Brautpreis begannen. Es geschieht sehr selten im Volke, dass der Bräutigam verschuldet heiratet, vor allem wenn seine Eltern noch leben. Lustlos und pleite ging Radu in die Verhandlungen um das „Darro“: Der Brautpreis sollte sich an den Ausgaben des Vaters, die er für die Ernährung der Tochter bis zum Heiratsalter gehabt hatte, orientieren, aber auch garantieren, dass sie im neuen Hause gut behandelt werde und im Falle einer Rückkehr ins Elternhaus nicht mittellos daste-

he. Dragan forderte anfangs fünftausend Dollar. Die erste Verhandlung scheiterte an Radus Forderung nach einem Vaterschaftstest. Dies konnte Dragan um keinen Preis anerkennen, da er, Radu, ja so viele Menschen kenne, überall habe er Beziehungen und könne Schmiergelder zahlen! Niemals würde Dragan ärztlichen Gutachten vertrauen, und er glaube schließlich den Worten seiner Tochter. Bei der zweiten Verhandlung drohte Dragan mit einem politischen Skandal, falls Radu nicht einwillige, seine Tochter zu heiraten. Es sei eine Schande für den ganzen Clan, und welcher Mann würde Roxana denn mit zweiunddreißig Jahren und mit einem Kind noch nehmen? Während des dritten Treffens betonte Radu, dass sie keine Jungfrau mehr sei. Da lachten alle und fingen an zu feilschen. Onkel Mitu war diesmal dabei, als Vater des Bräutigams. Er war inzwischen ein gebeugter Mann, der die Last des Erlebten kaum noch tragen konnte. Seine Wangen waren eingefallen und die krumme Nase ragte aus dem Gesicht heraus, als würde sie allein durch den schweren Schnurrbart gehalten. Die Zahnlücke erinnerte an eine Gletscherspalte. Allein die täglichen Streitereien mit Tante Sidonia hatten in ihm einen Funken Leben erhalten. Er ereiferte sich, regte sich auf, das Blut schoss ihm in den Kopf, und dies ließ ihn frisch und munter erscheinen. Und nun ging's um das „Darro" seines Neffen:
„Hör mal, Dragane, unsere Kinder sind nicht mehr sechzehn, genau das Doppelte haben die an Alter und Erfahrung auf dem Buckel, was soll der Scheiß … Xal e macka te pelé."
„Stell dir vor, Dragane, ich mach die Fliege. Dann stehst du mit deiner schwangeren Tochter im Wind und alle lachen sich schief", gab Radu zu bedenken.

Tante Ermolania, Roxanas Mutter, fing an zu schluchzen. „Warum hab ich mein Leben lang gearbeitet? Um diese Schmach noch erleben zu müssen?“ Sie schaukelte sich in ihre Tränen hinein. „Roxana war immer schon ein trotziges Kind, aber wir haben sie in die Schule geschickt, ja, junger Mann, meine Roxana hat Abitur am Textilgymnasium, verstehst du, die ist studiert, nicht so'n dummes Zigeunerhuhn, da hast du was Handfestes!“, heulte sie.
„Es war immer schon so, die alte Henne gibt gute, fette Suppe!“, bestätigte Onkel Mitu.
„Allerdings Suppe, in der Kinder schwimmen …“, mischte sich Buke in die Verhandlung ein.
„Aber hör mal, Dragane, ist doch Tatsache, dass sie keine Jungfrau mehr ist“, stellte Mitu abermals fest.
„Willst du am Ende noch einen Bettlakentanz nach der Hochzeit veranstalten?“, fragte Roxana ironisch.
Die Mutter heulte auf wie eine Sirene, worauf Roxana in den Raum stürzte, um sie zu trösten.
„Und du, verschwinde, du hast hier nichts zu suchen, die Braut ist nie dabei!“, zischte Dragan ihr entgegen, wohl wissend, dass das Jaulen seiner Frau zum Spiel gehörte.
„Also pass auf, Gabore, mein letzter Preis ist viertausend, und nun spuck in die Hand und schlag ein in meine, die dir entgegenkommt!“
„Dreitausend D-Mark? Na ja …“
„Willst du Witze erzählen? Ich kann leider über so was nicht lachen! Ich sprach von Dollar, Dolares dolores, mein junger Freund!“
„Also, dreitausendsechshundert D-Mark könnten wir lockermachen“, meinte Onkel Mitu nachdenklich. Dragan drückte auf einem Taschenrechner herum: „Bei einem Kurs von 2,10 …“

„Von wegen, 1,78 war er gestern, hier hab ich Belege!“
„Das sind dann … Ich gehe runter auf fünf-fünf D-Mark!“
„Dafür kannst du heute ein ganzes Gestüt kaufen, so’n Schwachsinn!“, sagte Buke ruppig.
„Schau sie dir an, Gabore, sie ist gesund, und schön ist sie wie ihre Mutter bei unserer Hochzeit“, betonte Dragan.
„Also gut, vier sag ich als letzten Preis!“
„Die ist sauber, das sag ich dir. Bei der kannst du den Maisbrei vom blanken Fußboden essen!“ Ermolania tat, als hätte sie das Angebot überhört. Dragan ließ erneut nach vom Preis:
„Also fünf, aber das nur, weil wir immer schon gute Nachbarn waren! Bettzeug, Kissen und eine Menge Kleider aus dem Modeladen hat meine Tochter auch, ja, alles aus Italien, die trägt nicht so Zeug vom Flohmarkt.“
„Also, ich geh rauf auf vier, hol mich der Folterknecht, wenn ich einen Leu drauflege!“, sagte Radu.
„Immer noch vier! Zwischen die Augen spuckst du mir, das hab ich nicht verdient, wie soll ich die anderen Puradej mit dem Geld aufziehen?“, empörte sich Dragan.
„Wir, Dragan und ich, haben sie dir gehütet wie einen Augapfel, nur damit du sie eines Tages sauber und fleißig uns nehmen kannst …“, jammerte Tante Ermolania fast singend vor Schmerz. Ihre Goldzähne funkelten im schwankenden Flammenlicht und sie ließ Radu keine Sekunde aus den Augen.
„Da lachen doch die Hühner mit dem Arsch, bis sie alle Eier auf dem Hof verlieren!“ Buke lachte, bis er vom Stuhl fiel.
Ermolania rieb ihre Fingerkuppen aneinander und schien Onkel Mitu mit irgendwas zu erpressen, sie hatte ihn of-

fensichtlich in der Hand. Der Alte wartete aber nicht ab, bis sie den nächsten Schachzug machte, sondern bot, außer sich vor Zorn, zehntausend. Radu und Buke wollten ihn beiseiteholen, um ihm zu erklären, dass der Preis zu hoch sei. Er flüsterte nur: „Ich kann dir zweitausend geben, mehr hab ich nicht."

„Ich sagte gleich, das kann nicht gutgehen mit den Gabors, aber komm, ich will nicht mein Kind ins Unglück stürzen und weinend alleine mit einem Säugling auf einer Insel inmitten der Lebensfluten sitzen lassen, deshalb bringt den Wein!"

Dragan betonte „Wein", und schon brachen die Braut-Verwandten in Tränen aus, ein Jammern ohnegleichen ob der Tochter, die aus dem Familienverband herausgerissen würde wie ein gesunder Zahn, den ein unverantwortlicher Arzt aus Versehen zog. Ein kleiner Tod, nichts anderes!

„He, lasst meinen Bären in Ruhe, Jungs", riet Buke dem Jungvolk, „wenn der zubeißt, macht ihr euch in die Hose, so viel wie in die gar nicht reinpasst. Hee, lasst die Pfoten von seinem Fell, Lumpenvolk!" Mit dem Glas Wein, das Dragan herunterkippte, war die Sache besiegelt, dann wurde allen eingeschenkt. Anschließend wurde der Tag der Pliaschka festgelegt, die Übergabe des Brautgeldes, und auch der Tag der Hochzeit. Es wurde von Dragan angeregt, alles solle am gleichen Tag stattfinden: am Morgen die standesamtliche Trauung, am Nachmittag die kirchliche und am gleichen Samstag, den 20. Mai, das Fest bei Gabors im Hof. Diese Lösung schien die billigste zu sein, und Dragan versprach, sich mit einem Drittel der Kosten zu beteiligen, aber nicht mit mehr als tausend D-Mark.

Buke und Radu schauten sich lange an. Dann begann Bukes Schnurrbart zu zittern: „Bruder, du hast das Brautgeld nicht, stimmt's?"
„Woher zum Teufel weißt du das?"
„Aus der Art, wie du verhandelt hast. Wer Geld hat, gibt nicht so leicht nach. Wo nichts zu holen ist, verhandelt man so wie du vorhin, locker und frei!"
„Ich hab meine Wechselstuben schon vor einem Monat abgesahnt, es gibt nichts mehr zu holen. Aber es darf nicht rauskommen, dass ich pleite bin."
„Radu, ich find's mischto, dass du den Schlamassel für uns beide ausbadest. Ich werd's dir nie vergessen. Ein Gabor vergisst nie, weder Freunde und Brüder noch Feinde!" Bukes Haut glänzte in den Falten auf der Stirn unter den Augen und auf den Wangen. Feine Schweißperlen überzogen gleichmäßig das aufgedunsene Gesicht.
„Tja, Buke, die Zeiten haben sich geändert, früher hätten wir sie sitzenlassen und irgendwo in Ungarn eine Tankstelle aufgemacht, daneben Pferde gezüchtet und die wiederum in Tschernowitz verkauft. Aber jetzt … Ich kann doch meine Siedlung nicht wegen einer Nutte im Stich lassen."
„Kannst du sie leiden, Radu, kannst du mit ihr leben? Mal ehrlich! Bist doch mein Bruder!"
„Meine Liebe sitzt im Kerker des Herzens … Und kann nicht raus … Aber ich freue mich auf einen neuen Gabor. Weißt du was, es ist mir scheißegal, ob er von dir oder von mir ist!"
„Radu, pass auf, morgen Mittag hast du das Geld, dreitausend bar auf die Kralle, ich lass dich nicht im Stich, Brüderchen."
„Aber du hast es doch auch nicht …"

Buke hörte nicht mehr die Bedenken seines Vetters. Er nahm den Bären an der Leine und ging zielbewusst auf einen Punkt zu, der bisher nur in seinem Kopf existierte.

Am nächsten Mittag brachte Buke dreitausend D-Mark. Strahlend, mit schweren, unregelmäßigen Atemzügen holte er den feuchten Brustbeutel aus dem Hemd. Sein Brusthaar war verschwitzt, der Hut flog zur Seite auf den Boden.

„Schau, xas me pelé, da ist es!"

„Wo hast du's her? Hast du's geklaut? Na ja, das Gefängnis wird sowieso umgebaut …"

„Nein, Radu, nimm's einfach und halt die Klappe."

Buke hatte Tränen in den Augen. Radu fasste sich an die Stirn: „Sag, dass es nicht wahr ist, Buke! Wo ist dein Bär?"

Buke aber holte eine Mundharmonika aus der Tasche und fing an zu spielen. Damit er kein Wort von sich geben musste, spielte er „Ich hatte mal eine am Markt zu Temeschwar" und blickte schuldbewusst und traurig an Radu vorbei.

„Buke, er war dein Leben und dein Einkommen … er hat uns getröstet, als uns die Weiber durchgebrannt sind."

Buke weinte kaum hörbar vor sich hin und spielte immer leiser: „Vergiss ihn, der hatte schon kaputte Zähne und stank wie zehn Hühnerleichen!" Sehr überzeugt klang das allerdings nicht. Radu konnte es nicht fassen.

„Aber er gehörte zu unserer Stadt! Es war die Touristenattraktion Nummer eins auf dem Opernplatz!"

„Ach was, Radu, seit mir Rosa durchgebrannt ist, ist alles anders. Ich hab neue Pläne, ich kauf mir ein Karussell …"

„Quatsch, die Kinder sitzen doch heute nur noch vor dem Bildschirm. Die Jahrmärkte verschwinden …"
„Und einen Schießstand mit Schweizer Gewehren!"
„Oh Gott, hilf diesem verwirrten Mann, hol ihn zurück in deine Herde!"

Zwei Tage später hörte Radu vor seinem Elternhaus in der Sechsten Gasse einen Höllenlärm. Vor dem Haus hielt eine Staubwolke, aus der allmählich ein weißes Cabrio zum Vorschein kam. Die Insassen konnte man erkennen, sobald die Staubwolke sich gelegt hatte und die Kinderschar vertrieben war. Der Luxuswagen mit Berliner Kennzeichen war von der Sorte, wie Radu sie bisher nur in James-Bond-Filmen bewundert hatte. Mit drei großen Sprüngen kam sein Bruder Sile auf ihn zu. Sie küssten sich wie ein Liebespaar, das sich vor langer Zeit getrennt hatte und nun nicht glauben wollte, was aus dem anderen geworden ist. Das Bild in der Kirchenkuppel war jetzt vollständig – alle waren da, dachte Radu: der Löwe, der Stier, der Adler und der Engel, alle um Onkel Mitu herum versammelt. Sile verstand nicht, was Radu in seiner Aufregung dahinstammelte. Er zog seine Brieftasche und schenkte Radu tausend D-Mark. Es sei Geld aus Berlin, verdient mit harter Arbeit, die Polizei habe es auf Zuhälter abgesehen, aber noch schlimmer sei die Konkurrenz im Nuttengeschäft: die Albaner und die russische Mafia. Die italienische Mafia müsste schon um Kugeln betteln, wenn die einen umlegen wollten. Sile lachte, während er mit seiner Sonnenbrille spielte. Zum Glück gebe es aber genug Knete in Deutschland. Was die alles bauen! Da, wo früher so'n Zaun stand, am Potsdamer Platz, seien alle Häuser aus Glas, wenn auch merkwürdigerweise ohne Gardinen.

Siles Rückkehr war wie ein warmer Regen für den Gabor-Clan – neue Projekte und Phantasien wurden in die Welt gesetzt. Noch am gleichen Abend versuchte Buke, seinen Bären wiederzufinden, der Käufer war ein slowakischer Rom. Vergeblich fragte er sich von Dorf zu Dorf durch nach dem kleinen Zirkus. In Kecskemét gab er's auf und kehrte am nächsten Tag zurück. Sile streckte ihm als Trost eine beachtliche Summe hin, die Buke dankend entgegennahm und sich gleich bei einem Spengler eine Schießbude bestellte. Er bestand auch darauf, die Pliaschka, die Brautkauffeier von Roxana und Radu, zu bezahlen.

Läcrämioara kniete auf dem Boden und zählte die Goldmünzen, die vor ihrem wallenden Rock ausgebreitet lagen. Dann besprengte sie den kleinen Haufen mit Öl aus einer kleinen Flasche, legte ein Haarbündel dazu, beugte sich darüber und sprach einen Zauberspruch. Sie zündete das Öl an, das Gold brannte kurz an der Oberfläche und es hätte die Geister, die es seit Jahrhunderten erhaschen wollten, vertrieben, wenn nicht gerade in dem Augenblick die Tür aufgegangen wäre. Relu trat in den Raum:

„Wo hast du das Zeug her?“ Er nahm eine Münze in die Hand und biss darauf. „Gold. Was ist das wert?“

„Das ist meins! Rühr es nicht an!“

„Wieso deins?“

„Geh jetzt, lass mich in Frieden!“

„Bist du meine Frau, te xas mi khul?!“

„Rühr es nicht an! Ich bin ‚prasto'! Und habe das Gold unter meinem Rock getragen!“

„Du kannst das Gold ja verschachern! Bring es unter die Leute!“, sagte Relu verärgert und verließ den Raum.

Die menstruierende Frau der Roma ist „prasto“, was so viel bedeutet wie unrein. Liegt ein Gegenstand auf dem Boden und der Frauenrock einer „Prasto“ hat ihn gestreift, so ist der Gegenstand unrein und muss weggeworfen werden. Jede Speise, die ein derartiger Frauenrock berührt hat, ist ungenießbar. Alle persönlichen Gerätschaften einer Frau, die ihre Tage hat, sind für den Mann Quellen der Unreinheit. Während der Regel darf der Rom ihr Nähzeug ebenso wenig berühren wie ihren Schmuck. Ganz schlimm erscheint manchem Rom das Anfassen schwarzer Frauenhandschuhe. Die Leibwäsche der Zigeunerfrau muss getrennt von der der Männer gewaschen werden. Einst musste sie sogar versteckt getrocknet werden, aber heute darf sie der Rom betrachten; die Zeiten sind andere geworden.

Radu brachte von seiner Reise nach Bukarest eine Lösung für das Problem des Odessa-Goldes im Koffer mit, das zumindest erhoffte sich Buke. Als er auf dem Bahnsteig ankam, um Radu abzuholen, spuckte er in einen Blumentopf. Über Lautsprecher wurde gerade die Verspätung des „Rapid 601“ des Bukarest-Belgrad-Express angekündigt: 25 Minuten.

„So was wäre unter dem Diktator nicht passiert, da war noch Ordnung im Lande, meine Lieben“, bezog ein älterer, etwas verlotterter Herr Stellung zu dem Fall.

„Aber Hunger hatten wir und nix zum Beißen! War doch so, gib’s zu!“, schimpfte ein anderer.

„Und hinter jedem Busch stand einer mit der Kalaschnikow, Patrouillen sogar im Schlafzimmer und im Pissoir“, meldete sich ein Sanitäter zu Wort.

„Immerhin hatten wir Ordnung, und so ein Zigeunerpack wie der da hätte nicht so locker in unsere Blumenkübel gespuckt!"
„Halt deine dreckige Fresse oder du erkennst dich vor dem Spiegel nicht wieder", schoss Buke im Vorbeigehen wie aus der Pistole. Er blies dem Störenfried den Rauch seiner Zigarre ins Gesicht.
„Habt ihr das gehört? So was würde in einem Rechtstaat nie passieren, das kann ich euch sagen!", brüllte der ältere Herr.
„Selber schuld, Mann, du hast ihn provoziert! Mit einem Zigeuner leg dich nicht an, das weiß doch jedes Kind!"
Alle lachten, während Buke den Vorfall völlig ignorierte. Nach einer Stunde traf der Zug ein. Buke sah seinen Stiefbruder von hinten, wie er den Koffer trug: einen gebeugten Mann, der seine Sorgen eingepackt hat und immer wieder in der Menge untertaucht, um nicht aufzufallen. Er holte ihn ein, küsste ihn auf die Wangen und nahm ihm den Koffer ab.
„Hey, Boss, was Neues im Revier?"
„Ich brauche einen Cognac, aber bitte vom Feinsten!"
„Dann lass uns ins ‚Central' gehen!"
Innerhalb von zehn Minuten erreichten sie mit dem Taxi das „Central", bestellten sich einen Cognac und öffneten den Sorgenkoffer.
„Buke, ich habe aus Bukarest etwas mitgebracht, ich habe … Angst mitgebracht. Ich habe nichts erfahren, dafür habe ich jetzt Angst. So ist die Lage!"
„Hat dich jemand bedroht?"
„Nein, so was lässt mich kalt, aber mein Mann war tot. Endlich hatte ich ihn gefunden, und er hätte mich zu den

Richtigen gebracht. Mausetot, kalt, verstehst du. Gerade hatte ich noch mit ihm telefoniert …"

„Du sprichst in Rätseln!"

„Ich fahre mit dem Taxi zu ihm und steige an der Ecke aus. Da ist aus irgendeinem Grund eine Straßensperre. Ein Polizist hält mich an, bittet um meinen Ausweis. Das war gestern Morgen um neun. Er bittet mich aufs Revier mitzukommen, um die Daten zu überprüfen. Man lässt mich zwei Stunden sitzen, ich raste aus, sage, wer ich bin, und man lässt mich laufen. Ein Streifenwagen bringt mich über Umwege wieder in die Brätianu-Straße, wo der alte Securitate-Mann wohnte. Er war bei der Razzia in Toporu 1954 dabei gewesen, als man die Leute verhörte, und hat als Sergeant den Wagen des Chefs gefahren." Radu schüttelte den Kopf wie einer, der etwas nicht begreifen will. „Er ist tot. An dem Morgen, als ich in Bukarest eintraf, wurde er im Cismigiu-Park beim Spaziergang erschossen."

„Was? Wer macht denn so was?"

„Das weiß keiner. ‚Wir sind dran' – hieß es hinter dem offiziellen Lächeln der Polizei. Ach, ich krieg das noch raus, Buke. Ich mach Schluss mit der Korruption, zumindest in meinem Revier."

„Zufall ausgeschlossen, Boss?", fragte Buke skeptisch.

„Ich hab gestern den ganzen Morgen gespürt, dass da etwas im Busch ist, und die Art, wie mich der Polizist angehalten hat … Stell dir vor, der war Leutnant. Der alte Mann ging jeden Morgen mit seinem Hund spazieren und vor dem Zeitungskiosk hat's ihn erwischt. Keiner hat das Autokennzeichen erkannt, und der Hund kann nicht lesen. Seine Frau hatte etwas geahnt und hat mich beschimpft. Sie hat geglaubt, die Sache habe etwas mit mir zu tun. Das war gestern. Heute sagte sie am Sarg ihres Mannes, dass jener endlich auspacken wollte über die Akte ‚Toporu'. Sie schob mir unter Tränen einen Umschlag zu, so dass die anderen ihn nicht sehen konnten. Ist aber uninteressant, ein Gruppenfoto, kein Bekannter drauf, ich kann damit nichts anfangen. Ein Zettel mit einer Adresse war noch in dem Umschlag. Leider kann ich den Mann erst in drei Wochen treffen, er hält sich gerade im Ausland auf, ein gewisser Morariu."

Für sein Leben gern isst der Zigeuner ein Huhn, und um seinen Bedarf billig und unauffällig zu decken, hat er gute Methoden entwickelt. Er fängt die Hühner mit Angelhäkchen, wenn er geschickt ist, auch mit der bloßen Hand. Hat er ein Huhn gefasst, so nimmt er den Hals zwischen zwei Finger und reißt mit einem kurzen Ruck die Wirbelknochen auseinander.

Die Sechste Gasse war leer am Sonntagmittag. Die Blumenbeete standen in Blüte und Hühner verliefen sich auf der Straße. Eine junge Romni legte ihre Hand über den Kamm eines Huhns und sang ein altes Lied dazu, dessen Bedeutung sie ebenso wenig begriffen hatte wie ihre Mutter. Dann schnappte sie sich den Vogel und das Huhn zappelte in ihren Armen. Der geschickte Griff gelang der jungen Frau nicht, also drehte sie in Eile den Hals des Tieres herum und riss den Kopf ab, um nicht auf frischer Tat erwischt zu werden. Das verendende Tier steckte sie in die „Bossida", eine Tasche, die sie zwischen den Oberschenkeln trug. Sie hielt das Huhn zwischen ihren Schenkeln fest, doch der Vogel zappelte weiter. Relu, auf dem Weg zur Feier, beobachtete beim Überholen auf dem Gehweg, welche Mühe die junge Frau hatte, ihr Gleichgewicht zu halten. Dann rührte sich das Tier nicht mehr. Plötzlich kehrte Relu um und zog den langen Rock der Romni hoch. Ihre Oberschenkel waren mit Blut verschmiert. Die Frau wollte zum Schlagen ausholen, als Buke ihr zuvorkam:

„Du bist ‚prasto', du hast wohl deine Tage, nicht wahr?"

„Und du bist wohl geil, was?"

Das lauwarme Maiwetter lud zum Feiern ein. Im Hof wurden Tische und Bänke für dreißig Gäste aufgestellt, das Feuer angezündet und die aufgespießten Hühner gebracht. Radu freute sich, seine Brüder wieder unter einem Zelt zu haben, und trank einen Schnaps nach dem anderen. Die mit einem Geflecht aus Weidenruten umkleidete Fünfliterflasche machte die Runde und füllte die Gläser. Roxana saß am Tischende, umgeben von ihren weinenden Schwestern, die in den Schluchzpausen immer wieder fragten, wie es denn so vor der Ehe sei, ob sie Angst davor habe, dass er sie schlagen würde und dergleichen. Auch Roxana weinte, denn so verlangte es die Pliaschka, das Verlobungsgesetz. Onkel Mitu erschien mit einer Zweiliterflasche Rotwein. Sie war in ein hellblaues Seidentuch eingewickelt und eine Kette mit Goldmünzen hing am Flaschenhals. Würdevoll näherte er sich dem Tisch. Mit jedem seiner Schritte entfernten sich die Mädchen von der Bori, der künftigen Braut, und alles schwieg wie auf ein geheimes Zeichen. Alle Blicke waren auf die Braut gerichtet. Onkel Mitu blieb vor Roxana stehen, legte ihr die Halskette um, zog mit viel Fingerspitzengefühl eine Münze aus ihrem Dekolleté und hieß sie aufstehen. Dann umarmte und küsste er seine künftige Schwiegertochter:

„Sei willkommen in unserer reichen und ehrlichen Familie. Das Haus Gabor möge dir Liebe und Platz für viele Kinder geben!“
Dann öffnete Onkel Mitu die Flasche, trank einen kräftigen Schluck daraus und gab sie weiter. Als sie leer war, durfte sich Roxana neben ihren Bräutigam auf den leeren Stuhl setzen, auf dem ein buntes Kissen lag. Die Flasche wurde wieder aufgefüllt und beiseitegestellt für die Hochzeit zum Beweis, dass die Verlobung stattgefunden hatte. Nun waren sie verlobt. Roxana versuchte Radu ein Lächeln herauszulocken, aber vergeblich. Nach einer Weile schaute er sie streng an und bemerkte:
„Hör mal, bei mir kannst du alles haben. Es wird dir gutgehen, wenn du nur ehrlich zu mir bist und mir keine Schande machst. Klar, mein Weib?“
„Es klingt gut, wenn du ‚mein Weib' zu mir sagst. Ich freue mich auf unser Kind!“
Radu trat ihr unterm Tisch auf den Fuß: „Klar, hab ich gefragt?!“
„Ja, Radu, mein Herr! Aua, du tust mir weh!“

## Eine Hochzeit wie selten

„Komm, grins endlich mal! Du kannst doch nicht auf deiner eigenen Hochzeit mit einer Miene rumlaufen, als würde man dich zum Schlachthof bringen! Nun los, Radu, lach schon, zeig deine Pferdezähne!“, brabbelte Buke hinter dem Hochzeitspaar, das gerade über die Treppe hinauf zum Standesamt schritt. Im Saal drängelten sich um die hundert Personen. Die meisten gehörten zur Gabor-Sippe und zu den Botz. Der Standesbeamte mit dem

Trikoloreband von der Schulter bis zur Hüfte fragte routiniert:
„Bürger Gabor Radu, aus eigenem Willen und von niemandem gezwungen, willst du Botz Roxana zur Frau?"
„Blöde Frage, guck sie dir doch mal an, in welchem Zustand die ist …", brüllte Buke in das Zeremoniell hinein.
„Ich bitte um Ruhe, das hier soll eine Trauung sein und keine Auktion auf dem Schweinemarkt."
Vor dem Standesamt wartete schon die weiße Kutsche der Unschuld mit Vierergespann – herrliche Schimmel, die aussahen, als wären sie aus einem Karussell geklaut worden. Starr und gelangweilt standen sie in der Frühlingsonne. Samtrote Rosen schmückten die Kutsche, die Pferde hatten welche hinter den Ohren. Während der Fahrt verteilte Roxana Küsschen nach rechts und links, als würde sie alle Männer am Wegesrand kennen. Radu platzte fast vor Wut und Eifersucht. In jedem, der der Kutsche hinterherpfiff oder gar die Küsse erwiderte, sah er einen ehemaligen Freier seiner Frau. Einen Augenblick lang dachte er sogar daran, alles rückgängig zu machen.
„Kannst du nicht aufhören mit dem Scheiß!", fauchte Radu Roxana an, „das ist einer Gabor nicht würdig, ich bin bekannt in dieser Stadt!"
„Wie ein bunter Hund, mein Herr und Gebieter", erwiderte Roxana vieldeutig. Radu war nicht ganz klar, ob sie ihn neckte oder sich bloß einschmeicheln wollte.

Die bunte Hochzeitsgefolgschaft stürmte in das Fotostudio. Der Besitzer, ein älterer Ungar – der in der Stadt renommierte Szabó –, schlug die Hände über dem Kopf zusammen, dann fing er beim starken Licht seiner Scheinwerfer an zu beten. Das Gebet endete mit einem heftigen

Schimpfwörterhagel aus plastisch artikulierten Vokabeln: „Zigeuner“ und „Schwarzes Lumpenpack“ kamen auffallend oft darin vor. Dann dachte Szabó an den Umsatz, an die Fotos, die er als Postkarten verkaufen würde. Die Zigeuner hatten nur eines im Sinn: auf allen Fotos zu erscheinen. Sie drängelten rücksichtsvoll und umkreisten still das Brautpaar wie Raphaels Engel die Muttergottes mit dem Kinde. Sie wollten einfach in dieser erhabenen Stunde mit ihrem geliebten Consilier verewigt werden. Man einigte sich auf hundert Fotos, auf denen das Brautpaar allein erscheinen durfte, und gab dem Fotografen Anweisungen, wie er die Braut besser in Szene setzen und den Bauch kaschieren könne.
„Herr Ingenieur, Sie sollen uns so scharf nehmen, dass uns die Augen besser heraustreten“, meinte ein Rom.
„Klappe, wenn ihr heute noch Fotos wollt!“, brüllte Szabó wie einer, dem gerade ein Dachziegel auf die kleine Zehe fällt.
Nach den Aufnahmen schloss Szabó sein Fotostudio. Er verließ sein Atelier mit den Zigeunern und tauchte gegen zehn in der Kirche auf. Der Weg von der Kutsche bis zum Kirchenportal war eine einzige Rosenpracht. Ein breiter Teppich, rosa und samtrot, ragte bis in die Kirche hinein. Barfüßige Mädchen freuten sich der samtenen Berührung so sehr, dass sie fast schwebten. Hunderte Kerzen brannten in der verrußten Kirche. Alles stand wie Sardinen in der Büchse und schwitzte. Die Männer hielten ihre Hüte in den Händen und berührten die nassen Rücken der Frauen. Roxana und Radu mussten auf den Pfarrer warten. Radu wirkte abwesend und zerstreut. Seine letzte Reise nach Bukarest fiel ihm ein und die Gewissheit, eine heiße Spur gefunden zu haben, füllte seinen

Schädel mit Bildern. Er konnte aber keinen Gedanken zu Ende denken, so dass er hinauf in die Kuppel auf seine Lieblingstiere starrte. Da waren sein Löwe, sein Adler, sein Stier und der Engel, ja, zusammen sind wir stark, wir alle vier, dachte er und schaute sich um, vielleicht fände er seine Brüder in der Menge. Aber da sah er den Popen, der gerade aus der Sakristei trat. Er schwitzte in der langen, reich bestickten Kutte und schwenkte den Weihrauchkessel übertrieben hoch, um die Fliegen zu vertreiben. Radu und Roxana knieten nieder. Ein weiblicher Heul- und Klagechor ertönte von irgendwoher in der Kirche gerade in dem Augenblick, in dem der Pope über die ehelichen Pflichten der Frau sprach. Drei Halbwüchsige teilten sich eine flache Schnapsflasche, die sie geschickt unter dem Hut in der Hand tarnten.

Eine riesige Menschenmenge folgte der Kutsche in Richtung Sechste Gasse. Auf dem Grundstück der Gabors hatte man den Gartenzaun abmontiert, damit das Hochzeitszelt in den Hof passte. Zwölf Köchinnen waren extra angestellt worden, junge Zigeunerinnen, die sonst als Dienstmädchen in den reichen Häusern der Stadt ihr karges Brot verdienten. Sie standen an den Kesseln mit Siedefleisch und hüteten die Flamme unter den Töpfen mit Sarmale – den balkanischen süßen Krautwickeln mit Hackfleisch und Reis. Auf einem Teppich gegenüber dem Eingang standen zwei thronähnliche Stühle. An den Tischen herrschte noch Ruhe. Ein älterer Bruder von Onkel Mitu empfing Braut und Bräutigam vor dem Teppich. Es war der Stamm-Älteste. Relu nahm Radu beiseite, er riss ihn weg von der Braut und sprach, ergriffen von seinen eigenen Worten:

„Braut mit Krone,
die du sitzest auf dem Throne,
wüssten wir, du bist der Laster ohne,
wärst du gut.
Wie schön du bist
und voller Mut,
setzten wir dich ans Tischende
und begrüßten dich als Fürstin.
Wärst du aber schlecht und faul
wie' ne Laus,
schickten wir dich nach Haus,
drüber das ganze Dorf dann lacht.
Sei darum sauber und fleißig,
wie's dir Mutter beigebracht."

Ein Bruder Roxanas trat vor, nahm die Herausforderung an und sprach emphatisch, Empörung vortäuschend bis in die geringste Gebärde:

„Bräutigam, ein Kaiser kannst dich nennen
für dein Glück, für deinen Fang,
für die Frau, die du gefunden,
schön und fleißig ein Leben lang.
Wie die Ameise auf dem Feld
bringt dir Kinder und viel Geld,
des Sommers barfüßig,
des Winters in der Stub',
schenkt sie dir ein' Bub.
Sie ist deines Lebens Rose,
bist du nur ein Mann
und hast was in der Hose."

Der Bräutigam nahm die Argumente der Verteidigung an, so dass beide wieder vor den Stammes-Ältesten traten, der den Weg zu den Thronen versperrte. Er nahm Roxanas linke Hand und Radus rechte und legte sie in seiner Hand übereinander. Beide schworen sich ewige Treue. Dann zog Onkel Gheorghe – der Stammesvater und Rechtsprecher – einen Dolch mit vergoldetem Handgriff hervor. Mit der Spitze ritzte er jeder Hand eine kleine Schnittwunde ein, aber so geschickt, dass die beiden den Augenblick regelrecht verpassten. Ein Kind brachte währenddessen ein Tablett mit zwei Brotscheiben, auf die Braut und Bräutigam ein paar Blutstropfen träufelten. Jeder aß dann die Brotscheibe des anderen. Der alte Rom forderte beide auf, sich zu setzen. Nun waren sie für eine Nacht „König und Königin" und bekamen goldene Kronen aufgesetzt. Die Stimmung im Zelt wurde plötzlich heiter. Erleichterung war zu spüren, viele hatten bis zum letzten Moment nicht an diese Eheschließung geglaubt und auch keinen Hehl daraus gemacht. Die Musik tönte frech in die andachtsvolle Stunde und der Trauzeuge lud zum Tanz ein. Seine Stimme klang schrill, da er nicht die nötige Entfernung zum Mikrofon einhielt; fast hätte er das kleine schwarze Ding verschluckt. Siles Blick ruhte unablässig auf der Braut, er zog sie schier aus mit den Augen. Sie war goldig, das sagten alle. Durch die Schwangerschaft war sie wirklich hübscher geworden und das rosa Brautkleid mit den samtroten Seidenrosen stand ihr gut. Es tarnte auch den dicken Bauch – nicht, dass man es nicht sowieso wüsste, aber dieser Bauch würde alle Fotos vermasseln, und das wollte man vermeiden, vor allem angesichts der Ausgaben! Heutzutage, wo alles so teuer ist! Allein das Brautkleid hatte sechshundert D-Mark gekostet, aber was soll's, meinte Tante Ermolania, man hat die Kinder doch unter solchen Mühen aufgezogen, und jetzt am Ende sollen alle wissen, dass ihre Tochter es gut bei ihr hatte, und das Geld spiele keine Rolle, wenn es um den größten Tag im Leben ginge, nein, daran solle man nicht sparen! Nicht an der Stelle! Relu freute sich wie ein Kind. Ab und zu wischte er Staubflecken vom dunkelroten Anzug seines Bruders Radu, während Läcrämioara mit den Zähnen an einer Hühnerbrust zerrte.

„Wo sind denn eure Brüder und Schwestern? Ein paar Zeugen hätten wir für diese königliche Hochzeit gebraucht. Ich will die Zeugen Jehovas!“, rief Radu. Relu und Läcri schauten sich fragend an, wer von beiden das Wort ergreifen solle.

„Na ja, Radu, die Sache ist so: Die haben uns rausgeworfen!“

„Was? Das ist mir neu!“

„Nachdem wir ihnen gesagt hatten, dass wir die Bibel satthaben und jetzt das Butterbrot ins Buch Mose einpacken, wollten die uns nicht mehr. Läcri fing an, im Gebetshaus zu rauchen, ich furzte …“

„Da meinten sie, wir wären Werkzeuge des Teufels, sie hätten sich in uns getäuscht und das mit dem Himmel später einmal könnten wir uns in die Haare schmieren“, ergänzte Läcri.

„Dann hab ich ein paar Brüdern die Fresse poliert, denn gerade ein Bruder muss dich doch respektieren, oder? Wie du mir, so ich dir, ist doch so! Wir sind doch auch Menschen und haben das Recht auf ein Stück Paradies!“

„Relu, du machst mir Schande … Du Lump, das Haus hast du ihnen hoffentlich zurückgegeben.“ Radu lachte besorgt.

„Hätte ich gerne, aber es ist nun mal auf meinen Namen ins Grundbuch eingetragen.“ Die beiden konnten kaum ein explosionsartiges Lachen unterdrücken.

„Ja, sollen wir ein Leben lang in einer Hütte mit Kohleofen und Blechdach wohnen?!“, fragte Läcrămioara empört.
„Außerdem haben wir eine Boutique in der Fröblgasse aufgemacht. Pelze, Jeans und Beerdigungszubehör, so'n Zeug. Läuft gut im Moment.“
„Krepieren werden die Leute immer“, pflichtete Lăcri ihm bei.
„Relu, deine Seele wird ewig in der Hölle schmoren!“
„Falls es die dann noch gibt. Sie wird noch so teuer, dass du dir nicht einmal eine Eintrittskarte leisten kannst!“
In den Pausen, in denen die Lăutari aßen oder tranken, ergriffen viele an den Tischen die Initiative und machten Musik mit Blechtellern und Löffeln. Ein Rhythmus wurde vorgegeben, und jede Ecke wollte ihre eigenen Variationen durchsetzen. Nach der kalten Vorspeise wurden die süßen Krautwickel aufgetischt. Ein junger Mann ging mit einem Schnapseimer herum, in den jeder zweite ein Stamperl samt Daumen eintauchte und Schnaps schöpfte. Gegen zehn saßen nur noch die Uralten, alle anderen tanzten ausgelassen. Irgendwo in der Menge öffneten zwei Männer die Blusen und Röcke ihrer Frauen mit den Zähnen. Je enger die Kleider sich an den Körper anschmiegten, desto leichter bekamen die Männer die Knöpfe auf. Romica Puceanu, der Star des Roma-Songs, extra aus Bukarest eingeflogen, sang mit rhythmischem Busenzucken:
„Grünes Blatt und Weidenzweig,
Schön im Dorf die Hochzeit!
Bis uns eingeholt die Morgenstunde,
Heben wir das Glas zum Munde.
Weiter so, tanzet und singet, heeejh!

Schön tanzt die Braut
Und der Bräutigam singt laut.
Es tanzen alle, auch die Zeugen,
Alle hier und auch die Eulen.
Grünes Blatt, Weideast,
Räum den Tisch, sonst sitzt im Knast,
Schwiegermutter, Hexe und Zauberin,
Da gehören ja die Geiger hin,
Dann werfe ich dich zur Tür so rasch
und marsch, tret ich dir in den Arsch.
Die Sarmale bringe her,
denn mein Bauch ist wieder leer."

Die raue Stimme schien ihr aus der Brust zu strömen wie aus einem Dudelsack, der seine Elastizität verloren hatte.

„Mein Weib ist schön und fleißig wie eine Spindel", erklärte ein Rom. Seine Stimme war von Andacht und Schnaps getränkt. „Übrigens, weißt du, was unser Consilier für die Braut bezahlt hat?" Der andere näherte sich seinem Hutrand beinahe flüsternd:

„Na ja, ich hab von siebentausend gehört."

„Dollar?"

„Quatsch, natürlich Mark!"

„Dein Ernst?" Er schnalzte mit der Zunge. „Der hat wohl Geld wie Heu!"

„Politiker, oder? Die stecken doch alle unter einer Decke und holen sich vom großen Haufen."

„Aber Radu ist nicht so, der ist zu ehrlich, sagt man in Fratelia, und wer heutzutage ehrlich ist, der geht leer aus!"

„Wer ehrlich ist, dem bleibt, was nach der Hochzeit vom Tisch runterfällt."

Im nächsten Augenblick sorgten drei Polizisten für Aufregung. Sie schlängelten sich zwischen den Tischen hin-

durch, bahnten sich höflich einen Weg durch die Tanzenden und steuerten gezielt auf den Bräutigam zu: „Leutnant Stoica bin ich, bitte entschuldigen Sie die Störung, wir möchten gerne Herrn Gabor Bukefalos sprechen."
„Nehmt doch Platz, Jungs, ich arbeite auch für diesen Staat … He, bringt saubere Gläser für die Herren!"
„Bedaure, wir sind im Dienst."
„Worum geht es denn, hat er was ausgefressen?" Radus Stimme fing an zu zittern, er spürte, wie ihm das Blut in den Kopf stieg, als wollten ihm die Augen platzen. Eine Legierung aus Angst und Wut, die beide in Ohnmacht münden ließ.
„Das möchten wir lieber mit ihm besprechen!"
„Dort sitzt er, bei dem rothaarigen Mädchen."
Die Polizisten gingen auf Buke zu. Dieser wirkte ruhig und bat sie, Platz zu nehmen.
„Wir bitten Sie, am Montag um elf Uhr auf dem Hauptrevier zu erscheinen. Bitte Personalausweis mitbringen."
„Worum geht's?"
„Sie werden verdächtigt, im Kloster Albina einen Mönch getötet zu haben."
„Wieso ich?" Buke tat verblüfft.
„Das wissen wir nicht."
„Ich hab ein Alibi!"
„Sie wissen doch gar nicht, wann das passiert ist, oder?"
„Die können mich am Arsch lecken, die Pfaffen!"
„Ein anderes Mal. Wenn Sie hier die Vorladung unterschreiben … Bitte pünktlich erscheinen! Schöne Feier weiterhin!"
„Salut, lebt wohl, Jungs!"

Als Radu, der die Szene beobachtet hatte, sich zu ihm setzte, fixierte Buke sein Glas und drehte es in der Hand.
„Was wollten die von dir?“
„Radu, jetzt halt dich mal fest. Fällt dir auf, dass ich was Komisches anhabe?“
„Ja, eine Weste, die nicht zu deinem Sakko passt. Die muss ja uralt sein, komisch, das Weiß mit den dünnen schwarzen Streifen.“
„Hast du die irgendwo schon mal gesehen, Radu?“
„Ja, aber wo?“
„Vielleicht in der Kindheit, na, hast du's nicht auf dem Bildschirm?“
„Ist das aus Onkel Mitus altem Schrank?“
„Volltreffer! Und es gehörte?“, fragte Buke.
„Mein Vater trug das Zeug! Er hatte einen Anzug mit solchen Streifen.“
„Richtig! Nur diese Weste, die ihm als Teil seines Anzugs gehört hat, stammt nicht aus dem Schrank!“
„Woher dann?“
„Jetzt muss ich dich noch einmal auf die Folter spannen. Vorgestern Nacht war Neumond, stockfinster war's. Ich dachte so bei mir, ich könnte doch einen guten Wein für meines Bruders Hochzeit organisieren. Also nahm ich das Kloster ins Visier …“
„Bist du des Wahnsinns, Buke, die warten doch geradezu auf so etwas …“
„Ich stieg über die Mauer hinterm Glockenturm und suchte ein offenes Kellerfenster. Die schwarzen Heuchler waren bei der ‚Wetschernie', bei der Nachtmesse; man hörte nur ihr dumpfes Brabbeln. Das war so etwa um ein Uhr. Ungestört stieg ich durch ein enges Fensterchen. Die meisten Gewölberäume waren abgeschlossen. Ir-

gendwann fand ich eine offene Tür. Ich ging rein und stieß mich an einem Ding wie einer Stoßstange aus Blech. Dann machte ich die Taschenlampe an, und was sehe ich? Einen schwarzen Wolga aus den Fünfzigern, wie die Parteibonzen in unserer Kindheit ihn fuhren. Staubig, aber schwarz, glaube ich, oder sehr dunkel. Die Türen waren offen, ich schau rein, Ledersitze, prima erhalten, ein rotes Büchlein im Handschuhfach, kannst dir vorstellen, was für eins, leider ein leeres, kein Name, nichts. Erst dachte ich, na ja, die vielen Hochzeiten von Parteikadern all die Jahre, daher das Auto. Bis ich auf der Hinterbank diese Weste, die ich hier anhabe, fand. Da ging mir ein Licht auf."

„Buke, ich halt's nicht aus!"

„Da muss ich dir noch was zeigen!" Buke deutete, nur Radu zugewandt, auf die Innenseite der Weste. Blutflecken lagen verstreut über das graue Futteral.

„Ich muss saufen … Nein, tanzen!" Radu riss die Braut aus den Armen Siles und tanzte mit ihr weiter. Er drehte sie immer heftiger, schnalzte mit der Zunge, hob seine Frau mehrmals hoch, bis sie gänzlich den Boden unter den Füßen verlor.

„Radu, ich liebe dich, aber denk an das Kind in meinem Leib!"

Radu ließ sie hinunter auf den Boden und fiel erschöpft auf einen Stuhl neben Buke. Er schenkte sich ein und schickte Roxana, die sich auf seinen Schoß setzen wollte, fort.

„Dann eben nicht, es gibt schönere Männer als dich!", sagte sie schnippisch und verschwand in der hüpfenden Menge.

„Es ist das Auto aus der Scheißnacht, in der unser Gold flöten ging …“ Radu sprach immer leiser, bis seine Stimme erlosch.

„Du verblüffst mich immer wieder mit deinem Scharfsinn.“

„Das heißt, das Auto hatte gar keinen Unfall, wie Mitu uns das immer erzählt hat!“

„Der hat keine Ahnung, er war ja nicht dabei. Aber ist doch klar, der Unfall wurde vorgetäuscht und das Gold …“

„Ist gar nicht beim Staat gelandet.“

„Genau. Vielleicht beim Bulibascha, beim Staretz, oder … Wer ist der Polizist, der dabei war?“, rätselte Buke.

„Was ist weiter passiert? Warum waren die Polizisten hier?“

„Ich nahm die Weste und suchte weiter den Weinkeller. Endlich fand ich ihn. Mit einem Schraubenzieher schraubte ich ein Schloss ab und stieg ein. Ach, die Versuchung war so groß! Ich probierte alte Jahrgänge, Wein, so dicht wie Marmelade und süß wie Honig. Nur eine süße Piranda hat da gefehlt! Ich nahm mir zwei Flaschen, aber als ich die Treppe heraufkam, lief mir ein Pope über den Weg. Er sah mich, brüllte und fing an, die Glocken zu läuten. Eine der Flaschen ging drauf, um die andere zu retten, ich schlug sie ihm über den Schädel. Aber davon krepiert man noch lange nicht! Eigentlich bin ich mir sicher, dass er erst zusammenbrach, als er Bekanntschaft mit der hier machte.“ Er zeigte seine linke Faust. „Und hier ist dein Geschenk!“ Buke holte eine Flasche Rotwein unterm Tisch hervor. Auf dem Etikett war das alte Hohenzollernwappen der letzten rumänischen Könige zu

sehen. Staubig und verschmiert mit Wachs war die dunkle Flasche.
„Ich gratuliere dir zu deiner Hochzeit, mein kleiner Bruder, und wünsche dir einen Haufen Puradej!"
Buke öffnete die Flasche und schenkte beiden andächtig von dem edlen Wein ein – er war Jahrgang 37.
„Der ist jetzt entweder aus den Adern eines jungen Gottes oder ein Saft wie aus dem Trog deiner Säue!"
Sie stießen an und tranken vorsichtig, kaum dass die Fingerspitzen die Kristallgläser berührten. Beide seufzten, als wollten sie einer alten Sehnsucht Ausdruck verleihen.
„Das ist der beste Tropfen, den ich je getrunken habe!", schwärmte Radu.
„Das ist Blut. Ich spüre, wie mein Blut es sofort erkennt, mein Blut in Pfaffenhand, sokhardea!"
„Und unser Gold! Die halten unsere Seelen in Käfigen gefangen, Buke!"
„Wir müssen was tun!", meinte Buke nachdenklich.
„Ich zeig dir mal was", Radu holte ein altes Foto aus der Tasche und zeigte es Buke. „Erkennst du jemanden?"
„Armee- oder Polizeischule, so etwas. Nein, alles Bauernsöhne von damals, wo hast du das her? Ach so, Bukarest!"
„Und der mit der Schirmmütze im Gesicht?"
„Sagt mir nichts."
In diesem Augenblick kam Sile an den Tisch. Er setzte sich und tat so, als würde ihn das offensichtlich spannende Gespräch nicht interessieren.
„He, he, was trinkt ihr denn da? Und ich erfahre alles wie immer von den Nachbarn, also gar nichts. Ich bin doch wieder die Arschgeige des Clans, was?!" Sile begutachtete die Flasche, doch als er sich einschenken wollte, stieß er

sie um, so dass der kostbare Saft über den Tisch und auf den Boden floss.

„Du Depp! Hast du deine Augen im Arsch? Das ist das Kostbarste, was du je gerochen hast ... Sag mal, Manieren haben dir die Deutschen nicht beigebracht, was? Hast du nur die Bordellfensterchen bewacht in deinem Berlin?“ Buke war stinksauer.

„Nun lass es gut sein, Buke!“, versuchte Radu zu besänftigen.

„Wenigstens wischt man sich dort den Arsch mit Klopapier ab, nicht wie hier mit Zeitungspapier.“

„Dafür lesen wir mehr auf dem Klo.“

„Und jenes ist rosa und riecht nach Himbeere, da macht sogar das Abwischen Freude ...“

„Übrigens“, Buke wandte sich Radu zu, „wer wusste von deiner Reise nach Bukarest?“

„Niemand außer Sile, der mir die Reise finanziert hat!“

„War vergeblich, aber was soll's, mein Bruder ist mir ...“ Sile wollte apathisch wirken.

„Woher weißt du das?“, flüsterte Radu etwas verblüfft.

„Das spür ich im Urin. Du hättest dich bei einer heißen Spur längst irgendwie verraten.“

Sile lenkte im weiteren Verlauf des Gespräches vom Thema ab und schlug Radu einen Deal vor: Er wolle den Südflügel des Hotels in Siedlungsnähe für fünf Jahre mieten und nach westlichem Standard ausbauen: Engel mit dicken Pobacken und ein Wasserbecken mit Seerosen und Springbrunnen vor der Rezeption, eine Bar mit geschultem Personal und ein paar Prostituierte. Entspannung sei wichtig für eine Industrienation. Kurz gesagt: Sile wollte ein Bordell einrichten. Radu wollte ihm leicht entsetzt keine Zusage erteilen, aber er machte ihm Hoffnung. Er hatte die Finanzspritzen seines Bruders noch in Erinnerung.

„Radu, ich habe Angst, ich weiß nicht, warum, zum ersten Mal hab ich Schiss. Ich weiß nicht, wovor. Und unser Playboy Sile kommt mir auch so komisch vor, seit er wieder zurück ist. Das möchte ich mal gerne wissen, was der im Schilde führt."

„Er hat uns aber aus der Scheiße geholfen, Buke …"

„Ja, ja, aber er hat vergessen Freude dabei zu empfinden, und überhaupt … der hat vergessen ein Rom zu sein."

Draußen hinter dem Zelt versammelten sich hin und wieder Erleichterungsbedürftige, die versuchten, durch die Seilringe, die das Zelt verankerten, zu pinkeln. Meistens rauchten sie dabei. Zoran schlich den ganzen Abend um das Zelt herum und beleuchtete die urinierenden Gäste mit einer starken Taschenlampe. Verunsichert richteten sie den Strahl auf ihn, aber sie trafen das Zelt, das einen Teil des Urins ablaufen ließ. Zoran fluchte. Er zählte die Gäste und schrieb die Zahlen nieder. Kein Mensch verstand seine merkwürdige Neigung. Dragans Sohn realisierte nur bedingt, dass seine Schwester heiratete. Seine eng beieinanderstehenden Augen zwinkerten oft und nervös, seine riesigen Hände sprachen miteinander und sein kräftiger Unterkiefer hing wie ein Postkasten nach dem Sturm. Am schmalen Hinterkopf baumelte ein dünner schwarzer Pferdeschwanz. Die obere Kopfpartie war etwas schmal geraten. Zoran kannte das Wort Schule nicht, denn die Sonderschule in der Fabrikstadt war zu weit, als dass er allein dorthin gefunden hätte, und es gab niemanden, der ihn begleiten wollte. Zoran sei ein Mondkind, meinte die Familie, er sollte Clown werden, aber die Götter haben ihn vergessen. Da oben im Himmel war er allen lästig, darum haben sie ihn hierher auf die Erde in die Dunkelheit des Verstandes verbannt, meinte seine Großmutter. Im Gegenteil, meinten andere, sie haben ihn in die völlige Freiheit der Narretei entlassen.

Den ganzen Abend versuchte Zoran den Bräutigam zu sprechen, als hätte er ihm etwas Wichtiges zu sagen.

Einige Zeit verbrachte er bei den Ferkeln am Grill, wo er zur Belustigung der Metzger gute Ratschläge erteilte. Dann zählte er die Treffer bei den Zeltringen. Plötzlich ging die Verandatür auf, und zwei Männer trugen mit größter Mühe einen Sarg aus dem Haus. Zoran gewahrte schnell, dass die Leute einer Stimme aus dem Sarg folgten. Dann ließen sie ihn auf den Boden nieder und eine alte Frau richtete sich darin auf. Zoran näherte sich dem Sarg.

„Los, ihr Stinktiere, bringt mir meinen Rollstuhl, oder soll ich etwa auf der Hochzeit meines Stiefsohnes im Sarg auftreten?"

Die beiden Männer drehten eine Runde durch den Hof auf dem alten Rollstuhl, einer schob den anderen, was das Zeug hielt, während der Sitzende wie ein Ferrari-Champion mit der Sektflasche in der Hand jubelte.

„Ihr bringt mich ins Grab! Ihr habt es zu verantworten, wenn die Hochzeit platzt, weil es heute noch eine kalte Tante Sidonia gibt." Sie begleitete jedes Wort mit der heftigen Gestik ihres Stockes. „Das wollt ihr doch nicht, Jungs, nachher hier mit verheulten Fratzen rumlaufen! Kommt, helft mir hier raus, ihr Gartenzwerge!" Die beiden setzten sie in den Rollstuhl, und während sie ihr Haar in Ordnung brachte, näherte sich torkelnd ein älterer Herr mit einem schwarzen Hut. Er sagte kein einziges

Wort und fing an, auf das Rollstuhlrad, das von einem Fahrrad stammte, zu urinieren.
„Du alte Sau, zeig mal dein Gesicht, dass ich weiß, wie ich ab morgen meine Schweine rufe! Auf den Rollstuhl der Schwiegermutter zu pinkeln! Mach deinen stinkenden Schlauch endlich weg!" Als Nächstes entschuldigte sich der Fremde und fühlte sich genötigt, neben den Sarg zu pinkeln.
„Halt die Klappe", seine Zunge verhedderte sich bei jedem zweiten Wort, „man wird doch wohl noch einen trockenen Platz zum Pinkeln in diesem Saustall finden!"
„Halt, Tante, ich habe hier das göttliche Licht, ich sag dir, wer der gefallene Engel ist, der an deine Prinzessinnenkutsche pinkelt!", rief Zoran hilfsbereit.
„Ja, sieh mal an, der Trauzeuge in Fleisch und Blut!"
Währenddessen trat im Zelt die Folkloregruppe des Zigeunertheaters aus Sarajewo auf. Die Beine der tanzenden Frauen schienen in den Boden zu versinken, denn die weiten rotbunten Röcke lagen mit einem Male so flach auf dem Boden, als hätte man einen Lappen liegen gelassen. Dabei beugten sich die Tänzerinnen mit dem Oberkörper nach hinten, als seien sie aus Gummi. Von draußen kommend näherten sich ihnen die Tanzpartner, die mit einem arroganten Blick um sie herumtänzelten. Die Damen aber taten so, als würden sie etwas sehr Kostbares in Empfang nehmen und es in Richtung Mund führen wie beim Singen in ein Mikrofon. Alles lachte, grölte oder klatschte.

Radu blickte nach oben. Das Zeltgestänge ähnelte einem Spinnennetz, aus dem man sich nur mit fremder Hilfe befreien könnte. Welcher Vogel aber vermochte es, so etwas aus der Luft zu zerstören, damit er – ja er, Radu

Gabor – in seiner Hochzeitsnacht fliehen konnte? Die Farbe des Zeltes erinnerte ihn an seine grünbraune Soldatenuniform, die er damals auch zu Hause gerne getragen hatte. Damals konnte er auch nicht aus der Kaserne fliehen, nicht einmal für eine Nacht. Seit einer halben Stunde trug man die Teller mit kaltem Krautwasser hinaus. Nach der Aufführung der Tanztruppe ging das Licht im Zelt aus. Die Helfer servierten Spanferkel, die träge auf langen Tabletts lümmelten und hinter dem dicken Apfel in der Schnauze ein ironisches Lächeln an den Tag legten. Das einzige Licht kam von den sprühenden Wunderkerzen, die jedes Tier im Hinterteil trug. Dicht hinter dem dritten Paar kam ein Rollstuhl, der von zwei dünnen Armen in Bewegung gesetzt wurde. Die Hochzeitsgäste fingen plötzlich an, Beifall zu klatschen, und keiner wusste, warum. „Wenn ihr mich so lieb habt", rief Tante Sidonia aus dem Rollstuhl, „warum habt ihr mich dann in meiner stinkenden Bude vergessen? Hier kann man ja krepieren, ohne dass jemand was davon mitkriegt." Da der Beifall anhielt, winkte sie mit der Rechten, wobei sie sich mit der Linken an einem Tablett festhielt. Natürlich wollte sie neben der Braut sitzen, die sie äußerst gründlich musterte. Dann legte sie ihre Hand auf Roxanas Bauch, streichelte ihre Wange und sprach ihren Segen aus: „Du gefällst mir, mein Täubchen, ja, es ist gut so!"
„Danke, Tantchen, Gott gebe dir noch viele Tage!"
„Mal sehen. Einmal war der Tod schon bei mir und hätte mich beinahe mitgenommen, wenn ich nur nicht so besoffen gewesen wäre, ha!" Tante Sidonia lachte, dass sie fast aus dem Rollstuhl fiel. Buke und Radu traten sich gegenseitig mit dem Absatz auf die Füße bis weit über die Schmerzgrenze, um nicht loszulachen. Radu entfernte

sich als Erster mit Tränen in den Augen und einem Klatschmohngesicht. Er strahlte und umarmte ein paar Schritte weiter seinen Stiefbruder. Mit ihm erlebte er die ewige Kindheit, denn was danach kam, war ein einziges Trauerspiel, dachte Radu. Buke meinte, immer noch lachend, er wünschte, es sei schon Dienstag. Denn am Montag wollte er das Kloster genauer unter die Lupe nehmen, das ginge locker, und er sei davon überzeugt, dass das Gold dort irgendwo versteckt lagere. Radu beschäftigte eher der Umstand, dass sein Vater dabei gewesen war, die blutbefleckte weiße Weste mit den schwarzen Streifen zeugte davon. Welche Rolle hatte er bei der ganzen Nacht- und Nebelaktion gespielt?
Die Knochen der Milchferkel flogen an die Zeltwände, und in der Mitte, in der Arena erschien wieder die vollbusige Romica:
„Höre, Liebste, der Pfarrer läutet Tod,
bete gleich zu Gott,
dass dein Mann uns sterben mag
und brav liege da im Sarg,
dass allein du meine bist,
hörst du, Liebste, oder nicht,
oh du meines Lebens Licht!
Ich höre dich zu gut
und habe, Liebster, nicht den Mut,
ich komme nicht zu dir,
denn mein Mann, der ist bei mir,
entlässt mich nicht aus dem Eheband,
mit zwei Pistolen in der Hand,
die rechte, die gilt für mich
und für dich die linke.
Bevor mein Mann ist tot,

brenne lieber unser Dorf,
bevor's mit deiner Frau ist aus,
so brenne lieber dir das Haus!"

Die Geiger stiegen auf die Tische und spielten bei dem Wort „Pistolen" schrille Töne, um die Gäste das Fürchten zu lehren. Alles tanzte und hing an Romicas Lippen.

„Das ist eine Nacht wie im Märchen. Ah, Radu, wenn dein Vater das erleben könnte! Und erst deine Mutter!" Onkel Mitu schwärmte wie ein Siebzehnjähriger.

„Sauf nicht zu viel, Vater", lachte Buke, „sonst weinst du wieder; ist doch immer das Gleiche."

„Du, Onkel, ich wollte dich was fragen, sei ehrlich zu mir, wenigstens in meiner Hochzeitsnacht."

„Was willst du?" Der alte Mann schaute den Sohn seines Bruders streng an.

„War mein Vater in der kalten Januarnacht dabei?"

In diesem Augenblick kam Roxana an den Tisch und streute Rosenblätter über Vater und Söhne.

„Ja", antwortete er knapp.

„Ich könnt tanzen die ganze Nacht", mischte sich Roxana ein, „ich vergesse immer wieder, dass ich im sechsten Monat bin. Onkel Mitu, er soll heißen wie dein Sohn, der uns verlassen hat, Räzvan soll er heißen!"

„Ich will dir mal erzählen, was mir passiert ist, mein Sohn. Ich war so etwa dreiundsechzig in Bulgarien. Ihr wisst ja, Bulgaren sind stur wie die Böcke und so sind auch ihre Tiere", er zog ein paar Mal an seiner Pfeife. „Wir warteten lange auf die Plattformfähre, um ans rumänische Ufer bei Silistra überzusetzen. Die Donau ist an der Stelle so breit, dass du das andere Ufer wie den Strich zwischen den Lippen siehst. Ein Bauer war da mit seinem voll bepackten Esel und scherzte mit uns. Dann kam die

Fähre und der Bauer wollte rauf, aber glaubst du, der Esel hätte sich von der Stelle bewegt? Sobald der das Wasser witterte, tat der Krüppel keinen Schritt mehr. Der Bauer zog am Geschirr, wir schoben, traten und fluchten, zumal der Fährmann ohne den Bauern nicht abfahren wollte. So ist es ja auch im Leben, der eine zieht, der andere schiebt, nicht wahr?! Es nutzte nichts, das blöde Vieh wollte und wollte nicht. Mir trat er auch noch mit dem Huf ans Schienbein, au, das tat weh. Dann aber, mir nichts, dir nichts, holte der Bauer einen Sack, stülpte ihn dem Esel über den Kopf und siehe da, Graupelz bewegt sich treu auf die Fähre zu, allerdings mit einem riesigen Strang unterm Bauch. Wir hatten ja lange an ihm rumgefummelt. Wer Ohren hat zum Hören, der höre, denn nicht anders ist es im Menschenleben. Manche Sachen soll man lieber nicht hören, sonst kann man nicht länger laufen, und man kommt nie aufs Schiff. Nein, es gibt Sachen, da soll man sich lieber einen Sack über den Kopf ziehen, bevor es der Henker tut. Glaubt mir, meine Kinder, ich bin alt geworden und lebe noch immer, wenn auch die Nieren schrumpfen. Der Doktor gibt mir noch ein paar Jahre, was soll's."

„Onkel Mitu", meinte Radu leise, „es gibt noch so was wie Ehre, Gerechtigkeit … Würde."

„Und Weiber!", ergänzte Buke.

„Für so was lohnt sich's manchmal zu krepieren, selbst wenn man nicht die Fähre kriegt. Scheiß drauf, dann kriegt sie der Nächste, der den gleichen Weg gehen will wie ich. Verstehst du, Onkel, es ist die Zeit gekommen, dass wir uns um diese Dinge kümmern, sonst werden wir nie ein Volk und bleiben zerstreut in alle Winde und in alle Ewigkeit …"

„Amen." Der alte Mann hob den Hut. „Du wirst noch einmal Prediger wie dein Bruder Relu. Aber wer soll dann über deiner Leiche predigen, wenn du der Prediger im Dorf bist?"
„Onkel Mitu, sei nicht so, die Zeiten haben sich geändert", mischte sich Roxana ein.
„Aber eins bleibt, mein Täubchen, vergiss nicht: Den gebeugten Kopf, auf Ehrfurcht eingestellt, erwischt …"
„Kein Schwert auf dieser Welt. Marél tji bax o khul, ich vergeude hier meine Zeit." Radu war enttäuscht. Er sprang auf und wollte sich auf die Tanzfläche begeben, als eine Hand seinen rechten Oberarm festhielt. Er schaute grimmig über die Schulter, dann ließ er sich auf den Nachbarstuhl herunterziehen. Es war Roxanas Hand.
„Mein lieber Mann, ich bin dir dankbar, dass du mich nicht mit einem Kind hast sitzen lassen …"
„Die Geschichte ist doch längst gegessen!", sagte Radu verstimmt.
„Ich weiß nicht, was da im Busch ist, auf jeden Fall kannst du mit mir rechnen. Egal, was du anstellst." Radu schaute seine Braut mit einem Fragezeichen im Gesicht an. „Und ich glaube, deine Siedlung hat einen Schönheitsfehler, der fehlt einfach ein Name. Ich muss immer kotzen, wenn ich ‚Siedlung' höre, das klingt so unfertig!"
„Vielleicht hast du recht. Ich werde drüber nachdenken. Lieb von dir." Radu konnte mit ihren Worten noch nicht viel anfangen. Aber er musste zugeben, dass er überrascht war, aus welcher Hecke der Hase kam. Es roch nach Anfang.

Gegen zwei Uhr morgens lag ein sonderbarer Duft unterm Zeltdach, eine Mischung aus Zigarrenrauch, Braten, Parfums, gespannter Erwartung, Schweiß und gebrannten

Federn. Bei vielen nahte der Moment, in dem sich entschied, ob sie die restliche Nacht unter dem Tisch verbringen oder zu den Spendern gehören würden. Die Spender riefen laut die Geldsumme oder das Brautgeschenk aus, sobald der Trauzeuge an ihrem Tisch vorbeiging. Dieser war ein Provinzpolitiker, Radus Freund, der innerhalb von vier Jahren den Nachbarkreis Carasch-Severin finanziell saniert hatte. Ihm folgte im Rollstuhl Tante Sidonia, die die Geschenke einsammelte und sie auf ihren Schoß legte. Am ersten Tisch war nicht viel zu holen:

„Familie Gherman gibt …“, Oancea schaute in den Umschlag, überflog die Summe und rief: „Drei Millionen Lei, lieben Dank vom Brautpaar und vom Trauzeugen, Musik dazu. Die Golban spenden dem jungen Paar zum Aufbau … einen Blankoscheck für eine Einbauküche ohne Herd. Bravo, die Leute verdienen doch Ovationen, bravo!“

Oancea trommelte und posaunte manchmal vor den Tischen bedeutender Gäste, dann warf er die winzige Posaune in den Schoß seiner Sekundantin im Rollstuhl:

„Ja, hier haben wir wieder einen Umschlag, und darin ein blauer Geldschein, hundert D-Mark, enorm! Das ist ein guter Start ins Leben! Hier Familie Botz, der Schwager, dreißigtausend … erraten, Forint. Ha, ha, das ist viel, meine Lieben, immerhin die ‚Pampers' für ein halbes Jahr.“

Tante Sidonia hütete die Briefumschläge mit den Banknoten wie einen Schatz unter der bunten Decke, in der sie eingewickelt war, und rechnete leise mit, so dass der Zwischenstand immer abfragbar war. Nach dem Ausrufen der Brautgeschenke ging fast jeder in die Arena, froh, dass der peinlichste Teil der Hochzeit überwunden war.

Ein Rom gibt nicht gerne etwas her, außer es verschafft ihm baldige Vorteile. Im Romanes, in der Sprache der südosteuropäischen Zigeuner, gibt es kein Wort für „haben“ oder „besitzen“. Erst die Gastsprachen wie Ungarisch, Rumänisch oder Serbisch haben die Vokabeln in den Zigeunermund gebracht. Darin steckt ein Widerspruch, jedoch nicht für den, der schon einmal mit einem Zigeuner um einen Kupferkessel gefeilscht hat: Es geht dem Rom nämlich einzig und allein ums Gewinnen, keineswegs um das Geld.

Der „Taraf“, die Zigeunerband, nutzte die angestaute Tanzlust aus und spielte Csardas. Alles befand sich in einer rhythmischen Hüpf- und Drehbewegung. Radu tanzte mit seiner Braut, als ihn ein Paar vertraute Augen aus der Menge anstarrten, stolz wie die Augen einer spanischen Madonna, die ein tiefes Geheimnis in sich trägt: Es waren die Augen von Swetlana. Radu sprang höher, damit er sie sehen konnte. Wie ein Frosch im Angesicht der Schlange steuerte er mit Roxana auf die Prinzessin zu. Er täuschte übertriebene Freude vor, um noch höher zu springen. Swetlana entfernte sich mit einer leisen Kopfbewegung in Richtung Stall. Dann verschwand die Tochter des Bulibascha in der tanzenden Menge. Radu setzte sich absichtlich drei Tische abseits von seiner Braut, damit jene gestohlen werden konnte, ohne dass er sich dabei blamierte. Relu sollte die Braut stehlen, das hatte Radu so mit ihm ausgehandelt, um das Lösegeld hinterher zu teilen. Plötzlich aber sprach Relu ihn an – was äußerst riskant war, die Braut hätte ja in den paar Minuten von jemand anderem geklaut werden können.

„Radu, was wird hier gespielt … Sie ist ausgerechnet hier aufgetaucht“, sagte Relu. Er klang vorwurfsvoll und aufgeregt.
„Was zum Teufel machst du hier? Die Braut sollst du klauen, sonst kostet es mich eine Stange …“
„Jetzt antwortest du zuerst“, rief Relu sauer, „sag mal, was hat die Prinzessin auf deiner Hochzeit verloren?“
„Frag sie doch selber!“
„Melde gehorsamst, ist schon geschehen!“
„Und?“, fragte Radu desorientiert wie ein Kind, das mit geklautem Obst erwischt wurde.
„Du sollst in fünfzehn Minuten in die Scheune kommen und so tun, als würdest du deine Braut suchen. Auf dem Heuboden. Ich stehle Roxana und versteck sie bei der Alten im Zimmer.“
„Im Sarg.“ Radu lachte und klopfte seinem Bruder auf die Schulter. Das Licht ging aus und aus irgendeiner Ecke erschien ein Säbelschlucker, offensichtlich ein Chinese. Er spuckte Feuer wie ein kranker Drache, dann steckte er sich ellenlange Stricknadeln in den Hals. Schließlich bat er einen Rom, zehn Flaschen auf dem Boden zu zerbrechen. Der Chinese legte sich mit entblößtem Rücken darauf und nahm ein riesiges Bretterkreuz auf die Brust wie einer, der falsch herum gekreuzigt wurde. Dann stellten sich vier Gäste auf die Kreuzflügel, und der Chinese verzog nicht einmal sein versteinertes Gesicht. Bis einer, anscheinend viel zu früh, in die angespannte Ruhe hineinrief: „Die Braut ist weg!“
Alles schaute auf die Ausgänge, vielleicht sähe man noch einen Schleierzipfel. „Wer war es?“, „Wie viel ist der Bräutigam bereit zu zahlen?“, waren die Fragen.

Der Chinese brüllte wie am Spieß und warf mit einer zyklopischen Anstrengung das Kreuz samt Roma von seiner Brust. Er schimpfte in einer unbekannten Sprache, jedoch konnte man zwischen den Lauten heraushören: „Scheiß Zigeuner, nix zenkontrieren!" Keinen kümmerte es, dass er blutende Wunden auf dem Rücken hatte. Beim Verlassen des Zeltes machte er mit dem linken Arm eine Drohgebärde und warf seinen Fluch auf den Trauzeugen. Seine Augen waren zwei scharfe Striche im Gesicht.

Radu steuerte vorsichtig auf die Scheune zu, dann ließ er sich besorgt von etwas ablenken, so als würde er die Braut suchen. Schließlich kletterte er die Leiter hinauf. Aus der Dunkelheit entsprangen zwei Arme, die ihn am Nacken ins Heu emporzogen. Die letzten zwei Sprossen spürte er nicht mehr unter den Füßen, denn Swetlana hielt seinen Kopf fest in ihren Händen. Sie küsste ihn leidenschaftlich, dann schüttelte sie seinen Kopf. Mit dem Fuß stieß Radu die Leiter um, die laut auf die Weinkisten im Stall prallte. Sie waren nun von der Außenwelt abgeschnitten.

„Ich wusste nicht, was ich dir zur Hochzeit schenken soll", flüsterte sie, „und dann fiel mir etwas ein, das dir Freude machen würde …"

„Dein Honigmund und deine Brustknospen. Aus deinen Augen quillt die Nacht wie aus einem dunklen Brunnen, Swetlana, Allerliebste!" Er küsste sie leidenschaftlich und merkte, dass alle Knöpfchen ihres Abendkleides bereits offen waren.

„Mein schwarzer Schwan, du redest immer noch so schön wie in deinen guten Jahren … Ich fühl dich so gerne auf meiner Haut. So vertraut ist das."

„Du duftest wie ein frisch gemähtes Blumenfeld, der Blumentod gibt tausendfach seine Düfte her. Er leckt an deinem Haar."

„Und du bist die Sense des Todes, die Liebe, die Hitze, die alles verbrennt und vernichtet in meinem Schoß ..."

„Und so zum Begleiter des Todes wird."

„Deine Finger kennen meine Haut nicht, sie dringen in meinen Leib, in meine Eingeweide und dann bringen sie mein Herz zum Stillstand, zum Festhalten dieses Augenblicks."

„Ja, Liebste, meine Finger halten die Zeit fest, den Zeiger einer Uhr, die es nicht gibt, die Zeit nicht zählt. Nur diesen Augenblick, für den es sich lohnt zu leben, zeigt sie an."

Radu küsste ihren Hals. Swetlana ertrank in einem Fluss weit weg, in Indien. „Lieb mich, Radu! Wie damals unter den Weiden, im Boot!" Ihre Körper und ihre Worte suchten sich. Sie schmolzen ineinander wie Kerzenwachs und lösten sich auf im Heuduft, im frisch gemähten Blumenfeld. Radu küsste ihren Bauch, so als würde er nie aufhören wollen, und er lechzte nach dem salzigen Schweiß unter ihrer Brust.

„Nicht so wild, meine Frisur stammt aus Paris."

„Kann ich die Tänzerin über deinem Knöchel wieder sehen?"

„Aber natürlich. Das ganze Leben ist eine Hochzeitsnacht ..." Radu hielt das Feuerzeug nah an der Haut, während er die kleine Tänzerin abwechselnd nach oben oder seitwärts ausdehnte, indem er mit Swetlanas Hautfalten spielte.

„Guck mal, das ist deine Braut! Deine wahre Braut!", kicherte sie leise bei einer dicken Gestalt.

„Eifersüchtig? Du hättest mich haben können, aber dazu warst du zu stolz!"
„Psst, mein schwarzer Schwan, mach den Zauber dieser Nacht nicht kaputt!"
„Wo warst du all die Zeit? Mein Gott, es sind sechs Monate vergangen! Ich habe jede Nacht an dich gedacht, Swetlana!"
„Ich war in … Indien. Ich wollte wissen, ob ich recht hatte mit uns. Und mit meinem Leben überhaupt. Weißt du, es ist nicht leicht, eine Königstochter zu sein."
„Ich habe gelitten, das kannst du mir glauben."
„Bist du jetzt glücklich, Radu?"
Von unten hörten beide Relus angestrengtes Flüstern:
„Hee, man sucht dich, Radu! Ich kann sie nicht mehr länger halten, Verdacht kommt auf."
„Relu, die Leiter!"
Radu tastete sich hinunter in die dunkle Realität, schaute sich um und säuberte seine Hose. Er blickte nach oben. Tabakblätter hingen von den Balken herab. Die Schatten erinnerten an eine Fledermauskolonie, die kurz vor ihrem Nachtflug ihre letzten Kräfte sammelt. Es war, als hörte man die hauchdünnen Flügel vibrieren. Dann sah er, wie ihm Swetlana auf der Leiter folgte.
„Bist du verrückt, bleib noch …."
„Wer ist hier verrückt, meinst du mich?!", flüsterte sie von oben. Eine kindliche Stimme kam aus dem Dunkel, als würde sie in ein leeres Fass hineinrufen. Es war die Stimme von Zoran, dem Narr. Mit der Taschenlampe leuchtete er Swetlana unter den Rock, während diese Mühe hatte, mit ihren Stöckelschuhen die Leitersprossen zu finden.

„Sieh mal an, ein Engel kommt die Himmelsleiter runter!“
„Vielleicht gar eine Prinzessin“, zischte sie mehr so für sich.
„Was suchst du denn hier?“, fragte Radu.
„Meine Schwester schickt mich, ihr sollt aufhören mit dem …“
„Aber lieber Schwager, es war doch gar nichts, oder, Liliana? Wir suchen hier oben ihre Goldkette“, unterbrach ihn Radu.
„Nee, die hier heißt Swetlana und ist die Tochter des Bulibascha. Hab ich recht?“ Zorans Auftreten war klar und selbstbewusst, vor allem aber unberechenbar.
„Hör mal, was willst du denn? Ich hol dir einen Wein, vom Besten, he?“, versuchte Radu ihn zu ködern.
„Ich möchte dir jetzt reinen Wein einschenken, Radu, um Zeit zu sparen“, sagte Zoran unterkühlt, „stell dir vor, morgen steht in der Zeitung: ‚Consilier und Parlamentskandidat geht während der eigenen Hochzeit fremd’!“
„Unglaublich! Und so was nennt ihr bescheuert? Der ist ein Medienkenner, ein Finanzexperte“, staunte Swetlana.
„Sagen wir mal, hundert von denen ohne Farbe!“ Radu sprach von Dollars.
„Gut, aber das mal fünf!“
„So viel hat nicht einmal die Stadtkasse.“
„Meine Schwester bietet vier, wenn ich dich finde, und du solltest es schon überbieten, oder? Geschäft bleibt Geschäft!“
„Na gut, aber es bleibt unter uns, o. k.?“, beschloss Radu.
„O. k., das Spiel macht Spaß. Und sie, macht sie nicht mit?“ Zoran musterte die Prinzessin.

„Wie meinst du das, Herzchen?“, fragte Swetlana mit gepresster Stimme.
„Ja, stell dir vor, in der Zeitung steht auch noch, mit wem er fremdging. Du müsstest schon mitmachen … denk ich.“
„Du Sau! Du erpresst eine Frau?“ Sie flüsterte Radu zu: „Der ist ja schlimmer als ein Pferd im Bad.“
„Hol meinen Bruder Buke. Er soll mit tausend erscheinen. Jetzt sofort. Verstehst du, Swetlana?“
Seines Erfolges gewiss, überlegte Zoran es sich anders: „Nein, ich will nicht tausend, nein, sechshundert reichen mir für den Start. Der Rest ist mein Brautgeschenk!“
„Nett von dir, das schätze ich, wir werden prima miteinander auskommen …“
„Eben, und deshalb werdet ihr mich adoptieren! Meine Mutter gibt mich bestimmt zur Adoption frei, die hat mich sowieso nicht richtig lieb. Sie meint wie alle anderen, ich sei blam-blam.“
„Darüber müssen wir noch reden … Aber du bist gar nicht …“
„So blöd, ich weiß. Dafür aber ehrlich. Hab immer meine Meinung gesagt … Darum halten sie mich für behindert. Aber ich tick nur anders. Und um dich, das hab ich schon meiner Schwester gesagt, ist es auch nicht gut bestellt.“
„Wieso?“
„Ja, Geld hilft dir auch nicht mehr, du kannst es ruhig verschenken oder mich adoptieren.“
„Was redest du da, Zoran?!“
„Ich sehe es genau. Dein Schatten tritt in den Mondschein und dann … ertrinkt er im Meer.“
Er hätte noch weitergeredet, wenn aus der Dunkelheit heraus nicht ein Holzknüppel seinen Schädel getroffen

hätte. Buke fügte seinem Schlag einen Wasserfall von Schimpfwörtern bei. „Danke, Buke, bring den Schuft weg und mach dir ein paar Handschuhe und einen Kragen aus seiner Haut."

„Gerne, Bruderherz, zu Befehl!"

Buke nahm den Bewusstlosen auf den Rücken und legte ihn auf die Hintersitze seines Mercedes. Er schaute übers Scheunendach und brummelte vor sich hin: „Der Mond sieht heute aus wie ein Cheeseburger!"

„Er darf nicht so schnell wieder auftauchen, Bruder!"

„Das Arschgesicht ist nicht mehr wert als eine halb krepierte Ratte. Morgen glaubt ihm kein Mensch mehr. Er war besoffen, dann fiel er um. Prellung am Hinterkopf ..."

Dann fuhr er los. Relu kam schwer schnaufend angerannt:

„Radu, die Scheiße ist am Dampfen, sie hat's mitgekriegt!"

„Wer, Roxana?"

„Ihr wart zu lange weg ..."

Radu verschwand in die Dunkelheit, es war gegen vier Uhr morgens, und in der Ferne begannen die ersten Hähne zu krähen. Tante Sidonia kreuzte mit dem Rollstuhl seinen Weg:

„Das ist Sodom und Gomorrha, nicht eine Hochzeit! Stell dir vor, pfui, zwei treiben es in meinem Sarg, und er hatte auch noch den Hut auf. Ein bisschen Respekt vor den Frauen, die euch zur Welt bringen, euch Männer! So etwas gab's früher nicht, drauf kannst du einen lassen!"

„Ich muss mal, Tante, von dem vielen Tanzen, weißt du."

Swetlana mischte sich unter die Besoffenen. Sie landete an den Kesseln, wo die letzten Würste gekippt wurden

und wo hungriges Volk sich herumtrieb, darunter Landstreicher und Kinder, die die ganze Nacht das Zelt umkreisten wie Mücken eine Straßenlaterne. Vor dem Hochzeitszelt erschien Roxana. Ihre Augen waren wie das Meer vor dem Sturm und ihr Mund von Hass verzerrt:
„Sieh mal an, die königliche Erscheinung! Stellt euch vor, das ist die Prinzessin der West-Roma, ha, ha … Wie fühlt sich so eine Prinzessin an, na, wollt ihr's nicht mal versuchen?"
Jugendliche und Kinder näherten sich der stolzen Prinzessin mit zerzaustem Haar und versuchten ihre Kleider abzutasten, dann ihr Haar. Swetlana hielt die aufdringlichen Gestalten mit ihrem Blick auf Distanz. Wer es wagte, sie länger anzustarren, dem brannten die Augen, als wäre er geblendet worden.
„Ah so, Hexereien! Das kann ich auch, sieh mal, Prinzessin!"
Roxana nahm Glut aus einem Kessel, hielt sie in der Hand und zerrieb sie zu Asche, ohne mit der Wimper zu zucken. Sie schaute ihrer Rivalin in die Augen und rief verzweifelt: „Fluch senke sich auf dein Geschlecht nieder, solange du meinen Liebsten jagst und ins Verderben stürzt!" Sie streute Swetlana die Asche auf den Kopf. Die Prinzessin begriff, dass der Fluch ernst gemeint war:
„Du leckst an Satans Huf, Schwesterchen!", fauchte sie Roxana an.
„Sie hat Stroh im Haar, sie lag offenbar auf dem Rücken, unsere Prinzessin, was?"
„Ein Kranz, meine verwirrte Taube, nichts weiter als ein Kranz aus Blumen, den ich trug …", erwiderte Swetlana verächtlich.

„Strohblumen im Mai? Aus deinen Zöpfen mache ich mir eine Peitsche für Rinder“, wütete Roxana erschöpft und fiel auf die Knie. Ihr Hass brachte den Kesselsaft zum Sieden.
„Schau, dass du aus deiner Hochzeitsnacht was machst, du hast keinen Grund sauer zu sein. Das Leben ist stärker als unsere Gefühle. Du brauchst keine Angst zu haben!“
„Du lockst meinen Mann in deinen Sündenpfuhl? An meiner Hochzeit? Wehe dir, du Schlampe. Lass die Finger von meinem Mann, das sag ich dir!“, raffte sich Roxana noch einmal auf. Sie spuckte, aber keiner sah, wo der Batzen hinfiel, denn wie aus heiterem Himmel fing es an zu regnen. Alle liefen auseinander, die Köche deckten die Kessel ab, während die Kinder sich eine Wurst klauten. Sie jammerten über die verbrannten Finger. In diesem Gewühl nahm Swetlana die Braut in ihre Arme, drückte sie gewaltig an ihre Brust und sah ihr in die Augen: „Ein steinernes Haus wünsch ich euch. Wenn das Gift aus deinem Herzen verbannt ist, will ich dich wiedersehen!“ Sie drehte sich um und ging. Roxana verfolgte sie mit den Augen. Ihr Hass schwebte wie eine Glocke über den Schritten der Prinzessin. „Kurél tu mo phral“, fluchte sie leise vor sich hin.

Manche tranken und unterhielten sich noch, andere lümmelten auf den Bänken oder verloren sich in der Umarmung einer Frau. Die Morgendämmerung zauberte Schatten auf die Gesichter der Gäste. Nur eines hatte in dieser Welt der müden Trostlosigkeit Bestand: die Musik. Sie spielte bis Sonntagnacht und das Tanzen hörte nur dann auf, wenn die Band abgelöst wurde, ihre Instrumente stimmte oder aß. Gegen zwölf, es war in der Nacht zum Montag, spielte das Taraf nur noch traurige Lieder.

Einige Mitglieder des Botz-Clans, meist weibliche, trafen sich, um Roxana zu verabschieden. Die Braut sollte nun ins Leben entlassen werden: „Die Erinnerung an dich wird nie verblassen, du musst uns nun verlassen …" Auf der Tanzfläche übten ein paar Mädchen den Bauchtanz. In jeder Ecke stank es. Roxana saß auf einem Stuhl einsam und traurig wie eine Rose, die man im Herbstgarten vergessen hat und die nun trotzig auf den Frost wartet, um zu welken. Mutter und Schwestern entflochten schweigend ihr Haar. Roxana weinte vor sich hin, ein Kind war sie, verloren auf dem riesigen Bahnhof des Lebens mit einem Kind unterm Herzen. Tante Sidonia saß im Rollstuhl und band ihr „Diklo" – einen dünnen bunten Seidenstreifen – ins Haar.
„So, jetzt musst du also eine echte Gabor werden! Ich hoffe, du wirst es, ich hab's nie geschafft."
„Najis tuménge, Tante Sidonia!"
„Wir werden uns gut vertragen, meine Taube!"
Die riesigen Ohrringe, reinstes Rotgold, blitzten unter dem Kopftuch der Alten hervor.

## Gruppenfoto mit Schatten

Am Tag nach seiner Hochzeit eilte Radu zu Major Istrate, der sein Revier in der Herculane-Gasse hatte. Um nicht aufzufallen, erschien er zu Fuß. Der Major saß an seinem Eichentisch, blätterte gelangweilt in einer alten Akte und zog hin und wieder an einer Zigarre. Ab und zu warf er einen Blick auf die eingerahmten Herren, unter denen er gedient hatte, dann zum Fenster hinaus, dann richtete er seinen Kragen, wobei er instinktiv kontrollierte, ob die oberen Knöpfe geschlossen waren. Die neuen Uniformen der „wildkapitalistischen Zeit“ – wie er sie nannte – vermochten es nicht mehr, ein Stück Macht einzupacken. Sie waren lästige Arbeitskleidung; außerdem diente er dem Staat nur noch, weil er zu Hause einen Drachen von Weib hatte, dem er seit dreißig Jahren nicht mehr bei der Hausfrauenarbeit zuschauen konnte. Er hasste es, wie sie bei der Arbeit Selbstgespräche führte und jeden Schritt mit einem Kommentar garnierte. Ansonsten hätte er längst eine schöne Rente beziehen und sich nur noch um seine Reben und Brieftauben kümmern können. Kinder hatten sie nicht.

Istrate ahnte nicht, dass an jenem Maitag die Vergangenheit, der er so leidenschaftlich nachtrauerte, ihn wieder einholen würde. Radu klopfte kurz an, die beiden Korporale und der Leutnant am Computer kannten ihn gut. Sie standen auf, als er eintrat: „Tag. Zum Chef, liebe Leute, und kommt mal zu uns auf einen Schnaps.“

„Herzlichen Glückwunsch zur Hochzeit, Herr Consilier!“

„Seid nett zu euren Frauen, Jungs, sonst gehen sie euch stiften!“, rief ihnen Radu fröhlich entgegen.

Der Major schaute ihn überrascht an:

„Was, Sie sind nicht bei Ihrer Frau? Ist sie schon aufgewacht nach der Hochzeitsnacht? Sie sind mir einer!“

„Ich bin froh, dass ich den Kater überlebt habe!“

„Was kann ich Gutes für Sie tun?“

„Da müssen Sie mir schon genau zuhören!“

„Ich diene meinem König und Fratelia!“ Istrate spielte den alten, bescheidenen Royalisten und blies den Rauch seiner Zigarre über die gelben Seiten. Sie fingen an zu vibrieren.

„Es hat mit dem Mord im Kloster zu tun“, begann Radu.

„Und Sie wollen mir weismachen, dass Bukefalos, Ihr Bruder, nichts damit zu tun hat!"
„Richtig. Sie können mir vertrauen, er war's nicht. Er war dort, er hat mir einen Wein zur Hochzeit geklaut. Er muss dafür büßen, wenn es sein muss. Aber er hat niemanden umgebracht …"
„Ah, danke, das wirft ein neues Licht auf diesen verzwickten Fall. Ich muss Ihnen gestehen, ich hab's nicht gerne mit Roma zu tun." Istrate stand ruhig auf. „Ist Ihnen klar, dass Sie damit Ihren Bruder anzeigen, Herr Gabor?"
„Sie werden mich verstehen, wenn ich als Consilier auf der Seite des Gesetzes bin. Verwandte sind mir da nicht gleichgültig, aber Dura lex, sed lex – Das Gesetz ist hart, aber es bleibt Gesetz, wie eure Urahnen sagten!"
„Hm, seit wann dient ein Rom dem Staatsapparat und nicht seiner Sippe?", fragte Istrate skeptisch. „Das glaubt Ihnen vielleicht der Kirchendiener da drüben bei dem Katholikenpack, aber nicht ein alter Hase wie ich! Also, was wollen Sie? Spielen Sie mit offenen Karten!"
„Sperren Sie meinen Bruder für zwei Wochen ein. Ich glaube, er manövriert sich in ungeahnte Gefahren. Er würde aus Panik Dummheiten machen … die nächsten Tage, wenn er dächte, der Verdacht fällt auf ihn."
„Was meinen Sie mit ‚Dummheiten'? Wissen Sie, was er vorhat … oder ahnen Sie es?"
„Er meint, die Mönche schieben ihm etwas in die Schuhe, das er gar nicht getan hat. Er glaubt, sie suchen einen Sündenbock." Radu beugte sich über den Eichentisch und fixierte konspirativ Istrates Augen:

„Er will das Kloster in Brand stecken, falls die auf ihrer Anzeige beharren! Er ist nun mal so, der geht mir nichts, dir nichts aufs Ganze!"
„Herr Consilier, was Sie da sagen, ist der Anfang der Apokalypse. Klartext: Würden Sie gegen Ihren Bruder wegen des Eindringens in das Kloster Anzeige erstatten?"
„Er darf nicht wissen, dass ich hier bin, um Gottes willen! Das muss unter uns bleiben!"
„Was nun, zeigen Sie ihn an oder nicht?"
„Das kann ich nicht! Bei einem Schaden unter fünfhunderttausend ist keine Anzeige möglich. Für eine Flasche Wein?"
„Bei Brandstiftung – überlegen Sie – fiele der Verdacht gleich auf Sie. Das Kloster ist Ihnen wegen der Siedlung ein Dorn im Auge, das weiß hier jede Marktfrau. Es klappt nur, wenn Sie ein Papier unterschreiben. Ich kann ihn nicht festhalten ohne Beweise oder ohne Zeugenaussage."
„Major, eine Hand wäscht die andere. Was kostet es, ihn für ein paar Tage festzunehmen? Übernehmen Sie den Fall!"
„Es kostet Arbeit. Schauen Sie, ich steh kurz vor der Rente …"
„Soweit ich weiß, rostet der Boden Ihres Citroen."
„Bodenlose Frechheit, Herr Gabor! Ein Istrate hat drei Diktatoren überlebt. Und wissen Sie, wieso? Man kann mich nicht kaufen! Unter Antonescu versuchte es ein Nazi. Ich machte ihm klar, dass ich kein Interesse hätte, er werde noch dem Iwan den Stiefel lecken, sagte ich. Das war einundvierzig, mein Lieber!"
„Stecken Sie ihn in eine Zelle, bis ich den Mörder habe. Ist doch ein gutes Geschäft. Sie haben Ihre Ruhe und

können dann den Mörder auf die Liste Ihrer Erfolge setzen."

„Und wenn's doch Ihr Bruder war, ich meine …?"

„Dann behalten Sie ihn einfach!"

Istrates Gesicht erhellte sich, er schien das Geschäft hinter diesem Besuch zu wittern. Er spielte lange mit zwei vollen Schnapsgläsern in der Hand, dann stießen sie an. Der Major trank beide aus.

Buke wurde noch am gleichen Tag, nach seiner Vernehmung, in Untersuchungshaft genommen. Dann wurde der Fall Istrate übergeben und Buke in ein Gefängnis gesteckt, das er kannte – nach Popa Sapcă. Dort sollte er bis auf weitere Anweisungen bleiben. Radu wollte unbedingt verhindern, dass ihm irgendjemand in seine Pläne hineinfunkte – auch nicht Buke, der eindeutig vorhatte, ins Kloster einzusteigen, um das Gold zu holen. Buke wusste, dass sich dort niemand um die Sicherheit des Goldes kümmerte, solange ein toter Mönch aufgebahrt in der Klosterkirche lag. Er hätte unüberlegt zugeschlagen, sich einem unüberschaubaren Risiko ausgesetzt und am Schluss keine Spur gefunden. Die Gewissheit, dass sein Vater dabei gewesen war, änderte Radus Auffassung dahingehend, dass er die Sache sehr sensibel angehen wollte, als hätte er Angst, an der Erinnerung oder an der Ruhe des Verstorbenen zu rütteln. Aber er wollte um jeden Preis herausfinden, wer seinen Vater getötet hatte. Wer seine Sippe um das Gold gebracht hatte, war ihm plötzlich nicht mehr so wichtig.

Radu hatte immerhin den roten Faden in der Hand. Über die Frau des verstorbenen Securitate-Mannes Vraci fand er den Mann, der in den Jahren '54 bis '57 die Akte „Toporu" angeblich zu einem Riesendossier werden ließ;

er leitete damals auch die polizeilichen Ermittlungen. Vraci – meinte dessen Frau – habe oft erwähnt, dass er dem damaligen Polizeileutnant Mocanu sein Leben verdanke. Die beiden hatten sich gelegentlich im Schachklub getroffen, wo Radu Mocanus Adresse ausfindig machte. Er vereinbarte aber keinen Termin mit ihm, damit es ihm nicht geschehe wie im Falle Vraci.

Der Bukarester Nordbahnhof war am frühen Morgen wie eine Spinne, die ihre Fäden von den Bahnsteigen zu allen Ausgängen zieht. Bäuerinnen mit bunten Kopftüchern und mit Körben auf dem Kopf bahnten sich Straßen in der Menge. Die Weidenrutenkörbe spannten ihre unsichtbaren Fäden über Köpfe und Gleise. Morgenzüge spuckten Menschen aller Sprachen und Mundarten aus und jede Menge Koffer, Plastik- und Jutesäcke mit Kartoffeln, Gemüsekörbe, Plastiktüten, Hühnerkäfige. Alles Erdenkliche konnte in dieser Menge passieren, nichts von dem, was unter Menschen geschieht, war ihr fremd. Radu stieg aus dem Schlafwagen und rieb sich die Augen. Entlang der rostigen Säulen, die die Überdachungen der Bahnsteige trugen und einmal rot gewesen waren, steuerte er auf die Vorhalle zu. Mitten auf dem Weg standen neue Kioske, die ihm das letzte Mal nicht aufgefallen waren. Er kaufte sich die Zeitung der Liberalen und versuchte, ein paar Schlagzeilen zu lesen. Die Buchstaben waren noch völlig verschwommen. Ich brauche einen Kaffee, dachte Radu, dann ließ er seinen Blick über die Menschen gleiten. Er las ein paar Zeilen und begriff sie: Ja, er war wach. Ein Junge neben ihm ließ einen dunkelblauen Holzkoffer auf einen ledernen fallen. Leicht wie Federflaum war der Aufprall, wie in Zeitlupe. Der Junge hatte schwarz glänzendes, glatt gekämmtes Haar und fiel weiter nicht auf. Und doch hätte er Radu allein mit seinen abgrundtiefen Augen die Geschichten glorreicher Tage der Roma unter freiem Himmel erzählen können. Menschen drängelten sich an den beiden Koffern vorbei, stießen daran oder stolperten darüber. Radu verfolgte über den Rand der Zeitung hinweg den Weg des Holzkoffers. Der Handgriff gehörte dem kleineren Lederkoffer, er ragte durch eine Öffnung aus dem hölzernen Koffer heraus.

„Mein Koffer, mein Koffer, haltet die Krähe fest … dort, der Zigeuner!“, rief ein älterer Herr im gestreiften Anzug. Radu ließ die Zeitung fallen und erkämpfte sich einen Weg durch die Menschen, während er die Richtung nicht aus den Augen verlor. Er hielt seinen Hut fest. Der Junge, er durfte wohl zwölf gewesen sein, rannte wie um sein Leben mit dem Holzkoffer, der über den geklauten Lederkoffer gestülpt war, an seinen Knien vorbei. Radu packte die linke Hand des Jungen, quetschte ihm den Griff des Lederkoffers aus den Fingern und drückte ihm seinen Aktenkoffer in die Hand – alles im Laufschritt. Dann ergriff er die rechte Hand des Jungen und spreizte den Zeigefinger und den Mittelfinger mit der Handfläche, so dass jeder Fluchtversuch Höllenschmerzen verursacht hätte. Immerhin setzte Radu seinen Aktenkoffer aufs Spiel. Der Holzkoffer blieb irgendwo unbemerkt auf dem Bahnsteig. Radu legte seine Linke auf die Schulter des Jungen und lächelte ihm freundlich zu, als wäre nichts passiert. Zwei Männer mit Zivilcourage hielten den Jungen an. Radu warf ihnen fragende Blicke zu, als sie seine Aktentasche aus der Hand des Jungen rissen. Ihre Enttäuschung war offenbar.

„Was wollen Sie von meinem Sohn?“, fragte Radu ruhig.

„Entschuldigen Sie!“

Während eine Handvoll Menschen den beiden folgte, zerrte Radu den Jungen in ein Taxi und befahl dem Fahrer, sofort loszufahren.

„Lassen Sie mich raus, Herr Fahrer, der Mann hat mich entführt!“

„An der nächsten Ecke, Kleiner. Und wenn du dein Handwerk so schlecht machst, dann lass es lieber sein und geh zur Schule“, erwiderte Radu schroff.

„Ich danke dir, Mann, fast hätte ich den dicken Lederfisch gehabt! Meine Mutter liegt im Krankenhaus, da will man …“

„Das kenn ich alles. Und jetzt raus!“

„Gott gebe dir ein langes Leben, küss die Hand, Herr!“

Die zehnstöckigen Plattenbauten aus der Ceauşescu-Ära ragten aus dem üppigen Grün der wild wuchernden Parkanlagen heraus. Mancherorts brannten die Müllcontainer, sie stanken nach brennenden Autoreifen, Plastikmüll und Papier. „Wir sind im Drumul Taberei“, signalisierte der Fahrer trocken. Radu musste an die Müllhalden seiner Kindheit denken, er tauchte in den Rauch der Erinnerung ein und bezahlte das geforderte Fahrgeld, ohne den Betrag zu hinterfragen. Der Taxameter war natürlich ausgeschaltet. In der Nähe des angepeilten Wohnblocks fand er ein Café, das bereits geöffnet hatte. Es war zu früh am Morgen, um in einer dermaßen delikaten Sache vorzusprechen. Gegen zehn klingelte er an der Tür. Eine Stimme hinter dem Türspion fragte, wer da sei.

„Ich möchte Ihren Mann sprechen, ich kannte Herrn Vraci, ich bin Politiker.“

„Einen Ausweis möchte ich sehen!“

„Hier, Sie sehen, ich komme aus der Provinz, Consilier!"
Im Hintergrund war eine Männerstimme zu hören.
„Lass ihn rein, ich bin bewaffnet. Wenn er Stress macht, wird er an Lungenentzündung krepieren. Die Kugel ist kalt am frühen Morgen." Die Stimme aus dem Nebenzimmer klang zynisch.
„Bitte nicht schießen, meine Frau ist schwanger!", bat Radu sanft. Ein kleiner alter Mann öffnete und steckte die Linke samt Revolver in die Schlafanzugtasche. Trotzdem hielt er die Waffe weiterhin auf Radu gerichtet, das war deutlich zu sehen.
„Scheißzeiten, und von dem da trenn ich mich nicht nach vierzig Dienstjahren", Mocanu deutete auf seinen Revolver. „Was suchen Sie bei uns? Ihre Krawattennadel? Oder wollen Sie im Dreck der Vergangenheit wühlen?"
Radu überreichte Mocanus Frau einen Blumenstrauß und trat ein. Die Angst war dem Ehepaar ins Gesicht geschrieben.
„Sie haben's ja erfahren. Ihr Freund Vraci ist tot. Ich möchte Ihnen helfen, damit das Gleiche nicht noch einmal ..."
„Mit mir auch passiert. Woher wissen Sie, dass er tot ist?"
„Das ist ganz einfach zu beantworten. Von Frau Vraci."
„Eins will ich klarstellen, der Securist war nicht mein Freund, die Schweine waren die Bluthunde des Diktators! Wir Polizisten waren einfache Handwerker, die immer den Kürzeren gezogen haben, die Drecksarbeit gemacht haben."
„Hören Sie, Sie sind in Gefahr, wir müssen Ihnen Schutz bieten. Auf höchster Ebene besteht da Interesse. Wir leben ja Gott sei Dank in einer Demokratie, und ich hoffe, für immer."

„Geld hab ich keins, das sag ich Ihnen gleich“, stammelte Mocanu entsetzt. Seine Frau versteckte ihr Gesicht hinter den runzligen Händen mit weinroten Fingernägeln.
„Mir geht es um Ihren Schutz und um die Gerechtigkeit. Ich bin Politiker, kein Mafioso, der Schutzgelder in der Pizzeria kassiert!“
„Mein Mann und ich werden seit einem Monat bedroht und drangsaliert, aber wir wissen nicht, von wem“, sagte die Frau weinerlich.
„Das habe ich mir fast gedacht. Es wird bereits recherchiert“, versuchte Radu zu trösten.
„Man hat Feinde wie Fliegen in der Küche, wenn man so lange im Dienst war, verstehen Sie?“ Mocanu versuchte Radu eine banale Erklärung aufzutischen.
„Anrufe, Drohbriefe, eine tote Katze, geklaute Wäsche aus dem gemeinsamen Trockenraum und viele, viele schlaflose Nächte. Mein Gott, wie wird das noch enden; wir haben uns so auf ruhigere Tage gefreut!“ Frau Mocanu seufzte.
„Quatsch, die Kriminalität in diesem Lande wird nicht ausgerottet, solange ich hier im Pyjama herumhänge. Ich will meine Uniform wieder, dann zeig ich’s ihnen!“, brüllte Mocanu.
„Und deine Nierensteine? Denkst du nicht an mich? Stellen Sie sich das mal vor, es fährt kein Bus, kein einziger mehr in Richtung Belu-Friedhof, da liegen die Unsrigen. Wie sollte ich das Grab meines Mannes pflegen?“
„Halt die Klappe, Weib!“
„Bitte beruhigen Sie sich! Die höchsten Stellen sind bei dem Fall eingeschaltet, es geht bis hinauf in Regierungskreise, das versichere ich Ihnen.“ Radu versuchte das Vertrauen des ehemaligen Polizisten zu erwecken.

„Was wollen Sie eigentlich, und wer sind Sie? Ich muss gestehen, wenn ich Sie so sehe, hab ich wenig Vertrauen. Ich hab nur zu meinem Dracula hier Vertrauen." Mit einer Handbewegung deutete Mocanu auf den Inhalt seiner Schlafanzugtasche.

„Sie müssen mir nicht vertrauen. Dann bitte ich eben um Entschuldigung und zieh mich zurück. Auf Wiedersehen. Hat mich gefreut."

„Schon gut, ganz in meinem Sinne. Übrigens, was sind Sie für eine Nationalität, Ungar, he? Ihr Akzent?"

„Auf Wiedersehen, Herr Mocanu. Hier in diesem Hotel bin ich erreichbar, allerdings nur die nächsten zwei Nächte." Auf der Visitenkarte stand „Intercontinental", das teuerste Hotel im Zentrum der Hauptstadt.

Radu rief sofort seine Geschäftspartner an, damit der Druck auf Mocanu verstärkt werde: Er musste reden. Als Erstes stellte die Familie fest, dass der Strom ausfiel und allein die Leitung, die zu ihrer Wohnung führte, abgeknipst war. Das Wasser hatte dagegen einen so starken Druck, dass der Wasserhahn im Bad nicht standhielt und das Wasser ununterbrochen floss. Nachts hob man die Eingangstür von Mocanus Plattenbau aus den Angeln und zersägte sie im Park nebenan. Man warf ihm fünf Fenster ein und rief die Feuerwehr. Eine alte „Scinteia" – die Zeitung der ehemaligen Kommunistischen Partei – datiert Januar '54, wurde mit einem Stein ins Schlafzimmer geworfen. Darauf stand: „Du sollst krepieren, Verräter! Die Securitate lebt noch! Sie wacht über deinen Schlaf!" Radu hatte den Druck auf Mocanu gründlich aufgebaut. Er fand Freude daran, einen alten Polizisten zu quälen, da Radu selbst so sehr unter der „Militia" gelitten hatte. Und nun musste er schnell handeln. Wenn sein

Spielchen mit Mocanu herauskäme, würde er untertauchen müssen, da man ihn auch des Mordes an Vraci beschuldigt hätte. In diesem Fall wäre das unsicherste Land für ihn das sicherste gewesen: Serbien.

Endlich rief Mocanu an und bat ihn zu kommen. Er wollte über seine Sicherheit sprechen, da seine Frau, nachdem sie durchgedreht war, von Psychiatrie-Krankenpflegern in weißen Kitteln abgeholt und irgendwo in Grädinari am Stadtrand von Bukarest ausgesetzt worden war. Es konnte sich aber auch um Bäckerkittel gehandelt haben, denn auffallend war der weiße Staub, den sie an den Händen trugen. Die beiden Krankenpfleger behaupteten, es sei Magnesium vom Diskuswerfen, doch nie im Leben Mehl. Nachdem seine Frau wieder zu Hause sei, würde sie nur noch beten und das kenne er nicht von ihr, da sie beide konsequent atheistische Ansichten verträten.
„Unglaublich", rief Radu, als er das zertrümmerte Türblatt hinter der improvisierten PVC-Tür erahnte, „wer macht so etwas? Die Leute haben keinen Anstand mehr!" Er schüttelte den Kopf. „Sie haben mich gerufen, haben Sie sich's anders überlegt?"
„Treten Sie ein. Wir sind am Ende."
Mocanu trug eine alte Milizuniform mit kaputten Schulterstücken, auf denen ein paar vergoldete Sternchen durcheinanderlagen. Über der PVC-Tür grinste ein Hirschkopf mit Glasaugen und einem Geweih, das bis an die Decke reichte, daneben ein schwarzer Stromzähler. Beide schienen sich aneinander gewöhnt zu haben, der Stromzähler und der Karpatenhirsch. Ein paar Grigorescu-Drucke mit üppigen Bilderrahmen, der schreckliche Mief einer seit Monaten nicht mehr gelüfteten Wohnung,

eine Collage aus Familienfotos, lächelnde, wohlgenährte Kinder, Bauern an irgendeinem Grab, ein Hochzeitsfoto.
„Was wollen Sie von mir?“, fragte der Mann wie einer, der nichts mehr zu verlieren hat und somit offen ist für alles.
„Ich glaube, es hängt mit Ihrem Freund Vraci zusammen. Er ist nicht wegen seinem Portemonnaie erschossen worden. Wir haben da eine heiße Spur. Sie müssten uns helfen, die Mörder zu finden, denn ich glaube, es sind die gleichen, die Sie schikanieren.“
„Sie meinen, da hat noch jemand Interesse an … Ich zeig Ihnen mal, was meine Scheibe zerschlagen hat … Es war ein Stein, umwickelt mit dieser Zeitung von 1954. Stellen Sie sich mal etwas vor, was vor über vierzig Jahren war! Waren Sie da schon auf der Welt?“
„Nein, aber es scheint, die Vergangenheit holt Sie ein. Wir müssen die Akte ‚Toporu' aufrollen. Dann finden wir die, die noch übrig sind“, erklärte Radu mit Nachdruck.
„Ich habe ein paar hundert Fälle erledigt oder auch nicht, aber nie etwas von dieser Tragweite … Es war an einem kalten Wintermorgen ‘54, die Scheiben waren gefroren, und ich rauchte gerade im Büro meine erste Zigarette zum Zichorienkaffee – damals gab's nur das –, als ein Kollege mich in einer heiklen Sache, wie er meinte, sprechen wollte. Alles top secret! Er erzählte mir, dass in der Nähe von Andräsesti im Bărăgan etwas Schreckliches geschehen war. Ein Auto der Miliz war unterwegs mit fünf Personen, darunter ein Leutnant von uns, zwei Securitate-Offiziere und zwei Zigeunerbonzen, einer davon der Sohn des damaligen Bulibascha. Sie sollten die Bestandsaufnahme einer menschlichen Tragödie machen und alles protokollieren: Eine halbe Sippe hatte ihr Lager

aufgeschlagen. Die Zigeuner waren auf dem Weg von Brăila nach Bukarest, noch etwa einen Tag vor dem Ziel. Aber es hatte sie schlimm erwischt, denn sie waren allesamt erfroren. Hart wie tiefgekühlter Fisch waren sie, als man sie aus ihren Planwagen holte. Nur Hunde und Pferde hatten überlebt. Es war mir trotzdem ein Rätsel, was die Zigeunerbonzen am Ort der Tragödie verloren hatten. Es war unüblich, dass der Sohn des Bulibascha mit der Securitate unterwegs war. Aber dann hörte ich, dass man etwas sehr Wertvolles aus den Planwagen beziehungsweise aus einem Versteck in den Deichseln holte. Anschließend fuhr das Auto mit der gleichen Besatzung in Richtung Bukarest, doch unterwegs blieb es auf der Böschung in den Bahngleisen stecken. Der Zug nach Constanza kam und riss das Auto in Stücke. Die Insassen konnten sich vor den Aufprall retten und die Securitate-Banditen machten sich in der allgemeinen Panik aus dem Staub … mit dem Gold." Zum ersten Mal nannte er das magische Wort, um das sich beide zu winden versuchten, und die beiden Männer schauten sich zum ersten Mal in die Augen. Der Mann ist alt und gebrechlich, dachte Radu. Die Gestalten aus den Akten nahmen in Radus Zigarettenrauch Form an. Er rauchte jede Zigarette bis zu einem winzigen Dreieck, so wie es Häftlinge machen.

„Sie müssen wissen, die Beziehung zwischen der Securitate und der Polizei war damals sehr angespannt", erinnerte sich Mocanu. „In der Bevölkerung hatten wir die besseren Karten, die Russen dagegen – die selbst von eingefleischten Kommunisten gehasst wurden – haben die Securitate bevorzugt, gehegt und gepflegt wie ihr eigenes Kind. Die meisten ihrer Leute haben ja nach der Gründung der Securitate '48 in Moskau die KGB-Schule absolviert. Sie kamen wieder als treue Hunde der Sowjets und waren zu allem imstande, wohl wissend, dass sie immer bei den Besatzern Rückendeckung fänden. Trotzdem mussten sie damals noch um jeden kleinen Erfolg zappeln wie der Fisch im Sand, denn sie wurden gehasst wie die Pest. Nein, sie hatten noch lange nicht die Stellung als Elitetruppe, die sie einmal unter Ceauşescu erhalten würden. Unter uns Polizisten waren noch viele alte Sozialdemokraten, auch Ex-Liberale, einfache Handwerker, Folterknechte – das will doch auch gekonnt sein, nicht wahr? Es will gekonnt sein, den Patienten zu foltern, ihm kurz vor dem Herzversagen Informationen zu entlocken, um ihm dann das Leben neu zu schenken", schwärmte der alte Polizist von seiner erbärmlichen Karriere. Der Hass verlieh seinen Worten Nachdruck: „Die Securitate verstümmelte und ermordete zu viele Menschen! Die Blüte der rumänischen Intellektualität, mein Herr! Kurz und gut, die Securisten versuchten ihre Weiterfahrt ins nächste Dorf, nach Toporu, zu organisieren, suchten ein Nachtquartier und wurden dabei umgebracht."

„Glauben Sie, die Täter wussten vom Gold?"

„Keine Ahnung. Es geschah mit einem Schlachtmesser, wie es die Bauern benutzen, aus unmittelbarer Nähe. Aber wieso waren sie alleine? Wo war der Fahrer, der Mann der Miliz, in der Zeit des Meuchelmordes? Wo trieben sich die beiden Zigeuner herum? Ich musste also eine Variante erfinden, die uns alle in ein gutes Licht rückte. Dann die Beweise dafür organisieren und die vollständige Akte der Securitate überreichen."

„Und haben Sie's getan?"

„Natürlich, ich liebe Krimis. Ich habe meine Geschichte dazu erfunden und gelogen, was das Zeug hält. Ich habe geschrieben, dass der Milizmann sich vor der herannahenden Lokomotive gerade noch aus dem Auto retten konnte, sich jedoch beim Hinunterstürzen von der hohen Böschung ein Bein brach und deshalb von der Bildfläche verschwand. Es war eben rutschig. Die Securisten mussten ja schnell das Gold in Sicherheit bringen und konnten sich nicht um ihn kümmern", erzählte Mocanu. „Der Fahrer sollte von ihnen noch in der gleichen frostigen Nacht abgeholt werden, ein Feuer aus trockenen Maisstängeln hielt ihn am Leben, schrieb ich. Die Staatsangelegenheit steht über dem Einzelnen im Kommunismus, also legten die beiden die Prioritäten fest – und waren daran gehindert, ihren Kumpanen von der Polizei zu retten. Er wurde am nächsten Morgen von Eisenbahnern halb tot aufgefunden. Dann lag er lange im Koma im Brincovenesc-Krankenhaus in Bukarest und war nicht zu sprechen. Gedächtnisschwund."

„Und die beiden Zigeuner?"

„Die haben sich aus dem Staub gemacht und waren froh, dass sie mit einem blauen Auge davongekommen sind!"

„Kennen Sie ihre Namen?"

„Der eine war Corbea Junior, der andere stand in den Akten als ‚Albu', der Weiße, weil er im Winter einen weißen Anzug trug." Radu zitterte am ganzen Leib, denn bei diesen Worten fiel ihm die weiße Weste ein, die Buke aus dem Auto im Kloster mitgebracht und die einmal seinem Vater gehört hatte. Er versuchte, die Schweißausbrüche mit einem krampfhaften Husten zu kaschieren.

„Kannten Sie den Polizisten, der am Steuer saß?"

„Nein! Das hat mich vielleicht geärgert. Ich bekam ihn erst nach Jahren zu Gesicht, als der Fall – diesmal durch die Securitate selbst – wieder aufgerollt wurde. Ich kannte ihn nicht. Er nannte sich Teodorovici, aber wir hatten oft Decknamen. Mein Chef hielt es nicht für nötig, eine Stellungnahme von ihm zu fordern. Ich hatte die höhere Funktion, die Funktion steht bei uns über dem Grad, wie Sie bestimmt wissen, aber ich durfte ihn nicht verhören. Mein Chef, Hauptmann Găină, brachte mir einen Erlass des Innenministers, da hieß es: Finger weg von Teo. Er deckte ihn offensichtlich. Folglich hatte ich die Nase voll und überließ das Ende der Geschichte der Securitate. Sollten die Jungs doch die Drecksarbeit machen, die Leute in Toporu verhören, die Täter ausfindig machen! Es waren schließlich Geheimdienst-Agenten, die umgekommen sind. Die Ermittlungen liefen gerade vier Tage, dann kam die Akte an uns zurück. Und wer übernahm die Recherchen im Dorf, raten Sie mal?"

„Ihr Hauptmann Găină!"

„Falsch!"

„Sie selbst, nein, halt … der Mann am Steuer, Teodorovici!"

„Ich gewinne Vertrauen zu Ihnen, Sie werden immer besser! Ich hatte ihn durch meinen Bericht ausgeschaltet, durch meinen Chef gedeckt, ihn untertauchen lassen. Er tauchte aber mitten im Geschehen wieder auf und arbeitete nun für die Securitate. Komisch, oder? Wie finden Sie das? Möchten Sie was trinken?" Radu nickte.

„Ich such uns mal einen Schluck." Mocanu lächelte zum ersten Mal und klopfte Radu auf die Schulter.

„Gott hat jedes Schicksal in der Hand!", sagte seine Frau mit gefalteten Händen. Mocanu erschien mit einem angebrochenen Plastikkanister mit Rotwein.

„Lass Gott, wo er ist … und uns auch. Er könnte uns doch nicht helfen, meine Süße." Er schenkte beiden einen dunklen Rotwein aus der Dobrudscha ein. Schon beim ersten Schluck verzog Radu sein Gesicht. Die Stockrebe schmeckte scheußlich, weder lieblich noch trocken, nur schwer, so schwer wie die Stimmung im Raum. Plötzlich hatten beide Angst und stürzten sich in eine Bilderflut, die aus der Vergangenheit kommend noch keinen Sinn ergab. Und viele Leichen führte die Flut, wie einst Radus Drache im Frühjahr, wenn Tierleichen flussabwärts getrieben wurden.

„Ich verrate Ihnen noch etwas, Herr Gabor: Der Fall ist bis heute noch nicht erledigt, machen Sie sich nicht zu viel Hoffnung."

„Und welche Rolle spielte Leutnant Vraci in dem Fall?"

„Ich verstehe es bis heute noch nicht: Unser Freund Vraci, der vor Kurzem das Zeitliche gesegnet hat, hatte den Auftrag, in jener Nacht einen Wolga, gleiche Farbe wie das Goldauto, auf die Gleise zu stellen."

„Wozu denn das?", fragte Radu verblüfft.

„Welches Auto war das echte, welches wurde zertrümmert? Der Zug entgleiste, das konnten alle bezeugen. Ich erfuhr die Geschichte von Vraci an dem Tag, als ich in Rente ging, bei einem Glas Sekt auf dem Revier."

„Ein zweites Auto? Auf den Gleisen?"

„Ja, Herr Consilier", mischte sich Frau Mocanu ins Gespräch ein, „als Attrappe. Das heißt, der erste Wolga konnte ungehindert seinem Ziel entgegensteuern." Sie hörte die ganze Zeit dem Gespräch zu und strickte dabei.

„Für wen hat Vraci dann eigentlich gearbeitet?", fragte Radu und dachte einen Augenblick an Buke. Wie konnte er seinen Bruder dieser Henkersbande anvertrauen, und sei es nur für drei Tage!

„Ich weiß nur, dass er mit Teodorovici, dem Fahrer, befreundet war."
Radu zog das Foto, das er von Frau Vraci bekommen hatte, aus dem Portemonnaie:
„Kennen Sie jemanden auf diesem Foto?"
„Ja, das ist ein Jahrgangsfoto der Polizeischule." Mocanu nahm das Foto in die Hand. „Es waren um die vierzig Absolventen. Der hier ist Teodorovici, der mit der Mütze im Gesicht, nein, es ist eher ein Schatten, und hier ist mein Chef, Gäinä, merkwürdig! Und hier … ich fass es nicht, was sucht der hier, Vraci selbst!" Mocanus Hand zitterte.
„Ja! Er war auf der Polizeischule damals, unglaublich!" Radu lachte und hustete gleichzeitig.
„Und irgendwann ist er zur Securitate gewechselt!", rief Frau Mocanu.
„Das heißt im Klartext, es gab eine Verschwörung Ihrer Kollegen hinter Ihrem Rücken, und Sie haben die Schreibarbeit erledigt", stellte Radu nüchtern fest.
„Verrat geht in Ordnung, aber man sollte zumindest informiert werden, wo der Kuchen verteilt wird, oder?", folgerte Mocanu verbittert und trank noch einen Schluck aus seinem Glas.
Teodorovici wurde in die Provinz versetzt. Er war Siebenbürger und hasste die Minderheiten im Lande, sprich die Ungarn, die Deutschen und die Roma. Beliebt war Teodorovici nicht. Ein Robespierre, ein Fanatiker, ein Praktiker, keineswegs ein Apparatschik war er. Und er machte seine Arbeit gründlich. In den Sechzigern erfuhr die Securitate einen Aufschwung durch die Kollektivierung der Landwirtschaft. Sie sollte den Prozess vorantreiben und die antikommunistischen Elemente, die Kolcho-

se-Gegner, ausfindig machen. Alle Großbauern wurden enteignet, in die Kolchose geprügelt und der Sozialismus feierte seine Erfolge auf der ganzen Linie. Die Unsicherheit der Fünfziger war Schnee von gestern und die Secu arbeitete viel professioneller. Die Sowjets feierten ihre Siege in der Kuba-Krise, Laika, die Hündin, war das erste Lebewesen im Weltall, dann folgte Jurij Gagarin, auch ein Russe, als erster Mensch, der die Erde von oben sah und keinen Gott dort oben fand. Die Securitate wurde reformiert und vor allem entsowjetisiert. Altkommunisten in ihren Reihen, meist rumänische Juden und Anhänger der Sowjets, mussten den jungen Kadern weichen. Ein Generationswechsel stand bevor. Diesmal waren es Bauernsöhne, die im Leben jenseits der Sense auf dem Hügel keine Perspektive für sich fanden. Also fanden sie den Weg zur Securitate: überwachen, berichten, die Nachbarn bespitzeln. Eines Tages, zehn Jahre nach den Ereignissen in Toporu, wurde Mocanu in die Zentrale der Securitate geladen und musste mit einem Major die ganze Akte noch einmal durchgehen. Da stellte sich heraus, dass die Aussagen von Teodorovici ein einziger Widerspruch waren. Die neuen Schreibtisch-Securisten kamen zu der Ansicht, dass sie übers Ohr gehauen worden waren und dass das Wichtigste in der ganzen Geschichte fehlte: das Gold. Denn es wurde im Wirrwarr der Akten und Aussagen nicht gefunden. Die kriminellen, staatsfeindlichen Großbauern aus Toporu hatten es versteckt, das war die einzige Variante, die man vertreten konnte. Offiziell, um den Fall abzuschließen, hatte Mocanu sein Schlusswort geschrieben: „Das Odessa-Gold geht in den Staatsbesitz über.“ Das Museumsarchiv der Volksrepublik Rumänien stellte ihm eine Empfangsbestätigung aus. Natürlich glaubte das keiner, der davon eine Ahnung hatte. Găină wurde auch befördert und wollte von dem Fall nichts mehr hören.

„Einfach unprofessionell!“ Radu schüttelte den Kopf. Sein Blick fiel auf das eingerahmte Bild der Zigeunerin mit Fliederzweigen. Die Drei-Zimmer-Wohnung miefte penetrant. Einfach nach Angst, nach ungelüftet. Sie ließ dem Licht keine Spielräume. Es leckte an den alten Möbeln und verschwand in dem abgenutzten Perserteppich wie ein alter Putzlappen. Vraci war der Haken an der Sache. Ein Auto als Attrappe? Hatte Vraci einen zweiten Wolga nur besorgt, um die Weiterfahrt der beiden Securisten zu gewährleisten?, fragte sich Radu. Das hieße aber, dass alles von langer Hand geplant war. Vraci organisierte den Goldraub vom Schreibtisch aus und sorgte für die Rückendeckung der anderen, schloss Radu daraus. Die Weste seines Vaters lag auf dem Rücksitz des Autos, das im Kloster gefunden wurde. Wenn der Zug angerast kommt, dann lässt man doch alles liegen. Und die saubere Weste taucht nie wieder auf. Folglich ist auszuschließen, dass das Auto gewechselt wurde. Es fuhr also weiter, aber es wäre das beste und sichtbarste Beweisstück gewesen. Deshalb musste der Wolga so gründlich im Kloster verschwinden.

„Und die Securitate? Sie kam doch nicht an das Gold heran.“ „Aber ich glaube, sie wusste davon“, sagte Mocanu.

„Natürlich wusste sie es, Vraci hat euch ja verraten, der war immer schon auf der Seite der Securitate. Es war eine reine Formsache, dass er später offiziell beigetreten ist. Überläufer. Er wollte auf der Seite der Gewinner sein“, bemerkte Radu.

„Falsch! Damals in der frostigen Nacht war er auf der Seite von Teodorovici, also der Polizei, sonst wären die Secu-Leute nicht umgebracht worden. Eine Panne ist auszuschließen, das hätte ihn das Leben gekostet. Der wäre nicht alt geworden“, widersprach die Frau des alten Polizisten.
„Was sagt uns das, Herr Consilier? Wer sind die Mörder der Secu-Jungs?“, fragte Mocanu mit gehobenen Augenbrauen.
„Unglaublich … die Polizei!“
„Damals konnte man in einem Dorf genug Bauern finden, die zwei Securisten liebend gerne umlegten. Dann kam es heftig! Der Bulibascha Junior und Teodorovici kamen eines Tages aus der Hecke und gestanden, dass der andere Rom – ‚Albu' eben – Mäträgunä und Petcu umgebracht hatte, ehe er mit dem Gold verschwunden war. Aber wieso, fragte ich mich damals, haben die beiden bei dem Meuchelmord nicht eingegriffen? Sind sie unter Druck geraten? Und wieso bohrte die Secu immer noch nach dem Gold? Das Geständnis der beiden bleibt ein Rätsel.“
„Gold geteilt durch drei gibt mehr als Gold geteilt durch vier! Corbea, Teodorovici und Vraci kamen also ins Rennen. Sie suchten einen Sündenbock und fanden … Albu!“, meinte Frau Mocanu, die sich allmählich als eine balkanische Miss Marple entpuppte.
„Und wurden von höchster Stelle gedeckt. Auf jeden Fall tauchte dann der Codename ‚Albu' vielfach in den Akten auf. Sie suchten Albu eifrig: Tja, einer aus der Sippe der auf dem Felde Gefrorenen, ansonsten wusste man nichts von ihm.“

„Hat man ihn jemals gefunden?“ Radu zitterte wie Espenlaub.
„Er wechselte das Zigeunerlager, sobald er merkte, dass man ihm auf der Spur war. Es hat neun Jahre gedauert, bis man ihn fand. Dann noch eins, bis man ihn umlegte. Es war ein Autounfall.“
„Wer war es?“, keuchte Radu, er wurde kreideweiß. Die ganze Welt staute sich vor seinem Atem.
„Was haben Sie?“, fragte Frau Mocanu erschrocken.
Radu sprang dem alten Mann an die Gurgel und versuchte, ihn mit der Gardine zu erdrosseln. Seine Frau stand gelassen auf, ohne einzugreifen. Sie flüsterte fast:
„Lassen Sie ihn los, er ist längst tot, es hat doch keinen Sinn. Und er mochte Geranien nicht, nicht ums Verrecken!“ Sie zog eine Schublade im Raum.
„Wer war die Sau, wer?“, brüllte Radu.
„Kann ich Ihnen sagen, wenn Sie mich nur loslassen!“, röchelte Mocanu.
„Lassen Sie meinen Mann los“, befahl Frau Mocanu entschlossen. Sie richtete einen Revolver auf Radu.
„Vraci war es, und jetzt gehen Sie. Was suchen Sie in der Politik? Sie haben einfach kein Profil, Sie sind befangen.“
„Vraci!“, wiederholte Radu, „und die anderen haben's gewusst!“ Er stürzte hinaus und brüllte nach einem Taxi.
„Er ist weg“, stöhnte die Frau.
„Mein Rehkitz, du warst grandios, so was hätte ich dir nicht zugetraut! Ich dachte schon, du würdest bald deine Sachen packen und ins Kloster ziehen, so inbrünstig hast du gebetet.“
„Na siehst du? Meine Gebete wurden erhört. Na ja, ich hätte ihn notfalls auch erschossen.“

„Ob der Terror jetzt aufhört? Weißt du was? Wir fahren zu deiner Mutter in die Provinz!“
„Wer war übrigens der Mann?“, fragte Frau Mocanu.
„Weiß ich nicht, er hatte eine gute Orientierung bei der Akte Toporu. In seinem Ausweis stand Gabor … Oh Gott! Wie die Sippe …“
„Die im Bărăgan erfror!“, bemerkte sie.

## *Der gefallene Engel*

*Und der Engel Satanael sah, dass Gott der Herr von allen Engeln verehrt und gepriesen wurde. Er hegte großen Neid und beschloss, Gott gleich zu werden. In seinem Stolz dachte er: Ich werde meinen Thron im Himmel auf die Wolken setzen und dem Allmächtigen gleich werden. Gott der Herr aber erriet seine Gedanken und wollte ihn aus dem Himmel herunterstürzen samt seinen listigen Scharen. Und Gott sandte den Erzengel Michael zu Satanael. Da versengte Satanael Michael mit seinem Feuer. Michael ging zu Gott und sagte: „Ich habe getan, was du mir befohlen hast, aber Satanael hat mich mit Feuer versengt.“ Gott der Herr gab ihm eine höhere Würde, die des Erzengels, und der, der bis dahin Micha hieß, wurde Michael genannt. Satanael aber hieß von nun ab nur Satan. Und Gott der Herr befahl dem Erzengel Michael, mit seinem Zepter Satan auf die Schulter zu schlagen und ihn samt seinen bösen Scharen aus dem Himmel zu stürzen, doch es gelang Michael nicht, sich dem Thron Satans zu nähern, und er wurde abermals versengt. Schließlich ermannte sich Michael und schlug Satan kräftig mit dem Zepter und stürzte ihn mit seinen Scharen in die Tiefe. Diese flogen drei ganze Tage und drei Nächte durch die Lüfte wie Regentropfen, und am dritten Tag versammelten sich die Engel im Himmel, und Michael wurde von Gott zum Führer der himmlischen Heerscharen*

*auserwählt. Und die Tore des Himmels wurden verschlossen. Die gestürzten Engel aber blieben draußen. Manche blieben an Bergen hängen, manche stürzten in Abgründe, andere blieben in den Lüften, wieder andere kamen bis zur Erde, um die Menschen zu verführen, jeder, wie er eben konnte, und bis heute bleiben sie immer noch dort. Unter den gefallenen Engeln weilen immer noch solche auf Erden, die in Blüten, Baumkronen, Teichen, Wurzeln, im Wind oder an Wegkreuzungen sich verkriechen mussten. Man nennt sie auch Elfen, Sylfen, Salamander, Undinen, Nixen. Andere leben in irgendeinem Volksstamm, wo sie sich hinterm Ofen oder in den merkwürdigsten Gedanken der Einzelnen aufhalten. Manche Menschen besitzen die Gabe, die gefallenen Engel oder Elfen zu erlösen, sie schicken sie dann durch ihre Gebete oder irdischen Taten himmelwärts in ihre Heimat zurück. Andere Menschen erlösen und heilen einen ganzen Volksstamm, der vom Wirken und Toben der Naturgeister befallen ist. Sie werden manchmal Menschheitsführer genannt.*
*(Nach einer rumänischen Michaels-Legende)*

Radu landete noch am gleichen Tag auf dem Temeschwarer Flughafen. Er kam sich vor, als wäre er von Geistern gehetzt, und hatte das dumpfe Gefühl, zu Hause sei etwas Schreckliches geschehen. Seine Ängste verflüchtigten sich bald, denn Roxana kam ihm strahlend entgegengelaufen.
„Wie geht's dem Kind? Warst du beim Arzt?", fragte Radu.
„Alles in Ordnung, dem Kind in meinem Leib geht's gut, mein lieber Mann. Eine Woche hast du gefehlt und wir kamen auch ohne dich zurecht!"
„Was heißt, ‚wir'?"
„Relu und ich!"
„Was habt ihr angestellt?", fragte Radu erschrocken.

„Seit heute Morgen kennen wir den Klostermörder, stell dir das mal vor. Na, was sagst du dazu, mein Herr und Gebieter? Tralali, tralala, küss mich dort, küss mich da!“ Roxana tanzte auf dem Mosaikboden der Empfangshalle.
„Lass den Blödsinn, habt ihr Beweise? Weiß Istrate davon?“
„Nein, trotzdem trinken wir einen Sekt drauf, ach, ich bin ja schwanger, aber du gehst sofort los und holst deinen Bruder aus dem Knast!“
Roxana zog zwei Piccolo aus der Handtasche und gab sie Radu nacheinander zum Öffnen.
„Was heißt hier Beweise? So was brauchen wir nicht! Wir haben den Täter, hier unten im Keller sitzt er, stockbesoffen. Wir konnten Major Istrate nur noch nicht erreichen!“
„Erzähl mir alles!“
„Zuerst trinken, dann das Protokoll!“ Sie leerten die Flaschen und Roxana fuhr fort: „Also, es war so: Kurz nachdem du weg warst, kam mein kleiner, ekelhafter Bruder Zoran mit einem herrlichen Goldkreuz, das mit winzigen Rubinen besetzt war.“ Sie piepste vor Aufregung: „Er war stolz wie Oskar und strahlte wie ein Kind unterm Christbaum. Ich fragte ihn, wo er das Zeug herhat. Er gab nicht sofort zu, dass er es einer nicht mehr ganz so jungen Bäuerin aus Pădureni auf dem Markt vom Hals geklaut hatte, während er vorgab, ihr Küken abkaufen zu wollen. Als sie sich bückte, rutschte das Kreuz in ihren Ausschnitt bis zwischen die Brüste, die Zoran, verferkelt, wie er ist, anpeilte. Na ja, dachte er, mal gucken, was du noch kannst, und schwups, war’s abgehängt. Sie bekam nichts mit und verkaufte Zoran die Tierchen. Zoran ahnte nicht, welchen Wert das Kreuz hatte, und gab überall

damit an, zum Glück auch bei mir und bei Relu. Ich sah gleich, dass das altrussisches Gold war, und Relu dachte sofort an die mögliche Herkunft, ans Kloster."

Mit größter Mühe fanden Relu und Zoran die Bäuerin. Sie gaben an, sie hätten ein Geschenk vom Kloster und der Besitzer schicke ihr viele Grüße. Als die Frau das Kreuz sah, erschrak sie zuerst und lachte dann hysterisch: „Was wird hier gespielt? Der Besitzer des Kreuzes ist seit einigen Tagen tot!"

Sie entlockten der Frau den Namen des Besitzers, es war der Mönch, der im Kloster getötet wurde. Er traf die Bäuerin heimlich im Kloster. Nachts. Diese Liebe war ihm anscheinend viel wert, denn er schenkte der Bäuerin ein goldenes Kreuz und ausgerechnet das hatte Zoran geklaut.

„Aber wie war der arme Schlucker an altrussisches Gold gekommen?"

„Alter Klosterschmuck, so was ist normal", sagte Roxana.

„Es geht immer nur um das Eine, Radu! Die Liebe!", rief Relu, während er Radu herzlich umarmte und auf die Wangen küsste. „Ich fahre euch nach Hause!" Sie stiegen in Relus uralten Ford Granada ein.

„Bei den Augen meiner Kinder, er springt an", lachte Roxana.

„Relu, mein Detektiv, so kennt man dich ja gar nicht!"

„Jetzt kommt der Hammer, Bruderherz!", schloss Relu an. „Am nächsten Tag ging ich wieder zur Bäuerin nach Pădureni. Ich wollte ihren Mann kennenlernen, darum bot ich ihm ein Pferd zum Kauf an. Er kam und ich verkaufte ihm eines deiner Pferde für einen Apfel und ein Ei. Am Abend ging ich mit ihm in die Kneipe und wir

besiegelten den Kauf. Er wirkte sehr angespannt, ein Gespräch kam nicht zustande."
„Ich bring dich um! Mein Pferd!"
„Zoran und ich beobachteten den Bauern tagelang, und endlich, am Freitagabend, ging er in die Dorfkneipe. Ich ging hin, setzte mich zu ihm, zahlte ihm einen Schnaps nach dem anderen und brachte die Rede aufs Kloster. Er zog wie besessen über das Kloster her, über die Liebesgeschichten der Mönche im Dorf, und nach dem fünften Schnaps fragte ich ihn, ob er nicht eine Idee hätte, wie man am besten unbemerkt da hineinkäme. Ich erklärte ihm, dass ich vorhatte, einen schwarzen Affen zu grillen, was er sofort verstand. Dann sagte er, er würde mitmachen, da er das schon mal … Aber er sprach den Satz nicht zu Ende. Ich beruhigte ihn und lud ihn zum Weitermachen zu uns nach Hause ein. Diesen dicken Fisch wollte ich mir nicht entgehen lassen! Mit einem Rekorder nahm Roxana alles auf, was er sagte, und der Kerl hatte tatsächlich sofort einen Plan parat, wie man einen Mönch am besten umlegt! Er erzählte alles, aus lauter Dummheit, und als er stockbesoffen war, brachten wir ihn in den Keller, wo er seitdem Tag und Nacht von Kindern bewacht wird."
„Ihr seid Teufelsbraten, aber ihr seid verdammt gut", lachte Radu.
„Seine Frau ahnt nicht, wo er steckt. Sie hat bei uns nach ihm gefragt, aber Major Istrate traut sie sich nicht einzuschalten. Sie ahnt, dass ihr Mann etwas mit dem Mord an dem Mönch zu tun hat."
„Eifersucht! Sie hat mit dem Mönch geschlafen, und der Mann hat's rausgekriegt", bestätigte Roxana.

„Und wenn der Mann es weiß, dann weiß es längst das ganze Dorf. Für ihn gab's nur diese eine Lösung, den Ehebruch zu sühnen, um sein Gesicht zu wahren", folgerte Radu.

„Und somit ist Buke ein freier Mensch! Er ist unschuldig. Es tat meinem Baby wirklich gut, dies zu erfahren. Es hat vor Freude gezappelt, mein Liebster!"

„Meine Frau gefällt mir immer besser." Radu küsste Roxana vielleicht zum ersten Mal aus ganzem Herzen.

„Bitte entschuldige uns, Roxy, ich muss mit Relu ein paar Wörtchen sprechen!"

Beide betraten die Plattenbauwohnung, während Roxana noch ein paar Einkäufe erledigte. Relu packte seinen Bruder besorgt am Kragen:

„Du, es macht mir Sorgen, dass wir seit einer Woche nichts von Buke gehört haben. Istrate redet jeden Tag um den heißen Brei herum. Wir sollen uns gedulden, sagt er, aber seine Stimme klingt so verdammt komisch. Ich fürchte, da wird was ohne uns gekocht!"

„Jetzt haben wir ja den Mörder, mach dir keine Sorgen. Istrate war bisher immer fair zu mir."

Nachdem Radu von seinen Recherchen in Bukarest erzählt hatte, fiel Relu bleich und völlig entsetzt in den Sessel. Radu spürte, dass für seinen Bruder eine Welt zusammenbrach. Vor allem das Bild des geliebten leiblichen Vaters, das stets einem Stern glich und die schönsten wie die dunkelsten Stunden im Leben begleitet hatte, war nicht mehr dasselbe wie vorher. Immer hatten die Söhne gleichsam die Nähe des Vaters gespürt, er war stummer Zeuge ihrer Geschäfte, Sünden oder Schnapstränen, obwohl er die drei Söhne und die Tochter Aglaja in die Obhut seines Bruders Mitu entlassen hatte.

Aber jetzt? Relu und Radu konnten ihrem Vater nicht verzeihen – nicht, weil er wahrscheinlich die Schurken auf dem eisigen Feld umgebracht hatte, sondern weil er sich mit der Securitate und der Polizei auf Geschäfte eingelassen hatte. Er war der einzige Angehörige der Sippe, der überlebt hatte und dem das Gold zustand, und nach ihm Onkel Mitu, dem jüngeren Bruder. Was führte Vater im Schilde? Wie mussten seine letzten Lebensjahre gewesen sein, da er einer Hetzjagd ausgesetzt war? Relu plagten trotzdem Zweifel an der Geschichte:
„Eines reimt sich nicht, Radu. Wieso wollte Vraci ausgerechnet dich kontaktieren, wenn er der Mörder unseres Vaters war? Was wollte er dir erzählen?"

Radu machte sich auf den Weg zu Major Istrates Privatwohnung, um Bukes Entlassung zu klären. Er parkte das Auto in der Rebreanu-Straße und ging die letzten zweihundert Meter zu Fuß. Es war gegen neun, als Radu klingelte. Im Flur ging das Licht an und Frau Istrate öffnete.
„Ah, Herr Consilier!" Die Frau putzte sich die Hände an der Schürze ab und richtete instinktiv ihr Haar, wie es Damen aus besserem Hause tun. „Was verschafft uns die Ehre zu so später Stunde?"
„Kann ich Ihren Mann sprechen?", fragte Radu gezwungen freundlich.
„Der ist nicht zu Hause, aber er muss jeden Augenblick kommen. Sie können auf ihn warten, treten Sie ein."
„Sie haben's schön hier ..."
„Bitte lassen Sie nur die Schuhe an!", sagte die ältere Frau lächelnd. Sie führte Radu durch den Flur und blieb in der Küche vor dem Gasherd stehen.

„Was darf ich Ihnen anbieten, Herr Gabor, was kann ich Ihnen Gutes tun? Sie sehen müde aus."
„Eine Tasse Tee wäre schön. Ich komme vom Flughafen, ich habe viel zu tun."
„Das glaube ich Ihnen, doch wie dankbar Ihnen die Leute hier sind! Man merkt einfach, dass Sie Fratelianer sind und nicht so ein Berufspolitiker wie die meisten nach der Revolution. Sie kümmern sich …"
Sie sprach weiter, aber Radu hörte nichts mehr, die Worte rauschten an ihm vorbei. Sein Blick fiel auf ein Schwarzweißfoto über dem Kühlschrank. Eingerahmt war es, wenn auch etwas verstaubt. Es zeigte Absolventen einer Offiziersschule in Reih und Glied, darunter mit schwarzer Tinte die Zeile: „Dem Vaterlande treu bis in den Tod, Bukarest 1952". Radu fixierte das Bild so tief, dass er hineinstürzte. Ihm war, als hätte er dort auf dem Kasernenhof in der Mittagshitze neben den anderen gestanden und ihre Freude geteilt. Als hätten sich alle dort einer neuen Ordnung verschworen, die nur in ihren Köpfen wucherte. Wie stolz waren sie alle in ihrer Uniform. Da ist Găină, und da Vraci, der Mörder seines Vaters. Aber welcher ist … Alle Fäden der letzten Jahre liefen hier zusammen und bildeten einen Knoten. Und den musste Radu nicht mehr lösen, nein, er musste ihm nur einen Namen geben: Istrate. Frau Istrate bemerkte Radus Grübeln vor dem Foto und sagte, während sie einen Teekessel mit Wasser füllte: „Ein altes Foto von meinem Mann. Jahrelang lag es verstaubt unterm Bett, vor ein paar Monaten erst hängte er es wieder auf, ich weiß nicht, warum. Ach, so sind alte Männer, wissen Sie, sie erinnern sich gerne an ihre Heldentage. Aber wie schwer es damals war, das lassen sie

sich nicht gerne sagen. Na, haben Sie meinen Mann auf dem Bild entdeckt?“

„Leider nicht.“ Mehr bekam Radu nicht aus seiner zugeschnürten Kehle.

„Na, schauen Sie mal, der da, mit der Schirmmütze im Gesicht! Der Schatten versteckt ihn, aber die Schulterhaltung kann nicht täuschen, und die langen Arme mit den großen Händen auch nicht, der da ist er!“

Es kostete Radu Überwindung, sie nicht zu erwürgen. Er nahm seine Tasse Tee nicht, vor lauter Angst, sie umzukippen. Ein Name kam und ging wie ein Echo, dann prallte er an die Innenwände seines Schädels und begann klare Lautkonturen anzunehmen: Teodorovici. Im Wohnzimmer ließ Radu sich in einen weichen Ledersessel fallen. Am liebsten aber wäre er gleich wieder aufgestanden und davongerannt, um sich mit Relu zu beraten, einen Schnaps zu trinken, einen Spaziergang am Begaufer zu machen, vielleicht Swetlana zu besuchen, aber nein, da war noch Buke, den musste er zuerst rausholen. Nein, nicht überstürzt handeln, kein Kurzschluss, sich nichts anmerken lassen! Major Istrate erschien in der Tür. Er würdigte Radu eines kurzen, besorgten Blickes. Dann warf er sich in einen Sessel, seinen Gast ignorierend, als würde er zuerst die Spannung, die in der Luft über den beiden lag, mit seiner Spürhundnase messen.

„Ich habe eine schlechte Nachricht für Sie, Radu Gabor, behalten Sie die Fassung!“

„Mein Bruder?“, fragte Radu instinktiv.

„Ihr Bruder hat sich heute Morgen aufgehängt.“

„Tot?“, fragte Radu unterkühlt.

„Tot! War nichts mehr zu machen. Wir haben ihn zum Leichenbeschauer gebracht. Von dort komme ich.“

Radus geballter Hass verwandelte sich in glühende Gedanken. Er spürte eine unglaubliche Klarheit und Ordnung in seinem Kopf wie ein Feuer, das alles Überflüssige verbrennt.
„Danke, Teodorovici!"
„Sie wissen also?"
„Alles, Sie Kommunistensau!"
„Zigeuner bleibt Zigeuner, ich hab mich also doch getäuscht, ich dachte, du wärest anders …"
„Sprich's ruhig aus: Als mein … Vater, den du in den Tod getrieben hast!"
„Hab ich nicht, ich war nicht interessiert daran, ich hätte ihn sofort ausliefern können. Schließlich hat er zwei Menschen umgelegt!"
„Ich bring dich um!" Radu sprang auf.
Istrate streckte ihm blitzschnell einen Revolver in den Bauch:
„So einen benutzt auch die russische Mafia, mit dem tut's nicht einmal weh. Der ist ein Wunder der Technik, du merkst gar nichts. Dann ewige Sauna!"
„Und Buke? Was hat Buke dir getan?", brüllte Radu schmerzverzerrt. Er ließ sich wieder in den Sessel fallen.
„Tja, der hat's nicht ertragen, dass sein Bruder ihn verpfeift … sein geliebter Bruder. Nun ist er mausetot. Seine Zunge war blau, so was hasse ich, wenn man nicht sportlich krepiert. Bleib schön sitzen, sonst seht ihr euch noch heute Abend da drüben! In der Sauna!"
„Du hast ihm erzählt, dass ich …"
„Genau das habe ich getan. Denn ich kann dir versichern, an einem Zigeuner macht sich keiner von meinen Leuten die Hände schmutzig. Das brauchten wir gar nicht. Stell dir vor, der erfuhr, dass sein Bruder ihn verpfeift, damit

er sitzt, während das Brüderchen die goldenen Eier aus dem Kloster kullert!"

„Du Schwein, du hast unseren Clan immer schon verfolgt. Seit du mit dem verfluchten Wolga im Kloster gelandet bist."

„Immer schon, mein Kleiner … Ich muss sagen, du bist zuverlässiger als dein Vater, erstaunlich ehrlich! Du bist nicht einmal richtig schwarz, als hättest du in Unschuld gebadet, dich saubergewaschen von all den Verbrechen deines Volkes. Tüchtig, aber naiv bist du, nur es nutzt dir nichts. Ja, du bist fast ein lausiger Ungar, aber die hasse ich noch mehr."

Istrate polierte seinen Revolver, ließ aber Radu nicht aus den Augen.

„Du solltest mir dankbar sein! Corbea wollte dich absägen, als du Politiker werden wolltest. Und wer hat dich gerettet, wer hat dich mit der Macht spielen lassen, mit der kleinen rostigen Pistole, aus der immer ein Schuss nach hinten losgehen kann? Wer denn, wenn nicht der Onkel Polizist?"

„Unter dem König hast du nie gedient, da steht auf dem Bild 1952 …"

„Das ist scharf beobachtet. Aber mein Vorgänger hieß Istrate, ich hieß, wie du weißt …"

„Ihr habt Buke umgelegt, mach mir doch nichts vor! Und ihr seid die, die das Gold unserer Sippe geklaut haben!", presste Radu zwischen die Zähne hervor.

„Quatsch, dein Bruder ist aus Kummer, aus Überzeugung gestorben! Gebrochenes Herz! Er hat weniger ertragen, als ich dachte. Er hatte kein Format. Er war bloß ein kleiner Hühnerdieb."

Istrates Frau wollte eintreten.

„Hast du's in vierzig Jahren Ehe nicht kapiert, dass ich nicht gestört werden will, wenn ich Besuch habe?", brüllte Istrate, schoss in die Wand und traf den röhrenden Hirsch auf dem Winterbild am Hals, woraufhin er aufstand, um seine kleine Heldentat in Augenschein zu nehmen. Dabei ignorierte er völlig seine ohnmächtige Frau, die hinter der Tür mit einem „Gott steh mir bei" zusammengebrochen war. Teodorovici richtete zufrieden die Waffe wieder auf Radu.

„Hätten wir damals so was getragen, dann wäre der Schuster Ceauşescu noch an der Macht. Das ist eine Profiwaffe!"

Beide hörten, wie die alte Frau hinter der Tür sich aufrappelte und emporzog.

„Ich glaub's einfach nicht, wie so etwas in einem Knast passieren kann, es gibt doch Sicherheitsvorschriften!"

„Man ist dort zwar vor der bösen Welt geschützt, aber nie vor sich selbst. Das vergisst du. Deinen Bruder hab nicht ich auf dem Gewissen, den hast du auf dem Gewissen! Dazu musst du schon stehen wie ein Mann, falls das eurer Wertevorstellung entspricht."

„Das kommt in die Öffentlichkeit! Und wird dich deinen Job kosten, Major Teodorovici!"

„Ich bin längst in Rente", lachte er, „es war mein Privatspaß, euch noch die Schlinge um den Hals zu legen. Aber meine letzte Nummer vor dem Abgang war doch gut, oder?!"

„Das dachte Ceauşescu vor sieben Jahren auch!"

„Übrigens, das Gold ist längst gut angelegt, danach brauchst du nicht mehr zu graben. Und ich hab nichts damit zu tun! Jetzt raus hier. Du bist ein lausiger Zigeu-

ner, du stinkst. Und dann noch Politiker – die stinken sowieso aus dem Rachen, wegen der vielen Lügen!"
„Deine stillen Rentnertage wirst du nicht mehr genießen, das verspreche ich dir. Einmal musst auch du bezahlen …"
„Wenn du ein Wort vor meiner Frau fallen lässt, bist du eine tote Krähe, klar? Und jetzt Abmarsch Richtung Tür!"

Noch am gleichen Abend standen alle um den Toten herum: Onkel Mitu, Tante Sidonia, Roxana, Sile, Relu, Aglaja, Radu und ein paar Kinder aus der Nachbarschaft. Im Kreiskrankenhaus beruhigte sich zwar das hektische Treiben der Abendstunden, aber von Zeit zu Zeit, mitten in das Schluchzen der Trauernden, brachen das Getöse der zuschlagenden Türen, das Brüllen der Alten, die auf den Bauch gelegt wurden, das kalte, klirrende Geräusch fallender Instrumente herein. Keiner der Roma wollte wahrhaben, dass Buke tot war. Bis Aglaja in die höchsten Oktaven hinauf schreiend sich an Bukes kalte Brust warf: „Warum hast du uns das angetan?"
Zweifelsohne war es ein Strangtod gewesen. Die dicke blaue Zunge und die Spur am Hals zeugten davon, aber liegen denn die Stricke im Knast auf jedem Klo herum? Und wie konnte ein Häftling durchs Fenster springen? Keine Gitter in der vierten Etage? Hängt man einfach so an der Außenmauer herum? Seit wann dieser Komfort in dem berüchtigten Gefängnis „Popa Sapcä", das Buke wie seine Westentasche kannte? Diese Fragen beschäftigten Radu und Relu, sie schauten sich kurz in die Augen. Einen längeren Blick hätte Radu wegen seiner Gewissensbisse nicht verkraftet. Er war sich bewusst, dass er Buke

dem Tod ausgeliefert hatte. Auch Unwissen ist Schuld – die falsche Rechnung, die man am Ende zugeschoben bekommt. Keiner wusste etwas über seinen Weg zu Istrate alias Teodorovici nach der Hochzeitsnacht, auch Relu nicht. Radu betrachtete still die Leiche unter dem Neonlicht: Nein, das war nicht sein Halbbruder, nein, das war etwas anderes, es war vielmehr eine Erinnerung an ihn, das Souvenir eines Reisenden in andere Welten. Er wirkte so unnahbar, dass keiner hätte sagen können, ob er tieftraurig, zornig oder nachtragend starb – nichts als ein Souvenir! Einfach weg! Ohne Abschied!

Sile kümmerte sich um die Beerdigung, den Sarg, den Platz auf dem Friedhof und um den Pfarrer. Die Klageweiber bestellte Aglaja am nächsten Morgen. Der Leichnam wurde heimgebracht und von ihr gründlich gewaschen. Buke wurde als Bräutigam aufgebahrt, da er ja nicht verheiratet war. Sein Gesicht bekam nun jenen düsteren Ausdruck, den er oft an den Tag gelegt hatte, wenn er Sorgen hatte, und eine gewisse Anspannung wie eine Neugierde kam hinzu. Die Fliege und der kecke Hemdkragen machten ihn tatsächlich zum Bräutigam. Tante Sidonias Sarg wurde in die Scheune gebracht und das Zimmer in Anspruch genommen. Bereits am nächsten Nachmittag trafen Verwandte ein. Kerzen standen in allen Ecken, Tante Sidonia war bereit, auf ihre eigenen zu verzichten, obwohl sie Buke für einen gemeinen Hühnerdieb gehalten hatte. Aber dies vielleicht nur, weil er der leibliche Sohn von Onkel Mitu war. Radu suchte Roxanas Gegenwart und trank einen Schnaps, den er sofort wieder ausspuckte. Dann weinte er den ganzen Tag. Etwas an dieser Welt war falsch – auf jeden Fall musste er noch darüber nachdenken –, denn Freude konnte er daran nicht mehr haben. Nein, von diesem Tag an würde alles anders sein. Wie konnte es eine Welt ohne Bukes Gaunereien geben, ohne sein dreckiges Lachen, ohne seine unmittelbar praktische Sichtweise der Dinge. Radu sprach gestikulierend vor Bukes aufgebahrtem Leichnam. Ja, Buke war hart und noch härter sein Schicksal, wie eine Nuss, die es zu knacken galt, aber nicht einmal der Tod, der Bruder mit der Sense hatte das geschafft. Der Tod hat ihn mitgenommen, aber nicht verstanden. Buke durfte zweimal scheitern, erinnerte sich Radu: die Liebe zu Rosa, der Traum mit dem Tanzbär ... Er hätte nicht ins Kloster gehen sollen, in die Nähe des verruchten Goldes. Das war sein Untergang. Er war der Mann von gestern, den man heute nicht mehr verstehen kann, weil er zu stark in der Vorstellung, in der Vergangenheit lebt. Er war ein echter Zigeuner, weder romantisch noch gemein, weder ein bunter Hund noch heldenhaft, einfach die Sturmgewalt in uns, die wir lieben. Radu fiel die Prophezeiung der alten Wahrsagerin, Tante Paraskiva, wieder ein. Sie hatte den Tod in seinem Leben gesehen, und jetzt verstand er die Botschaft von damals.

„Ich sagte ihm noch vor ein paar Tagen auf deiner Hochzeit spöttisch, dass er der Nächste sei, auf dessen Hochzeit ich tanzen werde“, meinte Relu zitternd vor dem Bruder im Sarg.

„Und die Hochzeit kam schneller, als du dachtest. Da ist der Bräutigam, nur die Braut fehlt noch, die verspätet sich etwas.“

„Sie holt ihn bestimmt an der Himmelspforte ab, da wartet sie auf ihn, die wahre Braut.“

„Ich glaube, seine Rosa wäre ihm lieber gewesen!“, bemerkte Radu bissig und kalt. Der Abend wehte mit Trauerflügeln in die Stube. Es war weder hell noch dunkel. Das Kerzenlicht verwischte den Übergang zwischen Leben und Tod. Etwa zehn Stühle, die von Verwandten und Freunden wechselnd besetzt wurden, standen im Raum. Von Zeit zu Zeit ging die Tür zur Küche auf, und Leute kamen herein, um sich zu vergewissern, dass Buke tot sei. Andere brachten kleine Töpfe mit Essen und legten sie diskret in den Sarg. Nach Mitternacht holten sie sie wieder ab und aßen den Inhalt aufgewärmt in der Küche. Nur Verwandten stand das zu. Es roch nach Krautwickeln, als die drei Klageweiber fast gleichzeitig eintrafen. Sie postierten sich an den Seiten und am Kopfende des Sarges, bemitleideten den Toten, fragten ihn vorwurfsvoll, warum er das getan habe, und versetzten ihm liebevolle, eher symbolische Ohrfeigen wie eine Krankenschwester, die mit dem Patienten, der seine Tabletten nicht geschluckt hat, schimpft. Die eine murmelte Sätze aus der Bibel, und Radu, der so mühsam erst vor sechs Jahren lesen gelernt hatte, war sich sicher, dass sie nicht lesen konnte. Die Zweite setzte sich eine schreckliche Totenmaske mit gebleichten Marderknochen auf. Die Dritte begann, sich in das Jammern hineinzusingen:

„Bräutigam, heute ruft der Himmel,
die Braut kommt auf dem Schimmel,
es schickt Mutter Sonne
ihre Tochter in Lust und Wonne,
heute kehrst du heim
in das Haus deiner Braut,
nicht leise, nein, gar laut,
denn deine Lieben weinen über deinen Ritt
und verfolgen dich auf Schritt und Tritt,
ja, es kommen alle mit.

Warum bist du von uns geschieden?
Hast du an die Deinen gedacht,
die jetzt halten Wacht?“
Die mit der Maske fiel in den Singsang der Melodie ein und bat Buke nachdrücklich, von allem Irdischen Abschied zu nehmen und zu begreifen, dass er tot sei und hier nichts mehr verloren habe. Die Dritte hob an mit piepsender Stimme:
„Steh auf, steh auf, Buke,
sieh mal, wer deinen Hof aufsucht,
sieh, da ist ein trauriges, knochiges Pferd
mit einer Mähne aus Draht,
schwarz wie die Sünde ist es,
sieh, wenn es aufsteigt gen Himmel,
wen es mitreißt auf seinem Rücken,
wenn nicht gerade dich,
zu dem Gefilde ohne Rückkehr
so fern und so leer
von Freuden.“
Schluchzen begleitete das Atmen der Frau. Sie klagte gerne bei jüngeren Menschen. Die alten Toten machen sich eher aus dem Staub, die hören nicht lange zu, pflegte sie sich zu beschweren.
Sile betrachtete lange seinen Bruder im Kerzenschein, dann kochte er über: „Was soll der Scheiß, he? Ihr verpisst euch jetzt auf der Stelle, oder ich begrab euch mit meinem Bruder! Dann könnt ihr ihm die Ohren vollheulen!“
Radu legte eine Hand auf den Rücken seines Bruders.
„Ich kann sie nicht mehr hören, mein Gott, ein normaler Mensch würde sich totlachen bei dem Spektakel!“ Sile

ließ sich nicht von seinem Bruder beruhigen, er steigerte sich in seine Ablehnung der alten Sitten hinein.

„Er braucht jetzt Begleitung und eine sanfte Hand, etwas Betreuung. Denn hier hatte er's auch schon nicht leicht …" Radu versuchte seinen Bruder auf den Teppich zu holen.

„Bist du Pfarrer oder Politiker? Wer bezahlt denn das Gejaule?", brüllte Sile.

„Der Schmerz durchbohrt auch mir die Eingeweide, mach jetzt keinen Krach, zum Teufel, hast du denn vor nichts Respekt? Zumindest jetzt sollte man seine zögerlichen Schritte begleiten, ihm zeigen …"

„Sokhardea, alles nur Aberglaube! Ihr bleibt blöd, aber zumindest macht ihr's wie eure Omas. Nein, danke!"

„Du fluchst am Sarge deines Bruders!", mischte sich Relu ein.

„Tolle Sprüche, aber nichts zum Knabbern, ihr heiligen Armleuchter", brüllte Sile. Es war seine Art, mit dem Schmerz fertigzuwerden. Onkel Mitu unterbrach jähzornig den Bruderstreit. Er packte zwei Arme, ohne zu wissen, wessen, und stieß die Männer in unterschiedliche Ecken des kleinen Raumes. Relu holte eine alte Goldmünze aus seiner Westentasche und klemmte sie zwischen die starren Finger des Leichnams. Er überlegte, ob es die richtige Hand war. Der Tote musste schließlich die himmlischen Zöllner damit bezahlen, und Gott, oh Gott, die letzte Hängebrücke, die Brücke zum Paradies, da geht's heiß zu, sinnierte er, ohne einen klaren Gedanken fassen zu können. Die Finger lockerten sich etwas und das Geld passte endlich hinein. Als er's geschafft hatte, roch er an seinen Fingerspitzen. Der Tote duftet anders als mein Bruder, dachte er und verließ schweigend den Raum.

In der zweiten Nacht der Totenwache durchbrach ein Poltern die Stille. Die Tür wurde mit einem dumpfen Laut aufgestoßen, eine plumpe Holzbank, auf der ein Jüngling mit knochigem Gesicht ritt, erschien im Kerzenlicht. Großflächig angemalt waren seine Wangen, Asche der Hintergrund mit groben schwarzen Flecken wie bei einer Kuh. Der „Gogiu“ drehte zwei Runden um den Sarg und blieb vor einer großen gelben Kerze, so gelb wie Ohrenschmalz, stehen und starrte sie an. Dann stieg er von seinem Holzpferd ab, nahm die Kerze vom Ständer, hielt sie eine Weile andachtsvoll in der Hand und befestigte sie schließlich mit ihrem eigenen Wachs, das sie geizig hergab, an der Bank.

„Die Hochzeit ist vollbracht! Jetzt kannst du deines Weges gehen!“, beschwor eins der Klageweiber.

„Ein steinernes Haus im Himmel, eine glückliche Ehe! Möge die da oben besser sein als die, die dir hier nie beschieden war“, seufzte Aglaja am Fußende. Im Raum roch es süßlich, aber alle dachten an die schlechten Kerzen, deren Reste immer wieder eingeschmolzen wurden. Die Fensterscheiben waren schwarz angelaufen. Die Leute an der Wand rechts und links der Tür lachten und gestikulierten gedämpft, als der „Gogiu“ auf der Bank reitend sich einen Weg durch die Menschen bahnte. Ihre Gesichter tauchten greisenhaft ins zuckende Kerzenlicht, dann verschwanden sie wie Gipsmasken, die sich auflösen. Von draußen krochen ein paar Gelächter durch die trüben Glasscheiben der Tür. Man erzählte Geschichten aus Bukes Leben, über seine Liebschaften, ja, man zählte

sie alle auf, man hänselte die Mädchen und versuchte Erbschaften in der Familie zu klären.
„Das Leben ist eine Sau. Eine Sau, die du nie zu früh vor den Feiertagen schlachten darfst“, stellte Onkel Mitu fest.
„Was machen wir mit Lepädatu, dem Mönchsmörder da unten im Keller?“, fragte Relu nüchtern.
„Hat dem jemand zu essen gegeben?“
„Klar, die Jungs.“
„Also, ich würde ihn freilassen, der hat einen unserer Feinde erledigt, was haben wir noch gegen ihn?“ Radu zuckte die Schultern.
„Du hast recht, wir müssen nichts mehr beweisen, aber die Aufnahme auf Tonband gut aufheben, man weiß nie.“

Am folgenden Morgen wurde zum letzten Mal Abschied genommen. Neugierig versammelte sich die Sippe vor der Wohnzimmertür. Welche Frau, Schwester, ehemalige Geliebte oder sogar Stiefmutter würde nun ihren Zopf dem Verstorbenen opfern? Aglaja zog sich zurück und kreuzte die Arme vor dem Toten. Dies war ein deutliches Zeichen: Nein, sie ist es nicht. Tante Sidonia küsste ihn und wandte sich gnadenlos und entschlossen von ihrem Stiefsohn ab: Nein, sie wollte ihren Kopfschmuck mit ins Grab nehmen. Die Ex-Geliebten zierten sich wie Jungfrauen, denen ein älterer Herr mit viel Geld einen Heiratsantrag macht. Plötzlich neigten sich alle Kerzenlichter in eine Richtung, als hätte der Tote wieder zu atmen begonnen.
„Buke kommt zurück, weil er den Segen des Weibes nicht kriegt“, flüsterte eine Stimme in der Menge vor der Tür. Die Spannung war unerträglich. Am liebsten hätte man Buke im offenen Sarg zu seiner letzten Ruhestätte gefahren, vielleicht käme doch noch aus irgendeiner vergesse-

nen Bude eine Witwe heraus, die … Dann trat Roxana aus der Menge hervor mit ihrem schwarzen Zopf auf den Händen. Ihr Mondgesicht wurde durch das kurze Haar betont. Sie riss ihren Zopf entzwei und legte die beiden Teile rechts und links von Bukes Schultern hinauf bis zum Scheitel. Buke bekam dadurch ein komisches Aussehen, ähnlich einer Maske. Radu war verblüfft von der Geste seiner Frau. Er fühlte sich erleichtert, ja fast glücklich, trotzdem schoss ihm durch den Kopf, was viele, die zugegen waren, dachten: Hatte sie's auch mit Buke? War er viel öfter bei ihr gewesen, als es Radu dachte? Er folgerte weiter: Ist es sein Kind, das Roxana hier unterm Herz trägt? Er empfand keinen Zorn bei dem Gedanken, es könnte Bukes Kind sein. Na ja, so oder so hätte er es aufgezogen. Er bewunderte seine Frau. Er war stolz auf seine Roxy, aber gleichzeitig musste er feststellen, dass ihm nie warm ums Herz wurde, wenn er an sie dachte. Nein, er liebte sie nicht, dachte er bei sich. Und jetzt war auch Buke fort, dem er dies gerne gesagt hätte. Seine Fingernägel und sein Bart sind wild gewachsen, dachte Radu, vielleicht hört er ja noch meine Gedanken. Sei unbesorgt, lieber Bruder, das Kind ist in guten Händen, begleite es durchs Leben von da oben, auf dass es so werde, wie du warst, ein tüchtiger Rom. Viele fingen an, still vor sich hin zu weinen, und stießen ihren Nachbarn die Ellenbogen in die Rippen, wenn sie sich die Tränen wischten, so eng standen sie aneinander. Radu sah seine Frau verständnisvoll an. Eines begriff er: Die Zopflegung war im Voraus geplant.

In Bukes Linke steckte man die gelbe Hochzeitskerze des „Gogiu", die dem Holzpferd entnommen wurde. Man vergewisserte sich, dass das Geld sich noch in seiner

Rechten befand, wonach der Sarg zugenagelt wurde. Radu holte einen Nagel aus seinem linken Mundwinkel, hielt ihn allen Himmelsrichtungen entgegen und hämmerte ihn in den Sargdeckel. Am Kopfende an der linken Seite hatte die Kiste eine herzförmige Öffnung, so dass der Tote alles hören und riechen konnte, was draußen geschah. Viele der Anwesenden steckten gefaltete Zettelchen durch die Öffnung, damit der Tote sie zu den Alten, zu den Ahnen mitnehme. Manchmal bat man den Toten auch schriftlich um Verzeihung, aber meistens waren nur ein Name und eine mit Kugelschreiber gemalte Träne auf den Briefchen. Die Kinder spielten Begräbnis im Hof: Jedes legte sich der Reihe nach auf eine umgestülpte Kiste, während die anderen um die Leiche herumtanzten, beteten und die Klageweiber nachahmten. Sie hatten rote Backen und waren guter Dinge.

Nachdem es zwölf Uhr Mittag geschlagen hatte, wurde der Tote mit den Beinen voran nach draußen getragen, so dass er den Weg nach Hause nicht wiederfände. Vier Männer schoben und zogen die sperrige Kiste, zwei von innen, zwei von außen. Der Sarg schwebte über der Türschwelle. Mal gab er in die eine Richtung nach, mal schien die andere Mannschaft zu gewinnen, schließlich wurde das Spiel abgebrochen. Wutentbrannt biss Relu eine Oberkante vom Sarg ab, kaute die Spreißel und spuckte sie auf den Sargdeckel. Auch das war nur einem engen Verwandten gestattet. Der Entschluss, man würde den Tod des Bruders bald rächen, nistete sich schleichend zwischen den Runzeln und Windungen in Relus Augenbrauen ein. Er hielt den Zustand nicht lange aus, dann musste auch er weinen. Die Frauen weinten im Chor, schließlich alle außer dem Pfarrer, der seinen Weihrauchkessel über dem Sarg schwenkte und undeutlich um Vergebung für den Toten im Himmel bat. Die Puradej waren bereits über die Opfergaben hergefallen und naschten am großen Topf mit „Colivă". Eine meterhohe junge Tanne wurde von einem Jüngling emporgehoben. Sie war mit roten und mit schwarzen Bändern geschmückt. Nun konnte die Reise des einsam Irrenden beginnen. Über ein weites Meer muss er. Es ist sehr tief, nicht von ungefähr heißt es „Erdenschlund". Ja, es ist der Rand dieser Welt. Auf dem Boden dieses Meeres steht eine riesige Tanne, die manche immer schon als „Feentanne" kannten. Sobald die Seele dort ankommt, bittet sie die Tanne inständig, ihr die Spitze zu reichen, um ans andere Ufer geschleudert zu werden. Die Tanne lehnt dies beim ersten Mal ab, da – so behauptet sie – in ihren Zweigen ein Adler hause, der dort ein Nest habe mit Jungen. Jene würden kreischen, so dass die Seele erschrecke und in den Schlund stürze. Auf erneutes Bitten bedauert die Tanne, in ihrem Geäst hause ein Dachs mit Jungen, deren schauriges Bellen die Seele ebenfalls in die Tiefe stürzen würde. Beim dritten Mal erwähnt die Tanne eine Schlange, die ihre Jungen in einer Baumhöhle aufzieht, und jene zu stören sei ebenfalls verhängnisvoll. Erst beim vierten Flehen reicht die Tanne der Seele ihre Spitze, indem sie sich zu ihren Füßen beugt. Und die Seele des Toten setzt über, dahin, wo die Sehnsucht sie hintrieb, über das Meer ohne Namen in die jenseitige Welt.

Die geschmückte Tanne führte die Menschenmenge an, die sich zu einem herrlichen Totenzug formierte. Dann kam der Schimmel, der den Wagen etwas ungeduldig hinter sich herzog, und anschließend gleich der Pfarrer. Er hatte Buke gekannt, seit jener in der Lehre war. Es folgten in einer Reihe Aglaja, Radu, Onkel Mitu, Relu, Sile und Tante Sidonia, die flott hinter dem Sarg her einen Frühlingsspaziergang zu machen schien und froh war, an die frische Luft und unter die Leute zu kommen. Den Schluss bildete eine undefinierbare, bunte Masse von Menschen. An jeder Kreuzung hielt der Leichenzug an, der Pfarrer segnete den Sarg und eine kurze Totenmesse wurde abgehalten. Danach setzte sich die Masse wieder träge in Bewegung. Dicke, saftige Fleischfliegen umschwärmten das Pferd, der Zug wurde nach jeder Kreuzung länger und durchlässiger. Der Sarg war fast vollständig von Gladiolen und Nelken bedeckt. Nun hielt dieses verstrichene Leben seinen Siegeszug durch die Straße, durch die Menge der Gaffer. Es war Samstag und vor den Häusern saßen, meist im Schlafanzug, unrasierte Männer auf den Bänken. Sie spielten „Table", was identisch ist mit „Backgammon". Wie Hofnarren, die den Tod überlisten, säumten sie den Weg in ihren gestreiften graublauen Schlafhemden. Einen Augenblick hielten sie inne und klammerten sich an den Würfeln in ihrer Hand fest, als hingen jene an einem imaginären Faden zwischen Himmel und Erde. Sie waren in diesem Augenblick das einzig Fassbare in einer Welt, die dem Tode preisgegeben, ja, sie waren warm in der Faust und so konkret wie die verblassten Punkte von eins bis sechs an den Seiten. Am liebsten wären die Männer aufgesprungen, um in den Sarg zu schauen, doch war dessen Deckel voller Nägel, vielleicht waren auch ein paar danebengegangen, dem Toten ins Fleisch. Einige der Table-Spieler liefen ins Haus, kleideten sich schwarz und schlossen sich dem Leichenzug an. Tante Sidonia begrüßte sie feierlich. Es war heiß. Aus den Häusern drang ein penetranter Duft von gewürzten

Speisen. Irgendwo in der Straße gab's Paprikasch oder gefüllte Paprika.

Auf dem Friedhof bekam Buke einen recht guten Platz dank der Finanzspritze von Bruder Sile. Der Sarg lag auf den beiden Balken über dem Grab, die engsten Familienmitglieder machten dem Pfarrer Platz. Sein Nekrolog war ohne Pathos, worüber Sile froh war – er konnte tiefe Gefühle nicht lange ertragen.
Hinter den blechernen oder steinernen Kreuzen warteten geduldig die unter freiem Himmel Lebenden. Manche stiegen auf die Kreuze, um zu sehen, wer weint oder wo der Riesentopf mit „Colivă" – dem Gericht aus gekochtem Weizen und etwas Walnuss, übergossen mit Fruchtsirup und ein wenig Rum – gerade stand. Da saßen sie auf Kreuzen mit den Beinen baumelnd über dem Abgrund des Lebens, während ihr Kinn im senkrechten Balken eine Stütze fand. Zerlumpt waren sie, ihre Kleider und Gesichter hatten längst jegliche Farbe verloren. Aschgrau ihre Augenlider und ungefähr das Alter. Sie waren hungrig. Menschen mit rostigen Eimern suchten zwischen den Gräbern Weinbergschnecken; ihre Finger streiften die Blumen auf den Gräbern, den Tod ignorierend. Sie richteten sich auf, als der Trauerzug am bereits ausgehobenen Grab ankam, wagten aber nicht näher zu kommen. Um halb zwei mittags fand man keine Weinbergschnecken. Und jeder, der zugegen war, wusste, dass es Wachs war, was sie sammelten, Kerzenstummel, die später in irgendeiner Scheune geschmolzen wurden, um irgendwann auf dem Grab eines unbekannten Toten zu brennen. Sie wurden am Friedhofseingang verkauft.

Der Sarg sank in die Erde wie eine Legende, die untergeht, da sie nichts mehr bewegt oder mit banalen Lügen

angereichert wurde. Ein leichter Frühlingsregen ergoss sich über die Menge. Aglaja flüsterte unbemerkt: „Nun betritt er den Himmel auf seinem weißen Ross."
„Ein gefallener Engel ist er … ein Geplagter, der seinen Weg nach Hause sucht. Möge er ihn finden in Gottes Schoß", sprach eine Stimme in der Menschenmenge hinter dem Pfarrer, wie ein Urteil verkündend.
Der Gottesdiener schleuderte seinen Weihrauchkessel über dem Grab hin und her, holte weit aus, um Eindruck zu schinden, ließ sich aber durch die ungeahnte Wucht des Gewichtes aus dem Gleichgewicht bringen. Er wäre womöglich ins offene Grab gerissen worden, hätte eine aufmerksame Hand ihn nicht vor dem Sturz gerettet. Der Weihrauch verursachte vereinzelt Hustenanfälle bei den Trauernden. Polternd fielen die ersten Erdbrocken auf den Sarg, die nächsten dumpf, bald wurde der Blumenhügel unter Schaufelklopfen fertiggestellt. Nun war es an der Zeit, die Opfergaben, die „Pomanä", zu verteilen. Den Armen und eigentlich jedem, der anwesend, war es gegönnt, am Totenschmaus teilzunehmen. Auf diesen Augenblick warteten die Schneckensammler, die nun auf das Grab zuströmten. Die Lahmen unter ihnen benutzten Kreuze als Krücken; manche hatten einen recht bequemen Armbügel. Sie hüpften nur so zwischen den Gräbern, denn neben dem Blumenhügel stand der Riesentopf mit der „Colivä". So manch eine Träne wich dem Hunger, man aß und freute sich der weiteren Opfergaben. Onkel Mitu goss Rotwein ein; das Glas sollte dem gehören, der daraus trank. Tante Sidonia verschenkte kleine bestickte Handtücher, und Aglaja legte jedem eine Kerze ins Handtuch.

„Bogdaproste, dies ist meine erste Mahlzeit an diesem Tag“, seufzte ein obdachloser Friedhofsbewohner keuchend, während er den Inhalt des Weinglases in seinen Rachen leerte. „Bogdaproste – die Erde auf der Brust sei ihm eine leichte Last!“, gab ein reicher Rom in weißem Anzug seinem Beileid Ausdruck.

Mit giftigen Blicken schaute Aglaja über die Schulter zu ihrer Schwägerin Roxana, die kleine bunte Schüsseln mit Essen zwischen den Blumen auf dem Grab unterzubringen versuchte. Neid kam auf, die Schnecke hatte ihr die Show mit dem Zopf geklaut, denn natürlich wollte am Ende sie, Aglaja, ihren Zopf opfern. Sie wollte nur zeigen, dass sie ihn nicht gerne hergab und dass sie die Familie, so wie sie da stand, hasste. Auch Roxana. Oh Gott, diese Rundungen an den Hüften, wenn sie sich übers Grab bückte! Ein Trost, dem sie sich hingab. Und wie die aussieht, mit ihrer Mondfratze und mit dem kurzen Haar! Na ja, sie ist verheiratet, was muss die noch schön sein! Aber das mit dem Zopf würde sie ihr noch in aller Deutlichkeit zurückzahlen, was stellt die sich vor, die Schlampe, die will sich doch nur bei Radu und Onkel Mitu einschleimen. Die wird sich wundern, falls sie noch nicht rausgekriegt hat, wie pleite die Familie ist.

An den Schuhen klebte die Friedhofskrume. Die Menschenmenge bewegte sich auf die Sechste Gasse zu und die Fahnenträger trugen die Kirchenfahnen mit dem Abbild des heiligen Michael, des Schutzpatrons der Kirche von Fratelia, nach unten hängend wie Heimkehrer aus einer verlorenen Schlacht. Tante Sidonia fiel auf in der Menge. Sie redete ohne Atempause über ihr eigenes Begräbnis, darüber, was sie anders haben wollte, und über ihren Bestand an Handtüchern für die „Pomană“, die lavendelgespickt im Schrank lägen, auf den großen Augenblick des Todes wartend, um die zweihundert angeblich. Jeder, der käme, sollte ein Handtuch bekommen. Zu Hause bei Onkel Mitu feierte man die „Parastas“ – die Gedenkfeier. Alles begann, sobald sich der Pope ans Tischende setzte. Der Schnaps und die Vorspeise aus Käse, Oliven und Wurst wurden aufgetischt. Pfarrer Ilie putzte sich die scharfe Brille und nach dem zweiten Schnaps fand er, er müsse dem Herrn Consilier, der neben ihm saß, das Herz massieren.

„Wir sind doch alle unserem Gott einen Tod schuldig …“

Radu hielt die Gelegenheit für günstig, endlich seinen Bruder Relu vollständig in die offenen Geheimnisse des Odessa-Goldes einzuweihen. Er wollte ihn raushalten, solange es ging, aber nun war er seine einzige Stütze und er musste Buke ersetzen.

„Ich habe erst vor Kurzem mit unserem Vater gesprochen. Erinnerst du dich an die Nacht im Garten, als du nach meiner Wahl zum Consilier dazukamst?“

„Ja, du warst ganz schön verschlagen.“

„Damals ist mir Vater erschienen. Er sagte, das Gold sei hinter einer Ikone. Aber ich begriff den Sinn seiner Worte nicht. Ist eine Ikone im Kloster damit gemeint?“

„Warum musste er sterben?“ Relu sprang fast von seinem Stuhl. Hastig und zitternd leerte er sein Weinglas.

„Tja, ich glaube, er hat in jener kalten Nacht das erste Auto in Richtung Banat gefahren. Das zweite wurde absichtlich auf die Gleise gestellt. Die beiden Securisten wurden von Istrate umgelegt. Aber Vater und Corbea wussten nicht nur davon, sie waren sogar auf die eine oder andere Weise beteiligt. Die Polizei hat mal ausnahmsweise die

Securitate ausgespielt und sich das Gold unter den Nagel gerissen. Istrate war da genial. Vater musste hinhalten, er wurde benutzt, und Corbea hat keinen Finger für ihn krumm gemacht", folgerte Radu.

„Das Schwein hat Vater verraten!", ergänzte Relu.

„Corbea wusste, wo Vater sich acht Jahre lang aufhielt. Er hat es trotzdem nicht der Polizei gemeldet. Aber gewiss, er wusste, dass Vater des Mordes an den Securisten beschuldigt wurde."

„Das darf nicht ungesühnt bleiben, das schulden wir unseren Toten!", rief Relu hitzig.

„Zusammen sind wir stark, Bruderherz! Aber Sile darf nichts davon erfahren!"

„Ich glaube, der weiß mehr, als wir ahnen."

„Kann sein, aber ich traue ihm noch nicht!"

„Zuerst müssen wir die Sache mit Istrate regeln. Beweisen, dass Buke keinen Selbstmord begangen hat. Natürlich wusste er zu viel, er hat schließlich das schwarze Fluchtauto im Kloster entdeckt."

„Te xas mo khul, was gibt es da zu regeln? Istrate hat sich längst aus dem Staub gemacht!" Radu drehte das Glas in der Hand und senkte seinen Blick hinein. Der Pope wollte vom Tisch aufstehen und die Totenfeier verlassen. Das würde das Ende der Feier an diesem Ort bedeuten. Also versuchte einer, ihn mit einem frisch gefüllten Glas aufzuhalten, ein anderer bat ihn mit gefalteten Händen zu bleiben, ein Dritter zog ihn am Ärmel nach unten. Aber vergeblich, der Pope steuerte schwankend auf den Ausgang zu. Sile folgte ihm und fragte nach den Kosten für das Begräbnis.

„Na ja, erstens geweiht, zweitens gelesen, sechs Straßenkreuzungen, das macht, sagen wir mal, vierhundertfünfzigtausend."

„In Ordnung, hier haben Sie fünfhundert."

Der alte Mann mit der dicken Brille griff nach dem ungeordneten Geldhaufen und überprüfte jeden Geldschein, indem er ihn dicht vor die konkaven Gläser hielt und zwischen den Fingern rieb. Schließlich ließ er die Scheine in der Kuttentasche verschwinden. Dann bedankte er sich und segnete Sile: „Gott möge euch alle in Seiner Obhut warm halten."

„Küss die Hand, Vater, und danke für alles und für Eure Trostworte in diesen Tagen."

„Und nicht vergessen, mein Sohn, die Kirche lebt von Spenden! Wir sollten den Kirchhof mit Obstbäumen bepflanzen, damit der gute Christ sich im Sommer an Gottes Obst laben kann! Ich hab Pläne, mein Sohn, damit ihr's in der Zukunft schön habt!"

„Ich werde alles tun, was in meiner Macht steht, Vater!"

Pfarrer Ilie stolperte über die Türschwelle, torkelte hinaus, winkte noch einmal und machte eine skizzierte Verbeugung:

„Gott wird sich deines Bruders schon annehmen!"

Die Zöllner der Lüfte sind die lichten Geister, die Luzifer bei seinem Fall aus dem Himmel begleiteten. Als Gott dem Fall ein Ende setzte, blieben die Zöllner wie am Faden zappelnd in den Lüften schweben. Nach dem Fall aber wurden sie schwarz, Luzifer sammelte sie zu einer Horde – der Horde der Zöllner der Lüfte. Pfarrer und alte Weiber nennen sie Teufel. Er übertrug ihnen eine Aufgabe: Seit dieser Zeit und bis heute bewachen sie die Brücken, die die Seelen der Toten, begleitet von ihrem Schutzengel, auf dem Weg zum Himmel überschreiten müssen. Da sie die Seelen der Toten wiegen – das heißt ihre Laster und Sünden –, um zu prüfen, ob die Brücke ihr Gewicht überhaupt aushält, nennen sie sich Zöllner. Und man muss schon dazu sagen, dass die Brücken recht dünn und zerbrechlich sind. Es sind 24 an der Zahl, andere behaupten, es seien 99. Gestalt und Aussehen der Zöllner sind von Zoll zu Zoll unterschiedlich, denn jeder Brückenkopf begutachtet nur ein einziges Laster mit den verschwisterten Sünden. Die Zöllner sind hässlich wie die Sünde, denn sie sind die Sünde selbst. Sobald die Seele ihrer gewahr wird, lesen die Zöllner ihre Laster vor. Sie stehen in weißer Schrift auf einer schwarzen Papierrolle. Als am sichersten gilt immer noch das Bestechungsgeld, das der Tote bei seinem Begräbnis in die Hand gedrückt bekommt. Sollte die Seele des Toten ungerecht behandelt worden sein, indem man ihr etwas, das sie nicht getan hat, in die Schuhe schiebt, so interveniert der Engel. Er prügelt dann auf die Teufel los. Auf jeden Fall gilt eines: Je höher die Brücke, desto grausamer das Aussehen der Teufel – dabei hätten sie das gar nicht nötig. Denn die Brückenbögen sind aus Wolken, man kennt sie nur vom Hörensagen. Aber jeder weiß: Es wäre nicht ratsam, mit seinem Engel hastig darüberzuschreiten oder gar eine Stelle zu umgehen, denn im Wolkennebel ist ein Fehltritt leicht getan. Unten in der Tiefe wüten die ewigen Fluten des Anfangs. Die letzte Zollstation befindet sich an der Paradiesbrücke, die am Höllentor vorbei verläuft. Sie ist von der dunkelsten Dunkelheit umgeben, allein der Tollwutwind hinterlässt darin tiefe Furchen. Es ist die schwierigste Prüfung der Seele, denn hier wird sie alleingelassen;

der Engel zieht sich zurück. Diese letzte Brücke ist dünn wie eine Schwertschneide und lang wie ein Regenbogen. Die Dunkelheit lässt nur die verzweifelten Stimmen der Verdammten durchdringen und die Seele hat hier nur einen einzigen Lotsen: Es ist die Kerze, die der Tote seit den Trauertagen in der Hand hält. Üblicherweise erlischt die Flamme nach den ersten Schritten auf der Brücke. Wenn die durch die Himmel reisende Seele es bis dahin geschafft hat und außerdem gerecht war, so bekommt sie Flügel und betritt die Saphirpforte des Paradieses. Der Sündige dagegen, sobald er in diese Bereiche vordringt, verliert sein Gleichgewicht und stürzt in den Schlund voller Lärm.

Der Speichel der Zöllner der Lüfte fällt nachts auf die Erde. Er bringt Böses über die Menschen. Tagsüber vereitelt die Sonne das Übel, das so auf die Erde kommt. Aber des Nachts verpestet die Spucke der Zöllner die Brunnen, und die, die daraus trinken, erkranken an Teufelsschüttelfrost. Das Volk pflegt zu sagen: „Sei dem Teufel Bruder, bis du über die Brücke kommst!"

(frei nach einer rumänisch-heidnischen Legende)

## Ehe vor den Parlamentswahlen

Radu mietete mit Roxana eine große, helle Wohnung im Zentrum von Temeschwar. Sie empfingen so gut wie keine Gäste. Die Drei-Zimmer-Wohnung wurde zu einer Art Versteck, da er, so munkelten böse Zungen, seine nicht gerade hübsche, dafür schwangere Frau, die er eigentlich gar nicht hatte heiraten wollen, nicht der ganzen Welt vorführen wollte. Sein Büro im Stadtratsgebäude gegenüber dem „Capitol“ stand nach wie vor allen Roma offen, schließlich brauchte er fünfzigtausend Romastimmen aus dem ganzen Land, um ins Parlament gewählt zu werden. Mit Bukes Schicksal musste er leben lernen. Er war betrübt, mürrisch und wachte tagelang mit Kopfschmerzen auf. Roxana blätterte morgens, solange Radu im Büro war, Modezeitschriften durch, von den Zeiten träumend, da ihr Bauch weg sein würde. Wie würde sie wieder auf Hochzeiten und Festen tanzen, diesmal als Frau Senatorin. Nie wieder würde sie für ein paar Lei ihre Röcke den ganzen Abend für jede Schnapsnase heben müssen. Hol sie alle der Teufel! Und diese verkotzten Kneipen wie „Zur betäubten Hündin“ würde sie nie wieder betreten. Sie wünschte sich auch ein rotes Cabrio – am besten ein französisches oder ein deutsches Auto. Die Schuhe würde sie sich in Mailand bestellen, solche mit hohen Absätzen und mit einer gelben Schlange aus Leder, die sich von der Schnalle die halbe Wade emporschlängelt. Eine dunkle Brille gehörte dazu, ein seidenes Kopftuch und eine rote Handtasche, passend zum Cabrio. Dann klingelte es an der Haustür:

„Du hier? Was willst du? Mein Mann Radu ist nicht zu Hause, er will dich auch nicht … sehen.“

„Darf ich reinkommen? Ich will dich sprechen!“, sagte Swetlana höflich.

„Ich wüsste nicht, was wir uns zu sagen hätten, Prinzessin!“

„Lass deinen Stolz beiseite! Und deinen Ärger, Roxana! Ich will dir helfen.“

„Ich brauche nichts außer Ruhe, mein Kind kommt bald …“

Roxana öffnete zögernd die Tür. Im Wohnzimmer ließ die Prinzessin sich in einen Sessel fallen und zündete sich eine Zigarette an.
„Es ist einige Zeit vergangen, ich weiß … Die Wunden sind nicht geheilt!"
„Und wie du mich verletzt hast! Swetlana, es war meine Hochzeit!"
„Du liebst ihn so sehr … deinen Radu."
„Was willst du, Swetlana?"
„Roxy, ich glaube, Radu ist in Gefahr." Die Prinzessin blies den Rauch über ihren Kopf in Richtung Decke.
„Sie haben doch schon Buke umgebracht, was wollen sie noch von Radu?" Roxana hob den Ton, bis ihre Stimme sich überschlug. Da erzählte Swetlana von merkwürdigen Bildern, die ihr im Traum erschienen waren. Eine Frau in Schwarz und viel Feuer. Türme, die von Flammen verzehrt wurden und in eine schwarze Brühe stürzten. Roxana steckte das Kabel eines Tauchsieders in die Steckdose und die verkalkte Spirale in einen alten Topf mit Wasser. „Wir könnten es ja mit Kaffeesatz überprüfen", schlug sie vor. Dann goss sie Kaffee aus einer Tüte ins kochende Wasser. Auf dem Küchenschrank lagen Brotreste, Wurstpelle und Obstschalen. Ein paar Sektflaschen standen unter den Gewichten einer Schwarzwalduhr, deren Kuckuck wie tot heraushing. Roxana goss die heiße Brühe in die Tassen. Sie tranken und stülpten die Tassen um, der Kaffeesatz trocknete bald und biss sich fest. Beide fixierten einen Punkt auf dem Tassenboden. Sie schienen sich in den Fluten der Zeiten und der Bilder zu verlieren. Roxana sah plötzlich, wie sich ein Schriftbild im Kaffeesatz abzeichnete:

„Swetlana, hier steht sein Name, ‚Radu' steht hier geschrieben."

„Unglaublich: Von hinten nach vorne gelesen heißt das Wort … Udar-as, der legendäre Prinz der Inder", flüsterte die Prinzessin.

Radu hatte Audienzstunde. Ein Unbekannter, er nannte sich Väran, bat um Audienz, wollte aber nicht sagen, in welcher Angelegenheit, erklärte Radus Sekretärin. Radu sah den Mann skeptisch und gelangweilt an. Er war kein Rom, das war offensichtlich, er war unrasiert und die Ärmel seines braunen Anzugs waren abgewetzt. Er machte einen verwahrlosten Eindruck.

„Ich bin Remus Väran und komme aus dem Knast – aus dem ‚Popa Sapcä'. Ich komme sozusagen von Ihrem Bruder Buke, den Sie inzwischen beerdigt haben. Ich habe ihn schon auf dem Friedhof besucht."

Radu sprang auf und stürzte auf den Mann zu:

„Sie kannten meinen Bruder?"

„Ja, die Erde laste leicht auf seinem Leib!"

„Sprich, Mann, sprich!" Radu schüttelte den Fremden.

Der Mann setzte sich und sah zum Fenster hinaus.

„Schön ist die Freiheit, aber das viele Licht überall macht mich verrückt. Die Menschen hier draußen sind so falsch und ihre Gerüche auch. Diese geleckten, sauberen Fenster … Nur im Knast trifft man Menschen wie Buke. Wissen Sie, vorher hab ich euch Dunkelhäutige gehasst wie die Pest. Dann traf ich den guten Buke … Den ganzen Tag haben wir Karten gespielt und uns die Asse zwischen den Gittern zugeschoben. Wir saßen beide in Einzelhaft. Ich bekam sechs Monate, weil ich einen Nachbarn zusammengeschlagen habe. Er hat mir die Frau genommen.

Inzwischen sind sie über alle Berge. Zusammen. Die Wohnung ist versiegelt, meine Frau hatte Schulden."
„Mann, spann mich nicht auf die Folter!"
„Also gut, hier ist ein Zettel von ihm. Ich musste ihn schreiben, der Gute konnte das ja nicht."
Väran blätterte in einem Deck Spielkarten, zog eine Pik-Dame heraus und reichte sie Radu mit der Rückseite nach oben. Darauf stand: „Bruder, die Ikone hat goldene Augen, du musst sie küssen!" Väran erzählte, dass Buke eines Tages völlig aufgewühlt von einem Verhör zurückgekommen sei und seinen Zellengenossen gebeten hatte, eine Nachricht für seinen Bruder aufzuschreiben. Am nächsten Tag wurde Väran, angeblich wegen einer Aids-Vorsorge, zum Gefängnisarzt gebracht. Er verweigerte zunächst die Spritze, aber als der Arzt beteuerte, sie wirke auch gegen Durchfall, war er damit einverstanden. Der Durchfall hörte tatsächlich auf. Väran kehrte in seine Zelle zurück. Buke war nicht da, aber Väran machte sich keine Sorgen. Er ist sicher beim Verhör, dachte er und schlief ein. Er schlief achtzehn Stunden. Irgendwann am Nachmittag wachte er auf und fand Buke aber nicht in der Zelle, sondern draußen an der Mauer. Er baumelte im Wind. Der Strang war aus Bettlakenstreifen geflochten, die auffallend gleich breit und lang waren. Eine Schere gab es im Gefängnis nicht. Dann ging sein Durchfall wieder los.
Radu gab dem Mann fünfzigtausend Lei für seine Mühe und verabschiedete ihn. Der Rachedurst sammelte sein Blut im Zwerchfell. Er konnte nur noch seine innere Stimme wahrnehmen. Sie rief einen Namen, den Namen dessen, der seinen Vater und Stiefbruder ums Leben gebracht hatte, sie rief „Istrate".

Am gleichen Tag besuchte Radu seine Sippe in Fratelia und fragte nach Relu. Er fand ihn im „Balaurul“ – dem „Drachen“ –, einer Spelunke am Rande eines Baggersees, in dem man ein Wassermonster vermutete. Männer schlürften am Schaum ihrer dicken Biergläser. Marlboro-Werbung kleidete die Vorderwand der Kneipe, der Staub auf den Scheiben erzählte Geschichten aus den traurigen Zeiten der Diktatur. Dem Cowboy auf der Fototapete klebte Fliegendreck im Gesicht – kleine schwarze Pünktchen wie Sommersprossen. Radu fand schnell seinen Bruder, er erkannte ihn an der schrillen Stimme. Im Vorbeigehen sah Radu sich das Pferd auf der Tapete an und spuckte voller Verachtung auf den Boden. Diese Amerikaner haben doch Moos in der Tanne, dachte er kopfschüttelnd, mit so einem Gaul kommst du gerade mal bis Albina, dann kannst du das Vieh grillen, na ja, mit viel Paprika schmeckt es sogar.
„I aves vi tu phrála. Sár san? (Tag, Bruder, wie geht's?)“ Radu küsste Relu auf beide Wangen, dann begrüßte er die Leute am Tisch, Roma und Ungarn. Radu stellte fest, dass er alle kannte. Er bestellte einen Havanna-Club mit Cola und rückte mit seinem Stuhl näher an Relu heran.
„Dein verstorbener Bruder schickt dir eine Botschaft aus dem Totenreich, wie verstehst du sie?“, fragte Radu leise. Er reichte ihm die beschriebene Spielkarte.
„Die Ikone im Kloster, wie Vater schon sagte. Und hinter ihren Augen …“, überlegte Relu.
„In der Altarwand …“
„Ist unser Glück versteckt“, bekräftigte Relu.
„Darauf kannst du einen lassen!“
„Ich hol's da raus. Wir kennen doch jemand, der sich gerne nachts im Kloster herumtreibt und gelegentlich aus

Eifersucht Mönche umlegt. Er wird, das heißt, er muss mir helfen. Das Band mit seiner Aussage ist nach wie vor bei uns.“

„Zu gefährlich! Tu’s nicht, Relu, nicht um alles Gold in der Welt!“

„Denkst du etwa, der Staretz legt es dir auf einem roten Kissen vor die Füße?“, fragte Relu.

„Nein, aber wir haben ihn in der Zange. Er sitzt im Moment alleine auf den goldenen Eiern. Istrate fürchtet unsere Rache, er hat sich vom Acker gemacht. Corbea mischt sich noch nicht ein, der Staretz wird also mit uns verhandeln.“

„Wir müssen die goldenen Eier aus dem Nest holen, solange der Staretz sie nicht woanders versteckt. Willst du aber verhandeln, so wissen die Popen, woran sie sind. Nicht reden. Handeln müssen wir!“

„Willst du unbedingt Buke folgen, oder was?!“

Radu trank das Glas aus und zitterte bei dem Gedanken, er könne den gleichen Fehler noch einmal begehen, den er mit Buke begangen hatte.

Swetlana machte sich eine Gewohnheit daraus, morgens Roxana zu besuchen, und sei es für eine Stunde. Sie brachte Blumen mit, es folgten farbenfrohe Gardinen. Eines Morgens hatte sie eine neue Kaffeemaschine unterm Arm. Als Swetlana das moderne Zeug installiert hatte und der Kaffee zu tropfen begann, fragte Roxana entrüstet:

„Was soll ich damit anfangen, die gibt ja keinen Kaffeesatz her! Wie soll ich da die Zukunft deuten? Die behält ja alle Geheimnisse für sich!“ Beide lachten herzhaft.

„Dafür hast du nicht das Knirschen zwischen den Zähnen, als würdest du Sand essen“, erwiderte Swetlana. Sie plauderten lange, sprachen über Mode und legten Karten. Swetlana steckte weiße Holzstäbchen in eine kleine, mit Sand gefüllte Kiste. Sie standen in verschiedenen Winkeln zueinander, dann schwang Roxana ein Seidentuch darüber, während sie einen altzigeunerischen Spruch murmelte. Swetlana zündete die Stäbchen an und entfachte das Feuer, indem sie eine schwarze Rabenfeder über die kleine Landschaft schwenkte:

„Mondstaub, leg dich über die Glut,
bring Linderung der göttlichen Wut,
die Brennende, die alles enthüllt,
du leg dich drauf, dass ich dich lesen kann,
bringe, oh Göttin, was einmal begann.“

Roxana schloss die Augen und legte die Hände über den senkrecht aufsteigenden Rauch der brennenden Sandelholzstäbchen.

„Sage mir, Göttin, wer mein Mann ist!“

Beide schlossen die Augen und der Rauch umhüllte die angespannten Gesichter der Frauen.

„Ich sehe deinen Geliebten, er trägt weiße Kleider, unter einer Palme sitzt er und trauert … Es ist Prinz Udaras, er trägt die Maske der Verzweiflung und der Sorge wegen kommender Zeiten …“, sprach Swetlana wie abwesend.

„Wo tauche ich auf?“

„Dein Vater oder Bruder schickt dich in die Berge, ich sehe eine karge Hütte und du stehst im Regen. Du schaust ins Tal hinunter, wo sich dunkle Wolken formend erheben.“

„Wer ist die Prinzessin der heutigen Roma?“

„Eine Tempeltänzerin schenkt dem Volke ihre Leibesglut, damit manche Menschen, die sie empfangen, auf dem Feuerwagen zu den Göttern fahren …“
„Wem dient sie im Tempel?“
„Sie ist Vishnu entsprungen. Aus seinem Nabel … Sie dient ihm, und zahlreiche nach Erleuchtung suchende Pilger besuchen sie, vor allem während der Kirschblüte. Dann steht sie Vishnu sehr nahe, dann tanzt sie ausgelassen für Wahrheitssuchende.“
„Erscheint sie oft im Irdischen?“
„Sooft man sie braucht. Sooft ihr Volk vom Untergang bedroht ist. Dann tanzt sie für jeden, der mit reinem Herzen kommt, bis sie müde zusammenbricht. Ansonsten, wenn sie nicht unter den Menschen weilt, tanzt ihre Seele für Vishnu.“
Aus der göttlichen Schau erwachend, fielen beide Frauen sich erschöpft in die Arme. Das Sandelholz gab die letzten Rauchfetzen von sich. Sie schwitzten und waren glücklich. Roxana küsste ihrer Prinzessin die Augen.
Swetlana hielt sich gerne in Radus Umgebung auf. Sie konnte ihrer großen Liebe nicht den Rücken kehren, obwohl jene die irdische Ebene längst verlassen hatte. Sie suchte des Öfteren Radus Gestalt in der Vergangenheit ihres Volkes und erhob sich mit gespreizten Flügeln über die Welt des Vergänglichen. Längst tote Zigeunersippen und Bekannte begegneten ihr im Jenseits. Vielleicht kommt die Liebe aus dem gleichen Jenseits wie der Tod und beide sind nur zwei Seiten einer Medaille, dachte Swetlana.

Meistens kam Radu spät nach Hause, so gegen sieben. Dann legte er die Affenklamotten, wie er sie nannte, ab und zog Jeans und Lederjacke an. Nun, da er wieder in seine eigene Haut geschlüpft war, konnte er in die „Betäubte Hündin" gehen, um Freunde zu treffen. Wenn er nach Mitternacht heimkam, fand er Roxana schlafend auf dem Sofa. Er nahm sie behutsam auf die Arme und legte sie ins Ehebett, das als solches allerdings kaum benutzt wurde. Roxana verwischte immer sorgfältig die Spuren von Swetlanas Besuchen am Vormittag. Darüber durfte sie Radu nichts erzählen und er fragte nie nach den Rosen, die überall im Zimmer herumstanden.

An einem regnerischen Nachmittag kam Radu etwas verstimmt ins traute Heim, die laute Musik aus einem CD-Player überfiel ihn bereits an der Wohnungstür.

„Wir tragen Trauer! Buke ist noch warm, verstehst du?"

„Was, auf die Augen meiner Mutter, soll ich den ganzen Tag hier machen, kannst du mir das verraten? Ich werde blöd zwischen den Wänden hier!", brüllte Roxana.

„Schau dir mal die Küche an, die sieht ja zum Kotzen aus! Hier, Essensreste von der Beerdigung!", gab Radu zurück.

„Wenn du so mit der Mutter deines Kindes redest, trete ich dir in die Eier, xas me kukaraschka, dass du keine Kinder mehr in die Welt setzt, klar?"

„Mein Gott, was hab ich da geheiratet?"

„Geheiratet? Dass ich nicht lache! Du kümmerst dich überhaupt nicht um mich! Du hast versprochen, wenn wir in die Stadt ziehen, gehen wir ins Theater, ins Kino, ich bekomme schöne Kleider …"

„Mit deinem Bauch, da gibt's keine Kleider, da musst du schon warten. So schnell geht das auch wieder nicht!"

„So schnell geht das auch wieder nicht“, machte sie ihn nach. „Was für eine Ehe! Wir essen nie zusammen, wir schlafen nie miteinander. Ja, bist du eigentlich ein Mann oder ein Waschlappen?“
„Halt die Klappe, Weib!“ Radu verließ die Wohnung und knallte die Tür hinter sich zu.
Am nächsten Abend lag Roxana in den Armen ihres Mannes und schnitt ihm die Fingernägel.
„Liebst du mich?“, fragte sie affektiert.
„Oft.“
„Meinst du, du bekommst die Stimmen zusammen?“
„Ich weiß nicht, ich hör so wenig von meinen Leuten.“
„Sokhardea, es ist Juli, in zwei Monaten sind die Wahlen für den Senat!“
„Weib, lass mich in Ruhe!“
Das Essen, das sie kochte, kippte Roxana meistens in die Toilette und schwor sich, nie wieder für ihn zu kochen. Sie ging aber gerne auf den Markt in der Josefstadt einkaufen. Sie kochte nur, weil sie dafür einkaufen musste und um die Ware feilschen. Früher verkaufte sie Schmuggelware: westliche Zigaretten, Vegeta – die Fleischbrühe aus Jugoslawien –, gefälschte Rolex-Uhren aus Taiwan, Wrangler-Jeans aus Syrien. Sie hatte nie einen Marktstand, nein, das wäre zu gefährlich gewesen. Man kassierte damals Schutzgeld. Die Polizei duldete alles. Roxana stand mit der Ware an belebten Straßen, die zum Markt führten, wie in der Văcărescustraße, und zwei bis vier Mädchen versorgten sie unauffällig mit Ware. Manchmal bot sie sich auch selbst an, wenn neugierige Touristen mit einer Neigung zur Exotik auftauchten. Auch das Handlesen hatte Hochkonjunktur in den Krisenjahren des auslaufenden Sozialismus. Es verlief nach einem einfachen

Muster: Während Roxana dem Kunden in die Augen starrte und dieser wie gebannt seine Zukunft zu hören bekam, zog ihm eine junge Zigeunerin das Portemonnaie aus der Tasche. Nun schlich sie um die Betontische und wusste nicht, was sie kaufen wollte. Die Unmengen an Gemüse unter dem Wellblechdach des Marktes, die Paprikapulverhaufen auf den Tischen, die vielen Gläser mit Eingewecktem, die Entenküken unter den Tischen, das lebende Geflügel, das in der Hitze auf den Tischen taumelte. Und die stinkende Käsehalle, wo einem wegen der noch gärenden Käsesorten der Atem wegblieb. Der Flohmarkt schloss sich dem Markt an mit allem, was der Mensch in seinem Erfindungswahn hergestellt hatte. Fahrradketten lagen ölig-gekringelt in der Hitze wie die Gedärme eines Tieres, abgenutzte Tarot-Karten auf Plastiktischdecken, alte Bürsten, Kaugummi. Kinder ärgerten einen Papagei, Menschen mit Zierfischen in rinnenden Plastiktüten mit einem winzigen Loch drängelten sich durch die Menge. Das Wasser sollte bis nach Hause reichen. Der Wasserstrahl hinterließ spiralförmige Spuren. Ein älterer Herr zog einen Welpen an der Leine hinter sich her. Der Hund wollte seinem neuen Herrn partout nicht folgen.

Swetlana brachte diesmal einen Eierkocher und einen Anrufbeantworter mit. Einen Nelkenstrauß stellte sie in eine blaue Vase. Sie schloss mit etwas Mühe den Anrufbeantworter an und wählte willkürlich ein paar Nummern. Roxana beobachtete sie teilnahmslos und seufzte:
„Mir fehlt die Wiese hinterm Haus, aber vor allem vermisse ich meine Geschwister. Meine Seele ist verzweifelt wie ein Kind, das auf einem Bahnhof verloren ging und

weint. Ich habe im Leben den Zug verpasst, aber ich weiß nicht einmal, welchen ich hätte nehmen müssen, Swetlana!“
„Wohin willst du denn fahren?“
„Ich weiß es nicht. In meinen Träumen sehe ich oft Radu an meiner Seite, er begleitet mich zum Zug, dann verabschiedet er sich. Er verlässt mich, und ich steige in den Zug ein. Schrecklich!“
„Und das Kind?“
„Ist immer bei mir, ich spiele mit dem Kind in meinem Leib, es erkennt meine Stimme, es erzählt mir Geschichten, die ich im Traum sehe, es fragt nach seinem Vater!“
„Bist du glücklich, Roxana?“
„Ich wäre schon glücklich, glaub ich, aber Radu ist es nicht, und darum bin ich es auch nicht!“
„Aber nur du allein kannst ihn glücklich machen!“
„Leicht gesagt!“
„Du musst ihm zeigen, dass du in seinem Herzen wohnst und seinen Arm zu neuen Taten bewegst! Du musst für ihn deine Liebe neu erfinden!“
„Meine Liebe? In unserer Jugend, wenn er gesoffen hatte, dann war er ein Tiger … Heute hab ich einen Affen, der auf dem Sofa schnarcht.“ Roxana fing an zu weinen. „Gott und du reine Jungfrau, was hab ich euch getan, warum habt ihr mich vergessen?“
„Hast du es schon mal mit Reizwäsche versucht?“
„Küss dir die Augen, wie steht mir so was mit meinem dicken Bauch?“ Swetlana war zu Tränen gerührt. Sie legte sanft Roxanas Kopf auf ihren Schoß und streichelte ihren Bauch.
„Weißt du, ich nannte ihn immer ‚Schwarzer Schwan‘, er war so geschmeidig, so überzeugend und stolz, aber so

einsam. Ich habe ihn auch nie verstanden. Radu lebt in einer anderen Welt. Zuerst müsste man diese Welt finden, dann erst kann man den Schwarzen Schwan begreifen."
„Schwarzer Schwan?"

Radu kam nach Hause, die Tür knallte von alleine zu, da die Terrassentür offen stand. Radu sah sich weder um noch rief er nach Roxana. Sein Blick schweifte über die Parkettleiste auf dem Fußboden, dann über den roten Perserteppich, bis er sich an einem ungewohnten Ding festhielt. Ein Huhn glotzte Radu prüfend an, es wetzte seinen Schnabel auf dem Perser, während ein weiteres durch die Terrassentür ins Zimmer gerannt kam.
„Roxana, was soll das, was suchen die Hühner im Haus?"
Roxana rief aus dem Bad:
„Die hab ich von meiner Mutter, ich muss ihnen noch einen kleinen Zaun auf dem Balkon bauen, morgen vielleicht!"
„Bist du des Wahnsinns? Wir leben hier mitten in der Stadt, was sagen da die Nachbarn? Ich kandidiere … sokhardea!"
„Ich dachte, ein paar frische Eier wären schön, oder ich könnte dir eine gute Hühnersuppe machen."
„Du bist die Frau eines Politikers!"
„Bin ich darum zu beneiden? Ich starre den ganzen Vormittag den Gobelin mit der Entführung aus dem Serail an und hoffe, selbst entführt zu werden!"
„Ja, Bukarest wäre das Richtige für dich, Cocktails am Abend, Empfang beim Botschafter Sowieso, der herrliche Cismigiu-Park. Jetzt komm, lass das Flennen."
„Und wer liebt mich?", seufzte Roxana. Gelassen nahm Radu die Balkontür ins Visier und beugte sich übers Ge-

länder. Die Straßenbahn quietschte in der Kurve. Sommerstaub legte sich auf die aufgehängte Wäsche und auf die Zunge, am liebsten hätte er nichts gesagt.
„Sobald wir in der Hauptstadt wohnen, können wir zusätzlich ein Haus auf dem Lande kaufen und eine alte Zigeunerin reinsetzen, die auf unsere Hühner aufpasst und einen kleinen Garten pflegt. An den Wochenenden könnten wir dort hinfahren, du bräuchtest dich nur noch um unser Kind zu kümmern, und eine Haushaltshilfe ist auch noch drin! Na komm, lach schon!"

Swetlana versuchte während der nächsten Treffen, Radus Frau in die Kunst des Tantra-Yoga einzuweisen. Sie verriet Roxana Radus Schwachpunkte und alles, was mit seiner Neugierde und seinem nächtlichen Spieltrieb zusammenhing, wie sie ihre Reize ausspielen und ihn zum Glühen bringen konnte. Ungeahnte, in den Leib versunkene Lüste kamen in ihr hoch. Während der Übungen schrie sie auf oder lachte unkontrolliert. Swetlana hielt sie fest, damit die Energie nicht verloren ginge.
„Hör auf! Das kitzelt! Du mit deinem indischen Zeug … Erzähl mir lieber, wie er bei dir so war!"
„Der Schwan ist immer eitel und gereizt. Wenn man ihn überrascht oder verletzt, bäumt er sich auf und schlägt mit seinem Schnabel zu, obwohl er nicht recht weiß, wohin. Er ist voller Ideen und Überraschungen. Einmal brachte er mir ein Pferd ins Haus, er hatte es mir versprochen. Dann musste er's im Bad verstecken."
„Das ist nicht mein Radu, den du da beschreibst. Heute ist er mürrisch und kennt nur noch seine Arbeit."
„Er ist dem Golde sehr nahe, es blendet ihn. Er ist nicht mehr er selbst, aber das hat mit dir nichts zu tun."

„Er hat immer nur dich geliebt. Kein Zauber hat geholfen, Swetlana!“
„Weil ich ihm verpflichtet bin über die Zeiträume hinweg, ich bin ihm was schuldig … Und ich werde meine Schuld an ihm nie begleichen können.“
„Das versteh ich nicht!“
„Dazu ist die Zeit noch nicht reif, Roxana!“
„Aua, du kitzelst!“
„Du kleine Nutte …“ Die Prinzessin küsste Roxana mehrmals auf die Brust. Das dunkle Haar der beiden Frauen vermengte sich zu einem Strom aus Neugierde, Zuneigung und bitterer Enttäuschung.

Roxana bestellte ein Taxi nach Fratelia. Es war so gegen vier an einem heißen Tag Anfang Juli. Der alte Mercedes hielt bei den Verwandten vor dem Haus in der Sechsten Gasse. Roxana trat ins Haus, die Räume waren dunkel, die Fensterläden fast geschlossen. Es roch nach modriger Luft, die sich kaum über die Möbel erheben konnte. Tante Sidonia hustete in ihrem Sarg, erhob sich, indem sie sich auf die Ellenbogen stützte, und spuckte auf den Boden. Offensichtlich hatte sie ihre Sterbetage. Roxana schloss die Tür leise hinter sich, sie wollte das Ausfragen und Schimpfen nicht über sich ergehen lassen. Sie bekreuzigte sich vor der Marien-Ikone und setzte sich auf einen Sessel, dessen Metallfedern an manchen Ecken zu spüren waren. Sie beschloss, auf Onkel Mitu zu warten, er lümmelte bestimmt bei den Nachbarn herum oder war unterwegs, um sich an der Ecke Tabak zu kaufen. Da hörte sie die Eingangstür quietschen und eine bekannte Stimme. Es war Sile.

„Ah, da sitzt eine verirrte Taube. Wen suchst du, Kleines? Ich glaube, du suchst mich!“ Er warf ihr einen vielsagenden Blick zu und beugte sich zu Roxana hinunter. Seine rasierte Wange berührte ihr Ohr, er küsste sie länger auf den Mund, als es sich für einen Schwager ziemte, und lachte leise vor sich hin. Sie schauten sich lange in die Augen und er blieb fast in Kusshaltung über sie gebeugt stehen.

„Und wie lebt sich's so in der Stadt?“

„Na ja, ganz gut, nur die Geschwister fehlen mir, und die Hühner“, lachte sie, „aber die hat mir Radu neulich verboten, denn da wohnen ja nur vornehme Leute.“

Sile lachte herzhaft.

„Und was fehlt dir noch, mein Täubchen, sonst alles o.k.?“, fragte er spitzbübisch.

„Mir fehlt sonst nichts!“

„Das kann die alte Kröte hier drüben auch sagen, sie hat ihren Sarg, ihre Ruhe, die drückt sich doch nur vor der Arbeit im Garten!“ Roxana lachte fast zu laut, so dass sie ihren Aufenthalt um ein Haar verraten hätte. Sile aber wollte das Zimmer der Alten gar stürmen.

„Ich geh und zeig ihr, wie man sich die Arbeit wieder zur Gewohnheit macht! Der zeig ich's schon! Von wegen auf dem Geld sitzen!“

„Halt, Sile, lass sie in Ruhe, mach keinen Zirkus, bleib bei mir!“

„Was sagst du da?“

Sile wandte sich ihr zu und blieb vor dem Sessel stehen.

„So mein ich das nicht, ich meine nur, lass sie in Frieden!“

„Ich bleibe schon bei dir, Kleines, und sei es nur für eine halbe Stunde, aber dann …“ Sile knetete seine Weichteile;

Roxana erschrak und versuchte die Situation zu überspielen.
„Dann würdest du versagen, wie alle Angeber deiner Sorte!"
Es rutschte ihr heraus und sie wusste, dass sie ihn damit fatal verletzt hatte.
„Soll ich dir zeigen, was einen echten Mann ausmacht?", fragte Sile entschlossen. Er küsste sie auf den rosarot geschminkten Mund.
„Vor Jahren warst du noch ein erstklassiger Hengst! Aber heute bist du bei den Gajikane versumpft, du bist nur noch ein Angeber", schimpfte Roxana spöttisch.
„Und du bist heute viel schöner und attraktiver, deine Fingernägel sind nicht schwarz wie damals, und du bist so geil mit deinem Bauch!"
„Vergiss nicht, ich bin verheiratet!"
„Verheiratet … Ach komm, sehr glücklich siehst du aber nicht aus. Du trägst deinen Bauch, wie man eine Wärmflasche ins Bett schleppt."
„Ich schleppe durch die Gegend, was ich will", erwiderte Roxana schnippisch wie ein Schulmädchen und genoss den Schlagabtausch.
„Ich weiß, was du brauchst, einen richtigen Mann brauchst du!"
„Du meinst doch nicht dich, soll es ein Scherz sein? Lass das, was soll das?" Sile knöpfte Roxanas Sommerbluse auf und versuchte an den BH-Verschluss zu kommen. Sie lehnte sich nach hinten, um das zu verhindern.
„Es sollte einfach so sein, mein Herz. Ich träume schon lange von diesem Augenblick!"
„Lass das!" Aber sie wehrte sich nicht mehr.

Sile öffnete ihren Lederrock und versuchte ihn abzustreifen, er küsste feurig ihre Brüste und sie stöhnte ängstlich. Er roch so gut. Sile war einfach ein schöner Mann und so vertraut. Roxana warf die Arme um seinen Hals.
„Nein!“, schrie sie auf, als Radu kurz die Tür öffnete und sie ihn über Siles Schulter im Licht des Flures stehen sah. Radu versuchte, im halbdunklen Zimmer die Gestalten auf dem Sessel zu erkennen. „Ach, Entschuldigung“, rief er leise in den Raum, dann verschwand er.
„Dass man immer bei der Mahlzeit gestört wird!“, brüllte Sile.
„Das war Radu, dein Bruder“, seufzte Roxana.
„Zum Kotzen, immer diese Spielverderber! Bis zum nächsten Mal, mein Täubchen!“
Sile schloss seinen Reißverschluss und folgte Radu. Er ließ Roxana wie einen Trümmerhaufen auf dem Sessel liegen. Sie schaute ins Leere. Dann hegte sie den Gedanken, sich nebenan in den Sarg zu Tante Sidonia zu legen. Oder sie umzubringen und aus dem Sarg zu werfen, um ihn alleine zu genießen. Vor allem die Ruhe, die Enge, die Geborgenheit, das Dunkle. Sie hatte ein Verlangen nach vergangenen, dunklen Zeiträumen, nach dem Quell der Ruhe.
„Radu, hör mal, es ist nicht, was du denkst … Wir haben ein bisschen rumgeblödelt miteinander“, stotterte Sile verlegen.
„Ich will die Sau in dir nicht hören, ich will nichts …“
„Der Mann muss es immer versuchen, es ist das Gesetz des Mannes, wie’s in keinem Buche steht!“
„Aber im Buche steht geschrieben, lass die Finger weg von der Frau deines Bruders, Sile!“

„Ja, gut, aber die Pula war nie in der Schule, die kann nicht lesen!"
„Ich kann in deinem Herz auch nicht lesen!"
„Ach Radu! Du weißt doch, Roxana und ich waren früher schon mal zusammen, wir haben jetzt nur Bilanz gezogen, was jeder aus sich gemacht hat, das kennst du doch sicherlich auch von deiner Prinzessin, oder?"
„Du Hurentreiber, ha! Trotzdem, ich bin nicht nachtragend." Radu sah seinem Bruder nicht in die Augen und fuhr weg. Mit Roxana sprach er über den Vorfall nie. Trotzdem änderte sich etwas in seinem Leben.

## Klosterbesuch bei Nacht

Relu traf sich jetzt täglich mit Lazär in den Temesch-Auen, um den Einbruch ins Kloster zu planen. Zwischen den beiden entwickelte sich eine Art Freundschaft. Relu entdeckte in Lazär den gründlichen Schlosser, der die Ikone im Kloster knacken konnte, aber auch den Experten, der den Laden auswendig kannte. Lazär sollte trotz des erpresserischen Tonbandes ein Zehntel des gefundenen Schatzes bekommen.
Die Nacht hüllte die Klostermauern in tiefes Schweigen. Aber erst nach zwei Uhr, nach dem Nachtgebet, der Wetschernie, konnten sie mit der Ausführung ihres Planes beginnen. Relu warf das Seil mit dem Haken über die Mauer und traf beim vierten Mal. Er kletterte hinauf und sprang, dann folgte ihm Lazär.
„Da sind noch welche wach, wieso schlafen die noch nicht?", flüsterte Relu.

„Die saufen manchmal die ganze Nacht, die verarschen wir."
Man hörte ein paar Stimmen, sah aber kein Licht.
„Wir nehmen die Treppe!", sagte Relu entschlossen,
„Auf keinen Fall", schoss Lazăr, „die liegt im Mondlicht und einer steht immer auf dem Rundgang."
Der Kreuzgang, der im Viereck um den Klosterhof führende offene Bogengang, säumte die Mönchszellen, die an die Klostermauer gebaut waren. Neben der Klosterkirche brannte an einem Mast ein Licht, allerdings nicht stark genug, um den Kreuzgang zu beleuchten. Beide Männer streiften sich Mönchskutten über und schlichen an den Holzlagern entlang bis zur Kellertür. Relu versuchte, das rostige Schloss mit einem Sperrhaken zu knacken. Er rüttelte daran und zu seiner Überraschung sprang das Schloss sofort auf.
„Auf dem Rückweg klauen wir uns zwei Flaschen", schwärmte Relu.
„Leuchte jetzt nur auf den Fußboden. Halte die Hand vor die Taschenlampe!", flüsterte Lazăr.
Die Tür zum nächsten Kellerraum quietschte. Beide hielten inne. Nichts geschah.
„Schau, hier", sagte Lazăr, „hier stand die Limousine, von der du erzählt hattest."
„Mit der wurde das verdammte Gold gebracht. Die verwischen alle Spuren ... Nach vierzig Jahren", flüsterte Relu.
„Jetzt kommt noch ein Flur nach rechts, dann eine Treppe nach oben", erklärte Lazăr.
Auf den Fluren drang ihnen schlechte Luft entgegen. Es roch wie in alten Kirchen, jene Mischung aus Staub und Schweiß, Kerzenrauch, Weihrauch und Mäusedreck. Es

war heiß wie in der Hölle. Sie erreichten den Kreuzgang. Hier wären jedem Engel die Schwingen verwelkt.
„Die sollten öfters mal ihre Socken wechseln."
„Sssst!" Lazär legte die Hand auf Relus Mund.
Ein Mönch kam aus einer Stube heraus und begrüßte die beiden mit einem Kopfnicken:
„Die verdammten Moskitos saugen mir den letzten Tropfen Blut aus dem Leib, die sind vom Teufel geschickt!"
„Aber von Gott, dem Schöpfer gemacht, Bruder!", erwiderte Relu.
„So ist es, Bruder, Gott segne deinen Schlaf!"
Darauf pinkelte der Mönch über das Geländer in den Innenhof.
„Der Satan wird dich am Strahl packen und in die Tiefe ziehen, Bruder! Piss fromm und bete beim Pissen, aber erwähne dabei nie Seinen Namen", mischte Relu sich erneut in die nächtliche Intimität des Mönchs ein.
„Ja, ja, Wasserablassen ist die Freude, die Gott in Seiner Gnade unserer Blase geschenkt hat." Der Mönch schüttelte die letzten Tropfen ab. Lazär aber zerrte an Relu:
„Halt die Klappe! Er kennt deine Stimme nicht, selbst wenn deine Texte ausgezeichnet sind. Wo hast du das Zeug her?"
„Von den Zeugen Jehovas!"
„Scheiße, auch das noch!"
„Was?"
„Die Gebetsstube ist abgeschlossen!"
„Ist die Ikone da drin?"
„Klar!"
Relu prüfte seine Sperrhaken und versuchte es dann mit einem dicken Draht, aber vergeblich. Lazär bewegte die

Tür, doch sie gab nicht nach. Plötzlich ging sie von innen auf. Ein Mönch stand in der Tür.
„Warum nehmt ihr nicht eure Schlüssel mit, wenn ihr nicht schlafen könnt?"
„Vater, mich plagt eine schwere Sünde …", flüsterte Relu.
„Ja, die, dass ihr mich um den Schlaf bringt."
Beide traten mit tief in die Gesichter gezogenen Kapuzen ein. Der kleine Raum war von einigen Kerzen dürftig beleuchtet. Der Altar, zwei Stufen mit einem Teppich und einige Ehrenstühle waren zu erkennen. Der Mönch flüsterte:
„Die Jungfrau ist mir gerade erschienen, sie legte für eine Weile das Kind in mein Bett, ja, sie war in meiner Stube und sang, hell war es da wie am Tage … und da kommt ihr!"
„Weiter beten und einschlafen, Vater!"
Der alte Mönch setzte sich auf seinen Stuhl mit herrlich geschnitzten Armlehnen, trank aus einem irdenen Krug und ließ bald den Kopf auf die Brust fallen. Lazär und Relu beteten flüsternd vor der Ikone und ließen den silbernen Rahmen nicht aus den Augen. Hinter der Glasscheibe war die Muttergottes mit dem Kinde aus reinstem Gold auf silbernem Hintergrund zu erkennen.
„Muttergottes, heiliger Gottesschoß …"
„Er ist eingepennt."
„Wir bringen ihn um", flüsterte Lazär.
„Bist du des Wahnsinns?!", schimpfte Relu.
„An die Arbeit, ich hab ihn im Visier!"
Hinter dem Ikonenkasten entfernten sie die bunten Schleier und die Brokattücher mit goldenen Fäden. Eine enge Tür kam zum Vorschein.

„Das muss ein Schloss sein, nein, eine Alarmanlage, das ist ja modernste Technik!"
„Blickst du's?", fragte Lazär.
„Ich glaube, ja, wir haben Glück, sie ist ausgeschaltet, das rote Licht ist tot", sagte Relu ein bisschen zu laut.
„Pssst, der schnarcht nicht mehr, auf die Knie!"
„Heilige Maria, Mutter Gottes, kriegst du das Schloss auf?"
„Brauch ich gar nicht, es ist auf!", sang Relu.
„Was? Das riecht gar nicht gut!"
Die Luft war dicht, Wachsdämpfe setzten sich hinter den Ohren fest und Schmeißfliegen schwirrten um die Kerzenleuchter. Sie suchten eindeutig die verschwitzten Achselhöhlen der Einbrecher. Angespannt näherten sich beide der Tür hinter der Ikone. Relu öffnete sie mit einem Schraubenzieher. Da war so viel Raum, dass man einen Mönch hätte einsperren können, aber keine Spur von Gold.
„Scheiße!", flüsterte Lazär, „lass uns einen umbringen, den da im Stuhl, den Schmarotzer, den Nichtsnutz!"
„Halt, du bist schlimmer als ein Zigeuner!"
Draußen hörte man Stimmen, dann Schreie, es hörte sich nach Panik an.
„Die suchen uns", Lazär zitterte, „der Pissmönch hat uns verraten!"
„Wer übergibt sich da wieder wie ein Hund, der Hühnergedärme gefressen hat?", rief der vermeintlich Schlafende. Zwei Mönche brachten einen vierten herein, der immer noch mit dem Erbrochenen im Halse kämpfte. Es schien, als würde das Zeug kratzen, er hustete und brüllte wie am Spieß, dann sank er in die Knie und die anderen hielten ihn fest.

„Er hatte eine Vision vom Teufel, er muss kotzen!“, rief einer.
„Nein, vom Dornengekrönten, er hält es nur nicht aus!“, erwiderte ein Leidensbruder.
„Quatsch“, flüsterte Lazär voller Hass, „der ist stockbesoffen, Gott gebe ihm einen schrecklichen Kater, der ihm die Eingeweide auffrisst!“
Die Brüder brachten den Leidenden vor den Altar und zwangen ihn in die Knie. Sie stützten ihn mit den Armen und falteten ihm beide Hände zum Gebet. Die jedoch sträubten sich dagegen – immer wieder fielen sie in die Gegend zwischen den Beinen. Eine fremde Hand hielt sie fest, während die zwei Mönche für den Bruder das Gebet sprachen. Jener aber schaukelte mit dem Oberkörper vor- und rückwärts wie in einem Voodoo-Ritual.
„Er schwebt in der Herrlichkeit Gottes“, meinte ein Bruder.
„Er sieht reines Licht!“
„Nichts wie weg!“ Relu machte ein kaum merkbares Zeichen mit der Hand. Auf dem Flur fragten hysterische Brüder nach dem Zustand des Betenden.
„Gott ist bei ihm, er kotzt die Satansgalle!“, flüsterte Relu andächtig aus der Kapuze heraus.
„Gott, wir loben dich“, klang es hinter den beiden, als sie sich entfernten.
„Bist du lebensmüde? Komm jetzt“, schimpfte Lazär.
Sie gingen über die Treppe und kletterten schließlich über die Klostermauer. Enttäuscht saßen beide am Temesch-Ufer, rauchten eine Zigarette nach der anderen und bliesen den Rauch in die mondlose Nacht.
„Eins ist klar, das Gold war einmal da. Es ist das Gold meiner Sippe und eines Tages werden wir's in die Haare

unserer Frauen flechten!", sagte Relu mit der Gewissheit der Melancholie.
„Du meinst, es euch in die Haare schmieren. Und was ist mit dem Beweismaterial?"
„Das Tonband kriegst du, wenn du was Sinnvolles für uns getan hast, das war doch ein Fiasko heute Nacht!"
„Du hast es aber versprochen!"
„Hör mal, mein Bruder hat für deinen Mord sein Leben gelassen und du läufst heute frei herum!"
„Ja, und ich habe einen gemeinsamen Feind umgelegt!"
„Trotzdem gesetzeswidrig, dafür sitzt du mindestens 20 Jahre! Stell dir vor, du kommst heraus und deine Frau ist inzwischen eine alte Putzfrau bei den Pfaffen. Falls du's überlebst! Ist das deine Dankbarkeit? Schließlich haben wir dich gerettet. Du solltest dich schon mehr anstrengen."
„So was nennt man Erpressung! Einen ehrlichen Zigeuner und ein grünes Pferd, das hat noch keiner gesehen! Das hat schon mein Großvater gesagt!"
„Wir wollen nur das Gold, keine grünen Pferde, da hast du was falsch verstanden!"

Am nächsten Morgen besuchte Relu seinen Bruder.
„Radu, das Gold ist nicht hinter der Ikone!", sagte er resigniert.
„Woher willst du das wissen?"
„Weil ich dort war", meinte Relu bescheiden.
„Was? Wo warst du?"
Radu packte seinen Bruder am Kragen und zog ihn hoch.
„Na, im Kloster, natürlich mit Reiseleiter, Lazär macht da gerne mit."
„Das nutzt dir nichts! Man hat dich erwischt!"

„Wer hat mich erwischt?“ Relu wurde ganz bleich.
„Der da!“
Aus der Küche des Elternhauses kam ein Mönch. Er ging auf Relu zu und blieb vor ihm stehen.
„Erkennst du mich, mein Sohn?“
Relu sprang auf und brüllte wie von der Tarantel gestochen.
„Was will der denn hier?“
Er erkannte den alten Mönch, der letzte Nacht auf dem Stuhl den Schlaf offensichtlich nur vorgetäuscht hatte. Eigentlich war er gar nicht so alt, sondern erst um die fünfzig.
„Er wollte dich beglückwünschen zu deiner gescheiterten Mission im Auftrag deiner Sippe!“
Relus Stolz und seine Würde schmolzen dahin. Hatte der Pfaffe alles mitbekommen und wollte sich nun beschweren?
„Mein Sohn“, beruhigte ihn der Mönch, „ich bin hier, um euch zu sagen, dass das Gold im Kloster ist, ihr müsst nicht verzweifeln, dass ihr es nicht gefunden habt, es gibt ja mich!“
„Du hast gar nicht gepennt, du Schurke?!“
„Wie sollte ich auch, eure Bewegungen waren nicht die von orthodoxen Mönchen, so was fällt doch sofort auf, da könnt ihr euch noch so viel vermummen und kluge Sprüche auf Lager haben.“
„Immerhin hab ich Lazär davon abgehalten, dass er dir die Kehle durchtrennt!“
„Ich dachte, die Aktion wäre vom Herrn Consilier in Auftrag gegeben worden. Ich komme euch entgegen und biete ein gutes Geschäft an.“
„Konkret!“, fuhr Radu ihn an.

„Gold für Gold! Ich sage, ein Drittel für mich. Auf ein österreichisches Konto. Und fünfzigtausend Dollar im Voraus.“ Die Brüder schauten sich verwundert an und pfiffen durch die Zähne.
„Xas me pelé! Und wer holt’s raus?“
„Ihr natürlich; ich sage euch nur, wo es ist, damit hat sich’s!“
„Du bekommst deine Mäuse, sobald wir’s haben!“
„Nein, dafür kenne ich euch zu gut. Im Voraus, hab ich gesagt!“
„Na gut, sagen wir, zwanzig im Voraus.“ Relu versuchte zu feilschen.
„Kommt nicht in Frage, Jungs, nicht mit mir. Wir haben als Volk einen Anspruch auf unser Gold. Genug Blut ist deswegen geflossen!“, schoss Radu wie aus der Pistole.
„Du bist so grün, mein Sohn, so naiv“, lachte der Mönch.
„Nenn mich nicht ‚mein Sohn’, du Satansdiener!“
„Glaubst du, der Staretz Eftimie legt dir das Gold zu Füßen, bloß weil du Politiker bist? Wir im Kloster haben inzwischen auch begriffen, dass die Zeiten sich geändert haben!“
„Geh jetzt, ich werde zum Staretz kommen und mit ihm sprechen. Und komm mir nicht in die Quere, sonst erzähl ich alles, klar?“, verkündete Radu seinen Beschluss.

Ein Feuerball rollte über das Banater Land. Die Sommerhitze verwüstete die Felder, doch die Temesch-Auen erreichte sie nicht. Unter den Weiden schwirrten Mückenschwärme, der Sumpf kroch an den wilden Stämmen hoch und trocknete dort. Der Lehm verpackte das Holz gelb. Kuhherden blieben bei ihrer Durchquerung länger als sonst im Fluss.

Radu hatte seinen Besuch offiziell im Kloster angemeldet und wartete zwei Wochen auf eine Bestätigung. Sie kam und war zu seinem Erstaunen sehr höflich formuliert. Er nahm daher an, Staretz Eftimie wolle ein Zeichen des Friedens setzen und mit ihm über das Gold verhandeln. Relu wollte unbedingt dabei sein, was ihn allerdings ein paar Nächte der Überredung kostete. Schließlich stimmte Radu zu, unter der Bedingung, dass Relu sich nicht zu oft ins Gespräch einmischen würde. Radus Sekretär begleitete die beiden. Recht unterkühlt wurden die drei an der Pforte empfangen. Ein Verwalter ohne Kutte durchsuchte sie nach Waffen. Dann wurden sie zum Staretz geführt. In der Mitte des Empfangsraumes protzte ein langer Eichentisch, um den herum fünf Mönche standen. Die Abendsonne leckte an den Fenstern. Radu küsste die Hand des Staretz und setzte sich auf den ihm zugewiesenen Platz. Das gleiche Ritual vollzogen auch seine Begleiter.

„Gott segne euch! Sie haben um einen Besuch in diesen gotterfüllten Hallen gebeten. Was führt Sie zu uns, Consilier Gabor?“

„Ich möchte in friedlicher Nachbarschaft mit Ihnen leben. Zu meinem Plattformprogramm gehört ein christliches Miteinander im Sinne der Nächstenliebe.“

Radu wirkte eingeschüchtert. Es war eben ein Gastspiel.

„Das kennen wir längst. Wir vertrauen eher Taten als Worten. Ein Wort kostet nichts! Aber ihr wollt doch noch etwas anderes?“, fragte Eftimie skeptisch.

„Ich könnte mir vorstellen, dass Sie bei uns in der Siedlung Gottesdienste halten und dass unsere Leute zu euren Festen in die Kirche da draußen kommen. Sie gehen ja auch jeden Sonntag nach Albina in den Gottesdienst.“

„Habe noch nie einen Rom im Gottesdienst in Albina gesehen! Was willst du genau? Ich habe keine Zeit, also komm zur Sache, mein Sohn!“

Mit dieser überheblichen Ungeduld des Popen hatte Radu nicht gerechnet. Er war tatsächlich so dämlich wie sein Ruf in der Gegend. Radus Verlegenheit war nicht zu übersehen, also zielte er direkt ins Schwarze.

„Seit vierzig Jahren liegt zwischen uns das Gold. Wie ein Stolperstein!“

„Welches Gold?“

„Das Gold aus Odessa!“, sagte Relu entschlossen.

„Jungs, viele glauben, hier wäre Gold versteckt. Das sind Legenden! Hier ist kein Gold, das ist seit Jahren weg … Es war mal hier versteckt, das leugnen wir nicht! Oder, meine Brüder?“ Er schaute in die Runde. Die Mönche nickten lächelnd aus ihren schmierigen Bärten heraus.

„Es ist hier, wir wissen es!“, erwiderte Radu.

„Woher wollt ihr es wissen?“

„Von unserem Vater … und von Istrate!“, ergänzte Relu.

„Deinen Vater hab ich gekannt, er war ein tüchtiger Mensch, und ich glaube, auch gottgefällig. Du solltest in seine Fußstapfen treten. Aber diesen Polizisten kenne ich nur dem Namen nach!“

„Unser Vater hat oft respektvoll von euch gesprochen. Und über ein Abkommen, das auf keinem Papier steht. Nun ist es aber an der Zeit, dass ihr euer Versprechen einlöst.“

„Ich weiß nichts von einem Abkommen. Weiß jemand von euch etwas in der Richtung, meine Brüder?“ Eftimie schaute sich um und bekam als Antwort nur Kopfschütteln. „Also, sehen Sie? Wir haben hier zwar öfter als gute Nachbarn mit eurem Vater und mit eurem König einen

‚Klostertropfen' getrunken, aber das war schön wie ein Gebet, jeder von uns spielte sein Instrument in dieser Schöpfungsmusik, mein Sohn", der Abt hob andachtsvoll seine Arme, „aber um Gold ging' s bei uns nie; nein, irdische Dinge waren uns fern zu so später Stunde", sagte er lachend.
„Sie sprechen mit süßer Zunge von unserem Vater …"
„Ja, er war ein wundervoller Mensch, Ihr Vater, er sprach oft über seine Pläne. Er wollte zum Beispiel mit Hilfe der Regierung einen neuen Damm an der Temesch bauen und eine Bewässerungsanlage für Albina. Überschwemmungen sollte durch Zigeunerarbeit ein Ende gesetzt werden, er verlangte von der Regierung nur ein paar Maschinen und Geld. Die Felder sollten wir uns mit euch teilen, bei Gott, mein Sohn, das waren große Träume! Und alles ehrlich gemeint. Der Bulibascha hätte auch was gespendet, die Regierung blieb aber stumm. Das Geld, das wir hatten, nutzte unseren Plänen nicht."
Relu holte den achtzigjährigen Mönch von den Wolken herunter: „Welches Geld?"
„Oder Gold!", schmunzelte Radu.
„Das gab es, wie gesagt, aber im Laufe der Jahre wurde es in alle Winde zerstreut wie das Volk Israels, weil es unseren Herrn nicht erkennen und ihm nicht dienen wollte."
Der Staretz gab nicht nach.
„Das Gold ist noch hier!" Relu konnte die Popenheuchelei kaum noch ertragen.
„Die Engel, die aus den Klostermauern fliegen", Radu näherte sich dem Staretz und flüsterte ihm fast ins Ohr, „sind schwer, so schwer, dass sie draußen in die Temesch stürzen. Und wissen Sie, warum? Weil ihre Füße schwer sind von dem Gold, das daran hängt!"

Eftimie versuchte das Bild aufzugreifen, um Radus Anspielungen zu umgehen:
„Ja, gewiss, bei Mondschein sammeln wir Gold von den Baumkronen und streichen damit die Schwingen unserer Engel."
„Wo wird das gesammelte Gold gehortet? Versteckt ihr es hinter euren Ikonen?!", fragte Relu ungeduldig.
„Hinter den Ikonen? Nein, niemals, die Engel laben sich am Gold unserer nächtlichen Gebete. Wir hamstern nicht, aber ihr könnt ja selbst nach dem Gold suchen!"
„Ja", mischte sich ein Mönch ein, „schauen Sie!"
„Sie können mit der da drüben, mit der Muttergottes anfangen!"
„Tu es, Relu! Sie wollen, dass du nachschaust!", sagte Radu verwirrt. Relu wurde zu der Gebetsstube begleitet, er stellte sich hinter die Ikone, entfernte die Seidentücher, traf im Halbdunkel das Schloss mit einem Schraubenzieher und öffnete es, noch bevor ein Mönch ihm den Schlüssel reichen konnte. Natürlich war kein Schatz zu sehen.
„Woher wisst ihr, wie es aufgeht? Hier ist Satanas am Werk!", rief der Staretz verdutzt, indem er die Hände faltete und ein paar Schritte rückwärts lief.
„Wir wissen alles, auch, wohin ihr es geschleppt habt, nachdem es jahrzehntelang hinter der Ikone lag!", sagte Relu.
„Wir wollen ein ehrliches Geschäft!", bekräftigte Radu die Aussage seines Bruders.
„Hätten wir es jemals gehabt, so wäre es längst ausgegeben." Ein Mönch schwenkte währenddessen einen Weihrauchkessel. Es roch stechend in der kleinen Gebetsstube.

„Wir wollen nicht alles, aber sehen Sie, die Not in der Welt ist groß!“
„Zur Hölle mit euch!“, brüllte der Staretz. „Wer hat euch geschickt, um uns zu versuchen?!“
„Zur Hölle, sagen Sie? Da sind wir doch schon die ganze Zeit“, sagte Radu zynisch. „Wissen Sie, warum wir das Gold bekommen werden? Weil wir nichts zu verlieren haben! Das Leben hat uns nie aus seinen Bahnen geworfen. Der Beweis: Uns gibt es noch!“ Radu lachte in den Zorn des Mönches hinein.
„Das hier ist ein auserwählter Ort Gottes auf Erden“, röchelte Staretz Eftimie.
„Ein Ort, an dem man dreckiges, geraubtes Gold, das Gold eines armen Volkes, verstecken kann, und das alles auch noch im Namen Gottes“, entgegnete Relu.
„Halt den Mund, Zigeuner! Das ist nicht nur Gold, es ist Feuer, es ist eine Flamme des Christentums auf dem Balkan, ein Kulturherd … ja, ein Schild gegen die Heiden … ein Herd!“ Der Mann war außer sich.
„Deswegen haben sich so viele die Finger daran verbrannt?!“
„Die Leuchtkraft des Goldes beschützte uns einst gegen die Türken und heute gegen den Materialismus! Nur so haben wir die Diktatur überlebt“
„Das ist nicht normales Gold zum Schachern, es ist ein Teil vom Schatz der russischen Zaren“, meinte Alexe, der Verwalter des Klosters.
„Ach so“, lachte Relu. „Man weiß hier aber viel über das, was es nicht gibt“
„Der Zar ist seit achtzig Jahren tot. Es gehört einzig und allein unserer Sippe“, betonte Radu gelassen.

„Es lebt, verstehst du? Das Gold ist nicht dazu da, um eine Pizzeria oder eine Boutique zu kaufen – es ist ein Teil des Zarenschatzes. Schon in Russland hat es die Mongolen geblendet und so die wilden Horden aufgehalten.“ Eftimie kniete nieder, bekreuzigte sich und murmelte vor sich hin: „Es ist Wärme, es ist Leben hinter diesen heiligen Mauern, es ist ein Herd des Heiligen Geistes … und die Taube erhebt sich an jedem Pfingstfest über unseren Häuptern in den Glanz des Lichtes!“ Nun fiel der Mann fast in Trance, er hielt sich an einer Armlehne fest und setzte sich notgedrungen auf einen Seitenstuhl. Ein Ordensbruder reichte ihm ein Glas Wasser, ein anderer schwenkte den Weihrauchkessel, um die bösen Geister zu vertreiben. Es war schrecklich heiß.
„Ich glaube, es ist besser, Sie gehen jetzt, Herr Consilier!“, sagte ein alter Mönch.

Als Radu und sein Bruder Relu wieder bei Onkel Mitu im Hof saßen, merkten sie, dass ihnen die Knie zitterten, trotz der vierzigminütigen Strecke mit Relus altem Ford Granada. Sie lachten hysterisch, als sie's bemerkten. Relu raffte sich auf: „Du zitterst auch? Sokhardea, das war einen Versuch wert, Bruderherz!“
„Sollte ich die Senatswahlen gewinnen, und es sieht ja ganz danach aus, kann ich mit der Säkularisierung der Felder in den Temesch-Auen drohen. Mich für die Staatsinteressen einsetzen, viel mehr ist da nicht zu machen! Aber der Verlust der Klosterfelder würde Eftimie schon hart treffen.“
„Radu, ist dir was aufgefallen? Am Schluss sprach er dauernd von einer Flamme des Christentums … von einem Herd oder so etwas.“

„Von einem Kulturherd, ja, als wäre er vom Affen gebissen. Ein Herd! Xas me pelé!"
„Genau, ein Herd. Unten in der Klosterküche steht ein Herd. Riesig und uralt, das Ding."
„Der Herd ist in jedem Kloster so etwas wie der Mittelpunkt des irdischen Lebens. Er ist das Diesseits."
„So eine Art Ikone für den Magen. Ich glaube, da ist das Gold. Auf die Augen meiner Kinder, die ich noch zeugen werde, wenn es nicht so ist!", schwärmte Relu.
„Du hast recht, küss dir die Glatze! Oder es ist begraben … unter dem Herd!"
„Darauf hol ich uns einen Schnaps!"

## Django, der Kaiser

Sile hatte Mühe damit, seine Gewissensbisse zu überspielen. Vor Radu hatte er immer schon Respekt gehabt. Er war schließlich der, der ihn mit sanfter Gewalt jahrelang jeden Morgen an der Hand in die Berufsschule gebracht hatte. So lernte Sile den Beruf des Automechanikers, und wäre die Wende nicht gekommen, so hätte er auch den Meister noch gemacht. Siles Jahre in Berlin hatten diese Bilder brüderlicher Fürsorge nicht getrübt.
„I aves vi tu phrála", grüßte er, „solange du mit guten Absichten kommst. Falls du mir aber wieder so ein Geschäft andrehen willst wie dein Bordell, kannst du deinen Kopf gleich in die Kloschüssel stecken und die Spülung ziehen."
„He, ich weiß gar nicht, was du hast, das Geschäft läuft doch brillant. Du kriegst doch deine Prozente! Die Touristen haben Megaspaß. Die Trucker kommen seit drei

Wochen, es hat sich herumgesprochen; die biegen von der E 56 aus Belgrad und Novi Sad hier ab, ist doch patent! Manche bleiben zwei bis drei Tage, deine Hotelzimmer sind wieder voll. Und die Mädchen adrett! Ich kleide sie in seidene Bikinis wie ein Papa. BHs wie ein Fingerhut so klein. Da ist so ein Set, direkt von Beate Uhse aus Deutschland."

„Und die Älteren in der Siedlung sind beunruhigt. Sie ziehen wieder in die Stadt, sie können das Nuttenparfum nicht riechen."

„Die sollen nicht so blöd daherkommen! Ich schlage nur Kapital aus dem, was sowieso passiert. Hurerei gibt es überall nachts in der Scheune, im Heu, im Keller. Wieso nicht in einem gepflegten Hotel mit Mädchen in Seide? So etwas bietet einen geschützten Rahmen. Verstehst du oder soll ich dir ein Bild dazu malen? Tja, es kostet schon was, das ist Dienstleistung, das ist Kultur!"

„Wenn's nach dir ginge, Brüderchen, wäre die ganze Welt ein Bordell", meinte Radu.

„Irgendwo hast du schon recht, das Leben ist wie ein Bordell, die einen halten ihren Popo hin, die anderen, die Kunden, bringen das Geld in Bewegung und die Cleveren sahnen ab!"

„An deinem Geld klebt Sperma, lieber Sile!"

„Und unser Geld? Wie steht das Odessa-Gold im Kurs? Liegt es bereits unter deinem Sofa?"

Am liebsten wäre Radu seinem Bruder an die Gurgel gesprungen und hätte gebrüllt, dass ihn das Gold gar nichts anginge, aber er stand bei Sile in der Kreide; Sile hatte ihm die Pliaschka möglich gemacht und außerdem einen Teil der Senatswahlen finanziert, als Darlehen, versteht sich.

„Kein bisschen, Sile. Was treibt dich durch die Gegend?"
„Eine Frage!"
„Eine Frage? Welche?"
„Warum ist der Mensch alleine nicht stark?"
„Weil er nicht genug Geld hat. Und nicht genug Phantasie."
„Genial, du sprichst mir aus dem Sack!" Sile lachte.
„Und was willst du sonst noch? Willst du meinen Autoschlüssel? Meine Wohnung für ein Rendezvous?"
„Helfen will ich dir, Bruderherz! Tja, du machst mir Sorgen!"
„Sorgen, ich … aber ich habe keine! Und wir überleben auch ohne Gold die schweren Zeiten … Wie bisher, du Eunuchenchef!" Radu merkte, dass sein Bruder sehr angespannt war.
„Du spielst mit schlechten Karten und gönnst deinen Mitspielern nicht, dass sie bessere haben!", rief Sile.
„Du spielst doch nur mit Damen, Sile, außerdem soll mir keiner in die Karten gucken, sonst werfe ich seine Eier den Schweinen zum Fraß vor!"
„Du hast zwar ein Ass in der Hand, aber du würdest es nie sofort ausspielen. Du hebst es bis zum Schluss auf und willst damit gewinnen. Aber dein König ist der falsche. Er hat nicht die richtige Farbe. Dem fehlt das Format!"
„Ich habe keinen König, mein König ist das Volk da draußen in der Siedlung. Es macht krumme Geschäfte, es freut sich und leidet am Lagerfeuer wie eh und je. Leidet es unter Trockenheit, so versuche ich, ihm die Temesch-Auen zu geben, leidet es unter dem Sommerregen, so bau ich ihm ein Dach überm Kopf. Unser Rom ist wenig flexibel, er leidet und erduldet viel und weiß es gar nicht …"

„Deshalb braucht das seinen Führer, seinen kleinen Gott. Und das konntest du den Leuten bisher nicht geben."
„Ist auch nicht meine Absicht, Sile, ich bin kein Tyrann, kein Corbea, geschweige denn Gott. Ich bin ein Instrument der neuen Demokratie, nicht mehr, nicht weniger!"
„Du bist abhängig von Corbea, von Swetlana …"
Radu hätte seinem jüngeren Bruder am liebsten aufs Maul gehauen, nur so als Erziehungsmaßnahme. Die Selbstbeherrschung gelang ihm trotzdem gut.
„Ich habe Corbea seit einem Jahr nicht mehr gesehen, ich bin ihm nichts schuldig!"
„Außer den Wahlen '92!"
„Steck dir deine Zunge in den Arsch! Phag tji korr – brich dir den Hals! Das ist längst gegessen!"
„Hör mir genau zu, Bruder, du gräbst auf der falschen Seite, du solltest unseren Kaiser kennenlernen!"
„Was? Django, den Kaiser? Das hat noch gefehlt!"
„Zumindest weiß er, wie man an das Gold herankommt."
„Die Seite wechseln, nein!"
„Wenn alle auf der gleichen Seite stehen, dann kentert das Boot, ist doch so, oder?"
„Aber ich fahre nicht mit", sagte Radu kategorisch.
„Django will ein Gespräch mit dir!"
„Worüber sollte ich mit ihm reden?"
„Er hat mehr Macht, als du denkst, Radu! Er hält alle Fäden in der Hand."
„Wieso verhandelt der deutsche Staat mit dem Bulibascha und nicht mit ihm, wenn es um Zigeunerdeportationen nach Auschwitz geht?"
„Die Deutschen sind naiv, sie legen Wert auf Tradition, so altes Zeug wie Adel und so …"

„Das ist nicht der Grund! Er ist nicht anerkannt, er spricht nicht mit der Zunge seines Volkes!"
„Heute, lieber Radu, spricht das Geld allein; es kann Berge versetzen. Hund bellt, Geld spricht, nicht wahr, wie die Ungarn sagen … Und Django kennt jede Bewegung in unserem Lager, er weiß viel mehr, als du ahnst!"

Die Zeiten hatten sich geändert. Arm und Reich berührten sich kaum noch an diesem Jahrtausendende. Die gute alte Sitte des Almosengebens wurde begraben. Die Armen auf der Straße oder in Kneipen, die Reichen hinter ihren blank polierten Fassaden, Zäunen und reißenden Hundezähnen. Nichts Neues unter der Sonne, außer dass diese Unsitte auch das alte Volk der Roma einholte. Ja, das war neu auf dem Balkan! Und plötzlich sprachen die Roma die Sprache der Zwietracht und sammelten sich hinter ihrem König oder hinter ihrem Kaiser. Die Welt wurde so bunt, dass keiner sie zu durchschauen vermochte; also ergab sich's von alleine, dass man eine Seite wählte. Nichts für ungut; man weiß, wo man hingehört! Django, der Cousin von Corbea, war über alle Maßen empört, als dieser sich selbst zum Nachfolger seines Vaters ernannte. Im Allgemeinen wurde der Bulibascha als integre Person auf Jahrmärkten auf der jährlichen Roma-Versammlung gewählt. Er durfte nicht vorbestraft oder „prasto", das heißt durch die Verletzung eines Tabus unrein sein. Er sollte aber die „dadeskero wast", die väterliche Hand haben. Tritt nun auf einer Versammlung der Roma nur ein Bewerber auf und es wird kein Widerspruch gegen ihn erhoben, so ist er stillschweigend gewählt. Corbea ließ sich auf der letzten Versammlung lediglich im Amt bestätigen. Der Rechtsprecher kann frei-

willige Geldzuwendungen erhalten und Geld für besondere Notfälle sammeln, zum Beispiel um Kautionen bei Gericht zu stellen, wenn ein Rom dessen bedarf. Rechenschaft über die Verwendung des Geldes wird von ihm nicht erwartet, denn er hat die „dadeskero wast", er ist also ein Ehrenmann. Ende des zwanzigsten Jahrhunderts war nicht viel übrig geblieben vom Glanz der zwei Könige der Roma in Rumänien. Corbea war der „Tschatschorakerpaskero" (der Gerechtsprecher-Mann), das heißt der oberste Richter der Căldărari (Kesselflicker), der Lovas (Pferdezüchter) und der Cărămidari (Ziegelschläger). Er war der Sprecher der Roma-Sippen vor dem Gesetz und überwachte die Einhaltung der Tabuvorschriften, zum Beispiel des Pferdefleischtabus, das jedem Rom den Verzehr von Pferdefleisch strengstens verbietet. Corbea verstand es gut, sich die Polizei – nicht zuletzt durch Bestechung – vom Leibe zu halten. Istrate kannte er seit Jahren und auch andere Sektorleiter wollten ihr Gehalt aufgebessert sehen. Eine dreckige Hand wäscht die andere. Doch wer liefert die Seife?
Wenn Zigeuner gewalttätig werden, dann meist in berauschtem Zustand. Sie richten ihre Messer aber fast immer gegen ihresgleichen. Wenn bei fröhlichem Zechgelage plötzlich ein Disput entsteht, der rasch zu wütendem Streit ausartet, kann es schon passieren, dass einer zum Amokläufer wird und wild um sich sticht oder schießt. Dies war auch vor vier Jahren der Fall, dabei wurde ein Rom schwer verletzt und zwei weitere leicht. Der achtzehnjährige Schütze hatte nicht auf eine bestimmte Person gezielt. Man kann in solchen Fällen nicht von Tötungsabsicht sprechen, besagt die Rechtsprechung des Tschatschorakerpaskero. Der Bulibascha erfuhr von dem

Fall noch bevor die Polizei eingeschaltet werden konnte, und der Unglücksschütze wurde nie der Justiz ausgeliefert. Er wurde von Corbea und dessen Beratern „intern", allerdings sehr mild gerichtet und für „prasto" erklärt. Noch vor vierzig Jahren während der großen Romawanderungen fielen die Strafen innerhalb des Clans oft sehr hart aus: Abschneiden der Nasenspitze, Ausstechen des rechten Auges und dergleichen mehr. Corbea hatte aber so gut wie keinen Rechtzugriff auf Roma, die in der Stadt einen Beruf ausübten. Sobald diese in einer Firma arbeiteten, unterstanden sie automatisch den Gesetzen der Gajikane.

Der Stamm der Drisari, der Lumpensammler, war sehr beweglich, lebte noch sehr primitiv in Planwagen und kam mit der neuen Zeit – in der Kleidung aus Billigländern wie der Türkei oder Taiwan zu Spottpreisen verschachert wurde – nicht zurecht. Deshalb bezogen zwei Sippen Drisari in der Siedlung Häuser, um ein neues Leben anzufangen. Auch die Zugezogenen aus den vom Krieg geschüttelten Ländern Serbien und Bosnien lebten ohne König, also in einem Rechtsvakuum. Sie hatten keinen gültigen Pass. Diese beiden Menschengruppen waren gefundenes Fressen für Django. Ihre Zahl stieg in der Siedlung von Jahr zu Jahr, Django missionierte und beschützte sie, wo er nur konnte. Zwei Drittel mit Corbea, ein Drittel mit Django! Der Widersacher Corbeas trieb einen Keil durch die junge Dorfgemeinschaft in der Siedlung; seine Agenten zogen von Familie zu Familie und warben um Anhänger, als wären sie Vertreter einer neuen Sekte. Die Anhängerschar wuchs, vor allem weil die junge Zigeunergeneration nicht mehr die vielen Tabuvorschriften befolgen wollte – Django galt als modern und weltoffen. Er hatte wenig Macht, aber viel Geld und Witz. Also ernannte er sich kurzerhand zum „Kaiser“ aller Roma nördlich der Donau. Als westliche Grenze galt die Theiß und als östliche der Dnjestr hinter Bessarabien beziehungsweise der Moldawischen Republik. Corbea, der Bulibascha aller Westzigeuner, hatte im letzten Jahr Schmelzöfen installieren und Metalle einschmelzen lassen: Stahl, Kupfer, Bronze und Silber. Die Roma sammelten für wenig Geld Metallgegenstände, die sie überall fanden, abmontierten oder stahlen, und beförderten diese zu den Öfen. Man munkelte, dass mancherorts aus diesem Grunde Zugschienen von den Trassen abgeschraubt wurden, so dass öfters Züge im Grenzgebiet nach Serbien oder Ungarn anhalten mussten. Corbea hatte ein Jahreseinkommen von etwa zwei Millionen D-Mark. Django dagegen handelte mit Autos und Autoteilen aller Art, mit Computern, Immobilien und mit Prostituierten aus der Ukraine. Während der Bulibascha seiner Macht sicher war, musste Django seine Beziehungen zur Politik mühsam aufbauen. Er wusste nicht, wie umfangreich sein Vermögen war, und das Volk der Roma kannte ihn kaum, da er sich seiner Geschäfte wegen gerne bedeckt hielt. Außerdem spendete er so gut wie nie etwas. Aber das herangaloppierende Alter stimmte ihn sensibel für die großen Fragen des Lebens: Plötzlich fühlte er sich einsam unter seinen sechs Ex-Prostituierten. Von einer Familie wollte er grundsätzlich nichts wissen mit der Begründung, eine Familie sei finanziell ein Fass ohne Boden und mit zu vielen Verpflichtungen verbunden. Django wurde nachdenklich gestimmt: Er schaute sich um und fand niemanden in seiner Nähe, der ohne ein Interesse zu verfolgen ein Glas Metaxa mit ihm getrunken hätte und in seinem Swimmingpool geschwommen wäre. Wie lange sollten sich die Nutten noch sein schwer verdientes Geld in die Bikinis stecken? Und viel schlimmer noch, er wusste alles, was geschah: wie sein Erzfeind Corbea Dalmatiner füttert, welche teuren Klamotten aus Paris Swetlana trägt, welche Schulden die Siedlung Albina macht, was die Pliaschka von Radu und Roxana gekostet hat, wo Istrate sich versteckt hält. Aber er wollte als Kaiser aller Roma in Südosteuropa auftreten – die Rolle, die er selbst erfunden hatte, musste er aber mit Leben füllen. Vielleicht würde er dem Papst einen Besuch abstatten oder gar im Europaparlament aufstehen und sagen, dass die Zigeuner die Hefe im Völkergemisch Europas seien; ohne sie sei Europa ein kümmerliches Zipfelchen am Arsch von Asien. Allerdings wären die Zigeuner jetzt mal gerne für sich alleine: Er verlange deshalb einen eigenen Staat aller Roma, irgendwo hinter dem Karpatenbogen. Unabhängig und souverän! Standing Ovations. So träumte Django vor sich hin.

Relu traf seinen Bruder nach einer Wahlveranstaltung in Caransebesch. Radu war bester Dinge, denn er hatte gerade die Nachricht erhalten, dass die Roma-Verbände von Iassy ihn zum einzigen Kandidaten für die Senatswahlen gekürt hatten.

„Radu, ich habe Pater Grigore getroffen, den Mönch, der uns den Schatz versprochen hat. Er hat eigentlich dich gesucht. Die Sache ist nicht einfach; ich glaube, er will uns tatsächlich das Gold billig verkaufen. Kein Risiko für uns."

„Ich hasse diese Klosterratten, diese Verräter!", sagte Radu lachend. „Die Ratte führt uns tatsächlich zum Gold.

Wir müssen keine faulen Kompromisse mit dem Kaiser eingehen."

„Ach so, Eftimie hat übrigens einen sogenannten ‚Heiligen Pakt' mit Corbea und Istrate abgeschlossen. Demnach bleibt das Gold im Kloster, wie wir längst vermutet hatten, der sicherste Ort. Die drei nahmen zwar immer wieder Teile davon, wenn Engpässe auftauchten, aber da sie Streit über die Beträge bekamen, beschlossen sie gemeinsam, es als Bürgschaft einzusetzen, damit andere Geschäfte florieren", erklärte Relu.

„Bürgschaft? Das heißt, einige Banken sind im Bilde …"

„Ich werde den Eindruck nicht los, dass Eftimie das Gold allein für das Kloster behalten will, er sieht darin mehr als Reichtum. Dadurch ist er zu allem imstande, ja, ich glaube, er will die anderen übers Ohr hauen. Istrate und Corbea haben es immerhin im Winter '53 ins Kloster gebracht, Eftimie wurde nur als Schatzmeister eingeweiht."

„Istrate schützte das Gold vor dem Zugriff der Regierung, Corbea vor dem eigentlichen Besitzer, vor der Sippe Gabor. Tawes-bahtale-pulman-do, diesem König aller Westroma jag ich noch einen Regenschirm in den Hintern!", schimpfte Radu.

„Vergiss die Zündschnur nicht und das Dynamit!", ergänzte Relu.

„Vielleicht hast du recht. Wir müssen handeln, es wird langsam zu heiß Und es gibt kein Zurück mehr!"

„Grigore will auf jeden Fall aussteigen, er kommt nicht mehr klar im Kloster. Anscheinend war der, den Lazär getötet hat, sein Freund. Das habe ich herausgehört."

„Ich möchte ein Gespräch mit ihm."

„Und er will die Knete erst, wenn wir die Kastanien aus dem Feuer geholt haben."

Das Auto hielt im Eichwald, den letzten Kilometer gingen Relu und Radu zu Fuß. Sie hatten mit Pater Grigore einen Treffpunkt in den Auen ausgemacht. Die Nachmittagssonne schien auf die weißen Hüte. Radu schwitzte unter der Borte, alle fünf Minuten wischte er sich den Schweiß von der Stirn. Pater Grigore verspätete sich. Die alten, knorrigen Eichen wirkten bedrohlich, daran konnte auch das helle Laub nichts ändern. Am Waldesrand erkannten beide einen Mann in weißem Anzug: „Was zum Teufel suchst du hier, Sile?" Hinter Sile erschienen zwei Gestalten in weiß gestreiften Anzügen mit dunklen Sonnenbrillen und kurzem Haar. Sie sahen aus, als würden sie für tausend Dollar ihre eigene Mutter verkaufen, und hatten Gesichtsausdrücke, die man schnell vergisst, da sie einem nichts zu sagen haben.

„Ich wollte euch nur aufklären, dass der Mann, den ihr erwartet, sich hier verlaufen hat und ertrunken ist. Die Temesch ist voller Wirbel, wisst ihr, und Mönche können nicht schwimmen. Die sollten lieber im Kloster bleiben und beten."

„Jetzt wissen wir's, Bruder." Radu versuchte Zeit zu gewinnen, um sich von dem Schock zu erholen: „Aber verrate mir mal, was das soll mit deinen Gorillas, bist du inzwischen so ängstlich, dass du dich nicht mehr alleine in den Wald traust?"

„Begleiten sie dich auch aufs Klo?", fragte Relu ironisch.

Sile ging auf die Provokation nicht ein; die Gorillas schauten sich an und polierten demonstrativ die langen Revolverläufe.

„Hör mal, Bruderherz“, Sile wandte sich an Radu, während er sich eine Zigarette anzündete, „du machst mir echt Sorgen. Das mit dem Gold hat keinen Sinn, du musst auf der richtigen Seite schwimmen. Außerdem hasse ich Verrat, verstehst du?!“

„Du hast ihn umgebracht, Sile?“, fragte Radu gelassen.

„So einer kann die Sonne nicht ertragen. Ein Mönch ist nur hinter Klostermauern lebensfähig, was wollte der mit dem Geld, wenn der erste Wirbel der Temesch ihn in die Tiefe saugt? Aber mein Gott, nichts für ungut! Bin ihm nicht nachtragend.“

„Wieso mischst du dich in unsere Geschäfte ein, Sile?“

„Ich will bloß eine Anerkennung dafür, dass ich dich aus der Scheiße gezogen habe, und ich will dir weiterhelfen … Aber nur wenn du bereit bist, deine Gehirnmasse zu benutzen.“

„Konkret?!“, rief Radu; es kostete ihn Überwindung, seinem Bruder – diesem verwöhnten Muttersöhnchen, dachte er – nicht zwischen die Augen zu spucken. Angeekelt warf Sile die Zigarette weg.

„Für mich will ich nichts, Bruder“, grinste er schleimig, „aber Django, mein Boss, will dir einen Vorschlag machen. Er wird dir gefallen!“

„Was hab ich mit diesem perversen Warzenschwein zu schaffen?“, fragte Radu.

„Hör mal, Bruderherz, du warst nie ein guter Geschäftsmann, und jetzt zappelst du wie ein angeschwemmter Fisch im Temesch-Sand!“

„Schon mal was von Treue gehört? Oder Loyalität? Tja, ein Rückgrat müsste man haben, was?“

„Kapier doch! Dein König hat dich im Stich gelassen. Er wollte dich vom Gold ablenken!“

„Und du glaubst wirklich, Django ist der neue Zigeunerengel, der mit jedem Flügelschlag Banknoten übers Land streut?“, fragte Radu sarkastisch.
„Und dann nennt er sich noch Kaiser!“, lachte Relu.
„Du verstehst doch wohl Spaß – das ist ein Scherz, mein Lieber, um seinen Cousin lächerlich zu machen. Django ist übrigens einer der reichsten Männer im Land. Und er hat jede Menge Fäden in der Hand, glaub mir, auf den Mann kannst du bauen.“
„Und wenn ich nicht will?“
„Er erwartet dich am Freitag im ‚Bulevard'. Im Separée um halb neun. Spiel nicht zu lange mit den Tauben am Opernplatz, der Boss wartet nicht gerne!“
„Ich gehe nicht da hin …“, meinte Radu entschlossen.
„Hab ich mir fast gedacht, Bruderherz; übrigens, dein Täubchen Roxana ist vor zwei Tagen zu mir gezogen … ich musste ihr Schutz gewähren.“
„Du Schwein! Für ein paar Groschen würdest du glatt deinen Bruder verkaufen, was? Xas me pelé!“, fluchte Relu.
„Na ja“, Sile kaute am Ende einer Zigarre, „ich musste mir eben etwas einfallen lassen!“
Radu zitterte, ihm wurde kalt, wie Stahlfedern waren seine Muskelstränge angespannt. Mit geballten Fäusten stürzte er auf Sile. Dann sah er nur noch die Gorillas, die ihn niederschlugen. Einer von Siles Leuten griff ihm unter die Arme und half ihm auf die Beine zu kommen, er richtete auch wieder Radus Frisur. Wortlos wie eine Mauer stellten sich die Gorillas vor ihren Chef.

Radu fuhr entlang der Straßenbahngleise, am Marienplatz vorbei den Jugendboulevard hinunter in Richtung „Bulevardul Revolutiei". Er bog an der orthodoxen Kathedrale nach links in Richtung „Elektrotechnische Fakultät" ab, schließlich fand er einen Parkplatz vor dem Hotel „Timisoara" hinter der Oper. Er suchte einen Tisch in einer ruhigen Ecke auf der Terrasse des „Palace" am Corso und bestellte sich ein großes Bier. Radu konnte es immer noch nicht fassen: Der eigene Bruder entführt seine schwangere Frau! Unwillkürlich schoss ihm zum x-ten Mal der Gedanke durch den Kopf, dass Roxana freiwillig zu Sile gezogen war. Zwanghaft und in regelmäßigen Abständen überkamen ihn die Zweifel. Vielleicht liebte sie ihn. Diese Variante wäre eine noch größere Blamage in der Sippe. Und was ist, wenn die Presse davon erfährt? Entführung, Opferrolle – politisch gar nicht so übel. Bis auf weitere Schritte musste er doch annehmen, dass er von seinem Bruder brutal erpresst wurde, einzig und allein damit ein Kontakt zu Django zustande käme. Und was wollte Django? War das Gold sein Hauptanliegen? Oder wollte Sile im arschkriecherischen Alleingang, dass er, Radu, die Seite wechselte?

Ein rosa Buick, ein Oldtimer, hielt kurz nach halb neun vor dem „Palace". Eine blonde junge Frau zappelte in der Riesenlimousine, bis der Fahrer sie mit beiden Händen festhielt: „Du kannst heute nicht mitkommen, mein Eichhörnchen! Nelu, geh und kauf ihr bei McDonald's was zum Knabbern, aber 'ne harte Nuss, dass ihr die Zähne nicht wachsen …", röchelte der etwa fünfzigjährige beleibte Mann, während er sich den Schweiß vom Nacken wischte. Ja, das war Django – Radu hatte den selbsternannten Stammeschef vor Jahren auf einem Fest in Ploiesti erlebt. Heute wirkte er zurückhaltend und farblos.

Der Kragen des weißen Hemdes schnitt in die verschwitzten Nackenfalten, die sich wie kleine Rettungsringe unter dem Kopf stapelten. Drei oder vier waren es, und sie schienen dem Schädel die aufrechte Haltung zu verleihen. Das untere Ende der aufgedunsenen Wangen hing über die Unterkieferknochen herab. Radu empfing Django vor dem Eingang zur Terrasse:
„Eure Majestät, gestatten Sie mir, mich vorzustellen: Radu Gabor.“ Er hob die Hand, in Richtung Restaurant weisend.
„Ach, da bist du ja, Consilier. Mein Respekt, ich wollte dich schon lange kennenlernen!“ Django klopfte Radu freundlich auf die rechte Schulter.
„Guten Abend“, erwiderte Radu höflich.
„Dann wollen wir nicht länger warten!“
„Nach Ihnen, Kaiser!“
Radus leicht ironischer Ton fiel dem Kaiser auf. Der Ober führte beide ins bestellte Separée.
„Dein Name macht Schlagzeilen, mein guter Freund. ‚Gabor' ist eine Blüte im großen Garten der Roma hier an der Pforte des Orients, und wisse, jeder, der uns Ehre macht, ist mein Freund.“
„Wir tun, was wir können, damit die Kleinen unter uns nicht länger auf der Straße Kürbiskerne verkaufen müssen …“
„Darauf stoßen wir jetzt an, Gabor! Das ist bald Schnee von gestern, den Eindruck hab ich auch!“ Der Kaiser lachte aus allen Gesichtsfalten. Der teuerste Champagner schäumte bis kurz unter dem Glasrand und schickte dann beim Anstoßen wieder Säureperlen nach oben. Radu überkam ein merkwürdiges Gefühl in der Gegenwart seines Erpressers; er musste Django ernst nehmen. Der

Kaiser war eben nicht jene Karikatur seiner selbst wie Corbea. Radu wusste, dass er auf der Hut sein musste, dass er ein Gegenüber hatte, dessen Unberechenbarkeit er nicht einschätzen konnte.
„Ich habe gehört, du bekommst Nachwuchs!"
„Kann ich so nicht bestätigen. Wer weiß, ob ich ihn noch kriege, meine Frau ist ja in Ihrer Gewalt." Radu schaute Django länger in die Augen, als es sich geziemt hätte.
„Wie bitte? Das geht zu weit! Meinen Freunden schenke ich nur reinen Wein ein."
„Sie haben meine Frau durch meinen Bruder in Ihre Gewalt bringen lassen, ist doch so!"
„Ich schwöre auf mein Kaiserwort, dass ich damit nichts zu tun habe. Ich kenne deinen Bruder doch nur geschäftlich!"
Er machte dazu eine absolute Handbewegung, wie ein Schnitt.
„Sind Sie ausschließlich von solchen Leuten wie meinem Bruder umgeben?", lächelte Radu vorsichtig.
„Wenn du mit mir Geschäfte machen willst, ich meine, wenn du mein Partner wirst, dann nicht mehr. Ich glaube, du bist ehrlich! Ich lese es deinen Stirnfalten ab!"
Django fragte Radu nach seinen Wünschen und gab höflich die Bestellung auf. Der Kronleuchter im Hauptsaal schien an einem Seidenfaden zu hängen. Radu sah durch die samtrote Gardine und malte sich eine Szene aus, in der das Ding auf die kostbaren Speisen und auf die Gäste fiel.
„Was für Geschäfte?", fragte Radu neugierig, aber unterkühlt.

„Ich habe gehört, dass du meine Hilfe brauchst. Ich habe am Rande mitbekommen, dass du Ärger mit den Popen im Kloster hast!"
„Letzteres kann ich bestätigen!"
„Sie wollen dir nicht das Gold geben, das eigentlich deiner Sippe zusteht."
„Sie behaupten, sie hätten es nicht", wollte Radu richtigstellen.
„Sie haben ja auch eine gut funktionierende Rückendeckung, die seit vierzig Jahren das Odessa-Gold in die Dunkelheit des Vergessens taucht, ist doch so, oder? Hut ab, das hat System!"
„Kann ich so unterschreiben!"
„Wir müssen das System nur knacken. Den Anfang hast du ja schon gemacht, Istrate musste fliehen, aber um welchen Preis? Dein Bruder Buke war das Opfer dieser unüberlegten Nacht- und Nebelaktion. Aber man lernt, mein Sohn, solange man jung ist. Nicht wahr, jeder Alleingang ist ein Holzweg."
„Istrate ist mir entwischt, er hatte auch die Schuld am Tod meines Vaters!"
„Willst du ihn haben?", fragte Django überraschend.
Radu beugte sich nach vorne, schaute sich um und flüsterte:
„Ich würde ihn aufspießen wie Dracula, der Massenmörder, es tat!"
„Er ist bei mir, er hat bei mir Zuflucht gesucht." Der Kaiser lachte überlaut.
„Was, Istrate, der vier Herren überlebt hat?"
„Ja, eben, du sagst es, wer unter vier Herren gedient hat, der kann nicht für sich sein. Der Schurke hat wenig Phantasie und ist unsicher im Umgang mit Geld; solch eine

Ekelkröte kann nicht alleine existieren. Er braucht immer Protektion, bekennt immer Farbe und ist immer auf der richtigen Seite. Aber das Gold würde er selbst auf dem elektrischen Stuhl nicht herausrücken."

„Was wollen Sie? Klartext!"

„Ich will das Gold von Corbea, Eftimie und Istrate, natürlich nur, um es in Bewegung zu bringen. Ich selbst habe genug davon, bei mir kannst du mit Sekt duschen! Im Kloster ist es nicht mehr wert als ein gebrauchtes Kondom. Die meisten Mode-Boutiquen in dieser Stadt sind mein, wusstest du das? Und hinter den Kleidern in den Läden stehen ausschließlich unsere Leute, da staunst du, was?"

„Ich weiß nicht, wo das Gold steckt."

„Im Kloster natürlich. Ich kann anordnen, dass es geschlossen wird!" Radu staunte über die detaillierten Informationen Djangos. Steckte Sile dahinter? Stand Sile im Schatten seiner Recherchen in Bukarest und im Kloster?

„Und dann, was dann? Dann bleibt es in irgendeiner Nische, die niemand kennt."

„Du weißt, wo's liegt, deine Augen verraten es …"

Radu fühlte sich tatsächlich ertappt wie ein Lausbub.

„Warum soll ich's verraten? Ich verfolge die Spur seit Jahren, mein Vater hat sein Leben dafür gelassen." Radu versuchte, festen Boden unter den Füßen zu finden.

„Warum? Weil dir andere Sachen wichtiger sind!"

„Zum Beispiel?"

„Na ja, die Wahlen!"

„Was heißt das?"

„Es heißt, dass du die Senatswahlen gewinnen wirst, einen Sitz im rumänischen Parlament, na, ist das nichts?!"

„Wenn …"

„Wenn du mir das Gold …“
„Und meine Frau …“
„Das ist nicht mein Niveau!“
„Ich hab das Gold noch nicht in meiner Matratze, ich kann nicht pokern, wie soll ich denn da mit Ihnen ins Geschäft kommen?“
„Sagen wir mal so: Du weißt, wo das Odessa-Gold ist, aber du kommst nicht heran. Ich weiß nicht, wo es ist, aber ich wüsste, wie man das Kloster knacken kann! Deshalb brauch ich dich und bin bereit, einen hohen Preis zu bezahlen.“
„Und selbst wenn ich's hätte, gehört es mir nicht, es gehört der Sippe.“
„Ich will das Zeug ja nicht für mich behalten, ich will es bloß für das Volk verwalten; das ist meine Pflicht als Kaiser. Du könntest über ein Drittel verfügen.“
„Und Ihr Cousin, der Bulibascha?“
„Ach, der hat einen Prozess am Hals, gegen mich übrigens, der schluckt alles, was er hat und noch haben wird. Corbea hat keine Zeit“, sagte der Kaiser und lachte breit.
„Die Siedlung braucht Investitionen, sie schluckt Geld wie ein Kanalloch das Regenwasser …“ Radu fing an, in seiner Vorspeise herumzustochern. „Also gut: die Wahlen, zwei Drittel und Istrates Kopf.“
„Du bist gerissener, als ich dachte, mein Sohn; jetzt soll ich mir auch noch die Finger schmutzig machen.“
„Mein letztes und einziges Angebot!“
„Willst du Politiker werden oder Bordellmeister wie dein Bruder? Du hast es doch zu viel mehr gebracht, mein Sohn!“
„Ich will in die Siedlung investieren …“

„Ich würde für dich investieren und du könntest dich mehr ums Volk kümmern …“
„Das Geld spricht, der Hund bellt. Jeder Schornstein in der Siedlung kostet Geld. Es reicht nicht mehr, sonntags aufzukreuzen, um die Bettler für einen Abend glücklich zu machen.“
„Na ja, einen Menschen auf dem Gewissen haben ist nicht ohne … und saubere Arbeit ist heute teuer! Istrate kennt jeder, wenn der krepiert, da ist was los!“
„Ich gehe davon aus, dass Sie keinen Pakt mit Istrate haben, so wie Corbea, oder? Ich will ein Andenken von ihm. Woher weiß ich …“
„Du meinst, dass ich mit ihm unter einer Decke stecke? Ha, ha, ich bin doch nicht vom anderen Ufer. Na gut, ich will ja nicht so sein; ein Kaiser hat sich um die Anliegen seiner Untertanen zu kümmern. Er hat's nicht leicht, aber all das kostet: Sagen wir mal, du gibst mir den Ort, ich dir ein Viertel, einen Kopf und einen Wahlsieg.“
„Na ja, ein Viertel? Gehört alles mir, so hab ich automatisch alles und kann mir gleich Istrates Kopf käuflich erwerben.“
„Du vergisst eines: Man kann nicht auf drei Hochzeiten tanzen. Nach solchen Unterfangen, wie du sie vorhast, da brauchst du Schutz, vor allem vor Corbea. Ich kenne ihn gut; er ist ganz anders als ich, er ist ein Blutverschwender. Sein großes Vorbild war immer schon Dracula.“
„Ich denke an Corbea und an fifty-fifty.“
„Das Gold müsste im Westen verkauft werden …“, lachte Django.
„Und geschätzt werden. Fachmännisch, versteht sich. Ich liebe saubere Geschäfte“, ergänzte Radu und blickte fragend über seinen Wildschweinbraten.

„Ich habe bisher nur den lieben Gott übers Ohr gehauen, und das allein durch meine Existenz." Django hob die Rechte mit dem Messer und schüttelte sie. „Ich habe ihn beleidigt; ich wollte ihm ähnlich sein, schlimm! Ich glaube, das alles ist Gott gar nicht so geheuer."
Django kämpfte mit dem Stück Braten am Ende seiner Gabel, dann fuhr er fort: „Er hat uns nach seinem Bild geschaffen, aber dann will er doch nicht, dass wir so sind wie er – damit hat er ein Problem. So wie ich, aber dann doch nicht wie ich, lass mich in Ruhe und komm mir nicht zu nahe! Wie soll das gehen?" Der korpulente Kaiser machte einen hilflosen Eindruck wie mitten in einem Staatsstreich. Er leerte sein Weinglas und seufzte:
„Oh Gott, oh Gott, sei nicht sauer. …. Ja, lieber Gabor, ich hab's geschafft und bin, na, sagen wir mal, fast wie er, ich entscheide über Leben und Tod, es heißt doch: Gott ist Zigeuner …"
„Daran hab ich noch nie gedacht, Afrikaner meinen doch auch, er wäre schwarz! Und die heilige Sara ist schwarz!"
„Du hast es kapiert, Gabore, wo das Problem liegt. Ich bin halb Mensch, halb Gott, also fifty-fifty abzüglich der Kosten für den Aufwand. Das find ich gut." Django lachte und reichte Radu die Hand, die er bis kurz über dem Teller schüttelte. Dann beugte er sich über den Tisch und küsste Radu auf den Mund, während seine Krawattenspitze in der Soße baumelte.
„Dann bleibt nur noch der Ablauf zu klären", stellte Radu trocken fest.
„Also du gewinnst die Wahlen. Dann erfahre ich das Versteck im Kloster, du bekommst den Kopf, dazu eine affenstarke Garde, die dich beschützt, dann teilen wir uns

das Gold! Gott, der Oberchef, sei mir Zeuge und segne dieses Geschäft!“

„So sei es im Himmel, auf Erden und in Ewigkeit. Amen!“, bestätigte Radu gut gelaunt. Nach dem Handschlag fanden sich beide Verhandlungsparteien sympathisch und tranken noch drei Flaschen „Murfatlar“. Django bezahlte, gab ein deftiges Trinkgeld und ließ sich von seinen Leuten heimbringen.

Radu kam gegen zwei Uhr nach Hause. Roxana saß in der Küche und rauchte. Hinter den Rauchschwaden entdeckte Radu ihre Augenringe und dachte, Django handelt doch schnell und zuverlässig. Kaum besprochen, schon passiert: Sie ist wieder zu Hause. Roxana nickte, als Radu seine Schuhe abwarf, und verfolgte am Fenster die Überholmanöver der Autos auf der Straße. Radu drehte ein paar Runden durch die Wohnung wie ein Huhn, das einen Ort zum Eierlegen sucht. Er freute sich, dass ihm auf dem Balkon kein Huhn entgegenkam. Sie plauderten über Alltagskram, über Verwandte, über Tante Sidonia, über die Wahlen, über die Taufe der Siedlung, wie das Kind heißen solle, über die Paten. Radu merkte, dass ihr Bauch gewachsen war.

Im Jahre 1001 setzte durch Machmud von Ghasna die Eroberung Rajasthans ein; Mord und Plünderung überzogen das Land. Hungrig und blutrünstig waren die Krieger; man unterschied kaum noch zwischen Menschenblut und Tierblut. In den Dörfern blieb kein Stein auf dem anderen und die Hütten brannten auch bei strömendem Regen. Der Monsun ergoss sich wie ein Segen über Rajasthan nach den langen Dürrezeiten. Die Zweige der

Oleanderbüsche und des Hibiskus neigten sich bis auf die Erde und die schweren Regentropfen lösten die weinroten Blütenblätter von den Stielen. Der kleine Bergtempel im Fels thronte über dem Tal; darin waren gelegentlich Vishnu und Shiva zu Gast, um sich an den Gebeten ihrer Lieblingskinder zu laben. Am späten Nachmittag ritt Prinz Udaras mit vier Vertrauten den schmalen Bergpfad hinauf. Das letzte Stück mussten sie die Pferde am Zaum nehmen, so steil war es. Sie hielten im kleinen Vorhof, der Prinz riss die Tore des Tempels weit auf. Unruhig zappelndes Licht drang in den heiligen Raum und blieb oben in den filigran geschmückten Säulen hängen. Die steinernen Götter wachten auf. Die Tempeltänzerin löste sich aus der Lotosstellung, das Licht erquickte ihre Beine. Sie trank es wie aus einem übervollen Kelch. Gelassen schaute sie sich um und hielt die Gestalt in der Tür mit ihrem Blick fest.

„Tänzerin des Lichtes, es ist so weit, die blutrünstigen Eroberer sind unten im Tal eingetroffen. Komm, hol dir ein paar Sachen für den Weg; wir müssen fliehen!"

„Die Araber sind unten. Bald sind sie hier. Ich weiß es. Und ich werde sie Shiva dem Gnädigen vorführen."

„Sie werden dich vergewaltigen und dann töten, Tänzerin des Lichtes!"

„Gehe, mein Prinz, nur in der Vereinigung mit dir sah ich Shivas Antlitz. Ich bin dir ewig dankbar! Aber nun verlangt mein Gott ein Opfer von mir."

„Ich liebe dich! Lass uns in die Nebel der Zeiten verschwinden! Ich kenne einen Fluchtweg, als Kind bin ich hier oft den Vögeln gefolgt …"

„Prinz Udaras, ich folge dir nicht. Ich werde die Feinde auf den richtigen Pfad bringen, denn sie müssen die Gro-

ße Liebe erfahren und die Vereinigung mit Shiva durch mich."
„Du darfst nur deinem Gott dienen, Tempeltänzerin, und manchmal deinem Herz folgen."
„Geh jetzt, mein Prinz, betöre meine Sinne nicht!"
„Ich kann dich nicht diesen Bluthunden opfern!"
„Ich sage, geh jetzt!"
„Lieber stirbst du von meiner Hand!" Er ging mit dem Dolch auf sie los.
„Das mach ich selber, wenn du mir einen Schritt näher kommst! Hier auf dem Altar meines Gottes!", fauchte sie ihn an. Der Prinz steckte den Dolch in seinen Gürtel und knallte die Tempeltür zu.
„Lebe wohl, mein Prinz, meine Liebe. Bis bald, bis ein neues, glückseliges Leben uns wieder vereint!", rief die Tempeltänzerin in seine Staubspur hinein.
Der Altar versank wieder in tiefe Dunkelheit.
Noch Jahrhunderte später erzählten sich die Leute im Tal, dass die Araber den Tempel geplündert hatten und wegen der Tempeltänzerin in Streit geraten waren. Wer sollte sie bekommen, wer sie als Kriegsbeute mitnehmen? Die glatt rasierten Männer lieferten sich die wildesten Kämpfe im Tempel, bis ein älterer Häuptling dem Streit ein Ende machte. Mit einem Sprung war er bei der Tempeltänzerin und erdolchte sie. Sie starb unter Shivas Augen, so wie sie es begehrt hatte, denn der Gott hatte viel Gefallen an ihr. Die Krieger tauchten ihre Finger in die Wunden der Sterbenden und zogen sie vergoldet heraus, es war das gleiche Gold wie in Shivas Antlitz. Nach jenem Abend drangen die Araber noch viel erbarmungsloser in die Täler. Kein Tier blieb verschont und noch weniger der Mensch. Die, die entkamen, suchten die Weite der Wüste und den Ster-

nenhimmel. Sie verspürten eine glühende Sehnsucht nach der verlorenen Heimat. Dort in der Wüste blieb ihnen nur noch eines: der Gesang!

Swetlana fand Roxana noch im Bett. Sie kochte einen starken Kaffee und legte sich zu ihr.
„War es schlimm für dich? Wie hat er dich behandelt?"
„Ach, mir ging's gut, ich bekam bei Sile das Beste, russischen Kaviar, Lachs, Trüffel, Rosen ans Bett beim Aufwachen ... Ein Traum, das sag ich dir!"
„Wie hat Radu darauf reagiert?"
„Er hat nicht mit mir darüber gesprochen. Ach, wie soll ich dir das sagen, ich weiß nicht mal mehr, wie er riecht, mein Mann, verstehst du?"
„Wie geht es der Siedlung?"
„Ich war fast jeden Tag in der Siedlung. Ich helfe den Leuten, wo ich nur kann: Ich fülle Formulare aus, ich suche Ausbildungsplätze für die Jungen und Krankenhausplätze für die Alten. Radu hat sich dort schon lange nicht mehr sehen lassen. Außer der Wahlkampagne für die Parlamentswahlen läuft bei ihm nichts mehr!" Roxana lächelte gequält.
„Ich habe von einer brennenden Glocke geträumt, sie läutete unentwegt, immer lauter und lauter, als würde sie den Weltuntergang ankündigen. Der Glockenklöppel war der Schädel eines Mönches."
„Hast du die Schriftzeichen deines Traumes entschlüsselt?"
„Keineswegs, aber ...", Swetlana stützte sich auf einen Ellbogen, „ich habe Angst, so richtig Angst. Ich möchte, dass dieser Alptraum einmal endet. So oder so!"

„Meinst du nicht, dass gerade Radu dazu berufen ist, der neuen Zeit einen Namen zu geben; gerade jetzt, wo er die Parlamentswahlen gewinnt?“, fragte Roxana besorgt.
„Ich bete dafür, Roxy!“
„Und was ist mit dir?“, fragte Roxana erwartungsvoll.
Ein langes, neblig erstickendes Schweigen machte das Bett unerträglich. Nein, da konnte man nicht mehr liegen.
„Ich kann nichts tun, ich kann es nicht, nicht ums Verrecken!“ Swetlana schlug mit den Fäusten ins Kissen. „Ich habe ihn schon mal im Stich gelassen, als er mich brauchte, Roxy. Ich hatte damals Angst vor der Rache meines Gottes.“
„Leg das Kreuz ab, Prinzessin, es ist nicht dein Kreuz!“
„Ich habe das Kreuz längst Radu überlassen, ich hab ihn eingeweiht in den mühsamen Kreuzschritt, ihn vorbereitet. Ich sagte ihm, dass der Mensch böse sei, nicht nur der Feind, nein, jeder, der die Nase über einen Rom rümpft, ist in der Träne des Teufels geboren, in stinkendem Schleim. Nein, alle Menschen sind erbärmliche Kreaturen, bis auf eine Handvoll Heilige! Am Schluss verließ ich ihn wieder unter Tränen, jede war ein ätzendes Feuer im Auge. Ich sagte ihm zum Abschied, ich hätte ihn aufgezogen wie eine Uhr und nun müsse er laufen lernen. Ich bin ihm aber nie gefolgt. Ich lasse ihn laufen und folge ihm nicht … Ha, ha, und du bist seine Frau!“
„Wieso hast du ihn verlassen?“
„Wieso? Ich darf meinen Gefühlen nicht folgen, Roxana … Ich, die Prinzessin aller Westroma … Ich habe wieder versagt! Aus Angst, aus Ohnmacht, ich könne ihn wieder nicht retten. Der alte Knoten aus Rajasthan kann noch nicht gelöst werden, verstehst du, Roxana! Radu ist wie der Blick einer Ikone, heilig und geheimnisvoll!“

„Wir müssen handeln, aber wie, weiß ich auch nicht."
„Alles gerät außer Kontrolle, die Siedlung, das Gold, die Machenschaften der Bosse … Wer hat hier überhaupt noch das Sagen?"
„Und früher hab ich das Chaos geliebt!", stellte Roxana fest.
„Irgend ein so ein kleiner Provinzgott spuckt uns andauernd in die Suppe!"
„Du könntest mit deinem Vater sprechen. Vielleicht dafür sorgen, dass Django ausgeschaltet wird. Er ist gefährlich. Sile hat's mir gesagt."
„Ach was! Radu ist längst sein Mann", erwiderte Swetlana verbittert.
„Was? Radu?"
„Er stand immer alleine da. Wir alle haben ihn im Stich gelassen. Und nun braucht er einen Mächtigen an seiner Seite."
Swetlana legte ihr Ohr auf Roxanas Bauch. Die Schwangere streichelte verwirrt mit einer Hand über Swetlanas Haar, in der anderen hielt sie eine Zigarette, deren Asche sie ab und zu über ihre linke Schulter abklopfte.

## Die Glocke brannte

„Er war in der Welt, und die Welt ist durch ihn geworden, aber die Welt erkannte ihn nicht. Er kam in sein Eigentum, aber die Seinen nahmen ihn nicht auf, allen aber, die ihn aufnahmen, gab er die Macht, Kinder Gottes zu werden …"
(Aus dem Johannes-Evangelium)

Eine Woche vor den Parlamentswahlen, Anfang September, besuchte Relu seinen Bruder im Rathaus.
„Was treibt dein besorgtes Bruderherz zu mir, Relu?“, fragte Radu melancholisch.
„Nichts Besonderes, nur eine verrückte Prinzessin. Gott gebe ihren Schritten festen Boden, denn sie spinnt.“
Radu umarmte ihn wie einen, der im letzten Augenblick die Lösung zu einem verloren geglaubten Spiel bringt.
„Sie spinnt ihr Netz seit Urzeiten und in den Netzknoten findest du immer reinstes Gold. Da rennt sie hin, sobald es heiß wird.“ Radu lachte verlegen.
Swetlana hatte Relu erzählt, das Kloster sei an einem Platz gegründet worden, an dem man ein Kreuz gefunden hatte, ein Kreuz aus urchristlicher Zeit. Die Römer hatten hier einen kleinen Tempel der Juno stehen, der dann in eine christliche Basilika verwandelt wurde. Und an der Stelle, an der einst der Tempel stand, befindet sich heute die Klosterküche und da, wo die Küche steht, heißt es, habe man das Kreuz gefunden. Auf Radus Gesicht spiegelte sich jeder neue Gedanke wie das Licht der Auen, wenn es durch die Weidenzweige das dunkle Wasser am Ufer streift. Lichter bügelten innerhalb eines Augenblickes seine Stirnfalten glatt, dann durchzogen Furchen der Wut und Entschlossenheit die Wangen überm Schnurrbart. Er beschloss, Relu ins Kloster zu schicken. Zusammen mit Djangos Leuten sollte er das Gold herausholen.
„Ich geh nicht mit dem Dicken das Gold holen. Das ist mir zu heiß da am Herd!“, zögerte Relu.
„Aber ich kann nur dir vertrauen“, betonte Radu. „Ich schicke dir einen Mann, der die Sachlage kennt. Ihr bringt das Gold in einen Bank-Safe auf die ‚Banca Transilvania‘. Die Bank bürgt mit drei Millionen Dollar dafür, dass das

Gold nicht verschwindet und dass keiner von uns Zugang hat ohne die anderen, gemeint sind Django, du und ich."
„Mach mir nur so eine herrliche Beerdigung, wie Buke sie hatte, ich wäre dir dankbar ..."
Radu umarmte seinen Bruder und küsste ihn unter Tränen.
„Geh jetzt, ich nenne dir übermorgen einen Termin mit Djangos Leuten."

Am Morgen des 9. September wurde Alexandru Räzvan Gabor in Temeschwar geboren. Er wog neun Pfund, war ziemlich dunkelhäutig und weinte ohne Pause, wobei das Babygeschrei fast schon ins Musikalische überging. Ja, man hatte gleich nach der Geburt den Eindruck, dass Al Räzvan Zigeunerlieder sang, so etwas wie ein fröhliches Jammern, meinten die alten Sachkundigen, zum Beispiel Tante Sidonia. „Der Junge hat's in sich, der Engel krallt immer noch an ihm, der ist ein echter Gabor" rief sie trotz ihrer Aversion gegen den Gabor-Clan. Tante Paraskiva, die Wahrsagerin, schaute in seine Windeln: „Der hat Gold im Darm, hier, die Kacke leuchtet wie Gold!"
Roxana stillte das Baby, aber am dritten Tag bekam sie Fieber und war ans Bett gefesselt. Bei den Roma ist die Dauer des Wochenbettes durch ein Tabu beschränkt: Bleibt die Frau länger als drei Tage liegen, so wird sie „prasto", was so viel heißt wie unsauber. Viele Zigeunerinnen verlassen schon am ersten Tag das Wochenbett. Die Wöchnerin darf nicht kochen, denn von ihr zubereitete Speisen sind für den Mann unrein. Swetlana übernahm den Haushalt von Roxana, sie kochte und wickelte das Kind. Die ersten Nächte nach der Geburt schlief sie in Roxanas und Radus Wohnung. Der Vater darf sein

Kind erst nach drei Tagen berühren, manche meinen sogar, er müsse zehn bis fünfzehn Tage damit warten. Die Windeln des Kindes dürfen nicht sichtbar zum Trocknen aufgehängt werden. Die Hebamme ist absolut unrein. Man gibt ihr nicht einmal die Hand. „Wenn ich nur daran denke", sagte Relu, „kriege ich schon Gänsehaut." In manchen Gegenden heißt die Hebamme „Schnapsfrau", in anderen „blutiges Mädchen". Auch die Wohnung, in der entbunden wird, ist unrein für den Rom. Bei den nomadisierenden Zigeunern musste die Frau im Freien entbinden; wurde sie von der Geburt überrascht und entband sie im Wohnwagen, so war der Wagen unrein geworden und musste verbrannt oder zumindest verkauft werden. Die sesshaft gewordenen Zigeunerinnen bekommen ihre Kinder durchweg im Krankenhaus und müssen dadurch das Tabu nicht brechen. Reicht aber die Zeit nicht mehr aus, sie ins Krankenhaus zu schaffen, so bringt man sie mancherorts schnell ins Freie, damit die Wohnung nicht unrein werde. Hat eine Zigeunerin in der Wohnung entbunden, wie es Roxana tat, so wird die Wohnung anschließend aufgegeben, denn die Verwandten würden sich davor ekeln, dort auch nur eine Tasse Kaffee zu trinken. Radu blieb der Geburt seines Sohnes fern und zeigte sich auch die nächsten Tage nicht im trauten Heim. Roxana fragte nicht nach dem Grund seiner Abwesenheit.

Fünf Tage nach der Geburt des Kindes wurden die Stimmen der Roma ausgezählt. Radu bekam zweihundertdreiundsiebzigtausendvierhunderteins Stimmen im ganzen Lande und wurde somit ins rumänische Parlament gewählt. Nun musste er nur noch von den Abgeordneten im Parlament bestätigt werden. Sein Vorgänger war nicht nur alt, er konnte auch nicht schreiben; das Lesen fiel ihm allerdings leichter. Während der langen Parlamentssitzungen trug er Kopfhörer, was man auf seine Schwerhörigkeit zurückführte. Ein Irrtum, denn Floare, so hieß er, hörte dabei CDs von Gabi Luncä und Maria Tänase. Er hatte sowieso kein Stimmrecht. Dies sollte sich mit der Neuwahl des Kandidaten aller im Lande lebenden Roma ändern – was nicht zuletzt den jahrelangen Bestrebungen Swetlanas zu verdanken war.

Erst zur Taufe des Kindes erschien Radu bei seiner Familie. Er nahm seinen Jungen aus dem Kinderwagen, hob ihn hoch bis an die Decke und küsste ihn. Alexandru war nackt. Ein warmer Strahl krümmte sich in der Luft und legte sich auf Radus Krawatte. Der frischgebackene Vater taumelte vor Glück und legte das kleine Geschöpf unter dem Gelächter der anwesenden Sippe in die Arme seiner Mutter. Dann tanzte er mit Onkel Mitu eine „Sirbä". Das Foto erschien auf der Titelseite aller großen Zeitungen. Roxana schaute gelassen zu, die Schminke auf ihren Wangen versuchte die Müdigkeit zu kaschieren. Das Fest war gut besucht. Auch Django brachte einen Scheck vorbei, für die neue Politikergeneration, hieß es.

Eine Woche später wurde Radu im Bukarester Parlament als Vertreter der Roma-Minderheit in Rumänien bestätigt. Hunderte von Roma erwarteten ihn am Flughafen Temeschwar. Sie rannten entgegen allen Sicherheitsvorschriften auf die Landebahn und versuchten ihn nach der Landung zu küssen und zu umarmen. Es gelang auch einigen, denn mit solchen Menschenmassen waren die

Leibwächter überfordert. Man schwenkte Radus Konterfei und Transparente, auf denen „Radu Gabor – unser Senator, unsere Hoffnung" oder „Radu Gabor – die neue Kraft, die Zukunft schafft" oder einfach „Albina Nouă" stand. Das Daimler-Cabrio fuhr langsam durch die Stadt wie beim Besuch des Staatsoberhauptes eines afrikanischen Staates während der Ceauşescu-Ära. Bunte Bänder flatterten an der Antenne des dunkelgrünen Wagens und die Bodyguards auf den Hintersitzen zogen sich wegen des Windes die Hüte tief in die Stirn. Der Konvoi, der sich allmählich bildete, fuhr über die Schager Straße, dann über die E 56, die Schnellstraße nach Belgrad, nach Schag, von dort über staubige Feldwege nach Albina und schließlich zum neuen Dorf, „Albina Nouă".

Der Herbst lauerte im Licht der Flussauen. Maisfelder säumten trostlos trocken den Weg und hellgraue Erdklumpen speicherten die letzte Hitze des Sommers. Mit aufdringlichem Hupen fuhr Radus Auto in die Siedlung ein. Auf einem Riesenschild neben dem Hotel „Turistic" stand „Albina Nouă". Es war gegen fünf Uhr nachmittags, und ein paar hundert Meter flussaufwärts brannte schon die Holzkohle für die Unmengen an Cevaps, Steaks und Spanferkeln, die in jener Nacht noch verzehrt werden sollten. Ein Taraf empfing Radu, die Bogen der Geiger erkämpften sich Platz für den Schwung nach oben und seitwärts in der Menge. Die Menschen feierten Radus Ankunft wie die Ankunft ihres Messias. Als er aus dem Auto stieg, empfing ihn Onkel Mitu. Radu umarmte ihn und der Ziehvater weinte vor Glück:
„Mein Sohn, du hast bestimmt viel gearbeitet, bis es so weit war! Hätte ich das geahnt, so hätte ich dich sogar in

die Schule geschickt! Schau dich einfach um … so viele Menschen! Das ganze Leben ist ein Fest!“

„Leider kommt eines Tages die Rechnung, deshalb feiern manche mehr als die anderen! Es gibt zweierlei Menschen: die, die wissen, dass die Rechnung kommt, und solche, die in den Tag hinein feiern!“, sagte Radu trocken.

„Mein Gott, immer eine Antwort parat, als hättest du die Schule besucht!“

„Ich liebe euch alle … Ihr seid alle mein!“, rief Radu, während eine Frau ihn küsste.

„Dein Vater wäre heute stolz auf dich, mein Radu! Die Zeiten sind schlecht und die Menschen sind böse, aber du hast es geschafft!“ Mitu heulte wie ein Schlosshund. Relu versuchte an Radus Seite, die anströmenden Massen abzuwehren.

„Es ist verrückt, diese Menschen, Tausende feiern“, schwärmte Radu, „die Welt schaut heute auf uns. Da sind französische und deutsche Journalisten; ich werde von Tausenden von Augen und von Kameras verfolgt …“

„Darauf kannst du einen lassen, aber es reicht, wenn drei davon dich gut finden!“

„Wo sind meine Leibwächter … Djangos Leute?“

„Du bist heute der ungekrönte König aller Roma, die Leute wollen dich, Radu!“

„Was machen die beiden Feuerwehrautos da drüben vor dem Kloster?“

„Keine Ahnung, mein Gott, das sind ja Kriegsmaschinen, bestimmt zwanzig Jahre alt und ausrangiert“, meinte Relu nach näherer Betrachtung.

Unten am Fluss rieb eine alte Romni einen Gusseisentopf mit Sand aus. Altes Fett klebte hartnäckig am oberen

Rand des Topfes, da, wo die Brühe immer überschäumte. Sie lächelte und bewarf mit einer Handvoll Sand die schnuppernden Hunde. Der Sand blieb in ihrem Fell hängen, die Köter schüttelten ihn ab und bellten. Ein Mann schlief auf einem Traktor-Anhänger und wachte durch das Bellen auf. Er schüttelte den Staub der Kartoffelsäcke, auf denen er geschlafen hatte, ab und setzte sich zu einem Rom ans Ufer. Er kochte Kaffee in einer leeren Erbsendose. Der Rom hielt sie mit einer Zange übers Feuer.

Aus der Menschenmenge tauchte Sile auf. Er küsste Radu und sah sich um, als wollte er sich vergewissern, dass auch er in die Linse der zahlreichen Kameras passte. Am liebsten hätte Radu ihm das Maul mit Kies gestopft, bis er Temesch-Sand pinkelte.

„Judas!", zischte Radu freundlich, aber kühl Siles Kuss entgegen.

„Niemals, Bruder, und weißt du, warum ich kein Judas bin? Du bist nicht Christus, deshalb!"

„Du warst schon als Kind eine Pfeife. Wenn du im Tor gestanden hast, flogen alle Bälle an dir vorbei. Ins Tor. Später erfuhr man immer, dass sie dich mit Zigaretten und Bier bestochen hatten, damit der Gegner gewinnt!"

„Und du hast immer in der falschen Mannschaft gespielt, immer auf der Verliererseite", sagte Sile ruhig.

„Lassen wir das heute Abend, unsere Stunde hat geschlagen!"

„Die Leute erwarten dich, du musst aufs Podium!"

Ein paar Lautsprecher trugen Radus Ansprache bis in die letzten Ecken des Dorfes. Radu schaute in die Ferne, auf die Temesch – den Drachen seiner Kindheit – und gelegentlich auf die Menschen, die vor seinen Füßen Kürbiskerne knackten oder Bier tranken. Der Drache ließ eine leichte, feuchte Brise über seine Schuppen wehen. Vor so vielen Menschen hatte Radu noch nie gesprochen.

„Liebe Schwestern und Brüder, liebe Bewohner dieses Dorfes! Ihr habt viel Mut bewiesen! Ihr seid in diese Auen gezogen, um ein neues Leben anzufangen. Zum ersten Mal sind wir Zigeuner unter uns; und es macht Spaß, das muss ich schon sagen, wenn ich euch so erlebe. Ihr habt Mut gezeigt, indem ihr mich gewählt habt. Und ich will euch nicht enttäuschen!“

Die Menschen brüllten, jubelten, schickten Küsse mit den Fingerspitzen.

„Ich küss dir die schönen Augen! Ich will dich als Pate für mein Kind! Ich will ein Foto von dir!“, riefen sie durcheinander.

Onkel Mitu stand einsam in der Menge, so einsam wie noch nie. Er dachte an Buke und ihm war zum Heulen zumute. Armer Buke, dachte der alte Rom, er hat im Leben nie den Knochen gefunden, den er vergraben hatte; wie ein Hund hat er gelebt. „Schau dir genauer an, Radu, wer dich gewählt hat. Sie wissen nicht, was sie tun, aber sie haben Geld gewittert“, flüsterte Onkel Mitu, als hätte Radu ihm zugehört.

„Wir haben ein paar Läden mit tüchtigen Geschäftsleuten“, setzte Radu seine Ansprache fort, „eine Sportanlage und bald haben wir eine Kirche mit einem Pfarrer, dessen Sorge allein unseren Seelen gilt. Andere Roma, verstreut im ganzen Lande, schauen heute auf uns, auf Albina Nouä, und werden unserem Beispiel folgen.“

„Folgen, wie ein Hund seinem Herrn folgt! Was bringt's? Was wird hier eigentlich gespielt?", fragte sich Onkel Mitu leise in der ersten Reihe.
„Unsere Stunde hat geschlagen", Radu hörte die Klosterglocke schlagen, „wie ein Glockenton verbreitet sich unsere Stunde über die Landschaft … und wir gehen mit dem Ton mit."
„Oder zum Teufel", bemerkte Tante Sidonia, die im Rollstuhl neben Onkel Mitu erschienen war.
„Auch der Furz ist ein Ton. Folgen, folgen, wie ein Hund …", schimpfte der alte Mann. „Der Mensch ist doch ein Tier. Sag doch du, Weib, kratzt sich der Mensch nicht wie ein Tier? Hat der Mann nicht Haar auf der Brust wie ein Tier? Gibt die Frau ihren Jungen nicht auch die Brust wie ein Tier? Wenn wir Engel wären, so bräuchten wir doch kein Geld!"
„Aber vielleicht Gold und Nutten; darauf ist jeder geil!", mischte sich Sile ein. Geschniegelt und nach Moschus riechend hatte er sich von der zuhörenden Masse gelöst und ging am Waldrand auf zwei parkende Autos zu. Die Fahrer stiegen aus und begrüßten ihn.
„Er ist so schön heute, unser Radu, so süß und so sauber, küss ihm die Augen!" Jedes Wort begleitete Tante Sidonia mit einem kurzen Schluchzen, auch ein paar Tränen flossen. „Aus dem ist auch noch ein Mann geworden, wer hätte das gedacht?"
„Halt die Klappe, Alte! Heute Morgen wolltest du noch krepieren, und jetzt quatschst du uns die Ohren voll!" Onkel Mitu setzte der Schwärmerei ein Ende. Dann erschien Roxana mit einem rosa Riesenkissen mit Fransenborte. Darauf lag das Kind, es wirkte apathisch. Sie zeigte das Baby nach allen Seiten. Jemand in der Menge fragte

sie nach ihren Plänen als Gattin des Senators. Sie lachte, sah verträumt nach oben und antwortete spontan:
„Ein Waisenhaus werde ich aufmachen und dafür sorgen, dass viele Kinder genug zu essen haben, so wie meins."
Die Leute warfen einen Blick auf das Kissen und flüsterten von Ohr zu Ohr: „Das Kind ist ganz der Papa, es sieht Buke ähnlich! Es ist so schwarz, und dann diese Augen und die Backen … ej, ej ej!"
„Dieser Blick! Der wird noch ein Dickkopf …"
„Den starken Willen merkt man ihm jetzt schon an!"
„Hört auf, über meine Schwiegertochter zu lästern! Ihr Arschgeigen!", brüllte Tante Sidonia in die Menge.
„Ist ja gut, wir fanden nur Ähnlichkeiten, ganz zufällig."
„Sie ist noch ‚prasto', was hat sie hier verloren?", fragte ein alter Rom.
„Wir stehen auf von den Toten, wir stehen auf von dem Scheiterhaufen der Geschichte und lassen uns nicht mehr kleinkriegen …", setzte Radu seine Tirade fort. Zwei Roma wurden durch ihren Blickkontakt vom Zuhören abgelenkt:
„Du benutzt seit vier Jahren einen Teil von meinem Feld! Im Grundbuch steht, dass bis zum Wasser alles mein ist."
„Ja, wo ist die Grenze nach oben zum Kloster?"
„Dort oben, die Eiche steht auf der Gemarkung."
„Dann bestellst du das Feld der Pfaffen und hast immer noch nicht genug?!"
„Das soll nicht deine Sorge sein!"
Drei Köpfe weiter plädierte einer für seinen Hengst:
„Ich verkaufe dir das Tier für zwei Millionen. Alle Fohlen, die du hier rumlaufen siehst, sind seine; echt, das sag ich dir, der hat ein Ding wie ein Spatenstiel!"

„Du stopfst ihn voll mit Kantarin, mit diesem Aufputschmittel für Rinder …“
„Auf die Augen meiner Kinder, der kennt so etwas nicht!“
„Wenn du vom Preis runtergehst“, meinte der andere skeptisch.
„Ja, willst du das Prachtvieh? Interessenten hab ich wie Sand am Meer, ist nicht so, dass ihn nicht loswerde, xas me pelé!“
Ein Rom stieß zufällig an ein Rollstuhlrad, Tante Sidonia schimpfte wie ein Rohrspatz:
„Ich steck dir den Stock in den Arsch, pass doch auf, Eisenbahner!“
„To del a beng ánde túte, du alte Schachtel!“, zischte der Schuldige giftig.
„Sie könnte deine Mutter sein!“, mischte sich Onkel Mitu ein.
„Du sollst die Finger von meiner Tochter lassen, sonst küsst dich deine Mutter kalt!“, wandte sich Gogu, der Tollpatsch, genervt einem anderen mit einem ledernen Hut zu.
„Und du sollst den Gehweg vor deinem Haus pflastern, gestern hätte ich mir fast die Strümpfe zerrissen, ich bin nämlich gestolpert!“, rief eine Frau.
„Bloß weil du stockbesoffen warst, ha, ha, ha …“, mischte sich ein Nachbar ein.
„Meine Tochter kriegst du nie, nicht für alles Geld in der Welt!“, betonte Gogu.
„Guck mal, du Pfeife, auch nicht für zweitausend Mark?“
Árpád, der um die Hand der schönen vierzehnjährigen Vasilica anhielt, wedelte Gogu mit einem Haufen blauer Banknoten vor der Nase herum.

„Steck sie dir in den Hintern!“, zischte Gogu.
„Oder willst du warten, bis keiner mehr deine Tochter will?!“
„Sie ist erst vierzehn … schön ist sie auch und häuslich, oder sagt ihr doch mal was, die ihr sie kennt!“ Gogu lächelte und zeigte seine Gelegenheitszähne am Oberkiefer, vielleicht fünf an der Zahl.
„Das heißt hässlich, nicht häuslich!“ Ein Rom in der Menge lachte laut.
„Du solltest lieber an deine Schulden denken, am zwanzigsten September sind sie fällig“, erinnerte Gogu.
„Und rote Backen hat sie!“, rief Vasilicas Mutter irgendwo in der Nähe.
„Wie eine Kirsche!“, bestätigte der Vater.
„Das kommt vom vielen Schmusen, ist doch so, ha, ha, ha!“ Árpád ließ nicht locker.
„Dich hat keiner nach deiner Meinung gefragt!“ Árpád brachte das Gespräch erneut auf sein Geld:
„Hej, Coco, wie ist der Kurs heute?“
„Der Dollar hat zugelegt, die Mark ist schwächer, Forint und Dinar sind so viel wert wie Klopapier. Kennst du jemanden, der wechseln will?“
„Keine Ahnung!“ Árpád zuckte mit den Schultern. „Wie ist es nun mit dem Audi Quattro, will dein Bruder ihn haben?“
„Das ist doch ein Unfallwagen, das siehst du am Kotflügel“, meinte Coco.
„Nur ein bisschen Steinschlag, als ich ihn von der Theiß, aus Ungarn brachte, na ja, kannste ausbeulen, der Spengler ist um die Ecke!“

„Wir brauchen keine Macht“, erklärte Gogu. „Als Senator exponierst du dich bloß und jeder spuckt dir nur in die Fresse, wie man einen Hund ärgert!“

„Wir sind eine große Familie wie die Mafia, wir alle Roma zusammen, wir brauchen keine Politik, nein, das ist Billigware wie tiefgefrorener Fisch, der, bis du zu Hause ankommst, auftaut und stinkt, ist doch so, oder?“, versuchte Vetter Gogu beizupflichten.

„Ich sehe schon, du verstehst mich, Gogu!“

„Geld ist der Vater aller Wünsche“, nickte Árpád.

„Aber es trennt uns in Arm und Reich“, meinte Sandu.

„Weißt du, wie mein Großvater immer sagte: Beim Scheißen sind wir alle gleich!“, sagte Gogu und deutete mit einer Geste den tiefen Sinn seiner Worte an.

„Von wegen; auch da gibt es Unterschiede“, stellte Sandu fest, „der eine sitzt weich, der andere scheißt ins Maisfeld. In der zivilisierten Welt, wo alle weiße Hemden tragen, riecht das Klopapier nach Himbeeren und bei uns, was hängt da? Zeitungspapier!“ Alle lachten.

Als Radu zum Ende seiner Ansprache kam, jubelten ihm die Menschen zu wie einem, der ins Wunderhorn geblasen hat.

Die hungrige Masse setzte sich in Richtung Temesch-Auen in Bewegung, wo die Spanferkel und ein paar tausend Mici gegrillt wurden. Es gab auch einige hundert Kisten Freibier, finanziert vom Kaiser. Als diese Nachricht die strömende Masse erreichte, bewegte sie sich ohne Rücksicht auf Verluste auf die Baracken im Schatten der großen Weiden zu. Man setzte die Ellbogen oder die Bauch-Rücken-Schulter-Schlängelbewegung ein, um sich Platz zu verschaffen.

„Pass doch auf, siehst du nicht, ich bin schwanger!“

„Wir sind alle schwanger …“
„Und hungrig!“
„Ich auch, ich bin auch schwanger“, rief eine junge Frau.
„Du? Das sollte ich wissen!“ Der Blick ihres Verlobten durchbohrte sie fragend.
„Ja, seit zehn Minuten, ha, ha.“
Dann wurden Fleisch, Brot und Bier unter das Volk gebracht.

Relu wich die ganze Zeit nicht von Radus Seite. Zwei Männer, deren Bewegung die Nähte ihrer Sakkos zu sprengen drohten, berührten gleichzeitig Radus Schultern. Der eine schob die dunkle Brille als Zeichen guter Absicht über die Stirn hoch:
„Herr Senator“, sagte er höflich unterkühlt, „bitte folgen Sie uns auf die Hoteltoilette. Wir müssen Ihnen unter sechs Augen etwas überreichen!“
„Unter acht“, mischte Relu sich ein.
„Nur mit Ihrer Zustimmung, Herr Senator.“
„Natürlich, er darf mit!“
Alle vier gingen in die Toilette. Relu schloss die Tür hinter sich. Einer der beiden Gorillas holte aus seiner Tasche etwas, das in Zeitungspapier eingepackt war.
„Der Kaiser schickt uns, wir sind Ihre Leibwächter. Als Geschenk und Zeichen seines Vertrauens sollen wir Ihnen dieses Päckchen überreichen, Herr Senator.“
„Und viele Grüße vom Kaiser aller Roma!“, ergänzte der andere. Radu entfernte das Zeitungspapier und warf es in die Ecke. Er hielt ein blutiges Teil in der Hand, das er nicht sofort einordnen konnte:
„Was soll das?“
Relu unterdrückte mit Mühe seinen plötzlichen Brechreiz.

„Das ist Istrates Finger!"
„Und der Rest von ihm?"
„Tja, beim Kopf hätten wir Transportschwierigkeiten gehabt!"
Radu fiel auf, dass die beiden keine Roma waren und mit fremdem Akzent Rumänisch sprachen. Waren es Serben? Albaner? Ukrainer? Auf jeden Fall Profis.
„Ist er tot?"
„Mausetot! Wir hätten ihm auch keine Fingerprothese bezahlt, daher war es besser so", antwortete der eine ohne einen Schimmer Ironie.
„Aus dem kommt kein Furz mehr!", bekräftigte der andere ruhig.
„Woher weiß ich, dass es Istrates Finger ist?", fragte Radu und untersuchte den Finger.
„So etwas weiß man einfach, wenn der Ausrangierte einen wirklich interessiert hat. Mit diesem Finger hat er zum Beispiel geschossen."
„Und da ist noch was: das Wort des Kaisers!"
„Unser Kaiser legt Wert auf Tradition: Ein Mann, ein Wort!", sagte der andere behäbig.
„Ein Mann, ein Wort, ein Mord! Und jedes Wort ein Mord", flüsterte Radu angeekelt vor sich hin.
Er warf den Finger in die Kloschale und drückte die Spülung. Das Spülwasser färbte sich rot.
„Das soll unser Empfehlungsbrief sein!"
„Ab jetzt sind wir Ihre Leibwächter. Wir werden alles von Ihrem Tagesablauf wissen, Sie Tag und Nacht bewachen …"
„Wie soll ich euch nennen?" Die beiden schauten sich an.
„Sie dürfen uns nennen, wie Sie wollen, es ist nur wichtig, dass Sie uns nicht verwechseln!"

„Hiermit nenne ich euch ‚Gică' und ‚Lică'."

Auf dem Parkplatz vor dem Hotel hielt ein Cabrio der Luxusklasse, hellblau wie eine Babywäschegarnitur für die Taufe eines Jungen. An die Tür sprang ein Mann im weißen Anzug und öffnete sie. Der Kaiser stieg aus, nahm gemächlich seine dunkle Brille ab und schaute sich desinteressiert um. Er machte ein Zeichen mit dem goldschweren Finger und versuchte konzentriert, die Brille mit dem Goldrand in die Tasche seines Jacketts zu stecken. Der Mann in Weiß war wieder zur Stelle. Er flüsterte dem Kaiser etwas ins Ohr, während die Menschen, die sich versammelt hatten, Django laut begrüßten und ein paar Kinder bettelnd an seinem Jackett zupften. Der Kaiser ignorierte sie. Auffallend laut ging die Hoteltür auf. Ein Mann in Schwarz: schwarzer Anzug, dunkelblaues Hemd, schwarze Krawatte, mit einem Goldklumpen als Krawattennadel und einem breitkrempigen Hut schritt langsam die Treppe herunter, als würde er sie vermessen, als würde er innerlich die Stufen mitzählen, weil er mit irgendeiner Situation nicht fertigwurde. Niemand erkannte sein Schattengesicht unter dem Hutrand. Der Mann zog einen Revolver und richtete ihn auf Django. Erst jetzt sahen alle, dass er schwarze Lederhandschuhe trug. Django machte seinen Leuten ein Zeichen und ging vier Schritte auf seinen Herausforderer zu. Die Waffe ignorierte er. Die Leute hielten einen Korridor frei, sein Leibwächter stellte sich vor ihn. Django schob den Mann beiseite. Die Luft war elektrisch geladen. Man sehnte einen Schuss herbei – einen Funken, der alles entladen oder zur Explosion gebracht hätte. Wie zwei Revolverhelden standen die beiden sich gegenüber, wobei der eine deutlich bessere

Karten hatte. Wird er schießen? Die Menge verstummte. Der Mann in Schwarz rief:
„He, he, he, Django, was ist das hier, ein Maskenball?"
„Nee, dein Gabor ist Senator!", sagte Django nüchtern.
Dann schenkte Corbea, der König aller Westroma, seinen Spielzeugrevolver einem Kind, während die Menge erleichtert vor Verwunderung aufschäumte. Die Reaktionen waren so unterschiedlich wie beim letzten Abendmahl – schließlich aber raffte man sich dann doch zu einem „Hoch lebe der Bulibascha und der Kaiser" auf, das die Leute durcheinanderbrüllten. Die beiden Männer kamen sich näher, so dass man ihren Worten nicht mehr folgen konnte.
„Hättest du geschossen? Hättest du wirklich einen Kaiser abgeknallt? Hier ein Blutbad angerichtet wie damals bei Kennedy? Wirklich, so etwas macht man doch nicht, Costică Corbea, mein Ass!"
„Nein, beileibe nicht, die Geschichte hätte mich nicht erwähnt! Aber du wärest als Märtyrer in die Geschichte eingegangen!"
„Du hättest den Menschen ein Idol und einen Geldgeber gestohlen!"
„Komm, küss mich, du Geldhai!"
Die beiden Machtkolosse des Landes küssten sich auf den Mund und umarmten sich wie Kriegsheimkehrer. Das Volk geriet in Ekstase. Die beiden auf den Tod verfeindeten Cousins küssen sich also; ein Volk kann aufatmen – kann schließlich und endlich nur stark sein, wenn es in Eintracht lebt und gescheite Herrscher hat, dachten die meisten der Roma.
„Ich habe deine dreckige Schnauze vermisst", sagte Django und zeigte beim Lächeln seine Goldzähne.

„Ich glaube, du putzt dir inzwischen den Arsch mit Banknoten, du hast sicher schon alle Präsidenten der Amerikaner auf den Arschbacken!"
„Da hast du verdammt recht, Costică, meine Brieftasche ist aus Pferdeschwanzhaut; wenn die Geschäfte gut gehen, wird sie steif, das sag ich dir!" Beide lachten über den Scherz des Kaisers, dann umarmten sie sich erneut.
„Costică Corbea, du siehst nicht gut aus, das Schwarz macht dich älter … dein Blick hat das Feuer früherer Tage verloren!"
„Ich hatte im Frühjahr eine Gürtelrose."
„Besser als eine Neurose, Costică!"
„Was ist mit uns nur los, wir waren früher die Zugpferde der Nation!", lamentierte Corbea. „Das Alter nagt an der Leber und der Kopf beugt sich nicht mehr rechtzeitig vor dem Schwert, das uns bedroht!"
„Nur wisse, mein Lieber, Geld ist die beste Rüstung, die man in schweren Zeiten tragen kann. Da prallen alle feindlichen Blicke ab, ach, dieser Neid, ich hasse ihn! Man soll mich doch in Frieden lassen, ich will nur noch in meinem Garten Rosen pflücken und mit meinen Enkeln Fußball spielen."
„Und Macht willst du!", flüsterte Corbea lächelnd.
„Nein, da isst du den falschen Kaviar", winkte Django ab. „Macht ist mir so gleichgültig wie Fidel Castro auf seiner Zuckerinsel. Aber Geld ist mir heilig wie die Madonna, das muss ich schon zugeben."
„Macht ist das Wort Gottes, das zu uns spricht, das Wort, das der Schwache liebt, weil er dadurch weiß, was er zu tun hat. Alles ist Macht, und Macht ist meine Würde, und die geb ich an mein Volk weiter, Django!" Corbea wusste,

dass er den Finger in die Wunde des Kaisers gesteckt hatte.
„Ohne Geld bist du heute einer, der den Politikern und Diktatoren den Hintern wischt."
„Und ohne Macht bist du der Waschlappen deines Weibes, eine Plastiktüte im Wind!"
„Das Jüngste Gericht rückt näher", rief Zoran, Roxanas schwachsinniger Bruder, in die Menge. „Es richtet uns alle; keiner entkommt. Wir alle erscheinen bald vor dem Stuhl Gottes!" Er bewegte langsam und ernst seinen Kopf nach rechts und nach links und verlor seine Fackel nicht aus den Augen.
„Und mein Stuhlgang ist hart, ich kann schon seit fünf Tagen nicht! Das ist ein schlechtes Zeichen", sprach ihn jemand in der Menge an.
„Ach, Sodom ist hier und jetzt! Das Ende lauert im Knochen!"
„Hoch leben die Besoffenen, denn ihnen gehört das Himmelreich!", rief eine andere Stimme.
„Verzeih ihnen, Herr, denn sie wissen nicht, was sie tun!", jammerte Zoran.
„Radu, mein Sohn", schmeichelte Corbea, „als Präsident wirst du es nicht leicht haben, außerdem ist es gefährlich …"
„Ich habe meine Gorillas!"
„Na und? Schau einmal, Kennedy ist tot, Indira Gandhi ist tot, Ceaușescu ist tot … Meinst du, die hatten keine Leibwächter?", gab der Kaiser zu bedenken.
„Ja, ja, das ist unser Los, wir Präsidenten leben gefährlich", folgerte Corbea.

Radu fasste den Arm seines Bruders so fest an, als wollte er die letzte Rettung finden:

„Tausende Augen brennen auf meiner Brust, sie sind heiß und löchern mich; wie kann ich mich je davon befreien, Relu?"
„Indem du dich besäufst, aber so, dass es keiner merkt. Dann verschwindest du."
„Es ist wie ein Netz, dessen Knoten Augen sind. Und ich soll mich freuen. Ja, ich habe ein Stück Macht gewonnen, und was nun? Was soll ich damit?"
„Komm, tu nicht so bescheiden, das Volk braucht dich!"
Radu sah in den Sonnenuntergang hinein; Gold sprühte über Auen und Maisfelder. Das Kloster streckte seine Türme starr in das Abendlicht, es schien das Licht zu schlucken. Radus Blick hing an vereinzelten Eichen, dann verlor er sich in der Ferne. Radu konnte keinen einzigen Gedanken fassen.

An der Bar traf er Swetlana, die sich mit einem Journalisten unterhielt.
„Deine Rede war übrigens brillant, Radu. Doch … du hast es gelernt, ich bin stolz auf dich."
„Soll ich dir auch noch was vorsingen?"
„Das kannst du nicht, hör auf, Dinge zu tun, die du nicht kannst!"
„Ich kann Zimmer dunkelrot streichen! Kannst du denn tanzen? Wie damals?"
„Das ist dein Fest, nicht meins. Ich will dir nicht die Show stehlen."
Vereinzelt wurde getanzt, die Sonne versenkte gerade ihren Bauch in die Temesch. Der lange Sandstrand funkelte noch einmal in der Abendsonne. Sie nahm die Farben der Auen und der umliegenden Felder mit.

Aus dem Hotel schlich eine weibliche Gestalt. Schwarzes Haar, ein goldener BH, ein nackter Bauch und der lange rotbunte Zigeunerrock, sonst nichts. Sie tauchte unter, tauchte an bestimmten Stellen wieder auf, wo man um sie herum Platz machte, sie hob ihre Arme empor und tastete mit den Zehen vorsichtig den Boden ab, als wollte sie ihn prüfen. Sie rannte mit ausgestreckten Armen umher, wie um Hilfe bittend, dann entschied sie sich für eine leichte Anhöhe im Gelände. Die Leute machten Platz. „Die Prinzessin“, flüsterten einige. „Was sucht die denn hier?“, fragten andere und hoben die Augenbrauen. „Es ist die göttliche Swetlana, die Tänzerin, die die Stimmen der Feen hören kann, sie wird tanzen für uns!“ Eine Brise streifte die starren Gesichter. Swetlana griff nach dem kleinen Wind, dann gab sie sich seinen unsichtbaren Armen hin. Eine Kithera klinkte sich ein. Ihre Augen waren wie nach innen gekehrt; ausdruckslos folgten sie dem Wehen ihres schwarzen Haares, das ihr Antlitz wie eine Glocke umhüllte. Ihr Tanz erweckte Wirbel in den Brunnen und in der Temesch, er beruhigte das Feuer. Swetlana schien zwölf Arme zu haben, die beim Tanz einander nicht hinderten.

„Sie ist wie aus Gummi“, meinte eine Frau voller Bewunderung.

„Die könnte mal drüben in der Bar tanzen!“, meinte ihr Mann.

„Bist du bescheuert, das ist die Tochter unseres Königs!“

„Deines Königs, meinst du wohl! Ich marschiere mit dem Kaiser!“

„Du Verräter, ich schraub dir das Genick ab!“

„Swetlana, hör endlich auf, tu das nicht, ich flehe dich an!“, rief Roxana verzweifelt aus der ersten Reihe. „Hör auf, bevor es zu spät ist! Du tanzt ja mit einem Schwan … mit einem schwarzen Schwan."

Unerwartet tauchte Swetlana in der Menge unter. Die Kithera tönte noch weiter wie das Wort eines Fruchtbarkeitsgottes, als Radu die Prinzessin am rechten Arm packte. Sie schaute ihm streng in die Augen:

„Radu, warum hast du damals den Namen der Göttin mit ins Grab genommen? Du hast mich verloren, für alle Zeiten!"

„Weil ich in die Unterwelt getaucht bin, um dich zu suchen. Um mein Volk zu retten. Ich dachte, du wärest die Göttin!"

„Und nun lass mich für immer gehen! Wir haben uns auch diesmal verfehlt. Ich war die Göttin nicht und bin es beileibe heute auch nicht." Die Prinzessin zitterte wie Espenlaub.

„Nein, du lügst!", flüsterte Radu.

„Sieh mal an, da flirten zwei Stars", mischte Sile sich ins Gespräch. Gleichzeitig blitzte eine Kamera. Swetlanas Haar schimmerte wie dunkles Gold. Sie holte aus und spuckte Sile ins Gesicht: „Verdammt sei, was aus deinem Samen sprießt!"

Es roch nach Holzfeuer, nach Pferde-Urin und nach Menschenschweiß. Man tanzte ausgelassen, aß, trank, küsste sich oder alles gleichzeitig. Die Geigen stritten miteinander, bis sie sich in die gemeinsame Melodie einfanden. Lichterketten hingen wie Tautropfen auf einer Spinnwebe zwischen Himmel und Erde. Die Lichter der bunten Glühbirnen streiften Gesichter und Kleider. Ein und derselbe Tänzer erschien vorne rot, am Rücken blau, sein Nachbar gelb. Verräterisch legte sich das Licht wie ein Strang auf Schultern und Nacken. Das schwarze Kabel, auf dem die Glühbirnen aufgereiht waren, wurde immer enger um die Hälse der Roma, ja, die meisten schnappten nach Luft wie die Fische in der Temesch. Die Tanzenden japsten und sogen die kalte Nacht in sich auf. Die Füße berührten die Erde, nur um sich zu vergewissern, dass sie noch da sind.

„Schade, dass wir alle mal krepieren müssen, aber ich geh mit gutem Beispiel voran. Tja mein Lieber, nächste Woche ist es so weit, ich gehe auf den Weg ohne Wiederkehr; ich spür es im Stuhlgang!“, jammerte Tante Sidonia.

„Und wo ist dein Geld? Wo sind die Goldmünzen aus dem Odessa-Schatz?“, fragte Onkel Mitu nüchtern.

„Das sag ich dir dann, kurz davor.“

„Vielleicht lebst du ja noch ‘ne Weile, man hat ja keine Zeit mehr zum Sterben, so viel ist hier los!“

„Oh ja, das war ein lebenswertes Jahr, da war was los in der Sippe: Hochzeit, Tod, Taufe, Senat, wer kann das alles noch überschauen; da spinnen doch alle …“

„Halt die Klappe, sonst verbieg ich dir die Räder“, schimpfte Onkel Mitu.

„Das ist doch keine Sippe mehr, das ist eine Suppe, eine stinkende Suppe! Von euch hat es nur einer geschafft, und das ist Radu, der Senator! Der ist zu blöd, um sich auf Kosten anderer zu bereichern; ja, der ist sogar ehrlich, xas me kukaráschka!“

Zoran packte die Handgriffe des Rollstuhls und versuchte, ihn durch die Menge zu schieben.

„Hör auf, du Bastard!“, brüllte die Alte.

„Das Jüngste Gericht kommt heute Nacht! Die Zigeuner stehen auf. Aus ihren Särgen sprechen sie … Das Volk macht sich auf den Weg!", rief Zoran verzweifelt und rannte mit dem Rollstuhl.

Es war gegen zwölf. Die Massenfeier erreiche ihren Höhepunkt. Die Säbelschlucker schluckten inzwischen Wein, die Gaukler jonglierten mit ihren Schuhen und mit leeren Flaschen, Feuerwerk stieg zum Himmel und erhellte die Klostermauern. Einige Liebespaare vergnügten sich im warmen Temeschsand unter dem leuchtenden Vollmond. Jugendliche versuchten, den Fakir auf dem Nagelbrett mit Schnaps abzulenken. Er stand schließlich auf und brach vor Erschöpfung zusammen.
„Ich möchte Radu Gabor sprechen!"
Die Menschen liefen wellenartig auseinander, als hätten sich die Fluten des Meeres vor den Füßen Moses aufgetan. Der Staretz Eftimie schritt durch die Menge. Blass und versteinert war sein Gesicht, dann sprach er tragisch und feierlich zugleich:
„Hier an dieser Stelle hat eine von Gott geführte Hand ein Kreuz gefunden, ein Kreuz, an dem sich bisher viele Heiden die Finger verbrannt hatten! Hier wurde das Kloster des Heiligen Michael aufgerichtet, hier lag das Kreuz und auch ihr werdet noch seine Glut auf eurer Haut spüren." Keiner zuckte auch nur mit den Lippen, um nicht den Eindruck zu erwecken, er würde lächeln. „Wie könnt ihr es wagen, diesen heiligen Ort mit eurem Trinkgelage zu besudeln? Am Ufer liegen Paare in der Umarmung der Sünde vereint! Das ist Sodomie! Ist euch denn nichts heilig? Mit Sprühfeuer, wie aus der Hölle geholt, stört ihr des Gebetes Innigkeit." Im Angesicht des Zornes ließen einige der versammelten Roma ihre Köpfe

hängen. „Ein paar von euch saufen schon auf unseren Mauern und kotzen in unseren Garten.“
Dann aber passierte ein Unglück: Einer furzte in die Stille hinein. Das lockerte alles auf, so dass ein anderer rief:
„Die auf der Mauer wollen Klosterwein, die beten da oben!“
Ein Gelächter wie ein Regenguss auf einem Blechdach brach die Stille. Die meisten verloren ihre Hüte.
„Ruheee!“, brüllte Radu und sprang Eftimie zur Seite.
„Seine Heiligkeit hat recht, wir haben’s übertrieben! Aber bitte verstehen Sie, es ist ein großer Tag für uns, wir haben hier die erste Gemeinde freier Roma in diesem Lande gegründet, sie heißt seit heute Albina Nouä.“ Irgendwo in der Menge blitzte es.
„Bitte geben Sie uns den Segen, Vater Eftimie! Auf gute Nachbarschaft, Frieden und Liebe unter den Menschen!“, setzte Relu die diplomatische Rede seines Bruders fort.
„Kommt, das war das Signal, jetzt geht’s los … und verlier den Pfaffen nicht aus den Augen!“, flüsterte ein Vertrauter Djangos.
Relu folgte ihm.
„Jetzt holen wir die Kastanien aus dem Feuer, Jungs, unsere Stunde hat geschlagen!“, motivierte Django die Gorillas seiner Privatarmee.
„Mein Gott, Relu, pass auf dich auf, ich hab solche Angst. Ich glaube, diese Nacht wird was Schreckliches passieren!“ Läcrämioara weinte, als Relu ihre Hand losließ. Gicä, Licä und Relu verschwanden, während Radu winkte. Die anderen knieten nieder und beteten ein kurzes Vaterunser. Nur Eftimie blieb stehen; er faltete die Hände und betete still mit. Dann entfernte er sich gesenkten Hauptes. Aber seinen Segen gab er nicht.

Hinter dem Hotel mit den roten Laternen ärgerten ein paar Kinder streunende Hunde, indem sie ihnen in den Mund spuckten. Die Köter jaulten vor Zorn. Die Kinder liefen weg, wagten sich wieder an die Hunde heran und riefen Flüche in den Abend, die sie von den Alten gehört hatten. Währenddessen wühlten ihre Mütter, Großmütter und Tanten in den Müllcontainern nach Schweinefutter, nach Brotresten, übergossen von Suppengemüse und Nudeln, nach halb verfaulten Kartoffeln und Tomaten aus dem Küchenbetrieb des Hotelrestaurants.

„Hier … kein Schimmel! Was die Bonzen alles wegwerfen!"

„Und was die alles essen, das gibt's für uns nur in Gottes Schoß!"

„Das Jüngste Gericht rückt näher, es ist greifbar, spürt ihr die Hitze seines Thrones, den Flügelschlag der Engel? Und die Zigeuner, so herrlich, die steigen alle in Weiß aus den Särgen, denn die Schwarzen werden im Himmel weiß. Das sind wir, die vor Gottes Antlitz im Sarg über die Weltenmeere dahinschweben. Unser Fluss geht himmelwärts …", brabbelte Zoran vor sich hin. Dann wandte er sich an Onkel Mit und wiederholte seinen Text, doch der reagierte unwirsch:

„Geh, sing an einem anderen Tisch, ich hab keine Zeit, da hast du tausend Lei, kauf dir was!"

Zoran blieb nachdenklich stehen und ließ das Geld fallen.

„Oh Gott, Erbarmen!", brüllte er aus voller Kehle.

Radu nutzte ebenfalls den Augenblick des gemeinsamen Gebetes, um sich von den Menschen zu entfernen. Er schnappte sich eine offene Flasche Murfatlar aus einer Kiste und zog seinen Hut tief ins Gesicht. Es gelang ihm, unerkannt in Richtung Temesch zu flüchten. Seine Schläfen waren heiß, unendlich heiß, die Füße dagegen kalt. Trotzdem warf er seine Schuhe fort. Der Drache … ein Bad, ein Ritt auf dem Monster, ein Sieg über die Nacht. Wie damals in der Kindheit, als er sein Floß baute und den Fluss ein paar Mal nachts überquerte. Untertauchen, sich verstecken, die Kühle über die Schläfen streifen lassen … einfach schwimmen. Der Drache sind die Anderen, begriff er; darauf trank er einen kräftigen Schluck aus der Flasche. Als er die letzten Feiernden verließ, begegnete ihm ein alter Mann, ein Pferdezüchter aus dem Dorfe:

„Du bist es, lieber Gabor, meine Seele weint, siehe, da liegt mein treuer Hund, er ist tot. Ich habe ihm nur zu trinken gegeben … sie haben die Brunnen vergiftet!“

„Hast du auch daraus getrunken? Trink mal von dem Wein hier!“

Der Mann nahm die Flasche und trank.

„Nein, aber andere im Dorf erzählten Ähnliches. Die Brühe roch nach Rattengift. Das waren wieder die Pfaffen!“

Radu zögerte. Sollte er seinen Weg fortsetzen?

„Lauf und warne die Leute auf dem Fest! Ich will hier nur ein paar Rosen für meine Frau pflücken.“

Ein Bad muss nun sein, das bist du deinem Drachen schuldig, dachte er bei sich. Radu erreichte die Rosenbeete einer Gärtnerei. Die Dornen stachen seine Waden wund, die vielen winzigen Blutstropfen erwärmten seine Füße. Er warf die Flasche weg und pinkelte im Halbkreis auf die Rosen, es war ein unglaubliches Gefühl; er hatte noch nie so viel Freude beim Pinkeln gehabt. Es ist doch der helle Wahnsinn, dachte er, wie frei man sein kann. Darauf zündete er sich eine Zigarre an, freute sich, dass sie glühte, und suchte einen Hundepfad zum Ufer. Er hörte die Musik langsam verklingen und hielt an. Ein Gefühl der Unsicherheit machte sich in seinem Gemüt breit, als er die Musik des Taraf kaum noch hören konnte. Radu sah das Feuerwerk über den Klostermauern leuchten, dann weiter links die roten Laternen des Bordells. Nur das Dorf ertrank in der Dunkelheit. Es ist nun mal so, das Werk meines Bruders Sile leuchtet, mein Dorf liegt da vergessen in der Finsternis. Vielleicht leuchten die großen Dinge gar nicht, weil sie es nicht brauchen. Aber es ist mühsam, sie zu finden. So ist es doch, man tappt in diesem Leben im Dunkeln und findet etwas, das wiederum nicht leuchtet … sinnierte der frischgebackene Senator. Schließlich erreichte er das Temeschufer und warf einen Blick zurück. Radu erstarrte: Der Klosterturm brannte lichterloh. Menschen, so klein wie Spatzen, sprangen von den Mauern. Das Ende … aber wessen Ende? Es gibt keinen Grund zur Freude, das Kloster liegt bald in Schutt und Asche … Man wird die junge Gemeinde der Brandstiftung beschuldigen … Es gibt aber keinen Grund, jetzt kein Bad zu nehmen. Das Wasser war kühl. Radu zitterte am ganzen Leib und begann zu schwimmen. Er suchte etwas wie Geborgenheit, etwas Höheres, dem er sich unterwerfen könnte, es verehren, ja sogar anbeten. Ich kann doch gar nicht beten, an der Leiche meines Bruders konnte ich es auch nicht, ich hab es nie gelernt, kein Roma hat es jemals gelernt. Alles nur Lüge, und die Macht ist auch nur eine Lüge, alle kriechen dir in den Hintern, bis er platzt … Und dann brennt es, es brennt wie da drüben das Kloster. Etwas Größeres als ich, das auch schön ist … da ist doch die Temesch. Meine Erinnerungen sind das einzig Wahre und Große. Radu stieg aus dem Wasser und rannte weiter, sein Atem war von Verzweiflung getränkt und in seinem Haar verfingen sich Hunderte Heuschrecken, die sich zu einem Kranz zusammenrauften.

Unter einer Weide kam ihm eine weibliche Gestalt entgegen. Aus dem Wasser kam sie, ihre zerfetzten Kleider tropften. Eine Nixe, dachte Radu. Als sie den Arm nach ihm ausstreckte und etwas flüsterte, erkannte er das Geschöpf. Es hatte ein aschgraues Gesicht, knochige Wangen, einen dünn gezeichneten Mund und blutige Fingernägel: Es war die Braut seiner Alpträume. Die gleiche Braut, nur uralt! Wie oft war er ihr in der Unterwelt seiner Träume entkommen! Er saß da in seiner Nussschale und versuchte, das Zigeunervolk von seinem Fluch zu befreien, vom Fluch der Rastlosigkeit und der unendlichen Wege. Vom Fluch, keinen Boden besitzen zu dürfen. Die Braut versuchte immer wieder, ihn von seinem Weg abzulenken. Sie will mich in den Drachenschlund locken, ich soll ertrinken! Nein, das schafft sie nie; sie ist des Teufels Werkzeug, sinnierte Radu. Er konnte sich weder entscheiden wegzurennen, noch, ihr zu folgen, nein, noch nicht – da war noch diese Schwere in den Knochen. Ein Hund bellt und knurrt in meinem Magen ... Er ist immer in meiner Nähe, und wenn er Angst hat, verkriecht er sich in mir, dachte Radu. Die Braut flüsterte:

„Radu, warum hast du den Namen der Göttin damals mit ins Grab genommen? Bis heute hast du ihn nicht wieder entdeckt. Dein Leben war fruchtlos – ja, fast umsonst, du hast nicht gefunden, was du suchtest!“

Der Blitz einer Kamera ließ die Erscheinung wie einen Luftballon platzen. Radu versuchte die Gestalt hinter der Kamera zu erkennen, vergeblich, denn sobald er ihr näher

kam, wurde er geblendet und jene schoss ein Foto nach dem anderen.
„Wer sind Sie?", fragte Radu ängstlich, aber entschlossen.
„Das möchtest du gerne wissen, was? Es ist ein Sonderangebot! Exklusiv für Senatoren. Die Entwicklung erfolgt leider in der Welt nach der Welt." Radu vernahm eine männliche, schneidige Stimme, aus der jegliche Wärme verbannt war.
Der Rauch aus Radus Zigarre vermengte sich mit dem Rauch aus dem uralten Fotoapparat, dessen Blitzlicht qualmte. Es roch nach Schwefel und die Zigarre schmeckte nicht mehr. Radu warf sie ins Wasser. Es zischte kurz, dann nahm der Fluss den Zigarrenstummel mit.
„Was willst du?"
„Ein Foto von dir, ich halte dich fest für alle Ewigkeit!"
„Wieso hier im Busch?"
„Ja, hier mit deinem Drachen. Es ist das letzte!"
„Du redest verschlüsselt, Fremder!"
„Du solltest nicht in der Vergangenheit deines Volkes herumwühlen wie Hühner auf dem Misthaufen. Und kein fremdes Gold begehren!"
„Das ist unser Gold, das gehört meiner Sippe!", sagte Radu etwas verlegen wie ein Kind, das beim Kirschenstehlen erwischt wurde. Wut und Ohnmacht überfielen sein Gemüt wie unerwünschte Gäste. Er gewahrte, dass der Mann etwa zwei Meter groß war, einen langen schwarzen Regenmantel trug und seine Kamera erneut auf ihn richtete. Er war also eine Art Richter. Der Mantel war nass, aber es regnete gar nicht. Kam er aus dem Fluss? „Das ist unser Gold", wiederholte Radu wie für sich.

„Das ist aber nur deine Sicht der Dinge; frag mal demnächst, wenn du jenseits des Flusses bist, was Istrate davon hält, oder Eftimie!"
„Du willst Eindruck schinden mit deinen Worten und mit deinem Blitz. Die großen Dinge blitzen und leuchten nicht, also bist du klein. Du folgst mir schon seit Jahren auf Schritt und Tritt. Du bist klein und weißt nicht, was du willst!", rief Radu verächtlich.
„Ich bin so klein oder so groß, wie du es gerade bist!"
„Und ich bin so groß geworden, um meinem Volk zu dienen!"
„Nein, du bist klein, Radu Gabor, mach dir nichts vor, du bist klein, bloß deine Träume sind groß!"
„Scheißegal, aber ich mein es ehrlich!"
Die Glocke im Turm brannte und gab seltsame Töne von sich, wie aus einer anderen Welt. Darunter mischten sich die Hupe und das Rattern eines schweren Wagens. Das Fernlicht des Feuerwehrautos warf seine Lichtstrahlen über das Rosenfeld.
„Was heißt ehrlich? So etwas muss man sich schon überlegen! Und alle haben dich gewarnt. Du hast den Samen für einen Baum gelegt, der alles mit seinen Blättern überschattet und vernichtet. Auch Böses. Darunter wächst nichts! Aber auch das Gute verkümmert, denn es gibt nicht das eine ohne das andere. Der Baum wächst in deinen Träumen, aber wo bleiben die Wege? Und die Irrwege, so wichtig für die Entwicklung? Alle Wege hast du verwischt und vernichtet!"
„Mein Volk hat diesen Schatten unter dem Baum verdient, es muss ruhen nach den jahrhundertelangen Irrfahrten."

„Ich hab dich nicht gerne auf deinem Weg fotografiert, Radu Gabor!"
Radu ging ein paar Schritte auf seinen Richter zu. Der Fotograf wich zurück und nahm die Kamera vors Gesicht, um nicht erkannt zu werden. Er flüsterte:
„Den Kopf, der sich beugt, auf Ehrfurcht eingestellt, erwischt kein Schwert auf dieser Welt!"
Radu suchte eine Erklärung und gleichzeitig eine Daseinsberechtigung für den Hüter der Schwelle. Dass er ein Abbild des Todes vor sich stehen hatte, wollte er nicht akzeptieren.
„Jetzt versteh ich … Corbea! Du solltest ursprünglich in seinem Auftrag Aufnahmen von der Prinzessin machen."
„Und habe dich gefunden: Ich halte dich fest für alle Ewigkeit! Lächeln bitte!"
„Ich bring dich um, du Hund!" Radu bewegte sich auf ihn zu.
„Nicht bewegen, der Film ist alle … letzte Einstellung!"

Radus Leiche wurde am nächsten Morgen vor dem Ausflussrohr der Michelin-Werke, ehemals „Solventul", etwa fünf Kilometer flussabwärts gefunden. Noch lange stiegen Rauchsäulen aus dem ausgebrannten Kloster in die Luft empor. In Albina Nouä aber kehrte bald Ruhe ein – eine tödliche Ruhe. Die Dinge nahmen ihren alltäglichen Lauf, wie überall da, wo Menschen leben. Albina Nouä war die erste freie Roma-Gemeinde im Banat und vielleicht im ganzen Lande. Die Hauptstraße benannte man nach Radu Gabor, ein Grund zum Feiern für die Gemeinschaft; und dies mitten in der Trauerzeit.

Sile verschwand kurze Zeit nach Radus Tod und überließ Roxana für wenig Geld das Freudenhaus. Die junge Witwe konnte darin ihre Träume verwirklichen; sie eröffnete ein Waisenhaus für Roma-Kinder aus dem ganzen Lande. Unermüdlich war sie unterwegs, sie durchkämmte Bahnhöfe und Müllhalden auf der Suche nach verwaisten Roma-Kindern. Sie war eine Art Mutter für Hunderte von Kindern. Nach einem Jahr schloss sie ein kleines Kinderkrankenhaus an das Kinderasyl an. Keiner wusste, woher sie das Geld hatte. Tante Sidonia starb im nächsten Winter an einer Rauchvergiftung in ihrem Sarg: Man hatte vergessen, den Raum zu lüften. Der Kohleofen wurde ersetzt. Onkel Mitu lebt heute noch und erzieht mit geduldiger Hand seinen Enkel Alexandru, der Buke immer mehr ähnelt.

Und das Gold? Relu holte zusammen mit den beiden „Experten“ aus der Gefolgschaft des Kaisers die Kastanien aus dem Feuer. Djangos Leute zündeten das Kloster an, um Panik unter den Mönchen auszulösen. Dann gelang es ihnen, den Herd und die Metallplatte mit Hilfe eines Schweißgerätes zu entfernen und das Gold auszugraben. Es war heiß, die Flammen erreichten die beiden Stockwerke des Rundgangs über der Küche. Sie fanden um die dreihundert Kilo Gold, mehr, als sie erwartet hatten. Der Rauch drang in die Kellerküche und machte die Archäologie der Begierde zur Hölle. Das Odessa-Gold wurde in Kühlboxen gelegt und in einen Arbeiterbus geladen. Er fuhr durch den Wald in Richtung Giroc. Der Weg war eng und staubig. Alles wäre gut gelaufen, wenn da nicht plötzlich eine Sperre aus Baumstämmen gewesen wäre. Unbekannte, darunter ein paar Roma, umstellten den Bus mit schießbereiten Kalaschnikows, Relu blieb beim Fahrer. Widerstand hatte keinen Sinn. Aus dem Wald tauchten weitere bewaffnete Männer auf, die das Gold aus dem Bus holten und die zwei „Experten“ samt Relu und dem Fahrer an die alten Eichen fesselten. Relu verstand die Welt nicht mehr: Das Gold verschwand in die Kühle und in die Ungewissheit der Nacht.

Swetlana finanzierte mit 300 000 Dollar den Bau einer orthodoxen Kirche in Albina Nouä. Die Kirche war eher bescheiden – betrachtete man ihre Dimensionen –, aber sie hatte drei goldene Zwiebeltürme, wie im Märchen. Swetlana ließ die Bauarbeiten nur unter Aufsicht durchführen, damit man keinen Stein aus der Klosterruine daruntermische. In jedem Stein wohne ein Mulo – ein böser Geist, der im Kloster gezüchtet wurde. Dann ließ sie im Dorf auf eigene Kosten eine Schule errichten und eröffnete ein dickes Konto auf der Bieler Kantonalbank. Lange verdächtigte man den Bulibascha des Mordes an Radu Gabor. Andere wiederum spekulierten über Differenzen mit Django. Aus Mangel an Beweisen stellten die Behörden nach einem Jahr die Ermittlungen ein. Als Todesursache wurde „ertrunken“ angegeben. In der Spalte „Täter“ stand: „Die Temesch“.

Sie sind die geheimnisvollen Reiter der Erde, heimatlose Gestalten, die sich mit der Erde nicht verbinden. Eher schwebten sie jahrhundertelang mit ihren Zeltwagen darüber, als mit ihrem Schweiß die Furche zu kneten. Oder war die Bindung zur Erde zu stark? Liebt die Erde eher Menschen, die ihren Blick den Sternen zuwenden? Wer das Oben nicht kennt – das Wissen vom Himmel –, wird unten vielleicht nicht geduldet. Ein gnadenloses Gesetz. Die Aufmerksamkeit der Roma ging in den kleinen Dingen auf, ihre Hingabe galt allem, was sich bewegt, denn sie selbst sind immer in Bewegung, wie das Geld beispielsweise. Denn sie reiten auf dem scharfen Keil zwischen Himmel und Erde, meine Zigeuner!

Eines Tages bekam ich keine Briefe mehr von Swetlana. Bis heute habe ich ihre Spur völlig verloren. Roxana meint, Swetlana sei in Indien, wo sie ein Zentrum für Raja-Yoga gegründet habe. Ach, übrigens machte ich Roxana vor einiger Zeit einen Heiratsantrag. Ich sagte ihr auch, dass ich Alexandru wie meinen eigenen Sohn lieben und ihn adoptieren würde. Roxana hörte sich meinen Antrag lächelnd an. Dann lehnte sie höflich, aber entschieden ab.

Ich muss sehr oft an Radu denken, aber eines beruhigt mich: die Gewissheit des Wiedersehens. Denn wisse, Leser: Kein Abschied ist endgültig.

## Wortverzeichnis

„Americana“ – Glücksspiel, wird mit Münzen gespielt
Antonescu Mihai – rumänischer Diktator, Verbündeter Hitlers, verhaftet 1944, dann hingerichtet
Avidjere – kumpelhafter Gruß, von „Habe die Ehre“
„Adevärul Bänätean“ – Temeschwarer Zeitung, erschienen nach der Dezemberrevolution ’89 in rumänischer Sprache
Bácsi (ung) – Onkelchen
Basza meg (ung) – Schimpfwort
Bogdaproste (rum) – Ausdruck, dessen Sinn niemand mehr versteht und der an Beerdigungen benutzt wird
Bodega (rum) – Kneipe oder Weinkeller
Cäldärasch – Kesselflicker, in Europa sehr verbreitete Zigeunerberufsgruppe. Manchmal herrscht die Ansicht, es sei ein Stamm.
Colinda (rum) – Neujahrsumzug, rumänischen Ursprungs, meist von Kindern durchgeführt. Man zieht durch die Straßen mit einem Ziegenkopf, der auf einen Besenstiel aufgesteckt, und mit einer Art Trommel, aus der eine Schnur gezogen wird. Sprüche begleiten den Umzug.
Consilier municipal (rum) – Stadtrat
Daro (zig) –Verlobungsgeschenk vor einer Romahochzeit
Dschande-mischki-dake (zig) – Fahr in den Unterleib deiner Mutter, zigeunerisches Schimpfwort
Fratschlerin – Marktfrau (banater-österreichisch)
Gajikane (zig), auch Gadsche – Fremder (Nichtzigeuner)
Han – Kneipe an großen Verkehrswegen
Haj siktir (türk) – in etwa: „Was du nicht sagst?“, „Ach komm!“

Hora – rumänischer Reigentanz
Krähe (metaphorisch) – spöttisch für Zigeuner wegen der dunklen Hautfarbe
Kurél to mo phral (zig.) – Mein Bruder soll dich f…
Kurav mo kham (zig.) – Scheiße!
Läutar – ursprünglich Lautenspieler, heute Musiker, der Unterhaltungsmusik auf Hochzeiten, Taufen oder in Kneipen macht
Mahala – ärmlicher Vorort einer Großstadt in Rumänien, oft von Zigeunern bewohnt
Mici – eine Art Cevapcici, scharfe, gegrillte Würstchen aus Hackfleisch
mischto (zig) – gut, schön, nützlich, nett
Parastas – (rum) Gedenkfeier. Sie findet sechs Wochen, drei und sechs Monate sowie ein Jahr nach der Beerdigung statt.
Piranda – abschätzig für verheiratete Zigeunerin, Großmaul
Pula (rum) – männliches Glied, aber sehr häufig als Schimpfwort benutzt
Pliaschka (zig) – Feier, bei der um die Hand eines Mädchens bei dessen Vater angehalten wird
Prasto (zig) – unrein, unehrlich, Begriff aus dem Tabusystem der Roma. Eine Person, die für prasto erklärt wurde, sollte gemieden werden.
Puradej (zig) – Zigeunerkinder
„Romänia Mare“, „Großrumänien“ (rum) – reaktionär-antiungarische nationalistische Partei mit Wurzeln in Siebenbürgen
Rugä (rum) – Kirchweihfest, Jahrestag der Kirchgründung und Geburtstag des Kirchenpatrons

Sarmale (rum) – rumänische, süß-säuerliche Krautwickel aus Hackfleisch und Reis
Sänätate (rum) – Gesundheit, Trinkspruch, wie „Prost“
Schukär (zig) – Ärger
Sirbä – Tanz aus dem Banat
Sokhardea (zig) – Schimpfwort
Staretz – Abt, Rangordnung-Höchster in einem rumänisch-orthodoxen Kloster
Stamperl (banater-österreichisch) – kleines Schnapsglas
Taraf – Zigeunerband
Tawes-bahtale-pulman-do (zig) – Schimpfwort
Te xas me khul (zig.) – Friss meine Scheiße
tot dichisu (rum) – mit allem, was dazugehört
Truthahn – früher Spottausdruck für Polizisten
Xas me pelé (zig.)– Friss meine Hoden
Xas mi kukaraschka (zig.) – Friss meine Scheide